Millennium

II

Der Weg des Basken

Kapitel

© 2024 Joe Valdez
Verlag: BoD • Books on Demand GmbH, In
de Tarpen 42, 22848 Norderstedt
Druck: Libri Plureos GmbH, Friedensallee 273,
22763 Hamburg
ISBN: 978-3-7597-9418-5

1.
Mai 1035 bis März 1036

In Eystribyggd, der östlichen Siedlung der Wikinger auf der Insel Grünland, herrschte klares Wetter, die Temperaturen erwiesen sich nach dem strengen Winter als angenehm. Ringsum machte sich der Frühling bemerkbar, das Grün der Wiesen brach die weiße Farbe des Winters. Die Pflanzen erwachten nach dem monatelangen eisigen Panzer, das Leben kehrte zurück nach Grünland. Jene Insel, die vom legendären Wikingerkönig Erik Thorvaldsson, genannt der Rote, vor ungefähr fünfzig Jahren als Land besiedelt wurde. Er wurde vom Althing in Island wegen eines tödlichen Streits verbannt und siedelte als Erster mit seinen Gefährten auf der Insel. Erik gab der Insel seinen Namen, im südlichen und westlichen Küstenabschnitt existierte fruchtbares Land zum Siedeln. Der König gründete in Brattahlid seinen Hof, der bis zu diesem Tag als der Größte galt. Als König von Brattahlid wurde er von den anderen auf der Insel als Oberster angesehen. Er kontrollierte den Meerzugang, an dessen Ende der Hof lag. Es gab viele Höfe an der südlichen und westlichen Küste, mittlerweile lebten einige Tausend Menschen in Grünland. Die Westsiedlung Vestribyggd bildete den Abschluss der Besiedlung, fast alle fruchtbaren Teile der Insel wurden von den Wikinger vereinnahmt. Daneben gab es die Skraelingar. Dieses Volk hielt sich im Norden auf. Ähnliche Völker existierten in den benachbarten Regionen Helluland, Markland und Vinland, das als fruchtbarstes der westlichen Gebiete galt. Keiner von den Wikingern wusste, wie sich diese Menschen selbst nannten. Es interessierte sie auch nicht, denn diese erwiesen sich in den meisten Fällen als feindselig und scheuten den Kontakt. Derzeit herrschte auf den unzähligen Höfen an der Küste großes Wehklagen.

Eine Epidemie erfasste die Insel. In unregelmäßigen Abständen traten Seuchen und Krankheiten auf, die sich keiner erklären konnte. Jeder Hof beklagte Opfer innerhalb der Sippen und Familien. Auch der legendäre Gründerkönig Erik fiel einer derartigen Krankheit zum Opfer. Westlich von Brattahlid stand der Hof der Familie Gunnarsson. Geleitet wurde er vom über fünfzigjährigen Egil Gunnarsson, an dessen Seite seine Frau Runa Hakonsdottir stand, die sich im selben Alter befand. Die Familie durchlebte die Seuche relativ unbeschadet, nur ihre jüngste Tochter Alva, Mitte Zwanzig, lag im Sterben. Die anderen Familienmitglieder vermieden den Kontakt zu den erkrankten Menschen. Sie folgten einer Anordnung des Familienoberhauptes, nur seine Frau Runa hielt sich nicht daran. Auch an diesem Vormittag suchte sie die Grassodenhütte ihrer Tochter auf. Als sie eintrat, verzerrte sich ihr Gesicht vor Schmerz, denn sie liebte jedes ihrer Kinder innig. Neben Alva schenkte sie weiteren sechs Kindern das Leben, zwei davon starben in jungen Jahren, aber die anderen schienen gesund zu sein und würden diese Krankheit überleben. Die Priester sprachen von einer Reinigung, aber sie kannten den Schmerz einer Mutter nicht, die in das Gesicht eines todgeweihten Kindes blicken musste. Die blonde Alva lag auf ihrem Lager, gut zugedeckt mit schweren Decken. Runa trat heran und blickte in das Antlitz ihrer schlafenden Tochter. Neben dem Lager saß ein Mann, ein wahrer Hüne mit blondem Haar, bläulichen Augen und einem dichten Bart. Voller Mitleid blickte die Wikingerfrau auf ihren Schwiegersohn und legte ihre Hand auf seine Schulter. „Du musst schlafen, Nael. Es hilft nicht, wenn du ebenfalls erkrankst. Der Schlaf wird dir helfen, deine Gesundheit stabil zu halten", sagte sie mit ruhiger Stimme. Der Angesprochene drehte sich um, das Gesicht wirkte müde, der Körper kraftlos. „Ich kann nicht schlafen,

Runa. Alva soll nicht allein sein, wenn Gott sie zu sich ruft. Das bin ich deiner Tochter schuldig. Es ist egal, am liebsten würde ich neben ihr liegen", antwortete der blonde Hüne teilnahmslos. Anfangs konnte Nael nicht glauben, dass seine geliebte Frau und sein vierjähriger Sohn Björn von der Krankheit befallen wurden. Er ging zur Kirche, betete stundenlang, doch es half nichts. Vor ein paar Tagen starb sein Sohn, der kleine Körper schien übersät zu sein von vielen roten Malen. Sie trennten ihn von seiner Mutter, um die Heilung beider zu ermöglichen, aber es half keinem. Als die kleine Hand in seiner erschlaffte und sein schlafender Sohn für immer die Augen schloss, brach etwas in dem Mann. Er verstand nicht, warum es ausgerechnet seinen Björn traf, der sich als Sonnenschein und Quelle des Lebens erwies und seine Eltern jeden Tag erfreute. Nael stützte seinen Kopf in seine große Hand, die Erinnerung daran zerriss ihn innerlich fast. „Du musst leben, Nael. Alva und Björn würden nicht wollen, dass du aufgibst. Jeder Mensch hat sein Schicksal, das ist nicht aufzuhalten. Wir müssen damit leben", sprach Runa eindringlich auf ihren Schwiegersohn ein, obwohl ihr eigener seelischer Schmerz sie peinigte. Doch sie entstammte einem Volk, dass den Tod gewohnt war in den harten Regionen des Nordens. Von Norwegen über Island bis Grünland trotzten die Bewohner dem harten Klima und suchten für ihre Familie Land zum Leben. Weiter im Südwesten gab es fruchtbares Land, aber die ursprünglichen Bewohner dieses Landes wehrten sich vehement gegen die Besiedlung durch die Grünländer. Der Hüne drehte sich zu seiner schlafenden Frau. „Ich danke dir, Runa. Du bist ein großartiger Mensch, genau wie deine Tochter, aber auch du spürst den Schmerz. Er frisst mich auf wie eine böse Krankheit. Ich bleibe hier sitzen und werde beten, vielleicht hat Gott ein Einsehen. Wir können andere Kinder haben", sagte der gequälte Mann stockend, Tränen standen in seinen Augen. Runa nickte und stellte das mitgebrachte Essen auf den Tisch. Sie verabschiedete sich und ließ den stummen Mann allein zurück. Nael verspürte keinen Hunger, das Leben war ihm egal, die Krankheit seiner Frau und der Tod seines Sohnes erschütterten ihn in seinen inneren Grundfesten. Er hob seinen Kopf, blickte auf das trotz der Krankheit noch immer schöne Antlitz seiner Frau Alva und hoffte auf ein Wunder Gottes. Nael lehnte sich zurück in seinem Stuhl. Das bisherige Leben zog an ihm vorbei. Er entstammte nicht dem Volk der Grünländer, sondern wuchs in Donostia im Land der Basken in Hispanien auf. Seine Mutter Yrsa Lokisdottir, geboren in Laugarbrekka in Island auf der Halbinsel Snaefellsnes, entstammte dem Volk der Wikinger. Sie wuchs mit der berühmten Gudrid Thorbjarnardottir im selben Ort auf, bis Gudrid gemeinsam mit ihrer Familie Island verließ und sich Erik dem Roten anschloss. Yrsa erwies sich als wild und ungezügelt und lebte ein Leben als Kriegerin, dass sie zwang, Island wegen eines getöteten Mannes zu verlassen. Auf ihrem Streifzug durch das Leben gelangte sie nach Donostia oder San Sebastian, wie es die romanische Bevölkerung nannte. Dort traf sie den Basken Danel. Laut den Erzählungen ihrer Eltern erkannten beide bereits beim ersten Sehen, das sie den richtigen Partner trafen. Daraus entstand eine große Liebe, der vier Kinder entstammten. Nael war das zweitälteste der Geschwister. Da unter den Basken, einem uralten Volk, blondhaarige Menschen mit bläulichen Augen keine Seltenheit waren, ergab es sich, dass sämtliche Geschwister diesem Typ nachfolgten. Sein Vater Danel trug ebenfalls blonde Haare und verfügte über bläuliche Augen. Die Eltern versuchten auf Anraten Yrsas mit ihrer Familie im Norden Kontakt aufzunehmen, um Geschäfte abzuschließen. Es ging um die reichen Fischfanggründe der

Wikinger, ihre Art Fisch zu trocknen und andere Produkte. Vor allem der Kabeljau wurde für die Basken ein lohnendes Objekt der Begierde. Sie folgten den Wikingern mit ihren Schiffen in den Westen Richtung Vinland. Yrsa und Danel suchten ihre Familie in Island auf und stellten erfolgreich Kontakte her, denen ihre Nachkommen auf ihren Fahrten folgten. Alle Geschwister erwiesen sich als Kinder ihrer Eltern, die beide als Abenteurer durch die Welt zogen, aber der ältere Mikel und die jüngeren Alaia und Ivar konnten ihre Energien bündeln und verblieben in ihrer Welt in den christlichen Königreichen Hispaniens. Mikel und Alaia heirateten Menschen aus befreundeten Familien in Asturien, die Elternpaare kannten sich von früher und betrieben einen regen geschäftlichen Austausch. Nael erwies sich als der Wildeste und Größte unter den Kindern Yrsas und Danels. Es zog ihn in die Welt hinaus, vor allem in den Norden. Seit er mit fünfzehn Jahren erstmalig isländischen Boden betrat, fühlte er sich dort zu Hause. Er spürte die innere Verbundenheit mit der Heimat seiner Mutter. Seine Geschwister und er verfügten über eine umfangreiche Kampfausbildung, daneben mussten sie Lesen und Schreiben lernen, vor allem Latein, aber auch Spanisch wurde gelehrt, die regional unterschiedliche Sprache der Bewohner der christlichen Königreiche. Nael beherrschte die Sprache der Wikinger, die ihn seine Mutter lehrte, dazu kam die Sprache der Basken. Aber er interessierte sich nicht für den Teil des Geschäfts der Familie, der mit dem Warenbestand und ähnlichen Dingen zu tun hatte, das Blut des Abenteurers und Entdeckers steckte in ihm. Ein Jahr nach dem erstmaligen Betreten Islands kehrte er zurück und erklärte seinen Eltern, dass er unter diesem Volk leben wollte. Schweren Herzens erkannten Yrsa und Danel, dass ihr Sohn, ähnlich wie sie selbst, von der Lust am Kampf und Abenteuer geprägt zu sein schien und ließen ihn ziehen. Die Familie seiner Mutter nahm ihn auf und lehrte ihn das Leben in Island. Er kannte die Insel mittlerweile sehr gut, obwohl er dort nicht aufwuchs. Zwei Jahre nach seiner Ankunft beteiligte er sich an einer Fahrt eines Cousins ins westlich gelegene Grünland und blieb in Eystribyggd. Thorkel Leifsson, der oberste Anführer von Brattahlid, gab sein Einverständnis. Der Sohn von Leif Eriksson führte die östliche Siedlung und galt als oberster Jarl der Grünländer. Der berühmte Vater verstarb ein Jahr vor der Ankunft von Nael in Grünland. Bald darauf beteiligte sich der Baske an einer Fahrt nach Westen und fuhr mit einem Schiff die Küste der westlichen Länder Helluland, Markland bis nach Vinland. Er kannte die Sagas der Wikinger über ihre Vorfahren, die dieses westliche Land entdeckten. Bjarni Herjulfsson galt als der Erste unter den nördlichen Völkern. Dessen Schiff geriet in Nebel und Nordwind. Als sich der Nebel lichtete, erkannte er bewaldete Hügel, auf der Fahrt nach Norden sahen sie wieder Land mit Wald. Leif Eriksson folgte den Spuren Bjarnis und betrat als Erster die westlichen Länder, er gab den Ländern auch die Namen. Leif dem Glücklichen, wie ihn die Menschen nannten, folgten seine Geschwister Thorvald und Thorstein Eriksson. Thorvald kehrte nach Leifsbudir zurück, eine von seinem Bruder in Vinland gegründete Siedlung, aber sie fanden nur einen Getreidespeicher vor, keine Menschen. Er überwinterte zweimal in dieser Siedlung und erforschte den Norden und Osten des Dorfes. Dabei kam es zu Feindseligkeiten zwischen den Ureinwohnern und den Wikingern. Sie töteten acht Skraelingar, einer konnte entkommen und griff mit anderen die Wikinger an. Dies führte zum Tod von Thorvald, der von einem Pfeil getroffen wurde. Die Überlebenden verließen das waldreiche Vinland. Thorvalds Bruder Thorstein Eriksson brach nach der Rückkehr der Mannschaft auf, um die sterblichen Überreste seines Bruders zu bergen, aber er starb an einer Krankheit auf der Hinfahrt nach Vinland. Ein paar Jahre später unternahm der berühmte Seefahrer Thorfinn Karlsefni gemeinsam mit seiner Frau Gudrid Thorbjarnardottir mit hundertsechzig Siedlern und drei Schiffen einen Versuch, um Vinland dauerhaft zu besiedeln. Seine Frau war die Witwe von Thorstein Eriksson. Thorfinn entstammte dem berühmten Geschlecht der Ynglinger des legendären dänischen und schwedischen Königs Ragnar Lodbrok. Sie gebar in Vinland Snorri Thorfinsson, den gemeinsamen Sohn. Die Siedler fanden eine geeignete Stelle für eine Niederlassung in einer Flussmündung und nannten das Land Hop. Die Landschaft erwies sich als reich mit Fischen, Wild und Hartholz. Sie erkundeten in diesen Jahren das Umfeld der Siedlung und stellten Kontakt zu den Skraelingar her. Es gab einige dorfähnliche Gemeinschaften, aber trotz des Reichtums des Landes kam es zu Konflikten mit den einheimischen Völkern. Innerhalb der Gemeinschaft sorgte vor allem Freydis Eriksdottir, die Schwester von Leif Eriksson, für viel Unruhe. Sie galt als mutige Kriegerin, aber auch als brutal und rücksichtslos. Ihr Mann Thorvard tötete die Isländer Helgi und Finnbogr, ehemalige Waffengefährten, aufgrund einer unbewiesenen Anschuldigung Freydis, die die Männer der Vergewaltigung bezichtigte. Die Frauen dieser Männer tötete sie eigenhändig mit ihrer Streitaxt. Im dritten Jahr ihrer Besiedlung kam es zu einem offenen Kampf, dem Grünländer und Skraelingar zum Opfer fielen. Trotz der hervorragenden Bedingungen für eine Besiedlung entschloss sich Thorfinn aufgrund des anhaltenden Konflikts und der geringen Anzahl an Wikingern, den Ort aufzugeben. Voll beladen mit allem, was die Schiffe aufnehmen konnten, Hartholz, Pelze und Wein, kehrten sie nach Grünland zurück. Es gelang nicht, eine dauerhafte Siedlung in Vinland zu etablieren. Thorfinn Karlsefni kehrte mit Gudrid nach Island zurück und baute ein Gut in Glaumbaer auf. Das Paar genoss unter den übrigen Bewohnern der Insel hohes Ansehen. Nael kannte diese Geschichten auswendig, sie boten Abenteuer und nährten seinen Entdeckergeist. Sie fuhren die Küste der westlichen Länder entlang und suchten nach Spuren der ehemaligen Siedlungen. Zeitweise bauten sie kleine Ansiedlungen auf, aber die einheimischen Völker störten ständig eine neuerliche Kolonisierung der Region. Während seiner Fahrten, einmal überwinterten sie nördlich von Vinland, in denen die Wikinger Hartholz und Pelze holten, kam es zu ständigen Kämpfen mit den Skraelingar. Die Härte der Konflikte und der gegenseitige Hass erschienen unüberwindbar. In einem Waldstück traf er auf eine junge Frau der Skraelingar, die nicht feindselig wirkte. Sie lächelte freundlich und bot ihm etwas zum Essen an. Obwohl sich Nael unwohl fühlte, nahm er das Geschenk an. In diesem Moment fand er dieses Volk nicht mehr so hässlich, wie sie dargestellt wurden. Die junge Frau erwies sich als Schönheit, aber die Angelegenheit nahm einen dramatischen Verlauf. Ein älterer Kampfgefährte erschien und attackierte die junge Frau. Als sich diese wehrte, erstach er sie mit dem Schwert. Fassungslos blickte Nael auf die überraschten Augen der jungen Einheimischen, deren Augen schließlich brachen und das Leben darin erlosch. Er konnte sich erinnern, dass er seinem Kampfgefährten Vorwürfe machte und ihn darauf hinwies, dass sie keinen Feind darstellte. Dieser schüttelte den Kopf und sagte damals:" Es sind wertlose Kreaturen, sie leben und verhalten sich wie Tiere." Dieses Ereignis führte zu einem Umdenken bei Nael und er beschloss, nicht mehr an den Fahrten in die westlichen Länder teilzunehmen. Nach seiner Rückkehr nach Eystribyggd traf er auf einer Wanderung nach Norden auf die junge Alva Egilsdottir. Als er sie traf, konnte er auf einmal seine Eltern besser verstehen. Die blonde, junge Frau mit ihren Zöpfen und wunderschönem Gesicht bewirkte eine innere Reaktion, die er in dieser Intensität vorher nicht verspürte. Er kannte den Umgang mit Frauen, liebte aber mehr den Kampf. Alva veränderte alles in seinem Leben. Bald kamen sie einander näher, ihr Vater Egil schien aufgrund der Herkunft Naels unschlüssig zu sein, aber seine Schwiegermutter Runa sprach für das Paar. Danach gliederte er sich in die Sippe Egils ein und gründete eine eigene Familie. Obwohl sich das Leben in Grünland nicht leicht präsentierte, lebten sie glücklich im Süden der Insel. Er begleitete die einflussreichen Männer auf ihren Handelsfahrten und verdiente gutes Geld. Dann folgte die Geburt des gemeinsamen Sohnes Björn vor über vier Jahren, die das Glück vervollständigte. Er informierte seine Familie über sein Leben im Norden mit einem Brief, ein nordischer Händler kannte Danel aus Donostia. Es schien alles eine gute Entwicklung zu nehmen, sein Sohn entwickelte sich gut, weitere Kinder sollten folgen. Bis das Schicksal vor einigen Monaten unbarmherzig zuschlug. Eine Krankheit erfasste die Siedlungen der Wikinger und führte zu Toten und Schmerz innerhalb der Bewohner Grünlands. Nael fielen die Augen zu, er verdrängte die Gedanken an die letzten Jahre, schlimme Träume folgten. Das Gesicht seines kleinen Sohnes drängte sich in seinen Kopf, dessen Augen starrten ihn an. Er schreckte hoch und fiel fast vom Stuhl. Der Baske erhob sich und ging zum Tisch. Er aß und trank etwas. Plötzlich vernahm er ein Stöhnen vom Lager. Alva erwachte aus ihrem Dämmerschlaf. Nael eilte zum Lager und nahm ihre Hand, ihr schweißgebadetes Gesicht wandte sich ihm zu. Sie wollte sprechen, schaffte es aber zuerst nicht. Alva versuchte sich aufzusetzen, aber ihr Körper war zu schwach. Nael unterstützte sie dabei, ihr Lächeln erfasste ihn. „Es ist eine schöne Zeit gewesen, gemeinsam mit Björn und dir, mein schöner Mann." Sie unterbrach, weil sie von einem starken Hustenanfall erfasst wurde, dann sprach sie weiter. „Unser Sohn wartet bereits auf mich." Nael wollte etwas sagen. Alva wusste vom Tod ihres Sohnes nichts, zumindest glaubten es alle. Sie hob ihre Hand. „Du bist schon immer ein schlechter Lügner gewesen, Nael. Ich weiß, dass Björn bereits von Gott gerufen worden ist." Wieder musste sie unterbrechen, Naels Augen füllten sich mit Tränen. Er nahm ihre Hand und küsste sie. „Wir werden bald wieder vereint sein, Alva. Ich liebe dich und werde euch folgen." Die stark geschwächte Frau schüttelte plötzlich wild den Kopf. „Björn und ich haben schöne Jahre zusammen genossen. Meinem Sohn ist es nicht vergönnt gewesen, sein Leben länger zu gestalten. Es ist Schicksal und Gottes Wille, Nael." Ein Lächeln erschien in ihrem Gesicht, das er so unsagbar liebte. „Du musst für uns weiterleben, Baske", sagte sie mit aller Kraft. „Ich glaube an die Wiedergeburt. Björn und ich werden in einem anderen Körper wieder leben. Aber du musst dein eigenes Schicksal finden. Du darfst nicht zweifeln, Nael. Wir werden dich auf deinen Wegen begleiten, unser Sohn und ich", sagte sie mit erlahmender Stimme. Ihre Augen schlossen sich. Es schien, als ob sie bereits aus dem Leben geschieden war. Doch noch einmal öffneten sich ihre Augen und erfassten ihren Mann. „Ich habe dich vom ersten Augenblick an geliebt und werde dich ewig lieben, mein schöner Baske. Du solltest dich rasieren", sagte sie mit einem Lächeln, danach schloss sie die Augen für immer. Nael erkannte nicht sofort, dass sie bereits tot war. Ihre Hand erschlaffte und ihr Kopf fiel auf die Seite. Der große Mann weinte hemmungslos, dann erhob er sich und schlug gegen die Wand der Hütte. Wütend zertrümmerte er den Stuhl und stürmte nach draußen. Es dunkelte bereits in der Landschaft Grünlands. „Warum tust du mir das an?", schrie der blonde Hüne in den Himmel. Vorsichtig näherten sich einige Menschen aus der Sippe. Er kniete, sein Körper zuckte, mit der Faust schlug er auf den Boden. Die Umstehenden ließen den Hünen in Ruhe, der Tod eines geliebten Menschen erschütterte die Hinterbliebenen. Der große, blonde Mann erwies sich in den letzten Jahren als wertvoller Bestandteil ihrer Familie. Mit seiner Kraft und Wendigkeit galt er als einer der besten Krieger der Ostsiedlung, aber er besaß auch Geschick in der Landwirtschaft und in der Viehhaltung. Zudem verfügte er über Schreibkenntnisse, die sich bisweilen als hilfreich erwiesen. Runa und Egil erschienen, beide zeigten offen ihre Trauer über den Verlust ihrer Tochter. „Steh auf, Nael. Björn und Alva haben ihren Frieden gefunden. Wir werden um sie trauern, aber das Leben muss weitergehen", sagte Egil Gunnarsson bestimmt. Stille trat ein. Alle blickten auf den knienden Mann, der sich langsam zu beruhigen schien. Als er sich erhob und umsah, blickten die Umstehenden in ein ermüdetes Gesicht, aus dem zwei bläuliche Augen strahlten. In seinem Blick lag eine Härte, die seinen Schwiegervater erfasste. Langsam trat Nael auf Egil zu. Dessen Blick lag auf seinem Schwiegersohn, der eine gefährliche Aura verströmte. Bis jetzt kamen alle gut miteinander aus, aber Nael erschien bedrohlich in seinem Zustand. Die Männer griffen zu ihren Waffen, um ihren Anführer zu schützen. „Wie kannst du als Vater in einem solchen Moment so etwas sagen, alter Mann?" Hast du deine Tochter nicht geliebt?" Die Fragen hallten durch die einbrechende Dunkelheit. Egil erkannte, dass sein harter Ton zuvor der Situation nicht gerecht wurde. Runa schritt ein. „Beruhige dich, Nael! Wir haben eine Tochter verloren. Ein Kind, dass wir großgezogen haben, und einen hoffnungsvollen Enkel. Deine Wut richtet sich gegen die Falschen. Alva würde dich nicht verstehen, das weißt du." Runas

Stimme klang beruhigend, plötzlich senkten sich die Schultern des Basken, sein Kopf sank nach unten. „Es tut mir leid, Egil", sagte er leise. Der Wikinger nickte verständnisvoll. Als sich einige Männer der Hütte nähern wollten, rief Nael:" Ich werde sie holen und verbrennen, wie bei Björn. Es ist besser für alle anderen und ist sicher im Sinne Alvas!" Zum Schutz vor einer weiteren Verbreitung wurden die Opfer der Krankheit verbrannt. Nael betrat die Hütte und holte seine tote Frau. Erschüttert blickte die Familie auf den blonden Hünen, der mit seiner verstorbenen Frau den Hof verließ und sich zur Stelle bewegte, an der bereits die Überreste seines toten Sohnes lagen. Das Grab war noch offen, er legte Alva ab und wickelte sie ein. Am Ende küsste er ihr Gesicht, dann nahm er eine Fackel und zündete die trockenen Zweige an, die vorbereitet waren. Die Familie näherte sich dem Feuer, dass bald den Körper der jungen Frau erfasste und ihn verbrannte. Egil sprach ein Gebet, anschließend kehrten die meisten in ihre Wohngebäude zurück. Sie würden sich heute betrinken, aber sie konnten nicht mit Nael trauern. Es bestand die Möglichkeit, dass er bereits den Keim der Krankheit in sich trug. Nur Runa blieb lange bei ihrem Schwiegersohn stehen, am Ende verließ auch sie ihn. Der große Mann starrte auf das Feuer, dass den schönen Körper Alvas unkenntlich machte und schließlich endgültig vernichtete. Er blickte zum Himmel. „Ich weiß nicht, wo ihr seid, aber ich hoffe, du liegst mit deinem Glauben richtig, geliebte Alva." Der Baske setzte sich auf den Boden und starrte zur Siedlung. In den letzten Jahren lag alles klar vor seinen Augen, der Weg und das Ziel. Mit dem Tod seiner Familie erfasste ihn ein Schmerz und eine Ziellosigkeit, die ihn teilnahmslos machte. „Du verlangst von mir weiterzuleben, aber wofür, schöne Alva?", fragte er laut. Ein Stern leuchtete hell am Firmament. Er dachte plötzlich an die junge Skraelingar, die unschuldig starb. „Vielleicht ist es Gottes Rache für den Mord, aber ich habe sie nicht getötet. Alva ist unschuldig gewesen. Bestrafst du mich, weil ich sie nicht beschützt habe, diese junge Frau?" Nael sprach mit sich selbst, er versuchte einen Grund für den Tod seiner Familie zu finden, aber es gab keinen. Obwohl die Temperaturen in der Nacht stark fielen, berührte ihn dies kaum, er spürte die Kälte nicht. Der Mörder der jungen Frau fiel einem Angriff der Skraelingar zum Opfer, er büßte bereits für seinen Mord. Nael schlug sich gegen den Kopf. Er wusste nicht, warum er den Tod der beiden Frauen miteinander verknüpfte. Die junge Skraelingar verfolgte ihn seit damals mit ihren anklagenden Augen öfter in seinen Träumen, aber die Liebe zu Alva löschte alles. Nach ihrem Tod drängte sich der Vorfall wieder in sein Gedächtnis. Irgendwann erhob er sich und betrat seine Hütte. Er schlief lange und schreckte immer wieder hoch, Träume peinigten ihn. Aber die Erschöpfung zeigte Wirkung, irgendwann fiel er in einen tiefen Schlaf. Als er aufwachte, brach der Morgen des übernächsten Tages an, er schlief über einen Tag durch. Nael blickte sich um. Er wusste nicht, was er machen sollte. Langsam erhob er sich und wusch sich sein Gesicht. Anschließend ging er zum Grab und füllte es mit Erde und Steinen. Danach bildete ein einfaches Holzkreuz den Hinweis, dass an dieser Stelle die Überreste zweier Menschen lagen. Er ging seinen täglichen Arbeiten nach und sah nach dem Vieh und den Feldern, die bestellt werden mussten. Die Familie von Alva mied ihn, aber auch er wollte mit keinem reden. Nael wurde sich bewusst, dass er ein Risiko für diese Menschen darstellte, da seine Familie als einzige von der Krankheit ergriffen wurde. In den nächsten Tagen änderte sich nicht viel, er betrank sich täglich und schrie manchmal laut zum Himmel. „Was bist du für ein Gott, der solches zulässt?" Tagsüber schlief er immer länger. Einen Monat später erschien Egil in seiner Hütte. „Wir müssen reden, Nael!" Der Hüne nickte. Sein Schwiegervater berichtete davon, dass Naels Verhalten die Menschen am Hof unsicher machte, zudem äußerten sie Bedenken wegen der Krankheit. Egil blickte ihn an. „Ich habe ihnen gesagt, dass von dir keine Gefahr wegen der Krankheit ausgeht. Du bist nicht krank, trotz der Nähe zu Alva und Björn. Aber dein Verhalten führt zu Unruhe in unserer Familie." Egil brach ab, der vollbärtige, ergraute Wikinger blickte auf seinen Schwiegersohn. „Alva und Björn sind tot. Wir werden sie ehren, aber du musst einen anderen Weg gehen. Hast du mich verstanden, Nael?" Der Hüne blickte auf seinen Schwiegervater. Es erschien klar, was er wollte. „Ich soll also verschwinden, weil ich eine Gefahr für die Familie darstelle. Das meinst du doch, Egil?" Der graubärtige Wikinger blickte ihn offen an, sie pflegten bis zum heutigen Tag einen ehrlichen Umgang miteinander. „Ich glaube, es ist besser für alle, aber ich will dich nicht zwingen, zu gehen, Nael. Überlege es dir", sagte Egil väterlich. Anschließend erhob er sich und ließ einen unschlüssigen Basken zurück. Diese Insel schien bis vor einigen Monaten seine Heimat für alle Ewigkeit zu sein, er liebte den Norden und sein raues Klima. Donostia fiel ihm ein, seine Heimatstadt am Kantabrischen Meer. „Was soll ich tun, Alva? Nach deinem Tod gehöre ich nicht mehr zu deiner Familie, obwohl ich sie alle schätze. Aber ihre Reaktion ist verständlich." Er entstammte einer starken Familie und mochte seine Heimat, aber er ging nicht umsonst in diesen wilden Norden, der ihn reizte mit seiner Ursprünglichkeit und der Urgewalt der Natur. Das Eis Grünlands, dazu die Geysire und Vulkane Islands, das bildete eine mystische Landschaft, die ihn in den Bann zog, wie Alva, diese starke und ungezähmte Bewohnerin dieses Landes. Jetzt erlag sie einer Krankheit, die sich ständig einen Teil der Menschheit holte. Nael dachte an das westliche Land. Derzeit fanden keine Fahrten statt. Er wusste auch nicht, was er dort machen sollte. Die Wikinger würden wieder alle Einheimischen töten, derer sie habhaft wurden und die Skraelingar zahlten mit der gleichen Heftigkeit zurück. Menschen wie diese junge Frau hätten viel zum Verständnis beitragen können, auch Alva sprach davon, dass das gegenseitige Töten falsch war. „Nach deiner Erzählung bietet dieses riesige Land genügend Platz und Vorräte für alle Völker. Diese Tode sind sinnlos, es ist schade um diese Frau. Sie ist sicher ein guter Mensch gewesen." Nael lächelte, als er an die gemeinsamen Gespräche dachte. Er blickte sich in der Hütte um. Ohne Alva und Björn machte das Leben auf Grünland keinen Sinn, zur isländischen Familie seiner Mutter bestand seit Jahren kein Kontakt. Sein Weg würde ihn wieder in seine alte Heimat nach Donostia führen. Er legte sich auf das Lager und schlief ein, wieder quälten ihn Träume. Am nächsten Tag suchte er Egil auf und unterrichtete ihn von seiner Entscheidung. „Es fährt ein Schiff von Brattahlid Richtung Island in zwei Tagen ab", antwortete dieser. Der Baske nickte und blickte auf Runa, die ihn beobachtete. „Ich nehme an, du hast bereits meine Mitfahrt organisiert", sagte Nael laut. Es erschien ihm bisweilen seltsam, dass diese Menschen ihn unbedingt loswerden wollten. „Du erhältst Geld und nimmst Proviant und Waffen mit. Als Gegenleistung übernehmen wir die Hütte, sie wird abgebrannt", antwortete Egil ruhig. „Es sind wohl alle Entscheidungen gefallen", antwortete Nael und erhob sich. Ohne Gruß verließ er das Haus seiner Schwiegereltern. Runa blickte auf ihren Mann. „Du musst ihn nicht demütigen. Er kann nichts dafür, dass Alva tot ist", sagte sie vorwurfsvoll. Egils Blick richtete sich auf seine Frau. „Wir müssen an die Familie denken, Runa. Du weißt das. Er muss einen neuen Weg finden, es gibt hier keinen Platz für ihn." Sie blickte ihren Mann lange an, dann verließ sie das Haus. Egil legte den Kopf in seine Hände, der Schmerz über den Verlust seiner geliebten Tochter hielt an. Er gab damals die Zustimmung zu dieser Hochzeit, Alva beharrte auf ihrer Liebe zu dem Mann aus dem Baskenland. Aber er gewöhnte sich an Nael, dieser schien sich gut einzufügen in die Familie und erwies sich als tatkräftige Unterstützung. Aber die letzten Ereignisse brachten wieder eine Distanz zum Vorschein. In der Zwischenzeit betrat Runa die Hütte von Nael. „Du musst ihm verzeihen, der Verlust von Alva ist sehr schmerzhaft für Egil, wie auch für mich. Ich habe sie geboren und muss mitansehen, wie sie stirbt. Das eigene Kind sterben zu sehen, ist hart", sagte Runa laut, ihre Augen füllten sich mit Tränen. Nael ging zu seiner Schwiegermutter, die ihn seit Beginn der Beziehung zu Alva unterstützte. Er nahm sie in die Arme, sie trösteten sich gegenseitig. „Ich verstehe Egil. Er hat recht, es ist besser zu gehen. Ansonsten würde es unweigerlich zu einem Konflikt führen", sagte Nael leise. Runa trat zurück und wischte sich die Tränen aus dem Gesicht. Dann kochte sie dem Basken ein Essen, das ihm guttat nach den letzten Tagen. Anschließend verließ sie das Haus. Am nächsten Tag packte Nael seine Kleidung, das Schwert verstaute er in einer Scheide am Rücken, er lernte diese Trageweise von seinen Eltern. Seine Wurfaxt steckte im Ledergürtel, ein pelzbesetzter Umhang vollendete das Bild eines Wikingers. Nael rasierte sich in der Nacht davor und wollte Alvas letzten Wunsch erfüllen. Dann trat er aus dem Haus und bestieg sein Pferd, den Rucksack band er am Sattel fest. Beim Haus seiner Schwiegereltern trat Runa zu ihm und reichte ihm die Hand zum Abschied. Einige grüßten, als er abritt, aber andere schienen froh über seinen Abschied zu sein. Egil begleitete ihn nach Brattahlid. Sie sprachen kein Wort miteinander. Am Nachmittag erreichten sie die Hafenstadt, die am Ende des Erikfjords lag. Als sie abstiegen, blickten sich die beiden Männer an. Es gab nie eine Feindseligkeit in ihrem Verhältnis und die Anwesenheit von Björn und Alva führten zu einer Annäherung, aber mit dem Tod der beiden brach dieses schwache Band. Egil überreichte Nael einen Geldbeutel, dieser übergab ihm sein Pferd. „Pass auf mein gutes Pferd auf, Egil Gunnarsson." Der graubärtige Wikinger nickte. Anscheinend wollte er sofort zurückreiten, denn er bestieg sein Pferd. Nael nahm seinen Rucksack und stellte ihn vor sich. Egil blickte seinen Schwiegersohn an. „Der Tod von Alva und Björn schmerzen, aber wir müssen beide damit leben. Ich wünsche dir Glück, Nael, aber es gibt für dich keinen Weg zurück auf diese Insel." Der Angesprochene blickte auf den Wikinger und nickte nach kurzer Überlegung. Egil erwiderte die stumme Vereinbarung ebenfalls mit einem Nicken und wendete sein Pferd Richtung Nordwesten. Einige Zeit konnte Nael seinen ehemaligen Schwiegervater noch sehen, aber bald verschwand er hinter einem Hügel. Er drehte sich um und blickte auf den Hafen von Brattahlid, am hinteren Ende lag das genannte Schiff. Morgen würde er diese Insel verlassen und nie mehr wiederkehren, ein großer Schmerz erfüllte den Basken. Es fühlte sich bis zu den letzten Ereignissen wie seine Heimat an, aber Dinge änderten sich. Er ging zum Kapitän, dieser kannte ihn von früher. Nael versorgte seinen Rucksack und lud ihn zu einem Umtrunk in einer Gastwirtschaft ein, die dieser gerne annahm. Am nächsten Tag verließ das Schiff Grünland und setzte Kurs auf Hafnarfjördur, eine der ältesten Siedlungen Islands. Dort trafen sich Schiffe aus allen Richtungen, möglicherweise auch aus dem Baskenland. Er kannte den Hafen. Noch einmal blickte er zurück, die Erinnerungen an die glücklichen Jahre schmerzten, aber es gab keine Rückkehr nach Grünland. Er blickte zum Himmel. „Du hast gesagt, Björn und du werden mich begleiten. Ich hoffe, du hast recht, schöne Alva", sprach er leise zu sich selbst, dann blickten seine Augen in Fahrtrichtung.

Die Fahrt folgte der umgekehrten Route von Erik Thorvaldsson, der Grünland für die Isländer vor zwei Generationen erschloss und besiedelte. Seinen Beinamen „der Rote" erhielt der legendäre Wikinger wegen seiner roten Haare und weil er nach Sichtweise der Isländer Blut an seinen Händen trug. Der Grund seiner Reise lag darin, dass er in Island in einem Gerichtsbezirk vom Althing wegen Mordes zu drei Jahren Verbannung verurteilt wurde. Der Wechsel des Gerichtsbezirks half nicht in der Beurteilung der Bewohner Islands, da er den Ruf eines Mörders trug. Dies veranlasste ihn, den Erzählungen von Gunnbjörn Ulfsson zu folgen, der vor langer Zeit ein Land im Westen sichtete und das Wissen über seine Fahrten weitergab. Erik verbrachte die drei Jahre Verbannung auf kleinen Inseln vor Grünland und erkundete die Küste der großen Insel. Nach seinen Erzählungen standen seine Mannschaft und er in diesen Jahren mehrmals vor dem Hungertod. Er kehrte zurück und warb für die dauerhafte Besiedlung Grünlands Kolonisten in Island an. Mit fünfundzwanzig Schiffen und vielen Menschen an Bord fuhr er los, am Ende fanden vierzehn Schiffe das Ziel, die anderen blieben auf See verschollen. Die Kolonisten gründeten die östliche und westliche Siedlung, als Hauptort diente Brattahlid, wo Erik seinen Hof errichtete. Derzeit lebten einige Tausend Bewohner auf Grünland, die Kolonisierung zeigte trotz auftretender Krankheiten Erfolg. Es existierte ein regelmäßiger Schiffsverkehr zwischen Norwegen, Island und Grünland, auch Schiffe von Dänemark und den Basken im Süden erreichten die nördlichen Gewässer. Nael blickte auf die vereiste Ostküste Grünlands, das Schiff fuhr langsam Richtung

Norden. Die Route war den Nordmännern bekannt, trotzdem rechnete er mit einer Dauer von zwanzig Tagen bis zum Eintreffen in Hafnarfjördur. Viele Gedanken strömten durch seinen Kopf. Er liebte die raue Natur des Nordens. Grünland wurde von seinem starken Inlandeisschild geprägt, das ein dauerhaftes Leben in den meisten Teilen unmöglich machte, nur die Süd- und Westküste wiesen Bedingungen zur Besiedlung auf. Der Grund lag in warmen Meeresströmungen, die auch Island erreichten. Das eigenwillige Volk der Skraelingar konnte dagegen mit härteren Bedingungen umgehen, sie bewohnten den strengen Norden Grünlands, ihre verwandten Völker lebten in Helluland, Markland und Vinland. Selbstbewusste Menschen, die keine Angst vor den Nordmännern zeigten und die Grenzen für deren Entdeckungsfahrten festlegten. Der Baske zeigte sich bereits während seiner Fahrten von diesem harten Volk beeindruckt, die junge, ermordete Frau fiel ihm wieder ein. Der ständige Krieg zwischen den beiden Völkern forderte viele unschuldige Opfer, so wie alle Kriege. Seine schöne Frau Alva und sein kleiner Sohn fielen aber einem Feind zum Opfer, gegen den es kein Mittel gab. Nael fühlte sich wie eine kleine Eisscholle im wilden Nordmeer, getrieben von den Wellen des Schicksals, die ständig über ihn hinwegdonnerten. Er wusste nicht, warum er noch lebte. In den Wochen der Fahrt bis Island vertrockneten seine Tränen und er verhärtete innerlich, nur manchmal durchlebte er qualvolle Momente der Erinnerung an glückliche Zeiten. Er würde nie mehr nach Grünland zurückkehren. Alvas Familie wollte seinen Abschied. Sie gingen nach ihrem Tod auf Distanz, wie zu einem Fremden. Nur Runa hielt zu ihm, aber sie stand auf der Seite ihrer Familie. Auch die Eltern trauerten um die Tochter und den Enkel. Nael hoffte, dass er diese Seite seines Lebens irgendwann abschließen konnte, aber er glaubte es nicht. Er überlegte, die Verwandtschaft seiner Mutter auf der Halbinsel Snaefellsnes aufzusuchen. Dort lebte er über ein Jahr, aber die Kunde von der grassierenden Krankheit in Grünland würde sich herumsprechen. Die Gefahr der Anfeindung erschien ihm zu groß. Aber er konnte als Söldner durch die Gerichtsbezirke Islands wandern und sich einzelnen Sippen anschließen. Es gab ständige Grenzstreitigkeiten um Besitz und Land. Bevor diese zu groß wurden, sprachen die Goden im Althing Urteile wie im Fall des Erik Thorvaldsson. Diese waren freie Männer, fungierten als Priester und Anführer der einzelnen Bezirke. Es existierten neununddreißig Godentümer, sie stellten Versammlungen dar. Die Goden übten die Herrschaft über den Tempel aus und organisierten die Verwaltung der Bezirke, zudem gab es die Versammlungen am Althing. Das Godentum konnte veräußert und vererbt werden, zudem war es teilbar. Es existierten auch weibliche Goden, die Gydjar. Jedem Goden unterstanden seine Gefolgsleute im Thing. Sie mussten vor Sonnenaufgang des ersten Thingtages erscheinen, benannten die Richter und bestellten die Rechtssprecher. Als Geschworene nahmen sie an den Verhandlungen teil und verfügten über eine Stimme, zudem fungierten sie als Friedensrichter im eigenen Bezirk. Jeder Bezirk bestand aus bis zu hundert Bauernhöfen. Die Bauern mussten ihren Goden abwechseln zu den Things begleiten. Dieser regelte den Handel und legte die Preise für den Warenverkehr mit Ausländern fest. Das Godentum bestand für drei Thingversammlungen im Frühjahr, Herbst und beim Althing der Anführer. Die gesetzgebende und rechtssprechende Versammlung Lögretta fand einmal im Jahr im Ort Thingvellir am gleichnamigen See statt. Sklaven, Frauen und Kinder verfügten über kein Stimmrecht. Der Ort befand sich einen Tagesmarsch nordwestlich von Hafnarfjördur. Nael kannte die Verwaltung Islands und dessen

Geschichte aus Erzählungen seiner Verwandtschaft und seiner Mutter Yrsa. Ein Schwede mit Namen Gardar Svavarsson entdeckte als Erster die Insel, der nächste Entdecker Floki Vilgerdarson gab ihr den Namen Island. Er navigierte zur Insel mithilfe dreier Raben und wurde deshalb von den Menschen Hrafna-Floki (Rabenfloki) genannt. Die eigentliche Besiedlung begann vor über hundert Jahren vor allem durch Norweger, auch Schweden, dazu gesellten sich keltische Siedler, die aus Sklaven und freien Männern bestanden. Nael empfand das System trotz des Ausschlusses der Frauen gerechter als viele andere Gesellschaften am Kontinent, wo ein König mit seinem Adel regierte, alle anderen Menschen mussten sich ihren Entscheidungen beugen. Island bot landschaftlich viel mehr als Grünland, auch die Gewässer um die Insel erwiesen sich als sehr fischreich. Im Inneren gab es nicht nur Eis, sondern Vulkane und warme Quellen, die Landschaft erwies sich als rau und besaß keine Wälder. Holz musste aus Norwegen eingeführt werden, zudem verwendeten die Bewohner Treibholz. Trotzdem liebte Nael den ursprünglichen Charakter und die Wildheit des ungezähmten Landes. Es gab viel Weideland um die Höfe. Er durchquerte die Insel nach seiner Ankunft vor über zehn Jahren gemeinsam mit einigen Verwandten. Island würde einen guten Platz zum Leben darstellen, aber er verließ vor einigen Jahren die Familie seiner Mutter Richtung Grünland. Das Schicksal führte ihn nach Westen in die Arme von Alva, deshalb verwarf er den Gedanken an eine Rückkehr nach Laugarbrekka. Der berühmte Seefahrer und Kaufmann Thorfinn Karlsefni und seine nicht minder berühmte Frau Gudrid Thorbjarnardottir lebten in Glaumbaer im Norden Islands. Er kannte sie aus Erzählungen seiner Mutter Yrsa, die mit Gudrid aufwuchs, und vielen Berichten anderer Seefahrer. Sie galten als hochangesehen, vielleicht nahmen sie ihn in ihre Dienste auf.

Aber er verwarf auch diesen Gedanken wieder, ohne Alva machte das Leben in Grünland und Island keinen Sinn mehr. Es fühlte sich wie ein Abschied an, denn keine Frau konnte seine verstorbene Gattin ersetzen. Witwen wurden oft verheiratet mit anderen Männern, da die Todesrate unter dem seefahrenden Volk hoch war. Nael wollte aber auf eine Frau verzichten, die gezwungen wurde, ihn zu nehmen. Seine Eltern fanden sich in Donostia und liebten sich innig. Sie erzählten vom Unterschied ihrer Beziehung zu anderen Partnern davor. Erst nachdem er Alva kennenlernte, konnte er die Geschichten seiner Eltern richtig verstehen. Nach ihrem Tod bestand derzeit kein Interesse an anderen Frauen, vor allem an isländischen. Der Baske entschloss sich endgültig, den Norden hinter sich zu lassen. Sein nächstes Ziel lag in seiner ursprünglichen Heimat im Königreich Navarra, der Hafenstadt Donostia - San Sebastian. Endlich erreichten sie die Stadt Hafnarfjördur, die einen natürlichen Hafen besaß. Dieses Gebiet wurde seit langem besiedelt und galt als einer der Häfen, die von Europa und Britannien angefahren wurden. Nael verabschiedete sich vom Kapitän und der Mannschaft und suchte eine Taverne auf, die es in jedem Hafen gab. Mitte des siebten Monats im Jahr präsentierten sich die Temperaturen angenehm, um diese Jahreszeit gab es fast nur Tageslicht. Dementsprechend schienen die Menschen besser gelaunt zu sein. Der Baske suchte sich einen freien Platz und stellte seinen Rucksack ab. Er bestellte ein Bier, dass er gierig trank. In der Taverne befanden sich einige Männer und Seeleute, er hörte die Norweger und Dänen heraus. Die verschiedenen Dialekte der Wikinger machten ihm keine Probleme, er sprach wie einer von ihnen. Misstrauisch wurde er von einigen beäugt, einer rief:" Woher kommst du, Fremder?" Nael blickte den bulligen Mann mit dem rötlichen Haar an. „Grünland!", antwortete er laut. Drei Männer näherten sich, sie schienen aber nicht auf Streit aus zu sein. Sie setzten sich neben dem Basken. „Wir haben gehört, im Westen soll es ein reiches Land geben, nach Grünland. Ist das korrekt?", fragte der Rothaarige. Nael nickte. Die Männer schienen Seefahrer zu sein, die sich ständig lohnende Ziele setzten. Er erzählte von Vinland und den streitsüchtigen Skraelingar. „Ich habe gehört, sie schlitzen den Männern die Bäuche auf. Wir sollten sie alle töten, dann gehört uns das Land", sagte ein Mann. Nael zuckte mit den Achseln. „Sie sind schwer zu fassen und ziehen sich schnell zurück, um dann mitleidlos zuzuschlagen. Eine ständige Besiedlung müsste unter Aufbietung vieler Krieger möglich sein, aber die Wege sind weit in die Heimat. Derzeit holen sich die Grünländer Holz aus diesen Gebieten, ein ständiger Ort müsste gut gesichert werden." Der Rothaarige leckte sich über die Lippen und fragte nach dem Holz. „Es ist gutes, hartes Holz, dass dort wächst. Island würde davon profitieren, aber wie gesagt, die Wege sind weit. Die Fahrtrouten sind Stürmen und starken Strömungen ausgesetzt. Um es profitabel zu machen, müsste viel investiert und die Skraelingar zurückgedrängt werden", antwortete Nael ruhig. Er fragte seinerseits nach ihrem letztem Aufenthaltsort, der Rothaarige übernahm das Reden. Dieser erzählte vom jahrelangen Aufenthalt in Britannien und angrenzenden Ländern. „Wir haben mit König Knut gekämpft, sie nennen ihn den Großen. Und sie haben recht. Er herrscht über den größten Teil Britanniens und über Dänemark, Schweden und Norwegen." Nael hörte in seiner Jugend in Donostia vom legendären Wikingerkönig, der als zweiter Sohn Sven Gabelbarts sich anschickte, Großes zu vollbringen. Derzeit galt er als unumschränkter Herrscher des Nordens, nur Island, Grünland und der nördliche Teil Norwegens und Schwedens entzogen sich seiner Kontrolle. Der Rothaarige erzählte, dass sie von London nach Dänemark fuhren. Dort gerieten sie in Schwierigkeiten und mussten nach Norwegen flüchten. „Unsere Gegner sind sehr zahlreich gewesen. Sie haben sich als rachsüchtig erwiesen und uns verfolgt. Deshalb haben wir beschlossen, nach Island zu kommen, um uns hier nach Möglichkeiten umzusehen." Der Baske nickte und erzählte vom berühmten Thorfinn Karlsefni im Norden Islands und dessen Entdeckungen im Westen. „Er kann euch am besten helfen, solltet euer Ziel dort liegen", sagte Nael. Die Männer nickten, die nächste Runde Bier wurde bestellt. Am Ende der Unterhaltung waren alle volltrunken, Bier und Met wirkten. Keltinnen ergänzten das Angebot der Taverne, sie geizten nicht mit ihren verlockenden Blicken. Nael verzichtete darauf, derzeit stand ihm nicht der Sinn nach einer Frau. Er erfuhr im Laufe der nächsten beiden Tage, dass ein Schiff den Weg über die Inseln der Färinger Richtung Hibernien oder Eire, wie es die Einheimischen nannten, fuhr. Normalerweise führte die Route ins südliche Norwegen, aber dieses Schiff wollte Käse auf den Färöer laden und nach An Daingean segeln. Nael besaß ausreichend Geld und zahlte im Voraus für die Fahrt in den Süden. Er verabschiedete sich von seinen neuen Freunden und bestieg das nächste Schiff, das ihn näher an seine Heimat in Donostia heranbrachte. Derzeit lag kein Schiff der Basken in Hafnarfjördur. Am nächsten Tag ging es los in Richtung der Insel der Färinger, die von irischen Mönchen vor vierhundert Jahren wiederentdeckt wurde. Den Ausgangspunkt der Christianisierung und Besiedlung stellte der Ort Sumba im südlichsten Teil dieser Inselgruppe dar, später folgte die Haupteinwanderung aus Norwegen. Derzeit bildeten die Inseln einen Teil von Norwegen und damit des Reichs von Knut dem Großen. Normalerweise fuhren die Schiffe weiter nördlich über Norwegen, aber Nael fand glücklicherweise ein seltenes Schiff mit einer Direktroute zu den Färingern. Er wollte das Gebiet zwischen den umkämpften Ländern im Norden, Britannien und dem Frankenreich vermeiden. Derzeit schien nicht klar zu sein, wer zukünftig welches Land regierte. Knut hielt alles in seiner Hand, aber seine Nachfolger und Gegner warteten bereits auf seinen Tod, um die Herrschaftsansprüche wieder neu zu regeln. Der Rothaarige erwies sich als guter Geschichtenerzähler und Beobachter der politischen Lage. Lange blickte Nael nach Island zurück, bis die Insel seinen Blicken entschwand. Es schien der endgültige Abschied aus dem Norden zu sein. Die Fahrt zu den Färingern dauerte ein paar Tage, raue Winde erwiesen sich als schwierig, aber dem Basken machte eine Fahrt auf diesen wilden Meeren nichts aus. In Sumba wurde Schafskäse in Fässern aufgeladen, dann ging die Fahrt weiter nach Irland. Einheimische Kelten nannten es Eire, die Römer Hibernien. Die Insel wurde seit langem von den Kelten bewohnt, nach dem Ende des römischen Imperiums fanden hier entlaufene Sklaven Zuflucht. Das Land wurde als eines der ersten im Norden christlich missioniert und wies viele Klöster auf. Nael hörte von Madoc, einem Mann aus Cambrien oder Wales, wie es die Angelsachsen nannten, dass es oft Streitigkeiten mit den Iren gab. Die Fahrten und Überfälle der Wikinger veränderten das Leben in Irland, vor allem die Klöster bildeten lohnende Ziele für die Nordmänner, aber auch im Süden gab es Überfälle und Siedlungsgründungen. Diese Orte wurden bereits wieder rückerobert oder von den keltischen Fürsten zerstört. Der Baske sah dieses Land nur als kurze Zwischenstation. Männer aus dem Norden wurden hier nicht gerne gesehen, aber es schien eine ungefährlichere Route zu sein als das Konfliktgebiet östlich von Britannien. In der kleinen Siedlung Dingle oder An Daingean in der südlichsten irischen Provinz Munster (An Mhumhain) würde er Station machen.

Die Seeleute des Schiffes erwiesen sich als Kelten, teilweise verstand Nael diese Sprache, deshalb konnte er zumindest die Ortsnamen zuordnen. Der Kelte Madoc, ein Freund seiner Eltern, erzählte ihm über Cambrien und den Keltengebieten in Britannien und Irland. Seine Eltern zeigten großen Respekt vor dem rothaarigen Mann. Nael kannte die Geschichte seiner Eltern und ihrer Freunde aus Asturien. Der Mann gelangte auf seinem Weg von Britannien südwärts nach Hispanien und blieb wegen seiner Liebe zur Asturierin Leia. Das Paar baute vor einer Generation zusammen mit ihren Freunden Rey und Safia das Dorf Esperanza zu einer blühenden Siedlung auf. Die Familien und seine eigene kannten sich gut und waren untereinander gut vernetzt. Elena, die Tochter von Leia und Madoc, schien seinem ältesten Bruder Mikel sehr zugetan, zumindest bemerkte Nael diese Annäherung, bevor er seine Heimat verließ. Die schöne Elena verzauberte seinen Bruder bereits in jungen Jahren, er sprach oft von ihr. Die zweite Tochter dieser Familie, Isabella, trug rote Haare wie ihr Vater und erwies sich als wilder als ihre Schwester. Danach folgten noch zwei Söhne, die die Namen Fabio und Brios trugen. Je näher er der Heimat kam, desto mehr kamen Erinnerungen an seine Jugend hoch. Er kannte die Menschen in Asturien aus seiner Zeit in Hispanien, die einen besser, die anderen weniger gut. Nael zog es immer nach Norden, dies führte zu einem Austausch mit dem Kelten Madoc, der aus diesen Regionen stammte. Bereits in der Kindheit übte dieser rothaarige Mann mit seinen Geschichten von den Völkern im Norden eine starke Faszination aus, daneben natürlich die vielen Erzählungen seiner Mutter. Madoc erwies sich als ein Meister in allen Waffen, er erwies sich als schnell und geschickt, ähnlich wie Naels Vater, der Baske Danel. Seine Mutter Yrsa und die Asturierin Leia stellten Kriegerinnen und Abenteurerinnen dar, bevor sie Mütter wurden. Daneben verband beide Paare eine tiefe Freundschaft zu Rey und der Maurin Safia, die ebenfalls in Esperanza lebten. Ausbildungen in allen Bereichen war ein Ausdruck der Philosophie dieser drei Familien. Die beiden Paare machten aus dem Dorf Esperanza einen Ort der Bildung und Gleichberechtigung, zumindest nach innen. Dies gab es auch in seiner Familie und unter den Basken, aber nicht in dieser extremen Form. Nael gefiel diese Herangehensweise an eine Gesellschaft, auch er respektierte Alva als gleichwertig. In Island herrschten Goden, aber ihre Frauen besaßen kein Stimmrecht. In Esperanza durften Frauen ihre Meinung offen sagen, sie wurden diesbezüglich in diesem Sinne erzogen. Auch im Baskenland galten die Frauen seit Urzeiten als respektierte Personen. Obwohl diese Frauen als widerspenstig galten, zog es viele Männer nach Esperanza, einige bevorzugten die Herausforderung einer willensstarken, selbstbewussten Frau. Auch Wikingerfrauen wie seine Mutter, Gudrid Thorbjarnardottir oder Freydis Eriksdottir erwiesen sich als stark und den Männern ebenbürtig. Nicht viele Männer respektierten Frauen als gleichwertig, was Nael nicht verstand. Die praktizierte Religion und die herrschende Gesellschaft wiesen Frauen konkrete Rollen zu, die in der Führung des Haushalts und Unterrichtung der Kinder bestand. Adelige Frauen wehrten sich bisweilen auf ihre Weise gegen die Bevormundung und Zwangsehen, indem sie das Spiel der Intrige perfektionierten und ihren Körper einsetzten, um zu mehr Macht über die herrschenden Männer zu gelangen. Aber sie mussten sich an die herrschenden Verhältnisse anpassen. Auch die Frauen von Esperanza und Donostia mussten sich königlichen und kirchlichen Gesetzen unterwerfen. Er verdrängte seine Gedanken über Frauen und konzentrierte sich auf seine Reise in den Süden. Naels Fahrt dauerte bis Ende des achten Monats und führte die Westküste

Kaledoniens oder Albas, wie es die einheimischen Scoten nannten, und die westliche Küste Irlands entlang. Als er die kleine Siedlung Dingle erblickte, wusste er, dass der Norden endgültig hinter ihm lag. Grünland schien ewig weit entfernt zu sein, bis jetzt gab es trotz der wilden Meere keine großen Schwierigkeiten. Er blieb drei Tage in der Siedlung, bis ein Schiff ihn nach Brest in der Bretagne mitnahm. Diese Landschaft wurde in früheren Zeiten Aremorica genannt. Durch die hohe Anzahl der eingewanderten Britonen, die dem Einfall der Angelsachsen in Britannien vor langer Zeit geschuldet war, änderte sich auch die Bezeichnung. Naels Ungeduld wuchs, nach einer Abwesenheit von über zehn Jahren sah er bald seine alte Heimat wieder. Nach dem Tod seiner eigenen Familie kehrte er zu seinen Wurzeln zurück, neben der Trauer um Alva und Björn erfüllte ihn plötzlich die Neugier auf seine Heimat. Seit seiner Abreise hörte er nichts mehr von seinen Eltern, diese kannten sein Leben im Norden nicht. Sie wussten von seiner Ehe mit Alva und Björn, mehr erfuhren sie nicht. Aber nur, wenn es dem nordischen Kaufmann gelungen war, Donostia zu erreichen. Nael bestieg das erste mögliche Schiff in seine Heimat, um sein Ziel schneller zu erreichen. Ende September erblickte er die wunderschöne Bucht von Donostia oder San Sebastian, wie es in der vorherrschenden spanischen Sprache genannt wurde. Diese Sprache entstammte dem alten Latein, auch dieses wurde noch verwendet von der Geistlichkeit, dem Adel und den Kaufleuten. Die Temperaturen präsentierten sich angenehm, die Sonne strahlte bei seiner Heimkehr. Er fühlte sich besser als zu Beginn seiner Reise, aber der Schmerz über den Verlust hielt an. Seine Familie führte ein gutgehendes Handelsgeschäft in der Stadt und besaß Apfelplantagen in der näheren Umgebung. Diese wurden zur Herstellung des bekannten Apfelweins Sagardoa verwendet, mittlerweile wurde er

Sagarno genannt. Die befreundeten Familien in Asturien setzten ebenfalls auf den Apfelwein, bei ihnen wurde er als Sidre bezeichnet. Diese belieferten den Hof des Königs damit. Das Schiff legte an, ein seltsames Gefühl erfasste Nael. Langsam ging er von Bord. Seine Familie übernahm vor fünfzehn Jahren das Haus einer befreundeten normannischen Kaufmannsfamilie. Otmar verließ mit Ehefrau Klotilde, seinem Halbbruder William, den er wie einen Sohn erzog und einem weiteren Sohn die Stadt, um in Rouen, der Hauptstadt der Normandie, das Erbe seines Vaters anzutreten. Auch diese Familie bildete einen Teil des Netzwerks alter Freundschaften, die für gutgehende Geschäftsbeziehungen genutzt wurden.

Nael ergriff ein seltsames Gefühl, als er in Donostia an Land ging. Er stellte den Rucksack ab und beobachtete die nähere Umgebung. Misstrauische und interessierte Blicke trafen den blonden Hünen mit den schulterlangen Haaren. Er wusste nicht, ob die Menschen ihn noch erkannten. Vor elf Jahren wies er noch nicht die körperlichen Maße auf, die ihn als hünenhaften Mann präsentierten. Sein pelzbesetzter Umhang und die Bewaffnung machten die Menschen vorsichtig. An diesem Tag herrschte viel Leben im Hafen der Stadt, die in den Jahren seiner Abwesenheit um einiges größer wurde. Er packte seinen Rucksack und marschierte Richtung des Hauses seiner Familie, das sich in der Nähe des Hafens befand. Das große Geschäft mit anschließendem Lagerraum tauchte auf, das ebenfalls im Besitz seiner Familie stand. Ein blonder, großer Mann stand im Hof und erteilte den Angestellten Anweisungen. Nael erkannte seinen Bruder Mikel, der nicht ganz an seine Größe heranreichte und einen Bart trug. Zwei Jungen standen daneben, einer davon registrierte den vor dem Hofeingang wartenden Hünen. Mikel drehte sich um und blickte auf den Fremden, plötzlich veränderte sich sein Verhalten. Er erkannte seinen Bruder sofort. „Nael!", rief er laut, die Angestellten blieben stehen. Mikel eilte heran und umarmte ihn herzlich. „Bruder, es ist schön dich wiederzusehen!" Noch einmal umarmte er Nael. Die beiden verstanden einander gut, obwohl es natürlich Geschwisterrivalitäten gab. Man merkte den Brüdern die Freude über das Wiedersehen an. Mikel rief die Jungen, dann legte er seine Hände auf die Schultern der neugierig blickenden Buben. „Alvaro, Rodrigo, das ist euer Onkel Nael. Er ist zu den Wikingern in den Norden gegangen, aber ihr kennt die Geschichte." Stolz stellte er seine Söhne vor. Sie wirkten nicht scheu. Frech blickten sie ihren Onkel in die Augen, aber sie entstammten einer erfolgreichen Familie selbstbewusster Menschen. „Oh, mein Gott! Mutter und Vater werden sich freuen, wie ich selbst. Wir haben lange nichts gehört, nur dass du geheiratet hast." Mikel unterbrach seine Rede und wies einen Angestellten an, die Ladung zu betreuen. Er befahl dem achtjährigen Alvaro, den Rucksack von Nael zu tragen. „Was hast du im Rucksack, Onkel Nael? Du musst Eisen geladen haben", sagte der Junge. „Soll ich dir helfen, Schwächling?", fragte der fast sechsjährige Rodrigo. Die beiden begannen zu streiten, dann fiel der Rucksack und der Ältere über den Jüngeren her, der sich aber nichts gefallen ließ. Nael blickte auf seinen Bruder, der den Kopf schüttelte. „Sie streiten andauernd, das ist die Mischung ihres Blutes. Wikinger, Basken und das Blut der Asturier von ihrer wilden Mutter Elena." Nael fragte nach, ob es sich um die ihm bekannte Frau handelte. Mikel bestätigte, dass er Elena, die älteste Tochter von Leia und Madoc, knapp ein Jahr nach Naels Weggang in den Norden, ehelichte. „Ich kenne die Wikingerfrauen nicht, aber Elena ist das Ebenbild ihrer Mutter Leia in jungen Jahren. Zumindest bestätigt dies mein Schwiegervater Madoc. Nur meine

Schwägerin Isabella ist noch um einiges wilder, aber diese Frau hält kein Mann aus." Mikel brach ab und trennte die Jungen. Alvaro hielt den jüngeren Rodrigo im Schwitzkasten, aber dieser gab nicht auf. „Hört auf! Eure Mutter mag es nicht, wenn ihr euch prügelt", sagte Mikel laut. Alvaro packte den großen Rucksack und hängte ihn sich um, grinsend schritt der kleinere Rodrigo an seiner Seite. „Onkel Nael, ich hoffe, du hast eine ruhigere Frau als meine Mutter. Vater muss immer machen, was sie will. Sie kann richtig böse werden", sagte Alvaro laut und grinste, auch sein jüngerer Bruder nickte zu seinen Worten. Die Jungen erwiesen sich als frech, aber Mikel schien ruhig zu bleiben. Er fixierte seine Söhne. „Eure Mutter und ich sprechen über alles, wir respektieren uns. Aber ich kann euch gerne am Nachmittag bei ihr lassen, sie benötigt immer Hilfe", sagte der große Mann lächelnd. Alvaro und Rodrigo schüttelten schnell den Kopf. Offenbar führte Mikels Frau ein strenges Regiment, aber Nael kannte das Selbstbewusstsein seines Bruders, dieser konnte sich überall durchsetzen. Er nahm Alvaro den Rucksack ab, dieser schien erleichtert zu sein. Vor dem Haus blieb die Gruppe stehen. Eine Frau trat aus dem Haus, sie trug blondes Haar, das bereits in Grau überging. Es handelte sich um Yrsa, Naels Mutter. Sie blieb stehen und blickte auf die Gruppe, dann erkannte sie ihren Sohn. Yrsa legte eine Hand auf ihren Mund. „Oh, mein Gott, Nael", sagte sie laut. Dann gingen sich die beiden entgegen und umarmten sich innig. Nael besaß seit Kindestagen eine sehr starke Verbindung zu seiner Mutter, vermutlich geriet er mehr nach den Wikingern der Mutter als nach den Basken des Vaters. Yrsa löste sich, Tränen rannen über ihr Gesicht. Sie zeigte offen die Freude einer Mutter über die Rückkehr ihres Kindes. „Es ist schön, dich zu sehen. Bist du allein gekommen? Wir haben gehört, du hast geheiratet", sagte Yrsa laut. Plötzlich verfinsterte sich

Naels Gesicht. Mikel und Yrsa erkannten an der Reaktion, dass etwas passiert sein musste. Sofort lenkte Yrsa ab. „Komm ins Haus, mein Sohn. Dein Vater befindet sich mit Ivar in Pamplona. König Sancho ist tot, derzeit wird um die Nachfolgeregelung gerungen. Er kehrt in einigen Tagen zurück." Der Baske nickte und folgte seiner Mutter, die ihren Arm in den seinen legte. Yrsa strahlte vor Glück, ihr verschollener Sohn kehrte zurück. Sie spürte, dass etwas passiert sein musste, wollte ihn aber nicht bedrängen. Im Haus kam Elena, die Frau von Mikel, entgegen. Nael kannte sie von früher als sehr junge Frau. Elena stellte eine Schönheit dar, sie ähnelte stark ihrer Mutter Leia in Asturien. Sie umarmte ihren Schwager lange. „Es ist schön, dass du wieder zu Hause bist, Nael." Ihr Lächeln verstärkte ihre Schönheit, sie wandte sich an ihre Söhne. „Tragt das Gepäck eures Onkels in das Zimmer für Gäste", sagte sie bestimmt. Alvaro blickte seine Mutter missmutig an. „Onkel Nael hat Eisen geladen, der Rucksack ist schwer. Er ist ein großer, starker Mann, Mutter", antwortete der Junge schlagfertig. Die Augen von Elena verengten sich. „Ich helfe dir, Bruder. Denke daran, dass Vater leiden muss", sagte Rodrigo laut. Die beiden Jungen entfernten sich schnell mit dem Rucksack nach oben und lachten lauthals. Ihre Mutter blickte ihnen nach, dann fiel ihr Blick auf Mikel. „Du musst strenger mit ihnen sein, sie sind Rabauken", sagte sie ernst. Ihr Mann schüttelte den Kopf. „Sie sind in Ordnung. Nach den Erzählungen deiner Mutter gleichen sie dir, zudem haben sie das Blut meiner Mutter in ihren Adern. Du kannst kein Wunder erwarten", antwortete Mikel grinsend. Elenas Augen veränderten sich, sie blickte ihre Schwiegermutter an. „Dein Sohn enttäuscht mich manchmal, er entzieht sich seiner Verantwortung." Yrsa winkte ab. „Es ist gut, Elena. Ich habe deine Mutter als junge Frau gekannt und du gleichst ihr tatsächlich. Zudem können Mikel und du eure ständigen Diskussionen heute einstellen, wir werden Naels Rückkehr feiern." Elena zuckte mit den Schultern. „Wenn ich bedenke, wie oft du mit Vater diskutierst, Mutter. Es ist unglaublich, dass du unsere Gespräche überhaupt erwähnst", sagte Mikel grinsend, ihm schien das Ganze nichts auszumachen. Elena lachte plötzlich und nickte, dann küsste sie ihren Mann. Das Familienleben wirkte harmonisch, aber es gab ständig Gesprächsbedarf, dies kannte Nael seit seinen Kindheitstagen. Da in seiner Familie und in den befreundeten asturischen Familien die Frauen gleiches Mitspracherecht besaßen und dies auch nutzten, herrschten immer wieder Diskussionen, die aber meistens in guten Kompromissen endeten. Nael setzte sich mit Yrsa und Mikel an den großen Tisch im Hauptraum im Erdgeschoss, während Elena für Essen und Trinken sorgte. Danach holte sie ihren kleinsten Sohn, den zweijährigen Esteban, an den Tisch, der sich freute, seinen Vater zu sehen. Alvaro und Rodrigo kehrten zurück, in der Hand hielt der Ältere ein Messer. „Das ist ein echtes Messer der Wikinger", sagte er begeistert," im Griff wurden Zeichen eingraviert." Offenbar stöberten die beiden in Naels Rucksack. „Habt ihr den Rucksack eures Onkels durchsucht?", fragte Mikel plötzlich laut. Seine Stimme klang anders als zuvor, er wirkte ärgerlich. Die Jungen kannten diesen Ton ihres Vaters. Alvaro legte das Messer auf den Tisch. „Es tut mir leid, aber der Rucksack ist so schwer gewesen. Onkel Nael hat viele Waffen darin, kleine, größere. Das Messer hat mir gefallen." Mikels Zorn erwachte, das Verhalten seiner Söhne gefiel ihm nicht. Elena blickte auf ihren Mann, in diesem Zustand ließ sie ihn reden. Yrsa schüttelte vorwurfsvoll den Kopf, die Jungen wirkten verunsichert. Nael griff ein, es störte ihn nicht. „Lass es gut sein, Bruder. Wir sind ebenfalls sehr neugierig gewesen." Er schlug Mikel auf die Schulter, dann nahm er das Messer und wandte sich an Alvaro. „Wenn dir das Messer gefällt, kannst du es behalten, Alvaro. Es gibt noch ein kleineres dieser Art, das kann sich Rodrigo nehmen. Geht hinauf und holt es euch", sagte er ruhig. Die Augen der beiden Jungen leuchteten, dann richteten sie ihre Blicke auf ihre Eltern. Elena lächelte. „Bedankt euch bei eurem Onkel und verschwindet, aber tötet euch nicht damit", sagte Mikel laut. Alvaro packte das Messer, anschließend rannten die beiden Jungen mit lautstarken Freudensbekundungen das Stockwerk hinauf, um sich das Messer für Rodrigo zu holen. Yrsa lächelte und blickte auf ihren Sohn. Sie sagte kein Wort, anschließend wurde gegessen. Währenddessen erzählten Mikel und Elena von Donostia. Nach ihren Erzählungen heirateten sie ein Jahr nach Naels Abreise in den Norden im Dorf Esperanza. „Sie ist eine echte Herausforderung gewesen, bis sie zugestimmt hat, die wilde Elena. Die Frauen in Esperanza übertreffen alle bekannten Gattungen. Meine Schwiegermutter und ihre Freundin Safia haben eine Schule gegründet, in der alle Kinder das Gleiche lernen, dazu werden sie im Kampf ausgebildet. Das passiert bei uns nur innerhalb der Familie, obwohl die Frauen der Basken auch sehr stolz und selbstbewusst agieren", sagte Mikel lächelnd. Yrsa lachte. „Ich mag meine Freundinnen. Safia lehrt ihren Kindern auch Arabisch. Ihre Töchter ähneln ihnen in ihrer Haltung und im Selbstbewusstsein. Das ist gut für die Männer." Mikels Augen hoben sich, er blickte auf die Decke und schlug die Hände zusammen. „Du ahnst nicht, was ich mitmache, Bruder", sagte er kopfschüttelnd und grinste. „Halt den Mund, Mikel! Eine Asturierin aus Esperanza und eine Baskin leben stolz und loyal an der Seite ihres Mannes. Du kannst zufrieden sein", sagte Elena lächelnd und schlug ihn gegen die Schulter. Er fuhr fort und wandte sich an die beiden Frauen. „Es geht hier nicht um normalblütige Asturierinnen und

Baskinnen, sondern in diesen Familien, auch in unserer, macht die Mischung der Eltern gepaart mit der Erziehung der Töchter es unglaublich schwer für einen Mann. Dazu kommt in Esperanza in der Familie von Safia und Rey das Araberblut. Denkt an Sara, die jüngste Tochter." Elena lachte laut, sie fand es amüsant. Sie erzählte von Sara, der jüngsten Tochter von Safia und Rey, und ihrem Mann Ernesto. „Er entstammt dem Adel von Leon und konnte es nicht verwinden, ständig abgewiesen zu werden. Obwohl sie ihn geliebt hat, hat sie sich ihm verweigert, bis er sein Verhalten geändert hat. Safia erzählt diese Geschichte gerne, mittlerweile lebt das Paar in Leon." Danach erfuhr Nael die familiären Bande, die mittlerweile zwischen den drei befreundeten Familien in Asturien und Donostia entstanden waren. Seine Schwester Alaia ehelichte Rafael, den ältesten Sohn von Safia und Rey, und lebte mit diesem und ihrem Sohn in Esperanza. Der jüngste Bruder Ivar ehelichte die Baskin Nahia und freute sich ebenfalls bereits über eine Tochter. „Sie leben im Hinterland von Donostia und koordinieren die Plantagen für den Apfelwein", sagte Yrsa laut. Dann blickte sie lächelnd auf ihre Schwiegertochter. „Es ist schön, dass sich Elena und Mikel gefunden haben. Leia und ich haben uns sehr gefreut, auch Madoc und mein Mann. Mit Alaia haben wir auch eine familiäre Bindung zu Safia und Rey, dies stärkt die guten Kontakte untereinander." Elena legte die Hand auf jene von Mikel, die beiden vereinte eine tiefe Beziehung. Nael dachte an Alva, seine verstorbene Frau, aber er gönnte seinem Bruder das Glück. Seine Schwägerin erzählte von ihren Geschwistern Isabella, Fabio und Brios. Die jüngeren Brüder besaßen bereits eine Gefährtin und würden bald heiraten. „Fabios Frau Aida kommt aus Oviedo, sie ist die Tochter eines Geschäftspartners unserer Familie. Brios hat Nela in Gijon kennengelernt, auch sie entstammt einer guten Familie. Aber das ist Zufall, wir wählen unsere Partner nicht danach aus." Nael nickte und fragte nach ihrer Schwester Isabella. Elena lachte plötzlich und Mikel schüttelte den Kopf. „Sie ist die Schlimmste von allen. Ihr Vater Madoc musste beim jungen König Bermudo vorsprechen, da Isabella einen Höfling fast getötet hätte, als er zudringlich geworden ist. Sie will keinen Mann mehr, seit Pascual getötet worden ist." Mikel verstummte, anschließend erzählte er vom verstorbenen Mann seiner Schwägerin. Dieser befand sich als Teil einer Einheit tief im Süden im Grenzgebiet zu den Mauren und fiel einer Attacke zum Opfer. „Pascual ist vor fünf Jahren verstorben, seitdem kann sie keiner aufhalten. Sie kämpft, trinkt und treibt sich meistens in Gijon herum. Vater hat sie weggeschickt, da es zu Spannungen mit Safias Familie gekommen ist." Elena zuckte mit den Schultern. „Sie ist nicht mehr normal, meistens lustig, aber sie hat starke Schwankungen. Aber ich habe sie lange nicht gesehen und hoffe, es geht ihr gut." Danach erzählte sie von der zweiten führenden Familie in Esperanza, von Safia und Rey. „Sie organisieren das Geschäft mit den Pilgern und betreiben Geschäfte in Gijon, Oviedo und Leon. Rafael hat deine Schwester Alaia geehelicht, das ist für ihn ebenfalls nicht leicht gewesen." Sie wandte sich an Yrsa. „Deine blonde, blauäugige Tochter hat diesen halben Mauren bluten lassen. Sie ist schlimmer als ich es jemals gewesen bin, liebe Schwiegermutter." Yrsa lachte und Mikel nickte verständnisvoll. „Alaia ist ähnlich wie Nael, das Blut der Wikinger ist stark in ihr. Aber Rafael hat sie überzeugt, er ist eine stolze Mischung aus zwei Welten", sagte Yrsa lächelnd. Elena erzählte danach von Rafaels Schwester Maria, die Diego, einen Mann aus Santiago de Compostela heiratete und mit Tochter und Sohn in dieser Stadt lebte. „Sie ergänzen das Geschäft mit der immer größer werdenden Anzahl der Pilger. Die

Stadt ist wieder gut beisammen, auch Leon und die anderen Städte blühen wieder auf. Die beste Zeit der Mauren in Hispanien ist vorbei. Das Kalifat ist zerfallen in kleinere Königreiche." Nael erinnerte sich daran, dass die christlichen Königreiche im Norden immer mehr Einfluss erhielten. „Der zweitälteste Sohn von Safia, Juan, dient als Leibwache beim König in Pamplona. Das ist gut, denn es sieht aus, als ob die Königsfamilie Jimenez die gesamten Königreiche übernehmen wird. Die jüngste Tochter Sara lebt mit ihrem Don Ernesto in Leon." Nael erhielt einen umfassenden Überblick über die derzeit herrschenden Familienbande der drei befreundeten Familien in Asturien und dem Baskenland, dazu gab es laut Mikel eine starke Geschäftsverbindung zu Otmar und Klotilde in Rouen in der Normandie. Abschließend erzählte Elena vom jüngsten Sohn der zweiten Familie in Esperanza. „Ramon ist der Schlimmste. Er läuft jeder jungen Frau hinterher, die Interesse zeigt. Safia vergleicht ihn jedes Mal mit ihrem Mann Rey, obwohl der Vergleich nicht immer passend ist. Zumindest hat Mutter mir dies im letzten Brief mitgeteilt. Er dürfte in Ordnung sein, aber seine Triebhaftigkeit ist kaum zu zügeln. Er wird das Dorf wohl verlassen, auf der Suche nach Erlebnissen." Sie pflegten in letzter Zeit nur schriftlich oder mit Boten Kontakt zu den befreundeten Familien, deshalb verfügten sie nicht über die letzten Erkenntnisse, was nicht wichtig erschien. Nael interessierte sich für die derzeit herrschende politische Lage in Hispanien. Mikel erzählte von Sancho III., der es als König von Pamplona mit geschickter Heiratspolitik und starkem Expansionsdrang schaffte, Anspruch auf die Königreiche Leon, Galizien und Asturien und die Grafschaft von Kastilien zu stellen. „Er hat als erster Herrscher von einem Gottesgnadentum für die Königsherrschaft gesprochen und passt sich an die fränkischen Könige im Norden an. Vor langen Jahren hat er sich als „König von Spanien" bezeichnet und er meint damit das ganze Hispanien", sagte Mikel. Nael kannte den König von Pamplona von früher, dieser erwies sich als kluger und machtbewusster Herrscher. Vor sechs Jahren verstarb Garcia Sanchez, der Graf von Kastilien, als dessen Vormund Sancho von Pamplona fungierte. Er heiratete dessen Schwester Munia. Die zukünftige Ehefrau von Garcia Sanchez, Sancha, die Schwester des minderjährigen Königs von Leon, Asturien und Galizien, Bermudo, verheiratete er mit seinem jüngsten Sohn Fernando. Ab diesem Zeitpunkt übernahm er die Vormundschaft für den minderjährigen Bermudo und verheiratete diesen mit seiner Tochter Jimena. „Letztes Jahr hat er Bermudo dazu gebracht, ins Exil nach Galizien zu gehen. Sancho hat in Leon regiert, aber er ist tot. Jetzt geht es darum, wer sich durchsetzt. Dabei muss man aufpassen, welche Seite einer wählt." Alle nickten, aber Nael kannte die Antwort. Seine Familie fühlte sich dem Haus Jimenez verbunden. Nur der letzte lebende Nachkomme des asturischen Königshauses, Bermudo, stand als letzter Gegner der Familie Jimenez gegenüber. „Mein Vater Madoc hat ein Problem. König Alfonso, ein enger Freund, starb vor sieben Jahren. Sein Sohn Bermudo ist zu jung und Sancho ausgeliefert gewesen. Aber jetzt besteht die Gelegenheit, Leon wieder zurückzuerobern", sagte Elena laut. Ihre Stimme drückte Sorge aus. Nael kannte die Verbindung der Familie zum asturischen Königshaus. Aber in Leon und Asturien herrschte derzeit die Familie Jimenez. Nur Galizien verblieb unter der Herrschaft von Bermudo. Sancho von Pamplona verfügte über vier Söhne. Der älteste Garcia Sanchez, dann folgten Gonzalo Sanchez und Fernando Sanchez, dazu kam der unehelich geborene Ramiro Sanchez mit seiner Mätresse Sancha von Aibar. „Es wird spannend, da der König den Franken nacheifert. Deshalb wird er vermutlich sein Reich unter seine vier Söhne aufteilen, das führt zu neuen Konflikten. Es ist gut, dass das Kalifat zerfallen ist, die maurischen Königreiche bekämpfen sich untereinander. Sie stellen keine Gefahr mehr dar, aber es gibt ständig Kämpfe und Konflikte im Grenzland." Nael nickte zu Mikels Worten. Er trank einen Schluck Apfelwein, den es im Norden nicht gab. „Wir haben dir viel erzählt, Bruder. Jetzt bist du an der Reihe", sagte Mikel bestimmt. Der Baske blickte auf seine Familie. Er tat sich schwer, über alles zu sprechen. Yrsa griff ein. „Nael ist müde von der langen Fahrt. Wir reden zu einem anderen Zeitpunkt, wenn Danel heimkehrt." Aber Mikel schüttelte den Kopf. „In dieser Familie ist immer alles offen ausgesprochen worden, damit alle informiert sind. Das hält uns zusammen. Nael ist nicht zum Vergnügen heimgekehrt. Ich will wissen, woran ich bin." Elena nickte zu den Worten ihres Mannes. Yrsas Augen verengten sich, sie schien damit nicht einverstanden zu sein. Aber Nael blickte auf seine Mutter und gab sein Einverständnis. Danach erzählte er von seinen Erlebnissen im Norden und Westen und kam auf Alva, Björn und die glücklichen Jahre in Grünland zu sprechen. Bei der Schilderung der Krankheit und dem Tod seiner Familie musste er seine Erzählung unterbrechen und sprach erst nach einer Weile weiter. Mitleid erfasste die Anwesenden, vor allem seine Mutter schien ergriffen zu sein. „Sie sind tot. Ihre Familie hat mich weggeschickt, denn ich bin plötzlich ein Fremder gewesen, dem die Schuld am Tod der Tochter gegeben worden ist. Danach bin ich über Island nach Süden gefahren." Das Reden wirkte erleichternd, aber es verbesserte seine Situation nicht. „Das Leben geht weiter, Bruder. Wir helfen dir", sagte Mikel. Nael blickte ihn an, sein Blick verfinsterte sich. „Es geht immer weiter im Leben, Bruder. Aber es ist leicht, solche Worte zu sprechen, wenn einer davon nicht betroffen ist. Wie würdest du dich fühlen, wenn du Elena und die Kinder an eine Krankheit verlierst, gegen die es kein Mittel gibt. Du musst zusehen, wie sie jeden Tag weniger wird und dein totes Kind in den Armen halten. Es ist grausam, aber ich bedanke mich für dein Angebot." Nael erhob sich nach seinen Worten, das Gespräch wühlte ihn auf. Mikel hob entschuldigend die Hände und wollte etwas sagen, aber Elena griff ein. „Es ist gut, Nael, dass du gekommen bist. Vielleicht findest du hier Ruhe. Wir werden dir helfen", sagte die schöne Asturierin leise. Der Baske nickte und verabschiedete sich. Yrsas dankbarer Blick erfasste ihre Schwiegertochter, dann folgte sie ihrem Sohn. Mikel blickte auf seine Frau. „Ich habe es gut gemeint, Elena." Sie umarmte ihren Mann. „Das weiß ich, Mikel. Dafür liebe ich dich. Nael muss den Verlust erst verkraften. Ich hoffe, es funktioniert besser als bei meiner Schwester Isabella. Wir können ihm beistehen, aber sein Wille für eine gute Zukunft muss vorhanden sein, ansonsten treibt er ziellos durch das Leben." Das Paar erhob sich und begab sich auf das eigene Zimmer, zuvor kontrollierten sie ihre Kinder. Die beiden älteren Jungen passten auf den kleinen Esteban mustergültig auf. In der Zwischenzeit folgte Yrsa Nael auf sein Zimmer. Ihr Blick erfasste den Hünen, dann umarmte sie ihn lange. „Es ist schwer, aber du musst darüber hinwegkommen, mein Sohn. Leider habe ich Alva und Björn nicht gekannt", sagte sie leise. Nael nickte, plötzlich standen Tränen in seinen Augen. „Ich weiß nicht, was ich machen soll. Alva hat mir ein Ziel und eine Aufgabe gegeben, Grünland ist meine Heimat gewesen. Jetzt stehe ich am Anfang und fühle mich leer und kraftlos", sprach er mit müder Stimme. Seine Mutter umarmte ihn noch einmal. „Ruh dich aus. Wir werden eine Aufgabe finden, dein Vater kommt bald zurück." Dann verließ sie das kleine Zimmer. Nael legte sich auf das Bett und dachte an die Heimkehr, aber vor allem an seine tote Familie.

„Es ist schwer ohne dich, geliebte Alva. Was soll ich nur tun?" Nael fielen die Augen zu, die Reise und die anschließende Heimkehrfeier machten sich bemerkbar. Bald schlief er ein und träumte von Grünland. Er half in den nächsten Tagen seinem Bruder Mikel im Lager und Geschäft. Dann kehrte sein Vater Danel mit seinem jüngsten Bruder Ivar heim. Überrascht und gerührt blickte der fast sechzigjährige Baske auf seinen heimgekehrten Sohn, die beiden wiesen eine starke Ähnlichkeit auf. Ivar freute sich sehr, seinen verschollenen Bruder wiederzusehen und erzählte von seiner Frau Nahia und der vor einem Jahr geborenen Tochter Leira. Die Familie setzte sich im Haus zusammen und Nael wiederholte für seinen Vater die Ereignisse, die ihn wieder nach Donostia brachten. Der Blick von Danel blieb an ihm haften, nachdem er mit seiner Geschichte fertig war. „Es ist schlimm, was passiert ist. Ich hoffe, du kommst damit klar. Was hast du vor, Nael?" Der Angesprochene zuckte mit den Schultern, sein Vater erkannte die Ziellosigkeit seines Sohnes. Er ging nicht näher darauf ein. „Ivar und ich sind längere Zeit in Pamplona gewesen, zuletzt der wichtigste Ort des christlichen Hispaniens. Aber der große Sancho ist tot, er hat das Reich wieder aufgeteilt." Danel erzählte von der Erbaufteilung unter Sanchos Söhnen. Garcia erhielt das Kernland des Hauses Jimenez, Pamplona, und die Regionen La Rioja, Alava, Vizcaya und Guipuzcoa. Der unehelich geborene Ramiro erhielt die Grafschaft Aragon, diese wurde von Pamplona getrennt und zu einem eigenen Königsreich erhoben. Dasselbe passierte mit den Regionen Sobrarbe und Ribagorza unter Gonzalo. Der jüngste Sohn Fernando erbte die Grafschaft Kastilien, das mütterliche Erbe von Munia. Durch seine Ehe mit Sancha von Leon, der Schwester von Bermudo, wurde er zum Thronanwärter auf das Königreich Leon, Asturien und Galizien. Diesbezüglich wurde ein offener Kampf zwischen den beiden Schwägern erwartet. Garcia sollte von Pamplona aus seinen jüngeren Brüdern Ratschläge erteilen dürfen, denen sich diese unterzuordnen hatten. Dies barg neuerliches Konfliktpotential. „Es ist gut, dass du uns unterrichtest, blonder Baske, aber was hat das mit Nael zu tun?", fragte Yrsa laut. Sie wollte die Zukunft ihres Sohnes innerhalb der Familie klären. Er kannte die Diskussionen seiner Eltern seit seiner Kindheit. Trotz einer innigen Verbundenheit führten sie öfter verbale Kämpfe aus, die in Wutausbrüchen enden konnten. Sie fanden aber immer wieder zueinander. Alle Anwesenden blickten auf ihr Oberhaupt, Danel überlegte lange. Die Rückkehr seines Sohnes kam auch für ihn überraschend. Er wandte sich an Yrsa. „Nael hat das unruhige Blut der Wikinger geerbt, die ständig nach neuen Ländern Ausschau halten. Deshalb ist er fortgegangen. Das Schicksal hat ihn wieder hierhergeführt." Sein Blick fiel auf seinen Sohn. „Du hast nie Interesse am Geschäft gezeigt, im Gegensatz zu Mikel und Ivar. Alaia ist mit ihrem Mann Rafael ebenfalls gut integriert in der Gestaltung der Geschäfte unserer Freunde in Asturien. Eine Eingliederung wird nichts bringen ohne eine Frau an deiner Seite, die dich beruhigt. Alva hat dies offensichtlich geschafft. Nach ihrem Tod wird deine Lust auf Abenteuer wieder hochkommen." Yrsas Augen verengten sich. „Er kann es doch versuchen. Die gewohnte Umgebung seiner Heimat und die Familie stellen eine gute Basis dar. Dies könnte ihm helfen." Nael kannte diese offenen Gespräche, obwohl er es in seiner Lage als unangenehm empfand. Danel ging nicht ein auf die Worte seiner Frau, was ihren Ärger weiter steigerte. „Zufällig habe ich Juan getroffen, den jüngsten Sohn von Safia und Rey. Er dient in der Leibgarde des Königshauses in Pamplona. Möglicherweise könntest du dort Dienst versehen, die Fähigkeiten dazu besitzt du sicherlich, Nael", sagte Danel.

Der Vorschlag klang gut, sein Vater schätzte die Möglichkeiten seines Sohnes ein. „Er ist vor kurzem heimgekehrt, Danel. Jetzt soll er wieder gehen?", fragte Yrsa verärgert. Ihr Mann schüttelte den Kopf. „Nael soll über den Winter hierbleiben und sich überlegen, was er machen will. Aber es wird trotzdem kein Kaufmann aus ihm, liebe Yrsa." Die Angesprochene lächelte plötzlich und nickte. „Das ist ein guter Vorschlag. Mikel und Ivar sollen dir alles zeigen. Dein Vater soll sich mit seiner Frau beschäftigen", sagte die ergraute Yrsa lächelnd. Das Paar zeigte trotz Älterwerdens bisweilen noch immer eine starke Leidenschaft. Ivar ergriff das Wort. „Hör auf damit, Mutter. Das will keiner hören. Nahia ist dies immer unangenehm, wenn du darüber sprichst." Yrsa lachte und winkte ab, Danel grinste. Nael dachte daran, dass sich seine Eltern seit seiner Abfahrt vor über zehn Jahren nicht veränderten. Sie arbeiteten und genossen ihr gemeinsames Leben, aus zwei Abenteurern wurden erfolgreiche Kaufleute, aber sie fanden immer Zeit füreinander. Elena schienen die Andeutungen ihrer Schwiegermutter nicht zu stören, auch ihre Mutter Leia sprach bisweilen ähnlich. Sie dachte an ihre wilde Schwester Isabella und blickte auf Nael. Plötzlich kam ihr eine Idee. „Vielleicht willst du Esperanza aufsuchen. Mein Vater befindet sich derzeit im politischen Niemandsland zwischen Bermudo und Fernando. Er benötigt möglicherweise Unterstützung." Sie brach ab und blickte auf interessierte Menschen. „Isabella und du kennen sich aus früheren Zeiten, ihr habt euch immer gut verstanden. Vielleicht könnt ihr euch gegenseitig helfen, auch sie hat Probleme seit dem Tod ihres Mannes. Gemeinsames verbindet möglicherweise, aber es hat Zeit bis zum Frühjahr. Ich nehme an, Isabella macht im Moment die Hafenstadt Gijon unsicher", sagte Elena lächelnd. Yrsa blickte auf ihre Schwiegertochter, danach auf Mikel. „Du hast eine sehr intelligente

Frau, mein Sohn. Das ist ein sehr guter Vorschlag." Mikel grinste plötzlich. „Ich höre jeden Tag, wie intelligent sie ist. Das sagt sie selbst, dieser Teufel." Elena fixierte ihren Mann, ihre Augen veränderten sich. „Ich verzeihe dir, denn du weißt, dass ich ein wahrer Engel bin." Mikels Augen hoben sich, sein Grinsen wurde breiter. Er wandte sich an Nael. „Ich weiß nicht, wie Alva gewesen ist, und hoffe, du konntest die gemeinsame Zeit besser genießen. Bei mir ist es ein täglicher Kampf, Bruder. Diese Frau ist schwierig, wie ihre Mutter, ihre Schwiegermutter, ihre Schwester und andere ähnliche Frauen. Isabella steht über allen." Elena und Yrsa blickten den großen Mann angriffslustig an. „Dein Sohn übertreibt es manchmal, liebe Yrsa. Vielleicht hätte ich ihn nicht heiraten sollen", wandte sie sich an ihre Schwiegermutter. Diese zuckte mit den Schultern. „Du bist selbst schuld, liebe Elena. Er ist und bleibt ein Mann, sie sind kompliziert", antwortete sie süffisant. Mikel ergriff das Wort. „Hört auf! Alle Frauen, die ich genannt habe, töten Männer, wenn sie ihnen nach ihrer Ansicht zu nahe kommen. Von Mutter und Leia ist dies bekannt. Dabei wollen diese Männer die Frauen vielleicht nur umwerben." Danel lachte, ihm gefiel die Unterhaltung. Selbst Nael lächelte angesichts der Blicke der beiden Frauen. „Sieh dir diese grinsenden Männer an", sagte Yrsa zu ihrer Schwiegertochter. Deren Blick fiel auf Mikel. „Du wirst wohl längere Zeit allein schlafen", sagte sie süffisant. Der große Mann erhob sich und näherte sich seiner Frau, die ihm gegenüber saß. Sie erhob sich rasch und stand ihrem Mann angriffslustig gegenüber. „Eine Frau muss ihrem Mann gehorchen, Weib", sagte Mikel mit einem Grinsen. „Vergiss es, Mann", antwortete sie laut. Der Baske hob die Hände und drehte sich kurz weg, mit einer blitzschnellen Bewegung bekam er seine Frau zu fassen und warf sie sich über die Schulter. Anschließend drehte er sich im Kreis, während Elena ihm mehrere Schläge gegen den Rücken versetzte. Ivar schüttelte den Kopf, die anderen lachten. „Sie machen das oft. Beide sind älter als ich, benehmen sich aber bisweilen wie Kinder. Ich bin froh, dass ich Nahia habe. Sie ist stolz, aber besitzt ein ruhigeres Wesen", sagte der blonde Hüne, der eine ähnliche Größe wie Nael aufwies. Danel nickte, während Mikel die schreiende Elena im Kreis drehte. „Nahia ist eine Baskin", sagte er laut und grinste. Mikel stellte seine Frau wieder ab, die ein erhitztes Gesicht aufwies. Er zog sich zurück und lächelte, während Elena die Fäuste ballte. Dann hob sie plötzlich den Kopf und setzte sich wieder an den Tisch. „Dein Sohn kann manchmal ein richtiger männlicher Mann sein", wandte sie sich süffisant an ihre Schwiegermutter. „Das hat er alles von mir, liebe Elena", sagte Danel grinsend. Yrsa wollte etwas sagen. Sie überlegte es sich aber und winkte ab, dann lachte sie. Alle fielen in das Lachen ein. Es herrschte eine gute Stimmung innerhalb der Familie, obwohl solche Diskussionen aufgrund des Temperaments der Mitglieder auch einen anderen Ausgang nehmen konnten. Elena und Mikel verabschiedeten sich bald. Ihr verlockender Blick ließ erahnen, dass sie ihren Mann nicht bestrafen würde. Ivar machte sich kurz darauf auf die Heimreise zu seiner Familie ins Hinterland von Donostia. Danach sprach Nael mit seinen Eltern und verabschiedete sich anschließend auf sein Zimmer. Er dachte an den Vorschlag, der Leibgarde des Königs beizutreten. Das Land der Basken gehörte zum Königreich Pamplona, ihre Seite im bevorstehendem Kampf um das Königreich Leon schien klar zu sein. Das Dorf Esperanza genoss seit Alfonso V. eine gute Position und das Wohlwollen des asturischen Königshauses, das auf den ersten König Don Pelayo zurückging. Bermudo war der Sohn von Alfonso, die Probleme für die Familien in Esperanza lagen auf der Hand. Der derzeitige König von Leon wurde nach Galizien vertrieben von Sancho aus Pamplona, jetzt übernahm dessen Sohn Fernando seine Ansprüche auf Leon. Sämtliche Besitzungen und Lizenzen für den Anbau von Obst wurden vom asturischen Königshaus erteilt, aber auch Fernandos Frau Sancha war Teil dieser alten Familie. Nael kannte die Absichten Madocs, des Hidalgos von Esperanza, nicht. Es konnte auch passieren, dass sich befreundete Familien auf verschiedenen Seiten befanden. Der Vorschlag gefiel ihm, nach Asturien zu gehen, auch um Konflikte zwischen den befreundeten und verwandten Familien zu vermeiden, wenn Bermudo und Fernando sich bekriegten. Er fühlte sich wieder besser, seine Familie gab ihm Halt, das spürte er. Der Baske wollte seinen Teil zum Gelingen des Familienbetriebes beitragen, sein Vater schätzte seine Fähigkeiten gut ein. Die Mutter wollte ihn wieder besser integrieren, aber sie wusste auch, dass Nael ihren Ursprüngen bei den Wikingern am nächsten kam. Diese stellten ein Volk von Seefahrern und Abenteurern dar, die unter den Völkern Europas keinen guten Ruf besaßen. Nael wollte sich alles gut ansehen und danach entscheiden über seine Zukunft. Er schlief bald darauf ein.

In den nächsten drei Monaten half Nael seiner Familie im Handelsgeschäft aus, er gelangte auch nach Pamplona und sprach mit Juan, dem Sohn von Safia und Rey. Er verspürte nicht den Drang, unter Garcia zu dienen. Die Trauer um seine verstorbene Familie hielt an, er wirkte verschlossen und düster. Die Anfangsfreude über das Wiedersehen mit seiner Familie wich langen, nachdenklichen Phasen, auch seine Mutter konnte daran nichts ändern. Er zeigte auch kein Interesse an anderen Frauen und erledigte seine Tätigkeiten pflichtbewusst. Yrsa gefiel das Verhalten ihres Sohnes nicht und sprach darüber mit ihrem Mann. „Wir werden ihn zu

Madoc schicken, vielleicht erweist sich Elenas Vorschlag als sinnvoll. Zudem haben wir bereits länger keinen Kontakt zu unseren Freunden gesucht, wir kommunizieren nur mehr über Schriftrollen. Vielleicht zeigt er mehr Interesse für die asturischen Frauen, wie Mikel", sagte Danel. Yrsa fand den Vorschlag gut. Nael folgte zum größten Teil seinen Vorfahren unter den Wikingern, die durch Lust an Abenteuern und Entdeckungen auffielen. Eine Reise nach Asturien konnte ihn beleben. „Alva muss eine interessante Persönlichkeit gewesen sein, wenn sie unseren wilden Sohn beruhigt hat", sagte sie leise. Danel lächelte. „Die Basken mögen Wikingerinnen, ich bin das beste Beispiel." Sie lachte und drängte sich an ihren Mann. Gemeinsam teilten sie ihren Sohn die Entscheidung mit, der froh zu sein schien, aus dem alltäglichen Geschäftsbetrieb herausgelöst zu werden. Elena überreichte einen Brief an ihre Eltern und umarmte ihn lange. „Suche nach Isabella, auch sie trägt ungelösten Schmerz in sich", sagte sie eindringlich. Danach verabschiedete sich der Baske und ritt den Küstenweg entlang, der von einer ständig wachsenden Anzahl an Pilgern frequentiert wurde, die das Grab des heiligen Jakobus in Santiago de Compostela aufsuchten. Dieser Weg wurde als Camino del Norte bezeichnet und zog sich über Gijon hinaus Richtung Galizien. Manche nahmen den Weg über Oviedo und nutzten danach den ersten Pilgerweg, den Camino Primitivo, der vor langer Zeit von einem Vorgänger des heutigen Königs angelegt wurde. Die Hauptroute der Pilger, der Camino Frances, zog sich vom Frankenreich aus über Pamplona, Logrono, Leon und Astorga nach Santiago de Compostela. Sie brachten Geld in die an den Wegen liegenden Städte, auch Oviedo und Gijon profitierten davon. Die Menschen mussten versorgt werden. Madoc und Leia aus Esperanza erwiesen sich als geschäftstüchtige Menschen, die die Vorteile der Lage ihrer Siedlung zu Oviedo, Gijon und den Pilgerwegen nutzten. Sie besaßen Geschäfte in diesen Städten, die mit allen möglichen Waren befüllt wurden, um die steigenden Pilgerscharen mit allem Notwendigen und anderen Dingen zu versorgen. Das Dorf erlangte Bekanntheit durch die großen Plantagen von Äpfel und Birnen, aus denen der Obstwein erzeugt wurde, der in allen Städten im Norden und an den Pilgerwegen geschätzt wurde. Die Bewohner des Dorfes versorgten unter Führung der zwei Familien Tavernen und betrieben in Santiago, Astorga und Oviedo selbst Lokale. In allen Städten wachte ein Mitglied der Familien über das Geschäft, in Esperanza selbst koordinierten die beiden führenden Paare alles mit Hilfe ihrer Kinder. Nael zog an der Stadt San Emeterio vorbei, die dem heiligen Märtyrer Emeterius verehrte. Der Ritt tat seiner Seele gut, der Blick auf das offene Meer verstärkte wieder die Sehnsucht nach Island und Grünland. Bevor er nach Gijon kam, bog er ab und ritt Richtung Esperanza, das nicht weit vom Küstenweg entfernt lag. Auch an der Straße existierten einzelne Stände, in denen die Bauern ihre Produkte anboten. Bald erreichte er die Siedlung, diese wuchs in den Jahren seit seinem letzten Besuch erheblich und verfügte mittlerweile über einige hundert Einwohner. Langsam ritt er über den Hauptweg zum Haus von Leia und Madoc, das sich ebenfalls größer darstellte. Es herrschte reges Treiben in der Siedlung, trotzdem fiel der düster wirkende Reiter auf. Sein pelzbesetzter Wikingerumhang erregte Aufsehen, mittlerweile zierte ein Bart sein Gesicht, das blonde, schulterlange Haar erzeugte das Bild eines Nordmannes. Diese siedelten bereits in vielen Gegenden Europas und ließen ihre wildeste Zeit hinter sich, trotzdem wirkte der Ruf ihrer Wildheit und Brutalität nach. Interessierte Blicke von jungen Frauen erfassten den blonden Hünen, der sein Pferd vor dem Haus von Leia und Madoc anband. Die Tür öffnete sich und eine Frau trat heraus. Mittlerweile war die oberste Frau der Siedlung über Fünfzig, aber sie strahlte noch immer Vitalität und Attraktivität aus, trotz der vereinzelten grauen Haare. Leia beobachtete den Reiter, zuerst erkannte sie ihn nicht. Erst als der Baske näherkam und sie das Gesicht besser erkennen konnte, hob sie überrascht ihre Augen. „Wenn ich mich nicht irre, steht Nael, der Sohn von Yrsa und Danel vor mir", sagte sie laut. Der Angesprochene nickte. Leia trat zu ihm und umarmte den Hünen. Dann trat sie zurück. „Du bist ein wahrhaft großer und kräftiger Mann geworden, Nael. Komm herein, Madoc wird bald kommen." Er bedankte sich und trat in das gut eingerichtete Haus, ein großes Kreuz hing an der Wand im Hauptraum. Leia ließ Wein bringen. Eine Frau half im Haushalt des Hidalgos von Esperanza und dessen Gemahlin. Ansonsten verzichtete das Paar auf großen Luxus. Der Baske bewunderte diese Eigenschaft, auch seine Eltern agierten ähnlich. Sie folgten dem Prinzip des Primus Interpares und sahen sich als erste Familie unter Gleichberechtigten. Mittlerweile war diese Philosophie selten geworden, auch die Obrigkeiten der nördlichen Wikinger bevorzugten mittlerweile das Königtum, nur in Island und Grünland folgten die Menschen derselben Auffassung von Gemeinschaft. In Leia erkannte der Baske eine ältere Version seiner Schwägerin Elena wieder. Selbstbewusstsein und Stolz leuchteten aus den Augen der früheren Kriegerin. Nael kannte sie nicht anders, über ihr früheres Leben gab es nur Geschichten. Sie wandelte sich vor langer Zeit in ihrem Auftreten zu einer Patronin, die ihr Haar hochgesteckt und gute Kleidung trug. Leia wirkte wie eine Adelige, was sie in der Hierarchie des Königreichs auch darstellte. „Was führt dich zu uns, Nael?" Dieser übergab sämtliche Briefe an Leia, die sie sorgfältig studierte, vor allem freute sie sich über den Brief ihrer Tochter. „Es ist wunderbar, wie die Liebe von Elena und Mikel

Früchte trägt. Nach dem Brief deiner Mutter bist du derzeit vom Pech verfolgt. Das tut mir leid", sagte Leia mit Mitleid in der Stimme. Der Baske winkte ab und wollte etwas sagen, plötzlich ging die Tür auf. Ein großer, rothaariger Mann trat ein. Leia erhob sich und küsste den Eintretenden. Es handelte sich um den Kelten Madoc, dem Hidalgo des Dorfes. Er galt als oberster Rechtssprecher, Vorsteher von Esperanza und gehörte mit seinem Titel zur Adelsschicht des Königreichs. Der Titel des Hidalgo zählte zwar zum niederen Adel, aber er bot Zugang zu höheren Schichten. Die Familien von Esperanza verfügten über gute Kontakte zum höheren Adel und vor allem zum Königshaus, dies hob sie über viele andere verarmte Hidalgos. Als Vorsteher eines Dorfes, dessen wirtschaftliches Gemeinwesen sich als erfolgreich erwies und mit einigen maßgebenden Städten und führenden Personen verknüpft war, besaßen Madoc und Leia und deren Stellvertreter Rey und Safia einen maßgebenden Einfluss in dieser Region. Dies musste aber mit der Pflege der Kontakte erhalten und ausgebaut werden. Die Gefährlichkeit des hohen Adels lag darin, dass sich jederzeit politische Konstellationen bilden konnten, die jede erfolgreiche Institution gefährden würden. Nael kannte diese Vorgangsweise von seinen Eltern, die von Donostia bis in die Hauptstadt Pamplona geschäftliche und persönliche Kontakte aufrechterhielten und erweiterten, um ihre Familie und das Geschäft nachhaltig zu sichern. Er verstand die Notwendigkeit, aber für ihn selbst erwies sich dieses höfliche Verhalten bisweilen als schwer durchführbar. Nael erhob sich beim Eintreten Madocs, dieser wurde von seiner Gemahlin über den Besucher aufgeklärt. Der rothaarige Kelte mit den grauen Schläfen reichte dem Basken die Hand. „Es ist schön, dich zu sehen, Nael. Du bist groß geworden und siehst wie ein Wikinger aus, das Blut deiner Mutter kommt zum Vorschein." Der

Angesprochene nickte, gemeinsam saßen sie danach am Tisch und tranken den hervorragenden Apfelwein. Madoc las die Briefe, anschließend fiel sein Blick auf den Basken. „Was ist passiert im Norden, Nael? Deine Mutter schreibt nicht viel darüber." Der Baske wollte die familiäre Geschichte für sich behalten, er spürte die innere Belastung fast körperlich. Aber der freundschaftliche Kontakt und eine bekannte Eigenschaft des rothaarigen Kelten nötigten ihn, die Ereignisse von Grünland zu schildern. Madoc galt als Mensch, der offen über sensible Angelegenheiten sprach und detaillierte Informationen einforderte. Nael konzentrierte sich bei der Erzählung auf das Wesentliche. „Elena und meine Eltern sind der Meinung, dass ich hier besser aufgehoben bin. Isabella erduldet ein ähnliches Schicksal und wir haben uns vor langen Jahren gut verstanden. Möglicherweise können wir einander unterstützen." Das Paar nickte anerkennend angesichts der Offenheit des Basken. „Du hast dich nicht verändert und sprichst alles ehrlich an, das ist gut", sagte Madoc. Leia ergriff das Wort, ihre Augen zeigten Mitleid. „Isabella hat für große Unruhe im Ort gesorgt, mit zwei verheirateten Männern geschlafen. Dazu hat es Konflikte mit der Familie von Safia gegeben, da diese arabischer Herkunft ist. Ihr ehemaliger Ehemann Pascual ist von Mauren getötet worden. Dessen Tod hat ihre schlechten Seiten zum Vorschein gebracht." Leia schüttelte den Kopf, ein Anflug von Traurigkeit umgab die Hidalga. „Isabella ist von uns aus dem Dorf verwiesen worden, sie befindet sich in Gijon. Leider lebt sie laut unserem Sohn Brios derzeit ihre Schwächen aus und meidet den Kontakt mit ihren Eltern. Sie findet keinen Halt, offensichtlich vereint sie die größten Schwächen von uns beiden", sagte Leia. Madoc schüttelte den Kopf. „Ich habe keine Schwächen, sie kommt nach dir, meine Liebe. Auch du hast in jungen Jahren zu Wildheit, Abenteuerlust und Triebhaftigkeit geneigt." Der rothaarige Kelte grinste plötzlich, er schien sich weniger Sorgen um seine Tochter zu machen. „Arroganz und Überheblichkeit sind menschliche Schwächen, Keltenmann", antwortete die Asturierin mit verengten Augen. Nael wollte nicht in den Streit des Ehepaars geraten, er kannte dies von seinen Eltern. Trotz hoher, gegenseitiger Zuneigung neigten die Paare zu ständigen Diskussionen. Madoc winkte ab. „Beruhige dich, Leia! Wir haben einen Gast. Isabella wird sich stabilisieren. Ich hoffe, sie lässt sich nicht schwängern in ihrem wilden Treiben in der Hafenstadt." Seine Gemahlin schüttelte den Kopf. „Meine Tochter ist wild und gefährlich, sie gleicht mir in jungen Jahren, aber sie besitzt auch meine Intelligenz. Die gefährlichen Eigenschaften wie die Arroganz hat sie von ihrem Vater, dazu seine roten Haare. Sie fällt auf und provoziert die Männerwelt ständig", wandte sich Leia süffisant an den Basken. Madoc lachte und nickte. „Unser jüngster Sohn Brios hat nach seinem letzten Besuch berichtet, dass sie einen Normannen getötet hat. Er wollte die Zurückweisung nicht einsehen, im anschließenden Kampf ist er getötet worden. Zum Glück sind unsere Söhne Brios und Fabio vor Ort gewesen, aber der Tote besitzt Freunde in dieser wilden Hafenstadt." Madoc brach ab, dann überlegte er lange. Leia hob die Augen und lächelte. Sie wusste, dass er nach einer Lösung suchte. Diesbezüglich verließ sie sich auf ihn, auch sie machte Vorschläge, gemeinsam besprachen sie alles, es funktionierte gut in ihrer Ehe. Sein Blick fiel wieder auf den Basken. „Reite nach Gijon und pass auf Isabella auf. Sie benötigt einen loyalen Freund. Normannen sind gefährlich und tauchen überall auf. Sie ist eine ausgezeichnete Kämpferin, wie ihre Mutter, aber sie braucht Rückendeckung. Brios und Fabio sind oft unterwegs, zudem werden beide in diesem Jahr heiraten. Sie müssen sich um ihre Frauen kümmern. Ich kann dich dafür bezahlen, Nael." Leia nickte zu den Worten ihres Mannes. „Du hast ein ähnliches, unruhiges Blut wie unsere Tochter. Sie benötigt Beistand, denn sie führt ein wildes Leben. Vor langer Zeit ist Rey mein Begleiter gewesen, bis ich Madoc getroffen habe. Ich denke, als Kampfgefährten werdet ihr euch gut ergänzen, alles andere ist zu vernachlässigen." Leia unterbrach ihre Erzählung und dachte an ihre Kinder. „Nach Elena werden auch Fabio und Brios Esperanza verlassen. Sie ziehen für ihre Zukunft die Städte vor. Vielleicht können Mikel und Elena unsere Aufgaben in der Siedlung übernehmen. Derzeit sieht es aber danach aus, als ob Rafael, der älteste Sohn von Safia und Rey, in den nächsten Jahren der Nachfolger wird. Er hat deine Schwester Alaia geehelicht." Die Asturierin wirkte traurig, der Weggang ihrer Kinder schmerzte innerlich. Aber sie hob wieder ihren Kopf, ihr Blick strahlte Stärke aus. „Jeder Mensch geht seinen Weg und wir unterstützen das. Isabella benötigt Hilfe für eine kurze Zeit, sie wird ihren Partner finden. Du kannst ihr helfen und vielleicht auch dir damit, Nael." Der Baske nickte. Es schien eine Aufgabe zu sein, die seinen Fähigkeiten entgegenkam. Möglicherweise hofften die Elternpaare, dass neben Mikel und Elena auch die Zweitältesten ihrer Kinder zueinander fanden. Aber er glaubte es nicht, zu tief erwiesen sich die Gefühle für die verstorbene Alva. Danach besprachen sie die derzeitige, angespannte politische Lage in Hispanien. „Bermudo, der Sohn meines Königs Alfonso, sitzt in Galizien und wartet auf eine Schwäche des Hauses Jimenez. Sancho von Pamplona hat alles mit seiner überragenden Persönlichkeit und Machtgier überstrahlt. Aber nach dessem Tod im vergangenen Oktober stehen sich nun Bermudo und Fernando gegenüber, an dessen Seite Bermudos Schwester Sancha steht. Das Königreich Leon befindet sich in einem Bürgerkrieg, wobei sich Bermudo bereits auf dem

Vormarsch befindet. Er hat Astorga und Leon zurückerobert und schickt sich an, entlang des Pilgerwegs nach Osten zu marschieren. Das Gebiet zwischen den Flüssen Cea und Pisuerga ist sein Ziel. Es handelt sich um ein Gebiet, das Sancho an sich gerissen hat." Madoc erzählte von den imperialen Ansprüchen des toten Königs von Pamplona. Sancho III. verwendete auf seinen Münzen den Begriff des Imperators, der bis dahin allein dem asturischen Königshaus vorbehalten war, um seine Ansprüche auf den Thron Leons zu wahren und das Erbe der Gotenkönige anzutreten. „Es wäre alles anders gekommen, wenn Graf Garcia Sanchez von Kastilien nicht einem Anschlag zum Opfer gefallen wäre." Madoc berichtete, dass der damalige Graf von Kastilien nach Leon kam, um die Schwester Bermudos, Sancha, zu ehelichen. Dieser fiel einem Mordanschlag der Familie Vela als Rache für eine Beleidigung dieser Familie durch den Vater des Grafen zum Opfer. Sancho III. von Pamplona nutzte die Gunst der Stunde und verheiratete Fernando mit Sancha, damit konnte er Ansprüche auf den leonesischen Thron erheben. Nach Ende seiner eigenen Vormundschaft über Bermudo vertrieb er diesen nach Galizien. „Sancho hätte die christlichen Königreiche einigen können. Damit wäre die Basis gegeben, gegen die Mauren im Süden vorzugehen." Das Kalifat von Cordoba fiel nach langen Kriegen den Herrschaftsansprüchen einzelner Familien zum Opfer. Es bildeten sich neun unabhängige Königreiche, von denen Zaragoza, Valencia, Toledo und Badajoz sich als die bedeutendsten erwiesen. Als die bedeutendsten Familien erschienen die Hudiden in Zaragoza, die Abbadiden in Sevilla, die Aftasiden in Badajoz, die Dhun-Nuniden in Toledo, die Hammudiden in Malaga, die Dschahwariden in Cordoba und die Ziriden von Granada. „Sie bekämpfen sich gegenseitig, Al-Andalus gibt es nicht mehr. Es kämpfen Berber gegen Araber, das

Erbe von Almansor und seiner Truppenumstellung. Die vereinten christlichen Königreiche könnten die immer verkündete Rückeroberung Hispaniens einleiten. Die kleinen Königreiche der Muslime erweisen sich derzeit aber noch als stabil und die Christen bekämpfen sich ebenfalls untereinander." Madoc unterbrach seine Erzählung, Gedanken über eine ferne Zukunft drängten sich in seinen Kopf. „Die Kämpfe gehen weiter, aber die Christen befinden sich im Vorteil. Ich hoffe, dass sie mit den Muslimen Nachsicht üben, aber in diesem Krieg gibt es zu viel Hass auf beiden Seiten. Unser Schwiegersohn Pascual fiel einem Trupp Berber aus Toledo zum Opfer." Der Kelte beendete seine ausführliche Schilderung der derzeitigen Lage in Hispanien. Nael folgte interessiert den Ausführungen und beobachtete den rothaarigen Kelten. An diesem schien das Alter spurlos vorübergegangen zu sein, obwohl er bereits über Fünfzig war. Er wirkte athletisch und kraftstrotzend. „Elena hat ihre Sorge geäußert, dass Esperanza und ihre Familien zwischen Bermudo und Fernando stehen. Wie sieht es damit aus?", fragte der Baske. Madoc zuckte mit den Schultern. „Ich kenne Bermudo als Kind. Nach dem Tod seines Vaters ist er an falsche Berater, wie die Familie Vela, geraten. Danach ist Sancho von Pamplona sein Vormund geworden. Dieser hat ihn nur vertrieben, anscheinend nicht ernstgenommen. Bermudo ist bemüht, besitzt aber nicht die Intelligenz und Persönlichkeit seines Vaters. Seine Berater lassen nicht zu, dass er mit jemand anders spricht." Nael erkannte die schwierige Lage der Ortschaft Esperanza. Sie schien vorerst für die Mächtigen nicht wichtig zu sein, aber die Familien verfügten über Lizenzen für den Obstanbau und den Fischfang. Dazu gab es den Treueeid der Familien gegenüber den asturischen Königen. Der Baske sprach das Paar darauf an. „Wir haben unser Wort gehalten. Madoc hat Bermudo nach dem

Erreichen seiner Volljährigkeit unsere Kampfbereitschaft angeboten. Leider konnte er kein persönliches Gespräch mit dem König führen. Er hat uns bis jetzt keine Information gegeben. Bermudo verlässt sich auf die Galizier und Söldner und traut den Asturiern nicht. Unser Land ist gespalten, da Sancha sich auf der Gegenseite befindet", antwortete Leia. Ihr Mann nickte. „Reys Sohn Juan hat einen Kontakt zur Königin hergestellt. Sancha ist die Ältere und ähnelt ihrem Vater mehr als der Sohn. Sie ist machtbewusst und erinnert vor allem an ihre Großmutter Dona Elvira." Leia lächelte. „Eine gute Freundin meines Kelten", sagte sie süffisant. Er schüttelte ärgerlich den Kopf. „Hör auf mit dem Unsinn, Leia. Das ist eine uralte Geschichte." Sie hob den Kopf, der Blick ihrer Augen zeigte sich provokant, aber sie unterließ weitere Wortmeldungen. „Nach Juans Erzählungen erweist sich der junge Fernando als fähigster Nachfolger seines Vaters, dazu kommt eine intelligente und machtbewusste Frau an seiner Seite. Bermudo wird den Kampf verlieren, er bemüht sich um zu wenig Unterstützung", sagte Madoc. „Mein Mann will damit sagen, dass Sancha uns bereits ausrichten hat lassen, dass wir unsere Rechte behalten dürfen, wenn Fernando und sie diesen Kampf gewinnen. Damit ist unsere Seite klar, wir halten unser Wort gegenüber dem asturischen Königshaus zu Gunsten der Schwester. Bis zum Kampf müssen wir auf erhöhte Sicherheit achten, aber wir liegen zu weit im Norden und sind für die Armee Bermudos uninteressant." Der Baske nickte zu Leias Worten, die Familie nutzte ihre Verbindungen, um die Zukunft der Siedlung und ihrer Bewohner zu sichern. Madoc schien aber trotzdem mit den Entwicklungen nicht zufrieden zu sein. „Bermudos Vater ist wie ein Freund gewesen. Es tut mir leid, dass ich seinem Sohn nicht helfen kann, denn es fühlt sich nicht richtig an, aber Leia hat recht. Sancha entstammt ebenfalls dem

Königshaus und kennt sogar Esperanza. Sie hat es vor langen Jahren als Kind aufgesucht." Leia legte ihre Hand auf diejenige von Madoc, die Angelegenheit schien dem Kelten nachdenklich zu machen. „Wir tragen Verantwortung für die Bewohner, deshalb wählen wir Sanchas Seite, da sich Bermudo nicht interessiert zeigt und die Seite der Kastilier die stärkere ist." Madoc lächelte plötzlich. „Es ist bereits entschieden und wir werden die Konsequenzen unserer Entscheidung tragen. Wenn Bermudo den Kampf gewinnt, werden wir wohl Buße tun müssen, aber ihm fehlt die Persönlichkeit dazu." Er wandte sich an Nael und bot an, ihn durch die Siedlung zu führen. Die Männer erhoben sich, auch Leia schloss sich an. Sie trafen viele Bewohner, die respektvoll grüßten. Madoc erzählte vom alten Merlin, der die Siedlung vor ihrer Übernahme führte und einige Jahre danach verstarb. „Ein großer, alter Mann, der gerne Geschichten erzählt hat, aber er hat uns hierher geführt. Wir danken ihm ewig dafür", erklärte Madoc. Leia nickte und sprach mit den Bewohnern, dies gehörte zu ihren täglichen Aufgaben, in der sie von Safia unterstützt wurde. Die Maurin empfing die Besucher sehr herzlich, vor allem Leia wurde umarmt. Ihr Mann Rey tauchte auf. Leia erzählte in knappen Worten vom Pech Naels. Mitleidig blickte Safia den blonden Hünen an. „Du wirst sehen, es kommt wieder Licht in dein Leben", sprach sie mit ihrer wohlklingenden Stimme. Sie erwies sich als Schönheit und einige Jahre jünger als Leia, ihr Mann Rey als sehr großer, breitschultriger Mann. Die Tür öffnete sich und ein jüngeres Ebenbild seines Vaters trat in das Haus, er schien noch keine Zwanzig zu sein. „Das ist unser jüngster Sohn Ramon, der es nicht schafft, Gäste anständig zu begrüßen", sagte Safia laut. Der junge Mann grinste plötzlich, stellte sich zackig vor dem Tisch und verneigte sich. „Ich grüße vor allem die unverwechselbare, ewig schöne und attraktive oberste Führerin unserer Siedlung, Leia. Natürlich gilt mein Gruß auch unserem hochangesehenen Anführer Madoc und dem blonden Wikinger, den ich nicht kenne." Dann fiel sein Kopf fast nach unten. Als er sich wieder erhob, grinste er über das ganze Gesicht, auch sein Vater. Safia blickte auf Leia. „Er ist der schlimmste Spross und seinem grinsenden Vater am ähnlichsten. Die jungen Frauen in Esperanza sind nicht sicher, ich muss mich bereits mit Müttern besprechen, die über die ausufernde Triebhaftigkeit ihrer Töchter berichten." Ramon grinste über das ganze Gesicht. „Es tut mir leid, Mutter, aber ich muss hier angeben, dass die Hidalga und du allen Frauen mitteilen, dass sie die gleichen Rechte wie Männer haben. Dazu gehört offensichtlich auch die Liebe vor der Ehe. Sie leben nach euren Regeln." Leia und Safia blickten sich an, die Antwort gefiel ihnen nicht, aber sie stimmte teilweise. „Ich bin keusch gewesen, bevor ich deinen Vater getroffen habe. Es gibt den Unterschied, dass du ehrbare Mädchen zu verführen versuchst, du triebhafter Mensch. Dein Vater hat auch eingesehen, dass eine Frau ausreichend ist." Der junge Mann lachte und blickte auf Rey. „Vater, wir müssen wieder nach Gijon, um deine Treue zu überprüfen." Provokant blickte er auf seine Eltern. Saifas Blick fiel auf ihren Mann, dieser schüttelte den Kopf. Sie wandte sich an ihren Sohn. „Ich merke es, wenn dein Vater mich betrügt. Er wird es nicht tun, weil er mich liebt. Beende das Spiel mit vielen Frauen und entscheide dich für eine, das wird allen guttun." Ramon zuckte mit den Schultern. „Es gibt so viele schöne Frauen, ich kann das nicht", antwortete er theatralisch. Der junge Mann schien der geborene Schauspieler und Geschichtenerzähler zu sein, zudem sah er gut aus. Die Mischung zwischen einem Asturier und einer Maurin gab ihm eine etwas dünklere Hautfarbe, dazu kam dunkles, volles Haar, das er schulterlang trug. Seine Größe ähnelte der von Nael. Bevor Ramon weitererzählen konnte, ergriff sein Vater das Wort. „Halt den Mund, du Idiot! Deine Mutter hat recht, in Esperanza lässt du die Mädchen in Ruhe und vor allem auch die verheirateten Frauen. Alonzo verdächtigt dich, seine Frau zu belästigen. Das führt zu unnötiger Unruhe im Dorf. Geh nach Gijon! Dort kannst du dich ausleben. Vielleicht triffst du Isabella, du kannst ihr helfen!" Rey wirkte nicht verärgert, er liebte seinen jüngsten Sohn. Safia blickte auf Leia. „Meine Ermahnungen sind sinnlos, der Apfel fällt nicht weit vom Stamm." Ramon ergriff wieder das Wort, der junge Mann unterhielt die Menschen gerne. „Derzeit muss ich mich um die Plantagen kümmern, aber beim nächsten Mal komme ich gerne darauf zurück. Du kommst doch mit, Vater, Abwechslung schadet nicht", sagte er laut und grinste. Diesmal schien es auch seinem Vater zu reichen, denn dieser erhob sich rasch und stellte sich vor seinem Sohn, der zwei Schritte zurücktrat. „Mach deine Arbeit, Herumtreiber, und beziehe mich nicht in deine Geschichten ein. Ich schlage dich vor unseren Gästen nieder, wenn du noch einmal deinen Mund aufmachst. Hast du mich verstanden?", rief Rey lautstark. Der junge Ramon erkannte am Gesicht seines Vaters, dass dieser es ernst meinte. Es wäre nicht das erste Mal, dass er diese Art der Maßregelung verspürte. „Alles klar! Ich weiche der Gewalt und wünsche allen einen schönen Tag!", rief Ramon und verschwand mit einem Lachen aus dem Haus. Rey blickte seinem Jüngsten kopfschüttelnd hinterher. „Das ist dieses Maurenblut. Sie haben mehrere Frauen, das kann nicht von mir sein", sagte er grinsend, als er sich wieder zum Tisch setzte. Madoc nickte und grinste ebenfalls. Safia und Leia blickten sich an. „Möglicherweise deutet dein Sohn etwas an, was uns nicht gefällt. Auch mein rothaariger Kelte befindet sich in letzter Zeit oft in Gijon." Madoc schüttelte den Kopf. „Hört auf mit dem Unsinn! Rey

und ich genieße nur die Zeit, in der wir nicht mit euch diskutieren müssen, dazu reicht Wein und Bier völlig für die
Entspannung." Safia wog den Kopf hin und her, ihr Blick
fiel auf ihren Mann. „Es reicht, Safia. Diese Unterstellungen
sind nervig. Sie stimmen nicht. Aber Ramon hat recht. Es ist
nicht nur seine Schuld, die Töchter dieser Siedlung sind sich
ihrer körperlichen Entwicklung voll bewusst und setzen sie
auch ein. Das ist eure Philosophie." Leia blickte auf Safia,
dann lachte sie. „Ramon ist ein triebhafter Kerl, aber es
stimmt, manchen jungen Frauen scheint dies gut zu gefallen.
Wir werden mit ihnen reden, damit keine ungewollten Kinder eintreten, dies kann zu Spannungen führen." Safia nickte,
damit schien die Diskussion beendet zu sein. Sie tranken
noch etwas, dann ging der Besuch der restlichen Siedlung
weiter. In den letzten Jahrzehnten siedelten sich andere Familien an, alle halfen in der Landwirtschaft und beim Fischfang, auch der Transport der Waren wurde von den Familien
durchgeführt. Die Siedlung wies ein blühendes, geschäftiges
Leben auf und konnte eine Schule vorweisen, in der neben
Leia und Safia bereits andere unterrichteten. Arabisch lehrte
die Maurin nur ihren Kindern, die diese Sprachkenntnisse
teilweise für sich nutzen. Sie wollte diesbezüglich keine
Schwierigkeiten mit der christlichen Kirche, die alles Musli-
mische verdammte. Ihre Tochter Sara fungierte als Überset-
zerin arabischer Schriften am Königshof in Leon, deren
Mann Ernesto verfügte über Handelsbeziehungen in den Süden. Dasselbe machte ihre Tochter Maria in Santiago de
Compostela, die mit ihrem Mann Diego und den beiden Kindern dort lebte. Nael suchte am nächsten Tag mit Rey dessen
ältesten Sohn Rafael auf, der Naels Schwester Alaia ehelichte. Sie trafen diese in ihrem Haus außerhalb der Siedlung
an, es lag am Anfang der Plantagen. Rafael verwaltete die
Güter, Alaia half ihm dabei. Die blonde Baskin fiel ihren

lange Jahre vermissten Bruder um den Hals, Tränen standen in ihren Augen. Sie verstanden einander immer gut. Danach saßen sie im Haus der Familie, der dreijährige Pedro blickte seinen unvermutet aufgetauchten Onkel interessiert an. Auch er erhielt ein kleines Messer der Wikinger, dies schien ihn zu freuen, aber seine Mutter nahm ihm dieses wieder ab. „Dein Vater muss dir noch zeigen, wie du damit umgehst, kleiner Mann." Der Junge blickte auf Rafael. „Ich werde es dir zeigen, Pedro." Alaia griff ein. „Es muss nicht gleich sein, mein Lieber. Das Messer ist sehr scharf, ich will keinen blutenden Sohn haben." Ihre Stimme klang verärgert. Rafael blickte seine blonde Frau an, die ihrer Mutter Yrsa ähnlich sah. „Warum soll er es nicht lernen, Alaia? Er muss mit Waffen umgehen können, auch mit Werkzeugen im alltäglichen Gebrauch." Rafael schien eine Mischung seiner Eltern zu sein, schwarzes Haar und eine hellere Haut als Ramon wiesen auf sein Erbe hin. Die blonde Alaia schüttelte den Kopf. „Er ist drei Jahre alt. Dieses Messer ist eine Waffe eines Wikingers und dementsprechend ausgestaltet." Rafael zuckte mit den Schultern. „Er hat Wikingerblut in den Adern, wie Nael und du. Warum soll er es nicht gebrauchen, liebe Frau?", fragte er gereizt. Die Diskussionen in diesem Paar schienen heftiger zu sein, aber keiner schien nachgeben zu wollen. Rey griff ein. „Dein Großvater wird dir zeigen, wie du damit umgehst, wenn ich beim nächsten Mal komme. Vater und Mutter haben viel zu tun und müssen dafür sorgen, dass dein Großvater gut leben kann!" Pedro nickte und umarmte Rey, er mochte seinen Großvater und war der einzige Enkel vor Ort. Alaias Blick wirkte noch immer angriffslustig, ihren Mann schien das nicht zu beeindrucken. „Ich liebe deine Schwester, Nael, aber sie ist die schwierigste Frau unserer Familien. Du glaubst nicht, wie sie sich verhalten hat, bis wir ein Paar geworden sind." Alaia lächelte plötzlich. „Du musst dir meine Gunst verdienen, du halber Maure. Nicht wahr, Bruder?", wandte sie sich an Nael. Bevor dieser antworten konnte, ergriff Rey das Wort. „Antworte nicht! Diese Weiber sind zum Fürchten, angefangen von den drei Ältesten Leia, Safia und Yrsa!", rief er laut. Die blonde Alaia lachte, der kleine Pedro fiel ein. „Die Herausforderung wird euch stählen für alle Mühen, mein liebster Schwiegervater", sagte sie belustigt. Die Männer erhoben sich. Rafael wollte seinem Schwager die Plantagen zeigen, auch Ramon kam hinzu. Der junge Asturier setzte ein Grinsen auf. „Der Wikinger ist wieder hier. Diese Rabauken haben sich wild gebärdet!", rief der junge Mann laut. Naels Blick fiel auf den dunkelhaarigen Hünen. „Mit deinen Wortmeldungen lebst du gefährlich, mein Freund", sagte er laut. Rey und Rafael drehten sich zu Nael, Ramon schien dies nicht zu beeindrucken. Alaia ergriff das Wort. „Halte dich zurück, du vorlauter Bursche. Mein Bruder wird dich in Stücke schneiden und das tun, was ich manchmal gerne machen würde." Sie schien aber nicht verärgert zu sein, auch Ramon nahm es nicht ernst. „Ich liebe meine Schwägerin, sie ist die schönste Frau Esperanzas. Leider ist mir mein Bruder zuvorgekommen!", rief er laut. Alaia schüttelte den Kopf und wiegte sich in den Hüften. Rafael blickte seinen Bruder an. „Ich werde dich verprügeln, Bruder, wenn du meine Frau noch einmal so ansiehst." Er wirkte verärgert, das Verhalten seiner Frau gefiel ihm nicht. Rafael trat mit einem schnellen Schritt zu seinem Bruder und schlug ansatzlos zu. Es handelte sich um eine blitzschnelle Bewegung, der junge Mann fiel nach hinten, danach hielt er sich das Kinn. „Das hast du dir heute redlich verdient, mein Sohn. Jetzt ist Schluss mit den Albernheiten", sagte Rey laut. Naels Blick fiel auf seine Schwester Alaia, die ihren Mann Rafael entschuldigend anblickte, sie änderte ihr angriffslustiges Verhalten. „Du kannst dich gegenüber

Gästen besser benehmen, Alaia. Es muss nicht immer sein, dass du mich blamierst", sagte Rafael zu seiner Frau. Anschließend drehte er sich um und deutete den anderen, ihm zu folgen. Sie begutachteten die umfangreichen Gebiete, die für den Obstanbau genutzt wurden, auch die Gebäude, in denen der Wein aufbereitet wurde. Alaia blickte auf den kleinen Pedro. „Komm ins Haus, mein Sohn", sagte sie leise. Manchmal ging ihre Angriffslust mit ihr durch. Sie liebte ihren Mann und schalt sich selbst für ihr Verhalten, aber bisweilen konnte er sie wütend machen. Nach der Rückkehr der Männer gab es ein Abendessen, in dem wieder einiges an Wein kredenzt wurde. Als der kleine Pedro schlief, erschien auch Alaia, die sich an die Seite ihres Mannes setzte. Nael erkannte seine Schwester nicht wieder, sie zeigte ein gänzlich anderes Verhalten, erwies sich als lustige und ruhige Gastgeberin. Ramon, Rey und Nael verließen gegen Mitternacht das Haus der kleinen Familie, ihre Pferde trugen sie in das Dorf. Alaia wandte sich an ihren Mann. „Es tut mir leid, Rafael. Aber du bist manchmal zu aggressiv im Beisein deines Vaters. Ich will dir beweisen, wie sehr ich dich liebe", sagte sie mit verlockender Stimme und umarmte ihren Mann. Dieser ließ sich nicht lange locken und küsste sie intensiv. „Oh, mein Gott, bin ich verrückt nach dir, du blonde Göttin", sagte er laut und hob sie hoch. Sie lachte und blickte ihren Mann in die Augen. „Ich hoffe, du bescherst mir heute die höchsten Freuden, mein arabischer Freund", sprach sie mit verlockenden Augen. Rafael nickte und hielt seine Zusage ein, was zum endgültigen Frieden beim Ehepaar beitrug.

In den nächsten Tagen lernte Nael alles kennen, in und um Esperanza, aber er war nicht Teil dieser Gemeinschaft. Bevor er sich nach Gijon verabschiedete, besuchte er seine Schwester Alaia. „Ich hoffe, dein Mann und du haben Frieden geschlossen", sagte Nael. Alaia winkte ab und lachte.

„Rafael ist großartig, aber manchmal problematisch, wie alle Männer", sagte sie laut. Dann sprachen sie über Alva und Björn. „Es tut mir leid für dich, Nael. Vielleicht findest du Ruhe, aber du bist schon immer der wildeste unter uns Geschwistern gewesen. Das Angebot von Madoc ist gut, die rothaarige Isabella braucht Schutz. Sie agiert wie der schlimmste Mann in einer wilden Männerwelt, das kann nicht immer gutgehen. Ich kann mich auf Rafael verlassen, auch die Gemeinschaft von Esperanza ist stark, es ist ein schönes Leben mit meinem Mann. Vielleicht könnt ihr euch beide helfen", sagte die blonde Alaia zu ihrem Bruder. Nael blieb länger auf Besuch, dann verabschiedete er sich von seiner Schwester und Rafael, der später hinzukam. Auch der junge Ramon befand sich kurz zu Besuch im Haus. „Vater und Rafael haben mich für die härtesten Arbeiten eingeteilt, aber sie können mich nicht brechen. Grüße die Frauen von Gijon von mir, ich werde sie bald besuchen. In einigen Jahren ziehe ich in die Welt hinaus, um in allen Ländern Frauen kennenzulernen!", rief er grinsend. Dann reichte er Nael die Hand. Dieser mochte den jungen Mann, aber offensichtlich auch der Rest der Welt. Madoc gab ihm Geld mit, obwohl Nael keines benötigte. „Isabella soll auf das Geschäft aufpassen, aber meistens ist Brios vor Ort. Er wohnt mit seiner Gefährtin Nela oberhalb und führt das Geschäft. Sie werden dieses Jahr heiraten, wie Fabio und Aida. Pass auf meine Tochter auf, Nael." Der blonde Hüne nickte und ritt nach Gijon. Die Hafenstadt war von einer Mauer umgeben, langsam ritt der Baske hinein. Er fand das Geschäft der Familie des Kelten und lernte dort den jüngsten Sohn der Familie und dessen Gefährtin Nela kennen, die der Stadt entstammte. Brios bot ihm eine Unterkunft an, ein kleines Zimmer im Lagerhof des Geschäfts. „Es ist gut, dass sich jemand um Isabella annimmt. Sie ist ständig unterwegs und trinkt oft. Meistens schläft sie irgendwo. Ich habe es aufgegeben, mich um sie zu kümmern. Beim letzten Mal hat sie einen Normannen getötet, dessen Freunde befinden sich noch in der Stadt. Du wirst sie in einer der vielen Tavernen finden", sagte Brios, dessen Haare eine leichte rötliche Farbe aufwiesen. Seine Frau Nela erwies sich als hübsche Asturierin, die sich als viel ruhiger erwies als andere Frauen der Familie. Nael sprach Brios darauf an, dieser lachte. „Nela ist stolz, aber sie besitzt ein ruhiges Wesen. Frauentypen wie meine Mutter meide ich, leider ist meine Schwester Isabella die Schlimmste der Zunft." Nach einem gemeinsamen Essen begab er sich gegen Abend in das Hafenviertel, überall leuchteten die Öllampen. Es herrschte ein reges Leben in der Stadt, die Tavernen schienen gut besucht zu sein. Er trug diesmal keinen schweren Mantel und ein langes Messer im Gürtel, die anderen Waffen beließ er in seinem Zimmer. An diesem Abend suchte er Isabella vergebens, auch Brios kannte ihren Aufenthaltsort nicht. „Das muss nichts bedeuten. Manchmal begibt sie sich nach Oviedo oder in eine andere Stadt. Sie kommt nur, wenn sie Geld benötigt." Nael setzte seine Suche nach der verschollenen Isabella fort und fand sie in der zweiten Nacht in einer heruntergekommenen Taverne. Die zwielichtigen Gäste beobachteten den neuen Gast misstrauisch, der blonde Hüne erweckte erhöhte Vorsicht unter ihnen. Nael kannte diese Art von Gaststätten, sie gab es überall, wo Häfen existierten. Seefahrer und Schiffsleute erwiesen sich als harte, robuste Menschen, deren zielloses Leben oft zu zügellosen Feiern führte. Auch in dieser Taverne herrschte großer Lärm, manche Gäste schrien durcheinander. Im großen Raum schien es einen Kampf zu geben. „Zeig dieser rothaarigen Schlampe, wie sie sich Männern gegenüber verhalten soll!", schrie ein betrunkener Seemann wild. Nael erkannte, dass er Isabella gefunden hatte.

Er drängte sich nach vor und erblickte die Kontrahenten. Die rothaarige Isabella sah er zum letzten Mal vor langen Jahren, damals war sie dreizehn gewesen, kurz vor seiner ersten Abfahrt nach Norden. Sie verfügte über die gleiche, athletische Figur wie ihre Schwester, das rote Haar ging auf ihren Vater zurück. Dieses trug sie lang und zu einem Zopf gebunden, die helle Hautfarbe ähnelte ebenfalls der ihres Vaters. Offensichtlich schlugen bei ihr die keltischen Vorfahren durch. Isabella hielt ein kurzes Messer in der Hand, gegenüber stand ein bulliger Mann, der zwar nicht größer, aber viel breiter und mit starken Armen versehen war. Es handelte sich offensichtlich um einen betrunkenen Seemann. „Ich werde dich lehren, mich besser zu behandeln, du Miststück!", schrie der Mann. Sie zeigte keine Angst, obwohl sich augenscheinlich einige Kumpane des Mannes unter den Gästen befanden. Die anderen Anwesenden schienen begeistert zu sein, da es Abwechslung gab. Neben Nael wetteten zwei Männer, wer gewinnen würde. Isabella trug Hosen und eine eng anliegende Tunika, die mit einem Gürtel gebunden war. Der Baske blickte sich um. Im Hintergrund erkannte er drei großgewachsene Männer, deren Statur und Kleidung auf Normannen hinwies. Er dachte an die Erzählungen von Madoc und Brios. Diese wirkten weit gefährlicher als der Rest der Gäste, auch sie beobachteten den blonden Hünen, aber dieser wandte sich wieder ab. „Zeig, was du kannst, du ungewaschenes Schwein!", rief Isabella laut. Der Bullige griff an, sein Vorstoß fuhr ins Leere und traf einen zu nahe stehenden Gast in den Arm, der aufschrie. Die anderen Gäste lachten, es handelte sich um eine raue Gesellschaft. Der Bullige fuhr herum. Er schien stark betrunken zu sein, aber er beherrschte sicherlich den Messerkampf. Isabella erwies sich als viel schneller als der Mann, aber der vorhandene Platz erschien zu klein, um länger ausweichen zu können. Sie verletzte den Mann am Arm, dieser schrie auf. Plötzlich griff einer der Kumpane ein und hielt Isabella fest. Der Bullige erkannte die Gelegenheit und Nael stand zu weit weg. Aber ein Mann sprang plötzlich in die Mitte. Er übertraf den Bulligen an Größe und stellte sich vor Isabella. „Es ist genug. Dieser Kampf hat ein Ende!", rief er laut. Andere Männer tauchten plötzlich auf, die offensichtlich für den braunhaarigen Mann arbeiteten. „Es ist mein Lokal. Hier gelten meine Regeln!" Der bärtige Mann schien erzürnt zu sein und wandte sich an den Bulligen. „Du verschwindest mit deinen Freunden und kommst erst wieder, wenn du nüchtern bist!" Der Angesprochene zeigte sich widerwillig, aber plötzlich spürte er ein langes Messer an seinem Herz. „Du kannst sterben oder morgen wiederkommen. Es ist deine Entscheidung, Dicker", sagte der Braunhaarige ruhig. Seine Männer beobachteten die Kumpane des Bulligen, einer davon beruhigte alles. „Lass uns gehen. Es ist genug." Der Bullige nickte, wandte sich aber an den Braunhaarigen. „Wir werden gehen, aber dieses rothaarige Miststück macht ständig Ärger, in allen Tavernen!" Zustimmendes Gemurmel ertönte, Isabella besaß nicht viele Freunde. Der Braunhaarige nickte und wandte sich an die Frau. „Das ist dein letzter Abend in meinen Tavernen gewesen. Es ist mir egal, ob dein Vater mein Geschäftsfreund ist. Verschwinde einfach!" Sie wollte etwas sagen, aber zwei Angestellte des Mannes packten sie. „Greift mich nicht an, ihr Idioten!", schrie sie laut, die rothaarige Frau schien schwer betrunken zu sein. Die beiden Männer wussten, was sie taten, und beförderten Isabella gekonnt nach draußen, was zu großem Beifall unter den Anwesenden führte. Der Braunhaarige wandte sich an den Bulligen. „Verschwindet! Beim nächsten Mal werdet ihr meine Tavernen nicht mehr betreten. Hast du mich verstanden?" Der Angesprochene nickte und steckte sein Messer ein. Danach bezahlte er und verließ mit seinen Kumpanen das Lokal. Nael schloss sich schnell an, denn dem Inhaber schienen viele Gäste auf die Nerven zu gehen. Unauffällig folgte er der schreienden Isabella, die auf alle Männer schimpfte und lautstarke Tiraden von sich gab. Ihre vorherigen Kontrahenten blickten ihr nach, aber der Bullige winkte ab. „Dieses Weib ist verrückt. Sie säuft wie ein Mann und hurt wie die größte Dirne. Gott müsste solche Frauen verbieten." Die Männer gingen in eine andere Richtung, es gab noch andere Tavernen. Ein Mann trat aus dem Lokal und folgte Isabella, die sich in einer Nische erbrach. Es handelte sich um den braunhaarigen Geschäftsmann. Nael drückte sich eng an die Wand, die im Dunkeln lag. „Warum machst du das, Isabella? Du kannst ein gutes Leben haben in deiner Familie. Brios benötigt dich im Geschäft", sagte er vorwurfsvoll. Die rothaarige Asturierin hob ihren Kopf und wischte sich den Mund ab, danach blickte sie auf den Mann. „Halt den Mund, Raul! Als du mit mir geschlafen hast, hat dich mein Verhalten nicht gestört. Vielleicht werde ich deiner Frau davon erzählen", antwortete sie aggressiv und spuckte aus. Der Angesprochene schüttelte den Kopf. „Betritt nie mehr meine Tavernen, ansonsten werfe ich dich persönlich hinaus. Du bist eine Schande für deine Familie und alle Frauen", sagte er mit Verachtung in der Stimme. Anschließend drehte er sich um und ging zum Lokal zurück. Isabella blickte ihm nach, dann rief sie laut:" Ich will deine billigen Spelunken nicht mehr aufsuchen, wo du junge Frauen dazu bringst, deine Gäste mit ihren Körpern zu verwöhnen. Mit welcher dieser armseligen Kreaturen wirst du heute schlafen, großer Raul, aber deine anständige Frau will vermutlich nichts davon wissen!" Der Mann blieb kurz stehen, aber er reagierte nicht mehr und betrat wieder das Lokal. Isabella spuckte noch mehrmals, dann wankte sie in Richtung des familieneigenen Geschäftes. Der

Baske wollte ihr bereits folgen, aber er bemerkte rechtzeitig die drei Normannen, die die Taverne verließen. Eng drückte er sich an die Wand, die Männer bemerkten ihn nicht und folgten der wankenden Isabella, die noch immer schimpfte und fluchte. Nael sah auf sein Messer, die drei Normannen verfügten über Schwerter, die sie am Rücken trugen. Er erblickte einen großen Stein, der sich für das Werfen eignete. Die Normannen stellten Isabella in der nächsten Gasse, Vorbeikommende wichen aus und verschwanden in der Nacht. „Du hast unseren Freund getötet. Wir sind Kampfgefährten gewesen. Heute endet dein unseliges Leben", sagte der Sprecher ruhig. Ein zweiter Normanne griff ein. „Vielleicht sollten wir uns mit ihr vergnügen, bevor wir sie töten." Der Sprecher von vorhin schüttelte den Kopf. „Was ist los mit dir? Du willst dich mit dieser verrückten, betrunkenen Schlampe abgeben. Sie treibt es mit jedem Mann, du holst dir nur Krankheiten." Isabella richtete sich auf und zog ihr Schwert, dass sie am Rücken trug. „Ich habe bereits einen von euch getötet, aber vermutlich traut ihr euch nur zu Dritt. Was für erbärmliche Figuren sind Normannen eigentlich?", fragte sie spöttisch, sie wirkte auf einmal nicht betrunken. Doch der Sprecher ließ sich nicht provozieren und ging kein Risiko ein. Sie traten einen Schritt auseinander und näherten sich von drei Seiten. Isabella trug Schwert und Messer in den Händen. Ihr Gesicht zeigte eine unglaubliche Entschlossenheit, ihre Augen glitzerten gefährlich. Die Männer kannten offensichtlich ihre Kampfkünste, deshalb zeigten sie sich vorsichtig. Bevor sie den Angriff starteten, warf Nael den Stein. Dieser traf wuchtig den Kopf des Sprechers, der plötzlich nach vorne fiel. Die anderen Männer sprangen herum, der Baske trat dem ersten entgegen. Der zweite Mann wurde von der überraschten Isabella angegriffen und konnte den ersten Angriff abwehren. Nael blockte den Angriff des

Mannes mit dem langen Messer ab und versetzte ihm einen Tritt gegen die Brust. Bevor der Mann wieder vom Boden hochkam, erhielt er einen weiteren Tritt gegen das Kinn. Ein Aufschrei hinter ihm ließ erahnen, dass Isabella den zweiten Mann traf. Dieser ließ sein Schwert fallen und hielt sich seinen blutenden Arm. Nael nahm die Waffen der Bewusstlosen an sich und trat an die Seite von Isabella. Diese blickte ihn überrascht an, erkannte ihn aber nicht. „Wenn ihr noch einmal einen Angriff auf die rothaarige Frau plant, wird das euer letzter sein, denn dann wird ihr die ganze Familie beistehen. Hast du mich verstanden, Normanne?" Nael sprach im Dialekt der Nordmänner, der Angesprochene nickte. „Die Waffen könnt ihr euch in der nächsten Gasse holen, wenn die beiden aufwachen. Danach will ich euch nicht mehr sehen", sagte der Baske hart. Der Normanne erkannte in dessen Augen die ernste Drohung. Isabella blickte auf den Fremden und wandte sich ab. Sie steckte ihre Waffen ein und trat einen der bewusstlosen Männer. Nael folgte ihr mit den Waffen und warf sie in eine Nische in der nächsten Gasse. Isabella blieb stehen. „Wer bist du, Fremder?" Es herrschte ein schlechtes Licht in den Gassen. Der Baske nannte seinen Namen. Isabella schien zu überlegen. „Ich kenne keinen Nael." Dann ging sie weiter, er folgte ihr. „Dein Vater hat mich beauftragt, auf dich aufzupassen." Die Frau drehte sich um. „Mein Vater kann mich mal. Ich benötige keinen Aufpasser!", rief sie laut. Sie geriet leicht in Zorn, offensichtlich ihrem Temperament und der Trunkenheit geschuldet. Isabella zog ihr Schwert und hielt es Nael entgegen. „Verschwinde! Ich brauche deine Hilfe nicht. Männer sind nichts wert!", sagte sie laut und hart. Der Baske hob die Hände. Sie nickte und wollte ihr Schwert einstecken, in diesem Moment handelte er blitzschnell. Ein wuchtiger Schlag traf ihr Kinn, sie fiel nach hinten. Die Trunkenheit und der harte, genaue

Schlag auf die Spitze versetzte sie in die Bewusstlosigkeit. Nael steckte ihr Schwert ein, fesselte sie vorsichtshalber an den Händen und trug sie zum Meer. Isabella kam langsam zu sich und begann zu fluchen. Der Baske packte ihren Kopf und tauchte ihn in das Wasser. Sie schrie, als er ihn herausholte, anschließend drückte er den Kopf wieder unter Wasser. „Ich werde es so lange machen, bis du dich beruhigst, Isabella." Sie atmete schwer, dann drehte sie sich auf die Seite. „Woher kennst du meinen Namen?" Er hockte sich zu der am Boden liegenden Frau. „Ich bin Nael, der Sohn von Yrsa und Danel." Plötzlich riss Isabella die Augen auf, das Mondlicht beleuchtete die Szenerie am Hafen. „Nael? Der verrückte Baske, der nach Norden gegangen ist!" Der Angesprochene nickte und schnitt ihre Fesseln auf. Sie massierte kurz ihre Hände. „Was machst du hier, Nael?" Der Baske blickte sie an. „Ich werde dir alles erklären, aber wir verschwinden besser. Die Normannen halten sich vielleicht nicht an die Warnung und meine großen Waffen liegen im Geschäft deiner Familie." Isabella schien ruhig und ernüchtert zu sein, das Wasserbad wirkte offensichtlich. Die beiden verließen den Hafen und begaben sich zum Geschäft. „Zum ersten Mal seit langem bin ich wieder neugierig, was mir ein Mann zu sagen hat", sagte Isabella ruhig und folgte dem Basken.

2.
April 1036 bis Mai 1036

Anfang des vierten Monats regnete es in Gijon. Isabella und Nael saßen am Tisch im hinteren Gebäude des großen Hauses der Familie aus Esperanza. Im vorderen Teil befand sich das Geschäft, hinten gab es ein Lager und die Räumlichkeiten für die Angehörigen. Die Angestellten schliefen teilweise in den Ställen oder besaßen ein kleines Zimmer, manche kamen aus der Umgebung der Stadt. Der jüngste Sohn der Familie von Leia und Madoc, Brios, führte bereits das Geschäft, zusammen mit seiner künftigen Frau Nela. Diese entstammte einer Kaufmannsfamilie aus Gijon und lebte bereits mit Brios. In zwei Monaten sollte die Hochzeit in Gijon stattfinden. Einen Monat später folgte die Hochzeit zwischen dem zweitjüngsten Sohn der Familie, Fabio, und seiner Gefährtin Aida im Dorf Esperanza. Brios war Zwanzig, er wirkte sehr ruhig, verfügte über viele Eigenschaften seines Vaters, ein sehr überlegender Mensch, der aber entschlossen wirkte. Er schien das Kämpfen zu meiden, stellte sich aber bei Notwendigkeit jeder Herausforderung. Alle Kinder verfügten über eine ausgezeichnete Ausbildung in Kampf- und Waffentechniken. Nael blickte auf die rothaarige Asturierin. Seit ihrem Wiedersehen vor über zehn Tagen sprachen sie viel miteinander. Sie erinnerten sich an frühere Zeiten und an gelegentliche Treffen der Familien aus Donostia und Esperanza. Die Eltern verband eine starke Freundschaft, die sich teilweise auf die Kinder übertrug und zu Eheschließungen führte. Naels Schwägerin Elena, die ältere Schwester von Isabella, verfügte offensichtlich über eine gute Menschenkenntnis. Die rothaarige Asturierin und Nael verstanden einander tatsächlich sehr gut, obwohl es keine innere, gefühlsmäßige Annäherung gab. Aber nach anfänglichem Misstrauen sprachen sie offen über ihre Vergangenheiten und kamen zum Schluss, dass sie beide stark unter dem Verlust geliebter Menschen litten. „Pascual ist ein überragender Mann gewesen. Er hat mich bewegt, berührt und Gefühle geweckt, die ich vermisse", erzählte Isabella an einem Abend. Anfangs tranken sie miteinander, aber die letzten Tage verzichteten sie auf Alkohol. „Es ist besser, wir trinken keinen Wein, Isabella. Im Rausch neigt der Mensch dazu, Dinge zu tun, die ihm nachher leidtun, aber nicht mehr rückgängig gemacht werden können", sagte Nael. Isabella willigte schließlich ein, obwohl ihr der Verzicht auf Alkohol schwer fiel, sie schien das tägliche Trinken mittlerweile gewohnt zu sein. Aber sie entstammte einer Familie, deren Angehörige einen starken Willen besaßen, deshalb verhielt sie sich diszipliniert. Als sie Naels Schicksal erfuhr, schien sie tatsächlich sehr betroffen zu sein. „Der kleine Sohn ist auch gestorben, das muss das Schlimmste sein. Ich habe keine Kinder, aber Eltern sollten ihre Kinder nicht überleben. Leider passiert das zu oft in diesen Zeiten." Die rothaarige Asturierin veränderte sich in dieser Zeit wieder zum Positiven, dies merkte auch ihr jüngerer Bruder an. „Ich danke dir, Bruder, aber ich werde dich bald verlassen. Diese Stadt kann ich nicht mehr leiden, zu viel ist passiert. Die Menschen verachten mich, aber das ist mir egal. Selbst deine Nela wäre froh über meinen Weggang." Brios wollte antworten, aber seine im Raum anwesende Gefährtin ergriff das Wort. Nela war eine attraktive, schlanke, hochgewachsene Frau mit braunen Haaren, die sie aufgesteckt trug. Ihr makelloses Gesicht verriet, dass sie sich ständig pflegte und auf ein gutes Aussehen Wert legte. „Du hast dich gegenüber uns nicht immer gut benommen, Isabella, teilweise hast du mich beschimpft im betrunkenen Zustand. Aber du bist die Schwester von Brios, dem Mann, den ich liebe. Wenn du bleiben willst, kannst du hierbleiben. Ich werde nichts dagegen unternehmen, wenn du das meinst." Nela sprach ruhig, sie wirkte arrogant, aber sie erwies sich für Brios als eine wertvolle und liebende Partnerin. Nael blickte auf die junge Frau, die das Leben als Gefährtin eines Kaufmanns schätzte. Isabella schien für dieses Leben nicht geschaffen zu sein, ähnlich wie er selbst. Sie verstanden einander, aber sie mussten sich überlegen, was sie zukünftig machen wollten. Auch Nael sah für sich keine Zukunft im Geschäft seines Vaters in Donostia. Isabella schien über alles bereits viel nachgedacht zu haben, nach Beendigung ihrer Trinkgelage beherrschte sie wieder ein nüchterner Verstand. Nela und sie würden keine Freundinnen werden, aber als Schwägerin gehörte sie zur Familie. Diesbezüglich kannte sie die Einstellung ihrer Eltern, die den Zusammenhalt beschworen und vorlebten. „Ich werde Gijon verlassen, Nela. Brios und du beherrschen dieses Geschäft viel besser als ich. Diesbezüglich werde ich dies unseren Eltern mitteilen, ich verzichte auf alle Ansprüche. Ist das in Ordnung?" Nela blickte Isabella an. Sie mochte ihre Schwägerin nicht, aber sie kannte sie als offenen Menschen, meistens übertrieb sie es mit ihren Ansichten. „Natürlich bin ich einverstanden, aber Brios entscheidet für uns darüber. Ohne deine ständigen Exzesse können wir viel ruhiger leben, auch die Kontakte zu den ansässigen Kaufmannsfamilien wären besser. Ich hoffe, du verzeihst mir meine Offenheit", antwortete

Nela. Sie wirkte ruhig, aber ihre offensichtliche Abneigung gegenüber ihrer Schwägerin kam zum Vorschein. Isabellas Augen verengten sich, aber sie blieb ruhig. „Wir werden gemeinsam nach Esperanza reiten, um mit deinen Eltern zu sprechen", wandte sich Nael an Isabella. Eine angespannte Stimmung lag in der Luft. Brios ergriff das Wort, er wirkte ruhig. Trotz seiner Jugend schien ihn die Situation nicht zu belasten. Nael kannte Erzählungen seiner Mutter über dessen Vater Madoc, offensichtlich erbte der Jüngste der Familie viele Eigenschaften vom Vater. „Du musst das nicht tun, Isabella. Aber Nela hat recht, deine Handlungen haben nicht zum Gelingen geschäftlicher Verbindungen beigetragen. Ich habe mit Nael gesprochen, möglicherweise seid ihr für ein anderes Leben geboren als ein ortsansässiger Kaufmann." Die rothaarige Frau nickte zu den Worten ihres Bruders, sie mochte ihn besonders, weil er sie am meisten an ihren Vater erinnerte. Zu Madoc besaß sie ein besseres Verhältnis als zu ihrer Mutter Leia, die noch immer sehr temperamentvoll reagieren konnte. „Es ist meine Entscheidung. Nela und du beherrschen dieses Geschäft viel besser als ich. Nael und ich werden Gijon morgen verlassen und nach Esperanza reiten." Der Baske blickte sie an. Isabella lächelte. „Du bist mein Leibwächter und wirst dafür bezahlt, Wikinger oder Baske, was auch immer du bist." Der blonde Hüne zuckte mit den Schultern und nickte. Damit schien alles besprochen zu sein über die nähere Zukunft in der Stadt Gijon. Isabella erhob sich und trat zu ihrer Schwägerin. „Ich erkenne deine persönliche Abneigung und ziehe mich zurück, Nela. Damit wird hoffentlich der Friede in dieser Stadt einkehren, den du dir wünscht. Pass auf meinen Bruder auf", sagte sie ruhig, ihre Augen wiesen einen seltsamen Glanz auf. Anschließend ging sie an Nela vorbei, ohne ihr die Hand zu reichen, diese wich nicht zur Seite. „Komm, Baske! Du wirst dafür bezahlt, auf mich aufzupassen!", rief Isabella laut. Der blonde Hüne erhob sich und folgte der rothaarigen Frau. Sein Blick fiel auf Nela und Brios. Er nickte kurz, wirkte aber düster und verschlossen. Blicke folgten ihm. „Ein seltsames und gefährliches Paar. Ich hoffe, sie finden ihre Ruhe, ansonsten werden sie für viele Konflikte sorgen", sagte Nela leise. Brios blickte seine Gefährtin lange an. Sie kannte seine Gefühle für Isabella. „Es tut mir leid, Brios. Ich weiß, wie du zu deiner Schwester stehst, aber ich kann mich nicht verstellen. Sie findet es bis jetzt nicht der Mühe wert, sich zu entschuldigen." Die junge Frau blickte ihren Gefährten mit Sorge an. Der großgewachsene, junge Mann nahm sie in die Arme. „Das ist in Ordnung, Nela. Ich liebe dich, weil du bist, wie du bist. Isabella verträgt dies, sie kann auch gut austeilen. Kein Mensch wird sich zwischen uns stellen, schöne Frau", antwortete er ruhig. Nelas Augen leuchteten, denn sie kannte die starken Verbindungen innerhalb der Familie ihres Gefährten. „Ich hoffe, deine Eltern werden sich nicht gegen mich stellen." Brios schüttelte den Kopf und lachte. „Auf keinen Fall, sie schätzen dich und kennen ihre Tochter. Zudem besitzt Isabella auch gute Eigenschaften, sie wird ihre Entscheidung mitteilen und nicht weiter darüber sprechen." Er nahm sie in die Arme und flüsterte etwas in ihr Ohr. Lachend drängte sie ihn weg. „Wir müssen uns um das Geschäft kümmern, mein Lieber. Aber später werden wir noch einmal darüber sprechen", sagte Nela mit aufreizendem Blick. Danach begab sich das Paar zum vorderen Teil der Liegenschaft. In der

Zwischenzeit gingen Isabella und Nael schweigend am Hafen entlang. Der Blick des Basken glitt über die nähere Umgebung, aber nichts signalisierte Gefahr. Die drei Normannen schienen verschwunden zu sein. Isabella wurde teilweise mit verachtenden Blicken bedacht, aber ihr schien das nichts auszumachen. Zudem erweckte der blonde, düstere Hüne im Wikingergewand Respekt unter den Menschen. Sie verließen den Hafen und die Stadt und begaben sich in die Umgebung. Lange saßen sie auf einem Baumstamm und blickten zum Meer hinaus, der Regen ließ stark nach, sie spürten ihn kaum. „Es hat mir geholfen, mit dir zu reden, Nael. Aber ich weiß nicht, was ich machen soll. Der Schmerz wühlt mich manchmal auf, dann würde ich mich am liebsten betrinken und jemanden töten. Aber das ist falsch." Isabella verstummte. Nael konnte ihr nicht helfen, er besaß die gleichen Probleme. Lange Zeit wurde nicht gesprochen, beide hingen ihren Gedanken nach. Isabella ergriff das Wort und erzählte von den Geschichten ihrer Mutter über ihre Vorfahren, die auch aus den Reihen der Römer stammten. „Ich habe diese Geschichten geliebt, von Britannien und Rom", sagte sie laut. „Britannien ist ein Ort zum Sterben. Viele Menschen sind dort getötet worden für den Eroberungsdrang einiger Völker. Wenn du kämpfen und sterben willst, musst du dorthin gehen", antwortete Nael. Isabella blickte ihn an, der Hüne wirkte teilnahmslos. Sie schüttelte den Kopf. „Es tut gut zu wissen, dass es jemand schlechter geht als mir, das hilft mir", sagte sie lächelnd. Nael zuckte mit den Schultern. „Ich will nicht nach Norden. Du bist einer der Wenigen, der diesen Weg bevorzugt hat. Er hat dir kein Glück, aber viel Erfahrung gebracht. Britannien interessiert mich nicht. Aber die Stadt

Rom hat immer gewirkt auf mich, von dort aus ist die ganze Welt beherrscht worden. Dort lebt das Oberhaupt unseres Glaubens, vielleicht wäre das ein lohnendes Ziel", sagte Isabella laut. Die Idee mit Rom erschien ihr plötzlich als brauchbar, in Italien sollte es schön sein. „Die Römer haben nicht die ganze Welt beherrscht, es gibt viel mehr Welt als unseren Kontinent, dessen bin ich mir sicher", antwortete Nael. Isabella lachte. „War das jetzt als Spaß gemeint, Baske? Natürlich gibt es andere Regionen, im Osten soll es große Reiche geben, nur der Westen ist unerforscht." Er dachte an Vinland, dem fruchtbaren Land im Westen und an die feindseligen Bewohner. Es interessierte ihn nicht mehr. „Wie wäre es, wenn wir gemeinsam nach Rom gehen, Nael? Vielleicht finden wir im Zentrum unseres Glaubens zur Ruhe. Das Abenteuer und der Kampf liegen uns im Blut. Bereisen wir die alte Welt, vielleicht wird uns das weiterhelfen. In Esperanza und Donostia wirken wir wie Fremdkörper in einer funktionierenden Gemeinschaft, auch du hast darüber gesprochen." Nael nickte, Isabella lag richtig. Der Vorschlag mit einer Reise nach Rom klang plötzlich gut. Nach Norden wollte er nicht mehr zurück, im Süden standen die Mauren, der Westen lag im Nebel der Unbekanntheit, aber im Osten lag das mittelländische Meer und Italien. Dieses Land galt seit Urzeiten als lohnendes Ziel vieler Menschen. „Ich glaube, der Vorschlag ist gut, aber was wird deine Familie sagen, Isabella?" Die rothaarige Frau zuckte mit den Schultern. „Sie stehen mir nahe, aber die meisten werden froh sein, wenn ich fort bin. Das Gleiche gilt für dich. Sie wollen uns helfen, aber können nicht einschätzen, wie wir reagieren. Manchmal weiß ich es selbst nicht, es überkommt mich ein

Zorn und ich kann nichts dagegen tun." Nael erhob sich. „Wir haben offensichtlich viele Ähnlichkeiten, Isabella", sagte er laut. Die rothaarige Asturierin lachte plötzlich, die Gespräche halfen tatsächlich, sie verstanden einander. „Sie werden uns fragen, ob wir zusammen sind, Nael. Sind wir ein Paar?" Neugierig blickte Isabella den blonden Hünen an. Dieser schüttelte den Kopf. „Ich folge dem Vorschlag deiner Schwester Elena. Wir gehen als Kampfgefährten Richtung Osten, alles andere wird sich weisen. Aber derzeit ist der Schmerz über den Verlust von Alva zu stark, um über andere Frauen an meiner Seite nachzudenken." Isabella nickte verständnisvoll, trotz einiger Jahre wirkte auch bei ihr der Verlust ihres geliebten Mannes Pascual stark nach. Trotzdem wurden beide von einer Abenteuerlust ergriffen, ihr trostloses Leben verfügte wieder über ein Ziel. Dieses hieß Rom, das Zentrum des christlichen Glaubens. Möglicherweise konnten sie als Söldner Geld verdienen, dies barg ein hohes Risiko, aber es erschien beiden als bessere Tätigkeit als im Handelsgeschäft ihrer Familien zu arbeiten. Die beiden blickten sich an, es herrschte ein Einverständnis zwischen ihnen. Sie blickten sich an, plötzlich wurden beide von ihren Instinkten gewarnt. Fast gleichzeitig ließen sich fallen und entgingen damit zwei Pfeilen, die für sie gedacht waren. Weitere Pfeile folgten, aber der große Baumstamm bot Deckung, denn die Bogenschützen kamen aus der Richtung der Stadt. Die Gegner umgingen sie offensichtlich nicht, um sie von beiden Seiten beschießen zu können. In dieser Jahreszeit erwies sich das Unterholz als kein ausreichender Schutz. „Wir haben auf unsere normannischen Freunde vergessen", sagte Nael. Isabella nickte. Der Angriff wurde beendet, sie blieben liegen. Leider besaßen sie keine Speere, aber Wurfäxte. Geduldig verharrten sie in ihrer Deckung. Nael und Isabella besprachen sich leise, anschließend gingen sie in die Hocke und liefen danach geduckt in verschiedene Richtungen. Wieder flogen Pfeile, die Männer erwiesen sich als gute Bogenschützen, die schnell hintereinander Pfeile abschießen konnten. Nur den schnellen Bewegungen der beiden war es zu verdanken, dass die Pfeile kein Ziel fanden, einer schrammte haarscharf am Kopf von Nael vorbei und blieb in einem Baum stecken. Vorsichtig blickte der Baske hinter einem Baum hervor, um einen Überblick zu erhalten. Er erkannte den Bogenschützen und einen geeigneten Weg zu dessen Standort. Nael wählte den direkten Angriff, der Wikinger ging mit ihm durch. Ungeachtet der Gefahr rannte er unter dem Schutz der Bäume auf den Angreifer zu. Der Normanne ließ den Bogen fallen und griff zum Schwert, Nael zog seines im Laufen. Wild krachten die Schwerter aufeinander, Schreie ertönten von der anderen Seite, aber der Baske konnte sich nicht darum kümmern. Er traf den Normannen an der Hand, dessen Schwert kippte zur Seite, ohne Deckung wurde er von Nael in den Hals getroffen. Der Angreifer ließ sein Schwert fallen und fiel mit ungläubigem Blick nach hinten, Blut strömte aus der tiefen Wunde am Hals. Der Baske wurde aus seinen Gedanken gerissen und vernahm die Schreie Isabellas und das Klirren von Schwertern. Er eilte weiter und sah die Kontrahenten nach Überwinden einer kleinen Geländekante. Mit einem schnellen Blick erfasste er einen toten Normannen, der eine Wurfaxt im Kopf aufwies, sein Bogen lag neben ihm. Isabella schien in Bedrängnis zu geraten, der hünenhafte Normanne erwies sich als schwerer

Gegner mit einem riesigen Kraftpotential. Nael zog seine Wurfaxt und näherte sich den Kontrahenten, die sich mit Schimpfwörtern bedachten. Dann blieb er stehen und ließ seine Axt fliegen. Der Normanne, der eine kurze Kampfpause einlegte, wurde in den Hinterkopf getroffen. Er riss die Augen auf, ließ sein Schwert fallen und fiel nach vorne. Isabella atmete schwer, auch bei Nael wirkte die Erregung des Kampfes länger nach. Langsam trat er zum Normannen und zog seine Wurfaxt heraus, anschließend säuberte er sie ebenso wie sein Schwert. Danach verstaute er die Waffen, Isabella tat es ihm gleich. Nael blickte auf den toten Normannen, der in der Stadt als Sprecher der drei fungierte. „Es wäre besser gewesen, ihr hättet Gijon verlassen, mein Freund", sagte er laut, langsam beruhigte sich sein Körper. Er durchsuchte die Kleidung der Toten und stellte das Geld und die Waffen sicher. Isabella fand keine Pferde vor, offensichtlich folgten ihnen die Normannen bereits länger. Obwohl sie alle Trümpfe in der Hand hielten, erlagen sie zwei überlegenen Kämpfern. „Ich hätte ihn geschlagen", sagte sie zu Nael. Dieser zuckte mit den Schultern. „Man muss kein unnötiges Risiko eingehen, Isabella. Tot ist er mir lieber als lebend", antwortete er langsam. Isabella lachte. Der gewonnene Kampf gegen drei harte Gegner fühlte sich gut an, keiner der beiden empfand Mitleid mit den Toten. Sie überlegten, was sie mit den Leichen machen sollten. In der Stadt würde es Fragen geben. Isabella besaß keinen guten Ruf, vielleicht gab es weitere Freunde der Normannen. „Ich werde mit Brios sprechen. Du bleibst hier und passt auf, dass unsere Freunde nicht weglaufen", sagte Isabella laut und lachte. Ein seit langem verlorenes Gefühl erwachte, das

Empfinden eines Sieges, es tat gut. Nael nickte und legte die Toten nebeneinander in ein Unterholz, während die Asturierin sich auf den Rückweg zur Stadt machte. Er setzte sich auf ein Stück Holz und lehnte sich an einen Baum, die Sonne strahlte. Lange blickte er auf die drei Toten, auch sie entstammten Familien und einem Umfeld. Nael kannte ihre Geschichte nicht, es interessierte ihn auch nicht. In dieser Stadt kreuzte das Schicksal ihre Wege, das Ergebnis lag vor ihm. Sie empfanden keinen inneren Schmerz mehr, starben im Kampf für eine aus ihrer Sicht richtige Sache. Die Rache für ihren toten Kameraden erwies sich auch für sie als das Ende ihres irdischen Lebens. Manchmal dachte der Baske daran, dass der Tod eine Erlösung wäre. Wahrscheinlich würde auch er im Kampf sterben, irgendwo fern der Heimat, unerkannt und unbekannt, als einer von vielen. Irgendwann traf jeder Mensch auf einen überlegenen Gegner oder machte einen entscheidenden Fehler, der sein Leben beendete. Der Weg nach Rom würde nicht leicht werden in diesen Zeiten, sie mussten durch das Frankenreich und danach in das Gebiet der deutschen Kaiser, überall gab es Räuberbanden, arbeitslose Söldner und zwielichtiges Gesindel. Man konnte ohne Schuld eingesperrt werden, vor allem als Fremder. Lange saß er allein im Wald und sinnierte über sein Leben. Es dunkelte bereits, als er Geräusche hörte. Nael zog sich ins Unterholz zurück. Isabella und Brios erschienen. Dieser blickte auf die Toten und schüttelte den Kopf. „Die Normannen sind mit dem Schiff gekommen und besitzen keine Pferde. Wir werden sie hier begraben, ihre Waffen nehmen wir mit", sagte Brios. Er wirkte ruhig und wusste, was er tat, fragte nicht nach den Gründen, es gab auch keine Vorwürfe.

Jeder erhielt eine mitgebrachte kleine Schaufel, auch Isabella musste graben. „Sollten das nicht Männer machen?", fragte sie leise. Brios schüttelte den Kopf. „Du hast einen getötet. Es ist deine Leiche, Schwester." Sie lachte plötzlich, empfand seine Worte spaßig. Die Dunkelheit umgab das Land vollständig, als sie mit allem fertig wurden. Sie versuchten, die Gräber unkenntlich zu machen. Alle schnauften, das Graben erwies sich als schweißtreibende Tätigkeit. Dann nahmen sie die Bögen und steckten die anderen Waffen zu den Schaufeln in den Sack. Ohne Probleme gelangten sie in die Stadt und verstauten die Waffen im Lagerraum. „Die Bögen und das Geld könnt ihr behalten, die anderen Waffen nehme ich als Bezahlung für meine Dienste", sagte Brios und grinste. „Mein Bruder, der Kaufmann. Es sind gute Waffen, du wirst sie gewinnbringend verkaufen können", sagte Isabella. Brios nickte und grinste weiterhin, auch er schien vom Tod der drei Männer nicht berührt zu sein. Nael und Isabella erteilten die Zustimmung zum Geschäft, auch die Bögen schienen gute Qualität vorzuweisen. Brios verschwand, auch Nael und Isabella betraten ihre Räume. Der Baske lag länger wach, nach zwei Stunden erschien plötzlich Isabella. Er erkannte in der Dunkelheit, dass sie nackt war. Ungeniert setzte sie sich auf ihn. „Nach diesem Kampf will ich einen Mann spüren und du bist ein besonderer, Baske", sagte sie leise, ihre Stimme klang erregt. Nael spürte Widerwillen, wenn er an Alva dachte, aber Isabella war eine attraktive Frau, die sich nahm, was sie wollte. Bald fanden sie sie sich, die Lust erwachte und verdrängte alle anderen Gedanken, wild und hemmungslos gaben sie einander hin. Danach lagen sie zusammen. „Das hat mir gefallen, vielleicht werden wir noch ein Paar, du verrückter Baske", sagte Isabella und lachte. Danach erhob sie sich und verließ seinen kleinen Raum. Nael dachte über das Erlebnis nach, es fühlte sich an wie ein Wettkampf zweier Körper. Es fehlte das intensive, gefühlsmäßige Empfinden wie bei Alva, aber es befriedigte die fleischliche Lust. Bald schlief er ein und träumte wieder von Alva. Isabella konnte diese Lücke nicht füllen. Am nächsten Tag trafen sie sich beim Frühstück, sie sprachen nicht viel. Nela versorgte sie mit allem Notwendigen, auch sie blieb einsilbig. Das Gehörte bestärkte sie in ihrer Ansicht, dass dieses Paar für viel Unruhe sorgte und deshalb eine Abreise notwendig erschien, um in der Stadt Ruhe zu haben. Isabella und Nael bereiteten ihre Pferde für den Ritt vor. Brios tauchte auf und verabschiedete sich. Bald darauf verließen sie die Stadt und begaben sich Richtung Esperanza. Sorgfältig musterten sie die Umgebung, aber es herrschte Leben am Küstenweg, es gab keine Gefahr. Isabella ergriff als Erste das Wort. „Mit Pascual ist es intensiver gewesen, aber er ist tot. Ich finde, es ist in Ordnung, wenn wir als Kampfgefährten manchmal das Bett teilen. Der Körper verlangt seine Befriedigung und das ist gut gelungen. Was sagst du dazu, Nael?", fragte Isabella laut. Sie wirkte provokant, um ihre eigene Unsicherheit zu verbergen. Nael übertraf alle anderen Männer seit ihrem Ehemann. Der Baske nickte. „Warum nicht? Du nimmst dir anscheinend immer, was du willst." Sie lachte und schien auf dem Weg der Besserung zu sein, denn sie wirkte offener und lebenslustiger als Nael. „Es wundert mich, dass du dermaßen viele Worte findest. Du redest nicht gerne, aber das macht nichts, das übernehme ich für uns beide", sagte Isabella laut. Danach ritten sie schneller und erreichten gegen Mittag Esperanza. Die beiden Reiter wurden erkannt und begrüßt. „Ich glaube nicht, dass sich alle freuen, mich zu sehen, aber wir werden nicht lange bleiben. Ich will in die Welt hinaus und nicht Apfelwein anbauen!", rief Isabella. Es störte sie nicht, dass die Bewohner es teilweise hörten. Leia trat aus dem Haus. Als sie ihre Tochter erkannte, freute sie sich offensichtlich sehr, ihre Augen glänzten. Isabella sprang vom Pferd und eilte zu ihrer Mutter, es folgte eine kurze Umarmung. „Sei gegrüßt, Mutter. Mein Leibwächter und ich sind zurückgekehrt in das Apfelparadies", sagte sie provokant. Leia blickte sie an. „Du wirkst nüchtern, aber dein Verhalten hat sich nicht viel geändert, liebe Tochter", antwortete sie laut. Madoc tauchte plötzlich auf. „Du kannst dich noch immer geräuschlos anschleichen, rothaariger Vater", sagte Isabella. Ihr Verhalten erwies sich als provokant gegenüber ihren Eltern, aber Madoc blieb ruhig. Er küsste seine Tochter auf beide Wangen, dann lud er beide in das Haus. Dort teilte Isabella ihren Eltern die Pläne mit. Leia betrachtete ihre Tochter mit Sorge. „Du glaubst, dass dir eine Reise nach Rom hilft, Isabella? Der Mensch kann überall Frieden finden, wenn er dazu bereit ist. Du musst dich einem anderen Mann öffnen, dann kannst du auch hierbleiben." Isabella schüttelte wild den Kopf. „Ich bin keine Apfelbäuerin. Zudem habe ich mich anderen Männern ständig geöffnet, zuletzt diesem verrückten Basken neben mir, Mutter", antwortete sie süffisant. Leia geriet in Zorn. Die Gespräche mit ihrer Tochter führten meistens zum Streit, aber diesmal griff Madoc rechtzeitig ein. Sein Blick fiel auf Nael, doch er ließ nicht erkennen, ob ihn die letzten Worte seiner Tochter störten. „Es reicht, Isabella!

Deine Mutter meint es gut, sie will dir helfen. Aber du bist weiterhin rebellisch und kritisierst alles, was in Esperanza passiert. Keiner kann den Tod Pascuals rückgängig machen und niemand in diesem Dorf ist daran schuld. Es ist eine gute Gemeinschaft und du hast davon profitiert, also rede nicht schlecht über diese Menschen." Seine Stimme verfügte über einen harten Ton, die Augen fixierten seine Tochter. Nael erkannte, dass Isabellas Autoritätsverständnis ihren Vater an oberster Stelle sah. Sie vermied, eine Antwort zu geben und setzte einen trotzigen Blick auf. „Ich weiß, dass du die Entscheidung bereits getroffen hast, Isabella, aber ich würde gerne mit deiner Mutter sprechen, aber allein, denn du provozierst sie ständig. Geh mit Nael hinaus und warte vor dem Haus!" Madocs Stimme duldete keinen Widerspruch, zur Überraschung des Basken folgte Isabella der Aufforderung vorerst kommentarlos. An der Tür drehte sie sich zu Nael. „Komm, Leibwächter. Lassen wir die ältere Generation über die jüngere entscheiden und richten", sagte sie laut, dann verschwand sie. Der Baske blickte auf Madoc, die Männer musterten sich eingehend. „Ich habe gemeint, du sollst auf sie aufpassen, nicht mit ihr schlafen, Nael." Madocs Stimme klang ruhig, aber Nael erkannte den innerlichen Ärger. Er berichtete von den Ereignissen in Gijon. „Sie nimmt sich, was sie will. Kein Mann hätte sich verweigert." Er berichtete sachlich und kurz über die Nacht mit Isabella. „Wir haben einen Kontakt zueinander, die Gespräche haben tatsächlich geholfen. Elenas Vorschlag ist gut gewesen, eure älteste Tochter ist sehr intelligent und besitzt eine gute Menschenkenntnis. Mein Bruder hat großes Glück." Leia blickte auf den blonden Hünen. „Vielleicht kann mehr daraus werden,

Nael. Ihr könnt euch beide helfen, nicht nur im Kampf und der Lust, auch für eine gemeinsame Zukunft." Der Baske überlegte lange, dann schüttelte er den Kopf. „Isabella hat Alva nicht verdrängt. Aber keiner kann in die Zukunft blicken. Möglicherweise hilft uns die Reise nach Rom, oder wir finden den Tod. Es ist ein Stück gemeinsamer Weg, vielleicht dauert er länger. Ich kann es euch nicht sagen." Er endete mit diesen Worten. Leia und Madoc blickten den blonden Hünen lange an. Schließlich zuckte sie mit den Schultern. „Schlussendlich müssen sie ihren Weg gehen. Wir wollen unsere Kinder zu nichts zwingen, obwohl es mich schmerzt, sie wieder wegreiten zu sehen." Leias Augen füllten sich mit Tränen, die Situation mit ihrer Tochter ging der temperamentvollen Frau nahe. Madoc lächelte und zog seine Frau an sich. Nael erkannte das Leid der Eltern, die ihren Kindern auf ihre Weise helfen wollten, aber deren Entscheidungen akzeptieren mussten. Zumindest in ihren Familien wurde dies so gehalten, ansonsten mussten sich Kinder oft den Entscheidungen ihrer Eltern fügen. Madocs Blick fixierte den Basken, der den Blick ruhig erwiderte. „Dein Auftrag geht weiter, Nael. Du passt auf sie auf." Der Baske schüttelte den Kopf. „Es ist eine gemeinsame Reise, kein Auftrag. Ich will kein Geld dafür, Madoc. Du beleidigst mich damit", sagte er hart, seine Augen wirkten bedrohlich. Madoc beobachtete den Basken und zuckte mit den Schultern, aber Leia ließ dies nicht gelten. „Wir werden euch Geld mitgeben. Ich nehme an, du wirst zu deinen Eltern reiten, auch sie sollen euch etwas mitgeben. Es ist nicht notwendig, sich der erstbesten Söldnertruppe anzuschließen, um Geld zu verdienen." Leias Stimme klang fest und bestimmt, nach kurzem Überlegen nickte Nael. „Es ist eure Entscheidung. Gebt Isabella das Geld, das in dieser Welt natürlich wichtig ist, um frei von Zwängen zu sein." Danach erhob sich der Baske und verließ das Haus. Die Blicke von Leia und Madoc folgten ihm. „Er wird auf sie aufpassen, denn er ist loyal zu seinen Kampfgefährten", sagte Leia. „Sie sollen ihrem Schicksal folgen, wohin es sie auch führt. Ich hoffe, sie kehrt zurück, aber auch ich bin nie mehr nach Bangor zurückgegangen. Der Grund ist eine temperamentvolle Asturierin gewesen, die mir eine neue und bessere Heimat gegeben hat." Leia lächelte plötzlich, sie drehte sich zu ihrem Mann und umarmte ihn. „Vielleicht sollten wir unsere Liebe in dieser Nacht wieder etwas auffrischen, Rotschopf", sagte sie mit verlockender Stimme. Dann küssten sie sich lange. Madoc erhob sich und ging nach draußen. Isabella saß in der Nähe der Pferde und blickte gelangweilt auf das Leben im Dorf. Ihr Vater erkannte, dass das Leben in dieser Siedlung seiner Tochter nicht gefiel. Auch er verließ vor langen Jahren seine keltische Heimat, um Abenteuer zu erleben und den Kampf zu suchen. Sein Weg führte ihn in die Arme von Leia nach Asturien, Isabellas Weg könnte einen gänzlich anderen Verlauf nehmen. Nael stand in der Nähe, sein teilnahmsloser Blick erfasste den Kelten. Die Männer respektierten einander. Madoc trat zu seiner Tochter. „Bevor du uns verlässt, sprich mit deiner Mutter. Es geht auch um den Zeitpunkt, den du bestimmen kannst, Isabella." Sie erhob sich und nickte, dann betrat sie das Haus. Leia saß noch immer am Tisch, ihre Gedanken drehten sich um die Kindheit ihrer wilden Tochter. Sie blickte auf, als diese eintrat. Ein Lächeln erfasste Leias Gesicht. „Setz dich zu mir, Isabella. Ich denke gerade an deine Kindheit, du bist schon immer rebellisch gewesen. Auch Elena ist wild gewesen, aber sie hat sich viel schneller beruhigt und andere Verhaltensweisen ausprobiert." Isabella lächelte und setzte sich zu ihrer Mutter. „Meine Schwester ist eine gefährliche Frau, Mikel ist nicht zu beneiden. Aber auch Rafael hat manchmal Schwierigkeiten mit Naels Schwester Alaia, sie besitzt großen Kampfgeist." Leia lachte, Isabella fiel ein. Plötzlich herrschte eine seit langem vermisste vertraute Stimmung zwischen den beiden Frauen. „Du willst tatsächlich nach Rom gehen? Es ist deine Entscheidung, aber wann willst du gehen. Ich werde weinen, wenn du gehst, deine Rückkehr ist ungewiss." Isabella nickte. „Wir leben in gefährlichen Zeiten, aber gemeinsam mit Nael bilde ich eine kleine, aber gute Kampfeinheit." Leia blickte ihre Tochter an. „Kann er Pascual irgendwann ersetzen?" Isabella wog den Kopf hin und her, anschließend blickte sie ihre Mutter skeptisch an. „Wir unterstützen einander. Es gibt uns Halt, da wir ähnliche, schmerzvolle Erfahrungen erlitten haben. Aber es ist nicht mehr, vielleicht entsteht etwas auf unserer Reise. Mehr kann ich dir nicht sagen." Leia nickte verständnisvoll, seit langem führte sie ein friedliches, vertrauliches Gespräch mit ihrer Tochter. Früher endeten Unterhaltungen oft im Streit. Leia erzählte von den kommenden Hochzeiten ihrer Brüder und ersuchte Isabella, daran teilzunehmen. Die rothaarige Asturierin überlegte lange, dann schüttelte sie den Kopf. „Es tut mir leid, aber es ist besser, ich gehe vor den Hochzeiten. Nela kann mich nicht leiden. Aida kenne ich nicht gut, aber ich habe gehört, sie denkt wie meine andere Schwägerin. Deine Schwiegertöchter werden sich freuen, dass ich nicht daran teilnehme, und meine Brüder werden es verstehen." Isabella unterbrach kurz, Leia wirkte nachdenklich. „Wenn ich etwas trinke, kann dies zu Problemen führen. Manchmal verstehe ich mich selbst nicht, Mutter. Ich will die Hochzeit der beiden nicht stören, auch Nael ist kein großer Unterhaltungskünstler." Am Ende klangen ihre Worte süffisant. Isabella blickte auf ihre Mutter, plötzlich legte Leia ihre Hand auf die ihrer Tochter. „Ich denke, du hast recht. Fabio und Brios werden es verstehen, ich rede mit ihnen." Isabella ergriff die Hand ihrer Mutter, ein gutes Gefühl ergriff sie. Kindheitserinnerungen wurden wach, als ihre Mutter und sie einander gut verstanden. Leia wirkte ergriffen und drückte die Hand Isabellas. Anschließend sprachen die beiden Frauen über die Reise nach Rom. „Wir werden dir Geld mitgeben, zudem solltest du mit Safia sprechen. Sie ist der gebildetste Mensch unter uns und kann dir vielleicht etwas von Italien und Rom erzählen. Derzeit sollen dort die deutschen Könige herrschen." Isabella nickte. Mutter und Tochter spürten wieder eine gute Verbindung zueinander. Madoc und Nael traten ein und ergänzten die Gruppe. In den folgenden zwei Tagen besuchte Isabella einige Menschen, am Ende Safia und Rey, wo sie auch Ramon traf. Der junge Mann grinste über das ganze Gesicht. „Es ist immer eine Freude, dich zu sehen, rothaarige Schönheit", sagte er laut. Isabella dachte an die gemeinsame Nacht in Gijon. Der junge Mann verfügte über großes Talent, mit Frauen umzugehen. „Halt den Mund, du dämlicher Dauerredner. Ich bin zu alt für dich, Junge." Sie trat zu Ramon. „Wenn du etwas erzählst, werde ich dich für alle Frauen dieser Welt unbrauchbar machen. Eunuchen sind bei Mauren beliebt", flüsterte sie in sein Ohr. Ramon trat zurück und grinste weiterhin, er schien unbeeindruckt zu sein. „Ich habe dich verstanden, werte Isabella, und werde immer an dich denken." Safia und Rey traten aus dem Haus und begrüßten Isabella. Der frühere Zwist schien vergessen zu sein. „Dein Sohn ist ein triebhafter Kerl, Safia. Das ist vermutlich sein Araberblut", sagte sie süffisant. Die Angesprochene lächelte unbeeindruckt und zeigte auf Rey. „Das ist seines Vaters Blut. Der Mann versucht heute noch, junge Frauen zu umgarnen." Rey wollte etwas sagen, aber er winkte ab und grinste wie sein Sohn. Safia lag vermutlich richtig, als Mutter und Frau musste sie es am besten wissen. Isabella saß danach lange mit dem Paar zusammen, während Ramon zu seinem Bruder Rafael und dessen Frau Alaia ritt. Nael befand sich im Haus, als er eintrat. „Sieh an, der nächste Verrückte nach der rothaarigen Frau!", rief er vergnügt. Der Blick des Basken erfasste den großgewachsenen Asturier. „Wie gut bist du mit dem Schwert, Junge?" Ramon schien ein Quell ewiger Freude zu sein, denn sein Lächeln verstärkte sich. „Vermutlich zu gut für dich, alter Mann. Ich bin neugierig, ob Wikinger tatsächlich so gute Kämpfer sind." Der Baske blickte auf seine Schwester, diese schüttelte den Kopf. Rafael ergriff das Wort. „Lass ihn reden, Schwager. Er hält sich für den Größten, aber ihm fehlt Kraft und Erfahrung, trotzdem besitzt er Talent in den Kampftechniken." Nael nickte und Ramon setzte sich an den Tisch. „Ich könnte euch begleiten nach Rom, aber meine Eltern wollen es nicht." Der Baske schüttelte den Kopf. „Ich würde dich nicht mitnehmen, das könnte zu einem Unglück führen. Zudem kann jeder Mensch selbst entscheiden, ob und wann er gehen will. Auch ich bin in jungen Jahren nach Norden gegangen." Ramon zuckte mit den Schultern, dann grinste er über das ganze

Gesicht. „Nach reiflicher Überlegung muss ich es aufschieben. In den kommenden zwei Monaten finden große Hochzeiten statt, wo sehr viele junge Frauen sich vergnügen werden. Ich kann sie nicht enttäuschen." Alaia lachte laut und schüttelte den Kopf. Rafael blickte auf seinen Bruder. „Du sorgst auch für Unruhe in diesem Dorf und erinnerst in gewissen Verhaltensweisen an Isabella. Halte dich zurück oder ich werde dich verprügeln." Ramon schien es nicht ernst zu nehmen, auch sein Bruder wirkte nicht ernsthaft. Danach sprachen sie über die Plantagen und die Arbeit, auch über die Familie. Am folgenden Tag standen Isabella und Nael bereit, um Esperanza zu verlassen. Lange umarmte Isabella ihre Eltern, vor allem ihre Mutter traf der Abschied hart. Anschließend verließen beide das Dorf Esperanza, um nach Donostia zu reiten. Lange blickten Leia und Madoc hinterher. Sie lehnte sich an ihn. „Glaubst du, dass sie wiederkehrt, unsere wilde Tochter?" Madoc hielt seine Frau mit beiden Armen. „Es ist vieles möglich, aber ich spüre nicht, dass sie endgültig geht. Bei mir ist es anders gewesen. Meine Eltern haben mir alles Gute gewünscht und ich habe gespürt, dass ich sie nicht mehr sehen werde." Leia nahm ihren Mann an der Hand, gemeinsam spazierten sie durch Esperanza und sprachen mit den Bewohnern. Währenddessen bewegten sich die Asturierin und der Baske Richtung Osten. Nael wollte seine Familie aufsuchen und ihnen seine Entscheidung mitteilen. „Ich bin neugierig, wie diese Menschen alles betrachten", sagte Isabella laut. Er gab keine Antwort, denn er traf seine Entscheidungen für sein Leben und nahm diesbezüglich weniger Rücksicht auf seine Familie. In Donostia angekommen, wurden sie von allen herzlich begrüßt. Isabella umarmte ihre ältere Schwester Elena innig, mit ihr verband sie die tiefste Beziehung innerhalb der Geschwister. Anschließend erzählte sie von ihrem Plan, nach Rom zu gehen. Elena blickte auf ihre Schwester und schüttelte den Kopf. „Du bist schon immer verrückter und rebellischer gewesen als ich, Isabella." Die Angesprochene lächelte hintergründig. „Ich kann mir vorstellen, dass dieser Baske Mikel kein leichtes Leben mit dir hat, liebe Schwester." Elena lachte und nickte, dann fragte sie nach dem Verhältnis zu Nael. Isabella erklärte alles. „Er hat von deinem Vorschlag erzählt, es funktioniert tatsächlich. Wir helfen uns, in dem wir Gespräche führen. Du bist schon immer die Intelligenteste der Geschwister gewesen." Elena wog den Kopf hin und her. „Ich denke, unser jüngster Bruder Brios wird das sein." Isabella nickte und dachte an dessen Frau. „Dafür hat er eine sehr arrogante Dame an seiner Seite. Sie mag mich nicht." Elena winkte ab. „Kein Mensch kann dich leiden, Schwester." Die beiden Frauen lachten, das Wiedersehen tat gut nach der langen Trennung. Als Kinder und junge Frauen trieben sie sich oft in der Umgebung von Esperanza herum, ihre Ausflüge reichten bis in die Städte Oviedo und Gijon, ohne dass ihre Eltern etwas wussten. „Selbst Vater hat manchmal die Beherrschung verloren und anschließend Mutter die Schuld gegeben", erzählte Elena lachend. Ihre drei Kinder kamen ins Haus, der kleine Esteban wurde von seiner Tante gehalten. Bald darauf gab es eine Rauferei zwischen Alvaro und Rodrigo. Elena trennte die beiden. „Sie sind schwierig, diese Rabauken." Isabella zuckte mit den Schultern. Sie mochte Kinder, mit Pascual plante sie einige, aber das Schicksal wollte es anders. Rasch verdrängte sie ihre Gedanken und freute sich für ihre glückliche Schwester. Am Abend erschien die ganze Familie, einschließlich Ivar mit seiner Frau Nahia und ihrer kleinen Tochter Leira. Die Baskin erinnerte Isabella an ihre Schwägerin Nela in Gijon, aber sie wirkte sympathischer. Nael erzählte von Alaia und Rafael, danach unterrichtete er die anwesende Familie von der Absicht, nach Rom zu gehen. Im Gegensatz zu Isabellas Familie wirkte die Familie aber nicht irritiert. „Ich habe mir bereits gedacht, dass mein abenteuerlustiger Bruder nicht in Donostia bleibt. Zumindest könnt ihr euch helfen, die Zeiten sind wild und gefährlich", sagte Mikel. Yrsa blickte auf ihren Sohn, ein gequältes Lächeln verzerrte ihr Gesicht. Sie kannte sein unruhiges Blut, auch sie verließ ihre Heimat Island. Aber sie enthielt sich einer Wortmeldung und überließ ihrem Mann Danel das Reden. „Was haben Leia und Madoc gesagt?" Isabella erzählte alles, am Ende nickten alle Anwesenden. „Es ist schwer, meinen Sohn wieder ziehen zu lassen, aber jeder Mensch muss seinen eigenen Weg gehen. Möglicherweise findet ihr zurück in eure Heimat oder auch nicht. Meinen Segen habt ihr", sagte Yrsa laut. Nael erkannte, dass es seiner Mutter schwerfiel, dies zu sagen, aber es entsprach ihrer Philosophie. Danach sprachen sie über die Familien in Esperanza und die neuesten Entwicklungen, vor allem in der Politik. Der Kampf zwischen Bermudo und Fernando stand bevor. Dies spaltete derzeit das nördliche Hispanien, aber die Familien schienen gefestigt genug zu sein, alle politischen Entwicklungen zu überstehen. In den nächsten beiden Tagen bereiteten Isabella und Nael alles vor. Sie entschieden sich für große Rucksäcke ohne Packpferd. Drei Männer sollten sie bis Barcelona begleiten. Die Rucksäcke wurden hinter den

Sätteln festgemacht. Abschließend erhielt Nael ein Geldgeschenk seiner Eltern. Yrsa umarmte ihren Sohn lange, die Männer verabschiedeten sich mit Handschlägen. Danach ritten Isabella und Nael weg, ihre Richtung war Osten nach Aragon. Yrsa und Danel standen nicht sehr lange. Beiden fiel der Abschied schwer, zum zweiten Mal verließ sie ihr Sohn Nael, aber sie akzeptierten es. „Ich hoffe, wir sehen ihn wieder, diesen Herumtreiber", sagte Yrsa laut. Danel lachte und folgte seiner Frau ins Haus.

Isabella und Nael verließen vor Beginn des fünften Monats Donostia gemeinsam mit drei Basken. Die Männer erwiesen sich als sehr schweigsam und wirkten sehr diszipliniert. Bald erreichten sie Pamplona, die Hauptstadt des gleichnamigen Königreichs, das auch als Navarra bezeichnet wurde. Es erwies sich als florierende Stadt, die unter König Sancho III. einen großen Aufschwung nahm. In dessen Regentschaft gewannen die örtlichen Bischöfe ihre Macht zurück, die davor von einigen Klostern ausgeübt wurde. Die Stadt profitierte vor allem von der ständig wachsenden Pilgeranzahl. Unter Sancho wurden die Viertel der Franken San Nicolas und San Cernin neu gegründet, der König förderte diese Neuansiedlungen mit Sonderrechten, die zu Konflikten mit der seit lange wohnhaften baskischen Bevölkerung führte und in blutigen Fehden in der Stadt gipfelten. Seit Urzeiten lag hier das Kernland der Basken, die ständig Kriege mit vielen Völkern führten. Die Gruppe passierte Pamplona und begab sich in das neu geschaffene Königreich Aragon, das aus dem Kernland Jacetania bestand. Sie erreichten die Hauptstadt Jaca, dort residierte seit kurzem Ramiro I.. Laut den letzten Informationen plante der König, die Stadt mit einer großen

Kathedrale zu beleben, sie lag wie Pamplona am größten Pilgerweg, dem Camino Frances, der aus dem Frankenreich kam. Sie übernachteten in einer Unterkunft in der Nähe der Stadt, am nächsten Tag ging es weiter. Knapp an der Grenze zum maurischen Königreich Zaragoza folgten sie dem Weg im Schatten des mächtigen Gebirgszuges der Pyrenäen. Sie ritten an der Grenze entlang und passierten die Stadt Ainsa mit ihrer Wehrburg, diese präsentierte sich als Teil der christlichen Verteidigungslinie gegenüber den Mauren. Die Regionen Sobrarbe und Ribagorza bildeten zusammen ebenfalls ein neu geschaffenes Königreich unter König Gonzalo, ebenfalls ein Sohn von Sancho von Pamplona. Die Strecke erwies sich als schöne Landschaft mit vielen Tälern und Flüssen, die aus dem Gebirge kamen. Die christlichen Königreiche befanden sich in den Ausläufern der Pyrenäen und grenzten an das Taifa Zaragoza. Derzeit schlossen die vielen Königreiche untereinander Bündnisse, auch Christen und Mauren gegen Konkurrenten. Die Lage erwies sich als instabil, keine der beiden Seiten konnte einen entscheidenden Sieg erringen. Es gab bisweilen Kriege und Scharmützel an den Grenzen, aber der Handel lief gut zwischen den Mauren und Christen. Nach insgesamt fünf Tagen erblickten sie die mächtigen Mauern von Barcelona, der bekannten Hafenstadt. Das Gebiet bildete einen Teil des Frankenreiches und stellte den Rest der spanischen Mark dar, die von den fränkischen Königen gegen die Mauren eingerichtet wurde. Die Grafen von Barcelona, das auf das römische Barcino zurückging, erwiesen sich als fähige, militärische Führer, die ihre Macht gegenüber den anderen Grafen in diesem Gebiet stetig erweiterten. Derzeit stand es unter der Herrschaft des minderjährigen Raimund Berengar, dessen Vormundschaft seine Großmutter Ermessenda von Carcassone ausübte. Angeblich gab es Konflikte zwischen dem Adel des Landes und der Regentin, zumindest wurde in Donostia davon gesprochen. In dieser Region lebten die Nachkommen der Franken und das Volk der Katalanen. Die Sprache basierte ebenfalls wie viele Dialekte auf dem romanisch-lateinischen Ursprung. Isabella und Nael konnten sich mit den Einheimischen gut verständigen. In der Stadt angekommen, bezogen sie ein Quartier in der Nähe des großen Hafens, von hier wollten sie ein Schiff nach Rom nehmen. Die erste Überlegung über den Verlauf der Reise war ein Ritt über das Frankenreich, Burgund und das Gebiet der deutschen Könige, aber Nael lehnte dies kategorisch ab. „Die Reise mit einem Schiff ist wesentlich einfacher. Der lange Ritt führt durch viele Regionen, die wir nicht kennen." Isabella wandte ein, dass eine Schifffahrt gefährlicher erschien. Die Flotten der Sarazenen beherrschten das mittelländische Meer und terrorisierten die christlichen Küstenstädte. Donostia wurde ebenfalls mit Schiffen angefahren, die in dieses Meer fuhren, aber die Einfahrt vom großen Ozean wurde von den Mauren beherrscht. Die Entscheidung, nach Barcelona zu gehen, um von dort mit einem Schiff Italien anzufahren, erschien als ein Kompromiss. Deshalb erhielten sie Begleiter, die ihre Pferde mit Zaumzeug wieder nach Donostia bringen sollten. Der Baske verzichtete auf eine Überfahrt mit Pferden, deshalb ging er auf den Vorschlag seines Vaters ein. Die drei Begleiter kümmerten sich um die Pferde, verabschiedeten sich und begaben sich in ein eigenes Quartier. „Seltsame Männer", sagte Isabella. Nael zuckte mit den Schultern. „Du hast recht, nicht nur Basken, alle Männer sind seltsam", sagte die rothaarige Asturierin. „Die Basken sind ein uraltes Volk, dass die Frauen seit langem als gleichberechtigt sieht, dies ist in anderen Völkern nicht üblich. Esperanza ist eine Ausnahme unter den restlichen Völkern Hispaniens. Sie sind ein gastfreundliches, aber sehr kämpferisches Volk, das von großem Stolz über ihre Geschichte und Herkunft geprägt wird." Sein Blick wirkte düster. Isabella schüttelte den Kopf. „Du bist ständig missmutig. Wir leben noch, du verrückter Baske. Vielleicht kann ich dir helfen, indem du dich mit mir vergnügen darfst", sagte sie mit verlockendem Blick. Er winkte ab. Isabellas Lachen folgte ihm. Sie fanden in der Nähe des großen Hafens eine Unterkunft und bezogen ein gemeinsames Zimmer. Am nächsten Tag durchstreiften sie die Stadt. Der blonde Hüne und die rothaarige Kriegerin wurden mit misstrauischen Blicken bedacht, es herrschte reges Leben. Der Hafen wurde geschützt durch eine Landzunge, die Stadt selber lag auf einem Plateau, das sich ins Landesinnere zog. Kleine Hügeln säumten die Umgebung, weit im Hintergrund lag ein sanfter, abgerundeter Teil des Küstengebirges. Es lagen viele Schiffe im Hafen, dieser stellte den wichtigsten christlichen Hafen in Hispanien an der Küste des mittelländischen Meeres dar. Sie vermieden Tavernenbesuche. „Ich habe genug Betrunkene gesehen. Einige haben gebüßt für ihr seltsames Verhalten", sagte Isabella hart. Nael schüttelte den Kopf. „Du bist ständig betrunken gewesen, Isabella, und verurteilst dich selbst", antwortete der Baske. „Bei mir hat es Gründe gegeben. Dazu ist gekommen, dass sich in dieser Gesellschaft nur Männer betrinken dürfen, Frauen müssen alles akzeptieren." Ihre Reaktion fiel scharf aus. „Es gibt immer Gründe, dass kommt auf die Perspektive an. Manche trinken aus lauter Langeweile, vor allem der hohe Adel. Deine Schwägerin Nela hat ihr Leid erzählt über dein Verhalten", antwortete Nael ruhig. Isabella lächelte plötzlich. „Am liebsten hätte sie mich getötet, dieses intrigante Miststück." Der Baske schüttelte erneut den Kopf. Isabella schien sich keiner Schuld bewusst zu sein. „Nela ist in Ordnung, ansonsten würde Brios sie nicht heiraten. Du hast dich falsch benommen. Eine Entschuldigung allein ist nicht ausreichend, jeder Mensch sollte auch innerlich seine Fehler einsehen." Isabella winkte ab, die Antwort gefiel ihr nicht, sie sprachen nicht mehr weiter. „Was sind deine Fehler gewesen, Nael?", fragte sie nach kurzer Zeit. Der Baske überlegte. „Ich habe zugesehen, wie im Rausch befindliche Nordmänner über wehrlose Bewohner hergefallen sind. Sie haben sie einfach abgeschlachtet, der Großteil davon sind Frauen gewesen. Meine Kameraden haben sie als unnötige Kreaturen eingestuft. Einer hat gemeint, dass sie Teufel sind, kein lebenswertes Leben." Er verhielt kurz, bevor er weitersprach. „Aber sie haben bewiesen, dass sie uns an Mut und Kampfkunst gleichkommen, dieses Volk im Westen. Wir mussten die Flucht ergreifen." Seine Stimme klang zynisch. Er sah wieder die junge Frau vom Volk der Skraelingar vor sich, ihre überraschten Augen, deren Lichter kurz darauf brachen. Isabella erkannte, dass viele quälende Bilder aus der Vergangenheit in Nael weiterlebten. Aber auch sie kämpfte noch immer mit dem Schmerz des Verlustes ihrer großen Liebe. „Reden wir nicht mehr darüber, wir müssen nach vorne blicken, Baske", sagte sie laut und schlug ihm auf die Schulter. Der Hüne nickte, aber sein Blick wirkte düster. Im Hafen sprachen sie mit mehreren Schiffsleuten. Es gab ein Magistrat, dass die Schiffe kontrollierte. Die Franken bauten auf die alten römischen Strukturen auf. Vorerst fanden sie kein geeignetes Schiff, viele fuhren nach Marseille, der alten Hafenstadt an der Mündung des Flusses Rhone. „Ich will direkt nach Rom fahren", sagte Nael missmutig. Isabella schüttelte den Kopf. „Ich frage mich, warum du es dermaßen eilig hast. In unserer Heimat wartet niemand auf uns, vielleicht unsere Eltern, in Rom kennt uns keiner. Wir können auch die Küste entlangfahren. Es ist vielleicht sicherer, im offenen Meer in der Nähe der Inseln Sardinien und Korsika treiben sich die Sarazenen herum. Dies haben wir bereits erfahren." Nael zuckte mit den Schultern. „Ich glaube eher, du wirst schnell seekrank, wenn du den Blick auf das Land verlierst. Möglicherweise hast du Angst vor diesen Arabern?" Er sprach ruhig, möglicherweise waren die Worte aber als Spaß gedacht. Bei Isabella bewirkten sie eine zornige Reaktion. „Ich fürchte mich vor nichts und niemand auf dieser Welt. Vor allem nicht vor dir, du arroganter Bastard." Ihre Augen wirkten bedrohlich, zum ersten Mal schien ein gefährlicher Streit bevorzustehen. Der Hüne blickte die rothaarige Asturierin seltsam an. Er schien sich nicht sicher zu sein, ob ihr Verhalten eskalierte, ihre Augen irrlichterten. Es machte offensichtlich keinen Sinn, weiter nach Schiffen zu suchen, die direkt nach Rom fuhren. „Wenn wir morgen kein Schiff nach Rom finden, nehmen wir das nächste nach Marseille", antwortete er. Isabella trat einen Schritt zurück, aber sie schien noch immer keine Ruhe gefunden zu haben. Sie mochte dieses arrogante, männliche Verhalten nicht. Beide gingen weiter und sprachen kein Wort. Isabella erregte die Aufmerksamkeit der

Menschen, als sie einen zudringlichen Mann mit einem Fuß-
tritt in eine Gasse beförderte. Seine beiden Kumpane wollten
eingreifen, aber angesichts des blonden, unheimlichen Hünen mit dem düsterem Blick unterließen sie weitere Angriffe
und verschwanden schnell. Nael erwähnte den Zwischenfall
nicht, sie blieben aber ganzen Tag zusammen, zwischendurch nahmen sie eine Mahlzeit ein. Normalerweise würde
er sich die ganze Umgebung einer Stadt ansehen, um sich
selbst ein Bild über die Möglichkeiten zu machen. Angesichts eines kurzen Aufenthaltes schien dies nicht notwendig
zu sein. Sie begaben sich in ihre Unterkunft. Isabella trat zu
ihm. „Behandle mich mit Respekt, sonst werde ich dich töten, egal was unsere Eltern sagen. Hast du mich verstanden?"
Ihre Stimme klang zornig, die Augen fixierten ihn. Als Nael
sich abwenden wollte, zog sie plötzlich ein Messer. „Ich habe
dich etwas gefragt, Baske!", rief sie mit schriller Stimme. „Ich
behandle jeden Menschen mit Respekt, bin aber in der Lage,
jeden zu töten", antwortete er leise, seine Stimme verfügte
über einen gefährlichen Ton. Die beiden standen sich wie
Kontrahenten gegenüber, ihre kriegerische Seite gewann die
Oberhand. „Zeig, was du kannst, Baske", sagte Isabella mit
drohendem Unterton. Er zog sein Messer und blickte die
rothaarige Frau ruhig an. Nael stand einer gefährlichen Gegnerin gegenüber, aus der Sympathie der ersten Zeit schien
eine Gegnerschaft entstanden zu sein. Es fehlte beiden der
Mensch, der ihre wilde Seite ausglich, in diesem Moment
schien dies beiden egal zu sein. Isabella griff an, wild stieß sie
nach Nael, aber dieser wich schnell aus. Der Hüne bewegte
sich für seine Größe schnell und gewandt, aber die rothaarige
Frau erwies sich als wendige, geschickte Kämpferin. Sie

verletzte ihn am Oberarm, er versetzte ihr einen Schlag, der sie gegen die Wand schleuderte. Mit wilden Blicken fixierte sie den blonden Hünen. „Ich hoffe, es tut weh!", schrie sie und griff wieder an. Sie traf seine Messerhand, aber er spürte den Stich kaum. Mit seiner freien Hand packte er ihren Arm und verdrehte ihn, mit einem schmerzhaften Aufschrei ließ sie das Messer fallen. Isabellas Fuß traf seinen Oberschenkel, er schlug zu und traf sie am Kinn. Der Schlag ließ sie nach hinten taumeln, er setzte nach und versetzte ihr einen wuchtigen Stoß, diesmal fiel sie nach hinten. Schnell und katzengewandt sprang sie wieder auf. Nael blieb stehen und blickte auf sein Messer. „Du kannst mich töten, aber es wird noch schwer genug!", rief sie laut. Plötzlich hämmerte jemand gegen die Tür. Naels abschätziger Blick traf Isabella, die die Tür aufriss. Ein beleibter Mann stand vor der Tür. „Was ist los mit euch? Der Lärm stört andere Gäste. Geht nach draußen, wenn ihr euch umbringen wollt", sagte er mit harter Stimme. Isabella trat zu ihm. „Mich interessieren die anderen nicht, auch du nicht, fetter Mann. Lass alle schön grüßen, sie können mich mal!", sagte sie mit bedrohlichem Unterton. Der Baske steckte sein Messer ein und trat zu dem Mann, der angesichts der angespannten Situation einen Schritt zurücktrat. Der Wirt war in seinem Leben vielen seltsamen Menschen begegnet, aber dieses Paar verströmte eine gefährliche Aura. „Der Kampf ist als Vorspiel zu unserer Liebe gedacht, Dicker", sagte Isabella leise, ihre Augen glitzerten. Auch Nael schien nicht erfreut zu sein über das Auftauchen des Wirts. Dieser spürte plötzlich ein Gefühl der Angst, er trat einen weiteren Schritt zurück. „Wir werden diese Nacht hier verbringen, morgen verschwinden wir. Ist das in

Ordnung?", fragte der Baske. Der beleibte Wirt nickte langsam, dann drehte er sich um. Die beiden hörten ihn fluchen. „Lauter Verrückte gibt es auf dieser Welt. Ich bin selbst schuld, wenn ich solche Menschen in mein Haus lasse." Er verschwand aus ihren Blicken, der Baske drehte sich um. Sie folgte ihm und verschloss die Tür. Der gemeinsame Feind ließ sie zusammenhalten, beide wirkten wieder ruhig. Nael versorgte seine kleinen Wunden am Oberarm und an der Hand, während Isabella ihre Stellen massierte, wo der Baske sie traf. Er saß mit nacktem Oberkörper auf dem Bett, starke Muskeln zeichneten diesen aus. Isabella erkannte Narben, ihre Erregung stieg. Der Kampf zuvor und der halbnackte Mann steigerte ihre Lust. Sie entkleidete sich vollständig und trat vor ihm, ihre Augen blickten gierig. Isabella drückte ihn auf das Bett und zog seine Hose aus. In Nael erwachte eine ähnliche Lust wie bei der rothaarigen Asturierin. Er warf sie auf den Rücken, danach vereinten sie sich in einer wilden, aggressiven Art und Weise, die beide zum Schwitzen brachte. In den nächsten beiden Stunden reagierten sie ihren Zorn und die Wildheit aneinander ab und konnten nicht voneinander lassen. Danach kehrte Ruhe ein. Sie lagen zusammen. „Liebespaar werden wir keines, aber du stillst das Verlangen meines Körpers in einer beeindruckenden Weise. Das ist doch für das Erste eine solide Basis", sagte Isabella. Er grinste plötzlich und schüttelte den Kopf. „Wir müssen aber nicht jedes Mal davor kämpfen." Die rothaarige Asturierin lachte plötzlich laut, sie wirkte entspannt. „Das ist richtig, aber ich kann arrogante Männer nicht leiden, nur Pascual hat die Ausnahme dargestellt. Aber er konnte auch einfühlsam sein." Nael nickte, sie drückte sich an ihn. „Dann solltest du nach einem anderen Mann Ausschau halten, eher nach einem Spaßvogel oder ruhigen Menschen." Isabella winkte ab, sie beugte sich über ihn. „Derzeit habe ich kein Verlangen nach anderen Männern, du genügst mir vollauf. Mir gefällt dieses hünenhafte, dass du vorweisen kannst", sprach sie mit Erregung in der Stimme. Er spürte ihre Hand, die seinen Körper ertastete und fand, was sie suchte. Nicht lange darauf saß sie auf ihm und sie setzten ihr Liebesspiel fort. „Du solltest dir einen Adeligen zulegen, mit deinen Fähigkeiten macht er dich zur Königin", sagte Nael schweratmend. Isabella warf ihre langen, roten Haare zurück und lachte laut auf, während sie sich bewegte. „Das kann warten, derzeit bin ich mit dir zufrieden", antwortete sie laut. Sie machten weiter, bis sie sich erlösten, danach schliefen sie zusammen ein.

Am nächsten Morgen erwachte Nael. Isabella schien bereits reisefertig zu sein. „Komm, du wilder Baske. Der dicke Wirt hetzt ansonsten seine Meute auf uns, vermutlich aus Neid, denn sie haben uns sicher alle gehört", sagte sie lächelnd. Die Nacht zuvor schien eine beruhigende Wirkung auf die rothaarige Frau zu haben. Nael erhob sich und kleidete sich an. Gemeinsam betraten sie den Gastraum, wo der dicke Wirt wartete. Der Baske zahlte ohne Worte, anschließend verließen sie das Haus, verfolgt von ärgerlichen Blicken. Doch der Wirt schien froh zu sein, dass das gefährliche Paar verschwand. Mit ihren Rucksäcken suchten sie den Hafen auf und fanden ein Schiff, das in einer Stunde auslief, mit dem Ziel Marseille. Der Kapitän freute sich über das zusätzliche Geld, die Seeleute blickten misstrauisch auf das Paar, das keinen vertrauensweckenden Eindruck machte. Die rothaarige Asturierin schienen manche Blicke zu stören. Sie wollte etwas sagen, aber Nael griff ein. „Halt den Mund! Wir brauchen an Bord keinen Streit", sagte er leise. Sie verkrochen sich in einem kleinen Zubau des Handelsschiffes und ließen die Besatzung arbeiten. Es gab keine anderen Passagiere, es handelte sich um ein größeres Schiff, in dessen Bauch die Waren gut verpackt lagen. Das Meer präsentierte sich windig an der Küste. Sie steuerten einige Häfen an, deshalb dauerte die Fahrt schließlich über sieben Tage, bis sie endlich Marseille erreichten. Die Besatzung schien froh zu sein, das Paar loszuwerden, einer der Seeleute bedachte sie mit deftigen Worten. Nael drehte sich um und zog sein Schwert. Der Kapitän erkannte die Gefahr. „Wir haben uns bisher verstanden. Ich hoffe, es bleibt so. Wenn noch einer meine Gefährtin schimpft, muss ich ihn töten", sagte der blonde Hüne mit bedrohlichem Unterton. Der Kapitän hob entschuldigend die Hände, schimpfte auf seine Besatzung. „Holen wir uns etwas Gutes zum Essen, diesen Fraß der letzten Tage muss ich vergessen", sagte Isabella. Diesmal erschien sie als die Ruhigere der beiden. Sie verließen das Schiff und betraten eine nahegelegene Taverne. Am Vormittag schien nicht viel los zu sein, der Gastwirt bemühte sich, ihren Wünschen nachzukommen. „Wir fallen auf, Baske", sagte Isabella, als sie die Blicke der anderen Gäste wahrnahm. Dieser zuckte mit den Schultern, dies gefiel ihr. Nael schien keine Sorge vor möglichen Gegnern zu haben. Die nächsten zwei Tage verbrachten sie in einer billigen Unterkunft in der uralten Hafenstadt, die nach der Zerstörung durch die Sarazenen vor über hundert Jahren wiederaufgebaut wurde. Sie lag im Königreich Burgund, dass Teil des ostfränkischen Reiches war, dass vom deutschen König Konrad II. regiert wurde. Sie wussten nicht viel über dieses große Reich, aber es schien sehr mächtig zu sein, denn es reichte bis Italien. Der deutsche König war gleichzeitig Kaiser dieses mächtigen Reiches, der Papst in Rom ernannte ihn dazu. Isabella und Nael verzichteten nach ihrem Lustausbruch in Barcelona vorerst auf weitere Intimitäten. Nach zwei Tagen bestiegen sie ein kleineres Schiff, dass sie nach Nizza brachte, auch diese Stadt wurde das Opfer von Überfällen der Sarazenen. Die Reise ging ohne Vorkommnisse weiter nach Genua, eine mächtige Handelsstadt am Ligurischen Meer. Diese Stadt verbündete sich mit der Stadt Pisa gegen die Sarazenen, die immer wieder die Küstenstädte mit ihren schnellen Galeeren heimsuchten. Das Paar versuchte unauffällig zu bleiben und näherte sich langsam der Stadt Rom. Sie wussten nicht genau, was sie dort wollten, aber es stellte zumindest ein Ziel dar. Genua lag in der Region Lombardei, die seinen Namen vom Stamm der Langobarden herführte. Die deutschen Könige trugen auch die Krone der Langobarden, dieser Stamm wurde vor langer Zeit von den herrschenden Franken besiegt. Obwohl das Paar auf Distanz ging, erwiesen sich einige Seeleute und Hafenbewohner als sehr gutmütige, redselige Menschen, die gerne erzählten. Deshalb erfuhren sie einiges über das Land und ihre Bewohner. Die nächste, wichtige Hafenstadt Pisa lag in der Grafschaft Toskana, ebenfalls ein Teil des mächtigen Reiches der deutschen Könige, das auch als Reich der Ostfranken bezeichnet wurde. Mittlerweile erfuhren sie, dass dieses Reich mehr ein loser Bund verschiedener Herzogtümer und Grafschaften war, die vom Kaiser regiert wurden. Das Paar konnte sich auf die Sprache der Menschen einstellen, diesbezüglich erwiesen sie sich als lernfähig, sie verwendeten oft Latein, aber die Sprache der Bewohner Italiens schien ihrem eigenen Dialekt nicht unähnlich zu sein. Als sie in Pisa von Bord gingen, gelangten sie in eine aufblühende Stadt, die sich in einem langen Kampf gegen die sarazenischen Eroberer befand und diesen vorerst für sich entschied. Andere italienische Küstenstädte betrachteten das Erstarken dieser Stadt unter dem Grafen der Toskana mit Argusaugen. Sie erfuhren dies in einem kleinen Imbiss, dessen Besitzerin sich als sympathische Frau erwies, die ständig auf die beiden einredete. „Es ist unglaublich, wie viele Wörter manche Menschen in kurzer Zeit sprechen können", sagte Isabella angesichts des Redeschwalls der molligen Frau, die um die Vierzig zu sein schien. „Ich habe auch eine gute Unterkunft für euch, damit ihr euch miteinander beschäftigen könnt", sagte sie mit einem vergnügten Grinsen. Isabella schüttelte lächelnd den Kopf, aber die gute Laune der ansässigen Menschen wirkte sich positiv auf ihr Gemüt aus, nur Nael schien unbeeindruckt zu sein. Die Stadt Pisa schien reich zu sein, zumindest ihre Oberschicht. Prächtige Häuser säumten teilweise die Straßen. Sie kehrten nach einem Rundgang wieder zum Imbiss zurück, der gut besucht wurde. Die mollige Wirtin klatschte in die Hände, als sie die beiden wiedererkannte. „Jeder kommt wieder, wenn er mein Essen probiert hat!", rief sie laut. Sie hieß Laurentina und erwies sich als ansehnliche Frau mit überproportionierten Körperformen. Eine junge Frau half ihr bei der Essensausgabe. Isabella fragte, ob die zuvor angebotene Unterkunft noch frei wäre. Laurentina breitete ihre Arme aus. „Ich mag euch. Der große, blonde Hüne gefällt mir mehr als du, aber ich will ihn dir nicht wegnehmen. Natürlich ist eine Unterkunft frei, unter der Voraussetzung, dass ihr zahlen könnt!", rief sie laut. Zwischendurch versorgte sie die anderen, teilweise illustren Gäste ihres Imbisses. Sie rief nach Carina, der jungen Kellnerin, diese schien noch keine achtzehn Jahre zu sein. „Carina wird euch alles zeigen. Sie ist meine Nichte und in einen jungen, hübschen Mann verliebt." Die junge Frau errötete, der Redeschwall ihrer Tante schien ihr nicht zu gefallen. Aber sie nickte und wollte mit Isabella und Nael den überdachten Imbissstand verlassen, um in das anschließende Gebäude zu gehen, als plötzlich Musik erklang. Eine kräftige, männliche Stimme sang ein offensichtlich bekanntes Volkslied. Er spielte dabei auf einen Saiteninstrument. Laurentina schlug die Hände zusammen, auch die junge Carina blieb stehen, ihre Augen glänzten plötzlich vor lauter Freude. Die Menschen ringsum schienen begeistert zu sein, der Mann verfügte über eine wundervolle Stimme. „Dieser Teufel aus dem Norden. Er singt wie Gott persönlich. Wir lieben dich, Bartholomäus!", rief die mollige Laurentina begeistert und stimmte in das Lied ein. Carina schien ihre Aufgabe vergessen zu haben und eilte zum Sänger, der ein Stück weiter sein Lied zum Besten gab. Verwundert blickten Isabella und Nael auf die Szene, die Menge drängte sich um einen großgewachsenen, jungen Mann und sang begeistert mit. Sie wandte sich an Laurentina. „Wer ist der Mann?" Die mollige Wirtin blickte die rothaarige Asturierin verständnislos an. „Aus welchem versteckten Land kommt ihr? Das ist Bartholomäus aus dem Reich unseres Königs aus dem Norden. Er kann sämtliche Instrumente spielen und alles singen. Unser Pfarrer hat ihn sogar in der Kirche singen lassen." Laurentina schüttelte den Kopf und lächelte. „Der Mann ist wie der

Teufel, der mit seinem schönen Gesang alle verzaubert. Sämtliche Frauen Pisas lieben ihn und er nutzt dies aus, dieser wunderschöne Dämon. Aber wir lieben ihn alle." Sie blickte auf ihre junge Nichte und rief nach ihr. „Carina, du wirst dich fernhalten von diesem entzückenden Teufel mit der von Gott gegebenen Stimme. Du wirst bald heiraten!", rief sie laut. Die junge Frau trat näher. „Ich will nichts von Bart, aber er singt wunderschön. Du bist eines seiner Opfer gewesen, Tante", entgegnete die junge Frau ungehalten. Laurentina winkte ab. „Mein Mann ist tot, aber du wirst bald heiraten. In der letzten Stadt haben ihn die Männer fortgejagt, weil selbst die keuschesten Ehefrauen lüstern geworden sind. Ich will nur dein Bestes, Carina. Du bist meine einzige Verwandtschaft", sagte die mollige Wirtin streng. Die junge Frau zuckte mit den Schultern. Sie mochte ihre Tante, die sie nach dem Tod ihrer Eltern zu sich nahm. Da Laurentina selbst nie Kinder hatte, zog sie ihre Nichte wie ihre Tochter auf und passte mit Argusaugen darauf auf, dass kein Mann ihr nahetrat, obwohl sie selbst dem Vergnügen zugetan zu sein schien. Isabella und Nael blickten auf die Menge und hörten den Gesang des Mannes, der jünger zu sein schien als Isabella. Der Baske schüttelte den Kopf angesichts der Begeisterung der Menge. Auch die Asturierin wirkte verwundert. „Der Mann besitzt tatsächlich eine gute Stimme, aber er ist nur ein Mann. Die Frauen wirken wie verzaubert." Sie schüttelte verständnislos den Kopf. „Er besitzt viele Talente, wenn die Gerüchte stimmen. Aber meine Tante kann dies besser beantworten", sagte Carina laut und süffisant. Die mollige Laurentina lachte laut und schüttelte den Kopf. „Sei nicht respektlos, Nichte", antwortete sie vergnügt, dann wandte sie sich an Isabella. „Dieser Mann beherrscht viele Dinge. Wie gesagt, er muss vom Teufel persönlich geschickt worden sein, denn er kennt die Bedürfnisse einer Frau und kann sie grandios erfüllen." Die mollige Frau wirkte vergnügt und rollte mit ihren Augen. „Das Gute daran ist, er lässt auch alternde Frauen wie mich daran teilhaben!", rief sie laut. Isabella blickte auf Nael und zuckte mit den Schultern. Dann folgten sie der jungen Carina, die sie in den ersten Stock des Hauses brachte, wo sie ihre Unterkunft bezogen. Bald überfiel sie die Müdigkeit und sie fielen in einen tiefen Schlaf, der während der Nacht durch die Freudensschreie Laurentinas gestört wurde. „Ich denke, dieser Sänger verbringt die Nacht im Haus", sagte Isabella laut. Erregung ergriff sie, wenn sie an das Liebesspiel der beiden dachte und sie drängte sich an Nael, der jedoch keine Lust zeigte. Am nächsten Morgen erwachte Isabella, der Baske kleidete sich gerade an. Enttäuscht blickte sie ihn an. „Warum verlässt du mich so früh, Nael? Wir haben Zeit und können uns vergnügen", sagte die rothaarige Asturierin mit verlockender Stimme. Aber der Hüne winkte ab, seit der Nacht in Barcelona zeigte er kein großes körperliches Verlangen. Isabella zuckte mit den Schultern und kleidete sich ebenfalls an. Nach der Verrichtung der Notdurft betraten sie den überdachten Imbissstand. Carina schien allein zu sein, einige Gästen frühstückten bereits. Sie besprachen ihre weitere Vorgangsweise, vorerst wollten sie zwei Tage in Pisa verbringen und danach mit dem Schiff weiter nach Rom fahren. Carina erschien mit dem Essen, sie wirkte missmutig. „Wo ist deine Tante?", fragte Isabella. Die junge Frau schüttelte ungehalten den Kopf. „Ich denke, alle im Haus haben gehört, wo sie sich befindet. Bart ist ihr Gast, wie immer. Er zahlt nirgends etwas, für das Singen erhält er Geld." Sie wirkte eifersüchtig. Isabella schüttelte den Kopf. „Vergiss diesen Gaukler, du wirst bald den Mann heiraten, den du liebst. Das ist viel besser." Carina lächelte plötzlich und nickte. Sie erzählte von ihrem zukünftigen Ehemann, einem jungen Mann aus einer Familie, die eine Taverne betrieb. „Ich liebe ihn und werde ihn danach besuchen. Dieser Teufel Bart liebt nicht nur selbst, er verbreitet die Liebe auch. Die Frauen verlieren ihre Keuschheit und fallen über ihre Ehemänner und Gefährten her. Deshalb mögen ihn auch die Männer, außer diejenigen, deren Ehefrauen sich diesem Teufel hingeben", sagte die junge Carina leise. Plötzlich wirkte sie besser gelaunt, als sie an ihren Verlobten dachte. Isabella und Nael blickten sich verständnislos an. „Dieser Mann wirkt wie eine Epidemie. Das habe ich noch nicht erlebt", sagte Isabella kopfschüttelnd. In diesem Moment trat der Sänger aus dem Haus, hinter ihm erschien die Wirtin Laurentina, die zufrieden lächelte. Sie umarmten einander, dann rief sie nach Carina. Die Gäste blickten auf, einige Männer machten frivole Witze. Der großgewachsene Sänger winkte ab. „Ein zurückhaltender Mann genießt und schweigt, meine Freunde", antwortete er mit einer wohlklingenden Stimme. Isabella blickte den Sänger genauer an. Tatsächlich schien ihn das Schicksal nicht nur mit einer großartigen Stimme, sondern auch mit Schönheit gesegnet zu haben. Er trug eine teure Tunika, auch seine Stiefel schienen bessere Ware zu sein, dazu Hosen aus bestem Stoff. Auf seinem Kopf prangte eine Mütze, die schräg saß. Sein braunes, lockiges Haar umrahmte ein schönes Gesicht mit intensiven, braunen Augen. Nael beobachtete Isabella. „Ein schöner

Mann, dieser Sänger. Vielleicht probierst du es mit ihm, er ist offensichtlich zu jeder Schandtat bereit." Seine Stimme klang süffisant. Isabellas Blick erfasste ihn. Der Sänger sah sich um, dann fiel sein Blick auf das Paar. Interessiert betrachtete er die rothaarige Frau, plötzlich strahlte ein Lächeln in seinem Gesicht. Er kam auf die beiden zu, die am Rand des großen Bereichs des Imbissstandes saßen. „Der Jäger hat seine Beute erfasst", sagte Nael laut, er wirkte plötzlich gutgelaunt. Isabella schüttelte den Kopf. „Ich kann solche Typen nicht leiden, lieber Nael", antwortete sie bestimmt. Der Sänger stellte sich neben dem Tisch auf, der zumindest Platz für vier Personen bot. „Mein Name ist Bartholomäus de Wenia. Die meisten Menschen nennen mich Bart. Ich bin seit längerem in dieser Stadt und kenne viele Menschen, aber ihr beiden seid neu. Darf ich an eurem Tisch Platz nehmen." Er verfügte über tadelloses Benehmen, seine Augen erfassten die rothaarige Isabella, die sich plötzlich einer genauen Prüfung unterzogen fühlte. Ihre Augen verengten sich. „Verschwinde, Scharlatan. Wenn dein Blick weiterhin meine Brüste fixiert, werde ich dich töten. Hast du mich verstanden?", fragte sie laut und mit bedrohlichem Ton in der Stimme. In ihrer Heimat wären die Männer vorsichtig, da sie Isabella kannten, aber der Sänger schien nicht sonderlich beeindruckt zu sein. Sein Blick fiel auf Nael, dessen Blick düster wirkte. „Es ist fast unglaublich, wie missmutig sich manche Menschen verhalten. Ich will nur etwas essen, dann muss ich weiterziehen", antwortete der Sänger gutgelaunt, er wirkte nicht beleidigt. Dann zuckte er mit den Schultern und wollte einen anderen Tisch aufsuchen, aber Laurentina trat näher. Unwillig blickte sie auf Isabella. „Bart ist mein Gast und euer

Tisch bietet genug Platz, die anderen sind besetzt. In diesem Haus beleidige nur ich die Menschen!", rief sie ungehalten, sie wirkte verärgert. Bevor Isabella etwas sagen konnte, ergriff Nael das Wort. „Meine Gefährtin ist manchmal streitsüchtig, daran bin ich schuld", sagte er laut. Die resolute Frau nickte. „Du musst dich mehr mit ihr beschäftigen. Wie heißt ihr überhaupt? Gestern angekommen, aber ich kenne eure Namen nicht." Während Bart sich setzte, nannten Isabella und Nael ihre Namen. Die mollige Wirtin warf einen zufriedenen Blick auf den Sänger, anschließend verschwand sie in der kleinen Küche. Misstrauische Blicke erfassten den Sänger, der sich aber weiterhin vergnügt zeigte, er sagte aber kein Wort. Sein Blick kreuzte sich mit denen des Paares, er wirkte selbstbewusst und zeigte keine Angst. Der Baske dachte an Carinas Worte, dass dieser Mann viele Talente besaß, er benahm sich wie ein Mensch aus dem Adel. Barts Blick blieb auf Isabellas Gesicht haften, ihre roten Locken fielen teilweise in ihr Gesicht. „Ich habe gesagt, du sollst mich nicht mit deinen Augen fixieren, denn ich kann das nicht leiden", sagte sie verärgert. Der Angesprochene schüttelte den Kopf. „Ich kenne dich nicht, aber du wirkst wie ein Mensch, dessen Leben eine tragische Wendung besitzt. Auch dieser blonde Wikinger sieht angeschlagen aus", antwortete Bart und hob die Augenbrauen. Isabellas Wut wuchs, aber sie hielt sich zurück, als sie in Naels Augen blickte. Sie wollten unauffällig bleiben und keinen Streit, der Mann schien trotz seiner Wirkung auf Frauen sehr beliebt zu sein. „Du sagst es richtig, Gaukler. Deshalb ist dein Urteil falsch. Vermutlich beziehst du deine Erkenntnisse über Menschen aus deinen vielen Liebesbeziehungen", antwortete die Asturierin süffisant. Sie wusste selbst nicht, warum sie in dieser Form reagierte, der Mann bedeutete ihr nichts. Bart blieb vorerst eine Antwort schuldig, da Laurentina das Essen brachte. Die junge Carina erschien ebenfalls und blickte den jungen Sänger lächelnd an, ihre Augen schienen einen verlockenden Schleier zu haben. Laurentina verscheuchte ihre Nichte und blickte ihr nach. „Diese jungen Weiber, es ist schlimm mit der Jugend." Danach verschwand die Wirtin. Nael schüttelte den Kopf angesichts des Selbstverständnisses der Wirtin, die davor die Nacht mit dem Sänger verbrachte. Offensichtlich legte sie an sich selbst nicht dieselben moralischen Werte an wie bei ihrer Nichte. Bart lächelte und blickte der Wirtin hinterher. „Das gefällt dir, Gaukler. Die Frauen liegen dir zu Füßen, aber irgendwann wirst du vermutlich an deiner Triebhaftigkeit sterben", sagte Isabella. Er blickte sie an und fragte nach ihrem Alter. Überrascht blickte die Asturierin den Mann an. „Was geht dich mein Alter an? Offensichtlich ist es dir egal, mit welcher Frau du dich abgibst." Sie wirkte verärgert, aber nicht wütend. „Ich bin vor vierundzwanzig Jahren im schönen Wenia zur Welt gekommen. Die einfachen Menschen nennen es Wien, eine Abkürzung einer lateinischen Form. Du wirkst verbittert und gereift, bist offensichtlich eine Kriegerin. Ich denke, du bist etwas älter als ich, Isabella", antwortete der Sänger. Ihre Augen verengten sich, die Anwesenheit des großgewachsenen Mannes schien sie immer mehr zu stören. „Halt deinen Mund, ansonsten wird sich mein Mann um dich kümmern. Du magst eine schöne Stimme haben, aber er hat bis jetzt jeden Mann getötet, der sich mir genähert hat." Barts Blick fiel auf Nael, der der Unterhaltung stoisch folgte. Sein Blick ging zwischen den beiden hin und her. Dann schüttelte er den Kopf. „Ihr seht aus wie Kampfgefährten, möglicherweise teilt ihr das Lager. Aber zwischen euch herrscht keine Harmonie, er ist sicher nicht dein Mann, wie du ihn nennst." Überrascht blickte Nael auf den Sänger, der offensichtlich eine sehr gute Menschenkenntnis besaß, dies stellte vermutlich einen Teil seines Erfolges bei den Menschen dar. Er schien sich nicht sicher zu sein, ob der Sänger tatsächlich nur Musikinstrumente beherrschte, denn dieser Mann wirkte sehr selbstbewusst, obwohl er einige Jahre jünger war als er selbst. „Du magst recht haben, aber ich kann dich trotzdem jederzeit töten", sagte der Baske. Seine Stimme wirkte ruhig, während seine Augen den Sänger fixierten. Der braunhaarige Bart fühlte sich plötzlich einer Gefahr ausgesetzt, der blonde Hüne schien es ernst zu meinen. Er wandte sich wieder seinem Essen zu. „Jetzt spricht er nicht mehr, der redselige Gaukler. Hat ihn die Angst übermannt?", erklang Isabellas süffisante Stimme. Der Angesprochene blickte auf, auch diesmal wirkte er unbeeindruckt, zumindest merkte man ihm keine Unsicherheit an. Er schüttelte den Kopf und lächelte. „Ich bevorzuge die Musik, den Gesang und die Unterhaltung. Das Leben ist zu kurz, um ständig düsteren Gedanken nachzuhängen. Ich will Menschen glücklich machen und mich selbst auch. Das ist meine Philosophie." Bart wirkte vergnügt, seiner vorherrschenden guten Laune schien niemand etwas anhaben zu können. „Nun gut, beenden wir die Diskussion. Ich werde euch nicht weiter stören, obwohl du etwas verpasst, rothaarige Schönheit", sagte der Sänger mit einem Grinsen im Gesicht. Bevor Isabella antworten konnte, erhob er sich. Laurentina trat zu ihm und küsste ihn auf beide Wangen, danach verschwand er in den Gassen Pisas. Isabella wandte sich an Nael. „Ich habe viele Männer getroffen, aber dieser großspurige Scharlatan ist unglaublich." Sie schüttelte den Kopf angesichts des ausgestrahlten Selbstbewusstseins des Sängers. „Ich finde ihn sympathisch, der Mann wirkt auf Frauen, selbst die meisten Männer mögen ihn", antwortete der Baske. Isabella schüttelte den Kopf. „Er ist ein eingebildeter Schönling, vermutlich adeliger Abstammung. Ich will richtige Männer, keinen arroganten Jüngling." Laurentina trat zum Tisch, sie verfolgte die Unterhaltung. „Ich habe deine abschätzigen Worte gehört. Dieser Jüngling kann eine Frau glücklich machen, wie kein anderer Mann. Ich kann das bezeugen, denn ich lebe seit langem unkeusch. Er kennt alle sensiblen Stellen am Körper einer Frau, es ist unglaublich", sagte die mollige Wirtin lächelnd. Isabella blickte ihr kopfschüttelnd nach. „Dieser Gaukler scheint tatsächlich der Leibhaftige zu sein." Nael lachte plötzlich, verwundert blickte ihn Isabella an. „Seit wann lachst du wieder, Baske?" Der Angesprochene hob die Schultern. „Der Mann verbreitet gute Laune, er lässt sich durch Drohungen und Beschimpfungen nicht davon abbringen. Wahrscheinlich ist er tatsächlich der Leibhaftige, nur dieser bringt so etwas zusammen." Isabella winkte ab, danach wechselten sie das Thema. Sie erhoben sich und betraten ihre Unterkunft, danach liebten sie sich erstmalig wieder seit langem. Diesmal schien es einer Gewohnheit geschuldet zu sein, der Genuss und die Intensität aus Barcelona schien verschwunden zu sein. Danach schlenderten sie durch die Gassen der Stadt und besuchten den Hafen am Fluss Arno, das Meer lag nicht weit entfernt. Sie prüften die Schiffe vor Ort und erfuhren, dass in zwei Tagen ein Handelsschiff nach Rom fuhr, dass Passagiere mitnahm. Schnell wurden sie mit dem Kapitän handelseinig, die Bezahlung sollte am Tag der Abfahrt erfolgen. Danach setzten sie ihren Gang durch die Stadt fort, der blonde Hüne und die rothaarige Kriegerin in Hosen erregten manchmal die Aufmerksamkeit der anderen Menschen, aber es gab keine Vorfälle. Ihre großen Waffen befanden sich in der Unterkunft. Sie blieben den Tavernen fern und saßen lange am Ufer des Flusses, der zum Meer floss. Beide wirkten in sich gekehrt. Als die Umgebung zu dunkeln begann, machten sie sich auf den Rückweg zu ihrer Unterkunft. In einer der Gassen hörten sie aus einer Taverne eine bekannte Stimme, im Innenbereich wurde laut und fröhlich mitgesungen. „Dieser Bartholomäus zieht die Menschen in seinem Bann, er kann sie unterhalten. Solche Menschen sind gerngesehen", sagte der Baske. Isabella blickte auf die Menschen, die sich teilweise vor der Taverne befanden und dem Gesang und der Unterhaltung lauschten, es gab Gelächter. Der Sänger neigte auch zu spaßiger Unterhaltung. „Vermutlich wird heute Nacht die nächste Frau sein Opfer sein", sagte Isabella abwertend. „Sie müssen es nicht tun, er ist nicht allein schuld", antwortete Nael. „Er hat vermutlich bereits einige Frauen geschwängert und überlässt sie ihrem Schicksal. Dieser Mann handelt sehr rücksichtslos, er unterscheidet sich nicht von den anderen, er singt nur besser", sagte Isabella verächtlich. Danach verließen sie die Gasse und begaben sich zu Laurentina, wo sie ein Essen einnahmen, anschließend verschwanden sie in ihrer Unterkunft. Sie schliefen bald ein. Der nächste Tag sollte der letzte in Pisa sein, am übernächsten wollten sie mit dem Schiff früh am Morgen

Richtung Rom weiterfahren. Am Vormittag frühstückten sie lange und sprachen mit Laurentina. „Wo ist der Sänger?", fragte Isabella. Die mollige Wirtin winkte ab. „Er wird diese Nacht bei einer anderen Frau geschlafen haben. Dieser Mann ist nicht für eine Frau bestimmt, diese gibt es nicht. Ich bin froh, wenn er zu mir kommt", antwortete Laurentina vergnügt. Die Wirtin erzählte, dass der Sänger im November des letzten Jahres in der Stadt auftauchte und danach schnell zum Liebling der Menschen wurde, da sich sein Talent für Musik und Unterhaltung herumsprach. „Es gibt so viele Kriege und Krankheiten, die Menschen sind oft missmutig und schlecht gelaunt. Ich finde solche Menschen wie Bartholomäus wichtig, denn sie erheitern die Menschen. Er sorgt für kurze Stunden des Vergnügens, auch bei den Frauen." Isabella schüttelte den Kopf. „Der Mann hat vermutlich bereits Frauen geschwängert und sie mit ihren Kindern zurückgelassen." Verständnislos blickte Laurentina auf die rothaarige Asturierin. „Das kannst du nicht wissen und er zwingt keine dazu, mit ihm zu schlafen. Viele freuen sich darüber, dass ihnen der Mann mit der großartigen Stimme Aufmerksamkeit schenkt. Ein einziges Mal in ihren Leben schlafen sie mit einem besonderen Mann, der sie gut behandelt. Viele Männer behandeln ihre Frauen schlecht und schwängern andere Frauen. Bartholomäus de Wenia bringt Freude in das Leben der Menschen", sagte Laurentina abschließend. Überrascht blickte Isabella der molligen Wirtin hinterher. „Die Wirkung des Mannes ist unglaublich und nicht zu verstehen", sagte sie laut. Die Asturierin bevorzugte einen anderen Typ, den des Kämpfers. Danach durchstreiften sie die Stadt, aber das Interesse daran schien erloschen zu sein. Sie wollten Pisa schnell verlassen und Rom aufsuchen, die Stadt bot nichts Interessantes. Nachmittags füllten sich die engen Straßen und Gassen. In der Nähe einer großen Kirche gab es einen großen Platz, auf dem sich viele Menschen tummelten. Sie erkannten die Unterschiede der Herkunft an den Kleidern der Menschen, die Aristokraten wurden oft von finster blickenden Männern begleitet, die für ihren Schutz sorgten. Eine Szene erregte ihre Aufmerksamkeit. Ein gut gekleideter Mann mit Vierzig diskutierte mit einem Mann, der um zehn Jahre jünger zu sein schien. Offensichtlich erweckte der Streit die Neugier der Umstehenden, da es sich bei den Männern um Angehörige der Oberschicht handelte. Das gemeine Volk liebte solche Auseinandersetzungen, deshalb wuchs die Zahl der Neugierigen. Der Jüngere der Kontrahenten wurde begleitet von vier Männern, wobei zwei davon wie Leibwächter wirkten und eine gute Bewaffnung aufwiesen. Der Ältere verfügte über einen Begleiter, der aber kleiner als die Gegner war. Eine Frau im Alter von Nael und ein Junge von fünf Jahren standen im Hintergrund. Sein Blick erfasste die dunkelhaarige Frau, die ihr Haar hochgesteckt trug und arrogant wirkte, der Junge hielt die Hand seiner Mutter. Ihr ebenmäßiges Gesicht wies eine helle Hautfarbe auf, ihre Augen wirkten geheimnisvoll. Beim Streit ging es offensichtlich darum, dass die Männer aus verschiedenen, wohlhabenden Familien stammten, aber auch die Frau schien der Grund des Streites zu sein. Der Jüngere wandte sich an sie. „Warum hast du diesen alten Mann einer erbärmlichen Familie mir vorgezogen, Emilia? Ich hätte dir alles geboten, aber du hast dich der Entscheidung deines Vaters gebeugt. Vermutlich ist er nicht einmal der Vater deines

Kindes, denn jahrelang hat er versagt. Er hat Hilfe gebraucht bei der Zeugung, aber das passt zu den Crescentiern!", rief der Jüngere laut. Manche Umstehenden lachten. Die Angesprochene antwortete nicht, stattdessen meldete sich der Ehemann. „Lass es gut sein, Dino. Emilia hat sich für mich entschieden, das ist lange her. Unsere Familien machen Geschäfte miteinander, wir sind keine Feinde." Die Worte des Vierzigjährigen klangen ruhig, er wirkte unbeeindruckt von den Schmähungen des Jüngeren. Dieser schien sich der Situation bewusst zu sein, er genoss offensichtlich die Überlegenheit. „Mein lieber Giovanni, du hättest mit mir reden müssen. Ich wäre dir behilflich gewesen, sie kennt meine Vorzüge." Er provozierte den Mann weiter. Dieser schien die Ruhe zu verlieren. „Halt den Mund, Dino, und verschwinde mit deinen Leuten. Aus dir spricht der arrogante Tuskulaner, das sieht euch ähnlich." Der Jüngere zog plötzlich sein Schwert. „Du hast mir nichts zu sagen, Giovanni, du Versager. Wenn ich will, nehme ich dir Emilia einfach weg. Sie kann mich nicht vergessen, aber das ist verständlich bei einem Mann wie dir!", rief er höhnisch. Die Frau riss erschrocken die Augen auf, der Junge drängte sich an seine Mutter. Der einzige Leibwächter stand vor ihnen. Nael überblickte die Situation und erkannte, dass hinter der Familie ein weiterer Angreifer stand. „Deine Beleidigungen sind wertlos, Dino. Du lebst von deinem Vater. Emilia ist viel zu gut für dich!", rief der Ältere, der sein Schwert zog. Beide besaßen zweischneidige Schwerter, die einer Spatha ähnelten, nicht so lang und breit wie Naels Wikingerschwert. Dessen Augen verengten sich, als er die Angst des Jungen erkannte. Er musste an seinen Sohn denken. Isabella beobachtete die

Szene ebenfalls, aber sie schien kein Interesse zu haben, sich daran zu beteiligen. Als sie den Basken anblickte, erkannte sie dessen Absicht, in dieser Angelegenheit einzugreifen. „Das ist keine gute Idee, Nael. Wir kennen die Hintergründe nicht und wollen uns unauffällig verhalten." Er blickte die Asturierin an. „Ich kann es nicht leiden, wenn sie Frauen und Kinder attackieren. Aber du kannst hierbleiben", antwortete er, während er sich Richtung des Mannes begab, der sich im Hintergrund der Familie befand. Isabella zuckte mit den Schultern. „Das Leben ist in den letzten Monaten sowieso zu langweilig gewesen", sagte sie leise und lächelte. Sie folgte Nael, während sich die beiden Kontrahenten gegenüberstanden. Der Baske ging schnell vor. Er schlug dem Mann die Faust in die Niere, dann packte er ihn am Kragen und stieß ihn vor die beiden Kontrahenten. Dieser lag am Boden und stöhnte auf. Überrascht blickten alle Menschen auf den blonden Hünen, der in den Kampf eingriff. Sein Blick erfasste den Jüngeren der Kontrahenten. „Wenn ein Mann einen anderen herausfordert, sollte er ehrlich kämpfen und nicht einen Heckenschützen bereitstellen." Seine Worte klangen ruhig und waren von allen Umstehenden zu hören, die sich über die Abwechslung freuten. Der überraschte Dino fasste sich als Erster, während sich der ältere Giovanni zu seiner Frau zurückzog. „Ich weiß nicht, wer du bist, Fremder, aber es ist nicht dein Kampf. Wenn dir dieser Versager etwas bezahlt, überbiete ich ihn. Du wirkst wie ein Normanne, sie arbeiten für Geld." Isabella trat neben Nael und ergriff das Wort. „Er will dein Geld nicht. Was bist du für ein Mann, der einen anderen vor den Augen seiner Familie angreift und demütigt, noch dazu mit mehreren Helfern?" Die Überraschung wurde größer, die rothaarige Asturierin zog mit einer schnellen Bewegung das Schwert und hielt es dem Angreifer entgegen. Sie grinste über das ganze Gesicht, alle Menschen merkten der rothaarigen Frau die Kampfeslust an. Der Angesprochene schien von der Situation überfordert zu sein, er drehte sich zu seinen Männern, die hinter ihm standen. Plötzlich hielt Nael sein Schwert in der Hand, mit einem schnellen Schritt trat er Dino entgegen und schlug dessen Schwert aus der Hand. Dieser schrie auf und hielt seine blutende Hand. Der Baske setzte ihm die Spitze seines Schwertes an den Hals, Dino riss erschrocken die Augen auf. Isabella stürmte nach vor und schlug einem zweiten Mann das Schwert aus der Hand, die Gruppe wurde von den schnellen Angriffen vollkommen überrascht. Sie rechneten mit keiner Gegenwehr. Isabellas Schwert lag an der Nase des Mannes, sie grinste ihn an. „Ein Gesicht ohne Nase, wie sieht das aus, guter Mann? Sie schüttelte den Kopf. „Bei deinem hässlichen Gesicht ist es egal, aber trotzdem ergibt es ein großes Loch!", rief sie laut, die Umstehenden lachten. Die anderen Angreifer wussten nicht, was sie machen sollten, auch die beiden Leibwächter hielten sich zurück. Naels Schwert lag noch immer am Hals des Anführers, dessen Gesicht vor Schweiß glänzte. Er kannte die Geschichten über die Brutalität der Nordmänner und hielt den Basken für einen davon. Dessen Blick bohrte sich in die Augen des schwitzenden Mannes. „Der Kampf wird heute nicht ausgetragen. Verschwinde mit deinen Männern. Ich gebe dir die Gelegenheit, dein Leben und das deiner Männer zu retten." Die Stimme des Basken wurde lauter, die Spannung wuchs unter den neugierigen Zuschauern. „Nicht bewegen, ansonsten kannst du durch dein

Nasenloch wie ein Elefant trinken!", rief Isabella laut. Der Menge schien das zu gefallen, viele lachten, aber der Kampf schien noch nicht vorbei zu sein. Der schwitzende Dino hob plötzlich seine Hände. „Es ist gut, Nordmann. Wir werden uns zurückziehen", sagte er schweratmend. Nael blickte ihn lange an, die Menge hielt den Atem an. Plötzlich trat der Baske zurück. Isabella bemerkte es und zog sich ebenfalls zurück. Sie blickte auf ihren direkten Kontrahenten. „Es ist schade, dein Gesicht wäre ohne Nase schöner!", rief sie laut und erntete wieder Gelächter. Die Männer halfen ihren stöhnenden Kameraden hoch, der an den Folgen des Nierenschlages litt. Nael und Isabella beobachteten die Angreifer mit gezogenen Schwertern, aber diese schienen ihre Lust am Kämpfen verloren zu haben. Der düster wirkende Hüne und die rothaarige Kriegerin schienen allen einen gehörigen Schrecken eingejagt zu haben. Sie zogen sich zurück. Bevor sie verschwanden, ergriff ihr Anführer Dino das Wort. „Für diese Schmach werdet ihr büßen. Wir werden euch verfolgen, wohin ihr auch geht!", schrie er laut. Seine Stimme klang hasserfüllt und bedrohlich. Unbeeindruckt verfolgten Nael und Isabella den Abzug der Männer, die in den Gassen Pisas verschwanden. „Wir sollten auch schnell verschwinden, großer Mann", sagte die rothaarige Asturierin leise. Sie steckten ihre Schwerter ein und wollten sich abwenden. Eine Stimme erklang. „Wartet bitte." Es handelte sich um den Älteren der beiden Kontrahenten, der auf den Namen Giovanni hörte. Er trat zu den beiden, auch die Frau und der Junge kamen näher, der Leibwächter hielt sich im Hintergrund. „Ich bedanke mich herzlich für eure Hilfe. Vielleicht kann ich meine Dankbarkeit in Geld ausdrücken, meine Freunde", sagte der

Mann laut. Die Menge verteilte sich langsam, manche wirkten enttäuscht, sie hofften auf einen Kampf. Bevor der Baske antworten konnte, ergriff Isabella das Wort. „Was ist los mit euch Lombarden oder Langobarden? Wir wollen kein Geld, manchmal ist Hilfe umsonst." Sie schüttelte den Kopf. Naels Blick fiel auf den Mann, dann trafen sich die Blicke der Frau mit den seinen. Ihre Augen wirkten noch immer geheimnisvoll, aber ihr Verhalten drückte nicht mehr die Arroganz von vorhin aus. Der Junge blickte mit neugierigen Augen auf den blonden Hünen. Ein Lächeln erschien in Naels Gesicht. Obwohl er dunkle Haare trug, erinnerte ihn der kleine Junge an seinen verstorbenen Sohn Björn, die Augenfarbe war ähnlich. Isabella blickte ihn an, sie kannte den Grund seines Eingreifens. Trotzdem erschien es ratsam, diese Stadt schnell zu verlassen. Sie deutete Nael mit dem Kopf, dieser nickte. Der Mann erkannte ihre Absicht und ergriff wieder das Wort. „Wir sind keine Lombarden, kommen aus Rom, sind nur auf Besuch bei einer befreundeten Familie. Leider haben wir die Gefahr unterschätzt, die durch die Tuskulaner für uns besteht." Isabella blickte den Mann an. „Was sind Tuskulaner?" Überrascht blickte sie der Mann an. „Ihr müsst tatsächlich sehr fremd sein. Diese Familie beherrscht Rom und die Umgebung und besitzt beste Kontakte zu allen Städten und dem Kaiser. Wir werden einer anderen römischen Familie zugerechnet, den Crescentiern. Die beiden Familien bekämpfen sich, aber sie pflegen auch Handelsbeziehungen und sind teilweise verwandt. Es ist sehr komplex." Isabella blickte den Basken an. „Das hast du gut gemacht. Regelmäßig hast du mich erinnert, nicht auffällig zu werden und dann legst du dich mit einer mächtigen Familie an, du Held." Ihre Stimme klang nicht vorwurfsvoll, sondern belustigt. „Der junge Papst Benedikt IX. entstammt der Familie aus Tusculum", fuhr Giovanni fort. Plötzlich lachte Isabella, sie richtete ihre Augen wieder auf Nael. „Du hast den Zorn Gottes auf uns gezogen. Das ist dir prächtig gelungen", sagte sie laut und lachte herzhaft. Der Baske schüttelte den Kopf ob der guten Laune von Isabella. „Es klingt alles viel gefährlicher als es ist. Dino gehört keinem einflussreichen Teil der Familie an, es geht dabei mehr um meine Frau." Der Baske blickte die dunkelhaarige Frau an, die ihn betrachtete. Plötzlich wirkte sie wieder arrogant und verschlossen. Er nickte und wollte sich umdrehen. „Wo wollt ihr hin?", fragte Giovanni. „Wir gehen nach Rom", antwortete Isabella. Der Vierzigjährige überlegte. „Wir wollen heute dorthin aufbrechen. Vielleicht begleitet ihr uns, ich werde euch für den Geleitschutz bezahlen." Der Baske blickte den Mann an. „Wo ist eure Begleitung?" Giovanni zeigte auf den kleinen Mann. „Atanasio begleitet uns immer. Er ist ein guter Kämpfer." Naels Blick fiel auf den kleinen, aber stämmigen Mann, dieser nickte dem Hünen zu. „Er ist ein treuer Gefährte. Leider habe ich geschäftlich Geld verloren, wir mussten Menschen aus unseren Diensten entlassen. Bis jetzt ist es kein Problem gewesen, auch nicht mit der Familie aus Tusculum." Misstrauisch blickten Nael und Isabella den leicht ergrauten Mann an. „Einmal sind diese Tuskulaner eine Gefahr, dann wieder nicht. Dieser Dino hat Rache geschworen, es geht um deine Frau. Du hast Menschen entlassen, wie willst du uns bezahlen?", fragte Isabella interessiert. Giovanni nickte. „Wir haben Geld, es geht nur um die Reise nach Rom. Dinos Anwesenheit in Pisa hat uns überrascht. Danach können sich unsere Wege trennen. Ich will Emilia und Marco in Sicherheit bringen, in unserem Haus in den Sabiner Bergen leben sie im Schutz weiterer Familienmitglieder." Giovanni wirkte ruhig, aber Nael schien nicht zufrieden zu sein mit seiner Antwort. Plötzlich ergriff Emilia das Wort. „Mein Mann neigt manchmal dazu, die Dinge besser darzustellen, als sie sind. Dino will mich haben, obwohl er verheiratet ist. Wir kennen uns aus jungen Jahren, aber er ist zu herrschsüchtig und betrachtet Frauen als Besitz. Es geht ihm um Macht, deshalb belästigt er uns immer wieder. Er hat auch die Geschäfte meines Mannes nachhaltig gestört. Wir besitzen noch ein kleines Haus mit Geschäft in Rom in der Nähe der Laterankirche, dazu kommt ein kleiner Besitz in den Sabiner Bergen, wo sich Mitglieder der Familie der Crescentier aufhalten. Aber auch auf die Verwandtschaft ist nicht Verlass." Sie unterbrach ihre Rede, offensichtlich erinnerte sie sich an gewisse Ereignisse. „Wir sind nach Pisa gekommen, um über einen alten Freund meines Mannes Geldmittel zu erhalten, damit er sein Handelsgeschäft wieder beleben kann. Aber auch diese Freundschaft hat sich als trügerisch erwiesen", sagte sie leise. Ihr Blick fiel auf ihren Mann, der entschuldigend mit den Schultern zuckte. „Wir müssen nach Rom zurück, dort haben wir noch Geld. Aber vorher können wir nicht bezahlen. Atanasio und seine Familie sind die letzten Treuen, die uns geblieben sind." Emilia nickte dem kleinen, stämmigen Mann zu, der freundlich lächelte. Sie blickte auf den blonden Hünen, ihre Augen strahlten eine hohe Intensität aus. Emilia wirkte nicht vorwurfsvoll, sie blieb loyal zu ihrem Mann. „Wir werden euch begleiten, in Rom werden wir weitersehen", sagte der Baske bestimmt. Kurzfristig erschien ein freudiger Glanz in den Augen der Frau, danach wirkte sie wieder verschlossen. Giovanni bot dem Hünen seine Hand, dieser schüttelte sie. „In Rom bekommt ihr euer Geld. Das ist ein Versprechen", sagte der Mann. Isabella schüttelte den Kopf. „Was verstehst du nicht, Römer? Der dämliche Baske will kein Geld und ich muss tun, was er will", sagte sie laut. Überrascht blickte die Familie auf Nael. „Ich habe gedacht, er ist ein Nordmann", sagte Giovanni. „Er ist eine Mischung. Wie auch immer, er ist dämlich genug, die ganze Welt herauszufordern und ich muss ihn begleiten", sagte Isabella laut. Sie wirkte nicht verärgert. Die Langeweile schien vorbei zu sein, es tat sich wieder etwas in ihrem Leben. Die Familie kannte sich in Rom aus, dies konnte sich als günstig erweisen. Die Vereinbarung konnte beiden Seiten helfen. „Wir müssen schneller sein als sich unsere Gegner von der Überraschung erholen", sagte Nael leise, er sah sich um. Dann fragte er Giovanni nach dem Wagen für Emilia und Marco. Offensichtlich befand sich die Familie auf dem Weg zum Mietstall, wo der Wagen und die Pferde untergebracht waren, als sie von Dino und seinen Kumpanen abgefangen wurden. „Wir bleiben zusammen. Zuerst holen wir unser Gepäck und die Waffen, danach gehen wir zum Mietstall", sagte der Baske bestimmt. Alle nickten zu seinen Worten, gemeinsam verließen sie den großen Platz und begaben sich in die Gasse, in der sich Laurentinas Imbissstand befand. Sorgfältig betrachteten Nael und Isabella die Umgebung, bevor sie das Haus der Wirtin betraten. Sie trafen auf Carina, auch die Wirtin selbst tauchte auf. Isabella erklärte ihnen ruhig, dass sie früher aufbrechen würden. Schnell packten sie ihre großen Rucksäcke und nahmen die restlichen Waffen. „Wenn Männer auftauchen und Fragen stellen, dann richtet ihnen aus, dass wir mit dem Schiff nach Rom gefahren sind", sagte Isabella. Die Wirtin und ihre Cousine nickten. Sie blickten dem Paar hinterher. „Das sind gefährliche Menschen, aber ich mag die beiden. Es ist schade, dass sie gehen. Wie auch immer, unsere Gäste warten." Einige Menschen sahen das Paar, aber in der nächsten Gasse waren sie den Blicken der Menschen entschwunden. Gemeinsam mit der Familie und ihrem Leibwächter gelangten sie zum Mietstall, auch hier schien keiner von Dinos Leuten zu sein. Offensichtlich mussten dieser und seine Leute noch ihre Schmach verdauen, mit ihrer Einschätzung lagen sie richtig. Die Gruppe der Männer betrank sich in einer Taverne am anderen Ende der Stadt. Die Familie und ihre Begleitung warteten bis zum Einbruch der Dunkelheit. Der Wagen bot Platz für mehrere Personen, er war überdacht mit einer Plane. Zwei Pferde standen bereit. Isabella schien nicht zufrieden zu sein, als der Baske sie in den Wagen wies. „Du fällst auf als Kriegerin mit Pferd", sagte er bestimmt, unwillig folgte sie seiner Entscheidung. In der Dunkelheit verließen sie die Stadt Richtung Süden, dabei mussten sie den Fluss Arno überqueren. Sie nutzten die Dunkelheit, um sicher aus der Stadt zu gelangen. Giovanni lenkte den Wagen, während sich Isabella hinten befand. Atanasio kannte den Wag nach Süden, Nael ritt hinter dem Wagen. „Wir müssen vorsichtig sein, Räuber erschweren die Reise, vor allem in der Dunkelheit", sagte Giovanni. Isabella löste Atanasio auf dem Pferd ab, dieser übernahm den Wagen, während sich die Familie darin befand. Langsam fuhr der Wagen dahin, die beiden Maultiere zogen unermüdlich. Nael ließ seine Instinkte strömen, aber vorerst deutete nichts auf eine Gefahr hin. Die Straße schien in der Dunkelheit belebt zu sein, es kamen immer wieder kleine Wagenkolonnen entgegen, die aber keine Gefahr darstellten. „Der Kapitän wird sich freuen, er bekommt Geld für nichts", sagte die rothaarige Asturierin leise, während sie ihre Umgebung beobachtete. Sie fuhren einige Stunden, bevor sie eine Rast machten. Langsam fuhr der Wagen von der Straße ab. Atanasio, Isabella und Nael wechselten sich in der Wache ab, während die Familie im Wagen friedlich schlief. Sie verzichteten auf ein Feuer. Am nächsten Morgen ging es sehr früh weiter. Emilia stieg aus dem Wagen, sie wirkte steif vom Schlafen auf dem harten Holzboden. Nael absolvierte die letzte Wache, ihre Blicke trafen sich. Sie trug ihre Haare diesmal lang und wirkte natürlicher als am Tag zuvor. Ihre schlanke Figur und ihr Gesicht ergaben das Bild einer schönen Frau, die eine große Wirkung auf Männer verursachte. Der Baske und die Römerin nickten einander zu. Der Junge sprang aus dem Wagen. „Hallo, Nael!", rief er vergnügt und winkte. Dieser lächelte plötzlich. Die beiden verschwanden im nahen Wald. Nael blickte ihn nach. Isabella trat an seine Seite. „Ich habe den Eindruck, diese Frau gefällt dir, Baske." Er drehte sich zu ihr, sie erkannte an seinem Blick, dass ihn ihre Worte störten. „Es ist gut, Nael. Sie ist schön, aber verheiratet, noch dazu kommt sie aus einer aristokratischen Familie. Du musst bei mir bleiben", sagte sie mit hochgezogenen Augenbrauen, am Ende bekam ihre Stimme einen flehenden Ton. Er reagierte zuerst nicht darauf, dann winkte er ab. „Du bist einfach verrückt, Isabella." Diese lachte plötzlich und verschwand danach ebenfalls im Wald. Giovanni trat zu ihm. „Ich denke nicht, dass Dino uns verfolgt. Er weiß, wo er uns finden kann. Zudem wird er sicher länger bleiben bei einer befreundeten Familie in Pisa. In Rom sind wir sicher. Er ist ein Mann großer Worte, aber er hat es bis jetzt unterlassen, uns nachhaltig zu schaden." Nael blickte den Mann an, dieser schien die Gefahr durch die Familie der Tuskulaner als gering einzustufen. Aber er traute ihm nicht, die Erzählung seiner Frau klang anders. Offensichtlich arbeitete Dino mit längerfristigen Mitteln, um Giovanni zu schaden, ansonsten würde er keinen finanziellen Verlust beklagen. Er vermied bis Pisa die direkte Konfrontation, aber offensichtlich bestand sein nächstes Ziel darin, nach dem Geschäft auch der Ehe zu schaden. Nael kannte den Typ des besitzgierigen Mannes, er erwies sich als der häufigste unter Männern, vor allem innerhalb der aristokratischen Schicht. Darunter halfen sich die Menschen eher, um über die Runden zu kommen. Giovanni beschönigte die Gefahr, aber er schien ein kluger und sympathischer Mann zu sein. In den nächsten zwei Tagen kamen sie gut voran. Sie wurden tatsächlich nicht verfolgt, denn ansonsten hätten die Verfolger sie bereits mit Pferden eingeholt. Aber sie mussten damit rechnen, dass Dino von ihrem schnellen Abzug und der Begleitung wusste. Spätestens nach seiner Rückkehr nach Rom konnte er zum Problem werden. Die Feindschaft der mächtigsten Familie erschien gefährlich für ihren Aufenthalt in der Stadt. Er sprach darüber mit Isabella. „Ich glaube, wir werden Rom schneller verlassen müssen, als wir geplant haben", sagte sie leise. Am dritten Tag ihrer Reise wurden sie von einem Trupp Reiter überholt. Der Anführer hielt an und sprach mit Giovanni. „Ich suche einen Sänger mit Namen Bartholomäus. Haben sie ihn gesehen, werter

Giovanni?" Offensichtlich kannten sich die Männer. Der Angesprochene schüttelte den Kopf und fragte nach dem Grund. „Er hat meine Tochter ausgenutzt und bestiegen, dieser Halunke. Ich werde ihn zur Rechenschaft ziehen, wenn ich ihn finde!", rief der Mann aufgebracht, anschließend setzten sie ihre Suche Richtung Rom fort. Am nächsten Tag kamen sie zurück. Der Anführer wandte sich noch einmal an Giovanni. „Leider habe ich diesen Teufel nicht gefunden. Aber irgendwann wird er wieder auftauchen in Pisa, dann hole ich mir seinen Kopf." Danach grüßte er laut und ritt mit seinen Männern nach Pisa zurück. Isabella blickte auf Giovanni. „Ich kenne diesen Scharlatan, er bezirzt die Frauen mit seinem Gesang. Das ist tatsächlich ein Teufel." Der Angesprochene lachte plötzlich. „Bartholomäus Gesang ist bekannt, er zieht von Norden kommend von Stadt zu Stadt. Ich habe ihn erstmalig in Pisa gehört, er hat eine wunderbare Stimme. Er singt auch in der Kirche. Leider besitzt er eine große Schwäche für Frauen." Giovanni schüttelte den Kopf und lachte. „Die Tochter von diesem Mann ist bereits von mehreren Männern bestiegen worden, sie ist bekannt unter den Familien Pisas. Mein Freund sucht einen Schuldigen, an dem er die eigene Wut über seine Tochter auslassen kann. Aber der Sänger sollte Pisa zukünftig meiden." Sie fuhren weiter und näherten sich Rom stetig. Nach einem weiteren Tag machten sie gegen Abend Rast im angrenzenden Wald. Plötzlich trat ein Mann aus der beginnenden Dunkelheit des Waldes. „Werte Menschen am Lagerfeuer. Darf ich mich zu euch gesellen, um Gesellschaft zu leisten und einen kleinen Teil eures Abendbrotes zu erlangen?" Isabella erkannte die Stimme sofort. Nael erhob sich und blickte auf den Näherkommenden, es handelte sich um den Sänger Bartholomäus. Dieser erkannte ihn nicht sofort. „Wir begrüßen dich, Scharlatan", sagte Isabella laut. Der großgewachsene Sänger trug sein Saiteninstrument umgehängt, am Rücken befand sich ein kleiner Rucksack. Er nahm seine Mütze ab. „Das gibt es doch nicht. Ich suche das erste Feuer im dunklen Wald auf und treffe auf die beiden unfreundlichsten Menschen in der weiteren Umgebung." Bartholomäus kratzte sich am Kopf. „Verzeiht mein Eindringen. Ich werde mich weiterbewegen, das ist mir zu viel nach den letzten Tagen." Giovanni lachte plötzlich und schüttelte den Kopf. „Halt den Mund und setz dich ans Feuer, Gaukler", sagte Nael bestimmt. Dieser blickte ihn an. „Der Mann ist die Höflichkeit in Person, vermutlich kommt er aus dem hohen Norden. Dort zehren sie die Frauen an den Haaren in ihre Hütten." Giovanni lachte wieder, auch Emilia lächelte. Der Sänger schien unschlüssig zu sein, aber sein Hungergefühl machte sich stark bemerkbar. Er musste die Stadt Pisa fluchtartig verlassen, nachdem die Frau laut schrie, als sie ertappt wurden beim Liebesspiel. Er besaß zwar ein wenig Geld, aber Proviant konnte er nicht mitnehmen. „Setz dich zu uns, Bartholomäus. Wir geben dir gerne etwas ab", sagte Emilia mit ihrer wohlklingenden Stimme. Der Angesprochene verneigte sich. „Ich bedanke mich herzlich für die Gastfreundschaft, schöne Frau", antwortete er höflich. Naels Blick wirkte düster. Der Sänger setzte sich zwischen dem Basken und Isabella, füllte einen Teller und aß gierig den Eintopf. „Was hat dich dermaßen gequält in den letzten Tagen, Herzensbrecher? Du hast offensichtlich nichts gegessen, denn du isst wie ein Schwein", sagte Isabella lächelnd.

Der Sänger hob seinen Kopf. Giovanni lachte erneut. Der kleine Marco blickte auf seinen Vater, da er den Grund dessen anhaltenden Gelächters nicht kannte. „Ich glaube nicht, dass die Ereignisse der letzten Tage interessant sind. Es ist langweilig, nichts Aufregendes", antwortete der Sänger ruhig. Isabella schüttelte missbilligend den Kopf. „Du kommst aus dem dunklen Wald und darfst an unserem Feuer Platz nehmen. Wir lieben langweilige Geschichten, Gaukler", sagte die Asturierin süffisant. Der Sänger blickte auf die rothaarige Frau, dann streifte sein Blick durch die Runde. Giovanni winkte ab. „Ein guter Freund aus Pisa sucht dich verzweifelt. Entweder du heiratest seine Tochter oder er lässt dich aufhängen, Bartholomäus." Der Angesprochene blieb ruhig, er blickte sich um. „Befindet sich der Mann in der Nähe? Nach meinem letzten Wissensstand ist er Richtung Pisa geritten?" Giovanni nickte. „Er hat uns eine Belohnung versprochen, wenn wir dich in einem Stück zurückbringen, Herzensbrecher", sagte Isabella genüsslich. Der Sänger blickte sich um, sein Blick fiel auf den Basken. „Ihr werdet das hoffentlich nicht tun. Diese Frau hat mir fast die Kleider heruntergerissen, ich kann nichts dafür. Leider ist sie Teil einer mächtigen Familie, deshalb musste ich diese schöne Stadt Pisa verlassen. Es ist traurig, ich habe mich heimisch unter den Bewohnern gefühlt", sagte er in einem verzweifelten Ton. Er konnte lustige und traurige Rollen spielen. „Du bist der schlimmste Geschichtenerzähler, den es gibt, Gaukler", sagte Isabella kopfschüttelnd. „Du bist eine rothaarige Teufelin, die ihr bösartiges Innenleben an einem unschuldigen Mann auslässt." Nael lachte plötzlich. „Warum lachst du, Baske? Der Mann ist ein Schauspieler und Scharlatan, der ständig Frauen verführt und die Stadt verlassen muss, weil er es übertreibt mit seiner Triebhaftigkeit", sagte Isabella laut. Dann wandte sie sich an Bartholomäus. „Du bist der schlimmste Teufel, den ich kenne, denn du gaukelst den Menschen etwas vor, dass du nicht geben kannst. Vermutlich hast du einige Frauen zurückgelassen mit Kindern. Es wäre besser, dich aufzuhängen, bevor du noch mehr Schaden anrichtest." Ihre Augen verengten sich, Ärger klang aus ihrer Stimme. „Was für ein schlimmes Weib? Ich erfreue die Menschen mit meinem Gesang und versuche Freude zu verbreiten", sagte Bartholomäus laut. Er wandte sich seinem Essen zu. Isabellas Ärger kanalisierte sich in einer spontanen Reaktion. Plötzlich hielt sie ein Messer in der Hand und drückte den Mann auf den Boden. „Du hast Frauen ungewollt zur Freude einer Geburt verholfen, du Bastard. Im Namen vieler Frauen sollte ich dich beschneiden und anschließend als Eunuchen an die Sarazenen verkaufen." Das Messer lag an seinem Unterleib, ihre Augen wirkten bedrohlich. Die Familienmitglieder blickten erschrocken auf, auch Atanasio riss die Augen angesichts der spontanen Reaktion auf. Nael blickte auf die Szene und schüttelte den Kopf. Der Sänger blickte in Isabellas Gesicht, danach fiel sein Blick auf ihr Messer. „Du musst mich nicht Bastard nennen, meine Freunde nennen mich Bart. Ich muss sagen, du wirkst wunderschön in deiner Gefährlichkeit. Bevor du mich entmannst, will ich dir meine Liebe gestehen, rothaarige Schönheit." Seine Stimme klang einfühlsam und ruhig. Isabella wurde vollkommen überrascht von seiner Reaktion, die anderen begannen zu lachen, auch Marco lachte mit. Ihre Augen fixierten den Sänger. „Du glaubst vielleicht nicht, dass ich das durchführe, Gaukler", sagte die Asturierin süffisant und drückte ihr Messer stärker gegen seinen Unterleib. „Du solltest mir die Gelegenheit geben, mich von meiner besten Seite zu zeigen. Verschieben wir diese Prozedur und ich verspreche, dir morgen ein Lied zu singen, Schönheit", sagte Bart und lächelte. Sie schüttelte den Kopf. „Lass den Mann leben, Isabella. Er ist ein Künstler und singt wunderschön", sagte Giovanni. Die rothaarige Asturierin zuckte mit den Schultern, steckte ihr Messer ein und setzte sich auf ihren Platz. Bart setzte sich auf und blickte auf Giovanni. „Ich bedanke mich für deinen Einsatz. Als Eunuch wäre mir der Eintritt in die Gemächer der Frauen der Sarazenen aber erlaubt, dies ist zu berücksichtigen bei der zukünftigen Wahl", sagte er lächelnd. „Halt deinen Mund, Gaukler! Die Rothaarige ist verrückt und wird dich richten, wenn du Probleme machst", sagte Nael. Bart blickte sich um. „Ich bedanke mich und werde wohl die Gastfreundschaft nicht länger in Anspruch nehmen. Dieses missmutige Paar ist mir nicht geheuer", sagte er laut und wollte sich erheben. Isabella drückte ihn auf seinen Platz. „Du gehst erst, wenn du mir morgen ein Lied gesungen hast, Scharlatan. Ich bin neugierig. Wenn es mir nicht gefällt, wirst du wohl als Eunuch enden, mein Freund." Der Sänger wog den Kopf hin und her. „Du hast es versprochen!", rief der Junge. Alle nickten dazu, am Ende fiel sein Blick auf Nael und Isabella. Er strich sich mit beiden Händen über das Gesicht. „Gott will mich wohl bestrafen für einige, kleine Sünden. Dieser rothaarige Teufel lässt mich nicht aus", sagte er mit gequälter Stimme. Isabella blickte auf Nael, keiner wusste, ob der Sänger es ernst meinte. Bart wandte sich an die Asturierin. „Nun gut, teuflische Schönheit. Ich werde ein eigenes Lied für dich komponieren und es dir morgen im Laufe des Tages präsentieren", sagte er mit einem Lächeln im Gesicht, seine Augen strahlten förmlich. Isabella fühlte sich durchleuchtet, es verwirrte sie. Dieser Mann schien tatsächlich der Teufel zu sein. Bald zogen sich alle zurück. Bartholomäus bot an, die Wache zu übernehmen. Er lehnte sich an einen Baum, während das Feuer abbrannte. Dann nahm er sein Saiteninstrument und überlegte sich Melodie und Text für das Lied. Bald fiel ihm ein stimmungsvolles Lied aus seiner Heimat in Wenia ein, das er textmäßig anpasste. Nach ein paar Stunden wurde er von Atanasio abgelöst.

3.
Mai 1036 bis Juni 1036

Am nächsten Tag setzte die Gruppe ihren Weg nach Rom fort. Bart wirkte gutgelaunt und grüßte alle höflich. Nael und Isabella erwiderten den Gruß missmutig. „Es hat sich nichts geändert. Der Wikinger und die Rothaarige bestens gelaunt wie immer. Die beiden sind ein wahrer Genuss an Höflichkeit und gutem Benehmen", sagte Bart laut. Isabellas Augen fixierten den Sänger. „Halt deinen Mund, Gaukler!" Sie wirkte verärgert über seine Anwesenheit, auch der Baske erkannte darin einen Nachteil, da die Aufmerksamkeit auf die kleine Gruppe gelenkt wurde. „Du redest zu viel, Junge", sagte er bestimmt. „Einer muss doch reden. Wenn ich auf euch beide warte, versinkt die Welt in absoluter Stille und keiner weiß, was den anderen bewegt. Das wäre eine jämmerliche Welt", antwortete Bart lächelnd. Er konnte auf alle Entgegnungen antworten. Nael erkannte, dass diesem Mann in der Redekunst keiner gewachsen zu sein schien. „Wir brauchen ihn nicht als Ballast. Er zieht nur Menschen an, die ihn angestrengt suchen, um ihn aufzuhängen!", rief Isabella laut. Die anderen verfolgten den Streit. „Das ist unsere primitive, rohe Welt. Freidenkende Künstler sollen einfach aufgehängt werden. Du denkst zu einfach, Mädchen", antwortete Bart. Er wirkte belustigt. Isabella ballte die Fäuste, ihr Gesicht rötete sich vor Zorn. Der Baske griff ein. „Lass dich nicht ständig von diesem Idioten provozieren. Sprich nicht mit ihm, er ist es nicht wert, Isabella." Er legte die Hand auf ihre Schulter. „Hör auf deinen Mann, wie du ihn nennst. Er strahlt Ruhe aus, die dir fehlt, Prinzessin", entgegnete Bart. Nael drehte sich mit einer schnellen Bewegung und wollte ihn am Kragen packen, aber Bart reagierte noch schneller und wich aus. Überrascht blickte der Baske auf den Sänger, der einen Sicherheitsabstand einhielt. „In meinem Beruf und mit meiner Philosophie muss man schnell sein, großer Kämpfer. Viele brutale Menschen neigen zu einfachen Antworten, deine rothaarige Frau und du stellen solche Typen dar. Ich kann euch nicht leiden, denn ihr überfällt mit eurer Rohheit und Gefühllosigkeit andere Menschen und zwingt sie, nach euren gewalttätigen Regeln zu leben." Zum ersten Mal lächelte der Sänger nicht. Nael blickte dem Mann in die Augen, dieser zeigte keine Furcht. Isabellas Augen verengten sich. Bevor die Situation eskalierte, griff Emilia ein. „Es reicht mit eurem Streit. Wenn du ständig provozierst, Bartholomäus, musst du gehen. Isabella und Nael haben uns geholfen, sie sind gute Menschen. Du irrst mit deiner Einschätzung. Entscheide dich!", sagte sie laut und bestimmt. Ihr Ehemann Giovanni nickte zu ihren Worten. „Also, wie lautet deine Entscheidung?", fragte er verärgert, auch ihm ging der Streit auf die Nerven. Bart hob seinen Kopf, ein Lächeln erschien in seinem Gesicht. Er verneigte sich vor der Römerin. „Ich bedanke mich für die klaren Worte, werte Emilia. Deine außergewöhnliche Schönheit wird noch durch deine ausgeprägte Intelligenz übertroffen. Leider trifft das nicht auf alle Exemplare der Menschheit zu." Isabella griff zum Messer. „Ich töte diesen lustigen Bastard, dann ist auch eine Entscheidung gefallen!", rief sie laut, aber Nael hielt sie zurück. Bart schüttelte den Kopf angesichts der wütenden Asturierin, aber er verzichtete auf weitere Wortspenden. „Ich werde den gemeinsamen Weg verlassen und mich zur Küste begeben." Er nickte kurz mit dem Kopf, dann wollte er sich abwenden. Der kleine Marco hielt ihn zurück. „Du hast versprochen, für Isabella ein Lied zu singen." Bart blickte auf den Jungen, dann auf die Umstehenden, die ihn interessiert beobachteten. „Ich denke, diese rothaarige Frau will dies nicht hören, Kleiner. Deshalb verzichte ich auf die Präsentation dieses Liedes", sagte er lächelnd und strich dem Jungen über den Kopf. Dieser wirkte enttäuscht und blickte auf seine Eltern. „Du bringst es immer fertig, Unruhe zu stiften, Gaukler. Trällere dein Lied für den Jungen und verschwinde", sagte Isabella laut. Ihre Wut über die Arroganz des Sängers hielt an. Bart hob die Hände und richtete sein Saiteninstrument. Er blickte zum Himmel und konzentrierte sich, danach begann er zu singen. Das Lied drehte sich um eine Frau mit Namen Isabella und erwies sich als sehr positiv und gefühlvoll. Menschen, die sich auf der Straße bewegten, blieben stehen oder hielten an. Barts kräftige Stimme hallte durch die Wälder des Mittelgebirges, alle Zuhörer wurden in den Bann des Gesangs gezogen, der Text stellte sich dramatisch dar, wobei die Geschichte der Frau ein gutes Ende nahm. Naels Hang zur Musik erwies sich bisher als gering, aber Bartholomäus stellte unzweifelhaft einen der besten Sänger dar, die durch die Welt zogen. Isabellas Ärger verflog wie der Wind, ihr Gesicht rötete sich angesichts des mit viel Gefühl vorgetragenen Liedes. Bart beendete sein Lied und verneigte sich, da einige Menschen klatschten, auch der kleine Marco. „Das ist schön gewesen!", rief er begeistert. Der Sänger zog seine Mütze und verneigte sich noch einmal. Dann drehte er sich um und verschwand Richtung Westen zur Küste, bald darauf war er nicht mehr zu sehen. Nael stieß Isabella an. Sie erwachte aus ihrer Erstarrung. „Alles in

Ordnung, du Vielbesungene?", fragte er lächelnd. Sie schüttelte sich, dann fiel ihr Blick auf die Umstehenden. „Was ist los?", fragte sie ärgerlich. Giovanni hob die Augenbrauen. „Ein Mann, der ein solches Lied für eine Frau dichtet, kann wohl kein schlechter Mensch sein, meine Liebe." Emilia nickte zu seinen Worten. Isabella winkte ab, sie antwortete nicht. Sie setzten den Marsch ohne den Sänger fort und sprachen nicht viel. Das Lied wirkte nach, vor allem die Asturierin bekam es nicht aus dem Kopf. Sie fluchte laut. „Dieser verdammte Gaukler, er muss tatsächlich der Teufel sein." Nael schüttelte den Kopf. Emilia blickte auf die rothaarige Asturierin und lächelte. Dann trafen sich ihre Blicke mit dem des Basken, schnell drehte sie den Kopf weg und blickte in eine andere Richtung. Nach drei weiteren Tagen und einigen Pausen gelangten sie in die Nähe von Rom. „Morgen Vormittag werden wir in Rom einziehen. Ich freue mich darauf", sagte Giovanni laut. Der Vierzigjährige erwies sich als ruhiger und besonnener Mann. Nael kannte die Umstände ihrer Vermählung nicht, aber die junge Emilia zog diesen Mann weit jüngeren vor, vermutlich schätzte sie diese Eigenschaften. Die Römerin wirkte wieder distanzierter als in den Tagen zuvor. „Ich werde euch Rom zeigen, danach werden wir in unser kleines Haus in den Sabiner Bergen ziehen. In den Sommermonaten verbringen wir oft die Zeit in den wunderschönen Bergen. Wir pflanzen Olivenbäume und Wein an", sagte Giovanni laut. Alle freuten sich auf die Stadt, selbst Nael und Isabella wirkten neugierig auf das Ziel ihrer Reise. Während der Fahrt erzählte Giovanni über die Verhältnisse in Rom, auch an diesem Abend. Die Stadt wurde in den letzten Jahrhunderten oft belagert, angegriffen und geplündert.

Langobarden, Sarazenen und Normannen versuchten sich der Reichtümer der Stadt zu bemächtigen, die es in dieser Form nicht mehr gab. Die große aurelianische Mauer umgab zwar noch die Stadt, aber durch die Abwanderung und den Verlust vieler Einwohner wurde Rom auf eine Einwohnerzahl von zwanzigtausend minimiert. Die einstmals größte Stadt der Welt mit der alles beherrschenden Macht des Imperiums zerbrach an den nachfolgenden Wanderungen und Eroberungszügen vieler Völker. Erst unter den fränkischen Kaisern begann sich Rom wieder zu stabilisieren, das Oberhaupt der christlichen Kirche residierte in der Stadt. Giovanni unterbrach seine Erzählung, der Verlust des Status von Rom schmerzte ihn persönlich. In Italien rangierte Ravenna höher als die alte Stadt, neben der derzeit größten, christlichen Metropole Konstantinopel mit vierhunderttausend Einwohnern wirkte die alte Hauptstadt wie ein Dorf. „Aber das römische Imperium kann wieder auferstehen, im Osten hält sich das Reich der Römer und trotzt den Angriffen der Ungläubigen. Der südliche Teil Italiens gehört zum Reich Konstantinopels", erzählte Giovanni laut. Aufgrund der schwindenden Bewohneranzahl konzentrierten sich die dichtbevölkerten Teile der Stadt am Tiberufer, Marsfeld und Borgo. Die anderen Teile lagen brach, auch die Überreste des alten Roms. Der Vatikan und die Engelsburg lagen im Borgo und stellten die Eckpfeiler des päpstlichen Machtanspruchs dar. Dieser dichtbevölkerte Teil wurde von einer anderen Mauer umgeben, der Leoninischen Mauer, die unter Papst Leo IV. mithilfe der fränkischen Könige erbaut wurde. Sie schützte diesen Teil und damit den eigentlichen Machtbereich in der Stadt. In den unbewohnten Teilen sammelten sich die Menschen um große Kirchen wie der Lateranbasilika und der Basilika Santa Maria Maggiore. Dort entstanden Siedlungen, die den brachliegenden Teil ergänzten. Diese Dörfer wurden unterbrochen durch große Landschaftsflächen innerhalb der Aurelianischen Mauer, die von den Bewohnern für den Anbau von Getreide genutzt wurden. Der Hafen von Rom lag flussabwärts, die Stadt hieß Ostia. Giovanni erzählte davon, dass das Geschlecht der Crescentier, dem er zugeordnet wurde, lange Jahre die Vorherrschaft über die Stadt und ihre Einkünfte innehatte. Doch Korruption und Machtgier führten zu einem offenen Konflikt mit dem Geschlecht der Tuskulaner, die sich als kaisertreu erwiesen. Mit Hilfe vom deutschen Kaiser Heinrich II. gelang es dieser Familie, die stadtrömisch gesinnten Crescentier aus ihren Machtpositionen in Rom zu vertreiben. Diese mussten sich auf ihre Landburgen in den Sabiner Bergen zurückziehen. Dieses Gebiet lag zwei Tagesmärsche östlich von Rom. Die herrschende Familie der Tuskulaner stellte einige Päpste. „Derzeit ist der junge Benedikt IX. als Papst eingesetzt. Er ist zwar erst achtzehn Jahre alt, aber ich habe große Hoffnung, dass er die Konflikte beenden oder zumindest mildern kann. Dabei pflegen die Familien teilweise verwandtschaftliche Beziehungen. Es gibt noch die Oktavianer und Stephanier im Bereich Roms, auch diese sind verwandt. Keiner besitzt einen tatsächlichen Überblick über die komplexen Familienstrukturen. Jedenfalls führt derzeit der alternde Alberich III. als Graf von Tusculum und des Laterans diese Familie. Sein Sohn Gregor unterstützt ihn dabei, er ist der ältere Bruder des Papstes." Giovanni verstummte und schüttelte den Kopf. „Es geht immer um Machtstreben und

Machterhalt, die christliche Kirche wird für die eigene Familie missbraucht. Viele Pilger kommen in die Stadt, neben Jerusalem und Santiago de Compostela ist Rom die wichtigste Pilgerstadt. Daraus resultieren viele Einnahmen, die die Obrigkeit in ihren Prunk und Mätressen steckt." Er erzählte von einer falschen Entwicklung der christlichen Kirche unter diesem Einfluss, aber auch von unnötigen, ständigen Kämpfen der rivalisierenden Familien, wobei keiner genau wusste, wo er zugehörig zu sein schien. „Ich entstamme einem unbedeutenden Nebenzweig, auch der Tuskulaner Dino gehört nicht zur obersten Schicht seiner Familie. Er nutzt den alten Konflikt, um eine persönliche Rache an Emilia durchzuführen, die anderen interessiert es nicht. Es gibt ständig solche kleinen Fehden. Normannen und Langobarden nutzen dies, um als Söldner gut zu verdienen. Derzeit ist keine gute Zeit für unsere alte Stadt", sagte er resignierend. Emilia legte ihm die Hand auf die Schulter, er ergriff sie. Nael senkte den Kopf, Isabella beobachtete ihn. „Welcher Familie gehörst du an, Emilia?", fragte sie laut. Die dunkelhaarige Schönheit blickte sie lange an, dann begann sie zu sprechen. „Ich entstamme einer Kaufmannsfamilie, die ein Handelsgeschäft am Marsfeld betreibt, in der Nähe des Tiberufers. Sie hält sich aus den Zwistigkeiten der großen Familien heraus, liegt aber im Einflussgebiet der Tuskulaner." Isabellas Neugier erwachte. „Warum hast du Giovanni genommen, Emilia?" Die Angesprochene hielt sich vorerst mit einer Antwort zurück, sie blickte auf ihren Ehemann. Dieser nickte zustimmend. Emilia erzählte davon, dass sie von Dino und anderen jungen Männern aufgrund ihrer Schönheit hofiert wurde, auch der nicht unwesentliche Reichtum ihrer Familie stellte ein Motiv dar. „Schlussendlich haben zwei Männer um mich geworben, sie haben sich im ähnlichen Alter wie ich selbst befunden. Dino von den Tuskulanern und der etwas ältere Enzo von den Crescentiern. Die beiden eröffneten eine Fehde, in der ich der Preis gewesen bin. Vermutlich trage ich Schuld, da ich die Hofierung durch die Männer genossen habe, aber sie haben es übertrieben. Beide sind zudringlich geworden, mein Vater hat mich gedrängt, Dino zu ehelichen." Sie unterbrach ihre Erzählung und blickte auf ihren Ehemann. „Dann ist Giovanni in mein Leben getreten. Er hat seine erste Frau durch Krankheit verloren. Seine Besonnenheit ist im krassen Gegensatz zu den wilden Zornesausbrüchen der jüngeren Männer gestanden. Ich konnte mit ihm über alles sprechen, das machen wir heute noch. Daraus haben sich starke Gefühle entwickelt." Sie erzählte davon, dass die beiden anderen Männer ihre Absage nicht akzeptieren konnten, aber ihr Vater beendete gemeinsam mit Giovanni die Angelegenheit, in dem er sich an die Familienoberhäupter wandte, Gregor I. von Tusculum und Marcello Crescentius. „Gregor stimmte schließlich zu und hat Dino weitere Annäherungsversuche verboten, auch Enzo musste sich zurückziehen. Giovanni musste viel Geld bezahlen, um mich zu bekommen, aber dies hat er mir erst nachher erzählt", sagte sie lächelnd. „Du bist jeden Solidus wert, meine Liebe", antwortete ihr Ehemann. „Leider vergisst Dino diese Zurückweisung nicht. Er hat mich bereits öfter bedrängt, wenn Giovanni sich auf Geschäftsreise befand." Emilia brach wieder ab, dann erzählte sie weiter. „Einmal habe ich ihm eine Ohrfeige verpasst, nur das Eingreifen von Atanasio hat Schlimmeres verhindert. Seitdem verfolgt er mich mit seinem Hass, obwohl er verheiratet ist." Isabella nickte zu ihren Worten. Nael verfolgte stoisch die Erzählung, er ließ sich keine Regung anmerken. „Was ist mit diesem Enzo, aus eurer Familie?", fragte sie weiter. „Er ist ein erklärter Gegner der Tuskulaner. Mein Mann und er verstehen einander gut, sie tätigen gemeinsam Geschäfte. Er verhält sich normal, hat eine Familie", antwortete Emilia. Sie beendete ihre Erzählung und wandte sich an das Paar. „Was werdet ihr tun, wenn wir in Rom sind?" Emilias geheimnisvolle Augen richteten sich auf beide, aber Isabella merkte, dass das Hauptinteresse bei Nael lag. Sie lächelte still und dachte daran, dass die Liebe zwischen Emilia und Giovanni auf Vertrauen und Verständnis beruhte, es handelte sich um keine große Leidenschaft. Vielmehr erinnerte die Erzählung an Flucht vor der Besitzgier der anderen Konkurrenten und der Sehnsucht nach Ruhe und Sicherheit. Isabella glaubte an starke Gefühle für den Tuskulaner Dino, zumindest in jungen Jahren. Doch dieser erwies sich als Mensch, der seine zukünftige Frau als seinen Besitz betrachtete, was der stolzen, unnahbaren Emilia nicht gefiel. Der zweite Bewerber Enzo schien offensichtlich ein radikaler Vertreter der Familie der Crescentier zu sein, auch dies stieß die schöne Emilia ab. Bei zwei Kontrahenten freut sich oft ein unbeteiligter Dritter, der mit dem älteren, besonnenen Giovanni auftrat, der seine zukünftige Ehefrau mit Verständnis und Respekt umwarb und schließlich den Zuschlag erhielt. Isabella betrachtete die stolze Emilia mit Skepsis. Sie versteckte vieles. Die Asturierin schätzte sie grundsätzlich nicht als zurückhaltend ein. Der ältere Giovanni machte, was sie wollte, sie beherrschte ihn. Ruhe und Verständnis schienen vorteilhafte Eigenschaften eines Partners zu sein, bisweilen erwiesen sie sich aber als langweilig. Die junge Emilia schien oft allein zu sein in ihrem Haus in den Sabiner Bergen. Isabella kannte als Frau die Sehnsucht nach Leidenschaft und die Lust auf körperliche Befriedigung. Die unnahbare Emilia verbarg einige Geheimnisse, dessen war sich Isabella sicher. Sie kritisierte zwar Dino, aber der anständige Enzo wurde nur kurz erwähnt. Möglicherweise existierte eine andere, versteckte Seite der stolzen Emilia. Isabella schätzte sie als sehr leidenschaftliche Frau ein, wie viele Frauen in diesem Land. Möglicherweise erfüllte sie sich ihre triebhaften Wünsche mit dem jüngeren Enzo oder einem anderen Mann, nur Dino dürfte ausgeschieden sein aus ihrer Gunst. Ihre Gedanken wandten sich dem Sänger Bartholomäus zu, aber dieser fiel nicht unter den Typ Männer, den Emilia bevorzugte. Der freiheitsliebende Sänger bot keine Sicherheit und stellte keinen Machtanspruch über andere. Er bot Unterhaltung, und nahm sich, was er wollte. Ärger kam hoch, als sie an den Sänger dachte, obwohl das Lied nachwirkte. Schnell verdrängte sie die Gedanken. Emilia wollte einen Mann haben, der Sicherheit bot und als Mann von anderen gleichgestellten Männern respektiert wurde. Giovanni verlor vor kurzem einen größeren Teil seines Vermögens, dies konnte sich auf die erfolgreiche Fortsetzung der Ehe auswirken. Emilia pochte auf die Sicherung ihres vornehmen Lebensstils, dessen schien sich Isabella sicher zu sein. Während die rothaarige Asturierin ihren Gedanken nachhing, beantwortete der Baske zwischenzeitlich die Frage von Emilia. „Wir werden euch in euer Landhaus bringen, das haben wir zugesagt. Danach werden wir weitersehen. Vermutlich ziehen wir Richtung Süden." Ein Lächeln erschien in Emilias Gesicht, Isabella beobachtete die stolze Römerin. In diesem Moment brach die Überzeugung durch, dass sich die gute Emilia anderer Männer bediente, um sich selbst alle Wünsche zu erfüllen. Dies stellte nichts Verwerfliches dar, viele Männer machten es andauernd, warum sollte nicht auch eine vornehme, wohlbetuchte Frau sich Liebhaber zulegen. Der blonde, vor Kraft strotzende Nael schien ins Visier der arroganten Frau gekommen zu sein. Isabella kannte die Qualitäten des Hünen, die Römerin würde sich freuen über die körperlichen Vorzüge des Basken. Nael sprach mit Giovanni, aber er wandte sich vor allem an Emilia. Offensichtlich waren Gefühle für die Frau entstanden, dies lag vermutlich darin, dass die Mutter und das Kind an seine Vergangenheit erinnerten. Es konnte sein, dass die stolze Emilia den Basken für ihre Zwecke missbrauchte. Isabella gefiel sich in der Rolle der Aufpasserin, auch sie verfügte über eine große Menschenkenntnis. Sie kannte das sündige Verhalten der Menschen beider Geschlechter. Als sie Emilia beobachtete, wusste sie, dass sie richtig lag mit ihrer Einschätzung. Es freute sie, dass sie die handelnden Personen durchschaute. Auch der Sänger Bartholomäus stellte einen Menschen dar, der seine Umgebung richtig einschätzen konnte, mittlerweile erkannte sie dies. Die strahlenden Augen des jüngeren Mannes verwirrten sie kurzfristig, auch das schnell komponierte Lied erfreute sie noch immer. Plötzlich ertönte die Stimme Giovannis. „Was bedrückt dich, Isabella? Du sprichst nichts." Die Angesprochene blickte auf. Aufgrund der überraschenden Frage fiel ihr nur der Sänger ein. „Ich denke an den Gaukler und sein Lied, lieber Giovanni." Der Römer nickte. „Er hat eine wunderbare Stimme und kann mit den besten Sängern am Hof des Papstes mithalten", sagte er beeindruckt. Isabella empfand Sympathien für den Vierzigjährigen, sie verstand Emilias Entscheidung für eine Ehe mit dem intelligenten Mann. „An was denkst du, liebe Isabella?", fragte Emilia. Die Frage wirkte normal, aber in den Augen der Römerin blitzte kurz Interesse auf, welche Gedanken die Asturierin beschäftigten. Isabella lächelte. „Ich denke daran, dass ich mir beim nächsten Mal das Lied persönlich vorsingen und mich danach von seinen anderen Qualitäten bei Frauen überzeugen lasse, liebe Emilia." Die Römerin lachte, ihr gefiel die Antwort. „Das ist eine gute Idee, dann weißt du mit Bestimmtheit, ob er ein Scharlatan ist", sagte Giovanni lachend. Isabella zeigte auf Nael. „Der Baske wird mir zu alt und langweilig. Ich werde ihn wechseln müssen", sagte sie süffisant. Dessen Blick traf Isabella, die entschuldigend ihre Schultern hob. „Er wird keine Mühe haben, Ersatz zu finden", antwortete Giovanni grinsend. Isabella blickte auf die Römerin, deren Blick auf Nael lastete. Das Interesse schien mittlerweile offensichtlich zu sein, aber ihr Ehemann bemerkte es nicht oder negierte es. Vielleicht wusste er von Affären seiner jungen Gemahlin, verzichtete aber auf Konsequenzen. „Es gibt keine ewige Leidenschaft, Giovanni. Neue Menschen tauchen auf, die Sehnsüchte wecken können. Ich werde diesen Sänger einfach ausprobieren", sagte Isabella grinsend und erntete Gelächter von Giovanni und Emilia. Nael enthielt sich Wortspenden, er verfiel wieder in die Rolle des schweigsamen Einzelgängers. Die Familie kannte mittlerweile die Herkunft der beiden, nur ihre zurückliegenden Ereignisse, die ihre Welt erschütterten, blieben geheim. Bald darauf kehrte Nachtruhe ein, Nael übernahm die erste Wache und starrte auf das erlöschende Feuer. Er dachte an die stolze Emilia, die andere Gefühle weckte als Isabella. Sie stellte die erste Frau seit Alva dar, die ihn interessierte. Mit Isabella gab es eine Verbindung über ihre zurückliegenden Ereignisse, sie kamen gut miteinander aus und pflegten eine Beziehung, weil sie keine anderen Menschen wollten. Mittlerweile änderte sich die Situation, denn die schöne Emilia erweckte sein Interesse. Er glaubte, auch bei ihr Interesse zu erkennen, aber sie führte eine glückliche Ehe. Nael wusste nicht, warum diese Frau ihn mittlerweile faszinierte, möglicherweise lag es an der Konstellation von Mutter und Kind, die an seine Familie erinnerte. Er schützte sie vor Angreifern, der Junge mochte ihn, redete ständig mit ihm. Emilia gab sich unnahbar und blieb auf Distanz, sie sprachen das Notwendigste, nur mit Giovanni unterhielt er sich länger. Sie wirkte einerseits schutzbedürftig, andererseits sehr distanziert. Es entstand eine neue Situation in seinem Leben, die er nicht einschätzen konnte. Nael wollte sich auf sein Versprechen konzentrieren, die Familie sicher zum Landhaus zu bringen. Der Umgang mit aristokratischen Frauen war ihm fremd, er konnte sich nicht gewählt ausdrücken wie der Sänger Bartholomäus, der dies zu seinem Vorteil nutzte. Er lehnte sich an einen Baum und blickte in den Nachthimmel Italiens. Das Land präsentierte sich tagsüber wunderschön, der Baske mochte die Toskana oder Etrurien, wie es früher genannt wurde. Er dachte an die Stadt Rom, die ihren Höhepunkt weit hinter sich hatte, aber trotzdem stellte sie noch immer ein wichtiges Machtzentrum der christlichen Welt dar. Ab dem nächsten Tag schien wieder oberste Vorsicht geboten zu sein, denn sie begaben sich in den Machtbereich der Tuskulaner, dem der rachsüchtige Dino angehörte. Giovanni wollte den dichtbesiedelten Teil nicht betreten und sich der Siedlung um die Lateranbasilika aus einer anderen Richtung nähern. Über die Via Flaminia und dem nördlichen Tor sollte es nach Süden gehen, die Lateranbasilika lag in der Nähe des Hügels Caelius am Rande der Aurelianischen Mauer. Mittlerweile befanden sie sich in der dritten Woche des fünften Monats, das Wetter war mild. Der Baske stellte sich auf alle Möglichkeiten ein. Wenn das Ende seines Weges gekommen war, würde er es akzeptieren. Dann könnte er zu Alva und Björn gehen. Er blickte in den Himmel, die Sterne leuchteten am Firmament, und glaubte, das Antlitz von Alva zu erkennen. Aber ein anderes Bild drängte sich hinein, jenes von Emilia, der unnahbaren Römerin. Nael schüttelte sich und konzentrierte sich auf seinen Wachdienst. Er wollte keine Fehler machen, angesichts seiner möglichen Feinde erschien dies dringend notwendig.

Am nächsten Tag näherten sie sich der alten Stadt über die Via Flaminia. Diese Straße existierte seit uralten Zeiten und verband Rom mit der Adriaküste im Osten. Sie wurden kontrolliert, aber Giovanni schien bekannt zu sein, anstandslos passierten sie das nördliche Tor und fuhren unter der Aurelianischen Mauer hindurch. Der Namen stammte vom römischen Kaiser Aurelian, unter dessen Regentschaft die erste Bauphase startete. Sie wurde als Ergänzung zur weit älteren Servianischen Mauer erbaut, die der stetig steigenden Einwohnerzahl der Hauptstadt eines riesigen Imperiums nicht mehr gerecht wurde. Auch von dieser Mauer existierten Überreste. Die älteste Siedlung Roms, die sogenannte Roma Quadrata, lag auf dem Hügel Palatin und einem seiner

Erhebungen Germalo. Diese Siedlung wurde der Legende nach vom Stadtgründer Romulus eingerichtet, später wurde die Servianische Mauer unter König Servius Tullius errichtet. Diese umschloss alle sieben Hügel Roms – Aventin, Caelius, Palatin, Esquilin, Kapitol, Viminal und Quriinal. Am Höhepunkt der Kaiserzeit verfügte die Stadt über eine Million Einwohner, deshalb wurde die Aurelianische Mauer errichtet, da es Befürchtungen gab, germanische Stämme könnten die uralte Stadt angreifen. Mittlerweile umfasste diese Mauer eine Länge von dreizehn römischen Meilen und war schwer zu verteidigen, trotz ihrer fast vierhundert Wehrtürme. Die Mauer verfügte über achtzehn Tore. Ergänzt wurde sie am jenseitigen Ufer des Flusses Tiber durch die Leoninische Mauer, die unter Papst Leo IV. errichtet wurde, um den Vatikan und die Engelsburg zu schützen. Innerhalb dieser Mauer lag das neue Machtzentrum der Stadt, das Viertel wurde Borgo genannt, dazu kam das Marsfeld, das am gegenüberliegenden Tiberufer lag. Die derzeit zwanzigtausend Einwohner lebten zum größten Teil in diesem Bereich, die anderen Bewohner siedelten im anderen Teil innerhalb der Aurelianischen Mauer. Größere Siedlungen gab es um die Lateranbasilika und die Kirche Santa Maria Maggiore. Sie bewegten sich geradeaus Richtung Kapitol und Palatin. Rechts von ihnen erhob sich am jenseitigen Ufer die Engelsburg, sie diente als Fluchtburg der Päpste und wurde ständig genutzt. In diesem Gebäude residierte das Geschlecht der Tuskulaner mit ihrem Papst. Sie kamen an den Überresten des alten Roms vorbei, dem Forum Romanum, den Ruinen der Paläste der ehemaligen Kaiser des Imperiums und am gewaltigen Kolosseum, der antiken Kampfstätte. „Es ist eine

Schande, was aus dieser Stadt geworden ist. Hier hat sich das Zentrum der Welt befunden und jetzt ist es zu einem Spielplatz machtbewusster und eitler Menschen geworden", klagte Giovanni. Nael merkte dem Römer an, dass ihn der bauliche und hierarchische Verfall naheging. Das Kolosseum war trotz der Schäden ein beeindruckendes Zeugnis der ursprünglichen Größe des Weltreichs, das von dieser Stadt seinen Ausgang nahm. Hier kämpften jahrhundertelang Gladiatoren aus allen Teilen des Reiches um ihr Leben, zur Belustigung der römischen Volksmassen, es musste sich um gewaltige Schauspiele der Macht gehandelt haben. Auf der linken Seite lagen die Überreste der Trajansthermen. „Er ist der Größte aller Kaiser gewesen, ein Mann von unglaublicher geistiger Größe, der das Reich zu seinem Höhepunkt geführt hat", schwärmte Giovanni laut. Nael hörte dem Mann gerne zu, er konnte gut erzählen und schien ein begeisterter Römer zu sein. Seine Frau Emilia schienen die historischen Reste vergangener Größe wenig zu interessieren. „Du redest von einer Zeit, die es nicht mehr gibt, Giovanni. Diese Stadt ist zum Spielball der deutschen Kaiser und römischer Patrizierfamilien geworden. Du musst endlich in der Gegenwart ankommen", sagte Emilia laut. Sie wirkte verärgert, die Lobgesänge auf die Historie Roms kannte sie zur Genüge, das Verhalten ihres Mannes schien ihr nicht angebracht. „Du kannst den beiden viel erzählen über das alte Rom, es existiert nicht mehr. Wir müssen uns konzentrieren, dass wir nicht alles verlieren!", rief sie laut. Überrascht blickte der Baske auf die bisher distanziert wirkende Emilia. Sie schien tatsächlich verärgert zu sein, obwohl ihr Mann den Neuankömmlingen nur die historischen Grundlagen der Stadt erklärte. „Giovanni erzählt uns, wie es in der Stadt aussieht und von ihrer großen Vergangenheit. Es ist gut, dass wir erfahren, was es damit auf sich hat. Wir verstehen das Denken der Einwohner besser", sagte der Baske ruhig. Isabella nickte zu seinen Worten. Sie kannten die Stadt und ihre Einwohner nicht, deshalb erschienen informative Erzählungen wichtig, um das Ganze in einem größeren Zusammenhang zu sehen. Doch Emilia schien dieser Geschichten überdrüssig zu sein. Sie blickte nach vorne und wirkte verärgert, antwortete aber nicht auf Naels Einwand. Isabella lächelte. Das Interesse der schönen Emilia galt wohl mehr dem finanziellen Auskommen und der Erhaltung ihres Lebensstils als philosophischen Betrachtungen vergangener Größe. Der Baske blickte auf Isabella und zuckte mit den Schultern. Die rothaarige Asturierin gab keine Wortspende von sich, aber sie erkannte, dass ihr Kampfgefährte der mysteriösen Römerin immer mehr zugetan war. Diese Frau erschien gefährlich und spielte mit Männern. Normalerweise würde dies Isabella nicht interessieren, auch die Ehe und deren Liebschaften nicht, aber Nael stellte einen geradlinigen, offenen Mann dar. Sie mochte den Basken, nicht als Mann für das Leben, aber als Freund und loyalen Gefährten. Jeder vertraute Mensch konnte sich auf diesen blonden Hünen verlassen. Der Umgang mit Frauen behagte ihn weniger, er kannte Wikingerfrauen. Sie lebten und handelten anders als eine arrogante, intrigante Frau aus einer gutbetuchten römischen Kaufmannsfamilie. Giovanni stellte offensichtlich das Sprungbrett für ihren Einzug in die höchsten Kreise Roms dar. Isabella erkannte aber nicht den Sinn hinter ihrer Entscheidung, denn sie entschied sich für einen älteren Mann aus der Familie, die den Machtkampf gegen die

Tuskulaner verlor. Der arrogante Dino aus diesem Geschlecht erhob vor längerer Zeit Anspruch auf Emilia, aber es musste etwas vorgefallen sein, dass sie sich gegen ihn entschied. Möglicherweise wollte sie ihm zeigen, dass sie ihn nicht brauchte. Der verständnisvolle Giovanni erschien wie eine Ersatzlösung. Isabella wollte Vorsicht walten lassen bei dieser Frau und den Basken rechtzeitig warnen. Endlich gelangten sie zur Lateranbasilika. Sie stellte die ranghöchste der vier römisch-katholischen Kirchen in der Stadt dar, neben der Kirche des heiligen Petrus, des heiligen Paulus und der Kirche Santa Maria Maggiore. Hier wurden die Päpste gekrönt. Der korrekte Name lautete „Erzbasilika des allerheiligsten Erlösers, des heiligen Johannes des Täufers und des heiligen Johannes des Evangelisten im Lateran", benannt wurde sie nach den ursprünglichen Eigentümern, der römischen Familie der Plautier vom Lateran. Sie wurde in den letzten Jahrhunderten oft geplündert, auch ein Erdbeben beschädigte die Kirche schwer, aber die Bewohner bauten sie immer wieder auf. Emilias negative Sicht über die Stadt stimmte nicht in dieser Form, die Bewohner glaubten an ihre Stadt, der Neuaufbau dieser Kirche bewies es. Auf dieser Seite des Tibers erkannten sie große landwirtschaftliche Flächen, die von Kirchen unterbrochen wurden, um die sich kleine Siedlungen bildeten. Obwohl es eine große Mauer gab, die dieses Gebiet umschloss, wirkte es wie eine Landschaft aus der Provinz. Es gab Höfe, aber auch größere Häuser in den Siedlungen. Die Erleichterung Giovannis zeigte Isabella und Nael, dass sie ihr Ziel erreichten. Der ergraute Vierzigjährige enthielt sich seit Emilias Ärger weiterer Wortmeldungen, aber er schien nicht verärgert zu sein. Sie besaß die

Herrschaft in dieser Ehe, dies erschien offensichtlich. Ihr Ehemann erwies sich als rücksichtsvoller Mensch, dessen Nachgiebigkeit seine Schwäche darstellte. Andere Ehemänner wären verärgert, wenn ihre Gattin sie vor anderen Menschen bloßstellte, aber ihm schien dies nichts auszumachen. Nael blickte sich um, die Landschaft innerhalb der Stadt gefiel ihm, die flachen Hügel boten einen schönen Anblick. Giovanni hob die Hand und ließ anhalten. Sie hielten vor einem einstöckigen Haus, in dessen Erdgeschoss sich der Eingang zu einem Geschäft befand, aber es schienen keine Kunden vorhanden zu sein. Er stieg ab und rief einige Namen, auch Atanasio schüttelte verständnislos den Kopf. Sie führten die Pferde und den Wagen durch ein kleines Tor in einen großen Hof, von dem man aus das Haus betreten konnte. Aus dieser Sicht erschien es weit größer, als beim ersten Anblick. „Was ist hier los?" Giovannis Worte hallten über den Hof, er wirkte überrascht. Emilias Verhalten zeigte nicht, ob sie vom verlassenen Gebäude betroffen war. Sie stieg gemeinsam mit ihrem Sohn Marco vom Wagen. Plötzlich ertönte eine Stimme. „Papa!" Ein Junge von fast vierzehn Jahren stürmte aus dem Haus und lief Atanasio entgegen, die beiden umarmten einander. Dann gingen sie zu Giovanni. Der Junge verneigte sich vor ihm. „Was ist hier los, Pietro? Wo sind die anderen?" Der Angesprochene zuckte entschuldigend mit den Schultern. „Es sind alle gegangen, als Signore Enzo das Geschäft geschlossen hat. Das ist vor zwei Tagen gewesen, wir haben seit ihrer Abfahrt keine Waren mehr bekommen. Aber er hat alle mitgenommen, sie helfen auf seinem Anwesen. Ich habe abgelehnt und bin hiergeblieben", antwortete der Junge laut. Giovannis

Überraschung verwandelte sich in einen Schockzustand, die Nachricht wirkte wie ein Keulenschlag auf den sympathischen Mann. „Ich verstehe das nicht. Enzo hat gesagt, dass er alles tun werde, das Geschäft zu erhalten, zumindest bis ich wiederkomme." Seine Stimme zeigte die Betroffenheit über die Situation, er schüttelte verständnislos den Kopf. Nael empfand Mitleid mit dem Mann, er stand offensichtlich vor dem Scherbenhaufen seines Geschäfts. „Wir haben alles verloren. Enzo hat es dir bereits mehrmals gesagt, dass die hohen Investitionen in die Erweiterung Richtung Neapel falsch gewesen sind. Du hast versagt, Giovanni." Emilias Stimme klang wütend und verächtlich. Sie nahm keine Rücksicht auf ihren Mann und stellte ihn vor dem eigenen Sohn bloß. Der Angesprochene drehte sich um und blickte seine Ehefrau betroffen an, er zeigte einen bemitleidenswerten Eindruck. Der kleine Marco blickte verunsichert auf seine Eltern. „Es tut mir leid, meine Liebe. Aber Enzo hat versprochen, mit Entscheidungen zu warten, bis wir wiederkommen. Du bist beim Gespräch dabei gewesen." Sie zuckte mit den Schultern. „Du kennst deinen Cousin. Er macht nichts Unüberlegtes, anscheinend ist es notwendig gewesen. Die Tuskulaner wollen in der Umgebung der Basilika alles übernehmen, was von Wert ist, auch unser Haus. Offensichtlich hat Dino mit seinen langjährigen Bemühungen, uns zu schaden, Erfolg." Der Baske blickte sich um. Er wollte nicht eingreifen, der Streit ging ihn nichts an, obwohl er das Verhalten von Emilia nicht verstand. Sie kritisierte Giovanni offen und ohne Scheu, dies entsprach nicht dem Verhalten einer rücksichtsvollen und liebenden Ehefrau. Aber sie wirkte in ihrem Zorn unglaublich attraktiv, ihr schönes

Gesicht zuckte und ihre dunklen Augen versprühten Zorn. Der kleine Marco äußerte sich leise, aber die Römerin wies ihn scharf zurecht. Giovanni legte die Hand auf die Schulter von Pietro, während sein Vater Atanasio seine Herrin mit einem vorwurfsvollen Blick bedachte. Diese schien das nicht zu interessieren. „Ich danke dir, dass du geblieben bist, Pietro. Du bist der wahre Sohn deines Vaters", sagte er leise, der Junge nickte dankbar. „Du solltest dich mehr darum kümmern, deiner Familie den Lebensunterhalt zu sichern, anstatt unserem Gesinde für etwas dankbar zu sein, was ihr Auftrag ist. Sie werden dafür bezahlt, mein Lieber", erklang die süffisante Stimme Emilias. Giovanni drehte sich um. „Du weißt genau, dass Atanasio und seine Familie etwas anderes sind als Angestellte. Sie handeln als Freunde, so betrachte ich sie auch." Mittlerweile ließ der Schock nach und er wirkte gefestigter, dies merkte auch Emilia. Sie lächelte plötzlich. „Natürlich kenne ich die Verdienste dieser Familie, aber es hilft uns in unserer Lage derzeit nicht. Wenn wir kein Geld haben, werden auch sie uns verlassen", antwortete sie bestimmt. Dies erregte den Zorn des ansonsten ruhigen und schweigsamen Atanasio. „Sie wissen, dass meine Familie das nie machen wird, Signora Emilia. Pietro ist geblieben, wie wir alle", sagte er erregt. Isabella beobachtete die schöne Emilia. Diese passte ihr Verhalten der jeweiligen Situation schnell an. Emilia hob die Hände. „Du musst mich entschuldigen, Atanasio. Ich bin schockiert über den Zustand unseres Hauses, meine Worte sind zu unbedacht gewesen. Pietro hat wie ein wahrer Mann gehandelt, wie Signore Giovanni gesagt hat." Ihre Augen wirkten harmlos, ein Lächeln verschönte ihr Gesicht, dem sich der treue Atanasio nicht entziehen konnte. Er nickte und schlug seinem Sohn auf die Schulter. Emilia und Marco verschwanden im Haus, während Pietro und Atanasio die Pferde und den Wagen versorgten. Giovanni wandte sich an Nael und Isabella. „Ich muss erst die Situation überprüfen, aber es sieht aus, als ob ich euch derzeit nicht bezahlen kann für euren Schutz. Aber ich werde euch das Geld geben." Verzweiflung klang aus der Stimme des Mannes. In Isabella kam Mitleid hoch. Ein sympathischer Mensch verkalkulierte sich offensichtlich und stand vor den Trümmern seiner Existenz. Dies passierte täglich, oft gab es Tote dabei, vor allem bei Menschen aus unteren Bevölkerungsschichten, die der Willkür von Adel und Söldnern ausgeliefert waren. Aber es gab ein Landhaus östlich der Stadt, die Familie besaß ein Heim. Die Reaktion der Ehefrau fand Isabella weit überzogen, aber sie basierte vermutlich auf den Ansprüchen der schönen Emilia an das Leben. Eine liebende Frau stand hinter ihrem Mann, zuvor stellte sie ihn vor allen anderen bloß. Es existierte offensichtlich keine Liebe zu ihm, zeitweilige, zärtliche Gesten während der Reise schienen offensichtlich gespielt zu sein. Isabella sprach dies offen an. „Deine Frau verhält sich nicht korrekt, lieber Giovanni, egal was passiert ist." Plötzlich schüttelte der Angesprochene energisch den Kopf. „Ich habe Emilia ein gutes Leben versprochen, sie ist enttäuscht. Wir lieben uns und haben bereits viele Krisen überstanden. Es passt zwischen uns." Überrascht riss die Asturierin die Augen auf. Der Mann schien mit Blindheit geschlagen zu sein, aber dies gab es. Naels Blick fiel auf Isabella, er wirkte verärgert, aber er enthielt sich vorerst einer Wortmeldung. Er wandte sich an Giovanni. „Wenn du einverstanden bist, bleiben wir hier. Du brauchst uns nicht zu bezahlen, wie ich bereits gesagt habe." Die Stimme des hünenhaften Basken klang ruhig und fest. Der Römer lächelte und ergriff dankbar die Hand. „Im Haus gibt es Zimmer im Erdgeschoss, sucht euch eines aus. Derzeit sind nicht viele Menschen hier", sagte er sarkastisch und lachte. Danach verschwand er im Haus. Isabella blickte ihm kopfschüttelnd hinterher. „Was geht es dich an, wie sich seine Frau verhält? Er wird besser wissen, wie Emilia ist!", ertönte Naels Stimme. Ärger stand in seinem Blick, das Verhalten von Isabella gefiel ihm nicht. Diese wurde von Zorn ergriffen über die männliche Kurzsicht. „Diese schöne Frau spielt mit Männern. Sie hat ihren Ehemann im Griff und will gut leben. Wenn dieser Mann finanziell fertig ist, wendet sie sich von ihm ab. Vermutlich betrügt sie ihn schon länger, denn sie will ein gutes und interessantes Leben führen." Naels Augen verengten sich, er verfügte über eine andere Meinung über Emilia. „Wie kommst du auf diesen Unsinn? Diese Frau entstammt einer hohen, gesellschaftlichen Ebene. Natürlich lebt sie anders, aber dich hat offensichtlich der Neid ergriffen. Sie ist intelligent, gebildet, schön und kann sich benehmen. Das widerspricht deinen Vorstellungen einer Frau", antwortete er laut. Isabella trat einen Schritt zurück angesichts der bedrohlichen Haltung des Hünen. Sie lag richtig mit ihrer Einschätzung, dass der Baske an der Römerin Gefallen fand, aber die Wirkung schien tiefer zu gehen, als sie es zuvor erkennen konnte. Wild schüttelte sie den Kopf. „Was ist los mit euch Männern? Du willst mir das Verhalten einer Frau erklären? Das ist zum Lachen. Die einzigen Frauen, die du besser kennst, entstammen den nördlichen Inseln und einer lebensfeindlichen Umgebung. Sie verhalten sich anders als diese eingebildete Frau, die es gewohnt ist, dass alle Männer sie hofieren. Emilia nutzt ihre Vorzüge, um daraus Vorteile zu schöpfen." Sie unterbrach ihre Rede, denn der Zorn überkam sie gewaltig, dann setzte sie fort, bevor Nael antworten konnte. Der ruhige Baske konnte mit der redseligen Asturierin beim Diskutieren nicht mithalten. „Sie hat bereits Interesse an dir signalisiert. Ein starker, hünenhafter Kämpfer, der alles für sie tut, das würde passen. Du bist bereits als Opfer ausgemacht, du Idiot!", rief sie laut. Ihre Haltung wirkte angriffslustig. Nael schüttelte verständnislos den Kopf. „Ich weiß, was ich tue", antwortete er nur. Dann drehte er sich um und näherte sich dem Eingang des Hauses. Isabellas Zorn ging nur langsam zurück, ihre Blicke folgten dem Hünen. „Ich weiß, was ich tue", ahmte sie ihn nach. „Sie reagieren nur mehr triebhaft, wenn ihnen eine schöne Frau Hoffnungen macht", sagte sie laut zu sich selbst. „Irgendwie ist dieses dümmliche Verhalten gut für uns Frauen, denn ansonsten machen die Idioten, was sie wollen. Er soll in ihre Fänge geraten und sie soll ihn aussaugen wie eine Spinne", führte sie ihre Gedanken weiter aus. Langsam verrauchte ihre Wut, schlussendlich war es sein Leben. Vielleicht irrte sie sich, aber diesen Gedanken verwarf sie gleich wieder. Sie näherte sich langsam dem Eingang, der vom Hof zu den Räumlichkeiten führte. Als sie die zwei Stufen hochstieg, erblickte sie Emilia. Diese stand verborgen hinter einer Säule und war vom Hof zuvor nicht zu sehen. Die beiden Frauen blickten sich an und maßen sich mit Blicken. Plötzlich lächelte Emilia. „Ich habe euren Streit gehört, auch mein Mann und ich haben im Haus weiterdiskutiert, aber es passt wieder. Zuvor bin ich aufgebracht gewesen, weil er nicht auf mich gehört hat, als er unser Geld falsch investiert hat." Isabella blickte die Römerin an. „Du kannst den Männern erzählen, was du willst, Schwester. Sie hofieren dich und du nutzt dies zu deinem Vorteil. Das finde ich gut, denn die Männer nutzen uns ständig aus." Sie trat einen Schritt näher, unbeeindruckt blieb Emilia stehen, der Glanz ihrer Augen veränderte sich. „Nael hat seine Frau verloren und leidet noch immer. Er hat im hohen Norden gelebt, wo sich Frauen, selbst aus der gehobenen Schicht, anders verhalten wie im angeblich kultivierten Rom." Sie unterbrach ihre Rede und beobachtete ihre Gegenspielerin. Diese hob den Kopf, sie wirkte amüsiert. „Ich habe nicht vor, ein Paar auseinanderzubringen. Zudem bevorzuge ich Männer mit Benehmen und Kultur, meine Liebe." Isabella nickte zu ihren Worten. „Nael und ich sind kein Paar, aber wir sind Freunde. Er ist mehr wert als die ganzen Männer, mit denen du bisher im Bett gewesen bist. Denn Giovanni ist dein Ehemann, aber nicht dein einziger Mann in deinem Leben, meine Liebe", antwortete die Asturierin süffisant. Emilia hob ihre Augen und senkte sie gleich wieder, dann schüttelte sie den Kopf. „Eine Frau als Kriegerin ist selten, aber du besitzt eine hohe Intelligenz. Du solltest deine Art zu leben ändern. In der Gesellschaft Roms kannst du es weit bringen, ich kann dir helfen mit Ratschlägen für gutes Benehmen", sagte sie. Das Angebot wirkte auf Isabella ernstgemeint. Sie überlegte länger, während sich die Frauen mit den Augen fixierten. Die stolze Emilia schien über eine starke Persönlichkeit zu verfügen, dies machte sie, in Kombination mit ihren anderen Vorzügen, sehr gefährlich. Solche Frauen gab es im hohen Adel, sie erwiesen sich oft als sehr risikoreich für ihre

Umgebung. Isabella schüttelte den Kopf. „Ich habe keinen Bedarf an der Gesellschaft verweichlichter Männer, liebe Emilia. Wir werden euch zum Landhaus begleiten und danach verschwinden, damit ist Nael vor dir sicher." Emilia lachte. Sie schien weiterhin unbeeindruckt von der rothaarigen Kriegerin zu sein und zeigte keine Furcht. „Das Schicksal geht seine eigenen Wege, liebe Isabella. Du kannst nicht alles voraussehen. Dein Interesse für den Sänger ist offensichtlich gewesen, auch er wirkt nicht wie der größte Kämpfer unter Gottes Sonne", antwortete die Römerin süffisant. Sie kannte solche Unterhaltungen und genoss die Diskussion mit der rothaarigen Asturierin. Diese schüttelte angesichts des Verhaltens der Römerin den Kopf, aber auch sie erwies sich als talentiert im Umgang mit Menschen aus allen Schichten. „Der Sänger hat mich nie interessiert, Emilia. Aber Nael ist von Interesse für dich. Ich kenne deine Feinde und Freunde nicht, aber einen Leibwächter wie den Basken findet eine Frau selten in dieser Welt", antwortete sie lächelnd. Die Römerin neigte den Kopf zur Seite, sie wirkte beeindruckt von Isabellas Unterhaltungstalent. „Ich muss mich bei dir entschuldigen, denn ich habe dich unterschätzt, liebe Isabella. Nael ist ein großartiger Kämpfer, allein seine Präsenz wirkt auf viele andere Männer. Aber ich habe Schutz genug, er gehört dir. Wir werden sehen, was das Schicksal uns beschert", antwortete die Römerin. Isabella glaubte ihr nicht. Der Baske lebte nach Ehrbegriffen, diese Familie stand unter seinem Schutz. Emilia erkannte mit ihren Fähigkeiten die besonderen Talente des Hünen, zudem versteckte sie hinter ihrer Fassade eine große Gier nach Leben und Lust. Nael konnte der Frau alle Wünsche erfüllen. „Ich hoffe, du hilfst dem

Schicksal nicht nach und präsentierst ihm deinen wunderschönen Körper als Geschenk für treue Dienste", sagte Isabella süffisant. Emilia hob entschuldigend die Schultern, sie wirkte vergnügt und lachte plötzlich. Dann neigte sie kurz ihren Kopf. „Ich freue mich auf weitere Gespräche mit dir, Isabella. Wie gesagt, mein Angebot steht, dich Männern der römischen Gesellschaft vorzustellen. Da ihr kein Paar seid, wäre dies möglich. Nael geht seinen eigenen Weg, dessen bin ich mir sicher, meine Liebe." Anschließend verschwand sie im Haus. Isabella schüttelte den Kopf. „Eine gefährliche Frau. Sie nimmt ihm sein Geld vielleicht auch noch ab. Ich muss mit dem Basken reden", sagte sie zu sich selbst, anschließend folgte sie der Römerin. Im Erdgeschoss des Hauses gab es im hinteren Bereich tatsächlich leere Zimmer. Sie fand Nael in einem davon. Er lag auf einem mit einer Strohmatratze belegten Bett. Isabella stellte ihren Rucksack ab, dann wandte sie sich an ihn. „Nael, du musst vorsichtig sein bei dieser Frau. Es ist dein Leben, aber sie ist wie ein Spinne, die auf Opfer lauert. Du bist nicht sehr erfahren im Umgang mit dieser Art Frauen." Sie sprach alles offen an, dies entsprach ihrem Typ. Der Baske blickte die rothaarige Frau lange an. „Es ist in Ordnung, dass du dir Sorgen machst, aber ich denke, ich kann die Situation einschätzen. Ich habe nicht vor, mit dieser zugegebenermaßen schönen Frau etwas anzufangen. Sie ist verheiratet, wo soll das hinführen? Es ergibt keinen Sinn, was du sagst. Sie braucht mich nicht." Isabella hob die Hände, er schien sich alles überlegt zu haben, wirkte ruhig. Die Asturierin nickte und wollte sich zu ihm legen, aber er schüttelte den Kopf. „Ich habe mir das überlegt. Es macht keinen Sinn mehr, dass wir ein Paar darstellen, das wir nicht sind." Überrascht hob Isabella den Kopf. „Es gibt andere Zimmer, du solltest dir eines davon nehmen. Vielleicht suchst du den Sänger, er hat ein Lied für dich komponiert und dir offensichtlich gefallen. Er ist ein Spaßvogel und würde zu dir passen. Ihr besitzt beide ein Redetalent." Isabella stand vor dem Bett und schüttelte den Kopf. „Ich werde mir ein Zimmer suchen und dich zum Landhaus begleiten, danach werden wir sehen. Aber bis dahin bleibt mir mit euren Ratschlägen punkto Männer fern." Sie wirkte verärgert, aber akzeptierte Naels Vorschlag. Schlussendlich schien es von Beginn ihrer Beziehung an nur eine Frage der Zeit zu sein, bis sie sich wieder voneinander lösten. Sie erreichten ihr gemeinsames Ziel und verloren das gegenseitige Interesse an weiteren körperlichen Kontakten. Isabella nickte kurz, anschließend verschwand sie mit ihrem Gepäck. Der Baske blickte lange auf die Tür. Er verzichtete auf weitere Liebesspiele, sie blieben aber vorerst Kampfgefährten. Die Entscheidung zur Lösung ihrer intimen Beziehung reifte bereits auf der Reise nach Rom. Er gestand sich ein, dass es mit der schönen Emilia zu tun hatte, obwohl er diese nie erreichen würde. Sie entstammte einer kultivierten, gehobenen Gesellschaft einer Stadt, die als eine der wichtigsten der gesamten Christenheit galt. Es gab keine gemeinsame Zukunft, daher lag Isabella falsch. Er schätzte Emilia als arrogant, aber nicht als Ehebrecherin ein. Nael kannte selbstbewusste Frauen aus seiner Familie, auch Isabella entstammte einem Dorf voller stolzer Frauen. Seine Eltern stritten oft, es ging auch immer wieder um mögliche Geschäfte, aber schlussendlich stellten sie noch heute ein glückliches Paar dar, trotz der langen, gemeinsamen Jahre. Giovanni und Emilia wirkten ähnlich, mit dem Unterschied, dass beide einer gehobenen Schicht einer berühmten Stadt entstammten. Sie wirkten kultivierter als seine Eltern, die auch zur betuchten Schicht der Geschäftsleute in Donostia zählten. Nael ging es nicht nur um die Frau, sondern um ihren sympathischen Ehemann und vor allem den kleinen Marco, der sich gerne mit ihm unterhielt. Er fühlte sich seinen eigenen Regeln verpflichtet, Frauen und Kinder zu schützen. Vorerst würde er bei ihnen bleiben, auch Isabella blieb Teil der Gruppe. Er erhob sich und verließ sein Zimmer, von der Asturierin war nichts zu sehen. Giovanni schien ebenfalls verschwunden zu sein. Marco und Emilia befanden sich auf der Veranda zum Hof. Sie hob den Kopf, als er aus dem Haus trat. Ein Lächeln erschien in ihrem Gesicht, fasziniert betrachtete der Baske die schöne Frau. Emilia machte einen starken Eindruck auf ihn, seit Alva kannte er solche Gefühle nicht. Er fragte nach Giovanni, um von seiner Verwirrung abzulenken. „Er sucht gemeinsam mit Atanasio und Pietro seinen Cousin Enzo auf, der in der Siedlung neben der Kirche Santa Maria Maggiore ein Haus besitzt." Sie verfügte über eine wohlklingende Stimme. Emilia kannte ihre Wirkung auf Männer, bemerkte die Anzeichen seiner Verwirrung. Der blonde Hüne gefiel ihr, auch die dominante, männliche Art des Kämpfers. Sie mochte diesen Typ Mann mehr als den des Kaufmanns, den Giovanni verkörperte. Dieser verfügte zwar wie jeder Mann in der römischen Gesellschaft über Kampfausbildung, aber er verwendete seine Fähigkeiten nie. Dafür gab es angeheuerte Leibwächter und Männer wie Atanasio. Die offene Herausforderung durch ihren ehemaligen Liebhaber Dino in Pisa verursachte zuerst Angst, aber bald fand sie Gefallen an einem möglichen Duell zwischen ihrem Ehemann und dem Tuskulaner. Niemand der Umstehenden bemerkte diese Veränderung, aber innerlich erregte sie die Vorstellung, dass die Männer um sie kämpften. Dann griff der blonde Hüne mit seiner rothaarigen Partnerin ein und beendete das mögliche Duell schnell und kompromisslos. Die rothaarige Isabella konnte nicht nur kämpfen, sondern beherrschte auch andere Formen des Schlagabtauschs. Der Baske Nael schien anderer Natur zu sein, ein einfacher, geradliniger Kämpfer, der sie durch seine Erscheinung und sein Verhalten in Pisa unheimlich beeindruckte. Sie sah seine mächtigen Muskeln und spürte die Erregung steigen. Die Unterhaltung mit Isabella fiel ihr ein. Die Frau verfügte über eine ausgezeichnete Menschenkenntnis, aber es würde ihr nicht helfen. Die beiden stellten offensichtlich nur Kampfgefährten dar, die bisweilen das Lager teilten. Emilia kannte die finanzielle Notlage ihrer Familie, auch auf ihrem Besitz in den Sabiner Bergen gab es vermutlich keine anderen Bediensteten außer die Frau und die anderen Kinder von Atanasio. Sie dachte an Giovannis jüngerem Cousin Enzo, der drei Jahre älter als sie, aber noch immer um fast zehn Jahre jünger als ihr Ehemann war. Nael konnte Schutz gewährleisten, denn sie kannte die Erbarmungslosigkeit der römischen Gesellschaft bei Verlust des Vermögens. Ihr Ehemann verlor fast alles, möglicherweise konnte er dieses Haus in der Stadt verkaufen, der Landbesitz stellte die letzte Zuflucht einer zuvor vermögenden Familie dar. Gemeinsam mit Enzo investierte er in den Ankauf von Ertragsflächen für Wein und Oliven, aber sie erwiesen sich als schlecht. Cousin Enzo stieg rechtzeitig aus und verkaufte seine Anbauflächen kostendeckend, aber

Giovanni glaubte an den Erfolg. Leider erwiesen sich die Böden als nicht sehr fruchtbar und ungeeignet für den Anbau der Produkte, keiner wollte ihm die Flächen danach abkaufen. Zuvor beeinträchtigten jahrelang ständige wirtschaftliche Konflikte mit Dino und dessen Familie das zum Zeitpunkt ihrer Eheschließung florierende Geschäft mit Handelswaren. Plötzlich stiegen die Preise und Giovanni konnte diese nicht mehr gewinnbringend weiterverkaufen. Auch wurden mehrmals Schiffe überfallen, die Waren geladen hatten, die bereits bezahlt waren. Emilia erkannte bald den Krieg, den ihr ehemaliger Liebhaber Dino mit ihrem Ehemann führte. Er wollte ihn demütigen und ihr beweisen, dass sie den Falschen wählte. Aber sie entschied sich für den älteren Giovanni, weil Dino sie lange Zeit hingehalten hatte, sie kannte seine Vorlieben für Abwechslung beim weiblichen Geschlecht. Diese Demütigungen wurden ihr zu viel, als sie erkannte, dass dieser Mann sie als eine von vielen betrachtete. Sie erinnerte sich an den Schmerz, den sie damals verspürte und an ihren Schwur, niemals wieder zu tiefe Gefühle für einen Mann zu empfinden. In ihren jungen Jahren wurde sie geprägt von dieser Demütigung und der Tatsache, dass sie der Tuskulaner Dino nie als gleichwertig betrachtete und nicht an eine Ehe mit der Kaufmannstochter dachte. Das Gleiche galt für Enzo, dem jüngeren Cousin ihres Ehemannes. Er versprach ihr die Ehe, aber auch in seinem Verhalten erkannte sie keine Ehrlichkeit. Dann erschien Giovanni, der seine erste Frau verlor. Sein gutes Benehmen und seine verständnisvolle Art standen im krassen Gegensatz zu Dinos despotischem und Enzos arrogantem Verhalten. Sie erkannte die Gelegenheit und gab dem Werben Giovannis nach, danach informierte sie die beiden anderen. Die Überraschung Dinos wandelte sich in Zorn um, als sie ihm davon erzählte, nicht einmal die Anwesenheit ihres Vaters hielt ihn von einem Wutausbruch ab. „Wie kannst du es wagen, einen Crescentier einem Tuskulaner vorzuziehen, du kleine Hure?" Sie erinnerte sich an ihre damalige Angst, aber ihr Vater griff ein. Trotz seines Alters erwies er sich noch immer als Kämpfer, der er in jungen Jahren war. Leider verstarb dieser vor sieben Jahren, danach zog ihre Mutter mit ihrem älteren Bruder weg. Sie verließen Rom auf Druck von Dinos Familie, der das Haus mit dem Geschäft auf dem Marsfeld erwarb. Emilia fühlte sich allein seit damals. Giovanni erwies sich zwar als angenehmer und rücksichtsvoller Mensch, aber er konnte den ständigen Konflikten mit Dino nicht standhalten. Dieser erwies sich als zu stark und finanziell übermächtig. Der zurückgewiesene Dino erschien ständig in ihrem Haus in Rom, selbst auf dem Landsitz in den Sabiner Bergen tauchte er auf. Offensichtlich ließ er sie überwachen und nutzte die Abwesenheit ihres Ehemannes. Solange sie Geld für eine Leibwache besaßen, die meistens aus Normannen bestand, stellte dies kein Problem dar. Giovanni befand sich zu dieser Zeit oft auf Geschäftsreisen, der jungen Frau wurde es zu langweilig. Sie arbeitete selbst nicht im Geschäft, dies war nicht vorgesehen und von ihr abgelehnt, deshalb verweilte sie oft auf dem Landsitz. Dort betrachtete sie die muskulösen Körper ihrer Leibwächter gerne, schließlich überwand sie sich und gab sich dem Anführer hin. Seit Überwindung dieser Hemmschwelle fühlte sie sich glücklicher und genoss ihr Leben wieder mehr. Der rücksichtsvolle Giovanni bemerkte nichts davon, er erfüllte seiner jungen

Frau alle Wünsche und hörte nicht auf Warnungen von Freunden. Eines Tages tauchte unvermutet ihr ehemaliger Liebhaber Dino auf dem Landbesitz auf. Sie befand sich zu diesem Zeitpunkt allein im Haus, ihr Ehemann kontrollierte die Ernte der Oliven. Ihr persönlicher Leibwächter und Liebhaber stand zu diesem Zeitpunkt nicht mehr in den Diensten ihres Mannes, die anderen Normannen erwiesen sich als distanziert. Seltsamerweise befand sich an diesem Tag keiner dieser Männer zum Schutz ihres Hauses vor Ort. Sie verdächtigte nach den Ereignissen Dino, dass er die Männer mit Geld bestach. Jedenfalls erschien er mit dem Lächeln des Siegers im Haus und redete nicht lange herum. Er wollte sie erniedrigen und missbrauchen, es half auch keine Flucht aus dem Hauptraum. Er folgte ihr und riss sie an sich, sie konnte sich nicht wehren, schlussendlich ergab sie sich ihm. Das gemeinsame Liebesspiel erwies sich als sehr leidenschaftlich und erinnerte an frühere Zeiten, aber auch der Mann veränderte sich nicht. „Ich hoffe, du siehst ein, dass ich dich jederzeit haben kann. Dein Mann kann dich nicht beschützen, armes Weib." Er verhöhnte und demütigte sie, worauf sie ihn schlug, aber er lachte nur und verließ als Sieger das Haus. Sie erzählte ihrem Mann, dass Dino ins Haus eindrang, aber dieser beschwichtigte, vor allem auch deswegen, weil sie nur vom Schlag und nicht von der Vergewaltigung erzählte. Neun Monate später wurde Marco geboren. Sie wusste selbst nicht, wer der Vater des Kindes war, aber es deutete einiges auf Dino hin. Seit diesen Ereignissen veränderte sich das Verhalten gegenüber ihrem Mann. Die letzten vier Jahre gab es ständig hohe finanzielle Verluste, denen ihr Ehemann nicht nachhaltig entgegenwirken konnte. Bis zum heutigen Tag ging es mit ihrem guten Leben steil bergab, dies kreidete sie ihrem Mann an. Vielleicht konnte Cousin Enzo helfen, dies hoffte sie zumindest. Emilia blickte auf Nael und Marco, die im Hof standen und den Kampf übten, der Junge mochte den blonden Hünen. Der Mann redete nicht viel und prahlte nicht, er schien sich seiner Stärken und Fähigkeiten bewusst zu sein. Er gefiel ihr und erinnerte sie an ihren ersten Liebhaber während ihrer Ehe. Der Anführer der Normannen erwies sich als starker und fähiger Mann, in jeder erdenklichen Hinsicht. Ihre Erregung stieg, wenn sie den blonden Basken betrachtete, ein Plan formte sich in ihrem Kopf. „Die rothaarige Kriegerin wird sich noch wundern, was Römerinnen für Fähigkeiten haben", sagte sie zu sich selbst und lachte leise. Marco lief zu seiner Mutter, er schwitzte. „Nael hat mir ein paar Techniken gezeigt!", rief er begeistert. Emilia nickte anerkennend. „Ich weiß, denn ich habe euch beobachtet, mein Sohn", antwortete sie ruhig. Ihre Augen richteten sich auf den blonden Basken, der langsam näher kam. Sie lächelte, als Nael herantrat. In diesem Moment präsentierte sich Emilia als wunderschöne Frau, ihre Augen wirkten geheimnisvoll. „Ich bedanke mich bei dir, Nael, dass du diesen kleinen Mann beschäftigst. Sein Vater nimmt sich leider selten Zeit für Marco." Der Baske nickte. „Ich mag Kinder, vor allem Jungen. Bei Mädchen und Frauen kenne ich mich nicht aus." Sie lachte herzhaft und verfügte über ein wohlklingendes Lachen. Nael spürte die Wirkung dieser Frau, sie besaß eine unglaubliche Ausstrahlung, eine Aura umgab die schöne Römerin. Er dachte an Isabellas Warnung, aber er hatte nicht die Absicht, die Bekanntschaft zu Emilia zu vertiefen. „Ich gehe davon aus, dass viele Frauen dich gerne kennenlernen würden, lieber Nael. Du strahlst Souveränität und Ruhe aus und gibst Sicherheit, abgesehen von deiner Größe und Kraft", antwortete die Römerin schmeichelnd. Der Baske zuckte mit den Schultern, die Worte von Emilia gefielen ihm, sie wirkten ernstgemeint. Ihre geheimnisvollen Augen erfassten und verwirrten ihn. Die Römerin hinterließ als erste Frau seit dem Tod Alvas einen starken Eindruck. Emilia bemerkte seine Verwirrung und trat näher an ihn heran. „Du sprichst nicht gerne, Nael. Isabella hat erzählt, dass du verheiratet gewesen bist", sagte sie ruhig, das Interesse klang ehrlich. Der Baske blickte in die dunklen, geheimnisvollen Augen und wirkte wie versteinert, ein Zauber umgab diese Frau. Plötzlich schüttelte er sich und trat zwei Schritte zurück. Emilia lachte. „Du brauchst keine Angst zu haben, Nael." Marco griff ein. „Er hat vor niemand Angst. Das stimmt doch, oder?" Der Baske lächelte plötzlich und nickte. „Vor Männern nicht, aber Frauen können gefährlich werden. Sie kämpfen mit Waffen, die nicht greifbar sind." Emilia lachte herzhaft und blickte auf ihren Sohn. „Nael hat recht. Frauen sind gefährlich", sagte sie laut, hob theatralisch ihre Hände und näherte sich ihrem Sohn. Dieser schrie auf, denn seine Mutter wirkte wie eine böse Hexe, aber sie nahm ihn in die Arme und küsste ihn auf die Stirn. „Vor deiner Mutter brauchst du keine Angst zu haben, Marco, nur vor den anderen Frauen", sagte Emilia lächelnd. „Isabella mag ich auch", antwortete der kleine Junge. „Die gute Isabella, sie ist großartig", sagte seine Mutter, ihre Augen richteten sich auf Nael. „Werdet ihr heiraten?", fragte Emilia hintergründig, sie kannte die Antwort bereits. Der Baske schüttelte den Kopf. „Isabella und ich sind Freunde, kein Paar. Wir haben uns eine Zeitlang getröstet, aber das ist vorbei." Emilia nickte bedauernd, innerlich freute sie sich über die Nachricht, da dies davor nicht klar erschien. Der Baske hinterließ einen guten Eindruck, sie mochte seine ehrliche, anständige Art. Obwohl sie selbst das Spiel der Intrige kannte und zeitweise gerne betrieb, bevorzugte sie geradlinige Männer, die Loyalität und Treue zeigten. Dies gefiel ihr einige Jahre bei ihrem Mann Giovanni, aber mittlerweile erkannte sie, dass er seinen Feinden in Rom und Umgebung nicht gewachsen zu sein schien. Dies führte bereits vor langem zu einer Änderung der Einstellung, dazu kam ihre Lust auf Leben und Abwechslung. Trotzdem stand sie an seiner Seite, aber sie sorgte sich um die finanzielle Zukunft der Familie. Das Haus schien verloren zu sein, das schmerzte innerlich. Sie genoss die Abwechslung zwischen dem Landhaus in den Sabiner Bergen und der Stadt. „Mein Frau ist vor einem Jahr verstorben, wir haben in Grünland gelebt." Überrascht blickte Emilia auf den Basken, sie rechnete nicht mit einer Erzählung des Hünen. Aber Nael verspürte plötzlich das Bedürfnis darüber zu reden. Er sprach bereits mit Isabella in Asturien und auf ihrer Reise über vieles, aber dies entsprang dem gemeinsamen Wunsch nach Halt im Leben, daraus entstand eine Freundschaft. Emilia stellte eine andere Frau in seinem Leben dar. Sie erschien darin und strahlte wie eine Sonne, er zeigte Wirkung. Der Baske vergaß Isabellas Worte und erzählte der Römerin von seiner Familie auf Grünland, auch von den Reisen nach Vinland. Der Junge hörte mit gebannten Augen zu. „Hinter dem Ozean gibt es ein großes Land, Nael? Das will ich sehen, auch diese seltsamen Menschen!", rief der Junge. Der Baske lachte und strich Marco über den Kopf. Emilia bemerkte die Geste und lächelte. Dieser wilde Hüne erwies sich als guter Erzähler, wenn ihn keiner unterbrach. Die Geschichten aus dem fernen Norden und Westen klangen mystisch und wild. Emilia und Marco hörten dem großen Mann zu, der ihnen von Vinland, Grünland und Island erzählte. Seine Augen leuchteten dabei. „Du magst den Norden. Warum bist du nach Süden gegangen, Nael?", fragte Emilia. Ihre Frage war ehrlich gemeint, denn seine Geschichten klangen anders, als jene von den kultivierten Männern, die in ihrem Umfeld lebten. Der Baske überlegte lange mit einer Antwort. „Mit Alvas Tod hat mein Leben im Norden geendet, mein Weg ist noch nicht zu Ende, aber Björn und sie begleiten mich." Der Hüne blickte zum Himmel, ein Lächeln stand in seinem Gesicht. Emilia spürte die tiefe Liebe dieses Mannes zu seiner verstorbenen Frau und dachte an Isabellas Worte und ihren Plan, ihn für sich zu gewinnen, als Schutz. Mitleid und Verständnis kamen hoch für diesen Mann, der erst vor einigen Wochen in ihr Leben trat. Rasch verdrängte sie ihre Gedanken, als Frau musste sie sich vorsehen mit derartigen Gefühlen. Die Welt, in der sie lebte, erwies sich als kultiviert, aber auch verlogen und intrigant. Um zu überleben und das Beste für sich herauszuholen, musste eine Frau vorsichtig und zielgerichtet agieren. „Wo wird dich dein Weg hinführen? Mein Mann kann dir nichts bezahlen, unsere Wege werden sich trennen", sagte die Römerin und blickte den Basken an. Nael spürte, wie diese geheimnisvollen Augen ihn ausforschten, aber er konnte nichts dagegen tun, die Wirkung erwies sich als stark und verwirrend. Sein Blick fiel auf den Jungen, der ihn enttäuscht ansah. „Wir begleiten euch zum Landhaus, dann werden wir weitersehen. Ich benötige kein

Geld", antwortete er bestimmt. Marco hob die Arme und freute sich über den Verbleib des Basken. Sie lächelte, ihr Kopf neigte sich seitlich, aus den Augen strahlte Anerkennung. Sie wollte etwas sagen, aber Isabella trat plötzlich aus dem Haus. „Das sieht doch wie eine kleine Familie aus", sagte sie süffisant, sie belauschte einen Teil des Gesprächs. Nael befand sich bereits in den Fängen der Römerin, ohne es zu ahnen. Sein Blick traf sie, entschuldigend hob sie die Schultern. „Wo bist du gewesen, liebe Isabella? Wir haben dich vermisst", antwortete Emilia unschuldig, ohne auf deren Worte einzugehen. „Ich habe geschlafen, aber es gibt zu viele Spinnen im Haus. Diese sind ekelerregend, ich mag diese Tiere nicht", sagte Isabella laut. Emilia lächelte, sie verstand den Hinweis. „Alle Geschöpfe dieser Welt haben ihren Nutzen. Ohne diese anmutigen Tiere würden wir vor lauter Mücken sterben", antwortete die Römerin vergnügt. Nael beobachtete die Frauen. Er konnte mit der Unterhaltung nichts anfangen, bemerkte aber die gespielte Freundlichkeit. Das Verhalten von Frauen erschien ihm oft nicht schlüssig zu sein, möglicherweise konnten sich die beiden Frauen nicht leiden, aber er kannte den Grund nicht. Bis jetzt schienen sie einander zu verstehen, er dachte an die Warnung der Asturierin. „Nael hat gesagt, dass ihr uns zu unserem Haus begleitet!", rief der kleine Marco. Isabella lächelte den Jungen an. „Natürlich begleiten wir euch, aber danach müssen wir leider weiterziehen, kleiner Mann." Marco verzog das Gesicht. „Das ist schade, aber ihr könnt sicher länger bleiben. Nicht wahr, Mama?" Sein hoffnungsvoller Blick traf Emilia. Die Römerin lächelte und nickte. „Natürlich können Isabella und Nael so lange bleiben, wie sie wollen", antwortete seine

Mutter. Isabella lächelte zu ihren Worten. „Unsere Berge sind eine schöne Gegend und seit Urzeiten besiedelt. Es wird dir gefallen, vielleicht findest du einen interessanten Mann, liebe Isabella", sagte Emilia lächelnd. Diese zuckte mit den Schultern und dachte an eine Giftschlange, als sie in Emilias Gesicht blickte. Die Römerin ließ sich nichts anmerken. Nael gefiel diese Unterhaltung immer weniger, aber er griff nicht ein. „Ich kann mit diesen kultivierten Typen nichts anfangen und halte mich mehr an richtige Männer, wie Nael, aber er will mich nicht mehr. Basken können schwierig sein", sagte Isabella und hob ihre Augenbrauen. Emilia lachte. „Ich denke, alle Männer können schwierig sein, auch die kultivierten." Die Asturierin nickte verständnisvoll. „Du musst es wissen, denn du hast einen geheiratet. Auf die Dauer wäre mir das zu langweilig, ich bewundere deine Geduld." Emilia hob die Hände. Nael beobachtete die beiden Frauen, die sich wie zwei Raubtiere anlächelten. „Du musst nicht mitgehen, Isabella. Ich begleite die Familie auch allein", sagte er laut, die Unterhaltung verärgerte ihn. Sie winkte ab. „So schnell wirst du mich nicht los, ich halte mich an unsere Vereinbarung, Baske. Du wirst Hilfe brauchen, die Anzahl deiner Feinde steigt stetig." Er schüttelte den Kopf und konnte mit der Antwort nichts anfangen. „Ich freue mich, dass du mitkommst. Weibliche Gesellschaft in unseren Bergen ist selten, es gibt nicht mehr viele Feste. Die Familien der Crescentier haben sich zurückgezogen auf ihre Landsitze und verharren in Stille", antwortete Emilia. Isabella neigte kurz ihren Kopf. Das Gespräch wurde unterbrochen, einige Männer ritten in den Hof. Der Baske erkannte Giovanni, Atanasio und dessen Sohn Pietro, die gemeinsam mit einem vierten Mann

179

ankamen. Dieser war gut gekleidet und trug eine modische Kappe auf dem Kopf. Aus einem gepflegten Gesicht blickten dunkle Augen auf die Gruppe um Nael. Schwarze, dichte Haare, ein gepflegter Kinnbart und eine schlanke Figur vervollständigen das Bild eines selbstbewussten Mannes. Die Männer stiegen von ihren Pferden. Giovanni eilte zu Emilia und küsste sie flüchtig auf die Wangen. Der fremde Mann trat näher und stellte sich als Enzo vor. Er verneigte sich vor Emilia. „Meine liebe Emilia, schön wie immer. Giovanni ist zu beneiden", sagte er schmeichelnd. Enzo trat zur Römerin und küsste sie ebenfalls flüchtig auf ihre Wangen, dann hob er den Jungen hoch, der sich über das Wiedersehen freute. Danach trat er zu Isabella, die ihn misstrauisch beobachtete. „Ich grüße dich, Isabella. Giovanni hat mir von dir erzählt, aber deine Schönheit nicht erwähnt. Deine Kleidung ist für Frauen in unserem Land ungewöhnlich, aber du wirkst gefährlich", sagte er höflich. Sie reichte ihm kurz die Hand, der Mann wirkte wie ein Mysterium, sie konnte ihn nicht einschätzen. Nach den Erzählungen von Giovanni und Emilia schien er ein Cousin des Ehemanns und guter Freund der Familie zu sein. Enzo strahlte ein starkes Selbstbewusstsein aus, das auch arrogant wirkte, aber er schien ein umgänglicher Mensch zu sein. Aufgrund seines kultivierten Auftretens und der gezeigten Männlichkeit stellte er eine Erscheinung dar, die auf Frauen in seinem Umfeld wirkte. „Ich bin gefährlich, lieber Enzo, vor allem verfüge ich über einen noch gefährlicheren Freund", antwortete Isabella lächelnd und wies auf Nael. Enzo lachte. „Gefährlich und gewitzt, eine großartige Mischung, liebe Isabella", antwortete er laut, anschließend wandte er sich an den Basken. „Giovanni hat mir von eurem Eingreifen in Pisa erzählt. Ich bin euch zu Dank verpflichtet, dieser bösartige Tuskulaner hat die Abreibung verdient. Es ist schade, dass er nicht tot ist", sagte er hart. Für kurze Zeit erkannte Nael in seinen Augen einen Hass, aber gleich darauf präsentierte sich Enzo wieder als galanter und höflicher Mann. Er reichte Nael die Hand, danach betraten alle das Haus. Atanasio und Pietro zogen sich zurück, Isabella und Nael wollten sich anschließen. Giovanni trat zu ihnen. „Ihr seid unsere Gäste, mehr kann ich leider nicht anbieten. Wir haben noch Vorräte für ein gutes Essen, ich werde kochen", sagte er lächelnd, aber der Baske winkte ab. „Es gibt sicher viel zu besprechen innerhalb der Familie. Isabella und ich stören dabei", antwortete der Hüne und wandte sich ab. Giovanni wollte etwas sagen, aber Emilia unterbrach ihn. „Wir müssen reden, Giovanni." Sie wandte sich an den Basken. „Kannst du auf Marco aufpassen, Nael?" Der Hüne nickte und winkte dem Jungen, der sich sofort anschloss. Die beiden verband mittlerweile eine Freundschaft. Isabella schloss sich an, betrat aber anschließend ihr Zimmer. Sie legte sich auf das schmale Bett, auf dem eine strohgefüllte Matratze lag. Nael und Marco gingen nach draußen, um sich die Umgebung anzusehen. Der Abend war noch nicht angebrochen, in diesen Breiten blieb es länger hell. Die Asturierin schloss die Augen und versank in einen Dämmerschlaf. In der Zwischenzeit saßen sich Emilia, Giovanni und Enzo im Hauptraum im hinteren Teil der Liegenschaft gegenüber. „Warum willst du kochen, Giovanni? Es handelt sich um Abenteurer ohne Heimat. Wie tief willst du noch sinken?", fragte Emilia zornig. Sie zeigte plötzlich ein anderes Gesicht als zuvor, das Verhalten ihres Mannes gegenüber

Nael und Isabella gefiel ihr nicht. „Die beiden haben uns beschützt, du hast Marco in seine Obhut gegeben. Sie sind Menschen mit Ehre, selten in diesen Tagen. Es ist das Mindeste, dass ich sie einlade. Zudem koche ich gerne, auch du hast meine Speisen gerne gegessen", antwortete Giovanni ungehalten. Der Zornausbruch seiner Frau verärgerte ihn kurzfristig, aber er konnte Emilie nie lange böse sein. „Vergesst die beiden Krieger, sie sind es nicht wert, einen Streit zu beginnen", sagte Enzo. Giovanni schüttelte ärgerlich den Kopf, die Worte seines Cousins gefielen ihm nicht. „Du sagtest, dass sie euch beschützt haben. Das ist in Ordnung, aber eine Verbrüderung ist nicht notwendig, werter Cousin. Übrigens habe ich Atanasio beauftragt, etwas zum Essen bereitzustellen, er wird sich darum kümmern." Seine Worte klangen salbungsvoll, Giovanni beruhigte sich wieder. „Enzo muss ständig deine Angelegenheiten regeln, Giovanni, selbst die Aufträge an unser Gesinde", sagte Emilia süffisant. Er blickte auf seine Frau. Giovanni kannte ihre Launen, liebte sie aber trotzdem mit ganzem Herzen und konnte sich nicht vorstellen, ohne sie zu leben. „Es ist gut, Emilia. Atanasios Familie stellt mehr dar als Angestellte, du kennst ihre Verbundenheit. Manchmal verstehe ich dich nicht", antwortete er kopfschüttelnd. Sie enthielt sich weiterer Wortmeldungen und hob kurz die Schultern. Ihr Blick fiel auf Enzo, der sich als Vermittler zwischen den Eheleuten präsentierte. Bald darauf erschien Atanasio mit Schinken, Brot und Oliven, dazu gab es Rotwein. „Du bist nicht zu ersetzen, Atanasio. Wir danken dir für deine Mühen", sagte Emilia lächelnd. Der Angesprochene verneigte sich kurz und bedankte sich, anschließend zog er sich zurück. Giovanni blickte auf seine junge

Frau, die verschiedene Gesichter präsentieren konnte. Obwohl sie seit zehn Jahren eine Ehe führten, war er sich bis heute nicht sicher, welche ihrer gezeigten Charaktere die richtige Emilia zu sein schien. Die Frau besaß Geheimnisse und konnte sich in verschiedenen Formen präsentieren, aber die Frauen der besseren Gesellschaft mussten sich anpassen an die Konventionen. Er verstand Emilia und kannte ihre Loyalität, zumindest in der meisten Zeit ihrer Ehe. Der Verlust ihres Vermögens schmerzte seine Ehefrau, sie lebte gerne und genoss die Annehmlichkeiten der oberen Schicht. Aber er glaubte fest daran, dass die Ehe diese schweren Zeiten überstehen würde. Emilia konnte auch nichts daran ändern. Sie musste bei ihm bleiben, gemeinsam würden sie es mit ihrem Sohn Marco schaffen. Alle aßen schweigend, danach ergriff Enzo das Wort. Er erzählte von den Auswirkungen der misslungenen Geschäfte im Süden mit unzureichenden Anbauflächen und schlechten Böden. „Du kennst die Konsequenzen, aber ich habe Käufer gefunden, Cousin. Nur die Investitionen sind nicht zu ersetzen, die angebotenen Kaufsummen decken deine Kosten der letzten Monate. Danach bleibt nichts übrig, Giovanni." Der Angesprochene nickte, er kannte bereits einige Details, die ihm Enzo zuvor erzählte. „Emilia muss es wissen, sie hat das Recht, alles zu erfahren", sagte Giovanni bedrückt. Ihre Augen richteten sich auf den Cousin, der entschuldigend die Schultern hob. Dann erzählte er davon, dass wegen der misslungenen Geschäfte im Süden auch dieses Haus verkauft werden müsste. „Wir haben offene Forderungen von ehemaligen Lieferanten, die das Geschäft versorgt haben. Diese bestehen auf Bezahlung, sie sind aggressiv und haben Normannen als

Eintreiber. Es ist besser, das Haus zu verkaufen. Das Geschäft habe ich vor kurzem geschlossen." Stille kehrte ein nach seinen Worten. Emilia hielt sich das Gesicht, die Wahrheit schmerzte, aber sie hielt sich diesmal mit Vorwürfen zurück. „Wie sieht es bei dir aus, Enzo? Auch du hast investiert", sagte sie laut. Der Römer nickte. „Ich bin rechtzeitig ausgestiegen. Wir haben damals gesprochen, denn ich versuche, das Risiko gering zu halten, liebe Emilia. Andere Familienmitglieder haben es zu mehr Reichtum gebracht, wie Giovanni lange Jahre, weil sie mehr Risiken gewählt haben. Wir sind mit Versprechungen über gute Böden gelockt worden, du kennst die Geschichte, aber diese haben sich als ausgelaugt erwiesen. Leider hat sich das zu schnell herumgesprochen, deshalb konnte ich die erworbenen Güter im Auftrag von Giovanni nicht verkaufen." Enzo schwieg, als er in Emilias wütende Augen blickte, er kannte ebenfalls ihre Wandlungsfähigkeit. „Und warum kannst du sie jetzt verkaufen, lieber Cousin?", fragte die Frau verärgert. Ihre Wut klang ab, als sie in dessen Augen blickte. „Normannische Fürsten und Adelige kaufen Ländereien im Süden auf. Sie wollen sich festsetzen, das Land gefällt ihnen. Es kommen immer mehr aus ihrer ursprünglichen Heimat, ganze Familien und Dörfer siedeln sich an." Giovanni fragte nach dem Verkaufspreis und ob es möglich wäre, den Preis zu erhöhen. Enzo schüttelte den Kopf. „Entweder verkaufst du oder bekommst nichts. Die Normannen vereinnahmen die Ländereien, derzeit sind sie noch bereit, etwas zu bezahlen. Aber du kannst gerne mit ihnen reden." Giovanni überlegte lange, in Emilia kochte der Zorn hoch. „Warum überlegst du? Sei froh, dass irgendjemand diese wertlosen Güter übernimmt!", rief sie laut. Er blickte auf seine Frau, dann stützte er den Kopf mit seinen Händen. Der Kaufmann fragte nach den ehemaligen Lieferanten und dessen Normannen. „Es gibt nur einen Mann, der alle Forderungen aufgekauft hat. Der gute Francesco aus Ostia, er will das Haus. Es wäre seine Bastion in Rom, in der Hafenstadt gehört ihm Einiges. Dazu besitzt er eine Handelsflotte." Das Ehepaar kannte den Geschäftsmann, der als hart und mitleidlos galt. „Er wäre bereit, das Haus zu übernehmen. Die offenen Schulden würde er dir erlassen, aber du musst alles aufgeben in Rom." Entschuldigend blickte Enzo auf seinen Cousin. Dieser hielt sich den Kopf. Emilia konnte sich nicht mehr zurückhalten. Sie sprang auf. „Wir haben alles verloren und müssen an diesen unkultivierten Bastard verkaufen. Du hast alles falsch gemacht!", schrie sie zornig und ballte die Fäuste. Ihr Blick fixierte ihren Ehemann, der verloren am Tisch saß. Er hielt sich sein Gesicht, der Verlust des prestigeträchtigen Hauses und Geschäfts in der Nähe der Lateranbasilika schmerzten, seit einigen Generationen stand es im Familienbesitz. Emilia ging auf und ab, sie konnte sich nicht beruhigen. „Jetzt muss ich ständig in den Bergen leben, weitab von Rom. Ich bin aufgewachsen in dieser Stadt, das halte ich nicht aus!" Emilias Stimme hallte durch das Haus. Giovanni kannte ihre Wutausbrüche, in den letzten Jahren nahmen sie stetig zu. Dies verstärkte sein eigenes Gefühl des Versagens. „Es tut mir leid, Emilia. Wir werden eine Lösung finden, ich kenne viele Leute", sagte er laut. Ihr Gesicht verzerrte sich, aber sie hielt sich unter Kontrolle und setzte sich wieder an den Tisch. Lange blickte sie ihren Mann an. „In Pisa ist die letzte Möglichkeit gewesen, du weißt das. Dahinter steckt Dino, der uns mit seiner Rachsucht verfolgt. Er hat gewonnen, wir müssen weichen. Du kennst die Verbindungen der Tuskulaner, sie kontrollieren das Gebiet des Papstes und verfügen über Kontakte in den Norden und Süden. Dino und Francesco kennen sich", sagte die Römerin laut. Die beiden Männer blickten Emilia an, die plötzlich Anzeichen von Resignation erkennen ließ. „Ich hätte mich für Dino entscheiden sollen, dann wäre dies alles nicht passiert", sagte sie leise, ihre Wut wich langsam einer Verzweiflung. In Enzos Augen erschienen plötzlich Lichter. „Dieser Mann ist ein Teil dieser bösartigen Familie, die uns mit Hilfe des deutschen Kaisers aus dem Vatikan und der Engelsburg vertrieben hat. Aber wir werden uns alles zurückholen, unser Bischof Giovanni in Rieti wird an die Stelle dieses unwürdigen Benedikt treten!", rief Enzo laut. Seine Wut war ihm anzusehen, sein Hass auf die Familie der Tuskulaner offensichtlich. Giovanni blickte seinen Cousin an, er kannte dessen Abneigung gegen die Familie des Papstes. „Sie hausen mit ihren Mätressen und Huren in den heiligen Räumen, diese Gotteslästerer!", schrie der ansonsten besonnen wirkende Enzo laut. Giovanni verzichtete auf eine Entgegnung, er gehörte dem gemäßigten Teil der Familie der Crescentier an, von denen es auch innerhalb der Tuskulaner viele gab. Die Crescentier mussten zwar weichen, aber die beiden Familien verbanden viele Verwandtschaftsverhältnisse, trotzdem bekämpften sie sich auf höchster Ebene. Der intelligente Giovanni ermahnte oft andere Familienmitglieder, auf Verständigung zu setzen und zusammen zu arbeiten, aber bei seinem jüngeren Cousin Enzo blieb er seit Jahren erfolglos. Dieser verfolgte alle Angehörigen der Tuskulaner mit einem verinnerlichten Hass und gehörte in Rieti, dem Bischofssitz in der Sabina, zum Kreis der erklärten Gegner der herrschenden Familie in Rom. Diese vertrieb die Crescentier vor über zwanzig Jahren aus allen Ämtern und Besitztümern Roms, nur einzelne verblieben in der Stadt, viele zogen sich auf ihre Landsitze in der Sabina, dem Einflussgebiet der Familie, zurück. Nur erfolgreiche und anerkannte Geschäftsleute wie Giovanni hielten sich in Rom, er wurde lange Jahre von den wichtigen Vertretern der Tuskulaner respektiert. In früheren Jahren half er Cousin Enzo in Rom etwas aufzubauen, gemeinsam betrieben sie zwei erfolgreiche Geschäfte, aber diese Zeiten gehörten der Vergangenheit an. Der Hass des Tuskulaners Dino auf das Ehepaar verfolgte und zerstörte alles. Enzos Wut richtete sich gegen Emilia. „Du wagst es, einen der Unsrigen mit diesem Teufel zu vergleichen. Sie betreiben Bordelle und huren durch Rom, diese Bastarde!" Laut hallte sein Schrei durch das Haus. Emilia schien unbeeindruckt zu sein. „Was ist der Unterschied zu eurer glorreichen Familie? Sie haben es genauso getrieben, lieber Enzo, das ist die Wahrheit", antwortete sie süffisant. Der Angesprochene sprang auf, der Zorn übermannte ihn, seine Fäuste ballten sich. Er schien ein komplett anderer Mensch zu sein. Es sah aus, als ob er Emilia schlagen wollte. Giovanni erhob sich und drängte ihn vom Tisch weg. „Beruhige dich wieder, Enzo. Dein Hass wird dich noch in den Wahnsinn treiben!" Er hielt den Jüngeren an den Schultern, dieser beruhigte sich langsam, sein Körper zitterte. Emilia beobachtete die beiden Männer und schüttelte den Kopf. „Ich werde nach draußen gehen, denn die Unterhaltung führt zu nichts", sagte sie laut und verließ den Raum. Die Männer blickten ihr hinterher.

Enzo beruhigte sich wieder. Sie tranken Rotwein und besprachen die weitere Vorgangsweise. Danach verließen sie ebenfalls das Haus. Emilia stand mit Nael und Marco am Rand des kleinen Hofes, als die Männer aus dem Haus traten. Enzo trat zu ihr und verneigte sich. „Es tut mir leid, Emilia. Ich habe mich schlecht benommen." Danach nickte er Nael kurz zu, drehte sich um und bestieg sein Pferd. Die Gruppe blickte ihm hinterher, als er den Hof verließ. Giovanni schüttelte den Kopf. „Sein Hass wird ihn noch töten", sagte er leise. Er mochte seinen Cousin, dieser erwies sich als verlässlicher Partner. Doch in der Familie der Crescentier gab es Bestrebungen, die verlorene Macht in Rom von den Tuskulanern zurückzuerobern. Dazu waren einige von ihnen zu allem bereit. Enzo gehörte zu diesem Kreis. Giovannis Blick fiel auf den Basken, dessen Augen nichts verrieten. „Er wird mit Francesco sprechen. Seltsamerweise befindet sich der Lombarde am Marsfeld, als ob er warten würde. Vermutlich steckt wieder Dino dahinter. Er wartet auf meine Niederlage." Er wandte sich an seine Frau. „Sie werden morgen kommen, um die Übergabe des Hauses zu besprechen. Bis dahin sind wir sicher, aber danach müssen wir Rom verlassen." Sie blickte in die Augen ihres Mannes, sie las darin Verzweiflung. Diesmal überkam sie kein Zorn, sie nahm ihn in die Arme. „Es ist meine Schuld, meine Liebe. Ich habe nicht auf dich gehört, Enzo hat es besser gemacht. Ich hoffe, du verzeihst mir." Die Stimme des Mannes klang resignierend, sein Lebenswerk in dieser Stadt zerbrach unter dem Druck seiner Feinde. Er konnte seiner Frau und dem Sohn nichts mehr bieten, dies machte ihm zu schaffen. Emilia löste sich aus der Umarmung, betroffen blickte Marco auf seine Eltern.

„Müssen wir Rom verlassen, Papa?", fragte er leise. Giovanni kniete sich zu Marco und nahm seinen Sohn in die Arme. Die kleinen Arme schlangen sich um seinen Hals, nach einer kurzen Zeit löste er sich von seinem Sohn. „Wir kehren nach Hause zurück, zu Ferrucio und Ornella. Pietro nehmen wir mit. Dieses Jahr machen wir eine gute Ernte, dann kehren wir wieder zurück nach Rom. Manchmal muss man kämpfen, mein Sohn, dafür schmeckt der Erfolg dann doppelt gut", sprach er mit sanfter Stimme. Der Junge nickte, er wirkte nicht ängstlich. Giovanni erhob sich und blickte auf seine Frau. Dann wandte er sich um, sein Sohn begleitete ihn. Emilia und Nael blickten hinterher. „Er ist ein gebrochener Mann, einer der erfolgreichsten Geschäftsleute hat alles verloren", sagte sie ernst. Sie dachte an ihr Landhaus und konnte sich nicht vorstellen, dort ihr weiteres Leben zu verbringen. Es bot Abwechslung bisher, aber als einziger Wohnsitz erschien es langweilig. „Er hat ein Haus verloren, aber nicht seine Frau und seinen Sohn", erklang Naels Stimme. Sie blickte den Hünen an. „Wir werden sehen, wie es weitergeht, Nael." Dann drehte sie sich um und folgte ihrem Mann ins Haus. „Eine Frau sollte an der Seite ihres Mannes bleiben!", rief er hinterher. Emilia blieb kurz stehen, setzte dann aber ihren Weg fort. „Das werde ich entscheiden, was ich tue, Wikinger. Wir sind hier nicht bei den Barbaren", sagte sie leise zu sich selbst, aber sie wollte den Hünen nicht beleidigen. Sie erkannte, dass sie Schutz benötigte. Am Landsitz gab es nur die Familie von Atanasio, Giovanni gehörte nicht zum inneren Kreis der Familie der Crescentier. Er wurde zwar respektiert, aber sein gemäßigter Umgang mit den Tuskulanern gefiel vielen Leuten um die Stadt Rieti nicht. Sie würde allein sein auf dem Landsitz, denn ihr Mann musste versuchen, seine Geschäfte wieder in Gang zu bringen. Dafür musste er einige mächtige Menschen besuchen, vor allem in Rieti, dazu benötigte er eine gute Ernte bei den Oliven und beim Wein. Bisher halfen die Landbewohner bei der Ernte, die von Atanasio geleitet wurde. Aber ohne Geld würde keiner helfen. Es existierte ein Geldversteck im Landhaus, das nur Giovanni kannte, nicht einmal gegenüber Emilia erwähnte er es. Diesmal musste er ihr die Wahrheit sagen. Sie betrat das Haus und traf auf Isabella, die überraschend vor ihr stand. „Dein Mann benötigt Beistand, liebe Emilia. Du solltest an seiner Seite sein, wie Nael es gerufen hat", sagte die Asturierin ernst. Die Augen der Römerin verengten sich. „Du neigst wohl zum Spitzel, Isabella. Ich hoffe, du hast alles gehört", antwortete sie süffisant. „Die Streitigkeiten sind zu hören gewesen. Aber ich meine es ernst, du solltest Giovanni helfen. Es mag sein, dass er sein Geschäft verloren hat, aber er ist ein anständiger und intelligenter Mann. Von dieser Sorte gibt es sehr wenige in dieser Welt, Emilia." Die Römerin blickte der rothaarigen Asturierin in die Augen, dann nickte sie und betrat den Hauptraum, in dem Giovanni und sein Sohn saßen. Sie wollte sich zu ihrem Mann setzen, aber dieser schüttelte wild den Kopf. „Nimm bitte unseren Sohn und lass mich allein, Emilia", sagte er lauter als gewohnt. Sie blickte auf die Flaschen Rotwein, die vor ihm standen. „Du solltest überlegen, nicht trinken, Giovanni", sagte sie ernst. In diesem Moment fiel die Besonnenheit ab und der Mann sprang auf. „Lass mich allein. Ich betrinke mich, wann ich will, Weib!", schrie er laut. Marco zuckte erschrocken zusammen, so kannte er seinen Vater nicht.

Emilia riss kurz die Augen auf, aber sie schien nicht beeindruckt zu sein. Sie nahm Marco an der Hand und ging zur Tür. „Es tut mir leid, Emilia!" Sein verzweifelter Ruf holte sie ein, sie drehte sich um. „Du hast deinen Sohn erschreckt, Giovanni. Aber ich verstehe dein Verlangen, dich zu betrinken. Wenn wir Rom verlassen, solltest du wieder nüchtern sein, denn wir brauchen dich. Hast du mich verstanden?", fragte sie ernst. Ihr Ehemann nickte gequält, dann setzte er sich und füllte seinen Becher voll. Der kleine Marco drängte sich an seine Mutter. Sie hob ihn hoch und trat aus dem Hauptraum in den Gang. Dort standen Nael und Isabella. „Er will allein sein. Es ist ein harter Tag für uns, Vieles wird sich ändern", sagte Emilia leise. Der Baske blickte sie an. „Wir werden euch helfen." Seine Worte klangen fest, dankbar blickte Emilia den Hünen an, anschließend verschwand sie mit dem Jungen im Obergeschoss. Isabella blickte ihr hinterher. „Die Welt kann traurig sein, aber ich verspüre Lust, mich mit dir zu vergnügen, Baske", sagte sie laut. Sie meinte es offensichtlich ernst. Er blickte sie verständnislos an und schüttelte den Kopf. „Das wird es nicht mehr geben", antwortete er ernst. Isabella schüttelte den Kopf. „Sie hat dich bereits in ihren Fängen, diese geheimnisvolle Frau. Aber das ist sie nur für dich, denn für mich ist alles klar. Sie wird dich benutzen, auch wenn sie heute verloren wirkt. Diese Frau erfängt sich rasch und wird ihre Vorteile nutzen." Seine Faust ballte sich, die ständigen Provokationen der rothaarigen Asturierin ärgerten ihn. „Halt einfach deinen Mund, Isabella. Es geht dich nichts an. Du musst nicht mitkommen." Seine Augen verstrahlten einen bedrohlichen Glanz. Sie trat einen Schritt näher. „Ich komme mit, weil wir es vereinbart haben, und werde mir diesen Landsitz ansehen. Wenn es mir nicht gefällt, trennen sich unsere Wege, Baske." Die Asturierin brach ab und blickte in seine Augen, deren bedrohlicher Glanz zunahm. Sie erkannte, dass sie vorsichtiger agieren musste, und trat wieder einen Schritt zurück. Bevor sie auf ihr Zimmer verschwand, sagte sie:" Du solltest darauf aufpassen, dass du nicht zu ihrem Handlanger wirst, der für sie tötet. Wenn sie dich so weit bringt, verlierst du das letzte Gute in deinem Leben, deine Ehre." Der Baske stand länger und dachte an Isabellas Worte. Emilia hinterließ einen bleibenden Eindruck, er kannte den Grund nicht. Sie stellte das Gegenstück zu Alva Egilsdottir, seiner verstorbenen Frau, dar, sowohl im Äußeren als auch im Inneren. Trotzdem fühlte er eine starke Verbundenheit, vermutlich lag es am kleinen Jungen, der ihn offensichtlich sehr mochte. Er musste seinen eigenen Weg gehen und spürte, dass eine Trennung von Isabella unausweichlich zu sein schien, denn ansonsten führten ihre ständigen Provokationen zu einem offenen Konflikt. Beide neigten zu Verrücktheiten und kannten keine Furcht, ein Kampf konnte einen von ihnen das Leben kosten. Sein nächstes Ziel lag im Nordosten, das Landhaus lag südlich von Rieti, dem Bischofssitz und Hauptort in der Sabina, oberhalb des Flusses Velino. Lange Zeit lag Nael wach und dachte über sein weiteres Schicksal nach, aber es schien mit dieser mysteriösen Frau und ihrem Sohn verbunden zu sein. Irgendwann schlief er ein. Am nächsten Tag trafen sich alle im Hauptraum des Hauses. Atanasio sorgte mit seinem Sohn für ein Frühstück. Alle Anwesenden zeigten sich schweigsam. Isabella und Nael gingen danach in den Hof. „Es tut mir leid. Ich will nicht in dein

Leben eingreifen, ab sofort werde ich mich zurückhalten", sagte sie mit fester Stimme. Er nickte kurz, damit war alles besprochen. Sie sprachen darüber, wie sich die ganze Angelegenheit weiterentwickeln würde. Isabella erzählte davon, dass sie die lauten Streitigkeiten zwischen den Eheleuten und den Zornausbruch von Enzo mithörte, da sie durch den Lärm aus dem Schlaf gerissen wurde. „Dieser schöne Cousin scheint nicht normal zu sein. Er neigt zu unkontrolliertem Verhalten, wenn sein Hass auf die andere Familie ihn überkommt. Aber er hilft dem Ehepaar und verrückt sind wir doch alle", sagte sie süffisant. Nael lachte plötzlich und nickte, während Isabella fortfuhr. „Der Feind ist der Tuskulaner Dino, der offensichtlich hinter dem geschäftlichen Zusammenbruch steht. Vielleicht auch hinter dem neuen Hausbesitzer Francesco." Der Baske blickte auf seine Kampfgefährtin. „Du hast gute Ohren, Isabella." Sie hob entschuldigend die Schultern. „Das liegt vermutlich in der Familie, auch mein Vater ist bekannt für sein gutes Gehör." Nael lächelte. Isabellas Vater war bei seinen Eltern bekannt als Mann mit außergewöhnlichen Fähigkeiten. Sie verließen die Umgebung des Hauses und begaben sich zur großen Lateranbasilika, anschließend folgten sie der Aurelianischen Mauer. „Früher muss Rom eine riesige Stadt mit vielen Menschen gewesen sein. Der Rest sieht nicht so gut aus, auf dieser Seite des Flusses gibt es nur einige Siedlungen", sagte sie ernst. Sie sahen Menschen, die auf Feldern arbeiteten, die innerhalb dieser hohen Mauern lagen. Die berühmten sieben Hügeln erschienen nicht sehr hoch, sie kannten aus Hispanien das Kantabrische Gebirge. In der Ferne ragte die Engelsburg über dem Fluss Tiber auf. „Dort residiert der junge

Papst Benedikt. Giovanni hält viel von ihm, er kann ein Brückenbauer zwischen den verfeindeten Familien sein. Ich denke, diese Einschätzung wird stimmen. Giovanni ist ein sehr intelligenter Mann", sagte Nael. Sie marschierten die nächsten Stunden an der Mauer entlang und gelangten zum Tiber, dem berühmten Fluss. Sie besahen sich die Überreste des alten Roms näher und erkannten die dichtbesiedelten Teile der Stadt, das Marsfeld und den Borgo, der jenseits des Tiber lag. Nachmittags kehrten sie gemächlich Richtung des Laterans zurück und näherten sich dem Haus von Giovanni. Plötzlich hörten sie Stimmen. Vorsichtig blickten sie in den Hof und erkannten einige Reiter, die vor der Veranda im Hof auf ihren Pferden saßen. Plötzlich erschien der junge Pietro. „Es ist gut, dass ihr hier seid. Signore Francesco ist hier und will das Haus übernehmen, aber unser Herr will Zeit für den Abzug haben." Er blickte sich vorsichtig um, aber der Trupp schien keinen Posten am Tor zu haben. Der Junge führte die beiden über einen Seiteneingang ins Haus. Sie nickten sich zu und holten ihre Waffen, auch die Speere. Vorsichtig spähten sie durch einen Spalt nach draußen. Giovanni und Emilia standen an der Tür, dahinter befand sich der kleine Marco. Atanasio stand knapp hinter seinem Herrn, er zeigte keine Furcht, aber eine gewisse Unsicherheit erkannten sie an seinen Händen. Der Vertraute besaß jeden Grund dafür. Beim Sprecher des Trupps handelte es sich um einen mittelgroßen, schlanken Mann Mitte Vierzig, der zwar elegant wirkte, aber dessen Augen einen mitleidlosen Glanz ausstrahlten. Links und rechts von diesem Mann befanden sich zwei große Männer, beide mit langen braunen Haaren, der Jüngere trug einen Kinnbart. Sie verfügten über breite Schultern und mächtige

Muskeln und strotzen vor Kraft. Hinter den beiden befanden sich vier weitere Männer in gleicher Größe. „Ich hasse Normannen", sagte Isabella leise. Sie besprachen die weitere Vorgangsweise. Die Asturierin holte Pfeil und Bogen und begab sich mit Pietro über das Innere des Hauses an die linke Seite des Hofes. Dort legte sie einen Pfeil auf die Sehne und visierte den Anführer an, der Trupp bemerkte ihr Kommen nicht. Sie wartete auf das Eingreifen von Nael, der im Haus die weitere Entwicklung abwartete. Cousin Enzo stand seitlich von Giovanni. „Wir haben besprochen, dass Giovanni und seine Familie Zeit haben, in Ruhe abzuziehen, wenn das Geschäft gilt", sagte er laut. Trotz der Normannen schien der schwarzhaarige Schönling keine Angst zu zeigen. Der Anführer lachte, die Normannen blickten ausdruckslos auf die Familie, der Junge drängte sich an seine Mutter. „Dieses Geschäft kostet mir viel Geld, lieber Enzo. Aber ich bin kein Unmensch und will dieses Haus haben. Dafür erlasse ich alle Schulden, denn ich mag meinen alten Freund Giovanni. Er soll in sein Landhaus ziehen, aber sofort." Am Ende bekam seine Stimme einen harten Ton. Enzo wollte etwas sagen, aber Giovanni unterbrach ihn. „Wir kennen uns lange, Francesco. Ich bin mir bewusst, das Geschäft ist hart, auch ich bin nicht immer gut mit Menschen umgegangen. Aber ich benötige den Wagen mit den vier Maultieren, damit ich gewisse Dinge mitnehmen kann. Bitte, lass mich in Würde gehen." Giovannis Stimme klang unsicher, er schien unter den Nachwirkungen des vorabendlichen Besäufnisses zu stehen, denn er zitterte. „Du musst nicht betteln. Francesco ist immer ein mitleidloser Bastard gewesen. Wir brauchen nichts, außer die Pferde!", rief Emilia laut und erzürnt. Die

Augen des schlanken Mannes verengten sich, aber er bekam sich wieder unter Kontrolle. „Ich verzeihe deiner arroganten Frau, eure Lage ist schlimm. Aber sie hat recht, ich würde auch nicht betteln. Was ist nur aus dir geworden, Giovanni?", fragte der Anführer kopfschüttelnd. Sein Blick fiel auf Emilia, deren Brust sich zornerfüllt hob. „Da du kein Geld hast und den Wagen benötigst, unser Geschäft aber das gesamte Inventar beinhaltet, mache ich dir einen Vorschlag. Deine stolze Frau kann es abarbeiten. Einige fröhliche Stunden mit der arroganten Emilia würden mein Herz erweichen, alter Freund." Er verhöhnte seinen langjährigen Geschäftspartner und rächte sich für die Beschimpfung durch dessen Frau. Giovannis Gesicht rötete sich, er zitterte stärker, der Zorn übermannte ihn. „Entschuldige dich bei meiner Frau, du Bastard!", rief er laut, aber Francesco schien unbeeindruckt zu sein. Er zeigte auf den älteren der beiden Normannen, die an seiner Seite standen. „Du kennst Tancred lange, er hat als Anführer deiner Leibwache gearbeitet, als du noch vermögend gewesen bist. Ich will dir ein Geheimnis verraten. Deine stolze Frau ist unter den Normannen als lüsternes Luder bekannt, Tancred hat unglaubliche Geschichten erzählt. Sie muss unersättlich sein. Ich bin überrascht, dass du noch nicht tot bist angesichts ihrer beschriebenen Fähigkeiten beim Liebesspiel." Stille trat ein nach seinen Worten. Der Normanne zeigte ein Grinsen, auch alle anderen verzogen ihr Gesicht. Francesco lächelte, sein Blick fiel auf Emilia. Im Hintergrund verfolgte Isabella die Szene. „Diese miesen Bastarde! Ich werde dich dafür töten, du arroganter Normanne", sagte sie leise zu sich selbst. Giovanni blickte auf Emilia, deren Gesicht rot anlief, die Demütigung vor allen setzte ihr zu. Plötzlich wurde der Mann ruhig, er lächelte seiner Frau aufmunternd zu. „Ich habe diesen Bastard damals entlassen, weil er meiner Frau nachgestellt hat. Er ist nicht viel wert, ähnlich wie sein Bruder. Meine Frau liegt richtig, denn du bist der größte Bastard in diesem ehrlosen Haufen. Die Demütigung meiner Frau ist zu viel gewesen, es gibt kein Geschäft. Verlasse mein Haus, Francesco, und nimm diese Normannen mit. Sie gehören zum schlechten Teil dieses stolzen Volkes." Laut und fest hallte die Stimme von Giovanni über den Hof, am Tor sammelten sich Zuseher, die die Szene gebannt verfolgten. Überrascht riss Francesco die Augen auf, mit dieser Wendung hatte er nicht gerechnet, aber er fasste sich bald. „Du irrst dich, das Geschäft gilt, denn du hast unterfertigt. Verschwinde mit deiner Metze, ich gebe dir eine halbe Stunde Zeit. Du darfst leben, auch deine Frau und dein kleiner Bastard, aber ansonsten bleibt alles hier. Hast du mich verstanden?" Francescos Stimme klang laut und bedrohlich, er meinte es ernst. In diesem Moment trat Nael aus dem Haus. Er deutete Emilia, mit dem Jungen im Haus zu verschwinden, sie folgte sofort seiner Aufforderung. Dankbarkeit war in ihren Augen zu erkennen, als der blonde Hüne vor Giovanni trat. Ein Ruck ging durch die Reihen der Normannen. Die Augen des Anführers und seiner Männer verengten sich. „Dreht eure Pferde und verschwindet, ansonsten wird es keiner überleben", sagte der große Baske ruhig. In seiner rechten Hand hielt er einen Speer, in der linken seine Wurfaxt. Giovanni zog ebenfalls sein Schwert. Enzo griff ein. „Was soll der Unsinn? Es handelt sich um rechtsgültiges Geschäft, Cousin!" Dann wandte er sich an Francesco. „Die Beleidigung seiner Frau ist eines

Geschäftsmannes in Rom nicht würdig, Francesco. Du bist zu weit gegangen, auch deine Männer!" Seine Stimme klang fest, er zeigte keine Furcht. Doch vorerst bewirkte sein Einschreiten keine Veränderung. Nael erkannte die Gefährlichkeit der Normannen, vor allem die beiden Anführer stellten eine Gefahr dar. Sie ähnelten sich in ihrem Aussehen, einer trug einen Kinnbart. Es standen erfahrene Kämpfer vor ihm, noch dazu saßen sie auf Pferden. Diesmal übernahm der Normanne Tancred das Reden. „Wie willst du es anstellen, Wikinger? Wir haben von dir gehört, auch von deiner Freundin. Wo ist sie überhaupt?" Nael hob die Wurfaxt, dies war das Zeichen für Isabella, die mit aufgelegtem Pfeil hinter ihrer Ecke hervortrat. „Ich bin hier, Bastard, und werde dich töten. Denn ich treffe alles, was ich ins Visier nehme." Sie spannte den Bogen und konzentrierte sich. Die Normannen drehten ihre Pferde. Einer wollte angreifen, aber ein Ruf von Tancred hielt ihn zurück. Die Männer blickten auf die rothaarige Kriegerin, die seitlich hinter ihnen stand. „Es sieht nicht gut für euch aus, Männer", sagte der Baske laut. Die Augen von Francesco und Tancred hafteten auf dem unerschütterlichen Hünen, dessen Augen kein Zucken erkennen ließen. Enzo wollte etwas sagen, aber der Jüngere der normannischen Brüder unterbrach ihn. „Halt den Mund! Ich regle das." Der Normanne wendete sein Pferd und ritt auf Isabella zu. Diese schien unbeeindruckt zu sein. „Wenn du näher kommst, bist du tot, Bastard!" Ihre Stimme hallte über den Hof, die Zuseher verfolgten das Geschehen gespannt. Der Normanne hielt sein Pferd an, er grinste über das ganze Gesicht. „Mein Name ist Guy, ich bin der Bruder von Tancred. Ich will dir sagen, dass ich beeindruckt bin, und rothaarige Frauen mag. Wir müssen uns unbedingt kennenlernen. Leg den Bogen weg und wir sprechen über alles, Schönheit." Er wollte anreiten, in diesem Moment ließ Isabella ihren Pfeil los, der sich in den Sattel unterhalb des Unterleibs bohrte. Das Pferd stieg hoch und der Normanne fand Mühe, dieses zu beruhigen. „Beim nächsten Mal bist du kein Mann mehr!", rief Isabella laut, ein Pfeil lag bereits auf der Sehne. Das Gesicht des Normannen verzerrte sich. Zorn blitzte in seinen Augen auf. Plötzlich ertönte die Stimme von Francesco. „Lasst diesen Unsinn! Enzo hat recht, es ist ein Geschäft. Niemand muss sterben." Seine Augen richteten sich auf Tancred. „Ruf deinen Bruder zurück, ansonsten entlasse ich euch alle. Hast du mich verstanden?" Der große Normanne blickte in die harten Augen des Lombarden. Er kannte dessen Macht, die sich auch in Geschäften mit adeligen Normannen niederschlug und konnte es sich nicht leisten, mit Francesco zu streiten. Tancred rief nach Guy, dieser kam widerwillig zurück. „Schade, rothaarige Schönheit, aber wir sehen uns wieder", sagte dieser laut. Francesco blickte die Brüder an. „Wenn noch einmal einer von euch spricht, bevor ich es sage, könnt ihr gehen. Dann ist es am besten, ihr verlasst das schöne Italien." Der Geschäftsmann wirkte hart, er machte keine leeren Versprechungen. Die Normannen dahinter wirkten unschlüssig, aber ihre beiden Anführer bekamen die Situation unter Kontrolle. „Es wird nicht mehr vorkommen, Signore Francesco", sagte Tancred. Der Geschäftsmann nickte und wandte sich Nael und Giovanni zu. Die Brüder nahmen wieder ihre Plätze ein. „Ich mag das Talent von Enzo, das Richtige zu sagen. Er liegt richtig, ich bin zu weit gegangen. Ich entschuldige mich bei deiner Frau, mein Verhalten ist falsch gewesen." Giovanni blickte auf Francesco, während Nael die Normannen nicht aus den Augen ließ. Langsam steckte er sein Schwert ein. Emilia trat aus dem Haus, der Junge hielt ihre Hand. Ihr Blick traf sich mit dem von Tancred, aber der Normanne ließ nichts mehr erkennen. Giovanni ergriff das Wort. „Mein Cousin Enzo ist ein Talent in der Vermittlung von Geschäften und Absprachen. Ich habe alles unterfertigt und will nach dem Verlust meines Vermögens nicht den Ruf eines ehrbaren Geschäftsmanns verlieren. Wenn du mir Zeit gibst, werden wir verschwunden sein, wenn du mit deinen Männern morgen hier zur selben Zeit auftauchst. Wir lassen alles hier, auch den Wagen, und nehmen nur unsere Pferde." Francesco nickte und erwies sich plötzlich gönnerhaft. „In Anbetracht unserer langjährigen erfolgreichen Geschäftsbeziehungen und deines schmerzhaften Verlustes überlasse ich dir den gewünschten Wagen und die vier Maultiere. Belade ihn mit allem, was du mitnehmen willst. Ich muss das Haus sowieso neu gestalten. Wir kommen morgen um die gleiche Zeit. Ich wünsche dir viel Glück, alter Freund", sagte Francesco laut. Dann wendete er sein Pferd und ritt aus dem Hof, die Normannen folgten. Die Zuseher machten Platz und wirkten enttäuscht angesichts des friedlichen Ausgangs des Konflikts. Guy zwinkerte Isabella beim Vorbeiritt zu, er wirkte arrogant. Sie hielt den Bogen, bis der letzte Normanne verschwand, dann ließ sie den Pfeil los. Dieser schlug im Holz des Tores ein. „Verschwindet, ihr Gaffer!", schrie sie laut und sandte einen zweiten Pfeil ab. Erschrocken liefen die Zuseher auseinander und verschwanden schnell. „Sensationsgierige Idioten, am liebsten haben sie Tote", schimpfte sie vor sich hin, während sie ihre Pfeile holte, der Pfeil aus dem Sattel lag am Boden. Guy entfernte ihn vor seinem Abritt. Isabella wusste, dass die Sache mit diesem Normannen nicht vorbei war. Giovanni wandte sich Nael zu. „Danke, mein Freund." Auch in Emilias Augen leuchtete Dankbarkeit auf, der Junge schien begeistert zu sein. „Wir haben sie vertrieben!" Der Baske schüttelte lächelnd den Kopf, während seine innere Anspannung nachließ. Ein Kampf wäre vielleicht nicht gut ausgegangen, obwohl mit Isabellas Unterstützung mit Pfeil und Bogen die Vorteile auf ihrer Seite lagen. Er kannte ihre Fähigkeiten in der Waffentechnik, sie erbte sie von ihren Eltern und verfeinerte sie. Enzo trat näher. „Was machst du für seltsame Dinge, Giovanni? Dann greifen auch noch deine wildgewordenen Barbaren ein. Wir können froh sein, dass Francesco sich nachgiebig gezeigt hat." Giovannis Augen verengten sich. „Er hat Emilia schlimm beleidigt und wollte uns vertreiben wie Hunde. Nur durch das Eingreifen von Nael und Isabella hat sich das Ganze wieder zum Guten gewendet." Enzo schien anderer Meinung zu sein. „Diese Nordmänner hätten uns alle niedergemacht, dieser Wikinger und seine verrückte Freundin haben uns gefährdet!", schrie er laut. Nael fasste ihn mit einer Hand am Kragen und drückte ihn mit einer kraftvollen Bewegung gegen die Hauswand. Dann hob er seine Axt und zeigte sie dem Römer. „Du irrst dich, keiner dieser Männer hätte überlebt." Enzo blickte in Naels ausdruckslose Augen und schnappte nach Luft, denn dessen Griff am Hals verstärkte sich. Plötzlich riss er den Römer von der Wand weg und warf ihn mit einer Hand in den Hof. Dieser erholte sich rasch und sprang auf. „Du verdammter Wilder, ich werde dich töten." Er holte sein Messer heraus, während der Baske ihn mit der Axt in der Hand anblickte. „Ich glaube, dein Cousin will sterben", sagte Isabella zu Giovanni. „Was soll der Unsinn, Enzo? Steck dein Messer ein. Du hast Nael und Isabella beleidigt." Der Angesprochene blickte auf den Basken, der ihn stoisch fixierte. Enzo erkannte, dass er gegen den Hünen chancenlos war. Er steckte sein Messer weg, zurückblieb sein verletzter Stolz, aber er konnte damit umgehen. „Nun gut, lassen wir das. Ich bin ein Mann des Geschäfts, nicht des Kampfes. Es ist alles vorbei, bis morgen müsst ihr das Haus verlassen." Emilia ergriff das Wort. „Es sieht aus, als ob du dich darüber freust, Cousin Enzo." Der Angesprochene schüttelte den Kopf. „Ich habe viele Stunden damit verbracht, euch zu helfen, damit nicht mehr passiert. Das Geschäft ist erledigt, ohne dass eure Familie zu Schaden gekommen ist, ihr hinterlässt keine Schulden. Aber ich erwarte mir keine Dankbarkeit, auch du hast mir in meinen Anfangsjahren geholfen, Giovanni." Dieser winkte ab und lächelte. „Emilia meint es nicht so, der Verlust des Hauses schmerzt sie, wie uns alle. Aber du hast uns geholfen, in Würde zu gehen, dafür bedanke ich mich. Auch für deine Worte zuvor, als du Schlimmeres verhindern wolltest, lieber Enzo." Er trat zu seinem Cousin und umarmte ihn, auch seine Frau kam hinzu. Sie entschuldigte sich bei Enzo, der diese lächelnd annahm. Isabella blickte auf Nael. Cousin Enzos Rolle in diesem Geschäft erschien undurchsichtig, sie traute diesem Mann nicht. Er schien nicht ehrlich zu sein zu Giovanni, aber sie besaß kein Talent für Geschäftsabschlüsse, vielleicht gab es für sein Verhalten eine logische Erklärung. Zumindest schien er kein Feind der Familie zu sein, gute Kaufleute verdienten an jedem Geschäft, deswegen musste er kein schlechter Mensch sein. Der Hauptfeind der Familie schien der Tuskulaner Dino zu sein, dies war offensichtlich. Nach den Ereignissen zogen sich alle in den Hauptraum zurück und besprachen die weitere Vorgangsweise. Sie holten den schweren, großen Wagen mit der Plane und beluden ihn mit diversen Möbelstücken und Truhen, in denen sich gute Kleidung und wertvolles Geschirr befanden. Bis zum Abend waren sie fertig und banden alles gut fest, damit die Gegenstände sich während der Fahrt nicht selbstständig machten. Danach aßen sie Schinken mit Brot und tranken Rotwein dazu. Isabella verzichtete auf das Getränk und trank Wasser. Sie aßen schweigend, keiner verspürte das Bedürfnis zu reden. Enzo verschwand bald nach dem Essen und teilte mit, dass er die Familie auf dem Landsitz besuchen würde. Giovanni und Emilia verabschiedeten sich mit einer Umarmung. Isabella und Nael wurden mit einem kurzen Nicken bedacht. „Mein Leben würde ich diesem Mann nicht anvertrauen, das gilt nur für Männer wie dich. Ich wiederhole mein Angebot von gestern, Baske. Wir können uns gegenseitig abkühlen", sagte die rothaarige Asturierin mit verlockendem Blick, aber Nael schüttelte den Kopf. Sie schlug ihm lachend gegen die Schulter und kam auf dem Weg zu ihrem Zimmer an Emilia vorbei. Isabella hob kurz die Augenbrauen. „Ich hoffe, der große Baske erweckt keine Wünsche in dir, Emilia. Denn er wird sie nicht erfüllen, solange dein Mann lebt." Diese nickte und Isabella verschwand. Sie blickte auf Nael, tatsächlich verspürte sie große Sehnsucht nach dem hünenhaften Mann mit den mächtigen Muskeln. Plötzlich atmete Emilia schwer, die Erregung stieg hoch, als sie ihn anblickte.

Sie dachte an sein Auftreten gegen die Normannen unter Francesco. Furchtlos und unüberwindbar stand er einer Überzahl gegenüber, sein Selbstbewusstsein schien nicht gespielt zu sein, er handelte überlegt und nicht in heroischer und selbstmörderischer Absicht. Dieser Mann erregte sie nicht nur, er drängte sich immer mehr in ihre Gedanken, aber sie wusste, dass Isabella richtig lag. Giovanni würde immer zwischen ihnen stehen. Dies machte sie traurig, aber sie wollte loyal zu ihrem Mann stehen. Aber sie fürchtete sich vor der Langeweile der Provinz, denn sie kannte sich selbst am besten. Manchmal überkam sie eine große Lust, sie dachte an die zurückliegenden Erlebnisse mit dem Normannen Tancred und Dinos überraschendem Besuch. Sie gestand sich ein, dass das Erlebnis keinen Missbrauch darstellte. Zuerst widersetzte sie sich ihrem ehemaligen Liebhaber, aber schließlich gab sie willig nach und genoss die Zweisamkeit ausgiebig. Dino zerstörte das Erlebnis mit seiner anschließenden Arroganz, beim nächsten Mal würde sie sich wehren, zumindest hoffte sie das. Es gab noch einen Mann aus Rieti, mit dem sie sich bisweilen traf. Diese Treffen fanden früher während der Erntezeit statt, wenn sich ihr Mann auf Geschäftsreisen befand und die Bediensteten bei den Erntetätigkeiten eingesetzt wurden. Emilia holte tief Luft und trat zu dem Basken, der ihre Unsicherheit nicht bemerkte. „Ich bedanke mich bei dir, Nael", sagte sie leise und legte eine Hand auf seine Schulter. Der Baske spürte die Berührung und nickte. Emilia verschwand und Nael ging nach draußen. Er schloss die Tore und setzte sich auf die Veranda, um den Wagen zu bewachen. Atanasio und Pietro wollten ihn in ein paar Stunden ablösen. Die Dunkelheit brach an in diesem schönen Land. Er blickte zum Himmel, Sterne leuchteten. Nael dachte an die Zukunft und vor allem an Emilia. „Was wird geschehen, Alva? Diese Frau macht einen großen Eindruck auf mich, aber sie ist gefährlich. Isabella liegt richtig, aber ich fühle mich zu ihr hingezogen", sprach er leise. Er verdrängte seine Gedanken an die schöne Römerin und beobachtete den Hof, über den die Dunkelheit hereinbrach. Nael hörte die Geräusche der Nacht und der Siedlung, die um die Lateranbasilika entstand. Sie blieben nicht lange in Rom, aber vielleicht kehrte er zurück. Es handelte sich um eine der wichtigsten Städte der Christenheit. Papst, Kaiser und deren Höflinge trieben sich herum. Ein guter Kämpfer konnte an diesem Ort gut verdienen, die Normannen unter Tancred bewiesen es. Nach ein paar Stunden kamen Atanasio und sein Sohn Pietro, die die restliche Nachtzeit als Wache übernahmen. Am nächsten Vormittag spannten sie die Maultiere vor den schweren Wagen. Emilia und Marco bezogen ihre Plätze im Inneren, während Atanasio und Pietro den Wagen lenkten. Giovanni bestieg das dritte Pferd. Isabella und Nael folgten hinter dem Wagen, der langsam zum Tor hinausfuhr. Noch einmal blickte der Römer auf sein verlorenes Haus zurück, seine Frau Emilia verzichtete auf Melancholie. Lange hielt Giovanni vor dem Tor. Tränen standen in den Augen des Mannes, aber keiner bemerkte es. Er schloss das Tor und folgte dem Wagen, der die Via Salaria Richtung Rieti nahm. Die nächsten Tage fuhren sie Richtung Nordosten, es herrschte reger Verkehr Richtung Rom. Die Straßen zeigten sich in keinem guten Zustand, oft handelte es sich um Überreste alter Straßen des untergegangenen

Imperiums. Immer wieder rasteten und übernachteten sie und näherten sich ihrem Ziel zwar langsam, aber unaufhaltsam.

4.
Juni 1036 bis August 1036

Der schwere Wagen rollte langsam die Via Salaria entlang, das Gelände stieg stetig an. Es handelte sich um eine schöne Landschaft, der Frühjahr zeigte sich in voller Pracht. Das vorläufige Ziel ihrer Reise hieß Rieti. Die Stadt stellte den Hauptort der Region dar und war seit langem Bischofssitz, derzeit residierte Giovanni aus der Familie der Crescentier als Bischof in der Stadt, zudem residierte ein Graf in der Stadt, die nominell zum Herzogtum Spoleto gehörte. Sie wurde vor langer Zeit gegründet und war im untergegangenen Imperium Romanum als Reate bekannt. Rieti lag am Fluss Velino, nördlich der Stadt mündete der Fluss Toleno in den Velino, südlich der Stadt der Fluss Salto. Die Umgebung von Rieti wurde seit Urzeiten besiedelt, zuerst von den Aboriginern, die von den Sabinern vertrieben wurden. Die uralte Stadt Reate stellte einen Hauptort der Sabiner dar, die von den Römern unterworfen wurden. Der Name ging der Legende nach auf Rhea Silvia, der Mutter der römischen Stadtgründer Romulus und Remus, zurück. Derzeit stellte sie das Machtzentrum der Familie der Crescentier dar. Giovanni erzählte auf ihrer Reise von der Geschichte dieser Familie, die auf ein uraltes römisches Patriziergeschlecht zurückging. „Die Menschen bezeichnen sie als Crescentier, da der Vorname Crescentius in dieser Familie sehr oft vorgekommen ist. Die obersten Familienangehörigen bezeichnen sich als Oktavianer, daneben gibt es noch die Stephaner. Es ist verwirrend", sagte Giovanni kopfschüttelnd. „Warum fahren wir nicht die Via Valeria Richtung unserem Besitz und meiden die Stadt?", fragte Emilia. Giovanni schüttelte den Kopf.

„Ich muss in die Stadt und will mit einigen Leuten reden, vielleicht erhalte ich eine Audienz bei Bischof Giovanni. Zumindest sind wir Namensvettern." Der Römer lächelte und versuchte, eine gute Stimmung zu erzeugen, aber derzeit herrschte keine gute Laune, vor allem bei seiner Frau. Giovanni erklärte, dass sie nach dem Besuch in der Stadt den Fluss Toleno südlich fahren würden. „Unser Landbesitz liegt in den Sabiner Bergen fast in der Mitte zwischen Rieti und dem Fuciner See, in der Nähe der Stadt Carseoli. Es ist eine herrliche Landschaft, ich liebe es mehr als Rom." Seine Augen leuchteten, als er von seiner Heimat erzählte. Nael sah dem Mann die starke Verbundenheit mit dieser Region an. Isabella sprach nicht viel, sie verzichtete auf weitere Provokationen gegenüber dem Basken. Der kleine Marco ritt oft mit ihm, Nael platzierte den Jungen vor sich im Sattel. In der Stadt angekommen, suchten sie einen Mietstall. Sie wurden aufmerksam beobachtet, aber es gab in diesen Tagen einigen Verkehr, der von der Stadt hinein und hinaus führte. Über den Fluss Toleno führte eine Brücke. Giovanni leitete die Gruppe zu einem Haus, das über einen Mietstall verfügte. Der Besitzer erkannte ihn und begrüßte ihn freundlich. „Wir werden hier zwei Tage Quartier beziehen und dann weiterfahren. Ich muss zum Bischof, er wird mir helfen", sagte er, langsam kehrte sein Optimismus zurück. Sie zogen sich bald in ihre Quartiere zurück. Die Familie bezog ein Zimmer, die anderen schliefen im Anbau des Mietstalls. In den nächsten beiden Tagen versuchte Giovanni erfolglos, zum Bischof zu gelangen. Resignierend stand er vor der Gruppe, als er davon erzählte. „Angeblich befindet er sich nördlich im Tal des Velino und besucht Marcello, einen mächtigen Mann aus der

Familie. Sie wollen nach Rom zurück und die Tuskulaner vertreiben, diese Narren", sagte er verständnislos und schüttelte den Kopf. „Es ist egal, was die Mächtigen tun. Wir müssen auf uns achten, Giovanni. Kehren wir nach Hause zurück. Enzo wird vermutlich bald auftauchen, er besitzt gute Kontakte zu Marcello und dem Bischof. Er gehört auch diesen Narren an, wie du sie nennst", sagte Emilia ernst. Sie wirkte zurückgezogen und distanziert auf der Reise, sprach nur mit ihrem Sohn, manchmal mit Giovanni. Nach dem erfolglosen Besuch in der Stadt Rieti fuhren sie den Fluss Toleno südwärts und näherten sich der Stadt Carseoli, die ein kleines Zentrum in den Sabiner Bergen darstellte. Sie fuhren durch eine wunderschöne Landschaft, die vom Fluss durchzogen wurde, selbst Isabella schien von der Schönheit der Natur angetan. Überall gab es Olivenplantagen, auch Wein wurde angepflanzt. Vor der Stadt Carseoli und der Via Valeria zogen sie mit dem Wagen Richtung Nordosten, bald darauf erblickten sie eine Anhöhe, wo ein schönes Landhaus stand. Beeindruckt von der Umgebung ritten Isabella und Nael schweigsam in den Hof des großen Hauses, das an alte römische Landsitze erinnerte. Es gab eine Veranda und das Haus verfügte über Nebengebäude, die als Ställe und Lager dienten. Eines fehlte in diesem Bild, nämlich Bedienstete, die ihren Herrn erwarteten. Atanasio sprang vom Wagen und rief nach seiner Familie. „Silea, Ornella, Ferrucio! Wo seid ihr?" Niemand reagierte, misstrauisch blickten sich alle um. Emilia stieg mit Marco vom Wagen, während Giovanni ins Haus lief. Sie durchsuchten alles, fanden aber die Familie nicht. Das Haus wies starke Spuren eines ungebetenen Besuchs auf. „Ich weiß, wo sie sind, Papa. Erinnere dich an

deine Worte, wo sie hingehen sollen, wenn Gefahr droht!",
rief Pietro laut. Isabella blickte auf den fast erwachsenen Jungen. Er erwies sich als loyal und anständig, obwohl sie seine
Blicke bemerkte, mit denen er sie bisweilen ansah. „Der
Junge wird zum Mann", sagte sie dann immer sarkastisch.
Atanasio und Pietro verschwanden, während die anderen das
Haus inspizierten. „Sie haben mein Geld gesucht", sagte
Giovanni mehr zu sich selbst, aber Nael hörte seine Worte.
Der Baske winkte Isabella, gemeinsam durchstreiften sie die
Anbauten und Ställe, aber es gab keinen Feind mehr. Offensichtlich suchten die Eindringlinge nach Wertgegenständen,
laut Giovanni fehlten einige goldene Becher. Bald darauf
kehrten Atanasio und Pietro zurück, ihnen folgten eine ungefähr dreißigjährige, mollige Frau, ein Mädchen von acht
Jahren und ein Junge im Alter von Marco. „Ferrucio!", rief
dieser und eilte seinem Freund entgegen. Atanasio stellte
seine Frau Silea, seine Tochter Ornella und seinen jüngsten
Sohn Ferrucio vor, alle verneigten sich. Er erzählte anschließend, dass sie vor fremden Kriegern Schutz suchten, die zum
Haus ritten. „Ich habe ihnen immer erklärt, was sie in solchen Fällen tun sollen, und sie haben sich daran gehalten",
sagte er stolz. Die kleine, mollige Silea erzählte lautstark in
ihrem regionalen Dialekt von den Ereignissen, Isabella und
Nael konnten nicht immer folgen. „Du musst langsamer
sprechen, Silea. Signore Nael und Signora Isabella kommen
aus Hispanien", sagte Atanasio laut. Doch seine Frau schien
keine ängstliche Natur zu sein, ein Redeschwall ergoss sich
über ihren Mann, dazu folgten einige Schimpfwörter. Emilia
ging zu der Frau und legte ihre Hände auf die Schultern. „Es
ist gut, Silea. Du bist aufgeregt, aber wir müssen wissen, was

passiert ist." Lächelnd blickte sie die aufgebrachte Frau an, die sich schnell beruhigte. Auch die Kinder wirkten nicht eingeschüchtert. Der Baske schlug Atanasio auf die Schulter. „Du hast eine großartige Familie, mein Freund, darauf kannst du stolz sein", sagte er anerkennend. Atanasio nickte und erzählte seiner Familie von Naels und Isabellas Kämpferfähigkeiten. Die junge Ornella blickte interessiert auf Isabella. „Bist du eine Kriegerin, Signora?", fragte sie gespannt. Die Asturierin nickte. Sofort erwachte das Interesse der Kinder, auch der kleine Ferrucio beteiligte sich daran. Trotz der zurückliegenden Ereignisse verströmte die Familie großen Optimismus und sprühte vor Lebensfreude. „Du musst mich nicht immer so genau betrachten, Pietro. Richte deine Augen mehr auf gleichaltrige Mädchen", sagte Isabella lächelnd. Der Angesprochene wurde rot, seine Mutter begann zu schimpfen und schlug ihn auf den Kopf. Ornella lachte. „Er hat nur Mädchen im Kopf, dieser Halunke. Er ist wie sein Vater!", rief Silea laut, während Pietro vor seiner Mutter flüchtete. Atanasio schüttelte den Kopf. „Du redest Unsinn, Silea. Der Junge wird erwachsen. Wen soll er sonst ansehen, seine Mutter?" Er erntete einen Redeschwall seiner schimpfenden Frau. Die Umstehenden lächelten, die Szenerie des Familienlebens sorgte für Erheiterung. Atanasio winkte ab. „Sie ist manchmal verrückt, aber ich liebe sie", sagte er achselzuckend. Silea schüttelte den Kopf. „Der Mann muss froh sein, dass ich ihn genommen habe. Dieser Halunke hat jedem Mädchen nachgestellt, sie sind alle geflüchtet. Sein missratener Sohn kommt nach ihm. Ich muss mich entschuldigen, Signora", sagte sie zu Isabella, aber diese lachte und winkte ab. „Pietro ist in Ordnung. Er ist ein Mann, sie sind alle gleich", antwortete sie laut, worauf Silea ihr lautstark zustimmte. Die Asturierin schien das Interesse der Familie geweckt zu haben, denn sie wurde von den Kindern mit Fragen eingedeckt, bis Atanasio für Ruhe sorgte. „Du hinterlässt einen guten Eindruck", sagte Emilia zur rothaarigen Asturierin, sie wirkte nicht neidisch. Danach gingen alle in das Haus. „Bevor wir alles wieder in Ordnung bringen, werden wir gemeinsam essen!", rief Giovanni. Er ließ einige Vorräte holen und kochte selbst. „Macht er das oft?", fragte Nael. Emilia schüttelte den Kopf. „Nur besonderen Gästen wird diese Ehre zuteil, er kocht vorzüglich. Ich denke, dass ihr es euch verdient habt", sagte sie ernst. Ihr Blick traf sich mit dem des Basken. Während Giovanni gemeinsam mit Silea kochte und die Jungen im Hof sich herumbalgten, führte die Hausherrin Isabella durch das Haus und zeigte ihr alle Räume. „Nael und du werdet im Haus schlafen, Giovanni will es so", sagte die ruhige Emilia und zeigte Isabella den Schlafraum. „Ich hoffe, es stört dich nicht, wenn ihr gemeinsam einen Raum bezieht", sagte die Römerin. Isabella schüttelte den Kopf. „Was soll mich daran stören? Ich kenne den Mann und seine körperlichen Vorzüge. Es gibt aber kein gemeinsames Erlebnis mehr. Nael hat sich neu orientiert, er ist mehr an dir interessiert", antwortete sie offen. Überrascht blickte Emilia die Asturierin an. „Ich habe nicht die Absicht, eure Zukunft zu stören." Isabella lächelte und schüttelte den Kopf. „Es gibt keine gemeinsame Zukunft, wir leben und scheiden als Freunde und Kampfgefährten. Das ist in Ordnung. Nael ist ein besonderer Mann, auch wenn er bisweilen wie ein linkischer Barbar wirkt. Ich gehe davon aus, dass er bei dir bleiben wird, um dich zu schützen." Emilias Blick wirkte verunsichert ob der Offenheit der Asturierin. „Ich denke, er gefällt dir auch, aber er wird Giovanni niemals in den Rücken fallen, Emilia. Das solltest du akzeptieren, du brauchst ihn nicht zu umgarnen. Wenn du offen mit ihm umgehst, wird er aus freien Stücken hierbleiben, solange er es für notwendig erachtet." Die Römerin nickte, die offene Aussprache gefiel ihr. „Was ist mit dir, Isabella? Wohin führt dein Weg?" Die Asturierin zuckte mit den Schultern. „Ich werde für einige Monate hierbleiben. Wenn es euch gefällt, vielleicht bis zum nächsten Frühjahr. Aber irgendwann wird mir langweilig und ich muss die nächste, große Stadt aufsuchen, darin sind wir uns wohl ähnlich, Emilia. Wir verspüren Lust auf Leben und jede von uns erfüllt sich ihre Bedürfnisse auf ihre persönliche Art und Weise." Ihre Stimme klang nicht vorwurfsvoll, sie äußerte ihre Meinung aufgrund ihrer Einschätzung. „Du hast große Fähigkeiten, liebe Isabella. Vielleicht solltest du bleiben und wir arbeiten gemeinsam an der Erfüllung unserer Ansprüche. Es gibt adelige, junge Männer in der Umgebung", sagte Emilia. Isabella erkannte die Ernsthaftigkeit des Vorschlags, schüttelte aber den Kopf. „Diese Art von Mann und Gesellschaft ist auf Dauer nichts für mich, ich tendiere zu anderen Männern." Die Römerin hob ihre Augenbrauen. „Meinst du diesen außergewöhnlichen Sänger, liebe Isabella?" Diesmal klang ihre Frage süffisant, aber die Asturierin ging nicht darauf ein. „Warum wird immer dieser Gaukler erwähnt? Ich habe kein Interesse an diesem Mann." Emilia lachte. „Du musst entschuldigen, aber du solltest auch bedenken, dass er über Fähigkeiten verfügt, die viele andere Männer nicht haben. Es muss nicht immer ein Kämpfer sein, wobei ich nicht glaube, dass er nur Musikinstrumente gebrauchen kann." Isabella winkte ab und ging nicht mehr darauf ein. Die Frauen kehrten vom Rundgang zurück, alle versammelten sich im großen Gastraum des Hauses. Zwei große Töpfe wurden gebracht, in einem gab es längliche Teigwaren, der andere enthielt eine rote, mit Fleischstücken und Gemüse versetzte Soße. Alle aßen hungrig, das Gericht schmeckte tatsächlich vorzüglich. Isabella teilte dies dem Hausherrn mit, der sich angesichts des Appetits seiner Gäste freute, auch die gesamte Familie von Atanasio saß am Tisch. Dies schien auch Emilia nicht zu stören, sie zeigte mittlerweile ein entspannteres, sympathischeres Wesen. Nach dem Essen erzählte Silea vom Auftauchen fremder Krieger. „Sie verwendeten die Sprache der Nordmänner, die vor allem den Süden Italiens bevölkern", vollendete die mollige Frau ihre Erzählung. Die Beschreibungen der Krieger ergaben keinen Verdacht, da Nael die Normannen von Francesco ansprach. Giovanni schüttelte den Kopf. „Das kann nicht sein. Francesco will nach Rom, Sabina interessiert ihn nicht. Die Normannen aus dem Süden neigen zu Überfällen, sie haben Geld und wertvolle Dinge gesucht, aber nicht viel gefunden." Danach wurde über die anfallenden Arbeiten gesprochen, vor allem die Ernte der Oliven stellte das Hauptthema dar. „Wir besitzen auch Weinstöcke, die uns mit unserem guten Wein versorgen. Atanasio ist ein wahrer Meister in der Weinherstellung." Der Angesprochene nickte dankbar für das Lob seines Herrn. Sie verschoben die Aufräumarbeiten auf den nächsten Tag. Nael und Isabella bezogen ihren Raum, in dem zwei Betten standen, die über weiche Matratzen verfügten. Sie sprachen über den Überfall. Der Baske glaubte nicht an Zufall. „Ich kenne die Gegend zu wenig, aber dieses Tal ist etwas abgelegen. Diese Normannen haben ihr Ziel gekannt und nach dem Geldversteck des Giovanni gesucht. Er hat mehrmals davon erzählt, aber nur wenige wissen davon." Der Baske verstummte und hing seinen Gedanken nach. Isabellas Misstrauen war ebenfalls erwacht. „Ich traue diesem Enzo nicht, er wirkt nicht ehrlich. Zudem trägt er einen großen Hass auf die Tuskulaner mit sich. Aber Giovanni hat ihm geholfen, sie verstehen einander gut. Sie sind Geschäftspartner, die einander vertrauen. Es gibt keinen ersichtlichen Grund für ihn, der Familie zu schaden", sagte sie nachdenklich. Isabella dachte an Emilia, aber sie bemerkte keine Veränderung deren Verhaltens bei Auftauchen von Enzo. Dieser zählte zwar zu ihren früheren Verehrern, aber deren gab es sicher viele. Sie verdrängte den Gedanken und dachte an den Tuskulaner Dino. Dieselben Gedanken verfolgte auch Nael, der dies ansprach. „Dino verfolgt die Familie mit seinem Hass. Ich gehe davon aus, dass er sie weiterhin demütigen will. Das ist unser Feind, der viel Geld zur Verfügung hat. Wir werden ab morgen die Gegend erkunden und die Möglichkeiten der Verteidigung ausloten. Ich hoffe, du hilfst mir, Isabella." Die rothaarige Asturierin lächelte. „Natürlich helfe ich dir, aber wir sind nur zu zweit", antwortete sie. Der Baske wies auf Atanasio und Pietro hin. „Die beiden müssen sich um die Organisation der Arbeit kümmern, aber sie sollen auch Patrouillen reiten, wobei der kleine Lüstling mit dir reiten wird. Er zieht mich mit seinen Augen aus, einmal muss ich ihn vermutlich verprügeln." Nael lachte. Bald darauf kehrte Ruhe ein im Landhaus der Familie, die Bediensteten schliefen in einem kleinen Nebengebäude. In den nächsten Tagen und Wochen erkundeten Nael und

Isabella die Umgebung des Landhauses und besuchten die kleine Stadt Carseoli. Die Menschen in den Sabiner Bergen wirkten fröhlich und freundlich, dies übertrug sich auf die Familie und ihre Angestellten. Giovanni und Emilia schienen ihre Streitigkeiten beendet zu haben, die Ehe wirkte in der vertrauten Umgebung harmonischer. Er unterrichtete sie vom vorhandenen Geld, das die Eindringlinge nicht fanden, dies beruhigte Emilia nachhaltig. Sie verloren zwar ihren Stadtbesitz, verfügten aber über die Olivenplantagen und Weinstöcke, die Erntearbeiten konnten bezahlt werden. Zudem versuchte Giovanni die Kontakte zum Bischof von Rieti und den Mächtigen der Familie Crescenti zu verbessern. Bisher schien dies nicht notwendig zu sein, da er seit Jahren gute Geschäftsverbindungen zu allen Familien pflegte. Aufgrund der Ereignisse fühlte er sich gezwungen, sich mehr in die Familienangelegenheiten zu integrieren, ohne dabei in den inneren Kreis zu geraten, der einen offenen Kampf gegen die herrschenden Tuskulaner vorbereitete. Dies führte bisweilen zu angeregten Diskussionen mit Enzo, der in Rieti ein Haus besaß. „Unser Bischof Giovanni wird diesen unwürdigen Benedikt ablösen und wieder den Platz einnehmen, der unserer Familie seit Urzeiten zusteht. Wir sind alter, römischer Adel, nicht wie diese fränkischen Emporkömmlinge!“, rief Enzo laut. Sie saßen in seinem Haus und tranken Rotwein. Die Tuskulaner führten ihr Geschlecht auf Alberich I., Herzog von Spoleto, zurück, der die Tochter des römischen Adelsführers Theophylakt I. von Tusculum heiratete. Dieser begründete die erfolgreiche Dynastie mit Stammsitz in Tusculum, die derzeit die herrschende Macht in der heiligen Stadt Rom darstellte. Enzos

Augen glühten. Er lebte einen fanatischen Hass gegen die Tuskulaner. Giovanni kannte den Grund nicht. „Diese dahergelaufenen Barbaren nehmen sich alles und vertreiben die meisten von uns aus der Stadt. Aber sie werden dafür büßen!", schrie er laut, der Weinkonsum wirkte. Giovanni fühlte sich in seiner Rolle als Kaufmann wohler als in der eines Revolutionärs und Kämpfers. „Benedikt versucht trotz seiner Jugend mit allen Kontakte zu knüpfen und niemand zu benachteiligen", antwortete Giovanni ruhig. Enzo schüttelte wild den Kopf. „Er muss tun, was sein alter Vater Alberich und sein großer Bruder Gregor sagen und diese werden uns weiter benachteiligen!" Giovanni hob resignierend die Schultern, mit seinem Cousin war manchmal schwer zu sprechen. Dieser schien sich zu beruhigen, sein Blick fixierte sein Gegenüber. Plötzlich lächelte er, die Verwandlung erschien seltsam, stellte aber ein bekanntes Verhaltensmuster von Enzo dar. „Wie geht es Emilia? Hat sie sich beruhigt?" Giovanni nickte und erzählte von seinen Reserven, die seiner Familie über die schwere Zeit hinweghelfen würden. Überrascht hob sein Cousin die Augen, anschließend nickte er anerkennend. „Der gute, alte Giovanni sorgt immer für Überraschungen. Du hast immer auf Reservenbildung hingewiesen, vor allem Barvermögen. Es muss wohl ein gutes Versteck sein, wenn es Emilia nicht gefunden hat", sagte er süffisant. Giovannis Blick verfinsterte sich, er mochte diese Anspielungen nicht. „Emilia ist in Ordnung. Ich habe ihr ein gutes Leben versprochen, das werde ich halten." Enzo zuckte mit den Schultern. „Es ist deine Sache, Cousin. Aber die Äußerungen Francescos wegen der Normannen sind weiterhin Gesprächsstoff. Deine Frau neigt manchmal zur

Lebenslust, es gibt auch Gerüchte wegen Dino, lieber Cousin. Dieses Verhalten schädigt den Ruf der Familie", entgegnete Enzo vorwurfsvoll und schenkte seinen Becher voll. Gierig trank er den süffigen Rotwein. Giovanni wirkte nachdenklich, die Anschuldigungen gegenüber Emilia gefielen ihm nicht. Er wechselte das Thema und kam auf die Ernte im Herbst zu sprechen. „Die Oliven gedeihen, auch der Wein wird einen guten Ertrag abwerfen. Wir werden vieles verkaufen, ich habe bereits Zusagen aus Rieti und Carseoli erhalten. Ab nächstem Jahr geht es wieder bergauf, vielleicht werde ich die Kontakte an die Ufer des Adriatischen Meeres verstärken." Giovanni wirkte positiv gestimmt, auch die Bewohner der umliegenden kleinen Siedlungen würden bei der Ernte helfen. Enzo bewunderte seit vielen Jahren das Talent seines älteren Cousins für das Geschäft, er konnte auf Veränderungen der Lage reagieren. Andererseits kritisierte er das tolerante Verhalten gegenüber den Angehörigen der Tuskulaner, obwohl seine Familie selbst Verwandtschaften pflegte. „Ich bewundere deine Wendigkeit und Ideen im Geschäft, nicht jeder wäre mit dem großen Verlust dermaßen ruhig umgegangen. Aber ich vermisse Stolz, du trittst nicht energisch genug gegen unsere Gegner auf. Auch deine Frau führt dich vor." Ein leiser Hauch von Verachtung klang aus Enzos Stimme. Giovanni überlegte lange, seine gute Laune schien verflogen zu sein, er wirkte nachdenklich. Er blickte auf seinen Cousin, dann schüttelte er den Kopf. „Wenn ich diese Art von Mann wäre, hätte ich dich längst töten müssen. Du bist in den letzten Jahren am häufigsten bei Emilia gewesen, Cousin." Seine Augen richteten sich auf Enzo, der von der Äußerung vollkommen überrascht wurde. Die Unsicherheit verwandelte sich in Wut, seine Augen fixierten Giovanni. „Was willst du damit sagen?" Seine Worte hallten laut durch den Raum. Giovanni blieb gefasst, aber er zeigte eine andere Seite von sich. Er verhielt sich lange loyal und verständnisvoll, aber seine Grenze der Toleranz schien erreicht zu sein. „Es ist eine Schande, dass du deine eigene Frau betrügst und dich an meine Emilia herangemacht hast, als ich mich auf Reisen befunden habe. Ich weiß von eurem Verhältnis, aber das wird es nicht mehr geben, lieber Cousin." Er erhob sich und schritt zur Tür. Bevor er sie erreichte, drehte er sich noch einmal um. „Ich habe Informationen erhalten, dass du hinter den Misserfolgen im Süden steckst und gemeinsame Sache mit deinen angeblichen Feinden machst. Aber wir sind Cousins, deshalb verzichte ich auf weitere Maßnahmen gegen dich. Aber halte dich von meiner Familie fern, ansonsten werde ich Marcello und die anderen informieren, dass du mit Dino große Geschäfte tätigst und die eigene Familie schädigst." Sein harter Blick traf Enzo bis ins Innerste. Giovanni wirkte nicht mehr wie ein biederer Kaufmann. Er verfügte noch über einige gute Kontakte, vor allem in Carseoli, weniger in Rieti. Es waren nicht mehr viele Vertraute, aber sie informierten ihn über Enzos zwielichtige Rolle zwischen den Tuskulanern unter Dino, Francesco und den Normannen. Ein langjähriger Jugendfreund unterrichtete ihn letzte Woche. Am meisten schmerzte ihn die Erkenntnis, dass ihn seine engsten Vertrauten miteinander betrogen, nach den Erzählungen seines Freundes mehrmals. Diese Erkenntnis traf ihn hart. Er kannte die Gerüchte wegen des Normannen Tancred, aber er wollte sich nicht damit beschäftigen. Es gab auch Gerüchte wegen des Tuskulaners Dino, dieser kam zu

Besuch, als er sich auf Reisen befand. Aber Emilia erzählte nur von einer aufdringlichen Art und einer Ohrfeige, die sie Dino verpasste. Giovanni betrank sich mit seinem Freund in Carseoli und wachte neben einer Prostituierten auf. Danach kehrte er heim zu Emilia, sprach aber nicht viel. Er beobachtete sie genauer in diesen Tagen und bemerkte ihr Interesse an den Hünen Nael. Giovannis selbstauferlegte Blindheit verschwand in diesen Tagen und er beschloss, die Sache auf sich beruhen zu lassen. Er erinnerte sich an seltene Besuche bei diversen Damen auf seinen Geschäftsreisen und sah ein, dass er seine junge Frau viel zu lange allein ließ. Die Liebe zu Emilia war stark genug für einen Neuanfang, ohne dass die Angelegenheit besprochen werden musste. Der gemeinsame Sohn Marco und die Solidarität ergaben eine starke Verbindung, die zukünftig allen Herausforderungen trotzen würde. Deshalb wollte er auch die Angelegenheit mit Enzo nicht weiter verfolgen, möglicherweise stimmte nicht alles und Gegebenheiten konnte kein Mensch ändern. Giovanni war ein Mensch, der die Fehler vor allem bei sich selbst suchte und einsah, dass Emilia und Enzo bisweilen ihren Schwächen folgten. Der Besuch bei seinem Cousin in Rieti kam zufällig zustande, nachdem er Marcello traf, einen der mächtigen Anführer der Crescentier. Dieser sagte ihm Unterstützung zu, deshalb befand er sich in guter Laune. Der Weinkonsum und der Spott seines Cousins führten zur Eskalation, aber er erkannte die Notwendigkeit. Enzos Augen fixierten ihn, es lag mehr kein Spott und keine Freundlichkeit darin. „Willst du mir drohen, Cousin?" Ein bedrohlicher Unterton lag in seiner Stimme, aber Giovanni lächelte und zeigte keine Angst. „Wir werden keine Geschäfte mehr machen, Enzo. Halte dich von Emilia fern, du verlogener Bastard." Seine Augen besaßen einen harten Glanz. Enzo erkannte die Ernsthaftigkeit und Kampfansage. Er hielt sich mit einer Antwort zurück, noch immer wirkte die Überraschung nach. Giovanni drehte sich um und verschwand grußlos. Enzos Fäuste ballten sich, dann sprang er auf und warf seinen Becher gegen die Wand. „Dieser Wurm droht mir! Ich werde diesem verdammten Bastard zeigen, wer der Stärkere ist!" Enzo blickte sich um. Seine Familie befand sich im Haus, aber sie versteckte sich bei seinen Wutausbrüchen, auch die Dienerschaft. Trotzdem musste er vorsichtig sein bei seinen Wortmeldungen. Langsam beruhigte er sich und versuchte, einen klaren Gedanken zu fassen. Er kannte den Bischof und die Mächtigen der Familie gut, aber einige von ihnen blickten misstrauisch auf zu viele geschäftliche Verbindungen mit den Tuskulanern, obwohl diese nicht zu vermeiden waren. Giovanni selbst wurde lange Jahre dafür kritisiert, ein zu freundschaftliches Verhältnis zu vielen der Familie aus Tusculum zu haben. Seine Verbindung zu Dino und Francesco erwies sich als lukrativ, vor allem auf Kosten von Giovanni. Aber aus der Familie durfte es keiner erfahren. Mit dem Tuskulaner Dino verband ihn seit ihrer Abweisung durch Emilia eine geheime Partnerschaft, obwohl er dessen Familie verachtete. Die gemeinsame Erfahrung der Ablehnung durch die arrogante Kaufmannstochter führte sie zusammen. Er erinnerte sich an das große Besäufnis, nachdem sie von der Entscheidung Emilias für Giovanni erfuhren. Seitdem trafen sie sich bisweilen außerhalb von Rom, in Pisa, Genua oder Neapel. Die Normannen unter Führung Tancreds fungierten als Schutz ihrer Interessen. Derzeit wurden sie bezahlt vom Lombarden Francesco, der ein starkes Interesse zeigte, sowohl mit den Tuskulanern als auch mit den Crescentiern guten Kontakt zu halten. Sie nannten sich selbst das Triumvirat, gemeinsam konnten sie viel erreichen. Aber Giovannis Wiederauferstehung verdarb ihm die gute Laune, die versteckten Geldreserven halfen vor dem endgültigen, finanziellen Zusammenbruch. Enzo erfuhr vom Versteck von Emilia nach einer Liebesnacht, aber sie kannte den Ort nicht. Der Überfall auf das verwaiste Landhaus brachte nichts ein, die Normannen fanden das Geld nicht. Der Crescentier ärgerte sich maßlos, er unterschätzte den bisweilen bieder wirkenden Giovanni. Seine Informanten bestätigten, dass dieser die Kontakte zum Bischof und Marcello verbesserte. Er konnte ihm gefährlich werden, denn eine Feindschaft der Mächtigen der Familie konnte ihm nachhaltig schaden. Enzo liebte seine Heimat und wollte sie nie verlassen. Er setzte sich an den Tisch und überlegte, aber es gab nur eine Möglichkeit, um Schaden von ihm abzuwenden. Die Tür ging auf und ein großer Mann trat ein, ein wahrer Hüne mit rötlich schimmernden Haar und einem Vollbart. Der Mann war ungefähr im selben Alter wie Enzo und fungierte als sein persönlicher Leibwächter. Es handelte sich um den Langobarden Aistulf, der seit sieben Jahren als sein loyaler Begleiter diente. Im Gegensatz zum Lombarden Francesco, der nur die römischen Wurzeln schätzte, erwies sich Aistulf als ein Mann der langobardischen Traditionen. Es gab noch einige langobardische Herzogtümer in Süditalien, die Lage in Italien erschien verworren. Der deutsche Kaiser Konrad II. sollte laut Gerüchten planen, die Lage in Italien zu sondieren und regeln, aber bis jetzt befand er sich im Norden. „Es ist gut, dass du kommst, Aistulf. Wir haben ein Problem." Der Hüne nickte und setzte sich zu seinem Herrn. Dieser erklärte in kurzen Worten die Sachlage, am Ende blickte er den Langobarden lange an. Bevor er sprach, senkte er den Ton der Stimme. „Du weißt, was du zu tun hast. Giovanni ist auf dem Heimweg, er darf dort lebend nicht ankommen. Ich kenne ihn lange, keiner weiß bis jetzt Bescheid über meine Verbindungen zu Dino und Francesco. Das Geheimnis muss bewahrt werden." Der Hüne nickte langsam, der Mordauftrag schien ihn nicht zu stören. Aber Enzos Auftrag ging noch weiter. „Ich kenne seinen Informanten, er lebt in Carseoli. Auch dieser Mann muss sterben, wir dürfen keine Fehler machen", sagte er verschwörerisch. Wieder nickte der Hüne, während Enzo den Namen und das Haus des Mannes in dieser Stadt nannte. Die Männer nickten sich zu, der Hüne erhob sich und verschwand nach draußen. In der Zwischenzeit suchte Giovanni sein Zimmer in einem kleinen Gasthaus auf und schlief bald ein. Am nächsten Tag erwachte er und begab sich zwei Stunden später auf den Heimweg. Es war bereits gegen Mittag, sein Kopf schmerzte vom Vortag, deshalb ritt er langsam. Gegen Abend wollte er zu Hause sein. Zwischendurch machte er eine Rast und trank ausgiebig. Er blickte sich um, die Sabiner Berge erstrahlten in voller Schönheit. Es war Mitte des achten Monats im Jahr, der nahe Fluss Toleno milderte die Hitze. Die Natur zeigte ihre Pracht, die Tiere waren nur teilweise zu hören. Plötzlich verstummten alle Geräusche, er setzte sich auf. Vorsichtig blickte er sich um, aber er sah niemand in der Nähe. Trotzdem zog er sein Schwert und spähte in die Umgebung. Plötzlich erklangen die vertrauten Geräusche, seine Anspannung löste sich. Er dachte bereits während des Rittes daran, dass er seit dem gestrigen Gespräch mit seinem Cousin einen Feind hatte, aber er traute ihm nicht zu, ihn zu attackieren. Langsam steckte er sein Schwert wieder ein und wollte sich dem Pferd zuwenden. Plötzlich hörte er Schritte in seinem Rücken und drehte sich um. Er erkannte den Mann sofort, es handelte sich um Enzos Leibwächter Aistulf. Giovanni wollte etwas sagen, aber er kam nicht mehr dazu. Plötzlich steckte ein Speer in seiner Brust, der sein Herz traf. Mit überraschtem Blick fiel er nach hinten, das Pferd in seiner Nähe wurde unruhig. Der Schmerz erfüllte seinen ganzen Körper, er spürte den Tod nahen. Giovanni wollte etwas sagen, aber er schaffte es nicht. Blut quoll aus seinem Mund. Er dachte an Marco und Emilia, plötzlich standen Tränen in seinen Augen. Seine Fehler in den letzten Jahren erwiesen sich letztendlich als tödlich. Aber Enzo würde nicht gewinnen, nach der Information von dessen Verrat schrieb er einen Brief, den er im Geldversteck aufbewahrte. Leider konnte er Emilia den Standort nicht mehr mitteilen, aber er hoffte, dass sie es finden würden. Giovannis Blick fiel auf den blauen Himmel seiner Heimat Sabina, an der er mit großer Liebe hing. Plötzlich verflüchtigte sich sein Schmerz, noch einmal blickte er hinauf. Der Langobarde schritt ruhig zum Pferd und beruhigte es, dann fiel sein Blick auf den röchelnden Giovanni. Ohne ein Wort fasste er den Schaft des Speeres und drückte ihn tiefer hinein, die Augen des Totgeweihten sprangen fast heraus, dann fiel sein Kopf auf die Seite und er hauchte sein Leben aus. Aistulf blickte sich um, aber es befand sich niemand in der Nähe. Er zog seinen Speer heraus und reinigte ihn. Dann durchsuchte er die Satteltaschen und die Kleidung des Toten und fand einen kleinen Geldbeutel mit Münzen. Zufrieden blickte er auf seinen Ertrag, er empfand kein Mitleid mit den Toten. Aistulf mochte die arrogante, römische Oberschicht nicht. Sie hielten sich für etwas Besseres als die Langobarden, aber er nutzte ihren Reichtum, um gut leben zu können. Seine Loyalität zu Enzo in den letzten Jahren zahlte sich aus, er begleitete den Mann auf seinen Reisen und kam in den Genuss zeitweiliger Vergnügungen und guter Bezahlung. Sollte es gefährlich werden, würde er in den Süden gehen, nach Capua zu Herzog Pandulf. Er leerte den Geldbeutel und warf ihn achtlos zu Boden. Utensilien seines Opfers konnten in der Umgebung von Rieti gefährlich werden, denn Giovanni war ein bekannter Mann. Der Langobarde wandte sich zum Pferd, band es los und trieb es mit kräftigen Schlägen an. Es kannte den Weg nach Hause und würde heimkehren. Aistulf blickte dem Pferd hinterher und begab sich vorsichtig in die andere Richtung. Er versuchte, keine Spuren zu hinterlassen und fand sein Pferd in der Nähe der Straße nach Rieti vor, wie er es verlassen hatte. Der Hüne stieg auf und ritt abseits der Straße Richtung Rieti. Er wechselte die Richtung und ritt zum Fluss Velino, dort angekommen schlug er wieder die Richtung zur Stadt ein. Langsam ritt er in die Stadt ein und begab sich zum Haus von Enzo. Dieser trat aus dem Haus und grüßte ihn. „Alles in Ordnung, mein Freund?" Die Frage von Enzo klang beiläufig. Er wirkte gut gelaunt, aber seine Augen zeigten offensichtliches Interesse. Der Hüne blickte ihn an und nickte kurz. „Ich bin ausgeritten und habe alles erledigt, Signore Enzo." Dieser erwiderte das Nicken und lächelte zufrieden. „Dann freuen wir uns auf einen schönen Tag in dieser wunderbaren Stadt. Ich lade dich ein." Gemeinsam spazierten die beiden Männer durch die Stadt und suchten ein Gasthaus auf. Beim Essen erinnerte Enzo an den Freund von Giovanni in Carseoli. Er blickte sich vorsichtig um, aber es gab keine Zuhörer. „Danach wird Emilia keine Abnehmer mehr finden, seine letzten Freunde werden die Warnung verstehen", sagte er lächelnd. Der Langobarde nickte. Nach dem Essen verließ er Rieti und begab sich am Fluss Salto entlang Richtung Carseoli. Nach Enzos Meinung sollte es schnell geschehen, um die Informationskette zu unterbrechen. Nur der Jugendfreund Giovannis erschien noch wichtig, aber es sollte wie ein Unfall aussehen. Zwei Morde hintereinander innerhalb der gehobenen Gesellschaft führten zu Unruhe. Als der Langobarde verschwand, verließ Enzo das Gasthaus. Seine Frau wartete auf ihn. Er versprach ihr ein gemeinsames Abendessen zu Hause und freute sich darauf. Enzo führte seine Familie nach strengen Regeln, behandelte sie aber seiner Meinung nach gut, obwohl seine außerehelichen Affären bereits von seiner Frau angesprochen wurden. Sie erwies sich als loyal, gab mehr den anderen Frauen die Schuld, wie auch Enzo selbst. Nach Giovannis Tod würde er sich um Emilia kümmern, diese Frau lag ihm im Blut. Er verstand ähnlich wie Dino ihre damalige Entscheidung zugunsten des älteren, biederen Giovanni nicht. Aber beide gelangten auch nach der Eheschließung in die Gunst von Emilia, was ihrer bisweiligen Art entsprach, sich den Annehmlichkeiten und Freuden des Lebens zuzuwenden und der Langeweile ihres Ehelebens zu entfliehen. Im Gegensatz zu Dino, der der Frau seine Macht zeigen wollte, brannte in Enzo noch immer das Feuer der Leidenschaft für Emilia, aber die gemeinsamen Erlebnisse lagen längere Zeit zurück. „Du gehörst mir, meine Liebe. Ich werde dich als meine Mätresse führen", sagte er zu sich selbst, seine Augen glühten.

Während Enzo Pläne für seine erfolgreiche Zukunft gestaltete, erreichte das reiterlose Pferd Giovannis das Landhaus der Familie. Nachmittags befanden sich alle in den Gebäuden, die Hitze setzte allen zu. Der Hufschlag weckte die schläfrigen Menschen auf. Pietro fing das Pferd seines Herrn ein und rief nach Emilia. Erschrocken blickte sie auf das Pferd. Nael und Isabella traten heran. „Es ist etwas Schlimmes passiert", sagte Emilia laut. Der Baske schüttelte den Kopf. „Vielleicht hat es einen Unfall gegeben und das Pferd hat sich selbstständig davon gemacht. Wir werden nachsehen." Sie schüttelte den Kopf. „Giovanni ist ein guter Reiter. Er hat sein Pferd wie einen Freund behandelt, es würde ihn nie verlassen", entgegnete sie schroff. Isabella hob die Augenbrauen, enthielt sich aber einer Wortmeldung. Nael deutete Isabella, ihm zu folgen. „Wir wissen nicht, was passiert ist. Du passt hier auf, Atanasio." Der Angesprochene nickte, er akzeptierte ihn als Befehlsgeber. Sie verließen den Landsitz und ritten in Richtung Rieti den Toleno entlang, dort befand sich der letzte bekannte Aufenthaltsort von Giovanni. Vorsichtig sichteten sie die Umgebung, trafen auf fahrende Händler, die sie befragten. „Wir müssen abseits der Straße reiten", sagte Isabella. Sie teilten sich auf und suchten parallel zur Straße das Gelände ab, ihren aufmerksamen Augen entging keine Kleinigkeit. Isabella fand schließlich den toten Giovanni und verscheuchte einige kleine Tiere, die sich am Leichnam befanden. Voller Mitleid blickte sie auf den Toten, der sich stets als positiver, sympathischer Mensch erwies. Sie holte Nael, dieser kniete beim Toten und sah die tiefe Wunde im Brustbereich. „Der Mörder hat ihm keine Gelegenheit zum Kampf gegeben und aus der Entfernung getötet." Nachdenklich blickte er auf den Leichnam. Es schien, als ob Giovanni lächeln würde, aber dies täuschte vermutlich. „Der Bastard hat ihn eiskalt getötet, sieht nach einem Auftragsmörder aus. Räuber agieren in Banden, dieser Mann hat gewartet. Er hat nur die Münzen genommen", sagte Isabella laut. Sie sahen den leeren Geldbeutel, aber ansonsten war nichts gestohlen. Beide suchten nach Spuren. Nael fand den Weg des Mörders bis in die Nähe der Straße nach Rieti, ein Pferdeapfel lag vor einem Baum. Eine weitere Suche erschien sinnlos, auf der Straße konnte keiner den Spuren folgen, zu viele Reiter bewegten sich Richtung der Stadt. Sie wickelten den Toten in eine Decke, der Baske legte den Leichnam vor sich in den Sattel. Beide versanken in Schweigen, der Tod des Hausherrn würde für die kleine Familie und ihre Angestellten schwerwiegend sein, vor allem für den Jungen. „Wirst du bei ihnen bleiben, Nael?" Der Baske drehte sich nicht um. „Du kennst die Antwort, Isabella." Die Asturierin lächelte trotz des traurigen Ereignisses, ein guter Mann starb. Nael sah bereits davor den Platz an der Seite der schönen Emilia und dem Jungen und wäre wahrscheinlich sehr lange geblieben. Zumindest bis zum Zeitpunkt, an dem sicher zu sein schien, dass die Familie sich finanziell wieder erholt hätte. Der Tod von Giovanni verstärkte das Gefühl der Verbundenheit des Basken zu diesen Menschen. Isabella dachte daran, dass Männer ständig um Emilias Gunst warben und teilweise erhielten, aber sie verspürte keinen Neid. Sie liebte vor langer Zeit den Asturier Pascual, der bei einem

Angriff der Mauren starb. Seitdem lehnte sie Männer ab, außer zur Lusterfüllung. Emilia agierte anders, Männer wollten sie schützen. Sie hoffte darauf, dass die Römerin Nael korrekt behandelte, aber sie wollte sich nicht mehr einmischen. Emilia zeigte seit ihrer Ankunft ein anderes Verhalten, erwies sich als Familienmensch und loyal zu ihrem Mann. Wie auch immer ihre Vergangenheit ablief, sie zeigte sich geläutert und solidarisch, bisweilen noch immer arrogant. Isabella vermutete, dass dies auch an Naels Anwesenheit lag, der Baske vermittelte Sicherheit. Aber der Tod von Giovanni würde Folgen haben. Der Junge Marco stand als Erbe fest, aber Emilia trat in die Rolle des Hausherrn. Eine schöne Witwe würde gierige Männer anlocken, die auf den möglichen Reichtum schielten, aber vor allem die ehemaligen Liebhaber würden auftauchen. „Der Tod des Mannes wird sämtliche männlichen Ratten aus ihren Löchern locken. Ich werde wohl längere Zeit bleiben", sagte sie laut. „Ich danke dir, Isabella. Jeder Mensch kann sich auf dich verlassen", antwortete der Baske. „Außer die bösen Buben", entgegnete sie lächelnd, aber das Lächeln erreichte nicht ihre Augen. Der Tod von Giovanni erschütterte sie nicht. Sie kannte diese Welt, aber es handelte sich um einen Menschen, der eine positive Einstellung besaß und diese weitergab. Schweigend ritten sie weiter, einige Menschen kamen ihnen entgegen und blieben stehen, als sie den eingewickelten Leichnam bemerkten. Sie gaben aber keine Antwort auf diverse Fragen und erreichten schließlich das Landhaus mit ihrer traurigen Fracht. Nael stieg vom Pferd, hob den Toten behutsam herunter und legte ihn auf den Boden. Emilia und Marco traten aus dem Haus und erkannten Giovanni. Entsetzt schlug die Römerin ihre Hand gegen den Mund, der Junge hielt sich an seiner Mutter fest. Sie traten gemeinsam zum Toten. Emilia kniete bei Giovanni. Der Junge stand verloren daneben, Tränen rannen über sein schmales Gesicht. Die gesamte Familie von Atanasio umstand die Szene. Silea weinte, auch die anderen hatten Tränen in den Augen. Giovanni behandelte seine Angestellten gut. Er war bekannt in den umliegenden Dörfern als gerechter und freundlicher Mann, der korrekt bezahlte und die Menschen nicht arrogant behandelte. Der Junge wollte zu seiner Mutter, aber sie drängte ihn zurück, stand offensichtlich unter Schock. Kopfschüttelnd blickte sie auf ihren Mann. Nael trat zu Marco und hob ihn hoch. Der Junge schlang seine Arme um den Hals des Basken und weinte hemmungslos. „Es tut mir leid, Giovanni. Ich habe gesündigt, es ist meine Schuld. Du hast mich immer gut behandelt und ich habe dich hintergangen!", klagte die starr wirkende Emilia laut, sie kniete noch immer bei ihrem Mann. Tränen kullerten über ihr Gesicht und tropften auf das Gesicht ihres Mannes. Isabella erkannte, dass die Frau es ehrlich meinte, die Szene war nicht gespielt. Sie gab sich die Schuld trotz der Umstehenden. Emilia hob den Kopf. „Ich habe dich angetrieben, noch mehr Geld zu lukrieren", sagte die Römerin leise. Sie dachte an ihre außerehelichen Beziehungen, fühlte sich schlecht und erkannte, dass sie die Großzügigkeit und Anständigkeit dieses Mannes nie richtig schätzte. Dino und Enzo fielen ihr ein, plötzlich verfinsterten sich ihre Augen. „Einer dieser Bastarde hat ihn getötet. Ich hätte sie nicht ablehnen, sondern gleich töten sollen. Sie verfolgen und missbrauchen unschuldige Menschen", sagte sie laut und ballte die Fäuste. Die Stimme des Basken erklang. „Es ist gut, Emilia. Du solltest keine unbedachten Äußerungen in Gegenwart deines Sohnes machen." Die Römerin erhob sich, ihr Gesicht wies noch die Rinnsale der Tränen auf, aber sie wirkte arrogant. „Du hast mir nichts zu sagen. Hast du mich verstanden?", schrie sie laut. Ihr Gesicht drückte ihren ganzen Frust und Zorn aus, der sie innerlich ausfüllte. Der Junge drängte sich an Nael, zeigte Angst vor seiner Mutter. Der Baske reagierte nicht darauf, schüttelte den Kopf und wandte sich ab. Emilia wollte ihren Zorn weiter auslassen, aber Isabella trat mit einem grimmigen Gesicht vor die wütende Frau. „Wenn du meinst, dass du Schuld auf dich geladen hast, dann mache es ab jetzt wenigstens richtig, und beschimpfe nicht die Menschen, die dir ehrlich zur Seite stehen. Dein Junge und diese Menschen brauchen eine starke Emilia, nicht eine arrogante Frau, die sich selbst bemitleidet. Hast du mich verstanden?" Isabella sprach lauter, aber sie hielt sich zurück, denn sie erkannte den Grund für den Wutausbruch der Römerin. Der Frust und der Schmerz über den Tod des Mannes und die eigenen Fehler führten dazu, sich abzureagieren. Die Familie von Atanasio beobachtete ihre Herrin, während Nael mit Marco auf der Veranda saß und mit ihm sprach. Emilia blickte in die harten Augen Isabellas. Sie blickte sich um und erkannte, dass die rothaarige Asturierin richtig lag. Langsam beruhigte sie sich, ihre Augen erblickten Nael und Marco. Isabella beobachtete die Römerin. „Er wird auf euch aufpassen und ich werde ihm helfen, aber diese Menschen brauchen dich, Emilia", sagte sie leise und eindringlich. Langsam kam die Römerin zur Ruhe, schließlich nickte sie. Ihr Blick fiel auf den Toten, wieder standen Tränen in ihren Augen, aber sie bekam sich unter Kontrolle.

Emilia ging zu Atanasio. „Bitte, bringe Signore Giovanni in das Haus, wir legen ihn in sein Zimmer. Wir werden ihn spätestens morgen begraben, an der großen Eiche, wo seine Eltern liegen." Sie wirkte gefasst. Der Angesprochene nickte. Tränen standen in seinen Augen. „Er ist nicht nur mein Herr, sondern auch mein Freund gewesen. Ein großer Mann ist gestorben, wir werden ewig trauern. Wir werden an ihrer Seite bleiben, egal was passiert, Signora Emilia." Die Angesprochene kniff den Mund zusammen, die Anteilnahme dieser Menschen berührte sie stark, sie umarmte Atanasio. Danach folgte Silea, die sie an sich drückte und hemmungslos weinte. „Wir werden ihn alle vermissen, unseren Signore. Ich hoffe, der Mörder erhält seine gerechte Strafe!", rief die mollige Frau bewegt. Danach brachten Atanasio und Pietro den Leichnam ins Haus, während Emilia sich Nael und Marco zuwandte. Der Junge blickte verloren und lehnte sich an den Basken, dessen Arm um seine Schultern lag. „Meine Worte tun mir leid, Nael. Ich hoffe, du verzeihst mir?", sagte sie mit leiser Stimme. Der Baske nickte und erhob sich. Emilia lächelte und trat zu ihrem Sohn, der seine Arme um den Körper seiner Mutter schlang. Gemeinsam betraten sie das Haus. „Wir werden über alles sprechen, mein Sohn. Der Tod gehört zum Leben, wir werden uns nach deinem Vater richten, der allem positiv gegenübergestanden ist." Sie lächelte und nahm Marco an der Hand, anschließend verschwanden sie im Zimmer von Giovanni und setzten sich auf dessen Bett. Atanasio und Pietro verließen das Haus und traten zu Nael. Die Menschen blickten ihn an. „Sprich zu uns, Anführer", sagte Isabella lächelnd. Der Baske ging nicht auf die leise Provokation ein. „Emilia wird richtig liegen. Die Art des

Todes deutet eher auf einen Auftragstäter als auf einen zufälligen Straßenräuber hin. Wir wissen aber nicht, wer dahintersteckt. Möglicherweise befinden sich mehrere Normannen in der Gegend, diese Söldner erledigen alle Aufträge ohne Gewissensbisse." Nael brach ab. „Ferrucio soll bei Marco bleiben, dies wird beiden helfen. Ornella und Silea werden nur mit einem der anderen vier den unmittelbaren Bereich des Hauses verlassen, wir müssen aufpassen." Alle nickten und schienen froh zu sein, dass es jemand gab, der die Leitung übernahm. Silea und Ornella betraten das Haus und machten sich in der Küche zu schaffen. Atanasio und Pietro blieben außerhalb und bezogen einen Beobachtungsposten. Alle ließen Emilia und Marco unbehelligt, die nach einigen Stunden gemeinsam im Hauptraum auftauchten. Ferrucio gesellte sich zu seinem Freund, der still und in sich gekehrt wirkte. Das Gespräch mit seiner Mutter half ihm aber offensichtlich. Nur eines bewegte den Jungen. „Wirst du bei uns bleiben, Nael?" Der große Baske gab ihm Sicherheit. Dessen Blick fiel auf Emilia, die ihn interessiert anblickte, sie wirkte gefasst. „Natürlich bleibe ich, Marco. Freunde müssen zusammenhalten, das haben wir besprochen", antwortete der Hüne lächelnd. Plötzlich erhellte sich das Gesicht des Jungen, auch seine Mutter schien über die Antwort erfreut zu sein. „Ich habe ihm erklärt, dass der Tod zum Leben gehört und wir das Andenken seines Vaters hochhalten müssen. Er wird mich voll unterstützen, ich habe einen großartigen Sohn", sagte Emilia lächelnd. Stolz hob der Junge seinen Kopf. Es wurde schweigend gegessen, danach zogen sich die Jungen auf das Zimmer von Marco zurück. Ferrucio sollte nach Einverständnis von Emilia bei seinem Freund schlafen. Sie fand den Vorschlag gut. Ornella und Silea verließen den Raum, Atanasio erschien. Danach besprachen die Übrigen die weitere Vorgangsweise. „Ich muss vor der Bestattung nach Rieti reiten, um seinen Tod zu melden, ein Priester soll kommen. Dazu muss ich seine Verwandtschaft informieren. Eine rasche Bestattung, wie ich vorher gesagt habe, ist nicht möglich. Es geht um das Erbe für Marco und mich. Er wird erben und bis zu seiner Großjährigkeit werde ich die Vormundschaft übernehmen, aber dies muss festgeschrieben werden." Atanasio sollte sich wie bisher um die Ernte kümmern. Isabella, Nael und Emilia blieben sitzen. Die Römerin hielt sich kurz das Gesicht, sie spürte die Last der Verantwortung. „Ich glaube, dass entweder Dino oder Enzo dahinterstecken, daran bin ich schuld. Aber das ist nicht mehr zu ändern. Ich habe mich entschlossen, das Erbe für Marco zu erhalten und bedanke mich für eure Hilfe." Nael und Isabella nickten. „Giovanni hat ein Versteck eingerichtet, in dem er seine letzten Geldreserven gehortet hat. Er hat mir nie die Lage erzählt, wir müssen es finden." Der Baske nickte. „Vermutlich hat er bereits einen Teil davon genommen, um die Lage zu konsolidieren. Er hat einige offene Rechnungen bezahlt. Dies hat er erzählt", führte er aus. „Die Eindringlinge haben danach gesucht, er hat davon gesprochen. Aber sie haben es nicht gefunden, aber zumindest davon gewusst", sagte Isabella, ihr Blick richtete sich auf Emilia. Diese überlegte lange, dann schüttelte sie den Kopf. „Ich habe Enzo davon erzählt, bei unserem letzten geheimen Treffen. Das ist im letzten Herbst gewesen. Er hat mir von den schlechten Geschäften Giovannis erzählt, ich bin wütend auf meinen Mann gewesen. Enzo kann sehr einfühlsam sein", sagte sie mit entschuldigendem Ton und gesenktem Kopf. Die Römerin erntete überraschende Blicke. Das Verhältnis mit Enzo stellte eine neue Information dar, aber es gab keinen Vorwurf. „Richte dich wieder auf, Emilia. Ich habe ständig mit den falschen Männern geschlafen. Das ist passiert, jetzt blicken wir nach vorne", sagte Isabella bestimmt. „Wenn wir davon ausgehen, dass einer von diesen beiden Männern hinter dem Tod Giovannis steckt, welcher kann es sein?" Emilia überlegte nicht lange auf die Frage Naels. „Enzo!" Überrascht blickten der Baske und Isabella auf die Römerin. Diese charakterisierte ihre ehemaligen Liebhaber in kurzen Worten. „Dino ist machtbewusst, er fühlt sich überlegen. Er hat Giovanni geschäftlich ruiniert und mich vergewaltigt. Es besteht kein Grund mehr für ihn, meinen Mann zu töten. In Pisa ist es zu einem zufälligen Treffen gekommen. Dino neigt zur Trunksucht und Prahlerei. Deshalb hat sich dies ergeben, aber er würde keinen Mord beauftragen. Er hat es geliebt, Giovanni und mich zu demütigen, um seine Macht zu demonstrieren." Emilia schüttelte den Kopf angesichts der Erkenntnisse. „Enzo hat viel von Giovanni profitiert. Mein Mann hat alles besessen, was er wollte, meine Person eingeschlossen. Leider habe ich seinem Drängen nachgegeben." Die Römerin senkte den Kopf, sie fühlte sich schuldig am Tod ihres Mannes. „Enzo traue ich es jederzeit zu, einen solchen heimtückischen Mord am eigenen Cousin zu beauftragen. Er ist eine falsche Schlange, leider habe ich seinen Neid und Hass noch gefördert." Isabella griff ein. „Es reicht mit dem Selbstmitleid. Dein Mann hat dich oft allein gelassen, er trägt auch eine Schuld. Manchen Menschen siehst du nicht sofort an, dass sie elende Bastarde sind!" Emilia hob den Kopf und schüttelte den Kopf. „Du hältst dich nicht zurück, liebe Isabella, aber es tut sogar gut." Nael verfolgte die Erzählung der Römerin. „Wir werden morgen gemeinsam nach Rieti reiten. Heute werden wir das Geldversteck suchen, das ist das Wichtigste vorerst." Die Frauen nickten und erhoben sich. Anschließend besprachen sie die Möglichkeiten, die sich im Haus boten. Sie suchten alle Zimmer ab, vor allem im Raum von Giovanni, in denen er seine Aufzeichnungen führte, aber sie fanden nichts. Marco tauchte gemeinsam mit Ferrucio auf. Sie beobachteten die Erwachsenen, die hinter jede Ecke blickten. Er wirkte ruhig, die Anwesenheit seines Freundes half offensichtlich. „Was sucht ihr denn?", fragte er laut. „Wir suchen einen Schatz", antwortete Nael. Der Junge nickte und lächelte. „Papa hat auch einen Schatz versteckt." Die Erwachsenen drehten sich spontan um. Emilia trat zu ihrem Sohn. „Wir suchen den Schatz von Papa. Weißt du denn, wo sich dieser befindet, Marco?" Der Junge nickte und erzählte davon, dass er eines Tages seinen Vater zusah, wie er Geld herausnahm und dieser seinen Sohn bemerkte. „Er hat mir alles gezeigt und gesagt, dass ich nichts sagen soll, es sollte ein Geheimnis bleiben. Ich habe es versprochen." Emilia lächelte und nickte. „Du hast dein Geheimnis gut bewahrt. Ich bin stolz auf dich, aber wir müssen es wissen, Marco." Dessen Gesicht zeigte sich plötzlich verschlossen. „Wir haben immer gesagt, ein Versprechen muss ein Mensch halten. Aber Papa ist tot und wir benötigen den Schatz, mein Sohn", sagte Emilia eindringlich. Doch der Junge schüttelte widerspenstig den Kopf. Die Augen seiner Mutter verengten sich. Nael trat heran. „Ein Mann muss im

Leben Verantwortung übernehmen und notwendige Entscheidungen treffen. Wenn du uns nichts sagst, müssen deine Mutter und du dieses Haus verlassen. Beim nächsten Mal werden Eindringlinge das Versteck finden und alles stehlen. Du erinnerst dich an unser Eintreffen, Junge. Also, was wirst du tun?" Seine Stimme klang hart, unsicher blickte Marco auf den Basken und seine Mutter. Plötzlich nickte er. „Papa wird nichts dagegen haben, denke ich zumindest", sagte er ruhig. Dann ging er an den beiden vorbei und zeigte auf einen kleinen Holzschrank, der auf einem Mosaikboden stand, der sich entlang der Wände zog. Sie suchten bereits davor, aber sie erkannten keine Musterung, die auf einen Spalt deutete. Nael zog den Schrank beiseite und kniete nieder, trotzdem fand er vorerst keinen Griff oder einen Ansatz. Marco zeigte auf einen gewissen Punkt am Boden, ein Kopf eines Mannes war darin enthalten. „Du musst fest drücken, Nael." Dieser folgte der Anweisung. Tatsächlich senkte sich ein handflächengroßes Viereck nach unten und drückte eine größere Platte nach oben. Verwundert blickten alle auf die Entdeckung. Mit dem Mechanismus hob sich die Platte, die zuvor in das Bild eingearbeitet war, und konnte entfernt werden. Emilia drückte einen Kuss auf den Kopf ihres Sohnes. „Danke." Der Junge lächelte zufrieden. Sein Freund Ferrucio starrte gebannt auf den Hohlraum, der sich auftat. Sie fanden einige Beutel mit Goldmünzen mit dem Bild des römischen Kaisers Basileios, die wertvollsten dieser Zeit. Ein Brief lag auf den Beuteln, dieser war an Emilia adressiert. Nael nahm einen der Beutel und verschloss die Platte wieder. Dann blickte er auf die Jungen. „Das Geheimnis wird erneuert, kein Mensch außer uns darf davon erfahren." Sein Blick fiel auf Ferrucio. „Auch nicht deine Familie, das bringt sie in Gefahr." Die Jungen nickten und wirkten ernst. Nael hielt seine offene Hand hin, beide Jungen schlugen ein. „Ich werde Mama und Ornella nichts erzählen. Sie reden zu viel, wie alle Frauen", sagte Ferrucio laut. Isabella schüttelte den Kopf angesichts der männlichen Meinung, während Emilia sich auf einen Stuhl setzte und den Brief öffnete. Lange las sie, dann hielt sie sich das Gesicht und weinte. Isabella und Nael traten zu ihr. Sie übergab den Brief an den Basken, der zu lesen begann.

Liebe Emilia,

letzte Woche habe ich von meinem Freund Luigi aus Carseoli erfahren, dass du mich jahrelang mit meinem Cousin Enzo betrogen hast. Bereits zuvor hat es Gerüchte gegeben um Dino und einen Normannen, diese Geschichten hat auch Francesco in Rom angesprochen. Ich habe nie darauf gehört, aber Luigi hat mir die Augen geöffnet. Jahrelang habe ich alles verdrängt, wenn es um dich gegangen ist.

Die Erkenntnis hat mich hart getroffen, dass die beiden Vertrauten mich hintergangen haben. Aber nach langem Überlegen ist in mir die Erkenntnis gereift, dass ich selbst einen großen Teil der Schuld trage. Ich habe dich zu oft allein gelassen und immer versprochen, für dich da zu sein. Zudem habe ich die beiden Männer und ihre Gier nach Macht und Besitz unterschätzt. Luigi hat erzählt, dass Dino, Enzo und Francesco eine Gruppe anführen, die die ganze Macht an sich reißen will.

Du bist nicht schuld, denn ich habe dich nicht beschützt vor diesen Männern, die dir nachgestellt haben. Zudem hätte ich Enzo ein derartiges Verhalten nicht zugetraut. Ich weiß noch nicht, wie ich mit dem Verrat meines Cousins umgehen werde.

Verzeih mir, dass ich dich allein gelassen habe. Wenn du diesen Brief liest, kann es sein, dass ich bereits tot bin, dann hast du auch das Versteck gefunden.

Ich habe dich immer geliebt und werde dich immer lieben, schöne Emilia.

In tiefer Liebe

Giovanni

Nael gab den Brief an die neugierige Isabella weiter. Marco trat näher und nahm die Hand seiner Mutter. „Warum weinst du, Mama?", fragte er leise. Emilia hob den Kopf und umarmte ihn. „Ich weine um deinen großartigen Vater. Aber du wirst noch besser werden, mein Sohn." Der Junge nickte und hielt weiter die Hand seiner Mutter. Die beiden verließen den Raum und gingen in das Zimmer von Emilia. Isabella brachte Ferrucio zu seiner Familie. Nach ihrer Rückkehr blickte sie den Basken ernst an. „Wir nehmen das restliche Geld und verschwinden nach Süden, Großer." Ihre Stimme klang leise. Naels Blick verfinsterte sich, seine Haltung wirkte momentan bedrohlich. Isabella hob die Hände. „Es ist gut, lass mir den Spaß", sagte sie lächelnd. Der Baske erkannte, dass der Vorschlag nicht ernst gemeint war. „Lass diesen Unsinn, Isabella. Wir müssen vorsichtig bleiben, unsere Feinde sind mächtig und zahlreich." Sie winkte ab und wirkte angriffslustig. „Das passt zu uns, Baske. Wir lieben den Kampf und das Abenteuer", sagte sie vergnügt. Er blickte auf den

Beutel mit Geld. „Wir müssen das Versteck wechseln und dies mit Emilia besprechen", sagte er leise. Die rothaarige Asturierin nickte. Anschließend begab sie sich nach draußen und löste Atanasio ab, später gesellte sich Ornella dazu. Das Mädchen spürte eine große Zuneigung zur fremden Kriegerin, deren Leben sie verherrlichte. Isabella mochte die schwarzhaarige Sabinerin, die zu einer Schönheit heranwachsen würde. Sie versprach, ihr einiges beizubringen, damit sie sich in der Männerwelt durchsetzen konnte.

Am nächsten Tag erschien Emilia in Hosen, überrascht blickten die Anwesenden auf. Sie trug schwarze Kleidung. „Hosen sind praktischer beim Reiten, in meiner Jugend bin ich oft geritten." Isabella nickte zustimmend, sie trug nur Hosen. Marco erschien, er wirkte gefasst. Nach dem Frühstück besprachen Nael, Emilia und Isabella den Platz des neuen Verstecks. Die restlichen Beutel wurden an einem sicheren Ort in Emilias Zimmer verstaut, auch sie verfügte über geheime Plätze. Danach saßen Nael und Emilia auf, alle kannten ihre Aufgaben. Sie ritten Richtung Rieti, obwohl der Baske vorschlug, zuerst zu Giovannis Freund Luigi nach Carseoli zu reiten. „Er kann uns mehr erzählen", sagte er laut, aber Emilia schüttelte wild den Kopf. Sie wirkte zornig. „Ich muss nach Rieti und alles klären, danach reiten wir zu Luigi. Zudem will ich diesen Bastard in die Augen sehen, wenn er mich anlügt." Ihr Verhalten ließ vermuten, dass sie keinen Konflikt in der Stadt scheute. Sie blickte ihn an. „Du sagtest, dass du uns hilfst, Nael. Also halte dein Versprechen, Krieger!" Sie befanden sich außerhalb des Landsitzes. Emilia steigerte das Tempo, der Baske konnte mit Mühe folgen. Sie erwies sich als ausgezeichnete Reiterin, stand aufrecht in den

Steigbügeln. Nach einigen Stunden legten sie eine Rast ein. Die Frau zeigte keine Anzeichen von Müdigkeit, ihr Gesicht wirkte distanziert. Nael verstand das Verhalten von Frauen bisweilen nicht. „Wir müssen aufpassen, Emilia. Wenn Enzo hinter dem Mord steckt, dann ist es gefährlich, ihn in seinem persönlichen Umfeld anzuklagen", sagte er ruhig. Er bemerkte das Glitzern in den Augen der Römerin. „Ich kenne diese Familie besser als du. Sie gleichen den Tuskulanern und gieren nach Macht, Geld und Einfluss. Alle Menschen werden in ihrem Kampf einbezogen. Teilweise benehmen sie sich wie selbstherrliche Bastarde!" Sie wollte Rache für den Tod ihres Mannes, dies erzeugte Konflikte. „Es ist deine Entscheidung, Nael. Du musst nicht bleiben", sagte sie hart. Der Baske verschob seine Lippen und äußerte sich nicht. Bald darauf ritten sie weiter und gelangten am späten Nachmittag nach Rieti. Überrascht blickten einige Menschen auf, als sie die berittene, schwarzgekleidete Frau in Hosen sahen. Naels Blicke schweiften über die Leute, aber diese benahmen sich zurückhaltend. Emilia wirkte arrogant und abgehoben, wie viele Mitglieder aus adeligen Familien. Sie hielten vor Enzos Haus und machten sich bemerkbar. Tatsächlich schien dieser zu Hause zu sein, denn ein Hausdiener ließ sie ein. Eine Frau erschien, diese wurde von Emilia kurz begrüßt. „Ich muss mit deinem Mann sprechen", sagte sie im Befehlston. Die junge Frau hob den Kopf, sie wirkte nicht eingeschüchtert. Eine Stimme ertönte. „Meine liebe Emilia, was führt dich zu mir?" Die Angesprochene richtete ihren Blick auf Enzo und negierte die Hausfrau, die mit Verachtung reagierte. Stille kehrte ein. Die Blicke von Enzo und Nael trafen sich, aber der Blick des Basken veränderte sich nicht.

„Mein Mann ist tot. Er ist ermordet worden, Enzo!" Emilias Ruf hallte durch den Empfangsraum, der Angesprochene riss die Augen auf. Er wirkte erschüttert, seine Frau griff sich an den Mund. Plötzlich verlor sie ihre verächtliche Haltung, trat zu Emilia und umarmte sie kurz. Enzo kam heran, aber Emilia trat einen Schritt zurück. Plötzlich schien sie sich nicht mehr sicher zu sein, dass der Cousin hinter dem Mord steckte. Aber der Baske erkannte die Schauspielkunst des Mannes und ein kurzes Aufblitzen seiner Augen, als er von der Nachricht erfuhr. Enzo schickte seine Frau weg und wollte den Basken hinterherschicken, aber Emilia schüttelte den Kopf. „Nael kann alles hören. Er beschützt mich vor bösen Männern", sagte sie süffisant. Enzo neigte kurz den Kopf. Ein verächtlicher Blick traf den blonden Hünen, der ihn in Rom demütigte. Emilia erzählte alle Informationen, die sie über den Tod von Giovanni wusste, und beobachtete Enzo dabei. Dieser schien ehrlich betroffen zu sein, Tränen standen in seinen Augen. Der Baske stand im Hintergrund, während die beiden am Tisch saßen. Enzo bot seine umfassende Hilfe an. „Ich ersuche dich, die Angehörigen zu benachrichtigen und würde gerne bei Bischof Giovanni vorsprechen, um ihn persönlich zu informieren. Das Begräbnis muss geplant werden", sagte Emilia. Enzo bot an, alles gemeinsam zu erledigen. Sie war damit einverstanden, alle verließen das Haus. Zuvor unterrichtete der Hausherr seine Ehefrau Caramia vom Vorhaben. Nael bemerkte den eifersüchtigen Blick der Frau, als sie das Haus verließen. In den folgenden Stunden wurde das örtliche Magistrat benachrichtigt und ein Priester organisiert. Ein Sekretär des Bischofs vergab aufgrund der Nachricht einen Termin am nächsten

Vormittag. Als sie zurückkehrten, ließ die Hausfrau ein Abendmahl richten. Enzos verächtlicher Blick fiel auf den Basken. „Du brauchst diesen wilden Nordmann nicht, Emilia. Die Familie und ich werden sich um deine Belange kümmern. Es wird dir nichts passieren, wir finden den Mörder." Plötzlich nickte die Römerin und bat Nael, den Raum zu verlassen. Sie lächelte, als sie hinterherblickte. Caramia saß am Tisch, auch die Kinder erschienen kurz. Nach dem Essen schickte Enzo seine Familie weg, wieder traf ein eifersüchtiger Blick der Hausfrau die dunkelhaarige Schönheit. Als sich die Tür schloss, lächelte er plötzlich und nahm Emilias Hände. „Es tut mir leid um Giovanni, ein furchtbares Ereignis. Du kennst meine Gefühle, ich werde für dich da sein. Übrigens, du siehst gut aus in Hosen, obwohl es die Menschen als nicht angemessen empfinden. Es kann wie früher werden." Enzos Ton klang schmeichelnd und verführerisch. Sie erinnerte sich an die gemeinsamen Stunden, aber diesmal erreichte er nicht ihr Inneres. Emilia war nicht mehr überzeugt von seiner Schuld, aber sie hielt Distanz. „Wir haben gesündigt, Enzo, und unsere Ehepartner betrogen. Das wird nicht mehr passieren, bitte lass die Anspielungen. Ich werde um meinen Mann trauern, das bin ich ihm schuldig", antwortete sie ernst und zog ihre Hände zurück. Er lächelte und nickte. „Es ist in Ordnung. Giovanni ist ein großartiger Mensch gewesen. Aber ich hoffe, du nimmst mein Angebot an, und beziehst dein Quartier in meinem Haus." Emilia dankte und nahm das Angebot an, danach erhob sie sich. „Aber vergiss meine Bitte nicht, ein blonder Wikingerhüne bewacht mich. Du kennst seine Kraft", sagte sie süffisant. Enzo hob die Hände, er wirkte nicht beleidigt. Anschließend rief er seine Frau und befahl, für Emilia ein Zimmer zu richten. „Sie ist unser Gast, liebe Caramia. Wir werden ihr in der tiefsten Stunde zur Seite stehen." Die Hausfrau nickte und zeigte der Römerin ihr Zimmer. Der Baske erschien, aber Enzo stellte sich vor ihm. „Emilia ist in Sicherheit. Du kannst aber gerne im Stall schlafen, wie du es gewohnt bist, Nordmann", sagte er süffisant, aber seine Augen wirkten drohend. Naels Verhalten verriet seine Gedanken nicht, sein Blick fiel auf Emilia. Diese wirkte distanziert und unnahbar. „Wir sehen uns morgen, Nael", sagte sie ruhig. Er nickte kurz und verschwand, ein verächtlicher Blick von Enzo verfolgte ihn. „Ich kann diese stinkenden Barbaren nicht leiden", sagte er laut, aber der Baske reagierte nicht. Er verließ das Haus und begab sich zu den Pferden, die im kleinen Hof des Hauses standen. Die Dunkelheit senkte sich langsam über die Stadt. Geräusche von Betrunkenen erklangen, aber es schien eine geordnete Stadt zu sein. Er kannte lautes Grölen und Schreie aus anderen Städten, aber Rieti als Bischofssitz gab sich ruhiger. Nael blickte sich um und zog sich in eine Ecke außerhalb des Hauses zurück. Im Gegensatz zu Emilia glaubte er nach dem Besuch, dass Enzo dahintersteckte. Die Überzeugung vertiefte sich, er spürte plötzlich auch Eifersucht. Sie pflegte mit Enzo ein Verhältnis, es gab eine emotionelle Verbindung zwischen den beiden. Er wartete ruhig, einer der Angestellten verließ das Haus und ritt Richtung Fluss Toleno. Dies musste nichts bedeuten, aber seine Instinkte schlugen an. Nael wollte aber nichts riskieren, er kannte diese Stadt und ihre Menschen nicht. Deshalb unterließ er die Verfolgung dieses Mannes. Der Brief von Giovanni teilte nicht viel mit, außer die Information über das

Verhältnis und den Bund zwischen den drei Männern. Das musste nicht zwangsläufig bedeuten, dass einer der drei hinter dem Mord steckte. Aber Giovanni befand sich laut seinen Informationen vor seinem Tod in Rieti. Es deutete viel auf Enzo hin, aber trotz des Verhältnisses fehlte das Motiv für den Mord. Nael fand vorerst keinen ersichtlichen Grund für den Cousin, ihn zu ermorden. Es gab Hinweise im Brief, aber Giovanni stellte für diese Männer nach den letzten finanziellen Verlusten keinen Gegner mehr dar. Möglicherweise drohte Giovanni seinem Cousin mit der Information an die Mächtigen der Familie, eine bedrohliche Verbindung zu einem Tuskulaner und dem Lombarden Francesco konnte für diese Menschen eine Gefahr darstellen. Plötzlich kehrte die Überzeugung zurück. Enzo befand sich im Kreis der Mächtigen, die die Tuskulaner von ihrer Herrschaft in Rom vertreiben wollten, dabei ging es vorrangig um das Amt des Papstes. Eine zwielichtige Verbindung zu einem Tuskulaner erschien den anderen möglicherweise verdächtig. Die drei Männer brachten Giovanni wirtschaftlich zu Fall, solche Verbindungen gab es vermutlich öfter in diesen Familien. Laut Emilia schienen alle betroffenen Familien in irgendeiner Form verwandt zu sein. Nael dachte an die Normannen unter Tancred und Guy, aber diese agierten als Söldner, einen heimtückischen Mord traute er ihnen nicht zu. Sollte Enzo dahinterstecken, musste er über andere Männer verfügen, die für ihn Probleme aus der Welt schafften. Diese gab es überall. Es konnte auch ein Überfall eines Einzelgängers sein, der dem gut gekleideten, schutzlosen Kaufmann folgte. Das Geld war verschwunden, deshalb erschien auch diese Variante möglich. Nael verdrängte seine Gedanken, er wollte abwarten. Gegen Mitternacht suchte er das Haus auf und zog sich in den Stall zurück. Er glaubte nicht an irgendwelche Vorkommnisse in dieser Nacht, so schlief er ein und verließ sich auf seine Instinkte, die ihn frühzeitig warnen würden. Am nächsten Tag traf er Emilia, die ihn kurz grüßte. Er verstand das Verhalten der Frau nicht, die sich in ihrem Landhaus vollkommen anders präsentierte. Trotzdem wollte er so lange bleiben, bis alles geklärt war. Enzo begleitete die Römerin und hielt ihren Arm, während der Baske im Hintergrund blieb. Emilias Blick traf ihn. Sie wirkte nicht mehr zornig, verhielt sich an diesem Tag wie in früheren Zeiten. Die Gesellschaft von Enzo schien ihr zu gefallen, sie lächelte und gab sich redselig. Es schien nichts mehr vom Zorn auf den Cousin übrig zu sein, ihr Verhalten wirkte rätselhaft auf Nael. Sie behandelte ihn wie einen Angestellten, aber er schob es der Rolle zu, die sie in dieser Stadt spielte. Enzo und Emilia verschwanden im prächtigem Haus des Bischofs, der Baske musste draußen bleiben. „Es ist nicht notwendig, dass du mich begleitest. Enzo passt auf mich auf", sagte sie mit salbungsvoller Stimme. Während das Paar zum Bischof ging, wartete er stundenlang. Nael überlegte, ob er von anderer Seite in den Bischofssitz eindringen sollte, aber es gab keinen ersichtlichen Grund. Er blickte zum Himmel, der achte Monat neigte sich dem Ende zu. Emilia erwies sich als mysteriöse Frau mit vielen Charakterfacetten. Er kannte ihre Absichten nicht, sie sprachen nicht darüber, möglicherweise wollte sie mit dem Besuch beim Bischof etwas erreichen. Plötzlich wurde ihm klar, dass diese Frau einen Plan verfolgte und ihn benutzte. Nael zuckte mit den Schultern, es schien egal zu sein. Er versprach einem Jungen, zu bleiben, aber bei einer Änderung der Lage und Sicherheit für die Familie gab es keinen Grund mehr in dieser Gegend zu verweilen. Eifersucht überfiel ihn wieder, als er an Enzo dachte. Emilias Verhalten ließ keinen Schluss zu, wie sie zukünftig mit der Situation umgehen würde. Sie besaß seit dem Vortag Geld und liebte die Stadt Rom mehr als diese Region. In der Zwischenzeit trafen Emilia und Enzo auf Bischof Giovanni, der sie ruhig begrüßte. Lächelnd und mit interessiertem Blick verfolgte er die Schilderung der Frau. „Ich spreche dir mein aufrichtigstes Beileid aus, dein Mann ist ein jahrelang erfolgreicher Vertreter unserer Familie gewesen. Ich habe ihn erst vor kurzem getroffen. Wir werden meinen Namensvetter würdig begraben, ich werde einen meiner hochrangigen Vertreter mit der Zeremonie auf deinem Landsitz betrauen." Danach sprachen sie über die Regelung der Erbschaft und der Sicherheit ihrer Familie. „Der Landsitz ist Giovannis Heimat gewesen. Ich schätze die Schönheit dieser Landschaft, aber ich bin ein Kind einer römischen Kaufmannsfamilie. Es zieht mich an den Tiber, aber ich benötige Unterstützung in der Abwicklung von Geschäften." Der Bischof nickte und zeigte auf Enzo. „Er ist ein Vertrauter deines Mannes und wird dir gerne helfen, ohne dabei etwas zu lukrieren", sagte er mit eindringlichem Blick auf Enzo. Dieser verneigte sich kurz. Emilia erklärte auf Nachfrage ihren Plan, in diesem Jahr die Ernte einzubringen und die Produkte daraus gewinnbringend zu verkaufen. „Ich würde gerne mit Marco nach Rom ziehen und den Landsitz verkaufen. Möglicherweise steht bis zum Jahresende ein Käufer aus der Familie fest." Der Bischof nickte. „Wir werden uns darum kümmern. Enzo wird dir beistehen und helfen, wenn du es für notwendig erachtest, liebe Emilia." Damit war alles entschieden, die beiden verneigten sich vor dem Bischof, der nachdenklich wirkte. Der Mord an dem beliebten Giovanni würde die Region aufwühlen, dieser äußerte beim letzten Besuch Vorbehalte gegen seinen Cousin. Enzo schien in Geschäfte mit Tuskulanern verwickelt zu sein. Dieser bestätigte in einem Gespräch diesen Hinweis und erklärte, dadurch an bessere Informationen zu kommen. Zudem kannte er Enzo seit seiner Kindheit und traute ihm nicht zu, mehr als Geschäftsmann zu sein. Der Mord an Giovanni schien ein normaler Überfall zu sein, auch seine Witwe äußerte keinen Verdacht. Danach wandte er sich anderen Problemen zu. Die Mächtigen der Familie drängten ihn, sich als Gegenpapst aufstellen zu lassen, aber er folgte ihrem Ersuchen bis jetzt nicht. Die Tuskulaner unter Alberich und Gregor erschienen mit der Unterstützung des deutschen Kaisers als zu mächtig. Enzo versprach im letzten Gespräch, ihn über neuesten Erkenntnisse zu informieren. Emilia und Enzo trafen vor dem Bischofssitz auf Nael. „Unser wilder Wikingerkrieger wacht wie ein Hund", sagte der Sabiner süffisant. Der Baske blickte auf Emilia. Er reagierte nicht auf die Provokation und wandte sich an die Frau. „Wann reiten wir, Emilia? Wir haben noch ein anderes Ziel", erinnerte er an den Besuch in Carseoli bei Giovannis Freund Luigi. „Es ist nicht mehr notwendig, wir haben alles geregelt. Du kannst nach Hause reiten. Enzo wird mich morgen zurückbringen." Emilias verändertes Verhalten binnen einem Tag konnte der Baske nicht nachvollziehen. Zuerst schien sie von Enzos Schuld am Tod ihres Mannes vollständig überzeugt zu sein, aber seit der Ankunft vollzog sie eine überraschende Wandlung, die seltsam wirkte. Das Paar ließ den Basken stehen, langsam folgte er zum Haus von Enzo. „Wir müssen reden, Emilia", sagte Nael laut, die Behandlung gefiel ihm nicht. Die Angesprochene drehte sich um, ihre Augen blitzten zornig. „Wir müssen nichts besprechen. Du hast nichts mitzureden, Krieger!", rief sie erzürnt. Enzo griff ein. „Verschwinde einfach in dein Loch, aus dem du hervorgekrochen bist, Barbar", sagte er süffisant. Naels Augen veränderten sich unmerklich, sein Blick lastete auf den Sabiner. „Wenn du noch einmal sprichst, folgst du deinem Cousin in den Tod." Enzo erkannte die Ernsthaftigkeit der Drohung in den Augen des Basken. Dieser wandte sich an Emilia. „Gestern verdächtigst du diesen Mann, hinter dem Mord zu stehen und heute änderst du deine Meinung. Ich habe gedacht, du denkst an deine Familie." In seiner Stimme lag ein Ton der Enttäuschung. Enzo griff sich an den Kopf, er wandte sich an die Frau. „Was meint der Wahnsinnige damit? Ich habe Giovanni geliebt wie einen Bruder, das ist unglaublich!" Enzos Schauspielkunst erwies sich als überragend, die Ereignisse entwickelten sich nach seinen Wünschen. Zuerst fand er im Bischof einen Verbündeten, der ihn nach seiner halben Beichte die Geschäfte mit Dino nicht vorwarf, da er ihn ebenfalls benötigte. Emilias Pläne spielten ihm in die Hände. Sie wollte den Landsitz verkaufen, er selbst zeigte großes Interesse. Der Besitz wies fruchtbare Böden auf, ein Lebenstraum würde sich erfüllen. Daneben würde er Emilia ein Haus am Marsfeld besorgen, Dino konnte behilflich sein. Voller Entrüstung wandte sich der Sabiner an die Römerin. Diese hob beschwichtigend die Hände und setzte ein Lächeln auf. „Es tut mir leid, ich wurde fehlgeleitet von manchen Menschen. Aber du musst mir nicht helfen, Enzo. Ich kann mit anderen aus der Familie reden", antwortete sie mit ruhiger Stimme. Der Sabiner zuckte mit den Schultern. „Ich verstehe deine Trauer um einen großartigen Menschen und werde dir natürlich helfen. Aber dieser Mann muss verschwinden", sagte er laut und zeigte auf den Basken. Danach verschwand er im Haus. Emilia blickte ihm lächelnd hinterher, dann wandte sie sich Nael mit verändertem Blick zu. „Ich bin mir bewusst, dass du aus einer rauen, einfachen Umgebung stammst, aber dermaßen ohne Intelligenz zu handeln, ist schauerhaft", sagte sie kopfschüttelnd. Die schöne Frau zeigte ein arrogantes Gesicht. „Ich denke an meine Familie, vor allem an Marco. Mein Leben ist in Rom und nicht in dieser Provinz, dort werde ich unter dem Schutz von mächtigen Männern leben. Sie werden mich hofieren", sagte sie lächelnd. Nael senkte den Kopf, viele Gedanken drängten in sein Gehirn. „Diese Männer respektieren dich nicht. Sie werden dir das Geld wegnehmen und dich als ihre Hure halten. Du hast einen Mann wie Giovanni nicht verdient, Emilia", sagte er hart. Plötzlich veränderte sich die Frau. Ihre Arroganz fiel ab, der Zorn übermannte sie. Sie wollte ihn schlagen, aber er fing ihre Hände ab und gab ihr einen leichten Stoß, sie stolperte nach hinten. Enzo erschien, einige Angestellte folgten. Naels Blick fiel auf die Männer, aber er zeigte keine Reaktion und drehte sich um. Emilia erfing sich wieder. „Verschwinde, du verdammter Bastard!", schrie sie laut. Der Baske zeigte keine Reaktion und holte sein Pferd. Er sattelte es und führte es nach draußen. Emilia stand bei Enzo, ihre Blicke folgten ihm. Plötzlich fühlte sie einen großen Schmerz, als sie den hünenhaften Mann gehen sah, aber sie hielt ihn nicht zurück. Er führte das Pferd im Schritttempo durch die Gassen, plötzlich hörte er eine Stimme. „Ich muss dir etwas sagen, Fremder." Es handelte sich um Caramia, die Frau von Enzo. Sie blickte sich um, dann deutete sie, ihr zu folgen. In einer Seitengasse erzählte sie vom Langobarden Aistulf. „Er schützt Enzo und führt alles aus, was er ihm aufträgt. Dieser Mann hat den Mord begangen." Caramia wollte sich abwenden und verschwinden. „Warum machst du das?", fragte der Baske ruhig. „Er wird mich wieder demütigen und sich mit dieser Frau einlassen. Du hast recht, sie ist eine Hure." Danach verschwand die unglückliche Frau. Der Baske bestieg das Pferd und verließ die Stadt Richtung Landsitz. Er fühlte sich nicht gut, denn er spürte starke Gefühle für Emilia, aber sie lebten in verschiedenen Welten. Die unglückliche Caramia tat ihm leid. Sie konnte ebenso wenig wie Emilia ihrer Umgebung entfliehen und musste weiterhin an der Seite ihres Mannes bleiben, der sie vermutlich ständig betrog, auch mit Emilia. Er gab dieser aber nicht die Schuld. Es handelte sich um Enzo, der vermutlich noch andere Frauen besuchte. Trotzdem zerstörte sie ihre Ehe und ihr weiteres Leben, obwohl sie derzeit die Gelegenheit besaß, mehr daraus zu machen. In Gedanken versunken ritt er am Landsitz vorbei und näherte sich der Stadt Carseoli. Er beabsichtigte trotzdem, mit Giovannis Jugendfreund Luigi zu sprechen. Da er den Mann nicht kannte und Emilia keine näheren Informationen preisgab, wollte er sich vorsichtig umhören. Er wollte sich Zeit nehmen. Sie beabsichtigte, am morgigen Tag Rieti zu verlassen. Der Baske glaubte der Frau Enzos, sie schilderte auch das Aussehen des mutmaßlichen Mörders. Er wusste nicht, ob er diesen suchen sollte, es ging ihn nichts mehr an. Emilia entschied sich anders, sie würde ihm nicht glauben. Er verstand ihre Entscheidung nicht, obwohl er bis zum Gespräch mit Caramia nicht vollständig von der Schuld Enzos überzeugt gewesen war. Sie begab sich wieder in die Fänge von Männern, die für sie nicht zu kontrollieren waren. Vermutlich hoffte sie, diese gegeneinander auszuspielen, aber diese würden sich alles nehmen, wann und wie sie wollten. Enzo schien zu allem bereit zu sein, er schätzte Dino ähnlich ein. Als Witwe folgte eine einjährige Trauerzeit, vermutlich hoffte sie danach auf eine Heirat mit einem vermögenden Mann. Nael wusste, dass sie falsch lag, denn sie benötigte dies nicht in ihrem Leben. Sie konnte das Vermächtnis ihres Mannes in dieser Region erfüllen, aber sie entschied sich gegen den Kampf für die Sicherheit und würde vielleicht mit dem Schuldigen am Tod ihres Mannes das Bett teilen. Er hätte ihr beigestanden, vor allem auch Marco, aber irgendwann wäre er gegangen. Seine Lebensweise passte nicht zu dieser kultivierten Frau, die in einer Welt der Intrige und der Redekunst lebte. Aber er hätte sie aus den Fängen dieser Männer befreit. Carseoli tauchte auf. Misstrauisch betrachteten die Wachposten den Hünen, sie ließen ihn aber ein. Mittlerweile war es Abend geworden, er suchte eine Taverne auf. Argwöhnische Blicke erfassten den blonden Hünen, aber er suchte sich einen ruhigen Platz und bestellte einen Krug Wein. Die Lust am Trinken erwachte. Der Gastwirt schien zufrieden zu sein mit seinem neuen Gast, denn er erhielt sofort die Bezahlung. In den nächsten Stunden erschienen viele Besucher, die ständig wechselten. Einige Männer saßen an einem Tisch in der Nähe und diskutierten lautstark. Nael spürte die wohlige Wärme, die das ungewohnte Getränk in seinem Körper verursachte. Er bestellte mehrere Krüge und trank alle aus, irgendwann verließ er die Taverne und schlief lange. Am nächsten Tag erwachte er gegen Mittag, ein zorniger Stallmann trat gegen seine Stiefel. Er erhob sich und stieß den Mann auf die Seite, dann steckte er seinen Kopf in einen Eimer Wasser. Bevor der Mann sich wieder aufregte, gab er ihm eine Münze. Er wollte ihn wegen Luigi befragen, unterließ es aber, der Mann erschien ihm nicht vertrauenswürdig. Nael streifte durch die kleine Stadt und traf auf einen lebendigen Markt, wo er seinen Hunger stillte. Er wusste selbst nicht, warum er dies machte, denn das Wissen um den vermeintlichen Mörder half ihm nicht. Der Jugendfreund von Giovanni konnte ihm erzählen, was tatsächlich hinter dem Trio Dino, Enzo und Francesco steckte, aber was sollte er mit dem Wissen anfangen. Er erkannte, dass es um die Frau ging, dass er sie umstimmen wollte, diesen Weg zu gehen. Plötzlich lächelte der Baske und schüttelte den Kopf. „Ich bin tatsächlich ein Wahnsinniger. Heute werde ich mich noch einmal betrinken, morgen werde ich Isabella holen und anschließend verlassen wir die Gegend. Was interessiert mich das Schicksal dieser Menschen?" Nael suchte einen offenen Imbissstand auf, wo es etwas zum Trinken gab. Er saß bis zum Abend, als plötzlich Lärm erschallte. Mehrere Männer stürmten vorbei, ein Teil folgte ihnen neugierig. Nael interessierte das Geschehen nicht, er bestellte noch einen Krug und bezahlte sofort. Dies machte er immer, dem Wirt gefiel das Verhalten. Zwei einfache Männer setzten sich zu ihm, diese beteiligten sich am Trinken. Nach einiger Zeit kehrten einige zurück und berichteten lautstark, dass ein reicher

Kaufmann tot aufgefunden wurde. „Er hat sich selbst aufgehängt. Ich verstehe das nicht. Signore Luigi hat stark und robust gewirkt. Aber es wird gesagt, dass er sich mit mächtigen Männern angelegt und deshalb aus Verzweiflung gehandelt hat. Die Familie tut mir leid", erzählte einer der Männer. Ein anderer winkte ab. „Die Frau findet den nächsten, reichen Mann, um sie brauchst du dir keine Sorgen zu machen. Aber trinken wir auf den guten Signore, er hat arme Leute gut behandelt." Es wurde getrunken, der Baske beteiligte sich daran. Als der Name „Luigi" fiel, drängten sich viele Gedanken in seinem Kopf, aber er wollte nicht mehr darüber nachdenken. Das Trinkgelage zog sich bis nach Mitternacht, dann schlief er im Stall bei seinem Pferd. Am nächsten Tag spürte er die Nachwehen des Trinkens, sein Kopf schmerzte vom teilweise süßen Wein. Das Wasser half ihm bei der Genesung. Gegen Mittag verließ er die kleine Stadt und näherte sich dem Landsitz, den er am Nachmittag erreichte. Langsam ritt er vor das Haus, Isabella erschien. „Wo bist du gewesen, Baske?", fragte sie lautstark. Mühsam stieg er vom Pferd, sie roch seine Ausdünstung. „Ich mache mir Sorgen und du besäufst dich. Das ist unglaublich!", rief sie laut. Pietro und die Jungen erschienen, Marco freute sich am meisten. Auf einmal erklang eine Stimme. „Marco, komm zu mir!" Es handelte sich um Emilia, die auf der Veranda stand. Neben ihr stand Enzo, einige Männer tauchten auf. Der Junge blieb unschlüssig stehen, folgte aber einer weiteren Aufforderung seiner Mutter. „Was ist passiert, Nael? Die gute Emilia ist gestern stark verändert zurückgekommen, behandelt alle wie früher und hat gesagt, dass du dich schlecht benommen hast", sagte Isabella in leisem Ton. „Sie haben dich gesucht,

Krieger", sagte Emilia laut. „Ich habe gedacht, dass du bereits weg bist, aber deine rothaarige Freundin ist noch hier gewesen", fuhr sie fort. Isabella schüttelte den Kopf. „Was ist passiert mit dir, Emilia? Du wolltest alles regeln und kommst gestern ohne Nael zurück, dafür mit diesem Mann, dem du dein Unglück verdankst." Laut hallte die Stimme der Asturierin über den Platz. Am gestrigen Tag hielt sie sich zurück, da Emilia nicht über die Ereignisse sprach und sie schroff abwies, als sie nach Nael fragte. Auch die Anwesenheit der Männer Enzos beunruhigte sie, aber sie wollte hier auf den Basken warten. Alle Menschen beobachteten den Hünen, dessen Kopf schmerzte. Er streichelte das Pferd und wirkte uninteressiert. „Signora Emilia hat dir gesagt, du sollst verschwinden, Barbar!", rief Enzo laut, seine sechs Männer standen vor der Veranda. Der Baske lächelte plötzlich, der Alkohol wirkte nach. „Signora Emilia hat mir aber nichts zu sagen, denn sie bezahlt mich nicht, Mörder", antwortete er ruhig, dann trat er zur Veranda. Enzos Augen verengten sich. „Du solltest aufpassen, was du sagst, denn ansonsten wirst du dieses Land nicht lebend verlassen", sagte er laut. Marco erschrak und wollte zu Nael, aber seine Mutter hielt ihn zurück. Der Baske schüttelte den Kopf. „Weißt du, was ich an dir kultiviertem Menschen nicht verstehe? Du hast gewonnen und lässt weiterhin wahllos Menschen töten, das ergibt keinen Sinn." Er trug die Anschuldigung laut vor und beobachtete den Sabiner, dessen Gesicht sich zornig verzerrte. „Du wagst es, mich zu beleidigen, du stinkender Barbar!", rief er laut. Emilias Stimme erklang. „Verschwinde mit Isabella, eure Zeit ist vorbei." Überrascht blickte die Asturierin auf die Frau, deren Wandlungsfähigkeit furchterregend wirkte. Sie wollte etwas sagen, aber Nael legte ihr die Hand auf die Schulter. Er griff nach dem Pferd, aber Emilias Stimme erklang. „Meines Wissens sind es unsere Pferde, also geht zu Fuß, wohin auch immer!" Ihre Stimme klang schroff und wandte sich an Atanasio und seine Familie. „Warum steht ihr noch hier? Ihr habt genug zu tun oder wollt ihr mitgehen?" Ungläubig blickte der treue Gefolgsmann von Giovanni auf die arrogante Römerin. Nachdenklich blickte er auf seine Frau, diese nickte lächelnd. „Wir werden bis zum Begräbnis von Signore Giovanni bleiben, danach kehren wir in unser Dorf zurück. Es ist Zeit, zu gehen. Sie haben bereits gestern gesagt, dass sie alles verkaufen und damit Signore Giovanni hintergehen." Emilia wechselte die Gesichtsfarbe angesichts der Worte des langjährigen und treuen Gefolgsmanns ihres Ehemannes. „Du wagst es, Signora Emilia zu beleidigen. Ich werde dich auspeitschen lassen!", rief Enzo laut und gab einem seiner Männer den Befehl dazu. Isabellas Stimme erklang. „Heute werden hier wohl einige Männer sterben." Sie zeigte ein Lächeln, aber ihre Augen verhießen nichts Gutes. Plötzlich hielten Nael und Isabella Schwert und Axt in der Hand. „Keiner tut diesen Menschen etwas an, oder der gute Enzo überlebt nicht!", rief der Baske laut. Sein Blick fixierte den Sabiner, der plötzlich zu schwitzen begann angesichts der Drohung des kampfbereiten Hünen. Auch die Männer Enzos zogen sich zurück, es strömte eine gefährliche Aura von Isabella und Nael aus. Der Baske wandte sich an Enzo. „In Carseoli ist ein beliebter Kaufmann namens Luigi erhängt aufgefunden worden. Einige sagen, er hat sich nicht selbst aufgehängt. Aistulf lässt dich grüßen", sagte er lächelnd. Nael sprach eine reine Vermutung aus, die ihm auf dem Weg hierher einfiel. Er wusste nicht einmal, ob der Langobarde sich in Carseoli befand zum Zeitpunkt des Todes oder ob dieser Luigi der Jugendfreund Giovannis war, aber es schien zu wirken. Der Angesprochene riss die Augen auf, auch Emilia blickte unschlüssig auf den Basken. „Diese dumme Frau geht den falschen Weg, aber jeder Mensch muss Entscheidungen treffen. Wir bleiben bis zum Begräbnis und erweisen einem großartigen Menschen unsere Ehre. Bis dahin lasst uns in Ruhe!", rief der Baske laut. Seine düstere Haltung drückte die Unmissverständlichkeit seiner Worte aus. Isabella und Nael verließen mit der Familie von Atanasio den Hof. In der Nähe stand ein Gebäude, das sie aufsuchten. Silea weinte. „Die Signora ist nicht böse, aber sie irrt gewaltig. Marco und sie sind hier besser aufgehoben." Atanasio ging das Weinen auf die Nerven. „Halt den Mund, Weib! Sie ist schlecht, nur der Junge tut mir leid." Marco wurde von seiner Mutter in das Haus gebracht. Er wehrte sich. „Ich hätte dir nicht von Vaters Schatz erzählen sollen!", rief er laut, worauf er eine Ohrfeige kassierte und weinend in sein Zimmer lief. Enzo trat heran. „Was meint der Junge? Hast du das Geldversteck gefunden, Emilia?" Die Angesprochene blickte in gierige Augen, die kurz darauf wieder Wärme verstrahlten. Sie zuckte mit den Schultern. „Marco hat eine große Fantasie, die letzten Tage sind hart gewesen. Hilfst du mir oder muss ich mich an den Bischof wenden? Was meint Nael mit Luigi?", fragte Emilia hart. Sie zeigte keine Furcht. Enzo zuckte mit den Schultern. „Ich weiß nicht, was er meint. Du kannst ihn fragen, wenn du willst." Er trat zu Emilia, fasste sie an den Schultern und zog sie heran. Sie blickte ihn in das Gesicht und schüttelte den Kopf.

„Das wird es nicht mehr geben, ich bin eine trauernde Witwe. Du solltest diese Tatsache akzeptieren, Enzo. Lass mich los", forderte sie lautstark. Er hob die Hände und trat zurück. „Es tut mir leid, die Leidenschaft ist mit mir durchgegangen. Ich werde dich in jeder Hinsicht unterstützen, liebe Emilia", sagte er höflich und neigte den Kopf. Sie erwiderte das Nicken und folgte ihrem Sohn. Mit zornigem Blick sah Enzo der Frau hinterher. „Du wirst noch angekrochen kommen, meine Liebe. Es stellt sich die Frage, wo du das Geld versteckt hast." Ein Lächeln stand in seinem Gesicht. Er würde vorerst alles tun, um die Frau in Sicherheit zu wiegen, die nächsten Monate musste er sich ruhig verhalten. Einer trauernden Witwe zu schaden wäre nicht gut für ihn. In diesem Land besaß die Familie Giovannis einen guten Ruf, obwohl Emilia gerade daran arbeitete, diesen zu zerstören. In Rom würde sie allein sein mit ihrem Sohn, sie vertrieb vor kurzem ihre treuesten Kameraden. Aber er durfte die Frau nicht unterschätzen, sie besaß die Fähigkeit, überraschende Aktionen zu setzen. Trotzdem schien sich die Lage gut zu entwickeln. Nach dem Begräbnis wollte er nach Rom reiten und mit Dino sprechen, wegen eines kleinen Hauses für Emilia und ihren Sohn. In den nächsten zwei Tagen wurde alles für das Begräbnis vorbereitet. Ein Vertreter des Bischofs erschien und führte das Zeremoniell durch. Viele Angehörigen der Familie waren erschienen, auch Vertreter der Dörfer ringsum. Danach wurde ein Totenmahl abgehalten, bald darauf verließen die Besucher das Gelände. Nael und die anderen blieben im Hintergrund und standen als letzte Menschen vor dem frischen Grab ihres Freundes. „Schade um diesen korrekten Mann", sagte Isabella bewegt.

Die Angehörigen der Familie von Atanasio weinten, anschließend verließen sie gemeinsam das Grab. „Wir werden euch zu eurem Dorf begleiten", sagte der Baske. Atanasio schüttelte den Kopf. „Signora Emilia hat uns gestern aufgesucht. Sie verhält sich wieder normal und hat uns gebeten, bis zum Einbringen der Ernte und dem Verkauf des Hauses zu bleiben. Es geht um Marco, er ist verstörrt wegen der Vorkommnisse." Die anderen Familienmitglieder nickten. Nael und Isabella umarmten die liebgewonnenen Menschen. „Passt auf euch auf, die Männer von Enzo werden euch gängeln", sagte Isabella. Atanasio schüttelte den Kopf. „Wir haben keine Angst vor diesen Männern. Wenn Signore Enzo das Anwesen kauft, werden wir verschwinden. Er ist kein guter Mann." Silea wollte noch etwas loswerden, sie wandte sich an den Basken. „Signora Emilia ist nicht schlecht, wie mein Mann sagt. Sie denkt an ihren Sohn und geht den falschen Weg. Bitte bleiben sie in der Nähe, sie wird Hilfe brauchen!" Sileas Stimme klang flehend, aber Nael schüttelte den Kopf. Ornella umarmte Isabella lange, danach machten sich Nael und sie auf den Weg. Sie trugen ihr Gepäck und die Waffen. „Auf dem Pferd hat mir der Weg besser gefallen", sagte die rothaarige Asturierin laut. „Der Marsch tut gut, er vertreibt die schlechten Gedanken", antwortete Nael. Sie schüttelte den Kopf. „Ich habe keine schlechten Gedanken, denn ich freue mich auf die nächsten Ziele. Wir sollten nach Süden gehen, zu den Normannen oder in das Reich der Römer. Die Hauptstadt heißt Konstantinopel und soll riesig sein." Er gab keine Antwort. Isabella ahnte seine Gedanken, die sich mit Emilia und Marco beschäftigten. Auch ihr machte der Abschied von diesen sympathischen, offenen

Menschen zu schaffen, aber sie konnten nichts dagegen tun. Die nächsten Tage verliefen die meiste Zeit schweigend. Sie trafen viele Menschen auf der Via Salaria, die eine Verbindung von Rom über die Sabina zum adriatischen Meer darstellte. Nach drei Tagen gelangten sie über eines der vielen Tore der Aurelianischen Mauer in das Innere Roms. „Die vielen, ungenutzten Flächen innerhalb einer Mauer sehen seltsam aus", sagte Isabella. Ungenutzt dahingehend, dass es keine Bebauung gab. Andererseits nutzten die Bewohner diesen großen Teil Roms für die Landwirtschaft. Sie vereinbarten, diesmal den dicht besiedelten Teil der Stadt aufzusuchen. Sie gingen von hohen Preisen aus, deshalb suchten sie eine billige Unterkunft, die sie in der Nähe des Kapitols fanden, dort beließen sie ihr Gepäck und ihre großen Waffen. Danach suchten sie das Marsfeld auf, das gegenüber der Engelsburg und des Borgo auf der anderen Seite des Tiber lag. Hier präsentierte sich Rom als Stadt im engeren Sinn, Haus an Haus reihte sich aneinander. Das Gebiet lag offen zum unbebauten Teil, hier wohnten die einfachen Menschen und Kaufmannsfamilien. Über dem Tiber lagen im Borgo innerhalb der Leoninischen Mauer die Paläste der Adeligen. Dort war die Macht der Familie der Tuskulaner allgegenwärtig, sie beherrschten Rom. Sie fanden einen billigen Imbissstand und aßen ausgiebig. „Giovannis Teigwaren haben besser gemundet", sagte Isabella ironisch. Danach absolvierten sie einen Rundgang durch die Stadt und erkundeten die prachtvollen Teile in der Nähe der Engelsburg und des Vatikans. Dieser Teil Roms protzte und zeigte sich als Machtbasis des Adels. Sie verhielten sich unauffällig, trotzdem fielen ein blonder Hüne und eine rothaarige Kriegerin bisweilen auf.

In der Nähe des Vatikans erkannten sie rechtzeitig ein bekanntes Gesicht. Der Tuskulaner Dino stand vor der Peterskirche mit einigen Männern und diskutierte lachend. Nael und Isabella suchten Deckung hinter einem Gebäude und beobachteten den gut gelaunten Mann, einige besser gekleidete Frauen spazierten vorbei. Sie lachten, als er einen Spaß machte. „Ein echter Galan, dieser Dino. Was sich alles hinter einem attraktiven Äußeren verstecken kann? Dabei demütigt und vergewaltigt er gerne Frauen, die ihn ablehnen", sagte Isabella sarkastisch. Sie zogen sich zurück und begaben sich über eine Brücke in den Hauptteil der Stadt. Das Marsfeld erwies sich als pulsierendes und lebhaftes Zentrum der alten Metropole. Sie tauchten im Gewühl der Menge unter, die die sommerlichen Temperaturen mit Trinken bekämpfte. Das Wasser kam vom Fluss, da die früheren Aquädukte nach dem Fall des alten Imperiums und den darauffolgenden Heimsuchungen durch verschiedene Völker nicht überlebten und nicht mehr funktionierten. Sie suchten sich gegen Abend eine Taverne, die Schatten bot und tranken Wasser und Wein. Keiner von beiden wusste richtig, was sie machen sollten. Der Abschied von den Menschen in der Sabina erfolgte schnell und unvorbereitet. In den nächsten drei Tagen zogen sie ziellos durch die Stadt und besichtigten alles. Anfang des neunten Monats entschlossen sie sich endgültig, die Stadt zu verlassen, obwohl sie sich hier wohlfühlten. Sie begaben sich letztmalig in dieselbe Taverne, die sie jeden Tag besuchten. Nael und Isabella fühlten sich sicher. Sie glaubten nicht an eine Beobachtung oder Verfolgung durch Männer von Enzo. Es schien alles geregelt zu sein in Rom. Der Baske dachte oft an Emilia und ihre seltsame Wandlung innerhalb einer Nacht. Sie sprachen aber nicht mehr darüber. An diesem Tag kamen sie später zur Taverne, es befanden sich mehr Menschen davor. Ein Lied schallte durch die Straßen, die beiden erkannten es sofort. „Hörst du es auch?", fragte Isabella, der Baske begann zu schmunzeln. „Dieser verdammte Gaukler geht mit meinem Lied hausieren", sagte sie ärgerlich, er schüttelte den Kopf. „Du musst ehrlich zugeben, dass es sein Lied ist. Er hat es komponiert und gedichtet", antwortete der Hüne. Isabella ärgerte sich, obwohl es keinen Grund gab. Aufgrund der Ereignisse hatte sie nicht mehr an den Sänger gedacht, das Lied erweckte seltsamerweise ihren Zorn. Die Frauen und Männer ringsum hörten andächtig dem klaren Gesang von Bartholomäus de Wenia, der über eine Frau namens Isabella und ihre Liebe sang. Die Asturierin blickte in die strahlenden, verträumten Gesichter der jungen Frauen. Ihre Augen verengten sich, der Ärger wuchs. „Dieser Bastard verfolgt mich, er taucht immer wieder auf", sagte sie laut. Nael lachte plötzlich, er fand ihre Reaktion amüsant. „Er hat für dich ein Lied geschrieben. Jede dieser Frauen würde vermutlich gerne mit dir tauschen, Isabella." Ihre Augen zeigten ihren Ärger. „Dieser Mann ist vom Teufel persönlich geschickt worden. Er verzaubert die Menschen und nutzt sie danach schamlos aus." Sie bezogen einen kleinen Tisch, während Bartholomäus das Lied beendete und stürmischen Applaus erhielt. Danach folgten andere Lieder. Die Menschen grölten und sangen begeistert mit, wenn sie das Lied kannten. In der Zwischenzeit saß Isabella missmutig am Tisch und betrank sich zusehends, seit langem trank sie wieder wie in früheren Zeiten. Bartholomäus tauchte auf, umringt von zwei jungen Frauen, die ihn anlachten. Sein Saiteninstrument hing am Rücken, gemeinsam mit den Frauen bewegte er sich zum Ausgang. „Diese Frauen wirst du nicht schwängern, du Teufel", sagte sie laut und stellte ihren Becher mit Schwung auf den Tisch. Dann erhob sie sich und stellte sich vor das Trio. Bart erkannte sie nicht sofort, erst nach kurzem Zögern kam das Licht der Erkenntnis. „Oh, mein Gott, nicht diese Frau!", rief er laut. Die Asturierin zog das Messer und hielt es dem Sänger an die Kehle, dann erhob sie ihre Stimme. „Endlich habe ich dich gefunden, Halunke. Du hast mich mit dem Kind zurückgelassen, das danach verstorben ist!", rief sie laut. Ringsum wurde es still, der Baske schüttelte angesichts der ausgesprochenen Worte den Kopf. Sie wandte sich an die beiden Frauen. „Verschwindet! Ansonsten geht es euch wie mir. Er ist der Teufel, der dich verzaubert und mit einem Kind zurücklässt!" Die Frauen verschwanden angesichts des drohenden Blickes der rothaarigen Asturierin. Bart trat zurück, um dem Messer zu entkommen. „Du musst aufpassen, mit welcher Frau du dich einlässt. Diese sieht gefährlich aus, aber vielleicht singst du ihr ein Liedchen, dieser rothaarigen Hexe!", rief ein Beobachter, die anderen lachten, andere Wortmeldungen fielen. Plötzlich grinste Isabella und steckte ihr Messer ein. Sie verneigte sich, anschließend ging sie zum Tisch. Mit einem Grinsen setzte sie sich zu Nael, der verständnislos den Kopf schüttelte. „Warum machst du das? Der Mann hat dir nichts getan. Wir fallen unnötig auf", sagte er vorwurfsvoll. „Ich habe zwei unschuldige Frauen vor dem Teufel gerettet, Nael. Das hat gut getan", antwortete sie lächelnd. Dieser beobachtete den Sänger, dessen Augen auf dem Paar ruhten. Plötzlich setzte sich der großgewachsene

Mann in Bewegung und kam an den Tisch. Ohne ein Wort setzte er sich auf den freien Stuhl und ließ seine Augen wandern. Er hängte sein Saiteninstrument an die naheliegende Wand, dann fixierte er Isabella. „Da diese rothaarige Hexe mir den Abend verdorben hat, sehe ich mich als euer Gast, ihr bösartigen Menschen", sagte er lächelnd. Er nahm den Weinkrug und schenkte sich seinen Becher voll. „Wir haben dich nicht eingeladen", sagte Nael. „Aber ihr zerstört mit eurem Hang zur Traurigkeit und Missmut das Leben anderer Menschen, vor allem solcher fröhlicher wie ich einer bin. Deshalb müsst ihr dafür bezahlen", antwortete der Sänger. „Du bist kein Mensch, sondern der Teufel persönlich, der unschuldige Frauen besteigt und sie danach zurücklässt", sagte Isabella laut. Bart blickte sie nachdenklich an. „Du bist betrunken, Weib. Ich mag keine betrunkenen Frauen." Isabellas Gesicht färbte sich rot. „Es ist mir egal, was du magst. Verschwinde wieder, Gaukler." Der Sänger schüttelte den Kopf. „Du hast mir vor allen Leuten gedroht und Lügen erzählt. Deshalb wirst du bezahlen, Hexe. Ansonsten werde ich für das Lied zukünftig einen anderen Frauennamen verwenden", sagte er genüsslich. Isabella schien zu explodieren, aber sie bekam sich wieder in den Griff. „Das Lied interessiert mich nicht. Ich kann nur Menschen nicht leiden, die andere ständig ausnutzen." Bart lachte plötzlich. „Du bist tatsächlich verrückt, wir sind umgeben von solchen Menschen. Ich gebe den Menschen, was sie wollen. Die beiden Frauen sind keine unschuldigen Mädchen gewesen. Du hast mir eine schöne Nacht verdorben, meine Liebe. Ich muss mich wohl an dich halten", sagte er genüsslich. Isabellas Augen verengten sich. Der Baske schüttelte den Kopf, er lachte laut. „Seit wann lacht dieser missmutige Mann. Ich sehe Hoffnung für dich, mein Guter", sagte der Sänger und zeigte mit dem Finger auf Nael, der grinsend nickte. Die Diskussion von Isabella und Bart gestaltete sich amüsant für Zuhörer. „Ihr solltet gemeinsam auftreten, die Menschen würden euch lieben", sagte Nael, auch er spürte die Wirkung des Weines. Bart blickte auf den Basken. „Eine gute Idee, großer Mann. Ein Theaterstück, gemeinsam mit der rothaarigen Hexe. Das ist großartig. Es könnte eine Liebesgeschichte sein, oder eine Komödie, die Menschen lachen gerne in diesen schlechten Zeiten. Aber vermutlich wird es mehr eine Tragödie, wenn ich diese Furie ansehe", sagte der Sänger grinsend. Nael lachte, ihm gefiel die Unterhaltung. Isabella fand das Gespräch nicht amüsant. „Ich werde nicht mit dir spielen, Gaukler", sagte sie ärgerlich. „Das ist schade, du hast eine schöne Stimme. Ich bin überzeugt davon, dass du Lieder singen kannst, die den Menschen gefallen. Es ist angenehmer, als ständig zu kämpfen." Er betrachtete Isabella eindringlich. Sie fühlte sich durchleuchtet, seine braunen Augen schienen Strahlen zu versenden. Unsicherheit ergriff sie. Isabella konnte es nicht erklären, aber die Wirkung schien enorm zu sein. Wild schüttelte sie den Kopf und wandte sich an den Basken. „Es ist großartig, dass du darüber lachst. Du solltest an die schöne Emilia denken, die dich abserviert hat und als nicht intelligent genug einstuft", sagte sie provokant. Naels Gesicht veränderte sich, aber nach kurzem Überlegen zuckte er mit den Schultern. „Ich habe sie auch als dumm bezeichnet. Es hat nie etwas gegeben zwischen uns, das weißt du." Isabella gewann ihre Sicherheit wieder und zeigte auf den Sänger. „Zwischen diesem Teufel und mir existiert auch nichts, Baske." Bart hörte zu und schüttelte den Kopf. „Wenn ihr die schöne Emilia von der Reise meint, dann glaube ich, dass der Hüne für diese kultivierte Dame zu wenig Benehmen besitzt. Die Intelligenz ist aber zweifellos vorhanden. Ich denke, dass sie starkes Interesse an dir hat, zumindest hat sie dies gezeigt." Nael blickte den Mann überrascht an. „Wie kannst du dies wissen, Gaukler? Du kennst diese Frau nicht und hast sie nur kurz gesehen." Bart winkte ab. „Um in dieser Welt ohne Kampf zu überleben, muss man in der Lage sein, Menschen rasch zu beurteilen. Ich kenne Adelige wie auch Bettler, Frauen und Männer, und beobachte sie ständig." Isabella lächelte. „Damit du sie ausnutzen kannst, Gaukler, oder täusche ich mich?" Mittlerweile beruhigte sie sich wieder. „Ich gebe ihnen, was sie wollen, für Gesang in Tavernen oder Kirchen lasse ich mich bezahlen. Vor ein paar Wochen habe ich beim Papst gesungen." Überrascht blickten Nael und Isabella auf den Sänger und fragten nach, dieser zuckte mit den Schultern. „Ich bin gefragt worden und habe einige Kirchenlieder gesungen. Aber ich bin lieber unter einfachen Menschen, sie sind ehrlicher. Der Adel ist verlogen und gefährlich." Er wirkte offen. „Du meinst vermutlich die adeligen Frauen, die du beglückt hast, Gaukler?", fragte Isabella süffisant. Bart zuckte mit den Schultern und lächelte. „Ich denke, ich kann jede Frau glücklich machen. Du solltest es ausprobieren, denn du bist mir etwas schuldig", sagte er genüsslich. Diesmal verzog Isabella den Mund, enthielt sich aber einer Antwort. Das Selbstbewusstsein des Sängers wirkte langsam. Sie überlegte tatsächlich, seinem Angebot nachzugeben. Bart lächelte hintergründig. Er kannte die Anzeichen, wandte sich aber dem Basken zu. „Was meint Isabella mit der guten Emilia? Beim letzten Mal ist sie noch verheiratet gewesen mit dem sympathischen Giovanni. Was ist passiert?" Bart schien ernsthaftes Interesse zu zeigen, aber Isabella war sich bei diesem Mann nicht sicher, ob er es ernst meinte. Doch für Nael schien es in seinem angetrunkenen Zustand die Möglichkeit zu sein, über das Vergangene zu sprechen. Bart fragte während der Erzählung mehrmals nach, bisweilen ergänzte Isabella Details. Als er alles erfahren hatte, dachte der Sänger längere Zeit nach, dann schüttelte er den Kopf. „Ihr glaubt tatsächlich, dass die stolze Emilia dumm oder bösartig ist? Diese Frau hat vielleicht nicht den richtigen Mann geheiratet, aber auch nicht den falschen. Vielen Frauen dieser Schicht ergeht es ähnlich, sie kann damit leben. Sie liebt ihren Sohn über alles, dies hat man an jeder ihrer Reaktionen gesehen. Solche Gefühle sind bösartigen Menschen fremd." Bart schüttelte den Kopf und überlegte wieder. „Sie hat diese Entscheidung gewählt, weil sie nicht nur ihren Sohn und sich schützen will, sondern auch ihre loyalen Freunde, also euch beide und die Familie." Nael riss die Augen auf. „Sie muss mich nicht beschützen." Bart blickte auf Isabella, die ihn interessiert anblickte. „Emilia kennt ihre Widersacher und das Umfeld. Ihr beide kennt dieses nicht. Es handelt sich um sehr mächtige Menschen mit Kontakten zu den höchsten Stellen und einer großen Heerschar an Angestellten, Söldnern und Anhängern." Er schüttelte den Kopf. „Ihr glaubt, unbesiegbar zu sein oder allem trotzen zu können. Vermutlich liegt dies an schlechten Erfahrungen in der Vergangenheit. Oder es ist euch egal, wenn ihr den Tod erleidet. Beides zusammen ergibt eine gefährliche Kombination." Der Sänger blickte in interessierte

Augen. Isabella lächelte erstmalig, dies machte sie anziehend. „Es gibt aber offensichtlich Menschen, denen es nicht egal ist, wenn ihr den Tod erleidet. Emilia hat sich in die Hände von Menschen begeben, die sie innerlich verabscheut. Übrigens kenne ich diesen Dino, ein widerlicher Mensch. Sie hofft natürlich, dass ihr Sohn sicher leben kann mit dieser Entscheidung. Gleichzeitig rettet sie euer Leben, denn diese Männer und ihre Handlanger hätten euch schlussendlich getötet. Auch das Leben dieser treuen Familie schien nicht sicher zu sein, mit ihrer Entscheidung hat sie euch alle aus dem Spiel genommen. Sie ist eine starke, aber einsame Frau, echt beeindruckend." Nach seinen Worten trat Stille ein. Isabella und Nael blickten einander an. Die Ausführungen von Bart erschienen schlüssig. Misstrauisch blickte die Asturierin den Sänger an. „Kennst du Emilia näher, Gaukler?" Er schüttelte den Kopf. „Aber ich kenne diese Schicht. Ihr ist bisweilen langweilig geworden, aber diese Frau ist charakterlich in Ordnung. Dies hat sie mit ihrer Entscheidung bewiesen. Ich gehe davon aus, dass sogar ihr Sohn sie kritisiert, da er seinen Freund verloren hat." Nael ballte die Fäuste. „Warum macht sie das? Es ist nicht notwendig gewesen, ich hätte sie beschützt." Bart lachte plötzlich. „Das drückt aus, was ich an euch kritisiere. Ihr seid entweder verrückt oder todessüchtig, gegen diese Männer kämpft ihr auf verlorenem Posten. Das ist deren Umfeld, sie kennen alles und werden euch töten oder verhaften lassen. Immer wieder macht ihr verrückte Dinge, wie Isabella zuvor. Das ist nicht normal", sagte er kopfschüttelnd. Sie blickte ihn an, dem Ärger war Interesse gewichen, dieser Mann erweckte eine starke Sehnsucht in ihr. „Vieles ist machbar, wenn die Organisation und die Abläufe passen. Mit Mut und Standhaftigkeit kann man viele Kämpfe gewinnen. Es ist nicht gesagt, dass wir allein stehen", sagte der Baske grimmig. Bart hob die Hände. „Ich vermeide den Kampf, meine Waffen sind die Instrumente", sagte er achselzuckend. Der Sänger erhob sich und schnallte sich sein Saiteninstrument um. „Ich wünsche euch viel Glück, denn ihr seid mutige Menschen. Morgen verlasse ich Rom Richtung Süden, am besten ihr geht nach Norden", sagte er abschließend und verneigte sich mit einem Lächeln. Nael blickte dem Sänger nach, der einige Gäste grüßte. Isabella erhob sich. „Wo willst du hin?", fragte der Baske. „Ich muss meine Schuld bei diesem seltsamen Mann einlösen. Zudem würde ich mich wohl fragen, ob ich nicht etwas versäumt habe. Wir sehen uns morgen in der Unterkunft", antwortete sie lächelnd und folgte Bart nach draußen. Er blickte seiner Kampfgefährtin hinterher, dann drehten sich seine Gedanken um die Worte des Sängers. Plötzlich erschien Emilias Entscheidung in einem anderen Licht. Bart lag richtig mit seiner Einschätzung, nur so erschien die seltsame Wandlung verständlich. „Tapfere, stolze Emilia! Was für eine Frau? Aber ich werde dich nicht allein lassen", sagte er grimmig und füllte seinen Becher. In der Zwischenzeit folgte Isabella dem Sänger in den beleuchteten Gassen. Plötzlich drehte er sich um, als ob er sie bemerkt hätte. Isabella trat zu ihm und wollte etwas sagen, aber Bart zog sie an sich und schlang seine langen, kräftigen Arme um sie. Sie öffnete ihren Mund, dann küssten sie sich. Isabellas Knie wurden weich. Sie wurde überwältigt von einer starken Hitze, die sich in ihrem Körper breitmachte. Wehrlos hing sie in den Armen des Sängers und drückte sich an ihn. Sie lösten sich und konnten nicht sprechen. Er zog sie in ein Zimmer im ersten Stock des nächsten Hauses. Bald lagen sie entkleidet auf dem Bett und gaben sich ihrer neu entflammten Leidenschaft hin. Isabella spürte seine Zunge an ihrem Unterleib und ließ sich verwöhnen, danach vereinten sie sich erstmalig in einer hohen Intensität. Sie umschlang ihn mit Armen und Beinen und liebkoste ihn. „Du bist tatsächlich der Teufel, Gaukler", seufzte sie leise. In den nächsten Stunden erlebten beide ein intensives Liebeserlebnis, das sie mit Hingabe auskosteten. Isabella konnte sich an keine ähnlich erlebten Gefühle erinnern, auch nicht mit ihrem verstorbenen Mann Pascual. „Was machst du mit mir, Jüngling?", fragte sie leise, während sich ihre Blicke fanden und sie ihn wieder empfing. Zum letzten Mal in dieser Nacht liebten sie sich innig, dann schliefen sie ein. Als Isabella erwachte, schien die Mittagssonne durch das kleine Fenster in das Zimmer, das straßenseitig lag. Sie streckte ihren Körper durch, fühlte sich zufrieden und entspannt. Ihre Hand griff auf die andere Seite, aber niemand lag neben ihr. Als sie den Kopf hob, erblickte sie Bart, der am Fenster stand und hinausblickte. Ein Lächeln erschien in ihrem Gesicht, dann rief sie nach ihm. „Komm zu mir, Bart! Mach mich wieder glücklich!", rief sie verlockend. Der athletisch gebaute Mann blickte zu Isabella und schüttelte den Kopf. „Das würde ich gerne, Hexe, aber ich denke, wir müssen verschwinden." Misstrauisch blickte sie auf den Mann, dann gesellte sie sich zu ihm. Sie drängte sich an ihn. Er griff nach ihr, sie küssten sich intensiv. Isabella bemerkte die Veränderung an seinem Körper. „Das ist mein absolutes Lieblingsinstrument, Bartholomäus", sagte sie mit sinnlicher Stimme, aber er drängte sie weg. „Wir müssen weg, Herzstück.

Verfolger sind uns auf den Fersen." Misstrauisch blickte Isabella ihn an, anschließend sah sie vom Fenster auf die Straße. Sie erkannte den Tuskulaner Dino und einen anderen, kleineren, fest gebauten, fast glatzköpfigen Mann. „Er sucht nach Nael und mir. Ich muss den Basken warnen und verschwinden", sagte Isabella schnell, die Sinnlichkeit verflog. Sie kleidete sich rasch an, während sie ihn beobachtete. „Du musst nicht mitkommen, Bart. Wir können uns außerhalb Roms treffen, wenn du willst." Aus ihren Worten klang die Hoffnung auf ein Wiedersehen, die letzte Nacht wirkte stark nach. Der Sänger stand bereits in voller Montur vor ihr und wog den Kopf hin und her. „Ich werde wohl gleich mitkommen, möglicherweise ist es besser." Entschuldigend hob er die Schultern. „Was meinst du damit, Bart? Suchen sie dich?" Isabellas Augen blickten misstrauisch. Er hob beschwichtigend die Hände. „Wir sprechen später darüber, mein Goldstück, aber jetzt müssen wir verschwinden", sagte er in verschwörerischem Ton. „Was hast du gemacht?", fragte sie unnachgiebig, aber er nahm sein Instrument und öffnete die Tür. „Ich kenne einen Hintereingang. Wir müssen schnell sein, Hexe, ansonsten verbrennen sie uns beide." Isabella erkannte die Notwendigkeit des Handelns und folgte ihm. Er trug einen kleinen Rucksack auf dem Rücken, an dem ein kurzes Schwert angebracht war. „Du verschweigst mir sehr viel, Gaukler", sagte sie leise in seinem Rücken. Er drehte sich um und schüttelte den Kopf. „Bis jetzt ist nicht viel Zeit gewesen, über alles zu sprechen, Goldstück", sagte er entschuldigend, während er an einem Fenster im Hof anlangte und außen hinunterkletterte. Isabella folgte schnell. „Du hast mir einiges zu erklären, mein Lieber. Ich schlafe nur mit

Männern, die ehrlich sind", sagte sie süffisant. Er legte den Finger auf den Mund und schlich an den Rand des kleinen Hofes. Vorsichtig blickte er nach allen Seiten, aber er erkannte nichts Verdächtiges. Am Ende der folgenden, kleinen Gasse standen plötzlich zwei Männer vor ihnen. Blitzschnell schnappte sich Bart sein Instrument und zertrümmerte es auf den Kopf des Größeren, der zusammenbrach. Der zweite Mann griff an und schlug mit einem Holzknüppel vorbei. Bart stellte ihm ein Bein und ließ ihn gegen die Wand laufen. Der fast kahlköpfige Mann mit blondem Haaransatz stöhnte auf, als er mit dem Kopf einschlug. „Was ist los, Hugo? Ich habe gedacht, wir stehen auf der gleichen Seite, unser Kaiser liebt uns", sagte Bart leise. Der Blonde schüttelte den Kopf. „Ich kann dich einfach nicht leiden, du großspuriger Angeber. Die Römer wollen keine Spione des Kaisers in ihrer Nähe, deshalb musste ich deinen Namen nennen, Großer." Sie hörten Schreie von Männern. „Es reicht jetzt, Bart. Wir müssen weiter", sagte Isabella und trat dem Kahlköpfigen mit dem blonden Flaum mit dem Fuß hart gegen das Kinn, worauf dieser gegen die Wand fiel und daran hinunterrutschte. „Guter Tritt, mein Goldstück. Du bist die Beste", sagte er und küsste sie kurz und intensiv, anschließend setzten sie ihre Flucht fort. Wieder kreuzten zwei Verfolger ihren Weg, aber sie konnten sich rechtzeitig in einer Nische verstecken. Sie warteten aneinandergedrängt auf das Vorbeilaufen. Bart lächelte und drückte Isabella an sich, wild küssten sie sich, während ihre Verfolger sie suchten. Beide blickten danach um die Ecke. Sie eilten unauffällig in die nächste kleine Gasse, bewegten sich aus dem dicht verbauten Viertel heraus und erreichten das Kapitol. Isabella huschte in die Unterkunft, die Nael und sie vor einigen Tagen bezogen. Der Baske stand an der Ecke und hielt ein Schwert in der Hand, als die beiden auftauchten. „Ein wachsamer Mann, dieser Wikinger", sagte Bart gut gelaunt. „Halt den Mund!", sagte Isabella. Sie wandte sich an den Basken. „Wir müssen die Stadt verlassen. Dieser Idiot wird vom Papst gesucht, die ganze Meute ist hinter ihm her." Nael blickte überrascht auf den Sänger, der entschuldigend mit den Schultern zuckte. „Ich will zu Emilia zurückkehren und ihr helfen. Das ist ein großes Risiko für euch beide. Du sagtest gestern, dass die Lage gegen diese Männer aussichtslos wäre, Bart", sagte der Hüne laut. Der Sänger hob seine Hände und winkte ab. „Ich denke, die Sabina ist eine gute Richtung, dort werden sie uns nicht suchen. Nur gemeinsam sind wir stark, mein Guter", antwortete Bart lächelnd. Isabella schlug sich mit der Hand gegen den Kopf. Nael grinste plötzlich. „Ich gehe davon aus, dass du mir hilfst, Bart. Ansonsten muss ich dich dem Papst ausliefern, das kann die Position von Emilia verbessern." Der Angesprochene hob die Hände. „Warum machen diese beiden Menschen alles kompliziert?", fragte er mit hochgezogenen Augenbrauen und Blick zur Decke. „Ich werde euch helfen. Der Kaiser kommt bald nach Italien, vielleicht kann ich mit ihm sprechen." Isabellas interessierter Blick wich ungläubigem Staunen. „Was machst du noch außer Singen und Frauen beglücken, Gaukler?" Er schüttelte den Kopf. „Wir müssen schnell sein, diese Stadt ist von einer hohen Mauer umgeben. Die Vereinbarung gilt, ich komme mit, aber was ist mit Isabella?" Die Asturierin grinste plötzlich. „Natürlich komme ich mit. Ich habe viele Fragen an dich, mein Lieber. Zudem benötigst du frische Luft und Einsamkeit, die Zustimmung der vielen Frauen hat dich auf einen Irrweg geführt." Nael packte sein Gepäck und griff nach seinem Speer. Bart gab Isabella seinen kleinen Rucksack und schulterte ihr großes Gepäck. „Das ist in Ordnung, dass du mir dienst, Gaukler", sagte sie lächelnd. Sie küsste ihn kurz, danach verließen sie die Unterkunft und begaben sich auf schnellstem Wege zu einem Tor Richtung Nordosten. Sie zogen ihre Kapuzen über den Kopf und versuchten, unauffällig aus der Stadt zu gelangen. Die Wachposten ließen sie hinaus, die Suche fand nicht in dieser Richtung statt, wie Bart richtig vermutete. Endlich waren sie aus der Stadt heraus und folgten der Via Salaria zielstrebig Richtung Rieti, danach wollten sie die Via Valeria Richtung Carseoli einschlagen. „Was bist du überhaupt, Bart?", fragte Isabella auf ihrem Marsch, der abseits der Straße im Wald entlang führte. „Ich arbeite als Kundschafter und Spion von Kaiser Konrad. Aber mehr will ich nicht sagen, das birgt ein großes Risiko." Sie schüttelte den Kopf. „Ich bin deine Frau, du solltest mir alle Geheimnisse anvertrauen." Abrupt blieb Bart stehen. „Was meinst du damit, Hexe? Es ist zugegebenermaßen eine großartige Nacht gewesen, aber deshalb sind wir nicht Mann und Frau, das ist etwas gänzlich anderes." Sie lachte laut. „Du wirst in Zukunft auf andere Frauen verzichten müssen, ansonsten spreche ich persönlich mit deinem Kaiser. Zudem suchen die Mauren in meinem geliebten Hispanien dringend Eunuchen, mein Lieber." Bart setzte seinen Weg fort und folgte den anderen beiden. „Oh, mein Gott! Was hat mich dazu veranlasst, mich mit diesem Weib einzulassen", redete er vor sich hin. „Hör auf zu jammern, Bart! Aber ich bin froh, dass du mir sie endgültig abgenommen hast", sagte

Nael laut. Isabella lachte, denn sie fühlte sich gut. Starke Gefühle für diesen seltsamen Mann erfüllten sie, die letzte Liebesnacht öffnete ihr die Augen über ihre wahre Einstellung zu Bartholomäus de Wenia. „Mittlerweile ist mir egal, wie viele Frauen du vor mir geschwängert hast, aber bei mir kommst du nicht weg", sagte sie lächelnd und drehte sich zu ihm. Der Sänger schüttelte den Kopf angesichts der Schnelligkeit der Veränderungen in seinem Leben. „Warum bin ich gestern nicht nach Süden gegangen?", fragte er laut und schimpfte über sich selbst. Isabella fand sein Verhalten amüsant. „Sie lacht ständig, Bart. Du lebst gefährlich", sagte Nael. Nach ein paar Stunden machten sie eine Rast. Nachdenklich blickte Bart in den Wald, er hing seinen Gedanken nach. Sie beobachtete ihn. „Wer ist dieser dicke Hugo?" Der Sänger ließ sich Zeit mit der Antwort. „Der Mann ist geballte Kraft, er ist nicht dick. Wir kennen uns vom Hof Konrads und sammeln Informationen für den Hofstaat. Hugo kann mich nicht leiden. Die Ursache ist eine Frau gewesen, es hat sich um seine Schwester gehandelt." Isabella hob die Schultern. „Was kann es sonst sein als eine Frau?", fragte sie sarkastisch. Er blickte die Asturierin lange an. „Du urteilst oft zu vorschnell, liebe Isabella. Diese Schwester ist verheiratet gewesen mit einem älteren, adeligen Mann und hat mich verfolgt. Sie hat mich faktisch missbraucht, denn sie hat mir gedroht, mich zu beschuldigen, ihr etwas angetan zu haben. Hugo kennt seine missratene Schwester, aber er gibt mir die Schuld, manchmal ist er kleinlich." Isabella lachte, aber an seinem Blick erkannte sie, dass er die Wahrheit sagte. „Das sollte kein Grund für einen Verrat sein, wenn man der gleichen Sache dient", sagte Nael. Bart lächelte. „Der Papst in

Rom entstammt der Familie der Tuskulaner, er ist ein Verbündeter des Kaisers. Aber sie misstrauen sich alle, diese Adeligen, deshalb habe ich auf meiner Reise nach Süden viele Städte besucht, um die Stimmung in der Bevölkerung und innerhalb der Bischöfe und der Fürsten zu erkunden. Die Informationen übergebe ich in Briefform einem Boten, der die Nachrichten weitergibt." Isabella hörte mit Interesse zu, die Tarnung als Sänger erwies sich als ideal. Sie sprach ihn darauf an. „Das ist keine Tarnung, ich singe und dichte gerne. Die Arbeit als Informant betrachte ich als Ballast, aber ich kann mich keiner Anordnung vom Hofstaat entziehen. Sie haben mich ausgebildet." Auf weitere Fragen gab er aber keine Antwort. Isabella betrachtete ihn lange. Sie beließ es vorerst dabei, aber sie wollte plötzlich alles wissen. Der Mann entpuppte sich als Mysterium mit vielen Talenten, dies konnte sie in der letzten Nacht körperlich erleben. Nael wiederholte seine Frage wegen dem blonden Hugo. „Er hat mich verraten, weil er von sich selbst ablenken wollte. Anscheinend haben sie eine Information erhalten, dass ein Spion am Hof des Papstes weilt. Dino ist ein Mann des Nachrichtendienstes innerhalb des Vatikans. Aber vermutlich wäre ich im Gefängnis gelandet und nach der Ankunft des Kaisers freigelassen worden." Isabella griff wieder ein in die Unterhaltung. „Aber du bist dir nicht sicher gewesen, mein Lieber, oder irre ich mich?", fragte die Asturierin. „Ich habe mich mit einer von Dinos Mätressen unterhalten. Der Mann plant mit Enzo und dem Lombarden Francesco nichts Gutes. Vielleicht weiß er von dieser Unterhaltung, das kann tragisch für mich enden", sagte er ironisch. Sie blickte ihn an. „Es endet sicher tragisch für dich, wenn du dich zukünftig mit anderen Frauen unterhältst, wie du es nennst", sagte sie ernst. Nael blickte sie überrascht an, so kannte er die Asturierin nicht. Es mussten starke Gefühle sein, die in ihr loderten. Bart blickte sie an, dann wich er ihrem forschendem Blick aus. Isabella sprach Angelegenheiten offen an. „Es ist ein wunderschönes Erlebnis in der letzten Nacht gewesen. Ich sehe wieder positiv in die Zukunft, denn ich habe die Liebe wiedergefunden", sprach sie in ernstem Ton weiter und fixierte den Sänger mit ihren großen Augen. „Liebst du mich, Bartholomäus de Wenia?", fragte sie laut ohne auf die Anwesenheit von Nael Rücksicht zu nehmen. Der Sänger wirkte nachdenklich und ließ sich lange Zeit mit der Antwort, dann blickte er Isabella in die Augen. „Ich liebe dich, Hexe, aber ich muss mich erst an diese Veränderung gewöhnen, die eine starke Frau wie du darstellt." Isabella nickte, dann erhob sie sich. „Dann gewöhne dich an die Veränderung, denn ich werde dich mit keiner Frau teilen", sagte sie ernst. Danach verschwand sie im Wald, um allein zu sein. Nael blickte seinen neuen Gefährten an. „Das wird hart, Bart. Ich habe sie noch nie gesehen", sagte er lächelnd. Der Sänger winkte ab. „Ich will nicht mehr darüber reden. Wenn du Emilia tatsächlich helfen willst, sollten wir uns langsam einen Plan ausdenken, wie wir gewissen Anfeindungen entgegenwirken. Vorausgesetzt natürlich, ich liege richtig und sie überlegt sich alles noch einmal, mein Freund Nael." Der Baske nickte. Nach der Rückkehr von Isabella setzten sie ihren Weg Richtung Carseoli fort.

5.
September 1036 bis November 1036

Die kleine Gruppe näherte sich der Kreuzung der Via Salaria mit der Via Valeria, die nach Carseoli führte. Nach der Überquerung des Toleno mussten sie sich nordwärts halten. Sie vermieden den direkten Weg über die Berge und blieben im Tal, marschierten aber abseits der Straße. Sie besprachen die weitere Vorgangsweise. Da sie die Reaktion Emilias nicht einschätzen konnten, wollten sie vorläufig im Hintergrund bleiben. „Es gibt eine kleine Hütte in der Nähe der Olivenplantagen, dort werden wir unser Quartier aufschlagen, danach Kontakt zu Atanasio herstellen. Wir müssen die Lage sondieren." Bart nickte zu Naels Worten. „Du könntest für den Kaiser arbeiten, aber du bist zu auffällig als umtriebiger Informant. Einem wilden, großen Wikinger erzählt niemand etwas." Der Sänger wirkte wie immer gut gelaunt. Sein Blick fiel auf Isabella. „Was bedrückt dich, mein Goldstück?" Sie antwortete nicht sofort, plötzlich stand ein Lächeln in ihrem Gesicht. „Wenn ich dein Einziges bin, darfst du mich so nennen, Gaukler", antwortete sie süffisant. Er schüttelte lächelnd den Kopf. „Natürlich bist du das, meine Liebe." Sie hob die Augenbrauen. „Das ist gut, denn ich würde dich töten, das würde das Problem für alle Frauen lösen." Bart grinste. „Vielleicht schaffst du es nicht, mich zu töten, Goldstück." Isabella hob die Hände. „Du sagtest, den Kampf zu vermeiden und Musik und Instrumente zu bevorzugen. Wir brauchen ein neues Saiteninstrument für dich." Bedauernd hob Bart die Schultern. „Ich werde wohl einige Zeit darauf verzichten müssen, nachdem das letzte Stück auf dem Kopf eines Idioten zerschellt ist. Es ist vielleicht besser, ich habe

kein Instrument, solange Hugo sich in der Gegend aufhält."
Nael fragte nach dem Grund. „Er hat gedroht, es mir tief in
den Hintern zu schieben, so groß ist der Neid dieses Mannes,
aber er verfügt definitiv über die Kraft dazu", antwortete er
ironisch. Isabella lachte herzhaft, auch der Baske fiel ein. Sie
trat zu Bart und gab ihm einen Kuss. „Ich würde gerne an
unsere beste Nacht anschließen, aber dieser Hüne verbietet
es, und er kann richtig böse werden", sagte sie schmeichelnd.
Barts Blick fiel auf Nael. „Basken, Nordmänner, alles missmutige Typen! Er verspürt Neid, weil er am liebsten mit der
schönen Emilia zusammen wäre", sagte der Sänger provokant. „Du solltest manchmal den Mund halten, Gaukler",
antwortete Nael mit finsterem Blick, der Verweis auf Emilia
störte ihn. Er machte sich Sorgen um Marco und sie, musste
aber Geduld zeigen. „Vielleicht sollte ich ein Liedchen singen?", fragte Bart. Nael und Isabella schüttelten den Kopf.
„Wenn wir am Landsitz sind, werden wir gemeinsam singen,
Goldstück. Ich glaube, dass du mit deiner Stimme gut ankommen wirst", antwortete Bart, er meinte es offenbar ernst.
Isabella blickte ihn verständnislos an. „Ich werde nicht singen", sagte sie bestimmt. Der Sänger lächelte sie an. Sie wiederholte ihre Aussage. „Das kannst du vergessen, Bartholomäus!" Er schüttelte den Kopf. „Manche Menschen erkennen ihre eigenen Talente nicht", sagte er kopfschüttelnd.
Nael beendete die Diskussion, indem er sich erhob und den
Weg fortsetzte. Bald gelangten sie in die Nähe des Landsitzes
und warteten auf den Einbruch der Dunkelheit. „Eine wunderschöne Landschaft", sagte Bart bewundernd. Isabella
drängte ihn, mehr von seiner Heimat zu erzählen, aber er
blieb vage in seinen Schilderungen. Sie bezogen einen Platz

in der Nähe der Olivenplantagen, die Erntezeit stand vor dem Beginn. Am nächsten Tag suchten sie eine Hütte auf, in der sie das Gepäck versteckten. Danach wollten sie mit Atanasio in Kontakt treten. „Er muss sich irgendwo in dieser Gegend herumtreiben, vermutlich die ganze Familie", sagte Nael. Die grünen Oliven schienen erntebereit zu sein. Nach Atanasios Erzählungen halfen die einfachen Menschen aus den umliegenden Dörfern, aber sie sahen niemand. „Das ist merkwürdig", sagte der Baske. Sie erkannten rechtzeitig zwei Reiter, die sich auf einem breiten Weg näherten. Es handelte sich um zwei große Langobarden, einer erwies sich als rothaariger, bärtiger Hüne, Männer mit einem stoischen Gesichtsausdruck. „Diese Typen sehen nicht sehr freundlich aus", sagte Isabella nachdenklich. „Söldner sind harte Männer, die für Geld alles erledigen", entgegnete Bart. Nael deutete dem Paar, sie marschierten weiter durch die Landschaft. Plötzlich hörten sie Schreie in der Nähe, ein Kampf fand statt. Sie überquerten einen Hügel und erkannten Männer und Frauen, darunter zwei Krieger, die den vorherigen ähnelten. Zwei Körper lagen am Boden, ein großer Mann wehrte eine schreiende Frau ab und stieß sie weg. Ein Mädchen lief schreiend in ihre Richtung. Erschrocken riss Isabella die Augen auf. „Das ist Atanasio mit seiner Familie, wir müssen eingreifen." Sofort lief sie los und dem fliehenden Mädchen entgegen. „Diese Frau handelt sehr impulsiv", sagte Bart sarkastisch. Nael folgte der Asturierin umgehend, die dem Mädchen winkte. „Ornella, hierher!", rief sie laut. Das Mädchen hörte die Rufe. Einer der Krieger folgte ihr, aber sie erreichte Isabella rechtzeitig, die sich dazwischen stellte. Wild krachten die Schwerter aneinander, während

Nael vorbeistürmte und sich dem zweiten Krieger zuwandte. Bart hielt das schreiende Mädchen an und beobachtete Isabella, deren Gegner sich als erfahrener und ausgezeichneter Kämpfer erwies. Er drängte Isabella zurück, diese fiel nach hinten. Als er nachsetzen wollte, steckte plötzlich ein Messer in seiner Kehle, überrascht torkelte er nach hinten. Langsam verließ ihn die Kraft und er verlor sein Schwert, dann lag er am Boden und röchelte. Bart trat zu ihm und schlug zu, anschließend drückte er das Messer tiefer hinein und schnitt dem Mann die Kehle auf. Die Augen brachen, der Kopf des Langobarden fiel zur Seite. Der Sänger nahm sein Messer und blickte auf den Toten. „Leider hast du dich an der falschen Frau vergriffen, mein Bester. Ruhe in Frieden!", sagte er laut. Er reinigte das Messer, während er auf Isabella blickte, die die wimmernde Ornella umarmte. Währenddessen kämpfte Nael mit dem zweiten Langobarden, der sich ebenfalls als zäher Kämpfer erwies, aber schlussendlich unter zwei mächtigen Schwerthieben des Basken zusammenbrach und sein Leben verlor. Isabella hielt die weinende Ornella im Arm. „Sie haben alle getötet!" Bedrückt blickten die Umstehenden auf die Toten. Langsam trat der Baske näher und erkannte Atanasio, Pietro und Silea. Der Frau wurde die Kehle durchgeschnitten, anklagend blickten ihre gebrochenen Augen zum Himmel. Neben dem Jungen lag ein Messer, aber gegen diese ausgebildeten Kämpfer hatte er keine Chance, er wurde offensichtlich durch einen Stich in die Brust getötet. Atanasio lag still und verkrümmt am Boden, plötzlich regte sich der Mann. „Papa!", schrie das Mädchen und eilte zu ihm. Sie hielt seinen Kopf, das Blut färbte ihr helles Kleid rot. „Mein Augenstern", stöhnte er. Isabella und

Nael traten zu dem Sterbenden. Plötzlich erschien ein Lächeln in seinem Gesicht. „Es ist gut, dass ihr zurückkehrt. Sie braucht Hilfe und…" Atanasio brach ab. Ornella weinte und hielt seinen Kopf. „Enzo ist böse, passt auf Aistulf auf", sprach er weiter. Er hob seine Hand und deutete auf Isabella. „Passt auf meine Kinder auf. Versprecht mir das", stöhnte der sterbende Mann, eine Bitte lag in seinen Augen. Erschüttert kniete sich Isabella zu dem sterbenden Mann und nahm seine Hand. „Ich verspreche es, mein Freund", antwortete sie leise. Dessen Blick fiel auf Nael, der nickte. Dann sahen die Augen des Sterbenden auf seine Tochter. „Deine Mutter und dein Bruder warten schon, aber du musst auf Ferrucio aufpassen. Hast du mich verstanden, Augenstern?" Weinend nickte das Mädchen, dann brachen die Augen des tapferen Mannes und sein Kopf fiel nach hinten. Laut schrie das Mädchen auf und umarmte ihren Vater. Still standen Isabella und Nael daneben, beide plagte das schlechte Gewissen. Sie kehrten diesen Menschen den Rücken ohne sich um ihre Sicherheit zu kümmern. Dies sprach das Mädchen offen an, das plötzlich aufsprang. „Wenn ihr geblieben wärt, könnten sie noch leben!", schrie sie laut. Zorn stand im Gesicht der Achtjährigen. Nachdenklich und interessiert beobachtete Bart die Szene. Er untersuchte die Toten und nahm den beiden Langobarden das Geld ab. Dann stellte er sich an die Seite von Nael und beobachtete Isabella, die Ornella beruhigen wollte, aber das Mädchen schien außer sich zu sein. Als sie nach Isabella schlug, griff er ein und packte sie am Arm. „Es reicht jetzt!", rief er laut und blickte dem Mädchen in die Augen. Sein Blick beruhigte Ornella, sie wurde still, weinte wieder. „Was hast du deinem Vater versprochen?", fragte er laut, sein Blick fixierte das Mädchen. „Deine Familie ist tot, das passiert vielen Menschen in diesen Zeiten. Aber du lebst und wirst dich an dein Versprechen halten. Hast du mich verstanden?" Sie blickte den großgewachsenen Mann an und nickte plötzlich. „Das ist mein Mädchen", sagte er lächelnd, dann strich er über ihre Wange. „Du musst stark sein, Ornella. Isabella und Nael haben auch geliebte Menschen verloren. Sie stellen sich dem Leben, denn es ist lebenswert, in allen Zeiten, erscheinen sie noch so mies." Seine Stimme bekam einen weichen Klang. Das Mädchen umschlang ihn mit den Armen. Er löste sich und übergab sie Isabella, die sich um Ornella kümmerte. „Woher weißt du, dass ich einen geliebten Menschen verloren habe?", fragte Nael. Er konnte sich nicht erinnern, dass er mit Bart über seine verstorbene Frau sprach. „Ich habe dies von Anfang an in euren Gesichtern gelesen, Großer. Dieses Selbstmitleid konnte man aus großer Entfernung erkennen", antwortete der Sänger sarkastisch. Er schien von den Toten nicht beeindruckt zu sein, reagierte auf das viele Blut und das Unglück der Familie sehr kalt. Dies irritierte Isabella, aber sie ging nicht darauf ein. Sie versuchte, Ornella dazu zu bewegen, alles zu erzählen, aber das Mädchen schien noch in Schockstarre zu sein. Ihr Blick haftete auf den toten Körpern ihrer Familie. Bart wollte etwas sagen, aber Isabella reagierte zornig. „Lass sie in Ruhe, sie muss sich beruhigen!" Ihre Stimme enthielt die ganze Wut und den Frust, der sie erfüllte. Bart schüttelte den Kopf, zeigte sich unbeeindruckt. Er wandte sich an Ornella. „Du musst uns alles erzählen, damit wir helfen können. Wir müssen alles wissen, was passiert ist, seit Nael und Isabella euch verlassen haben." Seine Stimme wirkte eindringlich. Ornellas

Augen richteten sich auf ihn. „Was ist los mit dir, Gaukler? Sie braucht Zeit, du Idiot!", rief Isabella laut. Bevor dieser antworten konnte, griff Nael ein. „Halt den Mund, Isabella! Er hat recht, wir müssen alles wissen, um Emilia erfolgreich helfen zu können." Hart blickten seine Augen auf die Asturierin. „Wir brauchen Informationen, Ornella. Dann können wir deine Familie rächen", sagte er mit bedrohlichem Unterton. Bart schüttelte verständnislos den Kopf. „Vergiss die zornige Rothaarige und den großen Wikinger, Augenstern. Du beruhigst dich jetzt und erzählst uns alles, was du weißt. Wo ist Ferrucio?" Plötzlich riss Ornella die Augen auf, sie erinnerte sich an ihren kleinen Bruder. Die Wörter sprudelten förmlich aus ihr heraus. Bart lenkte die Erzählung mit gezielten Fragen in geordnete Bahnen. „Er ist wirklich der Teufel, dieser Gaukler. Alle Menschen lieben ihn, obwohl er manchmal eiskalt ist", sagte Isabella nachdenklich. Sie schien sich Gedanken über das Verhalten von Bart zu machen, aber Nael schüttelte den Kopf. „Sei froh, dass er uns hilft. Er arbeitet nicht umsonst im Informationsnetz des Kaisers und es können ihn einige Menschen sicher nicht leiden", sagte der Baske leise, während sie dem Gespräch von Ornella und Bart lauschten. Seit ihrer Abreise vor über zehn Tagen machte sich Enzo mit seinen Langobarden auf dem Landsitz breit. Deren Anführer Aistulf stritt ständig mit Atanasio betreffend der Ernte, offensichtlich wollte Enzo die erfolgreiche Einbringung der Oliven verhindern. „Er will alles haben, eine schlechte Ernte würde Emilia in Bedrängnis bringen", sagte Nael. An diesem Tag wollte die Familie beginnen, die Oliven von den Bäumen einzusammeln. „Papa wollte beginnen, obwohl viele Leute in der Umgebung abgesagt haben.

Er hat Signore Enzo verdächtigt, dahinterzustecken, und hat dies den Langobarden gesagt", erzählte Ornella. Sie schien sich gefasst zu haben, bewundernd blickte Isabella auf die schwarzhaarige Achtjährige. „Du bist ein tapferes Mädchen", sagte sie beeindruckt und umarmte sie. Die Kleine schlang ihre Arme um die Asturierin. Bart blickte auf Nael. Sie sprachen bereits auf dem Marsch über die möglichen Absichten ihrer Gegner. „Enzo hat keine Geduld. Er will das Land günstig erwerben und das restliche Geld von Emilia an sich nehmen. Er hat sich offensichtlich nicht mehr unter Kontrolle, denn es birgt ein Risiko, eine trauernde Witwe zu bedrängen, dies gefällt sicher nicht allen in seiner Familie", sagte Nael nachdenklich. „Bevor wir etwas beginnen, werden wir die Toten ehrenvoll bestatten", sagte Isabella bestimmt, die Männer nickten. Sie schaufelten ein tiefes, großes Grab in den sandigen Boden, dort legten sie die Toten der Familie hinein. Zuvor versorgten sie die Leichname der beiden Langobarden in einer natürlichen Höhle und machten den Eingang unkenntlich. „Sie sollen über den Verbleib nachdenken", sagte Bart. Danach standen sie vor dem Grab der Familie, das sie mit Erde und Steinen füllten und mit einem Holzkreuz versahen. Ornella lehnte an Isabella, die das Mädchen an sich drückte. Still standen die Menschen um das einfache Grab. Am Ende trat Bart zu Ornella und gab ihr Schwert und Messer eines der Langobarden, dazu reichte er ihr einen Beutel mit Münzen. „Das Geld gehört dir. Es wird deine Familie nicht ersetzen, aber es wird helfen. Mit den Waffen kannst du deinen kleinen Bruder vor bösen Männern beschützen, Augenstern. Sie gehören dir. Isabella wird dir zeigen, wie du damit umgehst." Das Mädchen nickte. Sie schafften es, den Gürtel mit dem Messer anzupassen, das Schwert hängte sie sich um. Bart stellte sich zu Nael, dieser deutete auf die zwei Pferde der toten Langobarden. Sie setzten Ornella auf eines der Pferde und marschierten auf dem breiten Weg, die Dunkelheit fiel über das Land. Die Gruppe kehrte zur Hütte zurück, wo sich das Gepäck befand. Ornella kuschelte sich an Isabella, die Männer wechselten sich bei der Wache ab. Am nächsten Tag ließen sie die Pferde frei, zuvor nahmen sie ihnen die Sättel ab und ließen diese in der Hütte zurück. Sie wussten nicht, wo die Tiere hinrannten, aber es war egal. Es schien allen klar zu sein, dass Emilia rasche Hilfe benötigte. Trotzdem verzichteten sie auf die Pferde, um nicht zu früh aufzufallen. Sie marschierten Richtung Landsitz, umgingen das Haus und näherten sich vorsichtig von der abgewandten Seite der Veranda. Lange beobachteten sie das Haus. Sie erkannten Enzo und vier Langobarden, darunter den Hünen Aistulf. Emilia erschien bisweilen, ihr Sohn Marco blieb verschwunden. Ornella erzählte, dass er nicht mit seiner Mutter sprach. Er hielt sich von Enzo fern, der sich über das Verhalten des Jungen beschwerte. „Mein Bruder ist bei Marco, sie verstehen einander gut", sagte das Mädchen zu Isabella. Sie wirkte gefasst, trotz des gestrigen Schockerlebnisses, das lange nachwirken würde. Aber sie schien gewillt zu sein, das Versprechen an ihren Vater zu erfüllen und auf ihren kleinen Bruder aufzupassen. Die nachdenkliche Isabella verglich das gestrige Ereignis mit dem Verlust von Pascual. Aber das Leben ging weiter, Bart lag richtig. Wenn sie an diesen Mann dachte, keimten verwirrende Gefühle in ihr auf. Sein gestriges Verhalten irritierte sie. Einerseits der Zuspruch und der Umgang mit Ornella, andererseits das emotionslose Gehabe trotz der vielen Toten und die eiskalte Tötung des Langobarden. Er schien über viele verschiedene Charakterfacetten zu verfügen, der seltsame Mann aus der Mitte Europas. Bart schlich heran. „Wie geht es meinen beiden Goldstücken", sagte er lächelnd, er zeigte keine Nachwirkungen. Isabellas Zorn erwachte. Ornella lächelte ebenfalls. „Halt den Mund, Gaukler! Ich verstehe manchmal dein Verhalten nicht. Lassen dich diese getöteten Menschen unberührt?" Er blickte die Asturierin an. „Erstens kenne ich diese Menschen nicht und zweitens geht das Leben weiter. Die Toten haben es hinter sich, aber die Lebenden müssen an die Zukunft denken. In diesen Zeiten ist dies ein wichtiger Grundsatz, meine Liebe." Dann verschwand er wieder, Ornella blickte ihm hinterher. „Ich mag ihn. Liebst du ihn, Isabella?", fragte das Mädchen neugierig. Die Asturierin wollte nicht antworten, aber die offenen Augen des Mädchens starrten sie an. „Ich weiß es nicht." Ornellas Augen blickten sie weiterhin an, sie fühlte sich ertappt. „Vermutlich, wahrscheinlich", antwortete sie schnell. Dann nahm sie ihr Gesicht in ihre Hände. „Oh, mein Gott, liebe ich diesen Teufel in Menschengestalt", sagte sie kopfschüttelnd. Ornella lächelte plötzlich. „Er ist kein Teufel, sondern ein guter Mensch", sagte sie bestimmt. „Dein Wort in Gottes Ohr, Mädchen. Wir werden sehen, was kommt, aber jetzt werden wir uns auf die kommende Aufgabe konzentrieren." Das Mädchen nickte, gemeinsam beobachteten sie den Landsitz. Während die Gruppe auf ihrem Beobachtungsposten verweilte, spürten sie die anhaltenden warmen Temperaturen am Beginn des neunten Monats. Die beiden Pferde der toten Langobarden kehrten nicht zurück. „Offensichtlich schätzen sie ihre Freiheit, aber vermutlich liegt ihr gewohnter Stall woanders", sagte Bart leise. Naels Blick erkannte Emilia auf der Veranda, sofort erwachte die Ungeduld. „Was wirst du tun, wenn sie deine Hilfe nicht will?", fragte der Sänger interessiert. Der Baske blickte nachdenklich auf das Haus. „Ich bin in einer Familie aufgewachsen, in der Frauen über den gleichen Status verfügen wie Männer. Mein Volk betrachtet Frauen seit Urzeiten als gleichwertig. Unter den Wikingern haben sie eine anerkannte Stellung, aber sie werden nicht immer gefragt, wenn Männer etwas vorhaben. Ich werde mich ähnlich verhalten bei dieser stolzen Frau." Bart nickte. „Manchmal muss man Frauen einfach sagen, was sie zu tun haben", antwortete er bestimmt. Naels Blick fiel auf ihn, dann erschien ein Grinsen in seinem Gesicht. „Ich wünsche dir viel Glück bei Isabella. Sie entstammt einem Dorf selbstbewusster Frauen, ihre Eltern sind die Anführer dieser Gemeinschaft und sie ist die Schlimmste von allen." Das Grinsen des Basken verstärkte sich. Barts Blick wurde nachdenklich. „Wir werden sehen, was die Zukunft bringt, auch für Emilia und dich, mein Freund. Das macht alles interessant, spannend und gefällt mir", antwortete der Sänger. Nael nickte, danach hingen beide ihren Gedanken nach. Nach Einbruch der Dunkelheit näherten sie sich vorsichtig dem Haus. Die Langobarden schienen über die Abwesenheit ihrer beiden Gefährten und Atanasios Familie nicht beunruhigt zu sein. Möglicherweise wurde vereinbart, dass alle draußen blieben. Ornella erzählte, dass der Anführer der Langobarden ihren Vater niederschlug, bevor er mit einem zweiten davonritt. Danach eskalierte die Situation mit den zurückgebliebenen Kriegern. Die Männer im Haus wussten nichts von den Toten, dies erleichterte die Situation für die Gruppe. Ansonsten befanden sich Emilia, Marco und Ferrucio auf dem Anwesen, Bedienstete gab es derzeit nicht. „Es ist mir zu ruhig. Das sind erfahrene Kämpfer, sie spüren Gefahr", sagte Bart nachdenklich, aber offensichtlich befanden sich alle im Haus. Sie trennten sich und wollten von verschiedenen Seiten das Gebäude betreten. Nael verschwand in der Dunkelheit, während die anderen zusammenblieben. Leise schlichen sie heran, nichts regte sich, nur die Geräusche der Nacht waren zu hören. Bart deutete Isabella und Ornella, am Standort zu verbleiben. Er bewegte sich am Nebengebäude entlang, plötzlich signalisierte sein Kopf Gefahr. Instinktiv ließ er sich nach vorne fallen und entging der Wurfaxt, die knapp über seinem Kopf hinwegflog. Blitzschnell drehte er sich am Boden, aber der Langobarde handelte ebenfalls sehr schnell und griff mit dem Schwert an. Bevor die Situation zu gefährlich wurde, sprang Isabella den Mann von hinten an. Er riss überrascht die Augen auf angesichts der neuen Gegnerin. Isabella hielt ihm den Mund zu und tötete den Langobarden mit dem Messer. Dankbar hob Bart seine Hände. Gemeinsam schafften sie den Toten weg und versteckten ihn. „Wir sind ausgeglichen, Gaukler", sagte sie leise. Bart zog sie an sich und küsste sie kurz und intensiv. „Danke, Goldstück", antwortete er ehrlich. Isabella schüttelte sich angesichts der aufkommenden Erregung. Sie blickten sich um, aber der Kampf fand fast geräuschlos statt. Danach betraten sie das Gebäude über einen Seiteneingang der Küche, leise schlichen sie durch das abgedunkelte Haus in Marcos Zimmer. Im Hauptraum gab es Streit zwischen Emilia und Enzo. Die beiden Jungen saßen auf dem Bett. Sie hörten dem Streit zu. Dann erkannten sie Ornella, die ihren Bruder umarmte. Marco riss die Augen beim Auftauchen von Isabella auf. Diese legte einen Finger auf den Mund. Sie wandte sich an das Mädchen. „Ihr bleibt alle hier, bis ich wiederkomme", sprach sie leise, die Kinder nickten. „Du kommst doch wieder?", fragte Ornella. „Der gute Onkel Bart passt auf", sagte der Sänger lächelnd. Isabella schüttelte den Kopf und nickte der Achtjährigen aufmunternd zu. „Dein Bruder muss noch nichts wissen vom Tod der Eltern. Wir sprechen darüber, aber zuerst müssen wir die bösen Männer erledigen", sagte Bart leise. Ornella nickte und setzte sich zu Marco und Ferrucio. Isabella und der Sänger schlichen zum Hauptraum. Sie erkannten Enzo und Emilia. Der Langobarde Aistulf stand daneben, er trank aus einem Becher Wein. Die beiden Männer schienen von den Ereignissen außerhalb nichts bemerkt zu haben, aber es fehlten zwei weitere Söldner. Vorsichtig blickte sich das Paar um. In der Zwischenzeit eskalierte der Streit von Emilia und Enzo. „Verschwinde mit deinen Männern! Du bist nicht der Hausherr. Bischof Giovanni hat gesagt, du sollst mir helfen und mich nicht bedrängen!", schrie die zornige Frau. Enzo lachte laut, während der Langobarde den nächsten Becher Wein leerte. Er wirkte betrunken, seine Sinne schienen eingeschläfert zu sein. „Es gehört bereits alles mir, Emilia. Auch du gehörst mir, vielleicht teile ich dich mit Dino. Wir halten dich als unsere kleine Hure, vorher teilen wir uns das restliche Geld von Giovanni!", rief er laut und lachte wieder. Der Mann schien alle Vorsicht vergessen zu haben und ließ seine Maske fallen, offensichtlich nicht zum ersten Mal. Sein wahrer Charakter brach durch. Er demütigte die Frau, während sein Leibwächter sich am Wein gütlich machte. „Bischof Giovanni wird dir nicht glauben. Ich werde ihm erzählen, dass du den Mord an deinem Mann beauftragt hast!", schrie der Sabiner rücksichtslos. Emilia schien aber nicht gebrochen zu sein. Sie erkannte aber das Scheitern des Planes, ihrem Sohn und sich eine gute Zukunft zu ermöglichen. „Wir werden sehen, was der Bischof sagt", antwortete sie stolz. Enzo lachte höhnisch. „Du wirst ihn nie mehr treffen, meine Liebe. Dino hat bereits ein Haus für dich besorgt. Den Landsitz werde ich übernehmen und du wirst alles unterfertigen, was wir dir vorlegen. Ansonsten wird dein kleiner Sohn büßen", sagte er süffisant. „Lass Marco in Ruhe, du Bastard!", schrie Emilia und wollte ihn schlagen, aber er stieß sie von sich, dass sie zu Boden fiel. Resignation überkam die gedemütigte Frau. Plötzlich ertönten laute Geräusche von der anderen Seite. Ein Schrei ertönte, dann fiel ein Körper. Enzo hielt inne in seinem Zorn und blickte auf, der Langobarde hielt plötzlich ein Schwert in der Hand. Die gefallene Emilia erhob sich und zog sich zur Seite zurück, wo Isabella und Bart sich befanden. Enzo wollte ihr folgen, aber Nael erschien im Raum, in der rechten Hand hielt er sein blutiges Schwert. „Nael!" Der Ruf Emilias hallte durch den Raum, Freude erschien in ihren Augen. Der Langobarde Aistulf näherte sich dem Basken mit einem breiten Grinsen. „Es ist gut, dass wir uns endlich kennenlernen. Ich habe viel von dir gehört, aber du wirst heute sterben." Er schien von sich überzeugt zu sein, aber Nael ließ sich nicht beeindrucken. Enzo zog sich zurück und wollte sich Emilia holen, plötzlich stand Isabella vor ihm. Seine Augen wurden groß, aber er reagierte sehr schnell. Sie erwies sich als noch schneller und ließ ihn mit seinem Messer vorbeilaufen, dann stellte sie ihm ein Bein. Er fiel zu Boden und wollte sich erheben, aber Bart schlug ihn bewusstlos. Anschließend fesselte er den Bewusstlosen und band ihn an eine Säule. Emilia griff sich vollkommen überrascht an den Mund, eine innere Freude ergriff sie angesichts des Auftauchens der Verschmähten. Aistulf bemerkte die Veränderung der Lage, aber er wirkte nicht beeindruckt. „Ich gehe davon aus, dass meine Männer tot sind", sagte er ungerührt. Als Isabella eingreifen wollte, hob der Baske die Hand. „Bevor ich dich töte, Langobarde, will ich wissen, ob du Giovanni und Luigi getötet hast?" Aistulf und Nael beobachteten einander. Dem Basken wurde klar, dass er es mit einem sehr gefährlichen Gegner zu tun bekam. Der härteste Kampf seines Lebens stand ihm bevor. Aistulf zeigte keine Wirkung angesichts mehrerer Feinde. Er zog ein zweites, kürzeres Schwert. „Du sollst es erfahren. Ich kann diese arroganten Römer nicht leiden. Sie halten Langobarden für ein unzivilisiertes Volk, obwohl wir gut mit ihnen umgegangen sind. Enzo hat mich beauftragt, die beiden zu töten und ich habe es getan. Es ist nicht schade um diese arroganten Bastarde." Er drehte das Schwert in seiner rechten Hand. „Das Wissen wird euch nicht helfen, denn ich werde alle töten, vorher werde ich mich an die Frauen halten. Mit dem Geld verschwinde ich nach Süden, dort herrscht Waimar. Er wird sich freuen, mich zu sehen." Naels Spannung wuchs, der Langobarde schien dies ernst zu meinen. Aistulf griff unvermittelt an und drängte den Basken gegen eine Säule. Hart und schnell krachten die Schwerter des Langobarden gegen die Waffen des Basken, der an der Schulter getroffen wurde und sein Messer verlor. Mit einem Schwert hielt er dem Ansturm des Hünen stand. Die beiden Männer waren fast gleich groß, aber der Langobarde schien noch mehr Kraft zu besitzen. Er befand sich im Vorteil. Isabella griff ein. Aistulf bemerkte den Angriff und wich aus. Er attackierte die Asturierin. Der Baske erholte sich rasch und griff wieder an. In der Zwischenzeit schlug der Langobarde Isabella das Schwert aus der Hand und versetzte ihr einen Tritt, dann wurde er von Nael getroffen und wich zurück. Er blutete am linken Oberarm. „Das wird dir nicht helfen, Wikinger. Du kommst aus dem Norden, wie Tancred und seine Kumpane. Sie halten sich für große Krieger, aber keiner ist besser als ein Langobarde!“, schrie er laut und griff unermüdlich an. Nael hielt stand, die beiden Gegner fochten einen unglaublichen Kampf. Emilia blickte gebannt auf die Szenen. Isabella griff trotz Schmerzen wieder ein. Bart fluchte neben der Römerin. „Diese Frau geht mir auf die Nerven, sie tötet sich noch selbst.“ Wieder konnte Aistulf die Angriffe seiner Gegner abwehren und schien überzeugt zu sein, den Kampf für sich zu entscheiden. Er wandte sich an Isabella. „Ich werde mich mit dir vergnügen, rothaarige Kriegerin. Du gefällst mir“, sagte er laut und lachte aus vollem Hals. Das rötliche Haar und der wildwuchernde Vollbart ließen ihn wie einen Dämon erscheinen. Die Asturierin wich zurück. Sie spürte ihre Hand, das Schwert wog schwer. Nael griff wieder an, aber auch diesen Angriff wehrte der Langobarde ab. Barts Blick fiel auf die Wurfaxt in seiner Hand, die er einem Gegner abnahm. Aistulf schrie wild, er wirkte imposant und ungefährdet. Der Hüne hob seine Schwerter und wollte einen neuerlichen Angriff auf Nael starten. Dieser wirkte wie Isabella angeschlagen. Bart verschaffte sich eine freie Wurfbahn und umging den Langobarden außerhalb dessen Sichtbereichs.

Dieser konzentrierte sich auf seine Gegner, ein unheimliches Lächeln lag in seinem Gesicht. Die Wurfaxt flog durch den Raum und traf seitlich Aistulfs Kopf. Tief drang die Axt ein, aber selbst dieser tödliche Treffer schien dem Hünen vorerst nichts auszumachen. Sein Kopf drehte sich zur Seite, dann erkannte er den dritten Gegner. Nael schlug ihm die Schwerter aus der Hand und stach zu, erst dann fiel der Hüne zu Boden. Emilia hielt sich den Mund. Es schien, als ob Aistulf etwas sagen wollte, aber es kam nur ein Röcheln aus seinem Mund, dann gab er keinen Laut mehr von sich. Schwer atmend standen Nael und Isabella vor ihrem toten Gegner. Das Schwert fiel aus ihrer Hand. Diese schmerzte stark, auch der Tritt in den Bauch erwies sich als unangenehm. Naels Wunde an der Schulter blutete stark. Er setzte sich in einen Stuhl, während Isabella auf die Knie sank. Bart trat vor die beiden. „Was ist los mit euch Verrückten? Dieser Riese kann von keinem Sterblichen geschlagen werden, auch nicht von einem verrückten Basken und einer dümmlichen Asturierin. Solche Kämpfer musst du aus der Entfernung töten. Jeder Kampf um Ehre und mit Stolz ist falsch und aussichtslos!" Isabella wollte etwas sagen, verkrümmte sich aber schmerzhaft. Bart blickte auf Emilia. „Hilf diesem verrückten Basken. Er ist wegen dir zurückgekommen, also hilf ihm endlich!", rief er laut, während er Isabella hochzog und in das nächste Zimmer trug. Die Römerin trat zu Nael, dessen Wunde tief zu sein schien, sein gesamter linker Bereich war voll Blut. Sie half ihm hoch und stützte ihn. „Lege den Mann neben diese Rothaarige", sagte Bart bestimmt, als sie in das Zimmer kamen. Isabella wollte etwas sagen, aber der Sänger hielt ihr den Finger auf den Mund. „Es ist gut, Goldstück.

Wir werden dich wieder reparieren, wie deinen dämlichen Freund", sagte er mit weicher Stimme. Dann entkleidete er Isabellas Oberkörper und untersuchte sie. Die Kinder erschienen. „Ornella, du holst weiße Laken. Emilia, ich benötige starken Alkohol!", rief Bart bestimmt. Diese besorgten alles. Danach entfernte Emilia das Hemd von Nael und wusch dessen stark blutende Wunde aus. Bart legte Isabella Verbände an, anschließend setzte er sich zum Basken. „Wir müssen diese Wunde nähen, Großer. Du darfst schreien", sagte er genüsslich. Nael wirkte geschwächt durch den Blutverlust, aber er erhielt keinen schweren Treffer im Brustbereich. Gekonnt nähte Bart die Wunde zu und legte einen starken Verband an. Der Baske schwitzte und biss auf die Zähne während des Nähens, aber er gab keinen Laut von sich. Die Kinder umstanden die Erwachsenen und beobachteten gespannt das Geschehen. Der Sänger dehnte seine Hände, anschließend trug er Isabella in ein anderes Zimmer. Die Asturierin spürte die Schmerzen, eine Rippe schien getroffen zu sein, auch das Handgelenk schmerzte von der Gegenwehr gegen die kraftvollen Schläge des Langobarden. „Was machst du für Sachen? Gegen Riesen kannst auch du nicht gewinnen, Goldstück", sagte Bart lächelnd. Sie zog ihn zu sich und küsste ihn lange. „Ich liebe dich, Bartholomäus de Wenia", sagte sie leise, dann spürte sie die Erschöpfung, die auch mehreren kleinen Wunden geschuldet war. Er wandte sich an Ornella. „Ich muss aufräumen. Du passt auf diese merkwürdige Frau auf, Augenstern." Er nannte sie, wie es ihr Vater tat. Das Mädchen lächelte und nickte. In der Zwischenzeit saß Emilia am Bett des Basken. „Es tut mir leid, Nael. Ich wollte das alles nicht." Sie wollte weiterreden,

aber er schüttelte den Kopf. „Es ist in Ordnung, Emilia."
Die Römerin lächelte, besorgt blickte sie auf die Wunde, aber
diese schien gut versorgt zu sein. Marco und Ferrucio standen am Bett. „Es ist schön, dass du wieder hier bist, Nael",
sagte Marco laut und griff nach dessen Hand. Emilia lächelte.
Freude war in den Augen der stolzen Frau zu lesen. Sie entschied sich in der Nacht nach Giovannis Tod, sich mit Enzo
und Dino einzulassen, um den Sohn und ihre Freunde zu
schützen. Der Plan stellte sich als falsch heraus, weil Enzo
sich als viel schlimmer erwies, als sie jemals glaubte. Sie verstand nicht mehr, warum sie damals mit ihm eine Liebesbe-
ziehung führte und ihren Mann betrog. „Warum bist du zurückgekommen, Nael?", fragte sie leise. Der Baske hob kurz
den Kopf, er wirkte müde. „Du kennst den Grund, schöne
Emilia", antwortete er langsam. Lächelnd nickte die Römerin
und nahm seine Hand. Dann wandte sie sich an die Jungen.
„Ich werde draußen aufräumen. Ihr beide passt auf Nael auf,
dass er gut schläft." Eifrig nickten die Jungen und legten sich
neben dem Basken. Emilia küsste ihren Sohn auf den Kopf.
Seit dem Abschied von Nael und Isabella vor einiger Zeit
wirkte er distanziert, der Tod seines Vaters lag noch nicht
lange zurück. Emilia ging nach draußen und traf Bart im
Hauptraum. Dieser erklärte ihr alles in wenigen Worten. Bestürzt blickte die Römerin den Sänger an. „Silea, Pietro und
Atanasio sind tot? Sie wollten den Landsitz verlassen. Ich
habe sie zurückgehalten wegen der Ernte." Sie schüttelte fassungslos den Kopf. „Die armen Kinder, was wird aus
ihnen?" Er blickte sie an. „Du kannst etwas gutmachen,
schöne Emilia. Ferrucio und Ornella können hier aufwachsen. Ich denke, das bist du ihnen schuldig." Die Römerin

schien nachzudenken, aber ihr Entschluss stand bereits fest. „Ich werde morgen mit ihnen sprechen, natürlich bleiben sie hier. Ihre Eltern standen bis zum Tod loyal zu unserer Familie." Emilias Blick fiel auf den bewusstlosen Enzo. „Ich habe ihn noch einmal geschlagen. Er ist zu laut gewesen, dieser Mann", sagte Bart mit einem Lächeln. Dann zog er den Hünen Aistulf hoch und legte ihn über seine Schulter. Überrascht blickte Emilia auf den großgewachsenen, athletischen Mann, der über viel Kraft verfügen musste. Er schleppte die Toten in ein Nebengebäude und verriegelte die Türen. Den letzten fand er an der Seite, von der aus Nael das Haus betrat, offensichtlich erledigte er den Langobarden mit dem Messer. „Ein gefährlicher Mann, dieser Baske", murmelte er vor sich hin. Emilia reinigte in der Zwischenzeit den Raum. Enzo erwachte erneut. „Das werdet ihr büßen, ihr verdammten Mörder!", rief er laut. Mitleidlos schlug Bart mit dem Knüppel zu. Er verstärkte die Fesseln und steckte dem Sabiner einen kleinen Knebel in den Mund, damit er atmen, aber nicht schreien konnte. Der erschöpfte Sänger kontrollierte noch einmal alles und legte sich anschließend auf das Sofa im Hauptraum. Emilia gesellte sich zu Nael und den Jungen. Bald schliefen alle im Haus, Ruhe kehrte ein.

Der Baske erwachte am nächsten Tag. Er erkannte die Jungen und Emilia, die neben ihm lagen. Die Wunde schmerzte, aber sie schien in Ordnung zu sein, er spürte auch kein Fieber. Hunger machte sich bemerkbar. Dunkelheit herrschte im Haus, die Kinder und Emilia schliefen tief und fest. Offensichtlich wirkte die mentale Überforderung der letzten Wochen nach. Der Baske erhob sich. Kurz verspürte er Schwäche in den Beinen, aber er richtete sich auf und suchte den Hauptraum auf. Er hörte Geräusche und erkannte Enzo, der an seinen Fesseln arbeitete. Offensichtlich schaffte er es nicht, sich davon zu befreien. Nael trat leise heran und packte den Mann am Kopf. „Lass das!" Sofort wurde der Gefangene ruhig. Seine Augen fixierten den Basken, Hass stand darin zu lesen. Nael erkannte Bartholomäus de Wenia, der am Sofa lag und schlief. Er schien sich auf seine Fesseln zu verlassen. Langsam erwachte der Morgen, der Baske holte sich etwas zum Essen. Gierig biss er in das Brot und verschlang die Äpfel, sein Körper verlangte Energie. Emilia kam in den Hauptraum. Sie trug ihr dunkles Haar lang, ihre Kleidung war zerknittert. Ihr Blick fiel auf Enzo, der sie anknurrte, aber wegen des Knebels nicht sprechen konnte. Sie trat an den Basken heran. Er spürte ihre Nähe körperlich, sie übte eine starke Anziehungskraft aus. Nael blickte ihr in das Gesicht. „Es ist schön, dass du zurückgekommen bist, Nael. Ich habe wieder eine falsche Entscheidung getroffen, leider hat sie Opfer gefordert. Das wollte ich vermeiden", sagte sie bedrückt. Der Tod von Atanasio, Silea und Pietro ging ihr nahe, er sah es ihr an. „Wir machen alle Fehler, leider können wir sie nicht rückgängig machen. Aber wir können es zukünftig besser machen, Emilia", antwortete er leise, damit Enzo die Unterhaltung nicht mitverfolgen konnte. Dieser schien eingedöst zu sein, aber das konnte täuschen. Naels Blick fiel auf Bartholomäus. „Ein unglaublicher Mann mit vielen Talenten und Fähigkeiten. Unsere liebe Isabella wird es schwer haben, ihn zu halten." Überrascht blickte Emilia den Basken an. „Sind die beiden ein Paar?" Er zuckte mit den Schultern. „Wenn es nach ihr geht, auf alle Fälle, aber dieser seltsame Typ liebt seine Freiheit. Ich hoffe es für sie, aber es geht mich nichts an. Meine Pläne sind anders." Emilia lächelte und blickte ihn voll an, ein warmes Leuchten war in ihren Augen zu erkennen. „Wie sind deine Pläne, nachdem ich dich hinausgeworfen habe, Nael?" Interessiert beobachtete sie den Basken. „Ich werde hierbleiben und dir helfen, alles andere ergibt sich", sagte er fest. Emilia lächelte. „Dieser Gaukler hat mich darauf gebracht, dass du deine Entscheidung zum Schutz aller getroffen hast. Er versteht Menschen, obwohl er sie nicht lange kennt. Vermutlich ist er tatsächlich der Teufel, wie ihn Isabella ständig nennt." Sein Blick fiel auf Bart, der sich auf dem Sofa drehte, bis er hinunterfiel. Ein Aufschrei ertönte, dann rollte er sich über den Boden. Er setzte sich auf und schüttelte den Kopf, dann erblickte er den Basken und die Römerin. „Du passt nicht gut auf unseren Gefangen auf, Gaukler. Zum Glück habe ich ihn davon abgehalten, zu fliehen oder schlimmere Sachen anzustellen", sagte Nael grinsend. Bart erhob sich und winkte ab. „Meine Fesseln hätten auch Aistulf gebunden, Großer", antwortete er und streckte sich durch. Dann fiel sein Blick auf Enzo, der aufgewacht zu sein schien. Er nahm den Knebel heraus, der Sabiner begann zu husten und spucken. Kurz darauf eröffnete er eine Schimpftirade, die sich über die Anwesenden ergoss, verbunden mit Drohungen. „Ich kenne dich, du bist dieser Sänger. Du hast dich für die falsche Seite entschieden, Bastard", sagte er mit drohendem Unterton. Bart zuckte mit den Schultern. „Das liegt in meiner Natur, mein Freund. Wenn du aber nicht mit deinen Drohungen aufhörst, stecke ich dir den Knebel wieder in den Mund. Willst du das oder benimmst du dich wie es einem kultivierten Menschen gebührt?" Er hielt ihm lächelnd den Knebel hin.

Enzo erkannte die Ernsthaftigkeit hinter den Worten und nickte. „Es tut mir leid, die derzeitige Situation überfordert mich etwas." Bart lachte. „Das verstehe ich, mein Guter. Du hast dich bereits als Herr über alles gefühlt und jetzt bist du an eine Säule gebunden und stinkst nach deiner eigenen Notdurft. Das sieht nicht sehr gut aus, eher erbärmlich für einen Mann des römischen Adels." Enzos Augen verfinsterten sich. „Ich werde euch töten lassen für diese Behandlung." Der Sänger hob die Hände, die anderen verfolgten interessiert die Unterhaltung. „Du kannst derzeit nichts tun. Deine Männer haben unschuldige Menschen getötet, eine Frau und ihr Kind wurden von dir wie Sklaven behandelt. Deren Mann und sein Freund sind in deinem Auftrag ermordet worden. Wir werden beraten, aber ich schlage vor, dich zu töten, damit du für deine Taten büßt." Enzo riss die Augen auf angesichts des Blicks des Sängers, der nichts Gutes verhieß. Kalt richtete sich dieser auf den Sabiner. Emilia erkannte die Ernsthaftigkeit hinter den Worten. „Wir können ihn nicht töten, er muss vor ein Gericht gestellt werden", sagte sie laut. Der Baske schüttelte den Kopf. „Bart hat recht. Er kennt alle wichtigen Menschen um Rom, keiner spricht ihn schuldig. Die Langobarden haben vielleicht eigenmächtig gehandelt oder in seinem Auftrag, auch der Mord an deinem Mann und Luigi kann von Aistulf verübt worden sein. In einem Gerichtsverfahren werden sie ihn schützen. Deshalb wäre es einfacher, ihn zu töten und zu behaupten, er ist im Kampf gestorben." Emilia schüttelte den Kopf. Trotz der schlechten Behandlung widerstrebte ihr die Lösung, einen Wehrlosen zu töten. Enzo beteiligte sich an der Unterhaltung und nutzte die Unschlüssigkeit der Römerin. „Es tut mir leid, Emilia. Ich bin in den letzten Tagen nicht mehr Herr meiner Sinne gewesen. Ich habe mich schlecht verhalten. Langobarden sind schwer unter Kontrolle zu halten. Aber was meinen sie mit den unschuldigen Menschen?" Sie erzählte von Atanasio und seiner Familie. Enzo riss die Augen auf, er wirkte tatsächlich überrascht. „Ich kann nichts dafür. Aistulf und seine Männer haben bisweilen überreagiert. Es sind Langobarden, wilde Männer, wie diese beiden!", rief er laut. Er schien seine Sicherheit wiederzuerlangen, skeptisch betrachtete ihn Emilia. Sie kannte sein Talent, sich selbst besser darzustellen, als er tatsächlich war. Aber es widerstrebte ihr trotzdem, diesen Mann einfach zu töten. Bart zeigte auf des Basken. „Er ist ein Wilder. Ich bin kultiviert, ähnlich wie du, aber ein viel besserer Charakter als Mensch. Meiner Meinung nach bist du der Hauptverantwortliche und sollst für deine Schandtaten büßen oder bist du anderer Meinung, Nael?" Der Baske schüttelte den Kopf. Emilia behagte die Vorstellung nicht, Enzo einfach zu töten. Der Sabiner erkannte die Ernsthaftigkeit in den Augen der Männer, die Sache zu einem Ende zu bringen. „Du darfst nicht auf sie hören, Emilia. Verzeih mir und lass mich gehen. Ich verspreche, dass ich fortan alles tun werde, um Frieden und Sicherheit zu gewährleisten!", schrie er laut. Verzweiflung klang aus seiner Stimme. „Wir können ihn nicht einfach töten", sagte die Römerin laut. Stille kehrte ein. Plötzlich erschien Isabella mit den Kindern, die durch die lauten Diskussionen geweckt wurden. „Wie geht es dir, Goldstück? Du solltest im Bett bleiben und dich ausruhen", sagte Bart lächelnd. Isabella winkte ab, obwohl der Körper noch schmerzte. „Wir können ihn nicht einfach töten. Emilia hat recht", sagte sie laut. Bart blickte auf Nael. „Immer diese Sentimentalitäten. Wenn ich dies gewusst hätte, wäre ich mit dem Mann hinausgegangen, bevor alle wach werden", sagte er kopfschüttelnd. Isabella blickte den Sänger an. „Manchmal bekomme ich richtige Angst vor dir, Bart. Es widerstrebt normalen Menschen, Wehrlose einfach zu töten. Du trägst böse Seiten in dir", sagte sie laut. Sie meinte es offensichtlich ernst. Dies schien den Angesprochenen offensichtlich zu stören, seine Augen verengten sich. Sein Blick fiel auf Nael, der von der Entwicklung des Gesprächs überrascht wurde. „Ich habe dir geholfen, Baske. Unsere Vereinbarung gilt nicht mehr, der Rest geht mich nichts mehr an", sagte der Sänger laut. Isabella wollte etwas sagen. „Halt den Mund, meine Teure! Es kommt leider zu oft Unsinn heraus, das halte ich nicht aus", sagte Bart bestimmt, sein Blick wirkte ausdruckslos. Er verließ das Haus ohne ein weiteres Wort. Nael ballte die Fäuste. „Was ist los mit euch?", wandte er sich an Emilia und Isabella, die den Abgang erschrocken registrierte. Er zeigte auf Enzo. „Dieser bösartige Mensch sät Zwietracht und jeder der Frauen hört auf ihn!", rief er laut. „Er darf in einem Kampf gegen mich antreten, das passiert bei den Wikingern", fuhr er fort. Enzo schüttelte den Kopf. „Das ist ebenfalls Mord. Ich bin diesem Hünen nicht gewachsen!", schrie er laut. Der Baske merkte, dass Enzo die Situation nutzte und steckte ihm den Knebel wieder in den Mund. „Halt den Mund, du Bastard", sagte er mit drohendem Blick. Er wandte sich an Emilia. „Du sagtest, du willst in Zukunft keine Fehler mehr machen." Sein Finger zeigte auf den Gefangenen. „Dieser Mann wird dich ewig verfolgen. Er wird Rache nehmen, wenn wir ihn gehen lassen!"

Trotz erschien in den Augen der Römerin, ihre Erziehung wirkte nach. Sie wuchs in einer zivilisierten Gesellschaft auf, in der es Gerichte gab, obwohl diese meistens zugunsten der Besserverdienenden Urteile sprachen. Die Vorstellung, einen Mord zu begehen, widerstrebte ihr. Dies erkannte der Baske, der einen Kampf nicht als Mord sah. Sein Blick fiel auf die Kinder. „Wie willst du den Kindern den Unterschied zwischen einem gerechten Tod und Mord erklären? Der Gaukler hat im Auftrag des Kaisers sicher bereits einige Menschen getötet, ohne dass er Gewissensbisse verspürt hat", sagte Isabella laut. Er schüttelte den Kopf angesichts der Sorglosigkeit, mit der die Asturierin ein Geheimnis aussprach, aber offensichtlich befand sie sich in einem sehr emotionellen Zustand. „Wir haben alle bereits getötet, es gibt selten faire Kämpfe. Bart hat uns gestern alle gerettet und danach unsere Wunden versorgt. Er hilft uns, wie kannst du ihn dermaßen anklagen. Was ist los mit dir?" Naels Zorn war offensichtlich, die Anwesenden wichen zurück. Er verließ den Raum und holte sich seine Tunika, danach folgte er dem Sänger. Die Kinder wirkten erschrocken angesichts der Ereignisse. Emilia und Isabella blickten sich an, sie wirkten verunsichert. „Du darfst nicht zulassen, dass Bart geht", sagte Ornella zur rothaarigen Asturierin, diese zuckte mit den Schultern. „Er muss selbst wissen, was er tut. Manchmal verhält er sich kalt und dämonisch, das stört an seinem Bild. Du musst noch viel über Männer lernen, Ornella", sagte sie ärgerlich. Ihr Inneres befand sich in Aufruhr. Sie konnte sich selbst nicht erklären, warum sie sich gegen den geliebten Mann stellte. Es ging nicht um Enzo, sondern um das Verhalten von Bart, dass sie abstoßend fand, obwohl sie selbst bereits Menschen tötete. Sie dachte an ihren Vater, der niemals Wehrlose umbringen würde, auch keine bösen Menschen. Der Sänger schien darüber anders zu denken. Er reagierte nicht nur aus einem Gerechtigkeitsempfinden, sondern aus eiskaltem Kalkül heraus. Dies konnte sie nicht einschätzen und machte ihr Sorge, obwohl er ihr half. Enzo fing an, zu knurren. Emilia nahm den Knebel heraus. „Sei einmal in deinem Leben ehrlich, Enzo. Versprich mir, dass du Frieden hältst und uns in Ruhe lässt, wenn ich dich freilasse!" Der Sabiner nickte. Seine Augen wirkten offen und ehrlich, als er das Versprechen abgab. Emilia blickte auf Isabella, beide wirkten unschlüssig. „Pferde, Waffen und Geld deiner Langobarden bleiben als Abgeltung für die Toten der Familie Atanasios hier. Wir werden Aistulf und seine Männer bestatten. Gilt die Vereinbarung, Enzo?" Der Angesprochene nickte. Sie entschied sich endgültig und deutete Isabella, die Fesseln zu lösen. Danach rieb er seine Hände und wandte sich an die Frauen. „Ich halte mein Versprechen, Emilia. Es tut mir leid, ich habe mich falsch benommen", sagte er mit entschuldigendem Ton in der Stimme. „Verschwinde und wechsle die stinkende Kleidung!", sagte Isabella, die ihr Schwert in der Hand hielt. Enzo hob die Hände, er wirkte tatsächlich verändert. Die Frauen begleiteten ihn nach draußen und verfolgten, wie er sein Pferd holte und aufsaß. Er nickte kurz, anschließend verließ er den Landsitz. Vorsichtig beobachtete er die Umgebung, er traute den beiden Männern nicht. An ihrer Stelle hätte er anders entschieden und den Gefangenen getötet. Er erreichte den Toleno, ab diesem Zeitpunkt fühlte er sich sicher. „Das werdet ihr büßen. Ich werde euch foltern und aufhängen lassen. Die beiden Huren verkaufe ich an die Normannen", sprach er laut zu sich selbst, dann folgte ein Schrei, der die ganze Anspannung löste. Er zeigte sein wahres Gesicht und wollte Rache nehmen. Nael und Bart verfolgten den Abritt Enzos mit düsteren Blicken. „Das ist nicht gut. Diese Entscheidung kann fatale Folgen haben. Er wird mit seiner ganzen Macht Rache nehmen. Vermutlich wird er seine Freunde Dino und Francesco informieren, diese suchen auch nach mir." Nach seinen Worten fiel Barts Blick auf Nael, der Baske nickte zustimmend. „Vielleicht liegen die Frauen richtig. Es ist grundsätzlich nichts Falsches daran, einen Mord, und darum hätte es sich gehandelt, abzulehnen", antwortete Nael nachdenklich. Er dachte an die Überfälle der Wikinger, in der Unschuldige und Wehrlose abgeschlachtet wurden, auch er war in Vinland daran beteiligt. Aber es lag immer an der Perspektive, ob es ein gerechtes Töten oder Mord war. Trotzdem verstand er Emilias Ansicht, die in einem zivilisierteren Umfeld aufwuchs, obwohl auch hier gefoltert und getötet wurde. Die Welt diente als Schauplatz ständiger Kriege, in denen der Sieger Recht sprach. Auch Isabella wuchs in einem zivilisierteren Umfeld auf, obwohl sie früh rebellierte und selbst kämpfte. In Hispanien schien der Feind klar zu sein. Die Ungläubigen wurden bekämpft, aber die Tötung eines Gefangenen widersprach ihren anerzogenen Ansichten. Der Sänger zuckte mit den Schultern. „Natürlich liegen sie richtig, aber diese Welt funktioniert anders, Nael. Dieser Mann ist bösartig und verlogen, er wird Rache nehmen. Manchmal muss man böse Menschen rechtzeitig mit bösen Mitteln ausschalten", sagte er bestimmt. Der Baske nickte. Es gab mehrere Ansichten zu diesem Thema, die alle ihre Richtigkeit besaßen, jeweils nach Perspektive. Er lebte mit der Entscheidung der Frauen, daran konnte nichts mehr geändert werden. „Du hast selbst gesagt, das Leben geht weiter. Jeder Mensch macht Fehler. Wir müssen den Frauen beistehen, mein Freund", sagte Nael und erhob sich. Bart blickte den Basken an. „Ich habe mein Versprechen gehalten und geholfen. Damit ist diese Sache für mich erledigt, Nael. Unsere Wege trennen sich endgültig." Der Sänger schien entschlossen zu sein. „Du sagtest, du willst mit dem Kaiser sprechen, um zu helfen. Dieser Teil fehlt noch, Bart", entgegnete Nael. Der Sänger lächelte. „Ich werde mit dem Kaiser sprechen. Da seine Ankunft noch dauern wird, wirst du vermutlich nicht mehr am Leben sein, wenn ich dies erfülle." Er nickte dem Basken zu und wollte sich abwenden. Seine Waffen trug er bei sich, die Wurfaxt des Langobarden behielt er. „Was ist mit Isabella, Bart? Sie liebt dich, das weißt du", sagte Nael. Der Angesprochene verzog sein Gesicht. „Sie ist eine außergewöhnliche Frau, mit der ich die aufregendste Nacht meines Lebens verbringen durfte. Aber eine liebende Frau handelt anders, das muss auch dir klar sein. Deshalb solltest du bei der schönen Emilia vorsichtig sein, sie ist ebenfalls schwer berechenbar. Ich wünsche euch viel Glück!" Der großgewachsene Mann drehte sich um und verließ den Landsitz Richtung der Hütte, wo sein restliches Gepäck lag. Nachdenklich blickte der Baske hinterher. Barts Abgang war nicht zu ersetzen. Er verstand ihn, das Verhalten von Isabella erschien falsch, dies lag vermutlich an ihren Gefühlen. Möglicherweise nutzte der Sänger aber die Gelegenheit, sein früheres Leben wieder aufzunehmen und seine Freiheit zurückzugewinnen. Er schien kein Mensch für eine dauerhafte

Partnerschaft zu sein, dies stellte vermutlich den Hauptgrund dar. Bart wich der Verantwortung aus, die eine Beziehung mit einer gleichwertigen Frau mit sich brachte. Er entschied sich für die Freiheit und nutzte die Möglichkeit, die ihm Isabellas Verhalten bot. Vielleicht hätte es nie eine gemeinsame Zukunft der beiden gegeben. Nael kannte die Aufgaben des seltsamen Mannes nicht, der sich als Kundschafter des Kaisers ständig unter Feinden in fremden Ländern befand. Bart verknüpfte alles zu einer Entscheidung und verließ diesen Schauplatz. Isabella erging es wie vielen Frauen zuvor im Leben des Sängers, aber sie stellte eine starke und besondere Persönlichkeit dar, dies musste auch diesem Mann bewusst sein. Während Nael seinen Gedanken nachhing, erzählte Emilia im Haus dem kleinen Ferrucio vom Tod seiner Eltern. Der Junge weinte und hing an seiner Schwester. „Wir werden ihr Grab gemeinsam aufsuchen und sie verabschieden, Ferrucio", sagte sie mit weicher Stimme. Marco trat zu seinem Freund und umarmte ihn ebenfalls. „Ornella und du werden hier im Haus leben, gemeinsam mit Marco. Wir werden alle zusammenhalten, dein Vater hat es so gewollt", sprach Emilia weiter. Der weinende Junge nickte. Nael kam ins Haus und Marco rannte ihm entgegen. Er nahm den Jungen hoch und nickte Emilia zu. Isabella wandte sich an ihn. „Wo ist Bart?" Der Baske schüttelte den Kopf. „Er ist weg, Isabella." Die Nachricht wirkte wie ein Schock, Tränen traten in die Augen der rothaarigen Asturierin. Sie kämpfte mit ihrer Fassung, dann drehte sie sich um und verließ den Raum. Auch Ornella wirkte bedrückt, sie mochte den Sänger. Emilia wollte etwas sagen, die ganze Geschichte entsprang ihrer Vorstellung von Recht, aber Nael winkte ab. „Wir müssen uns auf alles vorbereiten. Der Abgang von Bart ist schmerzhaft, aber nicht zu ändern. Die Ernte muss erledigt werden, wir brauchen Hilfe aus den Dörfern. Diesmal werden sie uns helfen", sagte der Baske laut. In den nächsten Tagen suchte Nael gemeinsam mit Ornella die Menschen in den umliegenden Dörfern auf, das Gleiche erledigten Emilia und Isabella. Sie erfuhren, dass die Langobarden von Aistulf den Ortsvorstehern nahelegten, der Witwe des verstorbenen Besitzers nicht zu helfen. Als diese von der neuen Situation hörten und die Gefahr gebannt zu sein schien, stellten sie wieder genügend Erntehelfer, die in den kommenden zwei Monaten die Oliven und die Trauben einbrachten. Emilia stellte einen neuen Verantwortlichen für die Organisation der Erntearbeiten und der Verarbeitung der Früchte in den Nebengebäuden des Landsitzs ein. Dabei handelte es sich um Scirocco, einem jüngeren Bruder von Atanasio. Dieser bot an, Ornella und Ferrucio in seine Familie einzugliedern, aber Emilia bestand darauf, die beiden bei sich zu behalten. Das Grab der Toten wurde von den Verwandten geschmückt, damit sie nicht in Vergessenheit gerieten. Trotzdem herrschte eine positive Stimmung, auch Ornella und Ferrucio wirkten in der großen Gemeinschaft gut aufgehoben. Marco beteiligte sich an der Ernte und begleitete Nael, der die Oberaufsicht über das gesamte Personal erhielt und die Anweisungen erteilte. Isabella unterstützte ihn dabei, gemeinsam mit Emilia trafen sie die notwendigen Entscheidungen. Mit den Geldreserven konnten sie die Menschen bezahlen, es blieb noch etwas übrig. Isabella wirkte bisweilen in sich gekehrt, der Abschied von Bart schmerzte innerlich. Sie wollte aber nicht darüber sprechen, weder mit Emilia noch mit Nael. Während die Asturierin darüber grübelte, ob Bart geblieben wäre, wenn sie sich anders verhalten hätte, kamen sich Emilia und Nael langsam näher. Sie vertraute dem Basken, wirkte offener und ehrlicher als früher, der Umgang mit den Menschen tat ihr gut. Trotzdem pflegten sie vorerst ein distanziertes Verhalten, da der Tod Giovannis erst im Sommer passierte. Emilia ließ durch einen Boten den Bischof in Rieti ausrichten, dass sie an einen Verkauf der Landgüter nicht mehr interessiert war. Sie wollte das Erbe für ihren Sohn behalten. Es gab vorerst keine Reaktion seitens der Familie der Crescentier. Einzelne Familienmitglieder erschienen zu Besuch und begutachteten den Landsitz und die Erntearbeiten. Der Baske hielt sich dabei stets im Hintergrund, es gab sicher Gerüchte um die trauernde Witwe und ihren persönlichen Leibwächter. Die positive Aufbruchstimmung setzte sich fort auf den Landgütern, als ob Giovanni, Atanasio, Silea und Pietro aus dem Jenseits mitwirkten. Ende Oktober erhielten sie Besuch von Dino. Er erschien mit vier Normannen, darunter Tancred und Guy. Der kinnbärtige Tuskulaner zeigte in seiner teuren Kleidung und auf seinem Rassepferd ein arrogantes Verhalten, die Normannen blieben in der zweiten Reihe. Er neigte kurz den Kopf. Sein Blick streifte über den Basken, der neben der Hausherrin auf der Veranda stand. „Ich begrüße dich, werte Emilia. Mein Gruß gilt auch deinem Leibwächter, manche sagen, deinem Liebhaber." Verächtlich blickten seine Augen auf die Frau, aber sie ließ sich nicht beeindrucken. Im Gegensatz zum Sommer herrschte reges Treiben auf dem Landsitz, die Arbeiten zur Verarbeitung der Ernte waren in vollem Gange. Sie trug ihr Haar offen und Hosen, die ihr die Arbeiten erleichterten. Missbilligend schüttelte Dino den Kopf. „Deine Schönheit ist offenkundig und bis nach Rom bekannt, aber Hosen sind nicht standesgemäß, liebe Emilia." Er genoss die Unterhaltung, während Naels Blick vor allem auf den Normannen lag, die aber keine Anzeichen von nahender Gewaltbereitschaft zeigten. „Spar dir deine Kommentare, lieber Dino. Was ist der Grund deines Besuchs?", fragte Emilia ruhig, sie reagierte nicht auf die Provokationen. Dessen Augen verengten sich, aber er blieb vorerst ruhig. Er wollte absteigen, aber Emilia hielt ihn auf. „Ich habe dich nicht eingeladen, Dino. Besuche deines guten Freundes Enzo und dir sind auf diesem Landsitz nicht willkommen." Das Gesicht des Tuskulaners verzog sich, aber er behielt weiterhin seine äußere Ruhe. „Ich gehe davon aus, dass du Enzo aus Rieti meinst, den Crescentier", sagte er süffisant. Sie hielt sich nicht mehr zurück und sprach ihre Gedanken offen aus. „Ich meine die Gemeinschaft von Enzo, Francesco und dir, die am wirtschaftlichen Niedergang und Mord an meinem Mann beteiligt gewesen ist!", rief sie laut. Dino wirkte überrascht. Er schüttelte den Kopf, auch er übte sich täglich als guter Schauspieler im Umgang mit Menschen. „Ich habe keine Ahnung, wovon du sprichst, liebe Emilia. Giovanni hat die Risiken in der Wirtschaft gekannt. Der angesprochene Mord ist laut meines Wissens von einem wilden Langobarden durchgeführt worden." Nael trat vor. „Woher hast du diese Information, von uns kannst du sie nicht haben?" Der Zorn des arroganten Mannes wuchs offensichtlich, die Behandlung durch Emilia und Nael missfiel ihm. „Man hört einiges, aber ich werde mich nicht vor einem dahergelaufenen Barbaren rechtfertigen." Der Baske nickte.

„Dann will ich dich informieren, dass Aistulf und seine Männer Giovanni, Luigi in Carseoli und drei Angehörige einer Familie getötet haben, sei es im Auftrag oder aus Eigennutz. Wir haben dies bereits dem Bischof in Rieti mitgeteilt." Der Tuskulaner antwortete nicht. Die Normannen wirkten weiterhin gleichgültig, aber Nael erkannte die sondierenden Blicke der Männer. Emilia schien froh über seine Einmischung zu sein. „Du musst dir aber keine Sorgen mehr machen, Dino. Die Mörder sind ihrer Bestrafung nicht entgangen, ihr könnt die Gräber besuchen. Möglicherweise wollt ihr euch von euren Freunden verabschieden", sagte er süffisant. Emilia blickte ihn überrascht an, diesen Ton kannte sie vom Basken nicht. Dino schüttelte den Kopf. „Ich muss sagen, ich bin beeindruckt. Der Umgang mit Emilia macht noch einen Menschen aus dir, deine Sprache verbessert sich. Ganz ehrlich, nur Tancreds Männer sind besser als die von Aistulf gewesen, meine ehrliche Wertschätzung", antwortete er laut. Dann drehte er sich um und blickte auf die Normannen, die weiterhin gelangweilt erschienen. Nael gab Scirocco einen Wink, dieser wartete am Tor in einem Nebengebäude. Plötzlich erschienen sechs Männer mit Speeren, die sich um die Veranda versammelten. Sie entstammten den umliegenden Dörfern und erwiesen sich talentierte Kämpfer, die vom Basken in den vergangenen Wochen geschult wurden. Plötzlich schien die Langeweile der Normannen verflogen zu sein. Die Augen von Dino verengten sich. „Ich muss sagen, dieser Landsitz wird besser geführt als zu Zeiten des unglücklichen Giovanni. Das liegt vor allem an der trauernden Witwe, die mit allen Mitteln Männer an sich bindet", sagte er süffisant. Emilias Gesicht verzerrte sich, zum ersten Mal verlor sie ihre

Fassung. „Ich habe in der Vergangenheit Fehler gemacht bei Männern. Dein stinkender Normanne und du können dies bezeugen. Giovanni ist mehr wert gewesen, als die ganzen Männer der Familien der Crescentier und Tuskulaner zusammen, aber er hat den falschen Menschen vertraut." Dinos Gesicht errötete. Der Zorn brach durch, er ließ seine Maske fallen. „Dein Mann ist ein biederer Kaufmann gewesen. Du kannst froh sein, mit richtigen Männern wie Tancred und mir zusammen gewesen sein zu dürfen!", rief er aufgebracht und voller Wut. Er wies auf den Basken. „Jetzt vergibst du deine Gunst an einen dahergelaufenen Wikinger und pflegst Kontakt zu diesem Gesindel aus den Dörfern. Du bist tief gesunken, Weib!", schrie er immer lauter. Ein lautes Lachen der Hausherrin erschallte. „Nael ist mehr Mann als dein bezahlter Söldner und du es jemals werden könnt." Die Verhöhnung ließ die Normannen reagieren. Tancred ritt an die Seite von Dino, sein harter Blick erfasste Emilia und richtete sich anschließend auf Nael. „Wir können sofort ausprobieren, wer von uns den besseren Mann darstellt", sagte er mit drohendem Unterton. „Es ist mir gleich, Normanne. Mein Gesicht wird dich in den Tod begleiten", antwortete Nael ruhig, er zog sein Schwert. Es lag die gleiche Unruhe und Anspannung in der Luft wie beim Besuch von Francesco vor dem Haus von Giovanni. Auch diesmal entschied Isabella die Angelegenheit. Sie trat mit einer schnellen Bewegung hinter der Ecke hervor, ein Pfeil lag abschussbereit auf der Sehne des Bogens. „Verschwindet, ihr Bastarde!", rief sie laut. Guy, der Bruder von Tancred, schüttelte den Kopf. „Jedes Mal taucht dieses rothaarige Weib auf!", rief er ungehalten. Dino erkannte, dass sich der Pfeil auf ihn richtete. „Wir sind nicht gekommen, um zu kämpfen. Halte deine Verrückten zurück, Emilia!", rief er laut. Die Entwicklung der Lage behagte ihm nicht, aber er ließ es sich nicht anmerken. Emilia nickte Nael zu, der sein Schwert einsteckte. Langsam senkte Isabella ihren Bogen. Dino schickte Tancred zurück. „Es ist gut, dass wir die rothaarige Teufelin treffen, denn ihr Freund und sie sind der eigentliche Grund unseres Besuchs, liebe Emilia." Der Tuskulaner bekam sich wieder unter Kontrolle, nichts schien mehr auf die vorangegangene Anspannung hinzuweisen. „Ich habe keinen Freund!", rief Isabella. Er schüttelte lächelnd den Kopf. „Uns ist gesagt worden, dass du mit dem Sänger Bartholomäus de Wenia verkehrst, im wahrsten Sinne des Wortes. Der Mann wird des Mordes beschuldigt und möglicherweise bist du seine Komplizin, liebe Isabella." Es handelte sich um eine überraschende Nachricht, dies war allen anzusehen. Dino wirkte zufrieden in seinem Sattel angesichts der gezeigten Reaktionen. Bevor die Asturierin antworten konnte, ergriff der Baske die Initiative. „Bartholomäus ist vor einigen Wochen verschwunden. Was wird ihm vorgeworfen?", fragte er laut. Dino gab sich als Herr der Lage. Er erkannte die Verunsicherung, die seine Mitteilung auslöste. „Ein Gesandter des deutschen Kaisers ist vor einigen Tagen ermordet worden. Es handelt sich um Hugo von Augsburg, einem langjährigen, vertrauten Freund meinerseits. Er ist hinterrücks erstochen worden. Der Mörder hat richtig gewütet, wie ein Wahnsinniger. Sein Leichnam hat unzählige Wunden enthalten. Ein feiger, hinterhältiger Anschlag eines brutalen Mörders. Auch der Kaiser ist informiert worden." Nael und Emilia blickten sich an. Hugo war ihnen bekannt aus der Flucht aus Rom und Erzählungen von Bart.

Isabella wirkte irritiert, aber sie schüttelte den Kopf. „Warum soll er diesen Mann getötet haben, Dino?", fragte sie laut. „Sie kennen sich nach Angaben von Hugo zu Lebzeiten bereits sehr lange und haben für den Kaiser gearbeitet. Bartholomäus hat aber auch für die Feinde des Kaisers gearbeitet und davon gut gelebt. Die Tarnung als Sänger hat ihm geholfen. Ehrlich gesagt, er besitzt eine der besten Stimmen unserer Zeit, aber das ändert nichts an seinem bösartigen Charakter. Mein Freund Hugo hat seine schändlichen Taten entdeckt und musste dafür büßen. Leider ist auch eine junge Frau, die ich gut gekannt habe, ein Opfer dieses schändlichen Mörders geworden." Die Nachricht wirkte wie ein Keulenschlag für Isabella, sie wirkte unsicher und irritiert. „Er ist ein Teufel, dieser Mann, und verführt die Frauen mit seinem Gesang. Aber wir werden ihm das Handwerk legen!", rief Dino laut. „Gibt es Zeugen für die Taten?", fragte Nael. Der Tuskulaner nickte und zeigte auf Guy und einen Normannen. „Die beiden vertrauenswürdigen Männer haben ihn beobachtet, als er Hugo ermordet hat. Leider konnten sie meinem Freund nicht mehr helfen. Die junge Frau muss kurz zuvor ermordet worden sein, auch dort ist er laut glaubwürdiger Aussagen von Zeugen gesehen worden", führte Dino aus. Nael blickte auf Isabella und schüttelte den Kopf, sie fasste sich wieder. Die Anschuldigungen gegen Bart erwiesen sich als enorm. Der Baske ergriff wieder die Initiative. „Wir wissen nicht, wo er sich befindet. Er ist, wie bereits gesagt, vor einigen Wochen verschwunden. Isabella ist in dieser Zeit immer vor Ort gewesen. Deshalb kannst du davon ausgehen, dass sie keine Komplizin ist", sagte er ruhig. Dino winkte ab. „Das ist in Ordnung. Wir haben gedacht, dass sie vielleicht weiß, wo sich dieser Bastard befindet. Zudem würden wir uns gerne auf dem Landsitz umsehen, mit deiner Erlaubnis natürlich." Die letzten Worte richteten sich an Emilia, die den Kopf schüttelte. „Es ist alles gesagt worden. Bartholomäus ist nicht hier. Wir wissen nicht, wo er sich befindet, keiner von uns. Bitte, verlasst meinen Besitz!", forderte sie laut und bestimmt. Dinos Blick streifte über alle Anwesenden, dann drehte er sich im Sattel und blickte auf Tancred. Er zuckte mit den Schultern und wandte sich wieder der Hausherrin zu. „Wir kennen uns seit Ewigkeiten, Emilia. Ich glaube dir, wir werden woanders weitersuchen. Er wird nicht weit kommen, die Normannen im Süden suchen ihn bereits", sagte er gönnerhaft. Bevor er abritt, wandte er sich noch einmal an Emilia. „Es ist beeindruckend, wie du mit dem Tod deines Mannes umgehst und alles organisierst. Ich hoffe, die Entwicklung hält an, liebe Emilia. Im Leben kann leider immer viel passieren, kein Mensch ist vor Unglück und Pech gefeit." Er fixierte die Hausherrin, sie erwiderte fest den Blick. Ein Glanz erschien in Dinos Augen, als ob er seinen Zorn gerade noch unterdrücken konnte. Aber er hielt sich mit weiteren Wortmeldungen zurück und erteilte das Zeichen zum Aufbruch. Tancreds Blick richtete sich auf Nael, während Guy Isabella fixierte. Die Freunde blickten dem abreitenden Trupp nach. Der Baske nickte Scirocco zu. „Gut gemacht, mein Freund!" Der schwarzhaarige Sabiner bedankte sich und verschwand mit den anderen in den Gebäuden, um die Früchte der Ernte weiterzuverarbeiten. Während die Freunde in das Haus gingen, ritten Dino und die Normannen langsam nach Rom zurück. Der Tuskulaner schwieg lange. Er ballte seine Fäuste, der Zorn über die

Behandlung wütete in ihm, aber er behielt sich unter Kontrolle. Tancred ritt an seiner Seite. „Was werden wir machen?" Dino überlegte noch immer. Schließlich kam er zu einem Entschluss. „Ich werde das Weib für diese Behandlung büßen lassen, aber vorher sind ihre Freunde an der Reihe. Derzeit genießt sie den Schutz von Bischof Giovanni in Rieti, der hochangesehenste Mann in dieser Familie. Unser Familienoberhaupt Alberich und sein Sohn Gregor, vor allem aber der junge Papst Benedikt, wollen den Konflikt mit den Crescentiern derzeit ruhen lassen. Die Geschäfte laufen gut, der Kaiser kommt angeblich nach Italien. Leider ist uns dieser Sänger dazwischen gekommen, ohne den dicken Hugo würden wir nicht wissen, dass er ein Spion des Kaisers ist, ein gefährlicher Mann." Er verfiel wieder in Gedanken, der Normanne ließ seinen Auftraggeber in Ruhe. Sie kannten sich seit Jahren und verfügten über die gleiche Intelligenz und Ambitionen, ihr Leben erfolgreich zu gestalten. Zu diesem Zweck erschien ihnen jedes Mittel recht. „Alberich und Gregor zeigen Schwäche. Teile der Familie hören bereits auf mich, aber die Situation ist gefährlich. Wir müssen zuwarten und benötigen die gestohlene Vereinbarung zwischen Enzo, Francesco und mir. Dieses Schriftstück enthält Informationen, was die anderen nicht wissen dürfen. Der Sänger hat es von der untreuen Letitia erhalten. Ich bin froh, dass Hugo mich über diesen Mann informiert hat. Er konnte den Bastard nicht leiden, wegen seiner Schwester." Dino lächelte und schüttelte den Kopf. „Dabei habe ich bereits seit Jahren gewusst, dass Hugo den Kaiser informiert, aber er erschien ungefährlich, hat auch mit den Normannen paktiert. Er ist unter Kontrolle gewesen, aber dieser Mann aus Wenia ist ein neuer Typ an Spion. Kaiser Konrad hat gute Leute. Wir benötigen diesen Mann und vor allem die gestohlene Vereinbarung." Tancred überlegte. Er stand in Verbindung mit dem Normannenfürsten Rainulf, der sich anschickte, im Süden Italiens Regionen zu erwerben. Die Normannen dienten oft als Söldner der langobardischen Herzöge, aber die Situation änderte sich zusehends zu ihren Gunsten. Sie benötigten die Langobarden und vor allem das Wohlwollen des mächtigen Kaisers derzeit noch, es ging um Anerkennung. „Was hat Vorrang, Dino? Vielleicht ist der Sänger bereits beim Kaiser im Norden, im Süden ist er nicht gesichtet worden." Der Tuskulaner schüttelte den Kopf. „Der fränkische Kaiser hat im Norden größere Probleme. Wir haben viel Zeit, um diese Bande um Emilia auszulöschen. Sie soll ruhig etwas Geld verdienen mit ihren Verkäufen. Lassen wir sie im Glauben, dass die Zukunft rosig aussieht. Vorrangig ist der Spion und ich glaube, dass wir ihn in dieser Gegend finden. Rom und der Süden sind zu gefährlich für ihn. Letitia hat ihn über alles informiert. Diese kleine Dirne ist mir in den Rücken gefallen. Es ist ewig schade um ihr Talent in der Liebe, aber es gibt viele Frauen", meinte Dino achselzuckend. Der Normanne grinste. „Manchmal muss man sich für eine große Sache opfern, wie der gute Hugo. Er hat es eingesehen", sagte er voller Zynismus. Der Mord an den beiden Menschen berührte die Männer nicht, sie lachten beide. „Unser Sänger ist triebhaft und zuletzt ist diese rothaarige Verrückte seine Favoritin gewesen. Ich denke, wir werden den Mann in ihrer Nähe finden", sagte Dino. Tancred nickte. „Wir lassen einen Beobachter in der Gegend zurück. Mein Bruder Guy würde sich anbieten, er steht auf die Rothaarige." Dino nickte. „Mir ist eine gehorsame Frau lieber als diese Verrückte. Solche Weiber töten dich im Schlaf, wenn sie durchdrehen", sagte er achselzuckend. Im nächsten Dorf angekommen, legten sie eine Rast ein. Danach wollten Dino, Tancred und die beiden anderen Normannen weiterreiten, Guy vor Ort verbleiben. Er freute sich auf seinen Auftrag, wollte die Pflicht mit dem Vergnügen verbinden. „Solltest du in den nächsten drei Wochen nichts bemerken, erledige die Rothaarige. Der Wikinger soll noch leben, um den kümmern wir uns alle", befahl Tancred. Sein Bruder grinste. „Aber vorher soll sie mich noch liebhaben, erst danach kann ich sie töten. Sie hat Feuer im Blut, ich mag das", antwortete Guy mit unschuldigem Blick. Den Anwesenden gefiel die Antwort, sie lachten darüber, ein paar zottige Wortmeldungen folgten. Nach dem Abschied seiner Kumpane suchte Guy eine kleine örtliche Gastwirtschaft auf. Die Menschen kannten ihn als Söldner im Diensten des mächtigen Dino, der in diesem Dorf die Geschäfte teilweise belieferte. Sie wichen ihm aus, vor allem die jungen Frauen. Er trank ausgiebig und fand schließlich keine, die er zur Liebe zwingen konnte. „Ich bin Guy aus Tarent und werde eure Weiber finden, ihr verdammten Bastarde!", schrie er laut. Zum Glück der Bewohnerinnen zeigte der Alkohol eine starke Wirkung und er schlief neben seinem Pferd ein. Am nächsten Tag wirkte das Trinken nach und die Lust auf Frauen verging. Er befahl dem Mietstallbesitzer, auf das Pferd zu achten. Dieser nickte gehorsam und nahm dankend eine Münze entgegen. Guy schulterte die Waffen und seinen kleinen Rucksack mit Proviant und verließ das Dorf gegen Abend Richtung des Landsitzes von Emilia. Die Bewohner zeigten sich froh darüber, dass der finstere Normanne ihr Dorf verließ.

Nach dem Besuch von Dino und den Normannen besprachen Isabella, Emilia und Nael am folgenden Tag die Neuigkeiten und Vorwürfe gegen Bart. Die rothaarige Asturierin grübelte lange, sie wirkte irritiert. Das Bild eines Mörders geisterte in ihren Gedanken, aber sie liebte diesen Mann. „Bart ist manchmal eiskalt und handelt im Auftrag des Kaisers", sagte sie nachdenklich. Nael erkannte den Zwiespalt seiner Freundin. „Er hat klar gesagt, wann er bereit ist, zu töten. Wenn es sich um böse Menschen handelt, die Schaden verursachen können. Hugo ist ein langjähriger Bekannter gewesen. Bart hat nie schlecht über ihn gesprochen. Der Frauenmord ist der größte Witz dieser Truppe", sagte er bestimmt. Zweifelnd blickte die Asturierin den Basken an. Sie schien sich nicht sicher zu sein und erinnerte sich an das kalte, mitleidlose Verhalten des Sängers, dass sie abstoßend fand. „Nael hat recht. Bartholomäus macht, was nach seiner Ansicht notwendig ist, um Schlimmeres zu verhindern. Aber er hilft anderen Menschen, denkt an euch beide", sagte Emilia. Plötzlich nickte Isabella. „Ich denke, dass ihr richtig liegt. Trotzdem würde ich gerne mit ihm sprechen, um alles zu erfahren. Dies beschäftigt mich, er ist einfach gegangen", sagte sie mit Bedauern in der Stimme. Sie erinnerten sich an Hugo und die Erzählungen von Bart. „Wenn sie ihn dringend suchen und die Normannen alarmiert haben, dann muss er etwas besitzen, was sie unbedingt haben wollen. Er hat davon gesprochen, dass Francesco, Dino und Enzo Schlimmes planen und ihn eine Mätresse von Dino informiert hat", sagte Nael. „Es ist zumindest wichtiger, als dir das Leben schwer zu machen", sagte er zu Emilia. Diese nickte und lächelte, die Entwicklung des Basken gefiel ihr. Sie verspürte starke Gefühle für den kräftigen Hünen. Er bewies Durchsetzungsvermögen und Organisationstalent und verfügte über Kenntnisse in Sprachen und Schrift. Ihr Sohn Marco bewegte sich ständig an der Seite des Basken, sie fühlte sich sicher seit seiner Rückkehr. Isabella wirkte noch immer nachdenklich. Kurz darauf verabschiedete sie sich von den beiden und eilte nach draußen, um sich mit Arbeit abzulenken. „Sie empfindet eine starke Liebe für diesen Sänger", sagte Emilia lächelnd. Nael erhob sich, er wollte nach dem Rechten sehen. „Wir müssen aufpassen, obwohl dieses Jahr vermutlich nichts zu befürchten ist. Aber dieser Dino ist zu arrogant, um sich mit unserem Verhalten abzufinden. Er ist ein gefährlicher Stratege und opfert Menschen ohne Gewissensbisse für seinen Vorteil. Die Rolle Enzos ist nicht klar. Er hasst die Tuskulaner, arbeitet aber eng mit Dino zusammen. Möglicherweise benutzt dieser den Mann zum Infiltrieren der Crescentier." Der Baske schien mit seinen Erkenntnissen im Klaren zu sein. „Es wäre gut, wenn Bart hier wäre. Der Mann kennt die Spiele und Intrigen solcher Menschen und kann sich besser in sie hineinversetzen", führte er weiter aus. Emilia lächelte und trat an ihn heran. „Ich finde, du beherrscht dies ebenso gut, Nael. Wir reden immer von Bart und Isabella. Was wird aus uns?", fragte sie leise und legte ihre Hände auf seine Schultern. Ihre Augen blickten verlockend, er spürte die Hitze in sich aufsteigen. Nael beschäftigte sich dauernd mit dieser Frau, vor allem nach seiner Rückkehr. „Ich weiß es nicht, Emilia. Giovanni ist erst im Sommer verstorben, es gibt Feinde ringsum." Sie dachte an die Erzählungen Naels im Hof ihres ehemaligen Hauses in Rom. „Das Leben geht weiter. Alva und Giovanni sind tot, sie werden es gutheißen", sagte sie leise. Sie legte die Arme um seinen Hals. Nael sah nur mehr die Augen dieser Frau. Er zog sie an sich. Sie küssten sich, zuerst langsam, dann immer heftiger. Eine große Hitze breitete sich in beider Körper aus, seine Hände drückten sie fest an sich. Emilia fühlte sich geborgen in seinen Armen, sie spürte den muskulösen Körper und die Leidenschaft, die dieser Mann in ihr entfachte. Es schien sich intensiver anzufühlen als bei anderen Männern. Sie erkannte den Unterschied, plötzlich wurde ihr alles klar. Schweratmend lösten sie sich, beide zeigten ein erhitztes Gesicht. „Ich liebe dich, Emilia, mehr als mein Leben, aber wir dürfen uns nicht hingeben. Das wäre nicht richtig zu diesem Zeitpunkt. Es gibt bereits Gerüchte, es kann dir schaden", sagte der Baske aufgeregt. Dann drückte er sie weg und verließ fluchtartig das Haus. Emilias Körper kühlte langsam ab, sie blickte hinterher und lächelte. „Männer sind manchmal kompliziert", sagte sie zu sich selbst. Sie nahm auf einem Stuhl Platz und schenkte sich Wein ein. Langsam trank sie und dachte an das vorherige Erlebnis. „Ich liebe dich auch, Baske. Aber ich werde sicher kein Trauerjahr warten, um mit dir zu schlafen. Giovanni wird es verstehen und die Menschen haben noch nie Gutes über mich erzählt", sagte sie leise und lächelte. Im Monat November wurde Olivenöl gepresst, dazu wurden die guten ausgesiebt, um sie nach Carseoli, Rieti und Rom zu liefern. Emilia kannte die Abnehmer für ihre Produkte. Die Trauben wurden gepresst, daraus entstand Traubensaft und ein bekömmlicher Wein. Sie verfügte über Restbestände aus den Vorjahren. Ende des

Monats wurde ein Fest gefeiert, in dem Emilia sich bei allen bedankte und die Menschen auszahlte. Die Stimmung war ausgelassen, selbst Isabella tanzte und feierte. „Bart hat immer gesagt, ich soll singen", sagte sie angetrunken. Sie erinnerte sich an ein Lied aus ihrer Heimat Asturien. Kurze Zeit später hörten die Menschen andächtig zu. Isabella verfügte tatsächlich über eine gute Stimme, die den Menschen gefiel. Sie verstanden die Sprache nicht sehr gut, aber den Refrain sangen nach kurzer Zeit alle mit. Begeistert klatschten die Menschen in die Hände, auch Emilia und Nael bewegten sich im Kreis der feiernden Menschen. Ornella wurde von den Jungen umringt. „Pass auf, Mädchen. Diese Typen wollen dir imponieren, damit du gefügig wirst", sagte Isabella nach dem Lied, sie wirkte stark betrunken. Das Mädchen kicherte und wurde verfolgt von ihrem kleinen Bruder, der auf seine Schwester aufpasste. In den Morgenstunden löste sich das Fest auf. Die Menschen kehrten in ihre Dörfer zurück, nur die Familie von Scirocco und einige ständige Angestellte blieben in den Nebengebäuden. Zwei Männer hielten immer Wache, sie saßen auf ihren Beobachtungsposten. Zwei finstere Augen blickten auf die Wachposten, es handelte sich um jene des Normannen Guy. Obwohl er von seinem Bruder nur drei Wochen Zeit für die Erledigung des Auftrags erhielt, gelang es ihm in dieser Zeit nicht, den Spion ausfindig zu machen und sich an Isabella heranzumachen. Diese schien ständig von Menschen umgeben zu sein. Er berichtete nach Ablauf dieser ersten Wochen seinem Bruder und Dino in Rom darüber, auch dort gab es keine Spur von Bartholomäus de Wenia. „Wahrscheinlich ist er nach Norden gegangen. Wir werden diesen Mann nicht finden. In Pavia und im ganzen Norden gibt es Aufstände, der Kaiser wird dort sein", sagte Guy. Dino schüttelte den Kopf. „Er befindet sich meines Wissens nördlich der Alpen. Dieser Sänger ist hier. Was soll er im Norden tun? Er führt weiterhin seinen Auftrag aus. Wir müssen Geduld haben, dieser Bastard wird sich zeigen. Reite wieder in die Sabina, er wird auftauchen", befahl der Tuskulaner. Tancred stimmte ihm zu. „Du musst dich nicht mit dieser Rothaarigen vergnügen. Bleib im Hintergrund und beobachte. Hast du mich verstanden?", fragte der große Normanne seinen jüngeren Bruder. Guy nickte. Er kannte die Stimmungslagen seines Bruders und der ausbleibende Erfolg machte diesen ungeduldig und gefährlich. Seit ungefähr zwei Wochen befand er sich wieder in der Nähe des Landsitzes. Er beobachtete das ausgelassene Fest und hörte die rothaarige Isabella singen. Das Fest ging zu Ende. Die beiden Wachposten interessierten ihn nicht. Er zog sich zurück, aber plötzlich vernahm er die betrunkene Isabella. Sie verließ den Landsitz und entfernte sich singend immer weiter vom Haus. Die Asturierin grüßte die Wachposten und wollte zu einer in der Nähe gelegenen Hütte, um allein zu sein. Im Haus schliefen viele Menschen. Isabella bevorzugte bisweilen die Hütte als Schlafplatz, sie dachte oft an Bart und ihre Zukunft. Emilia und Nael schienen sich zu mögen, ihre Gefühle füreinander waren für Umstehende ersichtlich. Isabella vergönnte es dem Basken, obwohl die gemeinsame Zukunft im Düsteren lag, es existierten zu viele Feinde ringsum. Die Asturierin wollte bei ihnen bleiben, bis alles geklärt war. Sie sehnte sich nach Bart und dachte oft an ihre einzige Liebesnacht. Mit ihren Gedanken beschäftigt, wankte sie der Hütte entgegen. Sie bemerkte den einsamen Verfolger nicht.

Ihr innerer Alarm schlug nicht an, der Weinkonsum wirkte. Guy glaubte nicht mehr an das Auftauchen des Spions, aber er wollte den zweiten Teil seines Auftrages erledigen und dabei Vergnügen haben. Die Gelegenheit schien günstig zu sein. Im Umfeld des Landhauses gab es außer den Kindern nur Betrunkene, auch die Wachtposten tranken. Die Menschen folgten der positiven Stimmung, die auf dem Landsitz herrschte, und feierten verdient und ausgiebig die erfolgreiche Ernte. Isabella sang leise vor sich hin, plötzlich gefiel ihr das Singen. Es tat gut, über Gefühle zu singen. Sie erreichte die Hütte und fiel fast hinein, der übermäßige Genuss des Weins ließ sie stolpern. Die Wand der kleinen Hütte schützte sie vor dem Hinfallen. „Das ist noch einmal gutgegangen, liebe Isabella. Ein Mann wäre gut", sagte sie zu sich selbst und lachte laut. Guy grinste, von der betrunkenen Frau schien keine Gefahr auszugehen. Er horchte in die Umgebung, aber niemand befand sich in der Nähe. Das Grinsen verstärkte sich, als er das Versteck verließ und hinter Isabella trat. „Dein Wunsch ist mir Befehl, Hexe", sagte er leise. Obwohl die Trunkenheit nachhaltig wirkte, sprang Isabella herum und griff zum Schwert, aber es gab keines. Sie ließ die Lederscheide mit Inhalt im Haus, selbst das Messer steckte nicht im Gürtel. Bei ihrem Aufbruch nach dem Fest vergaß sie ihre Waffen. Sie fluchte, Guy lachte leise. „Es ist egal, Schätzchen. Du könntest mich im nüchternen Zustand und gut bewaffnet nicht gefährden. Kommen wir zur Sache. Du brauchst einen Mann. Das verstehe ich mit deinem Temperament und in dieser Einsamkeit." Sie wankte, aber reden konnte sie. „Ich brauche einen Mann, nicht einen jämmerlichen Versager. Wo ist dein großer Bruder, der dir immer hilft?", fragte sie höhnisch. Guys Augen verengten sich, er blieb aber ruhig. „Du willst es härter, das ist in Ordnung. Zeig mir, wie hart eine Frau sein kann!" Isabella griff an. Sie zeigte keine Geduld, der Angriff ging ins Leere. Guy lachte. „Versuche es noch einmal, Hexe!" Diesmal griff sie überlegter an und traf ihn mit dem Fuß oberhalb des Knies. Schmerzverzerrt stieß er sie zurück und setzte nach, er wollte es schnell beenden. Guy deckte sich gut und versetzte Isabella einen harten Schlag gegen das Kinn, dass sie nach hinten fiel. Benommenheit umgab sie, aber sie wollte rasch wieder aufspringen. Plötzlich erklang eine bekannte Stimme. „Was ist los mit den Normannen? Das ist doch kein Benehmen. Gegen eine betrunkene Frau zu kämpfen, das ist erbärmlich, lieber Guy." Bartholomäus de Wenia trat hinter der Hütte hervor und stellte sich vor Isabella. Guy trat nach hinten, dann erschien ein Lächeln in seinem Gesicht. „Bevor ich dich töte, Sänger, verrate mir, wo du das gestohlene Schriftstück aufbewahrst." Er wirkte gutgelaunt, hielt Bart nicht für einen gleichwertigen Gegner. Dieser griff in seine Brusttasche und warf eine Schriftrolle zur Seite. „Hier hast du das gesuchte Stück, aber es wird dir nichts helfen", antwortete er lächelnd. Guy blickte auf die Rolle, dann auf seinen Gegner, der plötzlich zwei kurze Schwerter in den Händen hielt. „Lass uns beginnen, Normanne. Ich will mein Leben nicht unnötig lange mit einem Bastard wie dir verschwenden." Guy nickte und griff an, wild klirrten die Schwerter aneinander. Isabella sah wieder klar, aber sie konnte Bart nicht helfen. Gebannt folgte sie dem Kampf, der nicht lange dauerte. Als der Normanne wild vorbeischlug, gelangte sein Gegner mit einem schnellen Schritt an seine Seite und stach zu. Guy schrie auf und torkelte überrascht zur Seite, dann griff er wieder an. Bart erwies sich als zu schnell für den Normannen. Er blockte ab und schnitt dessen linke Hand auf, dieser verlor sein Messer. Guy schrie schmerzverzerrt, gab aber nicht auf. Bart schlug ihm das Schwert aus der Hand und stach mit beiden Schwertern in den Hals. Als er sie herauszog, fiel der Normanne nach hinten. Blut strömte aus seinen Wunden. Röchelnd hauchte er sein Leben aus. Bart stand vor dem Toten und schüttelte den Kopf. „Keiner darf sich an Isabella vergreifen. Was für ein mieser Bastard?", sagte er mehr zu sich selbst. Als er sich umdrehte, stand die rothaarige Asturierin an der Hütte. Sie schien noch immer zu wanken. Er beobachtete die Frau und schüttelte den Kopf. Der Kampf schien keine Auswirkungen auf ihn zu haben. Bart reinigte seine Schwerter und steckte sie in die auf seinem Rücken angebrachten Lederscheiden. „Ich habe gedacht, du magst den Kampf nicht, Gaukler?" Der Schlag von Guy verursachte eine leichte Schwellung unterhalb der Lippen. Bart grinste. „Du beleidigst mich ständig. Deshalb wollte ich dir zeigen, dass ich den Zweikampf zwar nicht mag, aber ihn beherrsche. Ich halte ihn für überbewertet, meistens sind die Rollen schlecht verteilt. Normal hätte ich den Normannen aus sicherer Entfernung getötet." Isabella lächelte, sie schien wieder nüchterner zu werden. Aber die Trunkenheit und der Schlag wirkten nach. „Du wolltest mir etwas beweisen, Bartholomäus? Liebst du mich, Gaukler?", fragte sie leise. Sie trat zwei schnelle Schritte nach vor, beim zweiten stolperte sie und fiel in seine Arme. „Liebe mich, Bart, jetzt auf der Stelle", sagte sie lallend. Er schüttelte den Kopf. „Ich liebe dich, Hexe. Aber ich mag keine betrunkenen Frauen", sagte er bestimmt und nahm Isabella auf seine Arme. Sie lächelte und umschlang seinen Hals. In der Hütte legte er die Asturierin auf das Lager. Sie wollte ihn zu sich ziehen, aber er löste ihre Arme von seinem Hals. „Du solltest schlafen, Isabella. Morgen reden wir weiter", sagte der Sänger. Die Asturierin blickte noch einmal auf. „Es ist schön, dass du wieder bei mir bist, Bartholomäus", sagte sie leise, kurz darauf versank sie in einen tiefen Schlaf. Er blickte der schlafenden Isabella ins Gesicht und verließ bald darauf die Hütte. Bart durchsuchte den toten Guy und versorgte den Leichnam in einer nahen, bekannten Höhle, die Waffen beließ er dem Toten. Danach kehrte er zurück und setzte sich an die Hüttenwand. Er hörte die tiefen Atemzüge der Frau und lächelte zufrieden. Nach dem letzten Abschied überlegte er sehr lange, ob er nach Norden gehen sollte. Die Enttäuschung über ihre Kritik wirkte stark nach. Diese verwandelte sich in Überraschung. Er hätte nie für möglich gehalten, dass ihn Bemerkungen einer Frau innerlich nachhaltig verletzen konnten. Am Ende kam er zum Schluss, dass diese Asturierin anders auftrat als ihre Vorgängerinnen. Sie verfügte über herausragende Eigenschaften. Hohe Intelligenz, Temperament, Hingabe, vor allem Offenheit, dazu kam ein attraktives Äußeres und ein gestählter Körper. Diese Frau bot alles, was er sich wünschte. Sie forderte ihn ständig, dazu erwies sich die Liebesnacht als großartig. Bart blieb in der Zeit nach dem Abschied in der Umgebung von Rom und stellte Kontakt zu Hugo her. Diesen unterrichtete er von Dinos Plänen, die ganze Macht innerhalb der Tuskulaner an sich zu reißen. Die Planungen schienen zwar noch nicht reif genug für eine vollständige Umsetzung zu sein, aber er arbeitete konkret daran.

Dies konnte zu Irritationen führen, der Kaiser besaß genug Probleme im Norden. Die führenden Mitglieder der Familie aus Tusculum erwiesen sich bis jetzt als zuverlässig und loyal. Diese lehnten Änderungen ab. Dino wollte sie ausschalten, gemeinsam mit seinen Partnern. Es fehlte aber der Beweis für das heimliche Triumvirat mit dem Lombarden Francesco und dem Sabiner Enzo, die sich als seine willigen Unterstützer zeigten. Letitia, die eifersüchtige Mätresse von Dino, übergab ihm die gestohlene Vereinbarung zwischen den drei Männern. Leider bemerkte es der Tuskulaner zu früh, die junge Frau geriet rasch in Verdacht. Kurz nach der Übergabe wurde sie ermordet, vermutlich von einem der Normannen. Sie musste ihre Mörder über ihn informiert haben. Dino kannte ihn mittlerweile und schätzte die weitere Vorgangsweise gut ein. Hugo enttarnte Bartholomäus als Spion des Kaisers, weil er ihn nicht mochte. Als er diesen über die Entwicklungen innerhalb der Tuskulaner unterrichtete und die Vereinbarung zeigen wollte, erschienen drei Normannen. Er konnte sich rechtzeitig in Sicherheit bringen, aber Hugo bezahlte mit seinem Leben. Dieser glaubte nicht daran, dass sie sich an einem Gesandten des Kaisers vergreifen würden. Seit diesem Zeitpunkt im Oktober versteckte er sich vor seinen Verfolgern und beobachtete sie gleichzeitig. Er verschaffte sich Zugang zu Dinos Haus und belauschte ein Gespräch des Mannes mit Francesco und Tancred. Enzo schien in Ungnade gefallen zu sein, den Grund stellte sein ungeduldiges Verhalten gegenüber der schönen Emilia dar. Barts Feinde suchten ihn in der Umgebung, rechneten nicht mit der Tollkühnheit, sich mitten unter ihnen aufzuhalten. Seine Verkleidungen halfen, sich unerkannt in Rom unter den Menschen zu bewegen. Mit Vollbart, struppiger Perücke und anderer Kleidung gelang es ihm, sich tagelang in der Stadt herumzutreiben. Zu diesem Zweck bewohnte er bereits seit langem ein unscheinbares Quartier am Marsfeld. In einem Keller eines Hauses hortete er diverse Kleidung und andere Utensilien, die ihn für seine Feinde unkenntlich machten. Trotzdem entschloss er sich schlussendlich, Rom zu verlassen. Er wollte seine Glückssträhne nicht zu sehr strapazieren. Bart verfügte zu diesem Zeitpunkt über genügend Informationen, um ein mögliches Komplott der drei Männer gegen die Führung der Tuskulaner zu beweisen. Doch er riskierte vorerst nicht, in das Machtzentrum der Familie nach Tusculum zu gehen, zum Familienoberhaupt Alberich, dem obersten Patrizier Roms. Er entschied sich dagegen, da die Stadt und das Anwesen gut bewacht wurden. Kaiser Konrad musste spätestens nächstes Jahr nach Italien kommen, es gab viel zu regeln. Mit seiner Unterstützung und der Sicherheit des Hofstaats konnte er noch immer gegen die Männer vorgehen. Dinos Rolle schien klar zu sein. Er strebte nach mehr Macht und wollte die anderen Familien noch mehr unterwerfen. Der Lombarde Francesco versuchte, in den inneren Machtzirkel Roms zu gelangen, obwohl er bereits in einigen Städten über gute Kontakte verfügte. Enzos Rolle erschien undurchsichtig. Entweder diente er als Spion für seine Familie oder als Informant der Tuskulaner. Offensichtlich glaubte er, die anderen beiden im Griff zu haben, aber er erwies sich als zu unbeherrscht und zeigte keine Geduld. Dazu kam die Besessenheit, den Besitz seines Cousins Giovanni und dessen Frau zu übernehmen. Der innere Machtzirkel der Familie der Crescentier bereitete sich auf eine größere Aktion vor. Sie wurden vor einigen Jahrzehnten aus Rom vertrieben, verfügten aber über gute Kontakte. Enzo spielte dabei keine unwesentliche Rolle. Der Kaiser stand auf der Seite der herrschenden Tuskulaner, deren Stammvater keinem alteingesessenen Patriziergeschlecht Roms entstammte. Aber er misstraute allen Fürsten in dieser Stadt, deshalb existierten Männer wie Bartholomäus de Wenia. Dino bezichtigte ihn in einem Brief an einen Gesandten des Kaisers des Mordes an Hugo von Augsburg und Letitia. Dies hörte er aus dem belauschten Gespräch heraus. Bart wollte dem Kaiser seine Unschuld beweisen. Er trieb sich in den letzten Wochen in der Nähe des Landsitzes von Emilia herum, gelangte nach Rieti und überlegte, Bischof Giovanni über die Rolle Enzos aufzuklären. Aber er entschied sich gegen diese Variante, da dieser vermutlich davon wusste. Das Verhältnis der beiden gegnerischen Familien konnte ihm egal sein. Er geriet aber durch Isabella und Nael zwischen die Fronten, dazu gab es die Vereinbarung der drei Männer, die ihm zufällig in die Hände fiel. Davor gestaltete sich der Auftrag als angenehm. Zwischen Singen und Musizieren traf er einige schöne Frauen, die ihm seine Gunst erwiesen, sie gehörten allen Schichten an. Die Nacht mit Isabella veränderte sein Leben, danach erfolgte der Verrat Hugos, der aus Neid und Ablenkung seine Identität preisgab. Bart befand sich in der Nähe, als der Besuch Dinos bei Emilia stattfand und er ließ Guy nicht aus den Augen. Er kehrte in die Hütte zurück und blickte auf die schlafende Isabella. „Du hast mein Leben stark verändert, Hexe", sagte er nachdenklich. Dann legte er sich auf ein zweites Lager und döste vor sich hin.

Während Isabella nach dem Fest die Einsamkeit suchte, suchten die gut gelaunte Emilia und Nael das Haus auf. Sie überprüfte die Zimmer der Kinder. Diese schliefen bald, selbst die aufgeweckte Ornella, die sich unter der Obhut von Isabella und Emilia gut entwickelte. Bald lag das Haus im Dunkel, der Baske saß im Hauptraum auf dem Sofa und trank Wein. Das Fest gefiel ihm, seit langem verspürte er keine so große Lebensfreude wie mit diesen einfachen Menschen, die ihre Arbeit und das Leben liebten und genossen. Sie kannten ihre Rollen in dieser Gesellschaft und besaßen kein Problem damit, zumindest kein offenkundiges. Der Baske dachte über die weitere Zukunft nach, seine Gedanken drehten sich um Emilia. Diese erschien in einem langen, hellen Mantel, das Haar trug sie lang. Nael erkannte die Sinnlichkeit in ihrem Blick, der Wein verstärkte die Lust auf Liebe. Er wollte sich erheben, aber sie drängte ihn zurück, ließ den Mantel fallen. Nackt stand sie vor ihm, sie wirkte wie eine Göttin. Emilia setzte sich auf ihn und küsste ihn lange und intensiv, der Baske konnte sich nicht mehr zurückhalten. Er liebte diese Frau. Bald lag seine Kleidung abseits und sie liebkosten einander, dann vereinten sie sich langsam und zärtlich. Die Körper verschmolzen in der Hitze der Leidenschaft, sie agierten wie in Trance und genossen die Liebe ruhig und fast geräuschlos, nur am Ende entkam Emilia ein kurzer Aufschrei, dann umarmten sie einander. Nael streichelte ihren makellosen Körper, während sie sich an ihn drängte. Sie wurde sich bereits davor klar, dass sie diesen Mann liebte, die körperliche Intensität schien der klare Beweis dafür zu sein. „Das ist schön gewesen. Ich habe mich sehr danach gesehnt, von dir gehalten zu werden und dich zu lieben, Nael", flüsterte Emilia an sein Ohr. „Vielleicht ist es nicht gut, was wir machen. Wir verstören möglicherweise die Menschen." Sie lachte leise und schüttelte den Kopf. „Rede keinen Unsinn! Sie sehen uns bereits als zukünftiges Paar." Emilia erhob sich und legte sich den Mantel wieder um, dann nahm sie Nael an der Hand und führte ihn in das Schlafgemach. Dort setzten sie das Liebesspiel fort, diesmal wilder und heftiger. Emilia umschlang den muskulösen Körper und genoss die Intensität der neu gewonnenen Liebe hemmungslos und ausdauernd. Lächelnd blickte die Römerin am Ende auf den blonden Hünen. Sie legte den Kopf auf seine Schulter und schlief ein, am nächsten Tag erwachte sie allein im Bett. Nael stand angezogen daneben. Sie setzte sich auf, das Leintuch rutschte von ihrem Körper. Er betrachtete dessen Makellosigkeit und sagte bewundernd:" Du bist intelligent und wunderschön, Emilia. Ich weiß nicht, wie ich zu dieser Ehre komme, das Bett mit dir zu teilen." Er meinte es offensichtlich ernst. Sie zog ihn zu sich, umarmte und küsste ihn. „Das ist die schönste Nacht meines Lebens gewesen, Baskenmann, und ich hoffe, es werden noch viele folgen", sagte sie leise. Sie hörten Lärm im Haus. Nael zog sich zurück. Emilia lachte herzhaft. „Sie werden es alle wissen. Wir sind vermutlich laut gewesen, Nael." Tatsächlich stand bald Marco im Raum. Der Junge beobachtete seine Mutter und den Basken. Ein Lächeln erschien in seinem Gesicht. „Liebst du Mama, Nael?", fragte er unschuldig. Der Baske nickte. „Es tut mir leid, Marco. Dein Vater würde es vielleicht nicht gutheißen." Der Junge winkte ab. „Ich denke schon. Papa hat nur Gutes über dich gesagt und dass du uns beschützen wirst." Emilia blickte den Basken provokant an. „Ich habe es dir gesagt, großer Mann." Sie lachte und umarmte ihren Sohn, dann verscheuchte sie beide aus ihrem Zimmer. Marco fand bald in Ferrucio einen Spielkameraden. Nael fühlte sich von allen Augen beobachtet, die Situation erwies sich als neu für ihn. Er überschritt eine Grenze, aber Emilia machte den Anfang. Eine Witwe sollte ein Jahr trauern, aber sie wollte sich nicht daran halten, gab nichts auf das Gerede der Menschen. Er dachte an Alva und Giovanni, die beiden verstorbenen Ehepartner. Beide würden ihnen Glück wünschen, dessen war er sich sicher. Auch im Hof spürte er die Blicke der Männer, die ungeniert grinsten. Scirocco sprach es offen aus. „Wie ist die Nacht gewesen, Signore Nael? Geht es Signora Emilia gut?" Die Männer lachten. Nael ballte die Fäuste, aber er nahm es den Männern nicht übel. Niemand stieß sich daran. Ornella freute sich darüber. „Es ist gut, dass wir wieder einen Vater haben", sagte sie laut, bevor sie verschwand. Emilia kam in den Hauptraum und hörte die letzten Worte. Sie lachte herzhaft, als sie in Naels verwirrtes Gesicht blickte. „Gestern noch ohne Kinder, auf einmal drei Stück. Das nenne ich eine Veränderung", sagte sie laut und lachte, bis ihr die Tränen in den Augen standen. Der Baske hob die Hände und wirkte verunsichert. Emilia trat zu ihm. „Es ist gut, mein Lieber. Wir werden vorerst ein geheimes Paar bleiben und mit unseren Leuten sprechen. Nach der Trauerzeit musst du ernsthaft über deine Vaterrolle nachdenken." Sie meinte es ernst, in ihren Augen stand eine Bitte. Der Baske nickte. „Ich werde dich nie verlassen, Emilia. Nur der Tod kann uns trennen", sagte er pathetisch. Sie umarmte und küsste ihn, dann trat sie von ihm weg. „Über den Tod wollen wir nicht reden. Das Leben ist lebenswert und gehört den Lebenden. Bart hat recht." Sie wollten es ihren Leuten sagen, dass sie zusammengehörten, aber offiziell noch kein Paar darstellen durften. Emilia dachte nicht mehr an Rom, sie verstand mittlerweile Giovannis Liebe zu diesem Land und seinen Bewohnern. Mit dem richtigen Mann an ihrer Seite konnte sie einen blühenden Besitz daraus machen. Sie erlernte das Kaufmannsgeschäft bei ihrem Vater und traute sich zu, Erfolg zu haben. Nael und Emilia traten hinaus. In den Bergen herrschte bereits eine kältere Temperatur, die Menschen richteten sich für den kommenden Winter. Sie lehnte sich an ihn, verheimlichte ihre Liebe nicht. Es wurde ihr der Unterschied zu den bisherigen Beziehungen und der neuen Liebe zu dem Basken bewusst. Ihr Inneres war mit Lebensfreude gefüllt. Sie glaubte es kaum, dass sie dermaßen tiefe Gefühle für einen Mann empfinden konnte. Es herrschte bereits fast Mittag. „Wo ist Isabella?", fragte Emilia. „Sie hat gestern viel getrunken und ist danach zu ihrer Hütte gegangen. Vermutlich schläft sie noch", antwortete Nael.

Die Asturierin schlief zu diesem Zeitpunkt nicht mehr, sie erwachte bereits zwei Stunden davor. Ihr Kopf schmerzte beim Aufsetzen. Sie spürte den Schlag des Normannen und die Trunkenheit vom Vortag. „Wie geht es dir, Goldstück?", hörte sie eine bekannte Stimme. Sie erkannte Bart, der in die Hütte eintrat. Ihre Erinnerungen kehrten zurück, an das Fest, den Kampf und die Rückkehr des Sängers. Er reichte ihr einen Krug mit Wasser, aus dem sie gierig trank. „Du hast gestern sehr viel Wein getrunken. Ich habe nicht gewusst, dass eine Frau das aushält", sagte Bart süffisant. „Du kannst das nicht wissen", entgegnete sie schlagfertig. Er schüttelte den Kopf. „Mittlerweile kennst du meine Tätigkeit. Ich habe euer Fest verfolgt und dich beobachtet. Du hast schön gesungen, obwohl wir noch üben müssen. Deine Stimme kann noch besser werden, aber wir werden daran arbeiten." Isabella wollte etwas erwidern, aber dann zuckte sie mit den Schultern. „Warum nicht, Gaukler? Singen wir gemeinsam, es hat mir gefallen." Sie brach ab und wirkte auf einmal nachdenklich. Er beobachtete sie. „Ich freue mich, dass du zurückgekehrt bist, denn ich habe mich nicht gut gegenüber dir verhalten. Aber ich kann dich nicht einschätzen, Bartholomäus de Wenia. Ich weiß nicht, ob du mit mir eine gemeinsame Zukunft planst. Aber solltest du daran denken, erwarte ich mir Ehrlichkeit, denn ansonsten funktioniert es nicht." Isabella wollte wissen, wie es weiterging. Sie liebte diesen Mann, aber sie wollte ihn nicht ständig mit anderen Frauen teilen. Dies sprach sie offen an. Er nickte und legte sich auf das Lager, ihr Kopf ruhte auf seiner Schulter. „Was willst du wissen, Isabella?" Sie lächelte. „Ich will alles wissen, außer deine Frauengeschichten." Er begann zu erzählen. Bart verbrachte seine ersten sechs Jahre in einer Stadt mit Namen Wenia. „Es ist schön in Wenia, es wird auch als Viennis bezeichnet. Die Stadt basiert auf einer Römersiedlung mit dem Namen Vindobona, die Bewohner nennen es manchmal Wien. Sprachen verschieben sich, die Menschen neigen zu Vereinfachungen. Sie ist nach dem gleichnamigen Fluss benannt und liegt am großen Strom Donau. Auf einem Hügel im Norden liegt eine Burg, die nach Osten blickt. Das Gebiet ist wald- und wasserreich." Isabella ließ ihn erzählen und erfuhr, dass das Gebiet von Markgrafen regiert wurde, die von den bairischen Herzögen und fränkischen Königen dafür eingesetzt wurden, um gegen die wilden Magyaren im Osten zu kämpfen. „Es handelt sich um einen wilden Reiterstamm aus dem fernen Osten, der erst in den letzten Jahrzehnten befriedet und christianisiert wurde. Auch die Frauen sind wild und leidenschaftlich." Isabella versetzte ihm einen Schlag. „Die Markgrafen entstammen dem Geschlecht der Babenberger, derzeit regiert Markgraf Adalbert. Er ist mein Vater." Isabella fuhr hoch. „Ich habe gewusst, dass du vom Adel stammst. Du redest manchmal seltsam", sagte sie laut. Er winkte ab und zog sie an sich. Bart erzählte von der unglücklichen Liebe seiner Mutter zu dem damals fast dreißigjährigen Markgrafen, der die junge Frau am Fluss traf, wo sie die Wäsche versorgte. „Sie hat ihn ewig geliebt, obwohl sie danach mit einem anderen Mann, meinem Ziehvater, verheiratet gewesen ist. Dieser ist kein guter Mensch gewesen. Meine Geschwister sind nach ihm geraten und manche Menschen in dieser kleinen, ungepflegten Stadt haben sich als nicht sehr freundlich erwiesen. Aber die meisten Bewohner sind lustig und lachen gerne trotz ihres ärmlichen Lebens." Er brach ab und dachte an seine Jugend, viele Erinnerungen kamen hoch. „Diese Adeligen sind alle gleich. Sie hinterlassen überall uneheliche Kinder und die Frauen müssen es büßen. Du kannst nichts für dein Verhalten, das ist vererbt." Er blickte sie tadelnd an. „Du willst alles wissen, hast du zumindest gesagt. Halt einfach den Mund und hör zu, Goldstück." Isabella nickte schnell, sie wollte ihn nicht unterbrechen. „Mutter ist stark gewesen, trotz ihrer vier Kinder. Sie hat den Markgrafen aufgesucht und von seinem Sohn erzählt. Mein Vater hat ihr Geld gegeben, um die Familie zu ernähren. Leider hat der Ziehvater alles ausgegeben und seine Kinder zum Betteln und Stehlen erzogen. Sie ist krank geworden, als ich acht Jahre alt geworden bin." Bart verstummte. Isabella erkannte die starke Liebe zu seiner Mutter. Diese suchte mit dem Jungen neuerlich den Markgrafen auf. „Ich weiß, dass er illegitim ist, aber er ist dein Sohn. Kümmere dich bitte um ihn, ich kann nicht mehr." Bart erzählte vom letzten Zusammentreffen mit seiner Mutter, die bereits todkrank war. „Sie hat ihn nie mit seinem Titel angesprochen, ihn hat es nicht gestört. Mein Vater ist ein guter Mann, er hat auch die Feinde des Reichs aufgehalten. Er hat sich tatsächlich um meine Zukunft gekümmert." Isabella lächelte angesichts des seltsamen Lebensweges ihres Geliebten. Bart erzählte davon, dass ihn sein Vater in das Herzogtum Baiern schickte, wo er in der Stadt Augsburg zur Schule ging und danach zur Ausbildung an den Hof des Kaisers kam. „Ein väterlicher Freund hat meine Talente erkannt und mich gefördert. Ich spreche mehrere Sprachen und beherrsche alle Waffen, außerdem besitze ich ein Gesangstalent." Er erzählte weiter, dass er sehr jung für seine Tätigkeit ausgesucht wurde und diese seit ein paar Jahren ausführte. „Als Sänger reise ich durch die Lande und versuche Informationen zu sammeln, die ich an die örtlichen Vertreter des Kaisers weiterleite. Dazu habe ich ein kleines Schriftstück mit dem kaiserlichen Siegel immer bei mir, um meine Glaubwürdigkeit zu beweisen." Sie setzte sich auf. Er zeigte das Siegel her, sie drehte es in ihren Händen. „Kennst du den Kaiser persönlich?" Bart nickte. Er musste dem Kaiserpaar öfter vorsingen, auch ihren Kindern. „Sie mochten die einfachen Lieder aus dem Volk. Ich habe auch in Kirchen gesungen. Eigentlich bin ich immer mehr Sänger gewesen als Spion und Kundschafter." Bart spürte, dass es ihm guttat, über alles zu sprechen. Die Asturierin lauschte interessiert, dies gab ihm ein gutes Gefühl. Er ergänzte seine Schilderungen damit, dass er einige Menschen töten musste. „Einmal habe ich im Norden Italiens in einer Kirche gesungen, mit einigen Jungen aus der Stadt. Die Kinder haben sich gefreut, auch der Priester, aber er ist ein böser Mensch gewesen." Sie blickte ihn an. „Du hast einen Priester getötet?" Bart nickte. „Er hat die Jungen ständig missbraucht. Dieser Priester ist kein Mann Gottes gewesen, sondern ein mieser Bastard. Aber er kann keinem Kind mehr wehtun." Isabella erfuhr, dass er auch seinen Stiefvater tötete. „Ich habe ihn aufgesucht nach dem Erwachsenwerden, ein Bruder lebt noch in Wien. Er hat meine Mutter oft geschlagen und ist schuld an ihrem Tod, er hat unser Treffen nicht überlebt." Bart verstummte, sein Blick veränderte sich. Isabella erkannte plötzlich den Grund für sein Verhalten, bösartige Menschen ohne Gewissensbisse zu töten. „Du hältst dich für einen Racheengel. Bist du verrückt, Bartholomäus?", fragte sie sorgenvoll. Er schüttelte den Kopf und lachte. „Ich habe Menschen getötet, die es verdient haben. Aber mein Stiefvater ist der Einzige gewesen, den ich verfolgt habe, die anderen sind auf meinem Weg oder im Zuge eines Auftrags dazugekommen. Ähnlich wie Guy, dein Lieblingsnormanne." Isabella zeigte sich erleichtert über seine Antwort. Sie fragte nach seinem leiblichen Vater, er zuckte mit den Schultern. „Markgraf Adalbert lebt noch, er residiert in einer Stadt namens Melk. Er hat mich nach Augsburg geschickt, ich habe ihn seitdem nicht mehr gesehen, aber er hat mir geholfen." Isabella fragte wegen einer möglichen Rückkehr in seine Heimat. Bart überlegte lange, dann schüttelte er den Kopf. „Ich trage dieses

Land in meinem Herzen. Sie nennen es Ostland, weil es an der Grenze des Reichs liegt. Aber ich bin ein Reisender und werde mich dort ansiedeln, wo es mir am besten gefällt." Sie blickte ihn an. „Wo wird das sein, Bart?" Er zog sie an sich, sie küssten sich. „Wenn wir diese Sache überleben, dann ist es der Ort, an dem du sein wirst", antwortete er offen. „Am meisten vermisse ich nicht die Heimat, sondern meine tapfere Mutter. Als sie mich meinem Vater übergeben hat, ist sie gegangen, ohne sich umzudrehen. Ich habe gesehen, wie sie geweint hat. Auch ich habe geschrien und geweint, aber sie ist weggegangen und hat mir damit geholfen." Plötzlich standen Tränen in den Augen des Mannes, auch Isabellas Augen wurden feucht, sie fühlte mit ihm. „Ein Kind soll nicht ohne Mutter und Vater aufwachsen, beide sind wichtig. Das habe ich gelernt in meinem Leben." Abschließend erzählte er von seinem Bruder in Wien. „Ich habe ihm Geld gegeben, damit er leben kann und ihm gedroht, dass ich zurückkomme und ihn töten werde, wenn er das Grab unserer Mutter nicht ehrt und pflegt." Bart blickte sie an, er wirkte wieder gutgelaunt. „Jetzt bist du an der Reihe, Goldstück." Sie nickte und erzählte aus ihrer Kindheit und Jugend in Esperanza, von ihrem Ehemann Pascual und dem anschließenden tiefen Fall, der sie zu einigen Männern und Alkohol führte. Bart lachte plötzlich. „Du kritisierst mich wegen der Frauen und schläfst mit der halben Männerwelt", sagte er kopfschüttelnd. „Ich kann mit deinen Zahlen sicher nicht mithalten. Aber ich hoffe, es stört dich nicht, Bart." Sie blickte ihn vorsichtig an. Frauen wie sie besaßen keinen guten Ruf unter den Männern. Der Sänger zuckte mit den Schultern. „Das ist deine Vergangenheit. Warum sollen sich

Frauen nicht vergnügen." Er meinte es offensichtlich ernst. Isabella lächelte. „Ich glaube, wir wissen jetzt sehr viel über den anderen. Für heute ist es genug, den Rest können wir uns später erzählen", sagte sie mit verlockender Stimme und küsste ihn ausgiebig. Sie zog ihr Oberteil aus, er zog sie an sich. Bald darauf knirschte und wankte das hölzerne Lager unter der intensiven und hemmungslosen Leidenschaft der Liebenden. In den nächsten Stunden vergaßen sie die Welt und ihre Menschen und ließen ihren Gefühlen freien Lauf. Sie lagen eng beisammen und genossen die Zweisamkeit, als die Dunkelheit über das Land hereinbrach. „Nael und Emilia werden sich Sorgen machen, ich sollte mich melden." Bart lachte laut. Sie schlug gegen seine Brust. „Ich kann mich irren, aber nach dem Verhalten von Emilia und Nael beim Fest haben die beiden anderes zu tun, als nach dir zu suchen." Er beugte sich über sie. „Du hast offensichtlich nicht nur mich beobachtet, Gaukler", sagte sie mit weicher Stimme und zog ihn über sich. Irgendwann beendeten sie ihren Liebesrausch und schliefen eng umschlungen ein. Am nächsten Tag marschierten sie gegen Mittag gemeinsam zum Landsitz. Bart wollte nicht offen auftreten und näherte sich von hinten, während sie über den Hof schritt. Die Männer grüßten laut. Sie kannte die Freunde Sciroccos, es handelte sich um sympathische Menschen. Emilia und Nael saßen im Hauptraum, umringt von den Kindern, die sich immer mehr im Haus aufhielten. Alle sprangen auf und freuten sich über ihre Rückkehr. Der Baske blickte Isabella misstrauisch an. „Wo bist du so lange gewesen? Hat der Wein noch gewirkt?" Sie blickte ihn an, dann fiel ihr Blick auf Emilia, die sie forschend betrachtete. „Ich bin durch die Gegend gestreift. Ist etwas passiert?", fragte sie laut. Marco trat heran. „Mama und Nael haben im selben Bett geschlafen", sagte er laut. Die Asturierin nickte, entschuldigend hob Emilia die Schultern. „Was soll ich tun? Du kennst seinen Körper", sagte sie lächelnd und zeigte auf den Basken. „Er kann sich noch nicht daran gewöhnen, dass wir ein Paar sind. Dabei haben wir es allen mitgeteilt, es soll aber ein Geheimnis unserer kleinen Gemeinschaft bleiben." Emilia wirkte sehr offen und freudestrahlend. Isabella freute sich für das Paar. „Er hat wieder richtig gelegen, dieser Gaukler", sagte sie zu sich selbst. „Wo ist Bart?", fragte die Römerin süffisant. Überrascht blickte Isabella die Hausherrin an. „Woher wisst ihr von seiner Rückkehr?" Emilia lachte, selbst Nael grinste. „Es ist nur eine Vermutung gewesen, aber deine Augen erzählen die Geschichte einer langen Nacht, meine Liebe", antwortete die Römerin. „Oh, mein Gott, Goldstück! Du kannst kein Geheimnis behalten, selbst Nael würde dich durchschauen", ertönte Barts Stimme von der anderen Seite. Der Baske erhob sich und näherte sich dem Sänger, dieser wartete gelassen. Nael hielt ihm seine Hand hin. „Es tut gut, dich zu sehen, Bartholomäus de Wenia." Beide Männer setzten sich auf Stühle, die drei Kinder blickten die Erwachsenen interessiert an. Die Paare verheimlichten ihre Zuneigung nicht. Es gab öfter Wortduelle, die aber gut gemeint waren. Isabella erzählte vom Zweikampf von Bart mit dem Normannen Guy. „Er wollte mir beweisen, dass er in einem Zweikampf bestehen kann und hat dies eindrucksvoll gezeigt. Aber er zieht die sicherere Variante in einem Konflikt vor, um länger überleben zu können. Da ich zukünftig davon profitiere, komme ich mit der Einstellung klar." Der interessierte Baske wollte mehr Einzelheiten erfahren, aber Bart schüttelte den Kopf. „Ich finde Zweikämpfe überbewertet, der Normanne ist an seiner eigenen Überheblichkeit gescheitert", antwortete er lapidar. „Mein Bartholomäus ist von adeliger Herkunft, er ist der Sohn eines deutschen Markgrafen, der das Ostland regiert", erzählte Isabella lächelnd. Die Anwesenden wirkten nicht überrascht. „Du erzählst den Menschen zu viel, Goldstück. Der Baske könnte mein Geheimnis verraten, er redet ununterbrochen", antwortete Bart ironisch. „Natürlich! Soll ich vielleicht auch ein Liedchen singen, um euch zu unterhalten", sagte Nael grinsend. Alle lehnten das Angebot vehement ab. „Bitte nicht, das fällt unter Folter", entgegnete Bart grinsend. Emilia blickte auf die Anwesenden, nach langen Jahren der Einsamkeit und der distanzierten Beziehung zu ihrem verstorbenen Mann wurde das Haus mit einer guten Stimmung erfüllt. „Es ist schön heute, diesen Tag sollten wir gebührend feiern", sagte sie lächelnd. Der Sänger schüttelte den Kopf und zeigte auf Isabella. „Sie muss nicht ständig betrunken sein", entgegnete er süffisant. Diese hob die Hände. „Er mag keine betrunkenen Frauen und ich gehorche meinem Mann", sagte sie lächelnd, dann winkte sie ab. „Verzeih mir, Bartholomäus. Der letzte Teil ist Unsinn gewesen." Emilia lachte herzhaft, auch Bart schien es zu gefallen. Die Römerin hatte aber eine andere Art Feier im Sinn. „Wir sollten diesen Raum schmücken und uns gut kleiden. Es hat lange keine gehobene Feier mit angenehmen Menschen gegeben, der Rest der Familie von Giovanni besucht mich nicht", meinte sie ironisch. Die Kinder schienen begeistert zu sein von der Idee. „Wie meinst du das genau?", fragte die Asturierin misstrauisch. „Wir werden uns reinigen und schön machen, liebe Isabella. Das Gleiche gilt für die Männer, für diese aber nur kaltes Wasser", antwortete Emilia. Außer den Kindern schienen nicht alle von der Idee überzeugt zu sein, aber sie ließ sich nicht umstimmen. Emilia wies Scirocco an, eine große Holzwanne in ihr Zimmer zu stellen und diese mit heißem Wasser zu füllen. Der Verwalter war bestrebt, diese Aufgabe schnell zu erledigen. Bald kochte heißes Wasser in der Küche, das in die Holzwanne floss. Emilia zeigte Bart und Nael das Lager an Kleidung für Männer. „Ich denke, du musst meinen Hünen bei der Auswahl beraten. Im hohen Norden gibt es vermutlich nicht die gleiche Auswahl", sagte die Römerin süffisant an den Sänger gewandt. Die Augen des Basken blickten sie verständnislos an, während Bart sich verneigte. „Sieh mich nicht so an! Gewisse Dinge kannst du noch lernen", sagte Emilia lächelnd und packte den Basken an der Wange, bevor sie verschwand. „Was soll der ganze Unsinn?", fragte Nael ärgerlich. Bart schüttelte den Kopf. „Es ist mir klar, dass du von Frauen nichts verstehst, trotzdem solltest du deiner Emilia diesen Gefallen tun. Sie freut sich einfach und will ein Fest veranstalten, wie sie es vermutlich von früher gewohnt ist. Du musst dich an dieses Leben gewöhnen, wenn du bei ihr bleiben willst. Ich werde dir helfen, Großer", sagte der Sänger grinsend. Sie fanden bald etwas. Giovanni war kein kleiner Mann, obwohl es für Nael etwas eng wurde. Vorher gingen sie nach draußen und wuschen sich im Nebengebäude. Scirocco blickte sie grinsend an. „Hör auf zu grinsen, ansonsten brauchen wir einen neuen Verwalter", sagte der Baske ärgerlich, aber der Sabiner ließ sich nicht beeindrucken. In der Zwischenzeit vertrieb die Hausherrin die Jungen aus ihrem Zimmer. „Hier haben nur

Frauen Zutritt und es wird nicht nachgesehen. Habt ihr mich verstanden?", fragte sie streng. Marco und Ferrucio kicherten und verschwanden, während Ornella bei den Frauen blieb und ebenfalls gewaschen und eingekleidet wurde. Bis die Frauen mit allem fertig waren, kümmerten sich Nael und Bart um die Jungen, die dies nicht gut fanden. „Richtige Männer können in allen Situationen reagieren", sagte der Baske ernsthaft und die Jungen nickten. Dann warteten sie auf die Frauen. „Wenn sie nicht bald erscheinen, betrinke ich mich", sagte der Baske ungeduldig. „Du musst Ruhe bewahren", antwortete Bart genüsslich. Als die Frauen erschienen, rissen die Männer die Augen auf, selbst die Jungen wirkten überrascht. Sie trugen helle, lange Kleider ähnlich der römischen Tunikas, dazu Schmuck und die Haare hochgesteckt, auch die junge Ornella. Bei Isabella fielen ein paar widerspenstige rote Locken in das Gesicht. Die bewundernde Reaktion der Männer hielt an. Emilia kleidete sich immer gut, aber diesmal erschien sie wie eine römische Göttin. Isabellas Verwandlung erschien für Bartholomäus unglaublich. Er trat zu ihr und verneigte sich. „Ich muss sagen, du bist noch schöner als ich jemals geglaubt habe. Es ist mir eine Ehre, liebe Isabella." Sie verneigte sich ebenfalls und nahm seine Hand. Nael versuchte es wie sein Freund, aber er wirkte linkisch in seinem Verhalten. Emilia lächelte und nahm seine Hand. „Der Versuch ehrt deine Absicht, mein Lieber", antwortete sie lächelnd. Marco führte Ornella in den Raum. „Ich werde dich heiraten, wenn ich groß bin", sagte er laut. „Du bist zu jung für mich", antwortete sie. Er schüttelte den Kopf. „Bart ist auch jünger als Isabella, das geht in Ordnung", entgegnete er bestimmt. Die Anwesenden lachten.

Ornella zuckte mit den Schultern. Danach herrschte eine launige Stimmung, allen gefiel die Idee Emilias. Nael wollte über Dino und Enzo sprechen, aber sie legte den Finger auf seinen Mund. „Heute werden sie uns diese Feier nicht verderben. Morgen reden wir über sie", sagte sie lächelnd, der Baske nickte. Die Feier dauerte bis Mitternacht, dann begaben sich alle in ihre Räume.

6.
Dezember 1036 bis Mai 1037

In Rom wurde der Normanne Tancred unruhig, sein Bruder Guy tauchte nicht auf. Normalerweise meldete er sich zu den vereinbarten Zeitpunkten. Er wandte sich an Dino. „Ich muss nachsehen, wo mein Bruder ist. Er meldet sich nicht." Der Römer nickte, er kannte dessen Bruder länger, dieser erwies sich stets als zuverlässig und loyal. „Ich bin ebenfalls überzeugt davon, dass etwas passiert ist, auch ich habe kein gutes Gefühl." Dino dachte an Emilia und ihre Freunde, diese erwiesen sich als hartnäckig. „Du bist zu auffällig im Winter, sende einen unauffälligen Kundschafter. Ich weiß, dass es sich um deinen Bruder handelt, aber du bist zu bekannt. Er soll auch Enzo aufsuchen, ich werde ihm einen Brief mitgeben." Tancred überlegte, aber der Vorschlag erschien vernünftig. Der Sänger tauchte bis jetzt nicht auf, aber es gab auch keine Reaktionen seitens der Familien. Die Vereinbarung zwischen den drei Männern schien nicht bekannt zu sein, denn sie enthielt Ziele, die den Mächtigen beider Familien nicht gefallen würden. Der Tuskulaner wollte seinem Zweig der Familie zu mehr Macht verhelfen, dies beinhaltete die umfassende Liquidierung führender Männer beider Familien. Francesco erwies sich als der Finanzier, der Kontakte mit dem Langobarden Waimar von Salerno und dem Normannenfürst Rainulf herstellte. Tancred führte eine Gruppe mit zwanzig Normannen, die in den Diensten Francescos und Dinos standen. Der Lombarde erwarb das Haus von Giovanni und baute es zu seiner Residenz aus, derzeit stand das Viertel um die Lateranbasilika unter der Kontrolle der Tuskulaner. Enzo besaß Häuser in Rom und Ostia, dort verfügte Francesco über eine Hausmacht. Derzeit verweilte der Sabiner in Rieti, er verarbeitete seine seelischen Wunden. Er sprach bereits mit Bischof Giovanni und Marcello, aber diese wiesen auf Emilias Trauerzeit hin. „Sie benimmt sich wie eine Dirne und lässt sich mit diesem Nordmann ein. Dazu kommt dieser mysteriöse Sänger. Er soll ein Spion des Kaisers sein. Wir müssen handeln." Marcello schüttelte den Kopf. „Es gibt nichts, was wir gegen Emilia vorbringen können. Sie besitzt das Recht, eigene Männer zu ihrem Schutz einzustellen. Wenn sie sich mit ihm vergnügt, dann ist es ihre Sache, lieber Enzo. Lass es gut sein, du hast Wichtigeres zu tun." Dieser schien mit der Entscheidung nicht zufrieden zu sein, der Stachel der Demütigung und der Niederlage arbeitete in ihm. „Eine römische Frau sollte einen römischen Mann an ihrer Seite haben, keinen Nordmann!", rief er laut. Zur Demütigung gesellte sich bei Enzo die Eifersucht, die Zurückweisung durch Emilia erfüllte ihn mit Zorn. Der Bischof hob die Hände. „Die Dinge ändern sich derzeit in unserem schönen Land. Die Franken im Norden mit dem Kaiser an der Spitze, dazu kommen immer stärkere Normannen im Süden. Es wird schwer, den alten römischen Adelsgeschlechtern die Macht zurückzubringen." Nachdenklich betrachtete er Enzo. „Emilia ist in der Trauerzeit, erst danach wird sie sich nach einem neuen Mann umsehen. Aber du kommst nicht in Frage, du bist mit Caramia verheiratet. Die Ehe sollte Bestand haben", sagte der Bischof mit einem vorwurfsvollen Unterton in seiner Stimme. „Ich will Emilia einem geeigneten Mann aus der Familie zuführen", sagte Enzo leise. Marcello lachte. „Wir kennen die Geschichte mit Emilia, du hast deine Frau öffentlich gedemütigt. Aber es sei dir verzogen, wir haben alle Schwächen für die Annehmlichkeiten des Lebens." Der Bischof lächelte nach Marcellos Worten, er dachte an seine junge Geliebte. Enzo fühlte sich nicht ernst genommen, er wollte gehen. „Du machst keinen Unsinn. Es hat bereits genug Tote gegeben. Die Langobarden sind egal, irgendwann werden diese aus ganz Italien verschwunden sein, aber Giovannis Tod hat die Menschen in der Sabina erschreckt. Vor allem der Tod des guten Luigi ist vielen ein Rätsel. Keiner versteht, warum ein glücklicher Mann den Freitod wählt. Dein Langobarde Aistulf ist in Carseoli davor gesehen worden." Marcellos letzte Worte erschienen wie eine Frage, aber Enzo zuckte unschuldig mit den Schultern. „Die Langobarden machen bisweilen, was sie wollen, aber warum erzählst du mir alles?", fragte er laut. Der Bischof und Marcello betrachteten ihn mit ernstem Blick. „Vielleicht kannst du etwas in Rom erfahren wegen dieses Sängers. Der Mann kann uns sagen, was der Kaiser vorhat." Enzo nickte. Die mächtigen Männer der Crescentier kannten seine geschäftlichen Kontakte zu Dino und Francesco, aber nicht den Inhalt der geheimen Vereinbarung. Dieser legte dar, dass er die Führung der Familie an sich reißen wollte, dazu erschien ihm jedes Mittel recht. Erst danach wollte er sich mit den Tuskulanern beschäftigen, bis dahin standen Dino und er Seite an Seite. Francesco hielt sich im Hintergrund. Sie schalteten gemeinsam Giovanni aus, um dessen Geschäft zu übernehmen. Dessen Tod kam zufällig, da er über die Machenschaften der beiden Informationen erhielt und diese gegen Enzo nutzte. Aistulfs Morde an Giovanni und Luigi erwiesen sich zuerst als Segen, da er binnen kurzem die Macht über die Witwe und den Landsitz erreichte.

Die Rückkehr des Basken und seiner Freunde erwies sich als Ende seiner Glückssträhne der vergangenen Jahre. Dazu kam der Verlust seiner wichtigen Leibgarde. Diese erwiesen sich als fähige Männer, vor allem der Riese Aistulf, dem kein bekannter Kämpfer gewachsen war. Damit verschob sich das herrschende Gleichgewicht zwischen Dino und ihm innerhalb ihrer Verbindung. Die Normannen Tancreds erwiesen den Langobarden Aistulfs immer großen Respekt, der Verlust schwächte seine Position stark. Er musste binnen kurzem eine neue, schlagkräftige Truppe aufstellen, diesbezüglich musste er persönlich in den Süden reisen. Er traute dem Lombarden Francesco nicht, dieser schien den Tuskulanern viel mehr zugetan als seiner Familie. Er wollte sich an Pandulf von Capua wenden, einem langobardischen Herzog, der dem Kaiser und den Tuskulanern nicht freundlich gesinnt zu sein schien. Enzo verließ den Palast des Bischofs in Rieti, die beiden Männer blickten nachdenklich hinterher. „Er hat sich nicht unter Kontrolle. Ich traue ihm nicht, der Kontakt zu diesem Dino ist sehr intensiv", sagte der Bischof. Marcello schüttelte den Kopf. „Er ist ein Hitzkopf, aber er wird immer loyal zu unserer Sache stehen." Der Bischof nickte, danach begaben sich die beiden Männer zum Essen, bei dem sie von jungen Damen unterhalten wurden. Enzos Wut erfüllte sein Inneres, die Mächtigen der Familie nahmen seine Anliegen nicht ernst. Er suchte zuerst eine Taverne auf, anschließend ging er nach Hause. Seine Frau Caramia erkannte die Trunkenheit ihres Mannes, die Kinder schliefen bereits bei der Heimkehr des Vaters. „Du bist ständig betrunken, Enzo. Diese Frau macht dich fertig und zerstört unsere Ehe", sagte sie vorwurfsvoll. Der Sabiner blieb stehen und wandte sich an seine Frau. Seine Augen blickten unheilvoll. „Halt deinen Mund, Caramia! Sei froh, dass dich ein Mann wie ich geheiratet hat. Deine armselige Familie kann stolz darauf sein", sagte er laut und provokant. „Du benimmst dich schlecht, was sollen deine Kinder denken", entgegnete sie trotzig. Er drückte sie gegen die Wand, seine Hand packte ihren Hals. Caramias Augen wurden groß, sie bekam keine Luft mehr. Enzo genoss seine Macht und drückte immer weiter zu. Rechtzeitig ließ er sie los und warf sie zu Boden. „Ich habe gesagt, du sollst den Mund halten. Meine Kinder haben wie ihre Mutter zu gehorchen, und wenn ich mich vergnüge, ist es meine Angelegenheit. Hast du mich verstanden!", schrie er laut. Er packte sie an den Haaren. Sie schrie auf, plötzlich standen die Kinder vor den beiden. „Verschwindet!", schrie Enzo laut. Diese liefen wieder in ihr Zimmer. Sie kannten die Zornesausbrücke ihres Vaters, er schlug sie manchmal. Seine Augen blickten bedrohlich auf seine Frau, die am Boden saß und leicht zitterte. „Du holst mir einen Krug Wein, Weib. Es wäre gut, wenn du sehr schnell bist, ansonsten muss ich dich vielleicht bestrafen", sagte er mit unheilvoller Stimme. Sie nickte schnell und erhob sich. Er schüttelte den Kopf und begab sich in seinen Arbeitsraum, bald darauf erschien seine Frau. Enzo zog sie an sich und griff unter das Kleid, sie erstarrte. Er blickte sie verächtlich an. „Das ist dein Problem, du bist langweilig, Caramia. Deshalb gehe ich zu anderen Frauen. Verschwinde!" Tränen standen in den Augen der Frau, als sie den Raum verließ. Sie eilte zu den Kindern, um sie zu beruhigen. Lange sprach sie mit ihnen, dann schliefen sie wieder ein. Sie dachte über ihr Leben nach und beneidete Frauen wie Emilia, die freier und eigenständiger lebten, aber sie wusste nicht, wie sie sich helfen sollte in dieser Welt, die von Männern dominiert wurde. Caramia war froh, dass ihr Ehemann nicht im gemeinsamen Schlafzimmer erschien, dieser schlief betrunken an seinem Schreibtisch ein. In den kommenden Tagen tat sich nichts Bewegendes in Rieti, dann erschien ein unauffälliger Mann im Haus, der sich als Bote von Dino vorstellte. Er trug einfache Kleidung und wirkte wie ein Dorfbewohner. „Signore Dino schickt mich mit diesem Brief", sagte der Mann und verneigte sich. Enzo blickte ihn misstrauisch an, er kannte den Mann seltsamerweise nicht. Er nahm den Brief entgegen, seine Augen richteten sich auf den Boten, dessen Augen ausdruckslos erschienen. „Woher kommst du?" Der Mann zuckte mit den Schultern. „Ich soll den Brief überbringen und unverzüglich zurückkehren, Signore Enzo." Dann verneigte er sich und verschwand. Langsam las der Sabiner, am Ende riss er die Augen auf. Es stand darin, dass der Sänger Bartholomäus de Wenia im Besitz der geheimen Vereinbarung war. In diesem Schriftstück, von dem es drei Ausfertigungen gab, wurden als Ziele die Erreichung der Macht innerhalb der Familien angegeben. Um das Vertrauen in das Triumvirat, wie sie es nannten, zu erhöhen, wurde alles detailliert aufgeschrieben. Damit banden sie sich gegenseitig. Sie dokumentierten mögliche Einflusssphären in Rom und zählten derzeitige und zukünftige Ansprechpartner im Norden und Süden der Halbinsel auf. Francesco sollte das Netzwerk in anderen Städten ausbauen und erweitern. Einer der ersten Schritte an die Macht stellte die Ausschaltung der führenden Köpfe beider Familien dar, die Normannen und Langobarden sollten unterstützend wirken. „Dieser

Idiot!", rief er laut. Er meinte damit seinen Kumpan Dino, der sich von einer seiner Mätressen das Schriftstück stehlen ließ. Dieser erwähnte den Tod Hugos und Letitias und verdächtigte im Brief den Sänger und Spion. Der Tuskulaner forderte ihn auf, sich intensiv mit der Suche nach dem Spion zu beschäftigen und Kundschafter loszuschicken. Enzo schüttelte den Kopf. „Ich werde nichts tun, mein lieber Freund, aber ich werde Emilia und ihren Freunden einen Besuch abstatten. Dieser Mann hält sich vermutlich dort auf. Er ist als triebhaft bekannt und diese rothaarige Frau das Objekt der Begierde." Enzo lächelte, er konnte sich in triebhafte Männer hineinversetzen. Dieser Sänger tauchte vor einigen Monaten auf und unterhielt die Menschen mit seinem Gesang und die Frauen mit seinen Geschichten. Er traute ihm nie, aber er erschien unverdächtig, ein Gaukler. Aber beim letzten Zusammentreffen erkannte er die Gefährlichkeit dieses Mannes, der ihn ohne Mitleid getötet hätte. Danach verschwand der Sänger, aber Enzo glaubte fest daran, dass er sich in der Nähe aufhielt. Dino wollte den Mann töten lassen, aber er sah keinen Sinn darin. Der Mann behielt das Schriftstück vielleicht als Faustpfand, um seinen Freunden zu helfen. Er glaubte daran, dass dieser Sänger der rothaarigen Frau helfen wollte, diesbezüglich konnte er sich in andere Menschen besser hineinversetzen als der arrogante Dino. Plötzlich erschien ihm die Rache an Emilia nicht mehr wichtig, aber die gestohlene Ausfertigung würde das Gleichgewicht zwischen Dino und ihm wiederherstellen. Francesco würde sich heraushalten, der Lombarde erwies sich als undurchsichtiger Geschäftsmann, der Kontakte zu den mächtigsten Männern suchte. Das alternde Familienoberhaupt der

Tuskulaner, Alberich, und sein Sohn Gregor, Graf des Laterans, erwiesen sich als sehr machtbewusste, unduldsame Menschen. Eine Verschwörung, die sich gegen ihren Führungsanspruch richtete, konnte für Dino gefährlich werden, viel gefährlicher als für Enzo, der in Kenntnis von Bischof Giovanni und Marcello als Kontaktmann bei den Tuskulanern eingesetzt wurde. Zudem würde er zwei Ausfertigungen besitzen, wenn er Kontakt zu dem mysteriösen Sänger erhielt und dieser auf seinen Vorschlag einging. „Ich werde die schöne Emilia aufsuchen und sie um eine Gesprächsvermittlung ersuchen. Mit der gestohlenen Ausfertigung gehört dieser Bastard Dino mir. Er muss tun, was ich sage. Der alternde Alberich ist ein Tyrann, er hat Angst vor ihm", sagte er zu sich selbst. Plötzlich stand ein Lächeln in seinem Gesicht. „Angriff ist die beste Verteidigung", sagte er zu sich selbst. Der Schmerz über die Demütigung auf Emilias Landsitz schien verschwunden zu sein. Er erhob sich. „Es gibt Größeres als die Begierde nach einer Frau. Ich werde mit ihr reden, den Landsitz kann ich mir später noch holen. Der seltsame Nordmann wird verschwinden, er kann ihre Ansprüche an Intelligenz und Kultur nicht erfüllen. Wenn er es doch kann, ist es auch gut", sagte er lächelnd. Plötzlich erschien alles klar für die Zukunft. Er traf seine Frau im Flur und entschuldigte sich für sein schlechtes Verhalten, er sprach auch mit seinen Kindern. „Ich werde zu Emilia reiten, um diese Sache abzuschließen, meine Liebe. Es wird nur mehr dich geben, Caramia, das verspreche ich dir", sagte er mit unschuldigen Augen. Seine Ehefrau erkannte die Sinneswandlung. Enzo verfügte auch über gute Seiten. Sie wollte und musste ihm glauben, es gab aus ihrer Sicht keine Möglichkeit, ihr Leben zu ändern. Der Sabiner nahm seine Ausfertigung der Vereinbarung an sich und bat um ein dringendes Gespräch mit dem Bischof und Marcello. Diese ließen ihn lange warten und schienen über die Störung ungehalten zu sein, offensichtlich fand in den Räumlichkeiten ein opulentes Fest statt. Es dunkelte bereits, als er vorgelassen wurde zum Arbeitsraum des Bischofs im Obergeschoss. „Lieber Enzo, was ist so dringend, dass ich mich von netten, kultivierten Gesprächen trennen muss", sagte der Bischof, auch Marcello wirkte ungehalten. Enzo ärgerte sich, dass er nicht eingeladen wurde zum Fest des inneren Machtzirkels, aber er blieb ruhig. Danach erzählte er die Geschichte der Vereinbarung aus seiner Sicht und schilderte, dass er sie nur traf, um den Tuskulaner Dino an sich zu binden. Überrascht blickten die Männer auf, er übergab ihnen seine Ausfertigung. Nach dem Lesen blickten sie ihn misstrauisch an. „Es steht darin, dass du die volle Macht in unserer Familie anstrebst", sagte Marcello grimmig. Enzo blickte ihn aus unschuldigen Augen an. „Ich habe nie daran gedacht, unserer Familie und ihrer Struktur zu schaden. Aber mit dieser Vereinbarung können wir Dino erpressen, er hat unglaubliche Angst vor dem alten Alberich", sagte er ruhig. Er wirkte glaubhaft, die Männer schienen aber nicht überzeugt zu sein. „Warum bist du jetzt erst gekommen, Enzo?", fragte der Bischof, seine Augen fixierten den Sabiner. Dieser zuckte mit den Schultern. „Ich habe den Tuskulaner im Glauben gelassen, dass wir uns gegenseitig unterstützen. Aber ich kann dies nicht, ich hasse diese Familie!", rief er laut. Seine Augen strahlten eine unversöhnliche Härte aus. Die beiden Männer nickten, mittlerweile schienen sie ihm zu glauben. Danach erzählte er vom

Anlassfall, den Diebstahl der zweiten Ausfertigung durch den Sänger. „Der Mann wird wegen Mordes gesucht, auch die Männer des Papstes sind hinter ihm her. Aber wenn er ein Mann des Kaisers ist, genießt er dessen Schutz. Er ist unwichtig, aber Dino sitzt im Nachrichtendienst in der Engelsburg. Wir können viel erfahren mit etwas Druck", sagte der Bischof nachdenklich. „Deshalb will ich zu Emilia reiten. Ich bin überzeugt davon, dass sie diesen Spion deckt, und weiß, wo er sich befindet. Wenn wir die zweite Ausfertigung in den Händen haben, dann gehört Dino uns. Der Lombarde Francesco hält sich sicher heraus", antwortete Enzo. „Möglicherweise will er das Schriftstück dem Kaiser übergeben", sagte Marcello. Enzo zuckte mit den Schultern. „Es geht um eine interne Angelegenheit Roms, die Autorität des Kaisers wird darin nicht in Frage gestellt, sondern nur über eine Neuausrichtung gesprochen. Ich denke, dass dies den Kaiser nur am Rande interessiert, er hat andere Probleme", antwortete der schwarzhaarige Sabiner. Beide Männer schienen überzeugt zu sein. Marcello blickte auf das Schriftstück. Er hielt sie Enzo hin, aber dieser schüttelte den Kopf. „Ich übergebe sie euch, denn ich hole mir die andere. Meiner Einschätzung nach wird dieser Sänger diese übergeben, damit Friede am Landsitz einkehrt. Das wäre in unserem und im Interesse von Emilia. Wir kümmern uns danach um die Tuskulaner." Der Bischof nickte und nahm die Rolle an sich. „Benötigst du Männer für deinen Besuch, deine Langobarden gibt es nicht mehr?", fragte Marcello ernst, aber Enzo schüttelte den Kopf. „Das wirkt vielleicht bedrohlich. Ich werde als Freund erscheinen, wie in früheren Zeiten", antwortete er lächelnd. Die Männer nickten. Enzo verneigte sich, dann verschwand er. „Ich glaube ihm nicht richtig, aber vielleicht erhalten wir tatsächlich einen Informationszugang zum inneren Zirkel der Tuskulaner", sagte Marcello leise. Danach verschwand er, während der Bischof die Schriftrolle in einem Geheimfach im Kasten verstaute. Er wirkte gut gelaunt und begab sich wieder zu seinen Gästen im Erdgeschoss. Bald darauf wurde ein Fenster lautlos geöffnet, ein Mann verschaffte sich von außen Zugang, er verfolgte die Unterhaltung vom Balkon aus. Der Mann betrat den dunklen Raum und begab sich zum Kasten des Bischofs. Die Geräuschkulisse des Festes war zu hören und wirkte als Hintergrundlärm in der Stille des dunklen Raumes. Zuerst fand er den Mechanismus nicht, aber er erwies sich als geschickt und öffnete nach längeren Versuchen das Geheimfach. Es befanden sich einige Schriftstücke darin, aber er erkannte sofort die oben liegende Rolle und öffnete sie kurz zur Prüfung, danach rollte er sie wieder zusammen. Der Mann überlegte, ob er sämtliche Schriftstücke mitnehmen sollte, aber er kannte den Inhalt der anderen nicht, es handelte sich wahrscheinlich um Verträge. Leise schloss er das Fach und den Kasten, danach das Fenster und trat vorsichtig, nach einem kurzen Blick aus dem Arbeitsraum, in den Gangbereich des Obergeschosses. Er setzte sich wieder eine Maske auf, kurz darauf erschienen andere Gäste, die Vergnügen in den diversen Zimmern des Palastes suchten. Die Paare lachten und unterhielten sich, einige trugen Masken. Er begab sich in das Erdgeschoss. Es handelte sich um den unscheinbaren Boten von Mittag, der in seiner Kleidung seltsam verwandelt erschien, aber auch in dieser Gesellschaft eine gute Figur machte. „Wo sind sie gewesen, geheimnisvoller Fremder?", fragte eine Frau im mittleren

Alter. Er drehte sich um und verneigte sich. „Es tut mir leid. Geschäfte haben mich aufgehalten, meine schöne Dame", antwortete er galant. Sie nahm ihn am Arm und führte ihn in den Tanzsaal. Nach einer kurzen Zeit suchten sie ebenfalls ein Zimmer auf und vergnügten sich die nächste Stunde. Danach trennten sich die verheiratete Frau und der ominöse Fremde, er verließ bald darauf den Palast des Bischofs. „Dekadente, verdorbene Bande", schimpfte er angewidert über das Verhalten des römischen Adels. Bald darauf verschwand er in der Stadt und suchte sein Zimmer in einem abgelegenen Haus auf, wo er die Kleidung wechselte. Die Nacht senkte sich über die Stadt Rieti.

Am nächsten Vormittag bestieg Enzo sein Pferd. Er schien guter Laune zu sein, seine Frau nahm dies hoffnungsvoll zur Kenntnis. Mitte Dezember lag Schnee auf den angrenzenden Gebirgen, die Hügel der Sabiner Berge präsentierten sich bisweilen weiß. Die Luft war klar, der Sabiner wirkte entschlossen und gut gelaunt. Als er auf dem Landsitz von Emilia eintraf, wurde er misstrauisch beäugt. Nael trat auf die Veranda. „Was willst du?", fragte er in schroffem Ton. Enzo grüßte höflich. „Ich bin gekommen, um zu reden", sagte er laut, blieb aber auf dem Pferd sitzen. Emilia und Isabella erschienen. Der Sabiner blickte sich um, vom Spion war nichts zu sehen. „Es gibt nichts zu reden", sagte der Baske hart. Emilia legte die Hand auf den Arm des Hünen. Enzo erkannte die zärtliche Geste. Eifersucht überkam ihn, aber er verdrängte sie rasch. „Was gibt es zu besprechen, Enzo? Unser letztes Zusammentreffen hat sich als ungünstig für beide Seiten erwiesen", antwortete Emilia höflich. Sie schien ebenfalls guter Laune zu sein, dies war offensichtlich der Anwesenheit des blonden Hünen geschuldet. Enzo hielt sich unter Kontrolle. Er hob die Hände. „Es geht um Bartholomäus de Wenia. Ich weiß, dass Dino ihn sucht. Der Mann wird von den Tuskulanern wegen Mordes gesucht. Aber es geht mir nicht darum. Er besitzt ein Schriftstück, das ich gerne haben möchte, und bin bereit, dafür zu zahlen. Ich will euch nichts vormachen, vermutlich kennt ihr die Vereinbarung, denn ich vermute den Mann an diesem Ort." Er sprach ernst und wirkte glaubwürdig, selbst Nael hielt sich mit einer Wortmeldung zurück. „Wir sprechen im Haus darüber", sagte Emilia plötzlich. Enzo nickte und folgte den Frauen und dem Basken, der über das Angebot nicht erfreut erschien. Er traute dem Sabiner nicht, aber diesmal wirkte der Mann geläutert. Enzo trug sein Anliegen vor und verheimlichte nicht, dass sie mit dieser Rolle Dino erpressen wollten. „Aber das kann dir egal sein, Emilia. Es ist alles mit dem Bischof und Marcello besprochen. Du erhältst die Garantie unserer Familie, dass dein Landbesitz geschützt ist, auch der geschäftliche Verkehr wird gestärkt. Du übernimmst die Rolle deines verstorbenen Mannes und kannst das Erbe für deinen Sohn ausbauen. Ich gebe zu, dass ich selbst diesen Besitz wollte, aber es gibt Größeres für mich. Begraben wir die Vergangenheit, aber ich benötige diese Rolle. Der Konflikt mit den Tuskulanern ist nicht deine Angelegenheit. Dino wird dir nichts tun. Dafür sorgen wir", sagte er am Ende. Emilia blickte ihre Freunde an. Das Angebot klang nach einer verlockenden Zukunft. Enzo fuhr fort. „Nach Abschluss des Trauerjahres kannst du dich nach einem angesehenen Mann aus Rom umsehen, um dem Sohn einen Vater zu geben. Ich werde dich nicht behindern, das verspreche ich." Seine Worte klangen ehrlich.

Emilia lächelte und blickte auf den Basken. „Ich habe bereits einen Mann, lieber Enzo", antwortete sie und legte die Hand auf Naels Arm. Der Sabiner zuckte mit den Schultern. „Ohne dem Nordmann nahetreten zu wollen, denke ich doch, dass ein Mann der römischen oder latinischen Gesellschaft besser geeignet wäre für deine Zukunft, aber es ist deine Entscheidung. Geschmäcker sind verschieden, zudem erstarken die Normannen im Süden und bilden möglicherweise zukünftige, mächtige Partner." Sein Blick fiel auf Nael. Er erkannte, dass dieser selbst Zweifel an einer gemeinsamen Zukunft in diesem Land hegte. „Um es klarzustellen, ich bin Baske, kein Nordmann, lieber Enzo. Aber dein Vorschlag hört sich gut an. Das Problem ist nur, wir haben diese Vereinbarung nicht und kennen den Aufenthalt von Bartholomäus nicht", antwortete Nael mit einem Lächeln. Emilia fand, dass er sich immer besser im Verhalten und in der Kommunikation auf die umgebende Gesellschaft einstellte. „Es ist eure Entscheidung, aber ich denke, dass ich hier am richtigen Platz nach dem Sänger suche", antwortete Enzo, aber keiner der drei Anwesenden reagierte. Sein Blick fiel auf die Asturierin. „Du stehst ihm nahe, Isabella." Er nannte sie erstmalig beim Namen, es klang vertrauenswürdig, aber sie schüttelte den Kopf. „Wir wissen nicht, wo er ist. Verschwinde einfach!" Ihr Ton klang abweisend, sie mochte den schleimigen Mann nicht. Plötzlich ertönte eine Stimme im Hintergrund. Isabella schüttelte sofort den Kopf. „Was bietest du an, lieber Enzo?" Bart griff ein, er hielt sich bisher verborgen. „Was machst du denn? Er wird die Leute von Dino auf uns hetzen!", rief Isabella laut. Bart trat näher und blickte sie an. „Emilia und du haben abgelehnt, ihn zu töten.

Damit kommen wir in die Phase der Versöhnung, meine Liebe. Er bietet Nachbarschaft und Schutz und die Argumentation der Erpressung von Dino erscheint glaubwürdig, wenn er dies mit seinen Mächtigen abgesprochen hat. Der Machtkampf zwischen den beiden Familien ist noch nicht zu Ende, aber hier in den Sabiner Bergen abseits von Rom kann nicht viel passieren." Isabella wirkte wütend. Nael schüttelte den Kopf. „Diesem Mann ist nicht zu trauen, Bart. Wenn du ihm die Vereinbarung gibst, bist du vogelfrei", sagte der Baske. „Es ist ein Risiko, aber wenn ich nichts mehr habe, was sie wollen, dann werden sie nicht nach mir suchen. Das Weitere liegt danach in den Händen seiner Familie", antwortete Bart. Enzo griff ein. „Du bist ein intelligenter Mann. Wenn du mir die Rolle gibst, kann ich dir versprechen, dass Dino und seine Leute dich nicht mehr suchen. Deine Unschuld musst du abschließend mit deinem Kaiser klären." Der Sänger blickte dem Mann in die Augen, er schien es tatsächlich ernst zu meinen. „Bist du dir sicher, Bart?", fragte Isabella leise und trat zu ihm. „Ich denke, im Leben muss man ein Risiko eingehen. Aber es kann die Gelegenheit sein, in diesem Land dauerhaft sesshaft zu werden. Vielleicht für uns beide, ohne ständig auf Reisen und auf der Flucht zu sein. Meine Unschuld werde ich beweisen, wenn Konrad hier ist." Isabella küsste ihn, dann blickte das Paar auf Emilia und Nael. Diese nahmen vorerst alles still zur Kenntnis. „Du hast von einer Verstärkung der geschäftlichen Beziehungen gesprochen, Enzo. Wie soll dies aussehen?", fragte Emilia. Dieser erklärte die Planungen. Danach folgten Verhandlungen, am Ende wurde eine schriftliche Vereinbarung für die Abnahme der Produkte und fixer Preiszusagen getroffen.

Der Sabiner erhob sich und blickte auf Bart. Dieser ging kurz weg und holte die Schriftrolle. Er übergab sie dem Sabiner, dieser prüfte sie, dann nickte er. „Es ist ein gutes Geschäft. Obwohl ihr vielleicht daran zweifelt, aber ich freue mich darüber." Er verließ das Haus und lehnte das Angebot Emilias ab, zu übernachten. „Meine letzten Erinnerungen an dieses Haus sind nicht gut. Wir werden uns zukünftig nur bei Geschäftsgesprächen sehen, meine Liebe, oder gemeinsam mit deinem zukünftigen Mann." Er nickte Nael und den anderen kurz zu, anschließend wendete er das Pferd und ritt davon. Zweifelnd blickte Isabella dem Davonreitenden nach. „Ich glaube dem Mann nicht." Der Sänger zuckte mit den Schultern. Emilia lehnte sich an Nael, der Baske wirkte nachdenklich. „Wenn alles gut läuft, kann es eine gute Zukunft in diesem schönen Land werden. Sollte es anders kommen, werden wir gehen, denn die Feinde wären zu viele", sagte der Hüne und blickte auf Emilia. Diese nickte lächelnd. Sie sprachen bereits über die möglichen Szenarien, auch darüber, das Land zu verlassen, sollte der Druck zu groß werden. „Wir werden euch begleiten", sagte Bart. Isabella blickte ihn an. „Du sagtest, du regelst es abschließend mit dem Kaiser." Er zuckte mit den Schultern. „Ach, mit diesen Kaisern und Königen ist es bisweilen schwierig", antwortete er achselzuckend. Misstrauisch blickte ihn die Asturierin an. „Was hast du gemacht, Bartholomäus?" Der Sänger wog den Kopf hin und her, eindringlich lastete der Blick von Isabella auf ihm. „Ich habe Kaiserin Gisela ein Liedchen vorgesungen. Er ist überraschend hinzugekommen und hat sich darüber aufgeregt", antwortete er lächelnd. Isabella riss die Augen auf. Nael lachte. „Du hast dich an die Kaiserin herangemacht?

Das ist unglaublich", sagte die rothaarige Asturierin laut. Er schüttelte den Kopf. „Du musst zuhören, Hexe. Ich habe ein Lied gesungen. Sie ist umgeben gewesen von Dienerinnen, er hat überreagiert. Aber er darf das, er ist der Kaiser." Ein unschuldiges Lächeln erschien in seinem Gesicht. Nael lachte laut, Emilia fiel in das Lachen ein. „Was hat der Mann gesagt?", fragte der Baske grinsend. Bart wog den Kopf hin und her. „Er hat gemeint, dass ich verschwinden soll, ansonsten lässt er mich aufhängen, aber seine Kaiserin hat ihn beruhigt. Danach bin ich verschwunden und nach Süden gegangen." Naels Lachen hielt an. „Ich bin beeindruckt, lieber Bart. Du machst sogar den Kaiser eifersüchtig", sagte Emilia vergnügt. Isabella schien sich über die Entwicklung weniger zu freuen. Sie zeigte mit dem Finger auf den Sänger. „Du klärst das mit dem Kaiser, unter der Voraussetzung, Enzo hält sich an alles. Mir gefällt es hier, Gaukler", sagte sie bestimmt. Er hob abwehrend die Hände. „Vielleicht hängt er mich auf, Hexe." Isabella zuckte mit den Schultern. „Ich denke, im Leben muss man ein Risiko eingehen. Das sind deine Worte gewesen, mein Lieber", sagte sie lächelnd. Emilia und Nael lachten herzhaft. Bart schien ob der Aussicht, dem Kaiser zu begegnen, nicht erfreut zu sein.

In der Zwischenzeit ritt Enzo auf schnellstem Wege nach Rieti zurück. Es lief alles nach Wunsch, die zweite Ausfertigung befand sich in seiner Tasche. Er wollte in die Zukunft blicken, die wieder besser aussah. Es gab keine Beweise für seinen Auftrag zum Mord an Giovanni und Luigi, die Langobarden waren tot. Mit den beiden Schriftstücken konnte die Familie der Crescentier über Dino an geheime Informationen über ihre Gegner kommen. Er freute sich bereits über das Gesicht des arroganten Tuskulaners. Auf dem Weg nach Rieti traf er selten Menschen, im Winter blieben diese in ihren Häusern und es dunkelte bereits. Ein Mann trat aus dem Wald und hob die Hand zum Gruß. Enzo hielt an und beobachtete die Umgebung, aber es schien nur dieser eine Mann anwesend zu sein. Er wirkte unscheinbar, dunkle Haare, sah wie jeder andere Bewohner dieser Gegend aus und trug einfache Kleidung. „Es tut mir leid, Signore. Ich habe mir wehgetan. Können sie mir helfen?", fragte der Mann mit unterwürfiger Stimme. Er hielt den Kopf geneigt. Enzo näherte sich vorsichtig und blickte auf den nicht sehr großen Mann hinunter. Irgendwie kam er ihm bekannt vor, aber er konnte sich nicht erinnern, dem Mann schon begegnet zu sein. Einfache Menschen interessierten ihn nicht. „Was willst du?", fragte er schroff. „Ich habe mir den Fuß verstaucht. Nehmen sie mich bitte in die Stadt mit. Es ist bereits dunkel und der Weg ist noch weit", sprach der Mann. Enzo blickte ihn an, dann schüttelte er den Kopf und lachte laut. „Du glaubst wirklich, dass ich dich auf meinem Pferd mitnehme? Bist du verrückt, Bauerntölpel?", fragte er laut. Er wollte weiterreiten, aber der Mann griff nach seinem Sattel. Enzo beugte sich hinunter und wollte ihn schlagen, aber der Mann packte zu und zog ihn mit einem Ruck vom Pferd herunter. Er fiel hart auf und fluchte. Der Mann stand über ihm, dessen Augen glänzten. Plötzlich kam Enzo die Erkenntnis, der Bote stand vor ihm. Er wollte sich erheben, aber seine Reaktion erfolgte zu spät. „Sie sind sehr unfreundlich, Signore. Es ist nicht schade um sie", sagte der Mann leise, seine Stimme klang sachlich. Plötzlich hielt er Messer in der Hand und stach mit schnellen Bewegungen mehrmals in den Hals von

Enzo. Dessen Augen weiteten sich, er fiel nach hinten. Dann fiel der Blick auf seine Hände, die voller Blut waren. „Was …?", aber er kam nicht mehr dazu, die Frage auszusprechen, denn das Licht in seinen Augen erlosch endgültig. Der Mann beugte sich über den Toten und wischte sein Messer an dessen Kleidung ab, anschließend nahm er das Geld und die Schriftrolle an sich. Er spuckte auf den Leichnam und trieb das Pferd weg, es würde nach Rieti laufen. Anschließend verschwand er im Wald und begab sich in der Dunkelheit mit einem kleinen Floss über den Toleno, danach eilte er durch die Hügel und erreichte die Via Salaria, der er Richtung Rom folgte. Während der Mörder Richtung Rom eilte, um seinem Auftraggeber Bericht zu erstatten, galoppierte das Pferd Richtung der Stadt Rieti. Schneefall setzte ein in der Nacht und machte alle Spuren unkenntlich. Der tote Enzo lag neben dem Weg, sein Blut färbte den Schneeboden rot. Am nächsten Tag bemerkten Einwohner der Stadt das reiterlose Pferd, am Sattel erkannten sie den Besitzer und führten es zu Caramia. Diese erschrak und verständigte die Leute vom Bischof. Noch am selben Tag fand der Suchtrupp den Toten, Tiere machten sich an der Leiche zu schaffen. Sie brachten ihn in die Stadt zurück, wo großes Wehklagen seitens der Ehefrau einsetzte. Der Bischof und die anwesenden Mitglieder der Familie, allen voran Marcello, reagierten entsetzt. Die Frauen kümmerten sich um die trauernde Witwe und die Kinder, die Männer besprachen mit dem Suchtrupp die Lage. Sie kannten sein gestriges Ziel und die Absicht hinter seinem Besuch. „Die Männer haben nichts gefunden. Das Geld ist weg, von einer Schriftrolle keine Spur. Ich denke, sein Plan ist kläglich gescheitert", sagte der nachdenkliche

Marcello zum Bischof. „Es kann nur dieser Spion gewesen sein. Möglicherweise hat ihn Enzo bei Emilia bemerkt und er hat ihn getötet, um das Geheimnis zu wahren", antwortete der Bischof. „Wir dürfen Dinos Leute nicht außer Acht lassen, Giovanni", antwortete Marcello. „Woher sollen sie wissen, was Enzo bei Emilia wollte? Selbst bei Beobachtung hat es keinen Grund gegeben, ihn zu töten. Die beiden haben noch immer eine Übereinkunft. Es deutet viel auf diesen Sänger hin", sagte der Bischof. Marcello nickte. Die Sache schien schlüssig zu sein. „Wir müssen schnell handeln und Emilias Landsitz mit vielen Männern umstellen", sagte Marcello, dann erteilte er die Befehle. Am nächsten Morgen ritten sie los, der große Reitertrupp trennte sich vor dem Landsitz, zwei Gruppen umritten ihn langsam und leise. Wachposten gab es keine. Nael verzichtete im Winter darauf. Eine große Gruppe von zehn Männern ritt in den Hof, der Lärm schreckte die Bewohner auf. „Emilia!", rief Marcello laut. Im Haus gab es zuvor schon Bewegung. Bart und Isabella reagierten schneller als die anderen. Nael erschien. „Ich weiß nicht, um was es geht, aber das hört sich nicht gut an", sagte er leise. „Verschwindet auf der Rückseite, bis wir alles wissen. Bei Bedarf könnt ihr Hilfestellung leisten." Isabella und Bart nickten und verschwanden nach hinten. Sie wollten in die Hügel flüchten, aber dort trafen sie auf weitere zehn schwerbewaffnete Reiter. Es gab keinen Ausweg, nur Dunkelheit konnte helfen, aber diese lag noch weit entfernt. Der Sänger wandte sich an Isabella. „Ich gehe davon aus, dass es um mich geht. Vielleicht hat uns Enzo doch verraten. Ich bin zu leichtgläubig gewesen, dieser verdammte Bastard", schimpfte er. Sein Blick fiel auf Isabella. „Sie suchen mich.

Ich werde sie ablenken und du versteckst dich, Hexe." Isabella schüttelte den Kopf. „Wir gehen gemeinsam unter, Gaukler", antwortete sie. Mit Bedauern schüttelte er den Kopf. Sein Blick wirkte traurig, aber es gab keine Möglichkeit der Umzingelung zu entrinnen. Sie hörten vom Hof laute Stimmen, es ging um Enzo. Ungläubig blickten sie einander an. „Er ist tot, das gibt es doch nicht." Bart blickte sie an. „Ich habe gestern ein ungutes Gefühl verspürt, irgendwie habe ich mich beobachtet gefühlt, aber ich habe nicht darauf geachtet. Daran bist du schuld, Hexe", sagte er lächelnd. Ein trauriges Gefühl erfasste ihn. „Es ist schade, aber es ist eine schöne Zeit gewesen, Isabella. Diesmal holt mich mein Leben ein, aber du lebst weiter", sagte er bestimmt. „Ich werde sie ablenken und du musst versuchen, durch den Ring zu kommen, egal wie du es anstellst. Wir leben noch und solange Leben in einem ist, gibt es eine Möglichkeit, es zu verbessern. Du kannst mir helfen, wenn sie mich haben", sagte er eindringlich. Isabella nickte, sie küsste ihn spontan. Dann legte er den Finger auf den Mund und schlich von ihrem Versteck weg. Er bewegte sich mit einer unglaublichen und wendigen Anpassungsfähigkeit und schaffte es, sich weit genug vom Versteck zu positionieren. Sie sah ihn nicht mehr und dachte an seine letzten Worte. Plötzlich packte sie die Wut, aber sie verhielt sich ruhig. In der Nähe hörte sie plötzlich einen Schrei. Bart wurde entdeckt und floh rasch durch den verschneiten Wald. Die Reiter sprangen ab und folgten ihm. Isabella hörte nicht weit von sich einen anderen Trupp Männer herankommen, die dem Fliehenden folgten. Vorsichtig blickte sie sich um. Als sie knapp vorbeiritten, presste sie sich eng an den Boden, ein verschneites Gebüsch deckte sie. Kurz darauf erhob sie sich langsam und lief den Hügel hinauf, danach suchte sie sich weiter oben einen Beobachtungsposten, von dem sie die Szenerie überblicken konnte. Bart blieb stehen. Er ergab sich ohne Kampf, denn dies wäre sein Tod gewesen. Sie ließen ihn in den Hof laufen und stießen ihn vor die Veranda. Erschrocken griff sich Emilia an den Mund, die Kinder riefen nach ihm. Zuvor wurde laut gestritten, denn Marcello erklärte, dass Bart verdächtigt werde, an Enzos Tod schuld zu sein. „Enzo ist hier gewesen, aber keiner von uns hat ihn ermordet. Das macht doch keinen Sinn", sagte Emilia laut. Marcello berichtete, dass er tot am Weg gefunden wurde, mit mehreren Stichen im Hals. Nael schüttelte den Kopf. „Wenn Bart den Mann ermordet hätte, wäre dieser nicht am Weg gelegen, sondern gänzlich verschwunden." Marcello blickte den blonden Hünen arrogant an. „Wir haben hier wohl einen Komplizen, der sich mit Mördern auskennt. Du hast keinen guten Geschmack, Emilia. Gerüchte sagen, dass du dich ihm hingibst, einem Barbaren." Er schüttelte verständnislos den Kopf. Emilia wollte antworten, aber Nael legte die Hand auf ihren Arm. „Du musst mich nicht verteidigen. Dieser arrogante Mistkerl hat sein Urteil schon gefällt, sie suchen einen Schuldigen. Es ist die einfachste Variante, denn aufgrund des Wissens über die Vereinbarung kann es nur ein Mann von Dino gewesen sein!", rief er laut. „Du wagst es, mich zu beleidigen, du Hund!", schrie der erzürnte Marcello. Plötzlich zeigten zehn Speere auf den Basken, aber dieser zeigte sich unbeeindruckt, nur um die Familie machte er sich Sorgen. Dann erschienen die anderen Reiter mit Bart, Isabella blieb verschwunden. Der Sänger erhob sich, wurde aber von drei Männern wieder auf den Boden gedrückt und mit Faustschlägen traktiert. Zufrieden blickte Marcello auf die Szene. „Wir haben den Mörder, das ist gut. Da wir keine Barbaren sind, wirst du einem Gericht vorgeführt", sagte er laut. Bart lachte und wischte sich das Blut von den Lippen. „Hast du beim Toten eine Schriftrolle gefunden, Marcello? Diese habe ich ihm nämlich ausgehändigt, aber vermutlich befindet sich diese bereits auf dem Weg zu Dino. Ihr solltet vielleicht nach der von Enzo sehen, er muss nach seinen Erzählungen eine Ausfertigung besitzen." Er fing zu lachen an und erhielt einen Schlag, der ihn auf den Boden warf. „Die Tuskulaner sind euch wieder einmal zwei Schritte voraus. Es ist kein Wunder, dass sie in Rom sitzen und ihr in der Provinz!", rief Bart laut. Wieder schlugen sie auf ihn ein. Marcellos Gesicht war rot vor Zorn. „Dir werden deine Sprüche noch vergehen, Mörder. Bevor wir dich aufhängen, werden sich ein paar nette Männer um dich kümmern, das kann ich dir versprechen!" Seine Augen wirkten bedrohlich, als er sich Nael und Emilia zuwandte. „Wir können bezeugen, dass er sich die letzten zwei Tage im Haus befunden hat", sagte sie laut. Marcello schüttelte den Kopf. Verächtlich blickte er auf die Frau. „Du besitzt keine Glaubwürdigkeit mehr, Emilia. Als Dirne eines Barbaren schändest du die Ehre deines verstorbenen Mannes. Du solltest dich schämen!" Sie hob stolz ihren Kopf. „Für Liebe muss sich kein Mensch schämen, aber du wirst so etwas nicht verstehen, Marcello!" Der Angesprochene schüttelte den Kopf. „Du erweckst nur Verachtung in mir, aber angesichts des Todes von Giovanni will ich dir vergeben. Aber deinen Barbaren nehmen wir mit, er weiß zu viel. Offensichtlich ist er der Komplize dieses Mörders. Wir werden über sie urteilen und richten." Kopfschüttelnd blickte er auf die Frau. Bart erhob sich langsam, sein Gesicht wies Spuren der Schläge auf. „Was willst du von Nael? Er hat nichts gemacht, genau wie Bart!", schrie die Hausherrin empört. „Es ist gut, Emilia. Die Männer suchen Schuldige, sie hören nicht zu", sagte der Baske und lächelte. Er küsste sie, dann wandte er sich wieder den Männern zu. Der Junge hing an seinem Bein. „Geh zu deiner Mutter, Marco", sagte er leise. Anschließend ging er zu den wartenden Männern, die ihn zu Boden warfen und fesselten, der Baske erhielt ebenfalls einige Schläge. „Kommst du wieder, Nael?", fragte der Junge laut. Der Baske nickte. „Natürlich, Marco." Marcello schüttelte den Kopf. „Ich wäre mir in dieser Angelegenheit nicht so sicher, Nordmann." Nael blickte den großen Sabiner an. „Ich bin Baske, kein Normanne", antwortete er mit ausdruckslosen Augen. Marcello nahm dies achselzuckend zur Kenntnis. „Was auch immer, jedenfalls bist du der Komplize dieses Mörders. Vielleicht ist er auch der von Giovanni und Luigi", sagte er laut. Bart lachte. „Vermutlich von allen Morden in den letzten hundert Jahren in diesem Gebiet. Du bist mit hoher Intelligenz ausgestattet. Die Tuskulaner werden euch komplett ausschalten. Wenn du einer der Anführer dieser Familie bist, dann hat sie bereits verloren, werter Marcello", sagte er süffisant. Der Angesprochene schüttelte wütend den Kopf, aber er behielt sich unter Kontrolle. „Dir werden deine Späße noch vergehen, Sänger", antwortete er mit drohendem Unterton in der Stimme. Er wandte sich an Emilia. „Wo ist diese rothaarige Kriegerin? Sie soll sich mit dem Mörder vergnügen." Die Römerin hob ihre Schultern. „Wie soll ich das wissen? Ich bin nicht ihre Mutter", antwortete sie süffisant. Marcello blickte sie ernst an. „Du bist hier fertig, Emilia. Wir werden dir ein Angebot machen. Du bist eine Schande für unsere Familie. Giovanni ist zu gut für dich gewesen. Im Frühjahr kannst du fahren, dann werden wir das Land übernehmen." Er wendete sein Pferd. Bart und Nael mussten den Pferden hinterherlaufen, sie wurden am Sattel angebunden. Plötzlich standen Tränen in den Augen der stolzen Emilia. Marco und die anderen Kinder drängten sich um die Frau. Geschockt starrten sie den abreitenden Männern nach. Scirocco und die Angestellten erschienen und fragten nach ihren Wünschen, aber Emilia schickte sie wieder weg. Im großen Raum saß sie still, die Kinder beobachteten sie. Gestern erschien das Leben als gute Zukunft, heute brach alles zusammen. Sie überlegte und wollte ihre Gedanken ordnen. Die Kinder fragten ständig, bis sie genervt einschritt. „Ich muss überlegen, Kinder, und brauche meine Ruhe. Geht in eure Zimmer", sagte sie streng. Enttäuscht und mit hängenden Köpfen schlichen sie in ihre Räume. Sie empfand kein Mitleid mit dem toten Enzo, denn sie hielt ihn für den Auftraggeber der Morde an ihrem Mann und Luigi, aber Naels Gefangennahme riss sie aus allen Träumen. Sie liebte diesen Mann wie keinen zuvor und verlor in einer Stunde alles, den geliebten Mann und vermutlich auch das Landgut. Langsam trank sie vom Becher und kam zum Entschluss, zum Bischof zu reiten. Wenn einer Marcello Einhalt gebieten konnte, war es Bischof Giovanni, der eine anerkannte Persönlichkeit darstellte. Es gab noch Vittorio Crescenzi, den derzeit mächtigsten Mann der Familie, aber dieser zog es vor, sich aus den Machtspielen herauszuhalten. Sie ging zu den Kindern und sprach mit ihnen, wollte ihnen aber keine Hoffnung machen. Es gab drei Tote in den letzten Monaten in dieser Region, allesamt von der Oberschicht. Die Menschen wollten Schuldige sehen und die beiden fremden Männer erwiesen sich als leichte Opfer. Sie setzte sich wieder auf das Sofa und trank mehr Wein, als sie vertrug. Der Tag verging, nichts regte sich im Haus, die Kinder spielten in ihren Zimmern. Ornella kam zu Emilia, sie mochte das Mädchen. Irgendwann kehrte die Dunkelheit zurück und mit ihr Isabella. Plötzlich stand sie im Haus und setzte sich zu Emilia. „Du solltest weniger trinken, meine Liebe. Wir müssen unsere Männer aus den Fängen dieser blutgierigen Idioten befreien." Emilia nickte und erzählte vom Plan, zum Bischof zu gehen. „Sie werden ein Gerichtsverfahren abhalten. Es stellt zwar nur eine Farce dar, aber es kann dauern. Vermutlich werden sie erst nächstes Jahr verurteilt." Isabella nickte. Sie fragte nach dem Standort des Gefängnisses. „Wir müssen sie herausholen, ich kann ohne diesen Sänger nicht mehr leben. Wenn ich den zweiten Mann verliere, ende ich als Hure", sagte Isabella ironisch. Emilia lachte, trotz der Situation. Die Frauen erstellten einen Plan, wie sie die Situation lösen konnten. „Sie wollen die beiden hängen und machen sicher ein Schauspiel daraus. Das kommt uns entgegen. Es ist Winter, möglicherweise gibt es frostige Nächte oder Schneefall. Vielleicht erhalten wir die Gelegenheit, sie zu besuchen. Zudem glaube ich, dass sich unsere Männer überlegen werden, wie sie herauskommen." Sie wollten Pferde besorgen, die sie in der Nähe abstellen konnten. Emilia kannte einen Stall. „Wenn wir es schaffen, müssen wir fliehen. Du musst alles aufgeben, Emilia. Auch diesbezüglich müssen wir vorbereitet sein, es herrscht Winter. Das kann uns nutzen, aber nur dann, wenn wir gut ausgerüstet sind", sagte Isabella. Die Römerin nickte. Während die Frauen an der Befreiung ihrer Männer arbeiteten, wurden diese Richtung Rieti geschleppt, manchmal geschleift. Es herrschten niedrige Temperaturen an diesem Tag. Nael und Bart spürten die Nässe und Kälte, zwischendurch wurden sie immer wieder geschlagen und getreten. „Ich bin neugierig, was du machen wirst, wenn du auch die zweite Rolle nicht mehr findest, Marcello. Was machst du dann? Die Tuskulaner sind euch überlegen, in allen Dingen. Dino hält sich gerade den Bauch vor lauter Lauchen. Vermutlich hat ihn Enzo zuvor in eure Pläne eingeweiht, ihr werdet untergehen!", rief Bart laut. Der Baske schüttelte den Kopf. „Aber du wirst es nicht mehr erleben, Bastard, denn du wirst hängen!", schrie Marcello. „Hör auf, ihn zu provozieren", sagte Nael leise. Irgendwann erreichten sie die Stadt. Viele Menschen erwarteten die Ankunft und bespuckten die vermeintlichen Mörder, auch der Bischof erschien. Die beiden Männer wurden in das Gefängnis gebracht und einzeln in eine Zelle eingeschlossen, auch innen wurden sie angekettet. Sie verbrachten die Nacht ohne Essen und Trinken, am nächsten Tag kam der Bischof. „Ihr solltet gestehen, denn es kann sehr schmerzhaft werden bis zum Geständnis", sagte er mit ruhiger Stimme. „Bist du eigentlich ein Mann Gottes oder des Teufels, lieber Bischof?", fragte Bart mit einem Grinsen. „Viele davon sind mehr des Teufels. In Hispanien haben die örtlichen Bischöfe Sklaven besessen und sie ständig foltern lassen, wenn es ihnen gepasst hat", antwortete Nael stattdessen. Bart lachte. „Es ist tatsächlich seltsam, wie Männer Gottes ständig alle Todsünden begehen, die eigentlich verboten sind. Ich denke nicht, dass Jesus dies gewollt hat", sagte Bart bedächtig. Der Bischof lief rot an im Gesicht. „Marcello hat recht, ihr seid uneinsichtig und arrogant. Die Qualen der Folter werden euch besänftigen", sagte er lächelnd und verließ das Gefängnis. Nael überlegte. „Ich denke, unsere Frauen werden helfen, aber sie kommen nie in das Gefängnis herein." Bart nickte. „Also müssen wir hinaus. Ich hoffe, sie warten mit der Folter einige Tage." An diesem Tag passierte nichts, sie erhielten Essen und Trinken. Die Wächter kontrollierten ständig. Am nächsten Tag erschien Emilia zu Mittag und erzählte davon, dass sie beim Bischof gewesen wäre, um mit ihm zu sprechen. „Ich habe alles vorgebracht, aber er machte nur das Angebot, dass ihr gesteht, um euch die Folter zu ersparen. Es wird eine Gerichtsverhandlung geben, aber erst im kommenden Jahr. Er wird nächste Woche kommen, um von euch ein Geständnis zu erhalten. Ich habe ihn darum gebeten, er hat eingewilligt. Das Landgut habe ich verkauft. Anfang des fünften Monats muss ich gehen, die Produkte werden mir vergütet. Der Verkaufspreis ist nicht sehr hoch gewesen, aber ich habe das Geld sofort bekommen", sagte sie traurig. Der Wächter stand im Hintergrund und kontrollierte den Gefangenen und seinen Besuch. Sie kniete sich zu Nael und küsste ihn. Ein kurzes, starkes Messer fiel neben sein Bein, er versteckte es schnell. „Wir warten auf euch. Vielleicht ist Gott gnädig und erhellt die finsteren Gedanken dieser Männer", sagte sie leise und mit eindringlichem Blick. „In einem Stall außerhalb der Stadt stehen vier Pferde. Isabella und ich werden warten nach dem Jahresbeginn. Der Bischof ist abgereist, Marcello ebenfalls", flüsterte sie an sein Ohr. Der Wächter trat hinzu und wollte sie wegreißen. Sie drehte sich um und blickte den

Mann arrogant an. „Wenn du mich angreifst, erzähle ich dem Bischof und dem Grafen davon. Willst du es riskieren?", fragte sie mit scharfem Ton in der Stimme. Der Wächter trat zurück, mit den Adeligen wollte er sich auf keinen Disput einlassen. Danach verschwand sie, außerhalb wartete Marcello. „Werden sie gestehen?" Emilia nickte. „Wann holst du alles ab? Ich habe meine Angestellten entlassen und nach Hause geschickt. Es ist traurig. Vielleicht überlegt ihr euch noch, die Männer zu begnadigen. Es kann sein, dass die Tuskulaner dahinterstecken, das weißt du." Marcello wog den Kopf hin und her. „Es ist zu spät und deine Schuld. Du hättest auf Enzos Vorschlag eingehen müssen. Ich hoffe, du kommst zu seinem Begräbnis." Emilia schüttelte den Kopf. „Ich glaube nicht, dass Caramia dies will, Marcello. Das wirst du einsehen." Der Angesprochene nickte, dann verschwand Emilia, bald darauf ritt sie aus der Stadt. Er dachte daran, dass im Geheimfach des Bischofs die zweite Ausfertigung der Vereinbarung fehlte, ansonsten nichts. Er erinnerte sich an die Worte des Bischofs. „Ich denke, dieser Sänger hat recht. Es deutet viel daraufhin, dass die Tuskulaner am Werk gewesen sind. Emilia hat mir die Vereinbarung mit Enzo gezeigt wegen der Ablösen und der Preise, es wirkt glaubhaft. Aber es ist egal, ob wir Zugang zu Dino haben oder nicht. Diese Männer müssen sterben, damit ist die Causa erledigt. Die Tuskulaner neigen danach vielleicht zur Überheblichkeit, das können wir nutzen." Marcello nickte zu den Worten des Bischofs, sie verspürten kein Mitleid mit den beiden Gefangenen. „Wir bekommen ein Geständnis, dafür ersparen wir ihnen die Folter. Am besten, sie geben auch die Morde an Giovanni und Luigi zu, dann beruhigt sich alles", fuhr der

Bischof fort. Er musste zu Jahresbeginn dem Grafen von Toskana besuchen, dem derzeitigen Herrscher über das Gebiet. Erst danach sollte die Gerichtsverhandlung stattfinden. Die Gefangenen schienen sicher verwahrt zu sein, es gab keinen Grund zur Eile. Die Männer wirkten zufrieden, unterschätzten aber die Freunde. Während die Frauen die Flucht vorbereiteten, um das Gebiet rasch verlassen zu können, hielt sich Dino in Rom für den großen Sieger. Er hielt beide Schriftrollen in der Hand, die ihm Tancred brachte. Zudem erhielt er die Nachricht von Enzos Tod und der Gefangennahme des Sängers und des Basken. „Was für ein herrlicher Tag? Ich werde deine Männer und dich belohnen, aber vorher muss ich diese Schriftrollen verbrennen. Er warf sie in das Feuer und sah zu, wie sämtliche Beweise seiner Pläne im Feuer verbrannten. Mit Francesco gab es keine Probleme, die dritte Ausfertigung wurde bereits vernichtet. Dino blickte auf Tancred. „Warum blickst du so traurig, mein Freund? Es sind gute Tage." Dessen Blick fiel auf den Römer. „Guy ist tot. Mein Mann hat ihn gefunden, sie haben ihn in einer Höhle untergebracht. Ich werde ihn holen." Dino nickte, er kannte die enge Bindung der beiden Brüder. „Es ist schade, dass ich diese beiden Bastarde nicht selbst töten kann, aber sie werden hängen. Das ist gut." Tancred blickte auf den Tuskulaner. „Wenn die Informationen aus Rieti stimmen, muss Emilia im fünften Monat ausziehen. Dann kommt sie nach Rom, ihre rothaarige Freundin wird bei ihr sein. Sie werden büßen! Die Kinder verkaufe ich im Süden an die Sarazenen", sagte er mit hasserfüllten Augen. Dino wollte ihn umstimmen, aber er erkannte, dass dieser Mann alle Beteiligten am Tod seines Bruders auslöschen wollte. Für ihn war die Angelegenheit erledigt, er konnte sich neuen Aufgaben widmen. Der Kaiser befand sich im Norden Italiens. Tancred verließ Rom und holte mit Carlo, seinem Kundschafter, und einigen Männern den Leichnam seines Bruders. Er überlegte, ob er gleich die Rache an den Frauen vollziehen sollte, aber Dino wies ihn daraufhin, alle Ereignisse in der Sabina abzuwarten.

Die Tage gingen dahin. Es wurde erbärmlich kalt in den Zellen, die Wächter blieben immer länger in der warmen Stube sitzen. Sie begannen, ihre Pflichten zu vernachlässigen. Der Jahresbeginn brach an, die beiden Männer erinnerten sich an Emilias Worte und setzten ihren besprochenen Plan um. Bart holte aus der Sohle seines Stiefels eine Art Eisenstück, mit dem er das Schloss öffnete. In der Nachbarzelle führte Nael dies mit dem Messer Emilias durch. Beide spürten die Kälte, aber sie mussten die Gelegenheit nutzen. In dieser Nacht herrschte Frost. Sie bewegten ihre klammen Finger. Der Wächter erschien und kontrollierte ihre Zellen. „Gib uns etwas zum Essen, du mieser Bastard!", rief Bart. Der Mann ärgerte sich, aber er blieb außerhalb. Es herrschte Dunkelheit in den Zellen, nur die Fackel des Wächters erhellte die Finsternis. Als er in die Zelle von Nael leuchtete, stand dieser plötzlich vor ihm und riss ihn mit einer Hand an die Zellenwand, während er mit der anderen in den Hals stach. Der Wächter röchelte. Nael schnitt ihm die Kehle auf. Er steckte das Messer weg und holte sich den Schlüssel vom Gürtel des Toten, erst dann ließ er den Mann aus. Dieser sackte sofort zusammen. Der Baske öffnete die Tür und befreite Bart. Dieser holte sich die Waffen des Toten. Sie kannten die Stube der Wächter, die sich vor den Zellen befand.

Sie warteten nicht, sondern handelten schnell und zielstrebig. Bart öffnete die Tür, während Nael in den Raum stürmte. Bevor der zweite Wächter reagieren konnte, spaltete er dessen Kopf mit der Axt. Sie zogen sich die Kleidung der Wächter über und statteten sich mit Waffen aus. Es gab auch Mäntel, Hauben und Handschuhe. Sie sperrten die Zellentür von außen zu und beobachteten die Straße vor dem Gefängnis. Die nächste Wachablöse fand am Morgen statt, einige Stunden blieben ihnen Zeit. Rieti verfügte über keine geschlossene Stadtmauer, teilweise wies sie Schäden auf. In der Dunkelheit fanden sie den Weg hinaus, ohne dass sie jemand bemerkte. Plötzlich trat Isabella aus dem angrenzenden Wald. „Was ist los mit euch? Emilia und ich warten hier schon einige Tage. Wir haben bereits gedacht, dass wir uns für zwei Versager entschieden haben", sagte die Asturierin provokant, aber ihre Augen zeigten ihre Freude. Sie umarmte Bart lange und küsste ihn. „Du stinkst, mein Freund", sagte sie leise. Er zuckte mit den Schultern, danach marschierten sie von der Stadt weg und erreichten einen Stall, in dem vier Pferde standen. Emilia wurde aus dem Schlaf gerissen. Nael hielt ihr den Mund zu. Plötzlich erkannte sie ihn, sprang auf und umarmte den Basken stürmisch. „Ihr habt bis jetzt gewartet, in der Hoffnung, dass wir uns selbst befreien. Das ist großartig. Vier Pferde stehen hier, noch besser. Ich bin beeindruckt und werde dem Kaiser vorschlagen, euch als Spione einzusetzen", sagte Bart beeindruckt. „Halt den Mund, Gaukler", antwortete Isabella lächelnd. Die Freude war allen anzusehen. Er blickte zur Stadt zurück, die in der Dunkelheit lag. „Ich würde diese beiden Figuren gerne töten, aber sie haben uns zumindest nicht foltern lassen." Isabella schüttelte den Kopf. „Du kannst nicht jeden bösen und machtbewussten Menschen töten, du wirst nicht fertig. Es gibt zu viele." Nael deutete auf die Pferde. Alle nickten und führten diese aus dem Stall. Leise stiegen sie auf und ritten langsam davon, mit der Zeit erhöhten sie das Tempo. Nach Tagesanbruch erreichten sie den Landsitz. Scirocco und seine Männer traten aus dem Haus. Sie sicherten das Haus und schützten die Kinder. Nael trat an den loyalen Gefolgsmann heran. Emilia stellte sich neben dem Basken. „Wir müssen gehen. Ist alles vorbereitet, Scirocco?" Er nickte seiner Herrin zu. „Es ist alles gerichtet, wie die Signoras es wollten, aber die Kinder schlafen." Die Frauen nickten und eilten in das Haus. Bart blickte den beiden nach, während Scirocco zwei Packpferde holte, auf denen binnen kurzem alles Brauchbare gut verschnürt und befestigt aufgeladen war. Die Kinder wirkten schlaftrunken, aber das änderte sich, als sie die Männer erkannten. Sie freuten sich offensichtlich sehr. Isabella trat vor sie. „Wir freuen uns alle, aber jetzt führen wir aus, was wir besprochen haben, meine Lieben." Die Kinder nickten. „Müssen wir wirklich gehen, Mama?", fragte Marco leise, der Abschied fiel ihm schwer. „Es sind die Menschen, die zählen. Besitz kann man verschmerzen, mein Sohn", sagte seine Mutter. Sie deutete auf den Basken. „Du willst bei Nael bleiben, er ersetzt deinen Vater. Dann müssen wir gehen." Der Baske reagierte überrascht, er kannte die Gespräche zwischen den Frauen und den Kindern nicht. Marco nickte und lächelte, dann nahm er Naels Hand. Emilia wandte sich an Scirocco. „Ich bedanke mich bei euch allen und dir persönlich für deine Hilfe. Gewisse Produkte müssen vorhanden sein, aber den Rest könnt ihr mitnehmen in euer Dorf. Sie wissen nicht, dass ihr hiergeblieben seid." Dann nahm sie einen großen Beutel mit Münzen und wollte sie dem loyalen Mann geben. Dieser wollte entrüstet ablehnen. Nael griff ein. „Lass den Unsinn! Dein Dorf benötigt finanzielle Mittel. Wir wissen, dass du kein Geld verlangen würdest. Aber wir wollen, dass ihr gesichert seid." Er nickte Scirocco zu, dieser nahm das Geld. Dann umarmten sie einander, einer nach dem anderen. Bald darauf saßen alle im Sattel. Die Männer führten die Packpferde. Ferrucio saß bei Nael, Marco bei seiner Mutter und Ornella bei Isabella. „Sie können Ornella und Ferrucio hierlassen, Signora Emilia. Ich bin ihr Onkel und werde mich um sie kümmern." Sie schüttelte den Kopf. „Die beiden sind Teil dieser Familie. Wir haben darüber gesprochen, sie gehen mit uns. Ich hoffe, es passt für dich." Scirocco nickte lächelnd. Dann ritten sie an. Emilias letzter Blick galt dem Haus, dann hob sie stolz den Kopf und ritt voraus, sie kannte die Gegend am besten. Marco gab keinen Laut von sich. Die zurückbleibenden Männer hoben ihre Hand und blickten der Gruppe nach. „Es ist schade, dass sie gehen müssen. Solche Menschen sind selten unter den reichen Schichten", sagte einer der Männer. „Wir müssen verschwinden, ansonsten werden die Verfolger uns einsperren, wenn wir geholfen haben. Sie werden wegen Mordes gesucht." Scirocco drehte sich um. „Sie sind keine Mörder. Wir wissen, wer Signore Giovanni und seinen Freund Luigi umbringen ließ. Die Mörder haben alle ihre gerechte Strafe erhalten. Alles andere gehört zum Spiel der Reichen und Mächtigen." Er schüttelte den Kopf. „Was sollen sie uns tun? Sie brauchen solche Menschen wie uns, die die Arbeit erledigen. Wenn wir gefragt werden, geben wir an, was wir wissen. Sie wollen nach Tarent und danach nach Konstantinopel." Die Männer nickten, packten einige Dinge auf vier Maultiere und verließen den Landsitz, der menschenleer und verwaist zurückblieb. Gespenstische Stille kehrte ein.

In Rieti wurde am Morgen der Ausbruch bemerkt, aber die verantwortlichen Männer befanden sich außerhalb der Stadt. Der Kommandant des Gefängnisses ließ einen Suchtrupp zusammenstellen. Die Bewohner zeigten sich empört über den Mord am Wachsoldaten, Schreie ertönten. „Sie sind sicher zu dieser Hure geflüchtet!", rief ein Mann, die Menge zeigte sich erbost. Auch der Kommandant glaubte an Unterstützung von außen. Der Trupp verließ Rieti und ritt den Toleno entlang. Stunden später erreichten sie den verwaisten Landsitz, niemand befand sich mehr im Haus und in den Nebengebäuden. Schneefall setzte ein. Sie folgten Reiterspuren bis zur Kreuzung des Flusses mit der Via Valeria. Unschlüssig blickten die Männer auf die Spuren, die sich in alle Richtungen zogen. „Vermutlich sind sie nach Süden weiter geritten!", rief einer der Männer. Sie entschieden sich für die Richtung nach Carseoli. Die Suche dahin verlief negativ. In der Stadt wurde keine Hilfe angeboten. Deren Bewohner betrachteten die Angelegenheit aus einer anderen Perspektive. Die Familie von Giovanni und Emilia genoss in Carseoli einen guten Ruf und sie mochten die arroganten Einwohner von Rieti nicht. Der Suchtrupp kehrte um und ritt an der Kreuzung Richtung Süden, aber aufgrund der vielen Spuren war eine Zuordnung nicht mehr möglich. „Der eine Mörder ist ein Spion gewesen. Diese Leute sind klug, vielleicht sind sie am Fluss Salto wieder nach Norden geritten." Die Männer nickten zustimmend. Keiner zeigte den Ehrgeiz, die

Flüchtigen weiter zu verfolgen. Sie ritten zum Landsitz zurück, aber dieser lag noch immer verwaist. Die Dunkelheit brach an. Sie entschieden sich, im Haus zu übernachten. Einer holte ein paar Weinkrüge, was mit Jubel begrüßt wurde. Auf der Suche im Haus verschwanden einige Dinge in den Taschen der Männer, danach wurde der Tag mit regem Konsum an Wein abgeschlossen. Am nächsten Tag ritten sie nach Rieti zurück. Manche Ehefrauen verdächtigten die Männer, mehr Wein getrunken als gesucht zu haben, aber diese stritten dies vehement ab. Drei Tage später kehrte der Bischof zurück, die Gerichtsverhandlung stand an. Zerknirscht berichteten die Männer des Grafen vom gelungenen Ausbruch und der gescheiterten Suchaktion. Der Bischof schüttelte den Kopf angesichts der Fakten. „Dieses Teufelsweib hat mich angelogen und den beiden bei der Flucht geholfen, vermutlich mit dieser rothaarigen Hexe. Unser lieber Herrgott muss solche bösen Weiber bestrafen!", rief er wutentbrannt. Er ließ sich alles berichten. „Was ist mit den Arbeitern? Es müssen doch irgendwelche Menschen auf dem Landsitz arbeiten." Aber derzeit herrschte Winter, die Erntekräfte befanden sich in ihren Dörfern. Die Produkte aufgrund der erfolgreichen Ernte lagerten in den Nebengebäuden. Der Bischof kannte die Angestellten nicht. Emilia erwähnte in ihrem Gespräch, dass diese entlassen worden wären. „Sie hat alles geplant", sagte er zu sich selbst. Er ließ Marcello und dessen Sohn rufen, den neuen Besitzer des Anwesens. Dieser zeigte sich ebenfalls erschüttert über die Nachricht. „Du musst zu deinem Besitz reiten, um ihn vor Diebstahl zu schützen, mein Sohn. Es lagert der Wein und das Olivenöl in den Gebäuden, vermutlich wird der Bestand jeden Tag weniger", sagte er zum jungen Mann. Diese Nachricht erschütterte alle mehr als die Flucht der Mörder, bald darauf ritten sie mit zehn Männern in den Süden, um den Landsitz in Besitz zu nehmen. Sie erwischten einen Räuber, der ihrer Wut zum Opfer fiel. Sie durchsuchten das Haus. Es schien, als ob alles vorhanden wäre, aber keiner kannte den genauen Bestand an wertvollen Vasen oder Geschirr. Sie fanden leere Krüge, die in der Küche standen. Marcello roch daran. „Diese Bastarde haben eine Feier veranstaltet, anstatt die Flüchtigen zu suchen!", rief er laut. Sein zweitältester Sohn zuckte mit den Schultern. „Es ist egal, Vater. Das meiste ist vorhanden. Ich werde hierbleiben und mit fünf Männern alles organisieren. Meine Ehegattin wird sich freuen, das Kind wird in unserem Haus zur Welt kommen." Er heiratete vor vier Monaten, mittlerweile erwartete seine Frau ein Kind. Dieser Landbesitz stellte sein Erbe dar. „Ich werde in den Dörfern neue Leute finden, aber derzeit benötigen wir keinen", sagte der Sohn. Marcello nickte. Er dachte an das Gespräch mit dem Bischof. Emilia besuchte diesen und erbat unter Einwilligung zu einem günstigen Verkauf und eines Geständnisses von der Folterung abzusehen. Da sein Sohn der Nutznießer war, stimmte er den Bedingungen zu. Beim Besuch im Gefängnis musste sie ihm etwas übergeben haben, mit dem der Baske die Schlösser öffnen konnte, der Wachposten konnte leider nichts mehr dazu sagen. Marcello zuckte mit den Schultern. Er erwarb den Besitz günstig für seinen Sohn, das Landgut war gut organisiert, der Wein und das Olivenöl erwiesen sich als herzeigbare Produkte. Er dachte daran, die Flüchtigen mit einem Suchtrupp zu verfolgen, sie führten drei Kinder mit. Es war allgemein bekannt, dass Emilia die Kinder ihres verstorbenen Verwalters in ihre Familie aufnahm. Marcello blickte auf seinen Sohn. Er wurde hier gebraucht. Die Fehde mit den Tuskulanern ging weiter, dies erschien ihm wichtiger als die Flucht der Mörder und ihrer Helferinnen. Der Crescentier verwarf den Gedanken, einen Trupp zu organisieren. Möglicherweise konnten Kopfgeldjäger die Angelegenheit erledigen. Dies würde sich bewerkstelligen lassen, aber es musste finanziert werden. In den nächsten Tagen wurden viele Gespräche geführt. Der Magistrat in Rom und die Tuskulaner wurden informiert über die Flucht, was zu verächtlichen Kommentaren führte. In den ersten Tagen des zweiten Monats im neuen Jahr traf ein schwerbewaffneter Trupp von Reitern in der Stadt Rieti ein. Es handelte sich um fünf Normannen unter der Führung von Tancred, respektvoll betrachteten die Bewohner die grimmig blickenden Reiter. Sie verschafften sich Zugang zum Bischof, der etwas ungehalten über den Besuch wirkte, aber die Gäste trotzdem empfing. Tancred blickte ihn an. „Wir haben von der Flucht der Mörder gehört. Diese Männer haben auch meinen Bruder getötet. Wir brauchen nur Informationen und sind am Kopfgeld interessiert." Der Bischof betrachtete den finster blickenden, großen Mann. „Ich habe von dir gehört, Tancred. Wenn sie einer findet, dann bist du es." Er nannte die Summe des Kopfgeldes. Der Normanne nickte und ließ sich Details von der Flucht erzählen. Kopfschüttelnd blickte er den Bischof an. „Solche gefährlichen Männer nicht ständig zu überprüfen, grenzt an Arroganz, werter Bischof." Dieser reagierte verärgert. „Beleidige meine Männer nicht, einer bezahlte mit seinem Leben. Ihre Schuld ist nicht zweifelsfrei festgestanden.

Es gibt auch die These, dass dein Herr unseren Enzo und die anderen Männer ermorden ließ." Der Normanne lächelte plötzlich, seine Männer bezogen hinter ihm Aufstellung. Unruhig beobachtete der Bischof die Söldner, aber seine Soldaten sicherten ihn. „Ich schwöre ihnen, dass keiner von uns etwas damit zu tun hat. Aber es geht vermutlich um die Feindseligkeiten zwischen den Tuskulanern und ihrer Familie, werter Bischof." Dieser winkte ab. „Wenn du Beweise für deine erfolgreiche Suche bringst, erhältst du das Kopfgeld." Der Normanne lächelte arrogant. „Soll ich auch die Köpfe der Frauen und Kinder mitbringen?", fragte er laut. „Mach mit ihnen, was du willst. Bezahlt wird nur für die Mörder", antwortete der Bischof verärgert. Tancred verneigte sich, dann verschwand er mit seinen Männern. Bald darauf ritten sie Richtung des Landsitzes, unterwegs schloss sich ihnen ein unscheinbarer Mann an. Er arbeitete seit einigen Jahren für die Normannen und erledigte die komplizierten Angelegenheiten. „Was hast du erfahren, Carlo?", fragte Tancred herrisch. Der dunkelhaarige, einfach gekleidete Mann beantwortete alle Fragen. Tancred schien zufrieden zu sein. Als in Rom bekannt wurde, dass der Spion und der Baske geflohen waren, suchte er das Gespräch mit seinem Herrn Dino. Dieser riet davon ab, die Flüchtigen zu verfolgen. „Wir brauchen dich hier mit deinen Männern, mein Freund. Die Angelegenheit ist erledigt. Diese Crescentier sind zu dumm, um auf ihre Gefangenen aufzupassen, ganz Rom lacht über diese Idioten." Der Tuskulaner grinste über das ganze Gesicht. Tatsächlich machte sich der römische Adel über die Schläfrigkeit der Sabiner lustig, es gab bereits viele Witze darüber. „Für mich ist nichts erledigt. Guy ist ermordet worden. Ich werde sie verfolgen und töten, auch die Frauen." Dino blickte ihn nachdenklich an. Die Normannen wurden immer unzuverlässiger, diesbezüglich sprach er bereits mit seinem Geschäftspartner Francesco. Er erkannte, dass er Tancred nicht zurückhalten konnte, andererseits würde sich eine gelungene Verfolgung herumsprechen und einen guten Ruf bewirken. „Nun gut, helfen wir diesen dämlichen Crescentiern. Reite zum Bischof in Rieti und verhandle wegen des Kopfgeldes. Sie sollen zahlen für unsere Hilfe, mein Freund." Tancred nickte und verließ das Haus. Dieser blickte ihm kopfschüttelnd nach. Er stellte bereits zuverlässigere Männer ein, die aus dem Norden kamen. „Das wird schwer für dich, mein normannischer Freund, aber ich wünsche dir viel Glück. Grüße die schöne Emilia von mir", sagte er zu sich selbst. Seine Zufriedenheit steigerte sich, als er eine junge Frau traf, die aus ihrem Interesse an seiner Person kein Hehl machte. Nach dem Gespräch ritten die Normannen Richtung Rieti und befanden sich nach ihrem Besuch beim Bischof derzeit auf dem Weg nach Carseoli. Als sie am Landsitz einlangten, trat der neue Besitzer vor die Veranda. Beunruhigt blickte dieser auf die schwerbewaffneten Männer, aber Tancred hob die Hand. Er erklärte den Grund ihres Besuchs. „Wir würden gerne mit den Männern reden, die für dich arbeiten. Vielleicht gibt es einige darunter, die bereits für Signora Emilia gearbeitet haben." Der junge Besitzer nickte und ließ Scirocco rufen, der wieder am Landsitz arbeitete. Der Normanne lächelte zufrieden, er erkannte den Verwalter wieder, auch andere Gesichter erschienen bekannt. Er fragte, was am Tag der Flucht passiert sei. Scirocco erzählte den vereinbarten Hergang. „Sie setzten die Kinder auf die Pferde und ritten in Richtung Süden davon, Herr. Mehr weiß ich nicht." Seine Augen blickten den Normannen offen an. „Du lügst doch, du Bastard, und hast ihnen geholfen." Tancred sprang vom Pferd, während Scirocco zurückwich. Ein scharfer Ruf ertönte. „Halt, Signore Tancred! Das ist mein Besitz und Scirocco ist der Aufseher meiner Leute. Hier geschieht, was ich sage!" Der junge Besitzer entpuppte sich als selbstbewusste Verkörperung seines Vaters, dankbar blickte Scirocco seinen neuen Herrn an. Tancred blieb stehen. Er wollte keine Schwierigkeiten mit dem Besitzer, der sich von den schwerbewaffneten Reitern nicht beeindrucken ließ. „Sage bitte Signore Tancred die Wahrheit. Weißt du noch etwas? Was ist ihr Ziel gewesen?" Scirocco zuckte mit den Schultern. „Ich kann mich erinnern, dass Signora Emilia davon gesprochen hat, dass Verwandte in Konstantinopel leben. Deshalb haben sie von Tarent oder Bari gesprochen, die beiden Hafenstädte im Süden sind Teil des Reiches der Römer." Er sprach tatsächlich die Wahrheit, denn Emilia und Isabella achteten darauf, dass ihre Leute nicht zu viel wussten, aus eigenen und deren Interessen. Der Besitzer hob die Hände und blickte auf Tancred. „Sie haben ihre Antwort. Es ist aber bereits über ein Monat seit ihrer Flucht vergangen." Der Normanne nickte und blickte den Aufseher finster an, er gab sich mit der Antwort zufrieden. Sie klang glaubwürdig. Die schwangere Hausherrin trat heraus, eine hübsche, junge Frau. Der Trupp Normannen machte kehrt und folgte dem Weg nach Süden, der unscheinbare Kundschafter blieb zurück. Er blickte auf den Verwalter. „Bist du dir sicher, lieber Scirocco, dass sie nach Süden wollen?", fragte er höflich. Dieser zuckte mit den Schultern und gab keine Antwort.

Stattdessen blickte er den Reiter offen in die Augen. „Wir kennen dich. Du bist der Mann, den sie den Schattenmann nennen, und tötest Menschen im Auftrag anderer. Ich bin überzeugt, dass du der Mörder von Enzo bist. Signora Emilia und die anderen sind gute Menschen, du weißt das am besten. Du sollst von den Etruskern abstammen. Deine Vorfahren werden auf dich spucken, wie die Sabiner, Latiner und Römer. Leider habe ich die Beobachtungen unserer Leute nicht ernstgenommen, sie haben dich bemerkt, und Signora Emilia rechtzeitig informiert", sagte er mit Verachtung im Ton. Der dreißigjährige, dunkelhaarige Mann blickte den Aufseher an, seine Augen zeigten keine Emotionen. „Jeder Mensch macht Fehler und muss überleben, auf seine Art und Weise. Die Etrusker gibt es nicht mehr, mein Freund. Sei gegrüßt", sagte er ruhig und ritt davon. Das Besitzerpaar blickte auf Scirocco, sie hatten das leise geführte Gespräch nicht verstanden. Der Aufseher erzählte vom Verdacht. „Dieser Mann ist der gefährlichste Auftragsmörder Italiens. Er hat wahrscheinlich Signore Enzo getötet, die beiden anderen sind vom Langobarden Aistulf getötet worden. Unter den einfachen Leuten ist dies bekannt." Der Besitzer nickte. „Es ist mir klar, dass gewisse Dinge für die Vorbesitzerin schlecht gelaufen sind, aber sie sind nicht mehr zu ändern. Ich bin mir deiner Loyalität zu Signora Emilia bewusst, sie hat auch deine Nichte und deinen Neffen aufgenommen. Aber sie wird nicht mehr zurückkommen. Wenn du bleiben willst, Scirocco, musst du die Vergangenheit hinter dir lassen." Der Blick des jungen Mannes lastete auf dem Aufseher, auch die junge Ehefrau blickte ihn interessiert an. Er mochte seine neuen Herren, sie präsentierten sich als engagierte und korrekte Menschen. „Es gibt keine würdigeren Nachfolger als sie, Signore Vittorio, und ihre geschätzte Gemahlin. Ich bedanke mich dafür und versichere ihnen meine ewige Loyalität", sagte Scirocco und verneigte sich. Die junge Frau nickte, auch Vittorio schien zufrieden zu sein mit der Antwort. Danach folgte das Leben auf dem Landgut den gewohnten Abläufen. In der Zwischenzeit holte der Kundschafter die Normannen ein. „Hast du noch etwas erfahren, Carlo?", fragte Tancred. Der unscheinbare Mann überlegte lange. „Er hat das Ziel genannt, Konstantinopel klingt plausibel. Sie benötigen einen Hafen und das sehr schnell, weil sie mit Verfolgern rechnen müssen. Der Weg in den Süden in das Reich der Römer ist lang. Bari, Brindisi und Tarent sind weit weg. Ich würde den kürzeren Weg zur Adria einschlagen, dabei die Gebirge der Sabina umgehen und das Tal des Aterno bis zur Meeresküste entlangreiten. Von den Ruinen von Aternum ist es nicht mehr weit bis zur nächsten Hafenstadt Ortona." Der Normanne blickte ihn nachdenklich an, nach längerem Überlegen erhellte sich sein Gesicht. „Du bist der Beste, mein römischer Freund", sagte er laut. Carlo nickte und behielt seine weiteren Gedanken für sich. Er mochte die arroganten Normannen nicht, obwohl sie sich derzeit ausbreiteten wie ein Plage und wahrscheinlich in absehbarer Zeit die Herrschaft über den Süden Italiens an sich reißen würden. Die langobardischen Herzogtümer wankten und erschienen auf Dauer zu schwach gegen die Dominanz und dem Ehrgeiz der normannischen Fürsten. Sie erhöhten das Tempo, obwohl bereits ein Monat vergangen war. Es bestand die Möglichkeit, dass sich die Flüchtigen bereits auf einem Schiff befanden. Der Kundschafter sprach dies an.

Tancred schüttelte den Kopf. „In dieser Jahreszeit ist der Schiffsverkehr minimiert. Aber sollte es so sein, werde ich ihnen nach Konstantinopel folgen. Ich kehre erst zurück, wenn Guy gerächt ist." Seine Stimme klang unheilvoll und bestimmt. „Ich werde Italien nicht verlassen, Signore Tancred", antwortete der unscheinbare Mann. Der Normanne nickte. „Das ist in Ordnung. In Ortona trennen sich unsere Wege, du wirst einen guten Lohn erhalten, Römer."

Nach der Flucht vom Landsitz bewegte sich die Gruppe zuerst Richtung Süden den Fluss Toleno entlang. Sie überquerten die Hügel der Sabiner Berge und ritten an der südwestlichen Seite des Fuciner Sees nach Süden. Im Gegensatz zur Einschätzung von Carlo mieden sie den kürzesten Weg zum Meer, um die Durchquerung der winterlichen Gebirge zu vermeiden. Sie entschieden sich für den weiteren Weg, blieben an der Südflanke der schneebedeckten Gipfel und folgten dem Lauf des Flusses Sagro. Die Reise gestaltete sich schwierig, die Kinder litten unter den anhaltenden tiefen Temperaturen. Vor allem die ersten zwei Tage saßen sie lange in den Sätteln, die anfängliche Freude über die gelungene Flucht wich den Reisestrapazen in der kalten Jahreszeit. Die winterliche Landschaft präsentierte sich von ihrer besten Seite und sah wunderschön aus. Aufgrund der guten Vorbereitung der beiden Frauen erwies es sich für die Gruppe wesentlich leichter, den Anforderungen der winterlichen Reise zu trotzen. Emilia führte sie an, sie kannte die Gegend am besten. Nael zeigte sich beeindruckt. „Du könntest jederzeit im Norden leben, Emilia. Dein Orientierungssinn ist großartig." Die Römerin lächelte. „Vergiss den Norden, mein Lieber. Ich bevorzuge den sonnigen Süden. Diese Landschaft verändert sich im Frühjahr gewaltig." Marco lehnte schlafend an Nael, er bevorzugte den Platz beim Basken. Plötzlich schreckte er auf und rutschte aus dem Sattel, der Hüne fing ihn aber rechtzeitig auf. Die Stimme Barts ertönte. „Pass auf deine drei Kinder auf, Großer", sagte er provokant. Der Baske zuckte mit den Schultern. „Sagst du es ihm oder darf ich, Isabella?", fragte Emilia genüsslich. Barts Augen verengten sich, misstrauisch blickte er auf den Rücken der vor ihm reitenden Isabella. Ornella saß im Sattel vor der Asturierin. Die Unterhaltung gefiel den Frauen. Sie verweigerten jede Auskunft, obwohl Bart drängte. „Wir müssen bald rasten, die Kinder sind erschöpft. Bis dahin warte gefälligst, Gaukler!", rief die verärgerte Isabella zurück. Ihre Müdigkeit und die Beharrlichkeit ihres Gefährten erweckte ihren Zorn. Sie fanden eine verlassene Hütte an den Hängen der Gebirge, der Schnee lag teilweise unberührt. Bis jetzt trafen sie auf ihrer Flucht nur am ersten Tag zwei Menschen, die zu Fuß den mühsamen Weg begingen. Beide fragten nach Proviant, den sie auch erhielten. Höflich bedankten sich die einfachen Menschen, die ebenfalls Richtung Küste unterwegs waren. Diese blieben zurück und suchten sich einfache Quartiere. Bis zu dieser ersten, langen Rast in der Hütte trafen sie keine anderen Wanderer, dies erschien in dieser Jahreszeit normal. Bart überlegte, was die Frauen in ihrer Abwesenheit besprochen hatten, langsam dämmerte es ihm. In der Hütte angekommen, richtete sich die Gruppe häuslich ein, sie verfügten über dicke Decken. Schnell schliefen die Kinder ein, auch alle anderen wirkten müde und ausgelaugt. Der Ritt durch den Schnee zeigte seine Härten. „Was willst du mir sagen, Hexe?", fragte Bart ungeduldig. Sie ballte ihre

Fäuste. „Wenn du mich noch einmal fragst, bringe ich dich zurück und übergebe dich diesen Idioten, damit sie dich aufhängen!", rief sie wütend, danach suchte sie ihren Schlafplatz auf und wickelte sich ein. „Vielleicht wäre es besser gewesen, mich in Rieti aufhängen zu lassen!", antwortete er gereizt. Nael schlug ihm auf die Schulter, während Isabella in ihre Decke lächelte. „Wir müssen aufpassen, Bart. Das ist unsere Aufgabe. Lass sie alle schlafen. Benötigst du auch Schlaf, mein Guter?", fragte er süffisant. Dieser schüttelte ärgerlich den Kopf. „Das fehlt mir noch. Ein Barbar, der sich im Reden übt", antwortete er laut, dann verschwand er nach draußen. Sie verzichteten auf ein Feuer, aber die Decken hielten alle warm. Nael legte sich hin und löste den Sänger wenige Stunden später ab. Er kontrollierte die Umgebung, aber es gab keine Verfolger. Nach dem Plan der Frauen sollten sie die Küste in den nächsten drei Tagen erreichen. Normalerweise dauerte es nicht so lange, aber sie wollten die Kinder, so gut es ging, schonen. Der Baske dachte an seine tote Familie in Grünland, an Alva und Björn, er blickte in den klaren Nachthimmel. „Du hast gesagt, ich soll weiterleben, Alva. Ich habe eine neue Familie gefunden, das gibt mir ein gutes Gefühl und eine Aufgabe. Es fühlt sich gut an, die Liebe zu Emilia ist stark. Ich hoffe, du verstehst mich", sprach er leise zu sich selbst. Er spürte, dass er sich am richtigen Weg befand. Seine Zukunft lag in der größten Stadt des Kontinents. Emilia bevorzugte das Leben in Städten oder in der näheren Umgebung davon. Sein Platz befand sich an ihrer Seite. Am frühen Morgen weckte er die Schlafenden, die müde ihre Körper streckten. Bald war alles verstaut und die Packpferde beladen. Vorher wollte der rastlose Bart klären, was ihn seit dem gestrigen Tag beschäftigte. „Ich will wissen, was die gute Emilia gemeint hat, Hexe!" Er wirkte ungeduldig, genüsslich verzog Isabella ihren Mund. Sie blickte auf die Römerin, die ebenfalls gut gelaunt wirkte. Nael zeigte Neugier. Marco wollte etwas sagen, aber seine Mutter gebot ihm Einhalt. „Emilia und ich haben beschlossen, dass wir zusammenbleiben, wenn wir in Konstantinopel ankommen." Sie brach lächelnd ab. Bart zeigte auf den Basken. „Diese Menschen haben etwas anderes vor, zudem mag ich diesen Mann nicht. Du kannst das nicht allein entscheiden", antwortete er laut. Nael schüttelte den Kopf und grinste. „Es geht nicht immer um die Männer, sondern um die Kinder und deren Sicherheit", antwortete die Asturierin gelassen. „Der Mann ist ein Hüne, ihren drei Kindern kann nichts passieren", kam die schlagfertige Antwort. Sie winkte ab, ihr gefiel die Unterhaltung. „Wir haben beschlossen, dass beide Familien jeweils ein Kind von Atanasio und Silea großziehen. Ferrucio wird der Sohn von Emilia und Nael und Ornella ist unsere Tochter." Ungläubig blickte der Sänger auf seine Gefährtin. Emilias Blick fiel auf Nael, der ebenfalls erst informiert wurde, aber den Vorschlag gut fand. Er nickte ihr zu, ein Lächeln erschien in ihrem Gesicht. Beide wandten sich Bart zu, der anfangs keine Worte fand. Er hob abwehrend die Hände und blickte auf Isabella, die ihn mit verengten Augen ansah. „Erstens haben wir noch keine Familie und zweitens ist Ornella nicht unsere Tochter, meine Liebe. Das geht nicht", sagte er bestimmt. Isabella lächelte und zeigte auf Ornella, die enttäuscht neben der Asturierin stand. „Es ist deine Entscheidung, aber erkläre es bitte diesem jungen Mädchen, mein Freund." Vergnügt blickte sie den Sänger an, dessen Augen seinen Ärger zeigten. „Magst du mich nicht, Bart?", fragte Ornella laut. Er legte den Kopf in den Nacken und sah das Lächeln der Frauen und das Grinsen von Nael. Sein Finger zeigte auf Isabella, die ihn unschuldig anblickte. Ornella wirkte geknickt. Er trat zu ihr. „Natürlich mag ich dich, mein Augenstern", sagte er leise. Plötzlich umarmte ihn das Mädchen. „Bist du jetzt mein neuer Vater?", fragte sie leise. Bart drückte sie weg, lächelte gequält und nickte. „Danke, Papa", sagte die Kleine, dann hielt sie sich wieder an der rothaarigen Asturierin fest. Resignierend erhob sich der Sänger und blickte auf die lächelnde Isabella. „Darüber reden wir noch, Hexe. Das muss genauer besprochen werden", sagte er laut. Diese nickte. „Übrigens, die Familie wird größer. Mein monatlicher Zyklus ist ausgeblieben", sagte sie ruhig in die Stille. Barts Augen wurden wieder groß. „Ein Zyklus, was für ein Zyklus?" Unverständnis war in seinen Augen zu lesen. „Der Mann gibt sich als Frauenversteher und hat keine Ahnung von Frauen", sagte Isabella kopfschüttelnd. „Du wirst Vater, wie auch Nael", antwortete ihre Freundin Emilia stattdessen. Die Kinder wussten offensichtlich Bescheid, klatschten aber begeistert in die Hände. Bart befand sich noch in der Schockstarre, Naels Überraschung verwandelte sich in Freude. „Das ist eine wunderbare Nachricht, Emilia. Dankeschön", sagte er ruhig und küsste die Römerin. Isabella erkannte die Verwirrung ihres Gefährten, aber sie genoss die Situation. „Du hast mich nicht gefragt, als du mich verführt hast, mein Lieber. Das kommt heraus, ich habe dich immer darauf hingewiesen. Aber wie gesagt, deine früheren Frauen interessieren mich nicht." Bart erwachte aus seiner Starre und schüttelte wild den Kopf. „Ich habe dich nicht verführt, du bist über mich hergefallen", antwortete er ärgerlich. Isabella lachte laut und zuckte mit den Achseln. „Hier gibt es wohl verschiedene Sichtweisen. Beruhige dich und denke an die Worte über deine Kindheit wegen des fehlenden Vaters", sagte sie eindringlich, ihre Augen fixierten ihn. Bart hob die Hände zur Decke. „Dieses Teufelsweib macht mich fertig. Ich muss hinaus und den Kopf tief in den Schnee stecken!", rief er laut und stürmte aus der Hütte. Die anderen blickten hinterher, die Frauen begannen zu lachen. Nael griff ein. „Ich denke, der Überraschungen sind genug. Er muss sich mit dieser Rolle erst auseinandersetzen. Andere Männer würden die Flucht ergreifen." Emilia schüttelte den Kopf. „Er schafft das, wie du auch. Wir kennen euch sehr gut, mein lieber Mann", antwortete sie süffisant und küsste ihn. Ferrucio und Marco traten heran. „Dürfen wir jetzt Vater oder Papa sagen?", fragten sie neugierig. „Natürlich und ich werde richtige, starke Männer aus euch machen", antwortete der Baske laut. Freudenschreie erfüllten die Hütte, die Frauen lächelten. Nael folgte mit seinen beiden Söhnen Bart nach draußen. Isabella strich über Ornellas Kopf. „Das hast du gut gemacht, Töchterchen. Die Umarmung hat wie besprochen gewirkt", sagte sie lächelnd. Das Mädchen wirkte auf einmal vergnügt. „Du wirst ein ganz schlimmes Luder, meine Kleine. Aber die Männer brauchen das", sagte Isabella gut gelaunt. Emilia nickte zustimmend. Nael fand Bart vor der Hütte, sein Kopf wies tatsächlich Spuren von Schnee auf. „Beruhige dich wieder", sagte der Baske ernst. Der Angesprochene schlug gegen einen Baum. „Sie muss mit mir vorher darüber sprechen, das ist nicht in Ordnung. Mein ganzes Leben hat sich verändert." Der Baske schüttelte den Kopf.

„Die Leute wollten dich aufhängen, sie haben uns geholfen."
Bart trat zum Basken, seine Augen glitzerten gefährlich. „Ich
wäre immer freigekommen und bereits auf dem Weg nach
Norden oder Süden, wohin auch immer." Er griff sich an
den Kopf und atmete langsam und ruhig ein und aus. „Ich
werde Ornella heiraten, dann sind wir verwandt", sagte
Marco. Nael lachte. Bart blickte den Jungen in die Augen.
„Du musst bei dieser kleinen Göre aufpassen. Sie steht unter
dem Einfluss eines teuflischen Weibes. Sei also vorsichtig,
junger Mann", sagte er leise und eindringlich. Die beiden
Jungen nickten und zeigten verschwörerische Blicke. Bald
darauf erschienen die Frauen. Bart würdigte Isabella keines
Blickes und reihte sich an das Ende der Gruppe ein. Ornella
drehte sich um und winkte. „Er ist noch böse", sagte sie.
„Der Mann beruhigt sich schnell wieder, das liegt in seinem
Wesen. Er versucht, das Positive im Leben zu sehen, deshalb
liebe ich ihn, meine Kleine." Das Mädchen nickte, dann
wurde der Ritt fortgesetzt. Die Gruppe ritt am Flusslauf des
Sagro entlang. Die nächsten zwei Tage verliefen schweigsam,
die Gruppe rastete in der Nacht dazwischen. Langsam näherten sie sich der Küste. Isabella störte das Verhalten ihres
Gefährten mittlerweile, er wirkte verschlossen. Auf der letzten Rast vor dem Erreichen der Küste sprach sie ihn darauf
an. Sie gesellte sich zu ihm, als er sich bei seiner Wache vor
der Unterkunft befand. „Was ist los, Bart? Ich denke, es ist
genug Zeit gewesen, sich mit den neuen Gegebenheiten zu
befassen. Ornella macht sich Sorgen. Du musst mir sagen,
wenn es dir zu viel ist. Dann müssen wir uns an der Küste
trennen, denn ich brauche einen zuverlässigen Partner für
die Zukunft", sagte sie ernst. Er gab vorerst keine Antwort

und blickte in das Feuer, das geschützt vor sich hin loderte. Isabella reagierte enttäuscht und wollte sich abwenden. Er hielt sie zurück. „Natürlich bleibe ich bei dir. Ich habe viel nachgedacht, aber nie darüber, Ornella und dich zu verlassen. Meine Gedanken haben sich um meine Eltern und den bösartigen Stiefvater gedreht. Ich werde immer an deiner Seite bleiben, Hexe", sagte er leise und legte die Arme um sie. Sie lächelte und freute sich, ein gutes Gefühl ergriff die rothaarige Asturierin. „Zukünftig würde ich aber gerne über alles sprechen, Isabella. Die neue Rolle ist gewöhnungsbedürftig." Sie drängte sich an ihn. „Natürlich, aber du bist im Gefängnis gewesen, oder hast du das schon vergessen. Danach sind wir geflohen. Die Rast in der Hütte hat die erste Möglichkeit eines ausführlichen Gesprächs dargestellt, mein Spion", sagte sie leise, ihre Augen blickten verlockend. Sie küssten sich innig und intensiv. „Als pflichtbewusster Vater und Wachposten werde ich von weiteren Liebkosungen Abstand nehmen", sagte er grinsend. Isabella hob die Hände und zuckte mit den Schultern, anschließend suchte sie wieder die kleine Hütte auf, die Schutz bot in dieser Jahreszeit. Zum Glück der Gruppe fanden sich immer wieder solche Möglichkeiten, um geschützt zu lagern. Am nächsten Tag erreichten sie die Küste des Adriatischen Meeres. Emilia erzählte davon, dass es zwei mögliche Häfen gab, Ortona im Norden und Vasto im Süden. „Ortona ist wahrscheinlich die bessere Wahl. Meines Wissens verkehren dort mehr Schiffe, aber ich bin nicht sicher", erzählte die Römerin unschlüssig. Sie entschieden sich dennoch für die nähergelegene Stadt und ritten an der Küste Richtung Norden, bis sie endlich Ortona erreichten. Alle freuten sich, die Männer stiegen ab und ließen die Kinder reiten. In der Hafenstadt angekommen, wurde die Gruppe genau überprüft, aber die Menschen wirkten nicht misstrauisch. Nael gab dem Kommandanten einige Münzen, dieser bedankte sich und ließ die Gruppe ein. Sie suchten sich eine Unterkunft, in deren angrenzenden Stall die Pferde Unterschlupf fanden. In den nächsten Tagen fragten Nael und Bart bei den Schiffseignern und Kapitänen nach, ob ein Schiff direkt nach Konstantinopel fuhr. Die vorhandenen Boote fuhren andere Häfen an, aber sie wollten während der Fahrt nicht wechseln. Derzeit fuhren wenige, kleine Boote an der Küste entlang Richtung Norden und Süden. Bart verkaufte Pferde und Sättel. Das Geld übergab er den Frauen. „Ich übergebe es mit dem deutlichen Ratschlag, gut damit umzugehen", sagte er grinsend, dann wandte er sich an Ornella. Er zog eine kleine, silberschimmernde Kette aus der Tasche. „Das ist für meinen Augenstern", sagte er lächelnd. Das Mädchen freute sich und ließ sich die Kette um den Hals legen. „Was ist mit mir, Gaukler?", fragte Isabella süffisant. Entschuldigend hob Bart die Hände. „Leider ist kein Geld mehr vorhanden gewesen, meine Liebe", antwortete er entschuldigend. Isabella lachte, es herrschte eine gute Stimmung. Die Anspannung der Flucht der ersten zwei Tage war einer Freude und Neugier auf ihre zukünftige Heimat Konstantinopel gewichen. Emilia erzählte davon, auch Isabella konnte mit Wissen über das Reich der Römer aufwarten. Das Interesse der Kinder schien riesengroß zu sein. Der Druck der vergangenen Monate fiel ab, sie dachten wenig an ihre verlorene Heimat, sondern richteten den Blick in die Zukunft. Bart und Nael wollten keinen Fehler mehr machen. „Ich kann mir nicht vorstellen, dass wir unmittelbare

Verfolger haben, aber sie haben möglicherweise Kopfgeld ausgesetzt", sagte der Baske nachdenklich. Bart nickte. „Derzeit kennt keiner der Gegner unseren Aufenthalt. Wir benötigen aber im nächsten Monat ein geeignetes Schiff, ansonsten können uns in jedem italienischen Hafen Kopfgeldjäger auflauern", fuhr der Baske fort. Die Männer setzten ihre Suche fort. Tatsächlich langte ein größeres Schiff gegen Ende des zweiten Monats im Hafen ein. Der Kapitän willigte ein, die Gruppe als Passagiere auf dem großen Handelsschiff mitzunehmen. Die Fahrt würde über Brindisi, das jonische Meer und an der griechischen Küste entlang nach Athen führen. Dort war ein längerer Aufenthalt geplant wegen Umschlagens von Waren. Danach führte die Route an der griechischen Küste nordwärts über die Meerenge zwischen Kleinasien und Europa Richtung der Hauptstadt des Reichs der Römer. Der Abfahrtstermin in der Hafenstadt lag Mitte des dritten Monats im Jahr. Dies verursachte Sorgen unter den Männern. Bart wirkte nachdenklich. „Niemand weiß, dass wir hier sind, in Brindisi gibt es nur einen kurzen Aufenthalt. Trotzdem bin ich froh, wenn wir dieses Land hinter uns gelassen haben. Kopfgeldjäger sind schlimme Zeitgenossen." Nael nickte. Sie sprachen mit den Frauen darüber. „Bis zur Abfahrt vermeidet lange Ausgänge", erinnerte der Baske nachdrücklich. Bart und er erledigten nur mehr das Notwendige. Zwei Tage vor der Abfahrt blieb der Sänger lange weg, ein ungutes Gefühl ergriff den Basken, auch Isabella wirkte unschlüssig. „Ich habe ihm verboten, Tavernen aufzusuchen", sagte sie süffisant, aber ihr Lächeln wirkte gequält. Die Instinkte der Kriegerin schlugen an. Nael erhob sich, es war gegen Mittag. Er nickte den Frauen zu und machte sich auf die Suche nach seinem Freund. Am westlichen Zugang zur Stadt erkannte er plötzlich einen Normannen, der in einer Häusernische wartete. Schnell zog er sich hinter eine Ecke zurück, aber die Falle war bereits gestellt. „Wenn du dich bewegst, töte ich dich sofort, du Bastard", ertönte die Stimme Tancreds. Nael spürte ein Messer an der Niere, trotzdem wollte er es riskieren, aber ein zweiter Normanne stand plötzlich an seiner Seite mit einem Messer in der Hand. Diese Männer verstanden ihr Handwerk, sie würden ohne Zögern zustechen. Der Baske schalt sich für seine mangelnde Vorsicht, aber er stand einem gefährlichen Gegner gegenüber. Sie verließen die Stadt. Er überlegte die Möglichkeit einer Flucht, aber Tancred verstärkte den Druck des Messers. „Mach keinen Unsinn, sonst muss ich dich abstechen wie einen Hund. Ich will dir aber die Möglichkeit geben, in einem Zweikampf zu sterben. Du hast im Norden gelebt und sollst mit Würde sterben", sagte der Normanne. Nael nickte und ließ sich auf keine weiteren Gespräche ein. Im Wald angekommen, trafen sie auf zwei Normannen und Bart. Dieser lag gefesselt neben einem Baum. „Ich begrüße dich, mein Freund. Jetzt haben sie uns erwischt", sagte er mit Enttäuschung in der Stimme. Beide wurden tiefer in den Wald getrieben, die Normannen mieden die gut befestigte Stadt. Mittlerweile wurden die Freunde von insgesamt sechs Normannen umringt, ein unscheinbarer Mann stand im Hintergrund. Dieser trat zu Tancred. „Ich habe euch hergeführt. Gib mir mein Geld, das Gemetzel will ich mir nicht ansehen. Hier trennen sich unsere Wege, Signore Tancred." Nael und Bart sahen ihn zum ersten Mal, trotz der Unscheinbarkeit erkannten sie die Gefährlichkeit dieses Mannes. Tancred gab ihm einen großen Beutel mit Münzen. „Das ist dein Lohn, mein römischer Freund", sagte der Normanne laut, er wirkte herrisch. Der Mann nickte und nahm den Beutel an sich. Dann wandte er sich ab und verschwand im Wald. Tancred wandte sich an Nael. „Nimm dein Schwert! Ich werde dir zeigen, wer der Bessere ist. Dies will ich wissen, seit ich dich zum ersten Mal gesehen habe. Deine Arroganz hat mich geärgert, aber diesmal wirst du sterben." Der Baske nickte, er blickte sich um. Die restlichen Normannen trugen ihre Schwerter in der Scheide, aber sie verfügten über Speere. Bart mischte sich ein. „Bindet mich los, wir können alle kämpfen", schlug er vor. Tancred blickte ihn verächtlich an. „Ich kann solche verschlagenen Typen nicht leiden. Wir nehmen dich mit und kassieren Kopfgeld, danach werden sie dich aufhängen in Rieti." Bart zuckte mit den Schultern und wollte etwas sagen, aber Tancred schnitt ihm das Wort ab. „Halt den Mund! Es reicht dein Kopf, um das Geld zu kassieren. Hast du mich verstanden?" Der Sänger nickte und wurde an einen Baum gefesselt, die Hände im Rücken, zwei Normannen standen links und rechts von ihm. Er lockerte seinen Unterarm, die Fesseln waren notdürftig angebracht, die Normannen fühlten sich mit ihrer Übermacht sicher. Plötzlich lag ein kleines, scharfes Messer in seiner linken Hand. Er verspürte einen leichten Schmerz beim Hantieren, aber sein Gesicht veränderte sich nicht. Die Normannen blickten auf ihren Anführer, der den baskischen Hünen in einem Zweikampf schlagen wollte. Die Männer kannten seinen Stolz und die Ehrbegriffe, wenn er einen Gegner als gleichwertig betrachtete. Nael zog Schwert und Messer, der Normanne ebenfalls. Die Lichtung erwies sich für den Zweikampf als groß genug. Es gab hier keinen Schnee, aber der Boden war sehr feucht und rutschig. Das Frühjahr nahte. Die Gegner umkreisten einander, dann eröffnete Nael den Kampf mit einem wuchtigen Schlag. Er war größer und verfügte über eine größere Reichweite, aber die Unterschiede erschienen marginal. Hart krachten die Waffen aufeinander, mit den Messern blockten sie zeitweise und versuchten, den Gegner in der Seite zu treffen. Nach einigen Minuten verfügten beide über blutende Wunden an den Händen, der Baske wurde am Oberarm getroffen. Die Gegner blieben stehen und atmeten aus, der Kampf strengte an. Die Normannen ringsum beobachteten interessiert, es handelte sich um gleichwertige Gegner. „Du bist ein würdiger Gegner, Baske. Warum hast du blonde Haare?", fragte Tancred in der kurzen Kampfpause. „Basken haben manchmal blonde Haare, wir sind ein uraltes Volk. Aber meine Mutter ist eine Wikingerin aus Island", antwortete Nael. Er bemerkte, wie zwei Männer ihre Speere fester in die Hand nahmen. Die Normannen wollten ihn am Ende erledigen, aber dies war von vornherein klar. Der intensive Kampf ging weiter. Nael musste sich auf seinen Gegner konzentrieren, der rutschige Boden erschwerte die Standfestigkeit. Er hoffte, dass Bart sich etwas einfallen ließ. Dies traute er ihm zu, deshalb behielt er die beiden Normannen seitlich von ihm im Blickwinkel. Einer stand hinter Tancred und zwei befanden sich bei Bart. Dieser hatte plötzlich die Hände frei, die beiden Normannen standen weiter vorne als ursprünglich, der Kampf zog sie in ihren Bann. Er streckte seine Hände und konzentrierte sich, am Gürtel des rechten Mannes steckte ein Messer. Die Männer hatten derzeit nur Augen für den

Kampf. Blitzschnell erhob sich Bart und griff an. Er sprang den rechten Mann an und riss ihn herum, gleichzeitig zog er mit der linken Hand das Messer und stach zu. Schmerzerfüllt schrie der Mann auf, der andere Normanne reagierte und benutzte den Speer für den Angriff. Er traf seinen Kumpanen, den Bart als Schutzschild hielt. Im gleichen Moment torkelte Tancred zurück, als ein schwerer Treffer des Basken ihn am Schwertarm traf. Nael erkannte die Gelegenheit und attackierte den seitlich rechts stehenden Normannen. Er schlug den Speer auf die Seite und stach mit dem Messer in den Hals. Als er sich umdrehte, sah er Bart mit einem Normannen kämpfen, aber der zweite seitlich stehende Normanne setzte zum Wurf mit dem Speer an, er befand sich zu weit weg. Plötzlich fiel der Mann zu Boden, eine Wurfaxt steckte in seinem Kopf. Überrascht von der Wendung blickte er auf Tancred, der ebenfalls die Augen aufriss. Bart kämpfte mit dem zweiten Normannen, der sein Schwert zog, die beiden fochten einen unerbittlichen Kampf. Tancred schüttelte seine Überraschung ab. „Das wird vermutlich dieses rothaarige Weib sein, die haben wir wieder vergessen. Mein Fehler, aber diesmal löschen wir alle Bastarde aus." Er wandte sich an den Normannen in seinem Rücken. „Hol sie dir und bring mir ihren Kopf!" Der Mann nickte und eilte in die Richtung, aus der die Axt geflogen kam. Tancred ging wutentbrannt auf Nael los und trieb ihn gegen einen Baum, dort rutschte der Baske an der nassen Wurzel aus und musste sich abstützen. Der Normanne stach zu. Nael entging dem tödlichen Stoß, indem er sich rasch um die eigene Achse rollte. Er wurde aber wieder am Oberarm getroffen. Der Baske rollte sich weiter. Tancred konnte nicht sofort nachsetzen, denn er taumelte kurz und rutschte weg. Diese Zeit nutzte Nael, um sich wieder aufzustellen. Beide atmeten schwer, der Normanne grinste. „Ein großartiger Kampf, du hast meine Hochachtung. Es fühlt sich besser an, als wehrlose Bauern abzuschlachten." Beide gingen erneut aufeinander los, die Arme wurden immer schwerer angesichts der Länge des Kampfes. In der Zwischenzeit wich Bart einem Angriff seines Gegners aus. Dieser lief durch den Schwung ins Leere und wurde von Bart mehrmals in die Seite gestochen. Schmerzhaft schrie der Normanne auf und fiel auf die Knie. Mit dem nächsten Schlag seines Schwerts enthauptete Bart seinen Gegner fast. Dann musste er eine Pause einlegen, der Schwertarm hing hinunter. Er blickte auf Nael und Tancred, deren Kampf andauerte. Die Situation wendete sich dramatisch gegen die Normannen, denn in diesem Moment brachte Tancred seine Deckung nicht mehr hoch und der Baske traf mit der Spitze seinen Bauch. Blut quoll sofort heraus, der große Normanne wankte nach hinten. Er blickte sich um, aber es gab keine Unterstützung. Vier Normannen lagen am Boden und rührten sich nicht mehr, der fünfte war im Wald verschwunden. Seltsamerweise hörten sie keine Kampfgeräusche. Nael folgte seinem Gegner. Noch einmal griff Tancred an, aber sein Angriff erwies sich als schwach ausgeführt. Mühelos schlug ihm der entschlossene Baske das Schwert aus der Hand und stach zu, diesmal traf er die Brust. Tancred wankte kurz, dann fiel er nach hinten und röchelte. Bart fand in der Zwischenzeit den letzten Normannen, sein Hals war voller Blut, ihm wurde die Kehle durchgeschnitten. Er schüttelte den Kopf und kehrte zum Schauplatz zurück. Die Freunde standen schweratmend vor dem noch lebenden

Tancred, in dessen Gesicht ein Grinsen erschien. „Dieses Teufelsweib hat euch wieder gerettet, aber ich bin einem würdigen Gegner zum Opfer gefallen", sprach und röchelte er gleichzeitig. Plötzlich ertönte eine Stimme. „Ich bin kein Weib, Signore Tancred." Bart und Nael sprangen herum, der unscheinbare, dunkelhaarige Römer stand vor ihnen. Überrascht blickten sie ihn an. Auch der Normanne Tancred erlebte kurz vor seinem Tod die größte Überraschung seines Lebens. Vor ihm stand sein ehemaliger Kundschafter Carlo. Ausdruckslos blickte der Mann dem Normannen in die Augen. „Du hast die Männer getötet? Verdammter Verräter", sprach er laut, dann röchelte und hustete er Blut. Carlo kniete sich zu dem Normannen. „Bevor du stirbst, will dich dir sagen, dass ich kein Römer bin. Ich entstamme den Etruskern, die Römer haben von uns alles Wichtige gelernt." Der Normanne wollte etwas sagen, er kam aber nicht mehr dazu. Mitleidlos stach der Mann in den Hals und schnitt Tancred die Kehle auf. Dann erhob er sich, wischte das Messer ab und verstaute es wieder. Nael und Bart blickten auf den seltsamen Mann, der um einen Kopf kleiner als beide war. Ausdruckslos betrachtete der Etrusker die Freunde. „Ich denke, ihr könnt zu euren Frauen gehen und gemeinsam in eine gute Zukunft segeln." Nael erfing sich als Erster. „Warum hast du uns geholfen, Fremder?" Carlo blickte ihn an und fragte:" Wollt ihr das ehrlich wissen?" Beide nickten. Er erzählte vom letzten Besuch auf dem ehemaligen Landsitz von Emilia und vom Gespräch mit Scirocco. „Der gute Mann hat etwas in mir geweckt, was bereits tot gewesen ist. Für mich wird es keine gute Zukunft geben, zu viele Menschen sind unter meiner Hand gestorben, aus reiner Geldgier. In meiner Jugend habe ich eine Frau geliebt, aber diese ist das Opfer von wilden Sarazenen geworden. Sie haben sie missbraucht und getötet, auch meine beiden Kinder." Carlo schwieg lange nach diesen Worten, die Erinnerungen kamen hoch. „Ich habe den Anführer der Sarazenen nie gefunden, vermutlich ist er tot. Aber ich habe böse Menschen getötet, und jene, für deren Tod ich bezahlt worden bin. Ich bin ein böser Mensch geworden, wie diese, die ich verabscheue." Nael blickte den Mann an und erzählte vom Verlust seiner Familie und den neuen Beginn mit Emilia und den Kindern. Plötzlich lächelte der Kundschafter. „Ich bin mir bewusst, dass ihr beide auch keine guten Menschen seid, aber ihr verfügt über ein stabiles Wesen und tötet aus Pflichtbewusstsein. Deshalb habe ich umgedreht und euch geholfen. Diese Frauen und Kinder sollen eine gute Zukunft haben. Meine Familie ist tot, es wird auch keine andere geben. Ich kann meine Frau nicht vergessen, sie ist zu jung gestorben, wie unsere Kinder." Carlo brach ab. Tränen standen in seinen Augen. Noch nie sprach er mit Menschen über das Erlebte, aber der Moment ging vorbei. „Das Geld der Normannen gehört mir, die Waffen und Pferde werde ich verkaufen. Geht das in Ordnung?" Seine Augen erschienen wieder ausdrucklos. Nael nickte. Bart schien nachzudenken. Er fragte nach dem Namen, der Mann nannte ihn. „Lieber Carlo, auch ich habe getötet, sogar im Auftrag des Kaisers. Es hat sich um bösartige Menschen gehandelt, aber ich will überhaupt keine Menschen mehr töten. Wir räumen gemeinsam auf, du kannst dir alles nehmen. Aber vielleicht kannst du mir eine Bitte erfüllen." Carlos Blick fixierte den Sänger. Dieser erinnerte an die vergangenen Ereignisse. „Am Ende muss man sagen, dass der gute

Dino davongekommen ist. Er hat eine Frau vergewaltigt und sich nicht einmal gegenüber seinem Kumpanen als loyal erwiesen. Vielleicht kannst du ihm einen Besuch abstatten, Carlo." Der unscheinbare Mann wirkte nachdenklich. „Die Familie des Mannes ist mächtig und besitzt viel Geld. Ich benötige dieses, um mich bisweilen zu betrinken und mit käuflichen Frauen zu umgeben. Das lindert meinen inneren Schmerz. Wir werden sehen." Bart nickte, anschließend holten sie die Pferde der toten Normannen. Gemeinsam führten sie diese tiefer in den Wald und fanden in den Hügeln eine Höhle, in der sie die Toten legten. Carlo verstaute die Waffen in einem Sack, hängte ihn über eines der Pferde und band alle zusammen. Er bestieg sein eigenes, verabschiedete sich mit einem Nicken und führte seine Beute weiter in den Wald hinein. Nael und Bart blickten dem Mann hinterher. Bald entschwand er ihren Blicken, danach vernahmen sie noch die Geräusche der Pferde. „Diese Etrusker müssen ein verrücktes Volk gewesen sein, ähnlich wie die Basken", sagte der Sänger grinsend. Nael hielt sich seinen Oberarm. Sie fanden einen Bach, wo sie ihre Blutspuren beseitigten. Naels Schnittwunden erwiesen sich nicht als tief und verkrusteten bereits. Dann machten sich die Freunde auf den Rückweg. Es dunkelte bereits, als sie bei der Unterkunft einlangten. Sie machten sich bemerkbar. Isabella öffnete mit gezogenem Schwert. „Ich bin es, Hexe. Töte mich bitte nicht", sagte Bart mit flehender Stimme. Sie blickte ihn genauer an, erkannte die Spuren eines Kampfes, auch Emilia kam hinzu. Bestürzt sah sie das Blut an Naels Kleidung. „Was ist passiert?", fragte sie laut. Die Kinder traten heran. Die Männer zogen ihre Oberteile aus. Danach reinigten die Frauen die Wunden mit

Alkohol, währenddessen erzählten die Männer von den Geschehnissen. „Wir müssen schnellstens aus Italien verschwinden", sagte Isabella laut. Emilia nickte zustimmend. Sie fragten nach dem seltsamen Etrusker. „Ein unscheinbarer Mann, er fällt überhaupt nicht auf. Wahrscheinlich handelt es sich um den gefährlichsten Mann in Italien", sagte Bart anerkennend. „Vermutlich ist er der Mörder von Enzo, aber es hat keinen Falschen getroffen", führte der Sänger weiter aus. „Wir werden in Ruhe auf das Schiff warten, derzeit gibt es keine Verfolger mehr", sagte Nael. Er wirkte müde, der Blutverlust machte sich bemerkbar. „Geht es dir gut, Papa?", fragte Ferrucio. Der Baske nickte. „Ich muss nur etwas schlafen, morgen bin ich wieder bei Kräften", antwortete er. Die letzte Zeit in Ortona verging rasch, zwei Tage später befanden sie sich auf dem Schiff Richtung Süden. Lange blickte Emilia zurück. Nael hielt sie mit seinen Armen fest, sie lehnte sich an ihn. Er strich über ihren Bauch. „Wir werden sie Alva oder ihn Giovanni nennen, großer Mann. Was hältst du davon?", fragte sie leise. Als Antwort küsste er sie lange. In Athen blieben sie länger, danach setzten sie ihre Reise fort, die einige Wochen dauerte. Als sie Konstantinopel erblickten, rissen alle die Augen auf, die Dimensionen der Stadt erwiesen sich als unglaublich. Der sympathische Kapitän, der gerne mit den beiden Frauen sprach, erzählte von der Hauptstadt des Reiches und erwies sich als guter Ratgeber. Er entstammte der Stadt und versorgte die Freunde mit brauchbaren Informationen. Zusätzlich bot er an, sie in sein Heimatviertel zu führen und ihnen bei den weiteren Schritten zu helfen. Ornella griff nach Barts Hand. „Diese Stadt ist so schön, hier gibt es sicher viele Geschäfte. Du musst mir etwas kaufen, Papa", sagte sie laut und bestimmt. Er blickte auf Isabella und verzog den Mund, alle lachten herzhaft. Die Freude auf die gemeinsame Zukunft war riesengroß. Als sie an Land gingen, blickte der Baske voller Ehrfurcht auf die prächtigen Bauten und Häuser. Eine hohe, dicke Mauer umgab die Hauptstadt. Er nickte kurz, blickte auf den strahlenden Himmel. „Ich grüße dich, du große Stadt, und hoffe, du bringst uns allen Glück", sagte er laut. Emilia nahm seine Hand und blickte ihn freudestrahlend an, sie strahlte pure Lebenslust aus. „Sie wird uns Glück bringen, wenn wir zusammenhalten. Nichts kann uns aufhalten", sagte sie lächelnd. Der Baske nickte, dann schloss sich die Gruppe dem geschwätzigen Kapitän an, der sie in sein heimatliches Viertel führte.

Familien
(in Klammern sind die Geburtsjahre der Personen angeführt)

Donostia – San Sebastian

Klotilde (980)/Otmar (979)

William (1002)
Karl (1006)

Yrsa (980)/Danel (978)

Mikel (1006)
Nael (1008)
Alaia (1010)
Ivar (1012)

Esperanza

Leia (984)/Madoc (982)

Elena (1008)
Isabella (1010)
Fabio (1013)
Brios (1015)

Safia (987)/Rey (985)

Rafael (1007)
Maria (1009)
Juan (1011)
Sara (1013)
Ramon (1018)